MW01634242

Julia Quinn

Connue sous le pseudonyme de Julia Quinn, Julie Pottinger naît en 1970 aux États-Unis. Spécialisée dans la Régence, cette très grande dame de la romance a écrit une vingtaine de livres, tous des best-sellers. Surprenant de la part de cette jeune diplômée de Harvard qui a longtemps cherché sa voie avant de publier son premier roman, *Splendide*, à l'âge de 24 ans. Sa vocation trouvée, elle se voit décerner le Rita Award pendant deux années consécutives et le *Time Magazine* lui a consacré un article. Sa célèbre série *La chronique des Bridgerton* a été traduite dans le monde entier et adaptée par Netflix.

LE QUATUOR DES
SMYTHE-SMITH

1&2

UN GOÛT DE PARADIS
& SORTILÈGE D'UNE NUIT D'ÉTÉ

JULIA QUINN

1

UN GOÛT DE PARADIS

Traduit de l'anglais (États-Unis)
par Anne Busnel

Déja paru sous le titre :
Le quartet des Smythe-Smith 1 – Un goût de paradis

Titre original
JUST LIKE HEAVEN

Éditeur original
Avon Books, an imprint of HarperCollins Publishers, New York

© Julie Cotler Pottinger, 2011

Pour la traduction française
© Éditions J'ai lu, 2017

Pour la présente édition
© Éditions J'ai lu, 2023

*Pour Pam Spengler-Jaffee.
Une vraie déesse, à tous points de vue.*

*Et aussi pour Paul, qui m'a donné
de précieux conseils médicaux
quand mon héros était mal en point,
et bien qu'il ait décrété : « Ce type est fichu ! »*

Prologue

Marcus Holroyd était tout le temps seul.

S'il avait perdu sa mère à l'âge de quatre ans, l'événement avait eu étonnamment peu d'impact sur sa vie. La comtesse de Chatteris avait élevé son fils comme sa propre mère avait élevé ses enfants : de loin.

Elle n'était pas irresponsable. Au contraire, elle avait mis un point d'honneur à engager la meilleure nourrice pour veiller sur l'héritier mâle de son mari. Mlle Pimm avait la cinquantaine bien entamée, et elle s'était déjà occupée de la progéniture de deux ducs et d'un vicomte. Lady Chatteris avait déposé son enfant dans ses bras, l'avait avertie que le comte, son époux, était allergique aux fraises, et que par conséquent son fils risquait de l'être aussi ; puis elle s'en était allée à Londres afin de profiter de la saison qui battait son plein.

Quand lady Chatteris était morte, Marcus l'avait croisée en tout et pour tout sept fois au cours de sa jeune vie.

Contrairement à sa femme, lord Chatteris appréciait la campagne et résidait le plus souvent à Fensmore, leur vaste manoir de style Tudor situé au nord du comté de Cambridgeshire, fief de la famille Holroyd depuis des générations. Pour élever Marcus, le comte

avait adopté la même méthode que son propre père :
après s'être assuré que son fils avait bien été juché
sur un poney à l'âge de trois ans, il n'avait pas jugé
utile de s'intéresser à sa personne avant qu'il soit
capable de soutenir une conversation raisonnablement intelligente.

Devenu veuf, le comte n'avait pas souhaité se rema-
rier, bien qu'on lui ait fortement conseillé d'engen-
drer un héritier « de secours », au cas où il arriverait
malheur à l'aîné. Lorsqu'il regardait Marcus, il voyait
un garçon vif d'esprit, excellent athlète, au physique
robuste et – plus important – doté d'une santé de fer.
En bref, il y avait peu de risques que son fils meure
terrassé par une mauvaise pneumonie. Le comte
n'avait donc pas vu l'intérêt de se lancer dans la quête
fastidieuse d'une épouse ; il avait préféré s'investir
dans l'éducation de son héritier.

Marcus avait eu les meilleurs précepteurs et avait
étudié toutes les disciplines essentielles à l'épanouis-
sement d'un vrai gentleman. À l'âge de douze ans,
il était capable de nommer tous les spécimens de
la faune et de la flore locales, et il montait à cheval
comme s'il était né en selle. Son niveau à l'escrime et
au tir était bien au-dessus de la moyenne, quand bien
même il ne lui aurait pas permis de remporter des
championnats. Il savait additionner et multiplier de
longues rangées de chiffres sans gaspiller une goutte
d'encre. Et il lisait le grec et le latin.

C'est à cette époque – par hasard, peut-être – que
son père avait décidé qu'il devrait être possible d'avoir
avec lui une conversation digne de ce nom.

Dans la foulée, le comte était passé à l'étape suivante de son éducation : il l'avait envoyé à Eton, où
tous les mâles de la famille avaient été pensionnaires.

Cette période s'était révélée la plus heureuse de son enfance. Car une seule chose manquait à Marcus Holroyd, héritier du comte de Chatteris.

Des amis.

Il n'en avait pas un seul.

Dans la campagne du Cambridgeshire, il n'y avait pas un seul garçon qui soit jugé digne de le fréquenter. Parmi leurs voisins, les Crowland étaient la seule famille noble, et ils n'avaient engendré que des filles. Il y avait bien quelques hobereaux de moindre importance dont les fils auraient pu être tolérés à Fensmore, malheureusement ces derniers étaient soit trop jeunes, soit trop âgés. Et lord Chatteris n'allait pas laisser son fils frayer avec les petits paysans ou l'engeance turbulente des artisans du coin.

Aussi s'était-il contenté de meubler le temps libre de Marcus en engageant d'autres précepteurs. On ne souffrait pas de solitude quand on avait des journées bien remplies. Si le comte lui avait demandé son avis, Marcus aurait eu une opinion toute différente. Mais lord Chatteris ne croisait son fils qu'une fois par jour, juste avant l'heure du dîner, et cette entrevue ne durait guère plus de dix minutes. Ensuite Marcus remontait dans la nursery et le comte prenait son repas seul dans la grande salle à manger.

A posteriori, il était surprenant que Marcus n'ait pas été très malheureux au collège. Timide, il ne savait comment aborder ses camarades. Le premier jour d'école, alors que les autres garçons couraient partout « comme des sauvages » – dixit le valet de son père qui l'avait déposé à Eton –, Marcus était resté seul dans son coin, le regard lointain, comme s'il préférait ne pas être dérangé.

En réalité, il ne savait pas quoi faire. Il ne savait pas quoi dire.

Ce qui n'était pas le cas de Daniel Smythe-Smith.

En plus d'être l'héritier du comte de Winstead, Daniel Smythe-Smith avait cinq frères et sœurs, et trente-deux cousins germains. Il maîtrisait parfaitement l'art de la communication avec autrui et, en l'espace de quelques heures, il était devenu le roi incontesté d'Eton. Daniel avait un charisme inouï, le sourire facile, un aplomb désarmant, et il était totalement dénué de timidité. C'était un meneur-né.

Et, dans le dortoir, on lui avait attribué le lit voisin de celui de Marcus.

Ils étaient devenus les meilleurs amis du monde, si bien qu'à la fin du trimestre, Daniel avait invité Marcus à passer les vacances chez lui. Sa famille vivait à Whipple Hill, pas très loin de Windsor, ce qui lui permettait de rentrer fréquemment. Marcus, en revanche, n'avait pas cette facilité. Même si Fensmore n'était pas perdu aux confins de l'Écosse, il fallait plus d'une journée pour rejoindre le nord du Cambridgeshire. En outre, son père ne retournait jamais au manoir durant les petites vacances et ne voyait donc pas pourquoi son fils l'aurait fait.

Aux vacances suivantes, Daniel invita de nouveau Marcus. Qui accepta.

De même à Pâques.

Et ainsi de suite.

Très vite, Marcus passa plus de temps chez les Smythe-Smith que dans sa propre famille. Qui se résumait à la personne de son père, certes, mais quand Marcus prenait le temps d'y réfléchir, il se rendait même compte qu'il passait moins de temps avec son propre géniteur qu'avec chacun des membres de la famille Smythe-Smith.

Y compris Honoria.

Honoria était la plus jeune sœur de Daniel et avait une différence d'âge assez marquée avec le reste de la fratrie. Sa naissance, sans doute inattendue, était venue clore sur le tard la remarquable carrière procréative de lady Winstead.

La gamine avait six ans quand Marcus avait fait sa connaissance. Cinq années les séparaient, mais à cet âge, c'était un gouffre. Ses trois grandes sœurs étaient déjà mariées ou fiancées, et Charlotte, l'avant-dernière, l'envoyait tout le temps promener. Quant à Daniel, il la fuyait comme la peste. Toutefois, son départ pour Eton avait dû décupler l'affection de la petite, car dès qu'il rentrait à la maison, elle le suivait partout comme un chiot fidèle.

Un jour, les deux garçons avaient décidé de se rendre à l'étang pour une partie de pêche. Comme de bien entendu, la petite Honoria s'était mise à trottiner dans leur sillage.

— Ne te retourne surtout pas, avait dit Daniel à Marcus. Si tu remarques sa présence, on est fichus !

Ils avançaient à pas vifs, tête baissée. La dernière fois que Honoria les avait accompagnés à l'étang, elle avait renversé le seau d'asticots.

— Daniel ! appela-t-elle.

— Ignore-la, marmonna Daniel.

— Daniel !!!!!!!!

— Marche plus vite, Marcus. Une fois que nous serons dans les bois, elle ne pourra pas nous trouver.

— Elle est capable d'aller jusqu'à l'étang, objecta Marcus.

— Oui, mais...

— *Danieeeeel !!!!!!!!!!!!!!!!!!*

— ... elle sait aussi que notre mère sera furieuse si elle découvre qu'elle s'est aventurée seule dans la forêt. Elle ne prendra pas le risque.

— Marcus ? lança Honoria d'une petite voix misérable qui aurait fendu les cœurs les plus endurcis.

Marcus se figea. Et se retourna.

— Noooooooon ! gémit Daniel.

— Marcus ! pépia Honoria tout heureuse.

Elle s'approcha en sautillant et s'immobilisa face aux deux garçons.

— Qu'est-ce que vous faites ?

— On va pêcher. Et pas question que tu viennes avec nous, rétorqua son frère.

— J'aime bien pêcher.

— Nous aussi. Mais sans toi.

Le visage de la petite se crispa de désespoir.

— Ne pleure pas, s'écria Marcus.

— Elle fait semblant, fit Daniel sans s'émouvoir.

— C'est pas vrai !

— Ne pleure pas, répéta Marcus, inquiet.

— Si vous ne voulez pas que je pleure, vous n'avez qu'à m'emmener avec vous.

Elle battit des cils en le regardant.

Comment une gamine de sept ans pouvait-elle faire les yeux doux ?

Mais elle ne devait pas vraiment maîtriser la technique, car voilà qu'elle se frottait la paupière en gémissant.

— Bon, qu'est-ce que tu as encore ? soupira Daniel.

— J'ai quelque chose dans l'œil !

— C'est peut-être un moustique, suggéra Daniel avec perfidie.

Honoria poussa un cri perçant.

— Ce n'était pas très malin de dire ça, observa Marcus.

— Enlève-le ! Enlève-le ! s'égosilla Honoria.

— Oh, calme-toi ! répliqua son frère. Tu n'as rien du tout.

Mais la petite continuait de hurler en se frappant le visage. Finalement Marcus lui immobilisa les mains.

— Honoria ? *Honoria !* Il n'y a pas de moustique.

— Mais...

— Tu devais avoir un cil dans l'œil, c'est tout.

Elle se calma enfin et le considéra de ses grands yeux, la bouche arrondie.

— Je peux te lâcher maintenant ?

Elle hocha la tête.

Lentement, Marcus laissa retomber ses mains et recula d'un pas.

— Je peux venir avec vous ?

— Non ! aboya Daniel.

À dire vrai, Marcus n'avait nulle envie de se coltiner la gamine. Elle avait sept ans, bon sang ! Et c'était une fille.

Il tenta de la raisonner :

— On n'aura pas le temps de s'occuper de toi.

— S'il vous plaît !

Marcus soupira. Honoria était tellement attendrissante avec ses joues striées de larmes, ses cheveux châtain clair lisses et soyeux qui lui tombaient sur les épaules et ses yeux embués, de ce bleu si rare, qui ressemblaient tant à ceux de Daniel.

— Je t'avais dit de ne pas te retourner, marmotta ce dernier.

— Bon, juste pour cette fois, alors.

À peine Marcus avait-il prononcé ces mots que la fillette bondit de joie tel un chaton joueur.

— Oh, merci, merci !

Contre toute attente, elle sauta au cou de Marcus. Heureusement, elle le relâcha presque aussitôt.

— Merci, merci, merci ! Tu es le meilleur, Marcus ! Le meilleur des meilleurs ! Pas comme *toi*, jeta-t-elle à son frère en lui glissant un regard d'une effrayante maturité.

— Figure-toi que je suis très fier d'être le pire des pires !

— Ça m'est bien égal !

Honoria glissa sa main dans celle de Marcus, avant d'ajouter :

— On y va ?

Il baissa les yeux sur cette menotte perdue dans la sienne. La sensation était totalement inconnue et une émotion très désagréable lui serra la poitrine. Il mit un temps à comprendre qu'il était en train de céder à la panique. Il était incapable de se souvenir de la dernière fois où quelqu'un lui avait tenu la main. Était-ce sa nounou ? Mais non, elle préférait l'agripper par le poignet. Pour mieux le tenir, avait-elle dit un jour à la gouvernante.

Son père ? Sa mère ?

Son cœur battait la chamade. Dans sa paume, les petits doigts de Honoria devenaient glissants. Il devait transpirer.

Honoria le regardait avec un sourire radieux.

Il lui lâcha la main.

— Bon, dépêchons-nous, dit-il, mal à l'aise. Il faut en profiter tant qu'il fait jour.

Le frère et la sœur lui lancèrent un regard perplexe.

— Il est à peine midi, remarqua Daniel. Combien de temps veux-tu pêcher ?

— Je ne sais pas, répondit Marcus, sur la défensive. Cela peut prendre un bout de temps, non ?

— Le garde-chasse a fait un lâcher de truites récemment. Il y a tellement de poissons dans l'étang qu'il doit suffire de plonger une botte dans l'eau pour en récupérer trois.

Honoria poussa un cri de joie.

Daniel pivota vers elle.

— Toi, je te préviens : si jamais une de mes bottes finit dans l'eau, tu vas le regretter !

— Je pensais à mes bottes à moi, marmonna-t-elle avec une moue boudeuse.

Marcus sentit un rire lui incurver les lèvres. Honoria lui décocha un regard ulcéré, comme s'il venait de commettre la pire des trahisons.

— Je ris parce que le poisson serait bien trop petit, prétendit-il.

Son argument ne parut pas la convaincre. Il insista :

— Tu sais, on ne peut pas les manger quand ils sont trop petits. Il n'y a que des arêtes.

— Oh, allons-y ! s'impatienta Daniel.

Et ils se remirent en route. Honoria, qui courait presque pour ne pas se laisser distancer, babillait en continu :

— Je n'aime pas beaucoup le poisson, moi. Ça sent mauvais et ça a un drôle de goût...

Et plus tard, sur le chemin du retour :

— ... Je suis sûre que le rose était assez gros pour être mangé. Enfin, si on aime le poisson. Moi, je n'aime pas ça, mais maman oui. Et je suis sûre qu'elle aurait aimé manger un poisson rose...

Daniel décocha un regard mauvais à Marcus.

— Ne l'invite plus jamais à nous accompagner, siffla-t-il.

— Je ne risque pas, assura Marcus.

C'était assez grossier de dénigrer une petite fille, cela dit, Honoria était vraiment épuisante.

— ... alors que pas Charlotte. Elle déteste le rose. Elle refuse d'en porter. Elle dit que ça lui brouille le teint. Je ne sais pas ce que cela veut dire, mais ça n'a pas l'air agréable. Moi, j'aime bien les œufs brouillés. Et le bleu lavande...

Les deux garçons laissèrent échapper un soupir. Honoria les dépassa pour venir se planter devant en souriant de toutes ses dents.

— Comme mes yeux ! C'est papa qui le dit.

— Ton père dit que tu as les yeux brouillés ? s'étonna Marcus.

— Non ! Tu n'écoutes pas ce que je dis ?

Marcus se rappellerait toujours cet instant précis comme sa toute première confrontation à une spécificité féminine horripilante, à savoir la question qui n'appelle que de mauvaises réponses.

— Mes yeux sont bleu lavande. C'est papa qui le dit.

— Alors ça doit être vrai.

Elle ne bougeait toujours pas. Marcus finit par poser par terre le seau dont la poignée lui meurtrissait les doigts. Il y avait là-dedans trois truites de belle taille, qui gigotaient en tous sens. Ils auraient pu en ramener plus si Honoria n'avait renversé le seau par mégarde, renvoyant dans l'étang leurs deux plus belles prises.

Daniel se baissa aussitôt pour récupérer le seau et le lui tendre.

— Viens, on rentre. Et toi Honoria, ne reste pas dans nos pattes !

— Pourquoi tu es gentil avec tout le monde sauf avec moi ? demanda-t-elle.

— Parce que tu es une plaie !

C'était la vérité, mais Marcus ne pouvait s'empêcher d'avoir pitié de la fillette. Du moins de temps en temps. Elle grandissait presque en fille unique et il ne connaissait que trop bien cette solitude glaçante. Honoria voulait juste se faire accepter et participer à toutes ces activités amusantes qu'on lui refusait à tout bout de champ sous prétexte qu'elle était trop petite.

Honoria encaissa sans broncher. Elle fusilla son frère du regard et prit une inspiration sifflante par les narines.

Puis elle tourna le dos à son frère pour faire face à Marcus.

— Tu veux jouer à la dînette avec moi ?

Marcus entendit Daniel ricaner.

— J'amènerai mes plus belles poupées, ajouta-t-elle d'un air solennel. Et nous mangerons des gâteaux.

Oh, Seigneur, non ! Marcus s'était pétrifié et Honoria le fixait de ses yeux implorants. Il jeta un regard affolé à Daniel, mais celui-ci, goguenard, n'avait manifestement pas l'intention de lever le petit doigt pour le tirer de ce traquenard.

— Non, lâcha-t-il enfin.

— Non ? répéta Honoria d'une petite voix chevrotante.

— Je ne peux pas. J'ai des choses à faire.

— Quelles choses ?

— Des choses ! répliqua-t-il d'un ton énervé.

Le menton de Honoria se mit à trembler. Pris de remords, il expliqua :

— Daniel et moi, nous avons des projets.

Les épaules de la petite se voûtèrent. Sa bouche se tordit et, cette fois, Marcus n'eut pas l'impression qu'elle simulait.

— Je suis désolé, dit-il encore.

Il n'avait pas voulu la blesser, mais, bonté divine, jouer à la dînette ! Avec des poupées ! Quel garçon de douze ans avait envie de cela ?

Soudain la colère empourpra les joues de Honoria qui pivota vivement vers son frère.

— C'est ta faute s'il dit ça !

— Ma faute ? Je n'ai pas dit un mot.

— Je te déteste. Je vous déteste tous les deux ! Surtout toi, Marcus !

Puis elle partit en courant en direction de la maison, aussi vite que le lui permettaient ses jambes maigrelettes, c'est-à-dire à une vitesse toute relative.

Marcus et Daniel la regardèrent s'éloigner. Puis, alors qu'elle avait atteint la maison, Daniel déclara :

— Ma petite sœur te hait. Maintenant, tu fais officiellement partie de la famille.

Et il disait vrai. À partir de ce jour, Marcus devint un membre à part entière de la famille Smythe-Smith.

Jusqu'au printemps 1821, lorsque Daniel gâcha tout en quittant précipitamment l'Angleterre.

1

Mars 1824, Cambridge, Angleterre

Lady Honoria Smythe-Smith n'en pouvait plus.

Elle n'en pouvait plus d'attendre une journée de soleil, d'attendre une demande en mariage, d'attendre… une paire de chaussures neuves, songeat-elle avec un soupir excédé en regardant ses souliers bleus en piteux état.

Elle se laissa tomber sur le banc de pierre, devant la boutique de M. Hilleford, *Tabacs fins pour Messieurs exigeants*, et se tassa autant que possible sous l'auvent pour se protéger au maximum de la pluie.

Il ne crachinait pas, il ne pleuvait même pas. Il tombait des cordes. C'était au point que Honoria n'aurait pas été étonnée de voir tomber du ciel des pylônes et des troncs.

Une odeur désagréable, écœurante, flottait dans l'air. Elle qui pensait détester l'odeur de la fumée de cigare aimait encore moins celle de la moisissure. Des filaments noirâtres envahissaient le mur extérieur du magasin, mais cela ne semblait pas déranger M. Hilleford qui vendait du tabac fin aux messieurs exigeants.

La situation n'aurait pu être pire.

Enfin si. Parce qu'elle était (évidemment) toute seule. Ses cousines se trouvaient de l'autre côté de la rue, dans la boutique de Mlle Pilaster, *Rubans et Fanfreluches pour Dames élégantes*. Bien au chaud, elles faisaient leur choix parmi tout un assortiment de babioles, colifichets et falbalas, dans un environnement olfactif plaisant. Mlle Pilaster vendait du parfum. Et aussi des pétales de roses séchées et des petites bougies à l'arôme de vanille.

M. Hilleford, lui, faisait pousser des champignons.

Honoria soupira. Ainsi allait sa vie.

Elle avait préféré s'attarder devant la vitrine du bouquiniste, affirmant à ses cousines qu'elle les rejoindrait chez Mlle Pilaster deux minutes plus tard. Deux minutes qui s'étaient transformées en cinq. Quand elle avait voulu traverser la chaussée, les nuages avaient crevé pour déverser des trombes d'eau sur les simples mortels, et Honoria n'avait eu d'autre choix que de se réfugier sous l'unique auvent de Cambridge High Street.

À présent, elle fixait d'un œil morose les gouttes qui crépitaient sur les pavés et éclaboussaient les pieds des passants. Le ciel s'assombrissait de minute en minute. Si l'on se fiait au climat anglais, on pouvait en déduire que le vent n'allait pas tarder à se lever et que, dans un instant, l'auvent de M. Hilleford ne serait plus d'aucune utilité.

Honoria leva un regard maussade en direction des cieux.

Elle avait les pieds mouillés.

Et elle avait froid.

Ayant passé toute sa vie en Angleterre, elle ne risquait guère de se tromper dans ses prévisions météorologiques. Ce qui signifiait que d'ici peu elle se sentirait encore plus misérable.

Eh oui, c'était possible.

— Honoria ?

Elle tressaillit, baissa les yeux. Une voiture venait de s'immobiliser à sa hauteur, le long du trottoir.

— Honoria ?

Elle connaissait cette voix.

— *Marcus ?*

Seigneur, il ne manquait plus que cela.

C'était bien Marcus Holroyd, comte de Chatteris, souriant et au sec dans son bel attelage. Honoria sentit qu'elle ouvrait bêtement la bouche. En réalité elle n'aurait pas dû être surprise. Marcus vivait à Fensmore, pas très loin de Cambridge. Et bien sûr il fallait que ce soit lui, entre tous, qui la surprenne ici dans cet état pitoyable.

— Bonté divine, Honoria, tu vas geler sur place ! s'exclama-t-il de ce ton réprobateur qui ne manquait jamais de la hérisser.

— Il fait un peu frisquet, admit-elle avec un petit haussement d'épaules.

— Que fais-tu là ?

— Je salis mes chaussures.

— Pardon ?

Elle désigna d'un geste la boutique de Mlle Pilaster, de l'autre côté de la rue.

— Je suis venue faire des emplettes avec mes cousines.

La portière s'ouvrit davantage.

— Monte.

Il n'avait pas dit « Monte, s'il te plaît », ou « Je t'en prie, viens te sécher ». Non, juste : « Monte », d'un ton péremptoire.

Une autre fille lui aurait sans doute rétorqué qu'il n'avait pas d'ordre à lui donner. Ou du moins l'aurait-elle pensé, même si elle n'avait pas eu le courage de le lui dire à voix haute. Mais Honoria avait froid et, hélas, son confort l'emportait sur sa fierté.

Et puis, elle n'allait pas faire des manières avec Marcus Holroyd, qu'elle connaissait depuis des lustres.

Quinze ans, pour être précise.

Durant tout ce temps, elle n'avait jamais réussi à lui faire bonne impression. Petite, elle les harcelait tellement, Daniel et lui, qu'ils l'avaient surnommée La Guêpe. Elle avait fait semblant de prendre cela pour un compliment. « Une guêpe, ça a de jolies rayures », avait-elle déclaré, faraude. Alors, en ricanant, ils l'avaient rebaptisée Moustique.

Et ce nom lui était resté.

Ce n'était pas la première fois que Marcus la voyait trempée. À huit ans, persuadée d'être bien cachée dans le feuillage touffu d'un vieux chêne, elle les avait espionnés alors qu'ils construisaient une cabane dans les bois. Les filles n'étaient pas admises sur le chantier, bien entendu. Mais ils l'avaient repérée et l'avaient bombardée de petits cailloux, si bien qu'elle avait fini par lâcher prise.

À la réflexion, elle avait eu tort de choisir la branche qui surplombait l'étang.

Marcus s'était au moins donné la peine de la récupérer dans l'eau vaseuse. On ne pouvait pas en dire autant de Daniel.

Ainsi, d'aussi loin qu'elle s'en souvienne, Marcus Holroyd faisait partie de sa vie. Bien avant qu'il soit lord Chatteris et que Daniel devienne lord Winstead. Bien avant que Charlotte se marie et quitte la maison à son tour.

Et bien avant que Daniel fuie l'Angleterre.

— *Honoria.*

Elle sursauta. Il s'impatientait.

— Monte, répéta-t-il.

Elle obtempéra, accepta la main qu'il lui tendait pour l'aider à gravir le marchepied. Le plus dignement possible, elle s'installa sur la banquette, feignant d'ignorer la mare d'eau qui s'étalait à ses pieds.

— Marcus. Quelle bonne surprise de te voir ici.

Il avait toujours les sourcils froncés. Sans doute s'apprêtait-il à lui infliger un sermon. Elle s'empressa d'ajouter, bien qu'il ne lui ait posé aucune question :

— Je séjourne en ville chez Cecily Royle. Nous sommes ici pour cinq jours, mes cousines Sarah et Iris, et moi. Tu te souviens d'elles, n'est-ce pas ?

— C'est-à-dire... tu as tellement de cousins et de cousines.

— Sarah a des cheveux bruns très épais. Et des yeux pareils.

— Des yeux épais ?

— *Marcus.*

Il sourit.

— D'accord. Des cheveux épais. Des yeux bruns.

— Et Iris a le teint très pâle. Des cheveux blond-roux. Non ? Cela ne te dit rien ?

— Elle est de cette famille à fleurs ?

Honoria fit la moue. Bon, certes, oncle William et tante Maria avaient donné des noms de fleurs à toutes leurs filles. Rose, Jacinthe, Azalée, Iris et Capucine.

— Je sais qui est Mlle Royle, déclara Marcus.

— C'est la moindre des choses. C'est ta voisine. Quoi qu'il en soit, nous sommes venues à Cambridge parce que la mère de Cecily estime que nous avons besoin d'un peu de culture.

— De culture ? répéta-t-il, un brin moqueur.

Honoria se demandait pourquoi les filles avaient vaguement droit à « un peu de culture » quand les garçons partaient étudier à l'université.

— Elle a soudoyé deux professeurs de l'université pour qu'ils acceptent de nous laisser assister à leur cours.

Marcus parut intrigué. Et dubitatif.

— Le premier est un cours d'histoire sur l'époque élisabéthaine, enchaîna-t-elle. Et le second est un cours de grec.

— Tu parles le grec ancien ?

— Pas du tout, mais les autres enseignants ont refusé d'accueillir des jeunes filles dans leur classe. Le professeur de grec va recommencer son cours rien que pour nous quand ses étudiants seront partis. Nous allons devoir attendre dans un bureau et ne surtout pas nous montrer. Il paraît que cela sèmerait la pagaille.

Ce disant, elle leva les yeux au ciel.

Marcus hocha la tête.

— Certes, comment des étudiants pourraient-ils se concentrer sur un sujet sérieux en une si charmante compagnie ?

L'espace d'un instant, Honoria crut qu'il parlait sérieusement. Puis, comprenant qu'il plaisantait, elle éclata de rire et lui flanqua un petit coup de poing dans l'épaule. On ne se livrait pas à de telles familiarités en société à Londres, mais ici à Cambridge, et avec Marcus...

Après tout, c'était presque son frère.

— Comment va ta mère ? s'enquit-il.

— Bien, mentit Honoria.

Lady Winstead ne s'était jamais vraiment remise du scandale qui avait obligé Daniel à quitter le pays. Elle alternait entre les périodes où elle ruminait l'affront subi et celles où elle feignait de n'avoir jamais eu de fils.

C'était assez pénible à vivre.

— Elle espère se retirer bientôt à Bath. Sa sœur vit là-bas et elles s'entendent plutôt bien. De toute façon, maman n'aime pas beaucoup Londres.

— Vraiment ?

— Je veux dire... plus autant qu'avant. Avant que Daniel... enfin, tu sais.

Marcus pinça les lèvres. Oui, il savait.

— Elle est persuadée que les mauvaises langues en parlent encore, tu sais.

— À raison ?

— Je n'en ai aucune idée. Je ne pense pas, non. Personne ne m'a ostensiblement tourné le dos. Et trois ans se sont écoulés. Les gens ont sûrement des sujets de conversation plus intéressants, non ?

— Il me semble que cela aurait déjà dû être le cas à l'époque.

Il s'était renfrogné. Lorsqu'il prenait cet air-là, il faisait presque peur. Pas étonnant qu'il terrifiât les débutantes. Les amies de Honoria n'étaient jamais à l'aise en sa présence. Ce qui ne les empêchait pas de rêvasser et de passer des heures à calligraphier leur prénom entrelacé au sien, avec des cœurs et des angelots ridicules flottant autour.

Marcus Holroyd était ce qu'on appelait un bon parti. Il n'était pas beau à proprement parler, malgré son regard intelligent et ses cheveux d'un brun profond. Ses traits avaient quelque chose de trop brutal : arcades sourcilières saillantes, front large, nez fort. Néanmoins, il attirait l'attention, sans doute à cause de son attitude distante, voire dédaigneuse. On aurait dit que la bêtise humaine l'exaspérait.

Du coup, toutes les jeunes filles étaient folles de lui. Elles parlaient de lui en chuchotant, comme d'un héros de roman sombre et mystérieux qui n'aurait attendu que la rédemption.

Pour Honoria, il était tout simplement Marcus. Ce qui n'était pas simple du tout. Elle détestait quand il la prenait de haut et la regardait d'un air désapprobateur. Dans ces moments-là, elle avait l'impression de redevenir une gamine horripilante, ou une adolescente dégingandée et maladroite.

En même temps, sa présence avait quelque chose de rassurant. Leurs chemins ne se croisaient plus aussi souvent qu'autrefois – tout avait changé depuis le départ de Daniel –, mais quand elle entrait dans une pièce et que Marcus était là… elle le sentait tout de suite.

Et c'était bizarrement réconfortant.

— Tu projettes de venir à Londres pour la saison ? s'enquit-elle sur le ton de la conversation.

— Pour une partie, sûrement. Des affaires me retiennent ici.

— Je comprends.

— Et toi ?

— Quoi, moi ?

— Tu comptes passer la saison à Londres ?

Il n'était pas sérieux ? Où diable aurait-elle pu aller, puisqu'elle n'était toujours pas mariée ? Ce n'était pas comme si…

Elle lui jeta un regard soupçonneux.

— Es-tu en train de te moquer de moi ?

— Bien sûr que non.

Il n'empêche qu'il souriait.

— Ce n'est pas drôle. Ce n'est pas comme si j'avais le choix. Je suis *obligée* d'aller à Londres. Je suis aux abois.

— Aux abois, vraiment ?

— Oui ! Il faut absolument que je trouve un mari cette année.

Machinalement, elle secoua la tête. Sa situation ne différait guère de celle de ses amies débutantes qui espéraient toutes faire un beau mariage. Sauf que Honoria ne voulait pas convoler pour le simple plaisir d'admirer une alliance à son doigt ou de se rengorger dans un salon. Elle voulait son propre foyer. Et une famille. Nombreuse, bruyante. Et pas forcément bien élevée.

Elle n'en pouvait plus du silence qui régnait désormais en maître à la maison. Elle détestait entendre le bruit de ses pas résonner sur le plancher. Parfois elle n'entendait rien d'autre de tout l'après-midi.

En conséquence, il lui fallait un mari. Elle n'avait pas le choix.

— Voyons, Honoria, tu ne vas pas me faire croire que ta vie est si pénible.

Elle n'avait pas besoin de regarder Marcus pour savoir qu'il arborait cette expression à la fois sceptique et condescendante qu'elle détestait tant.

— Oublions ce que je viens de dire, marmonna-t-elle.

Franchement, à quoi bon se justifier ?

Marcus laissa échapper un soupir qui sonna comme un reproche.

— Il est vrai que ce n'est pas à Cambridge que tu trouveras un mari, admit-il.

Honoria pinça les lèvres. Elle regrettait d'avoir abordé le sujet.

— Les étudiants sont trop jeunes, insista-t-il.

Cette fois, elle ne put s'empêcher de mordre à l'hameçon.

— Ils ont le même âge que moi.

— Alors c'est bien la véritable raison de ta venue ici ? Tu veux rencontrer des étudiants avant qu'ils ne retournent à Londres ?

— Je te l'ai dit, nous sommes venues assister à des cours.

— Oui. En grec ancien.

— *Marcus.*

Il eut un vague sourire. Marcus ne se départait jamais vraiment de son sérieux. Il était si guindé, tout en retenue, dans le contrôle absolu de ses émotions. La plupart de ses sourires devaient passer inaperçus. Il avait de la chance qu'elle le connaisse si bien. N'importe qui d'autre l'aurait cru totalement dépourvu d'humour.

— Qu'est-ce que cela signifie ? s'enquit-il.

— Quoi donc ?

— Tu viens de lever les yeux au ciel.

— Vraiment ?

Elle ne s'en était même pas rendu compte. Mais pourquoi l'observait-il avec une telle attention ? C'était *Marcus*, sapristi !

Elle détourna les yeux vers la vitre.

— Tu crois que la pluie faiblit ?

— Non, répondit-il sans même regarder à l'extérieur.

La question n'appelait pas vraiment de réponse. Elle était surtout destinée à dévier la conversation.

La pluie continuait de marteler le toit de la voiture dans un crépitement incessant.

— Veux-tu que je te ramène chez les Royle ?

— Non, merci.

Honoria tendit le cou pour tenter de distinguer à travers le carreau et le rideau de pluie la boutique de Mlle Pilaster. Elle ne voyait pas à l'intérieur évidemment, mais c'était une bonne excuse pour ne pas affronter le regard de Marcus.

— Je vais rejoindre mes cousines dès qu'il y aura une accalmie.

— Tu as faim ? Je suis passé chez *Flindle* et j'ai acheté quelques gâteaux pour rapporter à la maison.

— Des gâteaux ?

Elle avait presque soupiré – gémi ? Peu importait. Marcus savait parfaitement qu'elle avait un faible pour les gourmandises. Lui-même était un bec sucré et, comme Daniel n'aimait pas beaucoup les desserts, ils s'étaient plus d'une fois retrouvés devant une assiette, à se goinfrer de douceurs. Daniel les traitait alors de sauvages, ce qui faisait rire Marcus, sans que Honoria comprenne bien pourquoi.

Il se pencha pour ramasser une boîte en carton posée à ses pieds.

— Tu adores toujours le chocolat ?

— Oui.

Elle lui adressa un sourire complice. Déjà, l'eau lui venait à la bouche.

Marcus eut un sourire nostalgique.

— Tu te souviens de cette tarte qu'avait préparée la cuisinière ?

— Celle que le chien avait léchée ?

— J'en aurais presque pleuré.

— Je crois que j'ai bel et bien versé quelques larmes.

— J'en ai quand même pris une bouchée.

— Pas moi. Mais elle sentait divinement bon et elle avait l'air délicieuse.

— Oh, elle l'était ! confirma-t-il, perdu dans ses souvenirs. Elle l'était.

— J'ai toujours soupçonné Daniel d'avoir fait entrer le chien exprès.

— J'en suis sûr. Il avait une bonne tête de coupable.

— J'espère que tu lui as botté le train.

— Et comment. Il a eu les fesses bleues pendant une semaine.

Honoria sourit.

— Tu ne l'as pas vraiment fait, n'est-ce pas ?

— Non, pas vraiment.

Avec un petit rire, il lui tendit un gâteau au chocolat de forme rectangulaire, niché dans son papier gaufré blanc. L'odeur était alléchante. Honoria prit une profonde inspiration, un sourire béat aux lèvres. Elle avait l'impression de revenir plusieurs années en arrière, d'être de nouveau cette fille qui avait à ses pieds un monde regorgeant de promesses mirifiques.

Elle se rendait compte tout à coup combien cela lui avait manqué, ce sentiment d'appartenance, cette complicité avec quelqu'un qui la connaissait par cœur et aimait rire en sa compagnie.

Étrange que cela lui arrive en présence de Marcus… Et en même temps, pas étrange du tout.

Elle s'empara du gâteau.

— Malheureusement je n'ai pas de cuillère, s'excusa Marcus.

— Je risque de faire des dégâts, prévint-elle, priant pour qu'il traduise cela par : « Je t'en supplie, dis-moi que ça t'est égal si je mets des miettes plein ta banquette. »

— Je vais en manger un aussi, comme cela tu te sentiras moins seule.

— C'est gentil de ta part.

— C'est mon devoir de gentleman.

— De manger un gâteau ?

— Certains devoirs sont plus agréables que d'autres.

Honoria pouffa, puis mordit dans le gâteau.

— Oh, Seigneur !

— C'est bon ?

— Succulent. Divin. Encore meilleur que cela !

Souriant, il la regarda se régaler un instant, puis dévora son gâteau en deux bouchées, sous les yeux effarés de Honoria qui, désireuse de prolonger le plaisir, se força à grignoter sa part.

— Tu faisais toujours cela, remarqua-t-il.

— Quoi donc ?

— Déguster ton dessert en prenant tout ton temps, histoire de nous torturer.

— Histoire d'en profiter au maximum, rectifia-t-elle. Et si c'est une torture pour toi, je n'y peux rien.

— Tu es sans pitié.

— Avec toi, toujours.

Il rit de nouveau et Honoria songea que, décidément, il n'était pas le même en société et en privé. Elle avait presque l'impression d'avoir devant elle l'ancien Marcus, celui qui avait quasiment élu domicile à Whipple Hill. Il était devenu un membre de la famille à part entière, avait même participé à ces ridicules petites saynètes qu'ils improvisaient. Chaque fois, il choisissait le rôle de l'arbre. Elle avait toujours trouvé cela très drôle.

Elle aimait ce Marcus-là. Elle l'avait adoré.

Depuis quelques années, toutefois, il avait été remplacé par un tout autre Marcus, taciturne, glacial, que le reste du monde connaissait sous le nom de lord Chatteris. Ce qui était vraiment triste. Pour elle bien sûr, mais sans doute encore plus pour lui.

Elle termina son gâteau, s'efforçant d'ignorer son regard narquois, puis accepta le mouchoir qu'il lui tendait pour s'essuyer les doigts.

— Merci.

— Quand dois-tu...

Il fut interrompu par quelques coups frappés au carreau. Un valet vêtu d'une livrée familière venait d'apparaître.

— Je vous demande pardon, milord. Est-ce lady Honoria qui est avec vous ?

— En effet.

— Je le connais, dit Honoria, un peu embarrassée. Il est au service des Royle. Il faut que j'y aille, les filles doivent m'attendre.

— Je passerai te rendre visite demain.

Honoria, qui se penchait vers la portière, se figea.

— Quoi ?

— Je ne pense pas que ton hôtesse pousse les hauts cris, rétorqua-t-il en arquant un sourcil.

Honoria faillit rire. Mme Royle, pousser les hauts cris parce qu'un jeune comte célibataire s'invitait chez elle ? On aurait de la chance si elle n'organisait pas une parade !

— Je suis sûre qu'elle sera enchantée.

— Parfait.

Il se racla la gorge, avant d'ajouter :

— Cela faisait trop longtemps qu'on ne s'était pas vus.

Elle lui jeta un regard étonné. Elle doutait que Marcus pense à elle quand il était tout seul chez lui.

— Je suis content que tu ailles bien, déclara-t-il encore abruptement.

— Eh bien, à demain, murmura-t-elle, déroutée par son comportement.

— À demain.

Marcus regarda Honoria s'éloigner en compagnie du valet des Royle. Une fois certain qu'elle était en sécurité, il frappa trois fois sur la paroi qui le séparait du cocher pour que celui-ci se mette en route.

Il ne s'attendait pas à croiser Honoria à Cambridge. S'il ne suivait pas vraiment ses allées et venues quand il n'était pas à Londres, il s'étonnait de ne pas avoir su qu'elle séjournait ici, tout près de chez lui.

Sans doute aurait-il dû commencer à organiser son départ pour Londres. Il n'avait pas menti tout à l'heure : certaines affaires avaient besoin d'être réglées à Fensmore. Néanmoins, il aurait été plus juste de dire qu'il n'avait aucune envie de quitter la campagne. Rien ne le retenait réellement à Cambridge.

De plus, il détestait la saison londonienne.

Mais si Honoria se mettait en quête d'un mari, il serait obligé de faire le déplacement afin de s'assurer qu'elle ne commettait pas d'erreur désastreuse.

Il avait un serment à honorer.

Daniel Smythe-Smith avait été son plus proche ami. Son seul *véritable* ami.

Il avait un millier de connaissances et un seul ami.

Depuis toujours.

Mais Daniel était parti. Il se trouvait quelque part en Italie, si ce qu'il racontait dans sa dernière lettre était toujours d'actualité. Et il n'était pas près de revenir, puisque le marquis de Ramsgate, ivre de vengeance, le poursuivait toujours de sa vindicte.

Quel gâchis que cette histoire.

À l'époque, Marcus avait pourtant mis Daniel en garde : il ne devait pas jouer aux cartes avec Hugh Prentice. Mais Daniel s'était contenté de rire, bien résolu à tenter sa chance.

Prentice gagnait toujours. *Toujours.* Il était d'une intelligence redoutable, tout le monde le savait. En maths, en physique, en philosophie, c'était lui qui avait fini par donner des cours aux professeurs de l'université. Hugh Prentice ne trichait pas aux cartes, mais il gagnait tout le temps parce qu'il était doté d'une mémoire phénoménale et d'un esprit d'analyse qui disséquait le monde en schémas et en équations. C'était du moins ce qu'il avait dit à Marcus, quand tous deux étudiaient à Eton.

À dire vrai, Marcus n'avait pas bien compris ses explications, et pourtant il était deuxième de sa classe en maths. Mais comparé à Hugh... Bref, personne ne pouvait se comparer à lui.

Ainsi il fallait être stupide pour l'affronter aux cartes. Sauf que ce soir-là Daniel n'était pas dans son état normal. Il avait bu et était encore euphorique après quelques galipettes dans le lit d'une fille complaisante. Il avait donc pris place face à Hugh pour entamer une partie.

Qu'il avait gagnée.

Marcus n'en avait pas cru ses yeux.

Pas parce qu'il soupçonnait son ami d'avoir triché. Personne n'aurait osé accuser Daniel de tricher.

Tout le monde l'aimait. Tout le monde lui faisait confiance.

Il n'en restait pas moins que personne ne battait jamais Hugh Prentice !

Hugh avait bu, lui aussi. Comme tout le monde. Et quand il avait renversé la table en accusant Daniel d'avoir triché, ça avait été le chaos.

Aujourd'hui, Marcus ne se rappelait même plus exactement quels propos avaient été tenus. En quelques minutes, l'affaire s'était conclue par un rendez-vous sur le pré à l'aube. Pour un duel au pistolet.

On aurait pu espérer que le lendemain, enfin dégrisés, les deux adversaires auraient mesuré l'ampleur de leur stupidité.

Mais non.

Hugh avait tiré le premier. La balle avait éraflé l'épaule gauche de Daniel. Et tandis que tout le monde autour se récriait avec indignation – la courtoisie aurait voulu qu'il tire en l'air –, Daniel avait fait feu à son tour.

Et Daniel – qui n'avait jamais su viser – avait touché Hugh en haut de la cuisse. Le sang s'était mis à gicler, en de telles quantités que ce souvenir suffisait à donner la nausée à Marcus. Le médecin était intervenu. Ce déluge écarlate signifiait que la balle avait atteint l'artère. Et durant trois jours, Hugh était resté entre la vie et la mort. En raison de l'hémorragie massive, personne ne s'était soucié de son fémur brisé.

Il avait survécu. Mais il ne marchait plus sans sa canne. Et son père, le très puissant marquis de Ramsgate, ivre de rage, avait juré de traîner Daniel en justice.

Celui-ci s'était enfui en Italie.

Avant de partir, devant le bateau qui s'apprêtait à quitter le quai, haletant et échevelé, il avait adressé cette ultime requête à Marcus :

— *Promets-moi que tu veilleras sur Honoria ! Veille à ce qu'elle n'épouse pas le premier idiot venu.*

Évidemment, Marcus avait dit oui. Le moyen de faire autrement ? Jamais il n'avait parlé de cette promesse à Honoria. Cela aurait été une belle erreur. Il n'était déjà pas simple de la surveiller à son insu. Si elle avait appris qu'il épiait ses faits et gestes, elle aurait été furieuse. Et il n'avait pas besoin qu'elle lui mette en plus des bâtons dans les roues.

Ce qu'elle aurait fait, il en était certain.

Elle n'était pas d'une nature rebelle et, en général, elle se conduisait de manière raisonnable. Mais les femmes les plus sensées prenaient la mouche quand on se mêlait de leur donner des ordres.

Alors il la surveillait de loin et avait fait en sorte d'éloigner un ou deux prétendants indésirables.

Ou peut-être trois.

Ou quatre.

Il avait promis à Daniel.

Et Marcus Holroyd tenait toujours ses promesses.

2

— À quelle heure doit-il venir ?

— Je n'en sais rien, répondit Honoria pour la septième fois au moins.

Les jeunes filles étaient réunies dans le salon des Royle, décoré dans les tons gris-vert. La visite imminente de Marcus avait déjà été amplement commentée et analysée. Et maintenant, elle était célébrée par lady Sarah Pleinsworth, la cousine préférée de Honoria, par le biais d'une élégie dithyrambique.

— *La pluie battait au carreau / Quand il apparut, sombre et beau / Éclairant de sa présence sublime / Une journée triste comme un crime.*

Honoria faillit recracher sa gorgée de thé, et Cecily Royle ravala un sourire derrière sa tasse avant de demander :

— As-tu songé à faire de la prose, Sarah ?

— *Notre héroïne frémissante...*

— J'avais juste froid, précisa Honoria.

Iris Smythe-Smith, une autre de ses cousines, ajouta avec son ironie coutumière :

— Ce sont mes tympans qui frémissent.

Imperturbable, Sarah continua de déclamer :

— *Vibrant d'une passion incandescente...*

— Ce n'est pas vrai ! Tu inventes ! protesta Honoria.

— On ne peut pas brider le génie poétique, rétorqua Iris d'un ton suave.

— Ce poème devient rapidement autonome !

— Moi, cela commence à me plaire, affirma Cecily.

— *Le cœur frappé d'une grande détresse...*

— Oh, je t'en prie !

— Je trouve que Sarah se débrouille bien. Au moins, cela rime.

Sous leur regard perplexe, la poétesse s'était interrompue, la main tendue dans une posture dramatique, la bouche ouverte... en panne d'inspiration.

— Caresse ? suggéra Cecily. Prouesse ?

— Bougresse ? proposa Iris.

— Cela suffit, je vais devenir folle si je reste coincée ici avec vous une minute de plus, décréta Honoria.

Riant, Sarah se laissa tomber sur le divan.

— Le comte de Chatteris, dit-elle dans un soupir. Honoria, je ne te pardonnerai jamais de ne pas nous l'avoir présenté l'année dernière.

— Mais je l'ai fait !

— Alors tu aurais dû recommencer. Je ne crois pas qu'il m'ait adressé plus de deux mots de toute la saison.

— Il ne m'a pas parlé davantage. Marcus n'est pas très sociable, vous savez.

— Je le trouve très séduisant, déclara Cecily.

— Moi, je le trouve ténébreux, répliqua Sarah.

— Justement, c'est cela qui est séduisant.

— Pourquoi ai-je l'impression d'être piégée dans un mauvais roman de gare ? musa Iris.

— Honoria, tu n'as pas répondu à ma question. À quelle heure doit-il venir ?

— Je n'en sais rien, dit Honoria pour la huitième fois. Il ne me l'a pas précisé.

— C'est impoli, décréta Cecily en tendant la main vers l'assiette de biscuits.

— C'est sa façon de faire.

— Je trouve curieux que tu le connaisses si bien.

— Ils se fréquentent depuis des décennies. Des siècles ! affirma Sarah, avant d'ajouter avec malice : Il l'appelait même Moustique !

— Sarah ! C'était il y a une éternité. J'avais sept ans et lui douze.

— Ah, ceci explique cela ! Les garçons de cet âge sont de vraies brutes.

Honoria hocha la tête. Cecily avait sept frères plus jeunes qu'elle. Elle savait de quoi elle parlait.

— N'empêche que c'est une sacrée coïncidence que vous vous soyez croisés en pleine rue, reprit son amie.

— Oui, un hasard presque incroyable, renchérit Sarah.

— On pourrait presque croire qu'il t'a suivie.

— Ne dites pas n'importe quoi.

— J'ai dit *presque*.

— Cela n'a rien d'extraordinaire, il habite tout près d'ici, rappela Honoria avec un geste vague de la main.

Elle avait un sens de l'orientation déplorable et aurait été bien incapable d'indiquer le nord, sa vie en eût-elle dépendu. De Cambridge, elle n'aurait su quelle direction prendre pour se rendre à Fensmore.

— Son domaine est voisin du nôtre, précisa Cecily. Enfin, je devrais plutôt dire qu'il *entoure* le nôtre. Lord Chatteris possède la moitié du comté. Il me semble me souvenir que ses terres touchent Bricstan au nord et au sud. Et à l'ouest.

— Et à l'est ? s'enquit Iris. Pardon, mais c'est la suite logique.

— Ma foi... maintenant que j'y réfléchis, je crois que cette portion lui appartient également. On y accède par une petite langue de terrain, mais cela mène au presbytère. Je ne vois pas l'intérêt.

— C'est loin ? s'enquit Sarah.

— Bricstan ?

— Non, Fensmore !

— Non, pas vraiment. Bricstan est à une dizaine de lieues de Cambridge, Fensmore doit être à la même distance, approximativement. Et lord Chatteris a peut-être une résidence ici, à Cambridge. Je ne me souviens plus.

Les Royle étaient fermement ancrés en est-Anglie, ils possédaient une résidence à Cambridge et un manoir dans la campagne, un peu au nord. Et lors de leurs séjours londoniens, ils louaient une maison.

— Nous devrions y aller ce week-end, proposa soudain Sarah.

— Où cela ?

— À la campagne ?

— Oui, acquiesça Sarah, la voix frémissante d'excitation. Cela prolongera notre séjour de quelques jours seulement, et je ne pense pas que nos familles y voient un inconvénient. Ta mère pourrait organiser une petite fête, ajouta-t-elle à l'adresse de Cecily. Nous inviterons quelques étudiants. Ils seront sûrement contents d'échapper à leurs chères études.

— J'ai entendu dire qu'on mangeait très mal à l'université.

— Mmm, c'est une idée intéressante, murmura Cecily.

— Une idée brillante, tu veux dire ! Va vite demander à ta mère. Tout de suite, avant l'arrivée de lord Chatteris, lui conseilla Sarah.

Honoria sursauta.

— Vous n'avez quand même pas l'intention de l'inviter ?

Elle avait été heureuse de voir Marcus la veille, mais passer tout un week-end en sa compagnie, c'était bien la dernière chose qu'elle souhaitait. S'il venait, elle pouvait abandonner tout espoir d'attirer l'attention d'un jeune homme. Il rôderait dans les parages, en affichant un air renfrogné qui effrayerait tout le monde et elle serait condamnée à faire tapisserie.

— Bien sûr que non, rétorqua Sarah d'un ton exaspéré. Pourquoi séjournerait-il à Bricstan alors qu'il habite à côté et peut dormir dans son propre lit, au bout de la route ? Mais il acceptera sûrement de nous rendre visite, non ? Peut-être pour dîner ou pour participer à une partie de chasse ?

Si Marcus se retrouvait coincé un après-midi au milieu de ce troupeau de femelles, il était fort probable qu'il ait envie de leur tirer dessus.

— Ce serait parfait, poursuivit Sarah. Les étudiants seront d'autant plus enclins à accepter notre invitation s'ils savent que lord Chatteris sera présent. Ils voudront faire bonne impression. Il a une grande influence, vous savez.

— Tu viens de dire que tu ne comptais pas l'inviter.

Sarah lança un regard interrogateur à Cecily qui, après tout, était la fille de l'hôtesse susceptible d'envoyer les invitations.

— Je ne sais pas... Nous pouvons simplement laisser entendre qu'il sera le bienvenu ?

— Et, bien sûr, il ne va pas se douter une seule seconde de la vraie raison, marmonna Honoria.

Personne ne lui prêta attention.

— Il faut décider qui nous allons inviter, reprit Sarah. Voyons, il faut au moins quatre messieurs...

— Mais si lord Chatteris vient finalement, nous serons en nombre impair.

— Tant mieux pour nous. Nous n'allons pas nous limiter à trois invités, au risque de nous retrouver en surnombre si lord Chatteris nous snobe.

Honoria soupira. Sarah était tenace. Quand elle avait une idée en tête, il était impossible de l'en faire démordre.

— Je vais en parler à ma mère, décida Cecily en se levant. Il va falloir tout organiser au plus vite.

Sur ces mots, elle quitta le salon dans une envolée de mousseline rose.

Honoria lança un regard implorant à Iris. Celle-ci devait bien se rendre compte que l'affaire allait tourner au fiasco. Mais sa cousine haussa les épaules.

— Je trouve que c'est une bonne idée, Honoria.

— Oui, après tout, nous sommes venues à Cambridge pour faire des rencontres, leur rappela Sarah.

Elle avait raison. Mme Royle avait beau feindre de se soucier de leur culture générale, personne n'était dupe : leur séjour à Cambridge avait un tout autre but. Quand Mme Royle avait soumis l'idée à la mère de Honoria, elle s'était plainte que les étudiants demeurent encore à Oxford ou à Cambridge en début de saison et soient donc dans l'impossibilité de courtiser les débutantes à Londres. De fait, l'idée d'en piéger une poignée au manoir pour une partie de campagne la séduirait certainement.

Honoria allait devoir écrire à sa mère pour l'informer qu'elle resterait à Cambridge quelques jours de plus. Elle n'avait pas très envie de se servir de Marcus pour attirer d'autres messieurs, d'un autre côté elle ne pouvait pas laisser passer une telle occasion. Les étudiants étaient jeunes, certes, mais ce n'était pas un problème. S'ils n'étaient pas prêts à se laisser passer la corde au cou, ils avaient des frères aînés. Ou des cousins. Ou des amis.

Elle soupira. Tout cela ressemblait à un traquenard, mais avait-elle le choix ?

— Que diriez-vous d'inviter Gregory Bridgerton ? demanda Sarah. Cela me paraît judicieux. Il a beaucoup de relations haut placées. L'une de ses sœurs a épousé un duc, et une autre un comte. Et il est en dernière année à la faculté, il est donc peut-être prêt à se caser ?

Honoria avait rencontré M. Bridgerton à plusieurs reprises, le plus souvent lors du traditionnel récital de musique qu'organisaient les Smythe-Smith chaque année. Et ces soirées n'étaient certes pas l'occasion idéale pour faire la connaissance d'un jeune homme, à moins qu'il ne soit dur d'oreille.

On se disputait un peu dans la famille pour savoir qui avait eu en premier l'idée de ce rituel. Quoi qu'il en soit, en l'an 1807, quatre cousines Smythe-Smith étaient montées sur scène devant un parterre d'amis pour interpréter une œuvre de Mozart – qui ne leur avait pourtant rien fait. Pourquoi avait-on jugé bon de réitérer le massacre l'année suivante ? Personne ne le saurait jamais. Mais c'est bel et bien ce qui s'était passé, et encore l'année suivante, et celle d'après.

Dès lors, il fut décidé que toutes les filles Smythe-Smith apprendraient à jouer d'un instrument, afin de rejoindre le quatuor le moment venu.

Une fois intégrée à la formation, une fille ne la quittait que pour se marier. Ce qui, de l'avis de Honoria, était une motivation suffisante pour trouver un époux le plus vite possible.

Le plus étrange, c'est que personne ne semblait se rendre compte à quel point elles étaient mauvaises. Sa cousine Viola avait fait partie du quatuor six années de suite et en parlait encore avec une vive nostalgie. Elle s'était mariée six mois plus tôt, mais Honoria s'attendait presque à la voir planter son promis devant l'autel pour pouvoir continuer à nuire dans son rôle de premier violon.

C'était à n'y rien comprendre.

L'an passé, Honoria et Sarah avaient à leur tour sacrifié à la coutume, Honoria au violon, Sarah au piano. La pauvre Sarah était encore choquée par cette expérience. Elle avait pourtant l'oreille musicale et avait joué sa partition à peu près correctement. C'était du moins ce qu'on avait dit à Honoria qui, elle, n'avait entendu que les couinements de son violon et les rires étouffés de l'audience.

Sarah avait juré ses grands dieux qu'elle n'avait jamais rien vécu de plus humiliant de toute sa vie et qu'on ne l'y reprendrait plus. Honoria avait réagi de manière moins extrême. Pour tout dire, elle trouvait tout cela plutôt cocasse. Et de toute façon, elle ne pouvait rien y faire. On ne dérogeait pas à la tradition familiale et, à ses yeux, rien n'était plus important que la famille.

Rien.

À présent, il ne lui restait plus qu'à dénicher un homme sourd comme un pot, ou doté d'un solide sens de l'humour.

Gregory Bridgerton semblait être un bon candidat. Honoria ignorait s'il était mélomane, mais leurs chemins s'étaient croisés deux jours plus tôt, quand les quatre jeunes filles étaient allées prendre le thé en ville. Elle l'avait trouvé sympathique, sociable et très souriant. Il lui avait rappelé l'atmosphère joyeuse et turbulente qui régnait à Whipple Hill, à l'époque où la famille était au complet. Gregory venait lui aussi d'une famille nombreuse – il était le septième d'une fratrie de huit. Honoria étant elle-même la petite dernière, ils avaient certainement de nombreux points communs.

Oui, Gregory Bridgerton. Pourquoi n'y avait-elle pas songé plus tôt ?

Honoria Bridgerton.

Winifred Bridgerton.

Elle avait toujours souhaité appeler sa fille Winifred, donc mieux valait prendre ses précautions et vérifier si ce prénom sonnait bien avec son futur patronyme.

M. Gregory et lady Honor...

— Honoria ? Honoria !

Elle sursauta. Sarah la considérait d'un air irrité.

— Alors, que penses-tu de Gregory Bridgerton ?

— Hum... oui, je vote pour, acquiesça Honoria d'un ton détaché.

— Bien, qui d'autre ? Il faut faire une liste.

— Pour quatre personnes ? s'étonna Honoria.

— Tu ne manques pas de détermination, murmura Iris.

— Il le faut bien ! rétorqua Sarah, farouche.

— Tu crois vraiment que tu vas réussir à te faire épouser en l'espace de deux semaines ? s'enquit Honoria.

— Pourquoi deux semaines ? Je ne vois pas de quoi tu parles.

— Oh, je t'en prie ! Il n'y a que nous ici, tu peux dire la vérité.

— Est-on obligée de participer au récital quand on est fiancée ? s'enquit Iris.

— Oui, répondit Honoria.

— Non, la contredit Sarah d'un ton ferme.

— Bien sûr que si, insista Honoria.

Sarah pivota vers Iris qui venait de pousser un soupir.

— Ne te plains pas. Tu n'as pas été obligée de jouer l'année dernière.

— Et tu n'imagines pas à quel point je m'en réjouis, avoua Iris, qui devait rejoindre le quatuor cette année pour jouer du violoncelle.

— Et toi Honoria, inutile de te moquer. Tu es aussi désireuse que moi de mettre le grappin sur un mari.

— Mais je n'envisage pas de boucler l'affaire en deux semaines uniquement pour échapper au concert.

— Je ne dis pas que j'épouserai le premier venu, rétorqua Sarah avec un reniflement. Toutefois, si d'aventure lord Chatteris tombait éperdument amoureux de moi...

— Cela ne risque pas d'arriver !

Se rendant compte qu'elle venait de manquer de tact, Honoria reprit plus gentiment :

— Crois-moi, Marcus n'est pas du genre à s'amouracher d'une débutante.

— L'amour réserve parfois des surprises, figure-toi.

Mais Sarah semblait surtout chercher à se convaincre elle-même.

— Même si Marcus tombait amoureux de toi – je n'y crois pas une seconde, et cela n'a rien à voir avec toi –, il lui faudrait beaucoup plus que quinze jours pour éprouver un attachement sincère.

Honoria fit une pause et tenta de se rappeler le début de sa phrase. Qu'avait-elle eu l'intention de dire à l'origine ? Parce qu'elle avait l'impression de n'avoir pas terminé.

— Je peux savoir où tu veux en venir ? lança Sarah en croisant les bras. Parce que pour le moment, je me sens franchement insultée.

— Je veux simplement dire que si Marcus tombait amoureux, ce serait de la manière la plus classique, la plus ordinaire qui soit.

— L'amour n'est-il jamais ordinaire ? intervint Iris.

Cette remarque philosophique plongea l'assemblée dans un silence circonspect, qui ne dura, hélas, que quelques secondes.

— Marcus n'est pas du genre à se précipiter dans le mariage, s'entêta Honoria. Il déteste attirer l'attention. Il a horreur de cela. Et il ne t'épousera pas pour t'épargner le récital, c'est une certitude.

Sarah demeura un instant dressée sur ses ergots, puis ses épaules se voûtèrent et elle laissa échapper un soupir.

— Alors peut-être Gregory Bridgerton, hasarda-t-elle d'un air déçu. Je sens qu'il a une veine romantique.

— Tu as envie de te faire enlever ? ironisa Iris.

— Voyons, personne ne va enlever personne ! s'écria Honoria. Et vous jouerez toutes les deux au concert le mois prochain.

Comme ses cousines lui jetaient un regard où la détresse se mêlait à l'indignation, elle ajouta plus doucement :

— Vous le savez bien. C'est notre devoir.

— Notre devoir ? répéta Sarah. Jouer comme des casseroles ?

— Mais oui.

Iris éclata de rire.

— Ce n'est pas drôle, grogna Sarah.

— Oh si ! assura Iris en s'essuyant les yeux.

— Tu riras moins quand tu devras monter sur scène.

— C'est bien pour cela que j'en profite maintenant.

— Bon, à propos de cette partie de campagne ? fit Sarah, revenant à ses moutons.

— Je suis toujours d'accord, déclara Honoria. Je dis juste qu'il ne faut pas espérer qu'elle nous sauve du récital.

Sarah alla s'installer au bureau et saisit une plume.

— Nous sommes toutes d'accord pour inviter M. Bridgerton, alors ?

Honoria interrogea Iris du regard. Toutes deux hochèrent la tête.

— Qui d'autre ?

— Vous ne croyez pas que nous devrions attendre Cecily ? suggéra Iris.

— Neville Berbrooke ! lança Sarah. Il est de la famille de M. Bridgerton.

Honoria connaissait bien les Bridgerton – tout le monde les connaissait dans la région –, mais elle n'avait jamais entendu dire qu'ils étaient apparentés aux Berbrooke.

— Première nouvelle.

— La sœur de la femme du frère de Gregory a épousé le frère de Neville, expliqua Sarah.

— Ce qui fait de Gregory et de Neville… de vagues connaissances ?

— Ils sont cousins. Enfin, beaux-frères.

— Au troisième degré, alors, observa Iris.

— Honoria, fais-la taire ! supplia Sarah.

Honoria se mit à rire. Iris l'imita, et Sarah se laissa finalement contaminer par leur hilarité.

Honoria se leva et alla impulsivement serrer Sarah dans ses bras.

— Tu verras, tout ira bien, la rassura-t-elle.

À cet instant, Cecily refit son apparition, sa mère sur les talons.

— Maman adore notre idée, annonça-t-elle.

— En effet, confirma Mme Royle, qui se dirigea vers le bureau et s'assit sur la chaise que Sarah s'était empressée de libérer.

Mme Royle était une femme *moyenne* en toutes choses. Taille moyenne, corpulence moyenne, cheveux châtain moyen. Ses yeux marron n'étaient ni très foncés ni très clairs. Même sa robe était entre deux teintes, d'un mauve hésitant entre le lavande et le rose.

En revanche l'expression de son visage n'avait rien de mitigé. Elle semblait prête à prendre la tête d'une armée, et il était clair qu'elle ne ferait pas de prisonniers.

— C'est une idée de génie, mesdemoiselles. J'ignore pourquoi je n'y ai pas pensé plus tôt. Il va falloir faire vite, bien sûr. Nous enverrons un messager à Londres cet après-midi afin d'avertir vos familles que votre retour sera différé. Dites-moi, lady Honoria, enchaîna-t-elle, Cecily me dit que vous pourriez nous assurer la présence de lord Chatteris. Est-ce vrai ?

— Non ! se récria Honoria. Je peux essayer, bien sûr, mais...

— Soyez persuasive, la coupa Mme Royle. Ce sera votre mission pendant que nous autres organisons cette partie de campagne. Quand doit-il passer, à ce propos ?

— Je n'en ai aucune idée, répondit Honoria, qui avait cessé de compter le nombre de fois où on lui avait posé la question. Il ne me l'a pas dit.

— Il n'a pas pu oublier, tout de même ?

— Non, ce n'est pas son genre.

— C'est bien ce que je pensais. Néanmoins un homme est toujours moins investi qu'une jeune fille dans le processus de cour, murmura Mme Royle qui, sourcils froncés, semblait chercher quelque chose sur le plateau du bureau.

Le sang de Honoria ne fit qu'un tour. Mme Royle n'allait quand même pas imaginer que Marcus et elle...

— Il ne me courtise pas !

Comme Mme Royle lui décochait un regard dubitatif, elle insista :

— Je vous assure, il ne faut pas le considérer comme un prétendant.

Mme Royle reporta son attention sur Sarah qui, comprenant qu'on lui demandait son avis, répondit :

— Lord Chatteris et Honoria sont un peu comme frère et sœur. Ils se connaissent depuis très longtemps.

— Lord Chatteris était le meilleur ami de mon frère, précisa Honoria.

À la mention de Daniel, un lourd silence suivit. Honoria se demanda s'il fallait y voir un témoignage de respect ou de malaise, ou encore l'expression d'un regret, celui de savoir un si beau parti perdu pour les débutantes en chasse.

— Bien, quoi qu'il en soit, faites de votre mieux, Honoria. C'est tout ce que nous vous demandons, déclara Mme Royle.

Cecily, qui se tenait près de la fenêtre, recula vivement.

— Le voilà !

Sarah se leva d'un bond et se mit à lisser des plis imaginaires sur sa jupe.

— Tu es sûre ?

— Oui. Oh, Seigneur, quel magnifique attelage !

Le silence retomba de nouveau tandis qu'elles attendaient, pétrifiées, comme si le temps s'était suspendu. Honoria était presque certaine que Mme Royle retenait son souffle.

Iris se pencha pour lui chuchoter à l'oreille :

— Nous aurons l'air malin si ce n'est pas lui.

Honoria ravala un gloussement et lui donna un discret coup de pied. Iris se contenta de sourire.

Quelques secondes plus tard, le majordome frappait à la porte.

— Tiens-toi droite, Cecily, siffla Mme Royle, avant d'ajouter après réflexion : Et vous aussi, mesdemoiselles.

Le majordome apparut dans l'encadrement de la porte. Il était seul.

— Lord Chatteris vous prie de l'excuser, madame.

Les épaules se voûtèrent et ces dames s'affaissèrent sur leurs sièges respectifs telles des baudruches dégonflées d'un coup d'épingle.

— J'ai une lettre de sa part, poursuivit le major-dome.

Mme Royle tendit la main, mais il ajouta alors :

— Elle est adressée à lady Honoria.

Honoria se redressa et, consciente que tous les regards étaient braqués sur elle, s'efforça de ne pas montrer son soulagement.

— Euh... merci, dit-elle en prenant le pli sur le plateau qu'on lui tendait.

— Que dit-il ? l'interrogea Sarah avant même qu'elle ait brisé le cachet de cire.

— Un instant, s'il te plaît.

Honoria s'approcha de la fenêtre afin de lire la missive dans une intimité relative. Elle parcourut rapidement les trois phrases griffonnées sur le vélin et annonça :

— C'est très banal. Un contretemps l'oblige à se décommander.

— Il ne dit rien d'autre ? s'étonna Mme Royle.

— Lord Chatteris n'est pas quelqu'un de très loquace.

— Les hommes puissants ne perdent pas leur temps à se justifier, commenta Cecily d'un ton docte.

Chacune parut méditer cette remarque lourde de sens dans un silence que Honoria s'empressa de rompre d'un ton enjoué :

— Il nous salue toutes.

— Mais il ne daigne pas se déplacer pour nous rendre visite, marmotta Mme Royle.

Le projet de partie de campagne semblait en suspens. Les jeunes filles échangèrent des regards circonspects, se demandant visiblement laquelle oserait poser la question fatidique. Finalement, tous les regards convergèrent sur Cecily. C'était son rôle, après tout. Toute autre intervention aurait semblé impertinente.

— Désirez-vous toujours organiser une fête à Bricstan, maman ?

Lèvres pincées, Mme Royle paraissait plongée dans ses pensées.

Cecily toussota, puis :

— Maman ?

— Oui, cela reste une bonne idée, acquiesça Mme Royle d'un ton ferme.

— Alors nous pouvons inviter les étudiants ?

— J'ai pensé à M. Gregory Bridgerton, intervint Sarah. Et à M. Neville Berbrooke.

— Bon choix, approuva Mme Royle. Tous deux sont issus d'excellentes familles. Je vais rédiger les invitations sur-le-champ.

Elle saisit plusieurs feuillets de papier à lettres, en tendit un à Honoria.

— Excepté celle-ci.

— Je… je vous demande pardon ? bégaya Honoria.

En réalité elle avait parfaitement compris ce que leur hôtesse avait en tête.

— C'est à vous d'inviter lord Chatteris. Dites-lui que nous serions ravies qu'il nous honore de sa présence un après-midi. Samedi ou dimanche, à sa convenance.

— Ne vaut-il pas mieux que l'invitation émane de vous, maman ? risqua sa fille.

— Non, Cecily. Si lady Honoria est une amie proche, il y a moins de risques qu'il refuse.

Mme Royle agita la main et Honoria n'eut d'autre choix que de saisir le vélin ivoire.

— N'allez pas croire pour autant que nous sommes en froid, précisa Mme Royle. Nous avons d'excellentes relations avec tout le voisinage.

— Bien sûr, murmura Honoria.

Par chance, Mme Royle occupant le bureau, cela la laissait libre de se réfugier dans sa chambre pour rédiger l'invitation.

Et donc d'écrire ce qu'elle voulait.

Marcus,
Mme Royle me prie de t'inviter à Bricstan ce week-end. Elle y organise une partie de campagne avec les trois jeunes filles dont je t'ai parlé, et elle a également l'intention d'y convier des étudiants de l'université. Je t'en conjure, <u>refuse cette invitation</u>. Je suis sûre que tu vas t'ennuyer à mourir et, te sachant mal à l'aise, je le serai forcément.
Avec toute mon affection, et cetera, et cetera,

Honoria

Tout autre homme aurait vu un défi dans cette invitation et l'aurait accepté dans la foulée. Pas Marcus, Honoria en avait la conviction. Il était peut-être hautain et autoritaire, mais il n'était pas méchant. Il ne lui infligerait pas une telle épreuve pour le simple plaisir de la contrarier.

Si Marcus était, à l'occasion, le fléau de son existence, au fond c'était un homme bien, à l'âme généreuse. Quelqu'un de raisonnable. Il se rendrait bien compte que la petite sauterie de Mme Royle était exactement le type de festivités qui lui donnait envie de se trancher la gorge.

Honoria prit soin de cacheter la missive avant de descendre la remettre à un valet qu'elle chargea de la commission.

La réponse de Marcus arriva quelques heures plus tard. Elle était adressée à Mme Royle.

— Que dit-il, maman ? demanda Cecily d'une voix essoufflée.

Elle s'était précipitée vers sa mère qui faisait sauter le sceau de cire, et même Iris ne put s'empêcher de tendre le cou pour voir par-dessus son épaule.

Honoria se contenta d'attendre dans son coin. Elle connaissait déjà la réponse.

Mme Royle sortit la feuille de l'enveloppe et la déplia :

— Il est au regret de décliner l'invitation.

Cecily et Sarah poussèrent une exclamation de dépit. Mme Royle coula un regard suspicieux à Honoria, qui s'efforça de prendre une mine affligée.

— J'ai fait de mon mieux, je vous assure. Mais lord Chatteris n'apprécie guère les réunions mondaines. Je vous l'ai dit, il n'est pas très sociable.

— Certes, murmura Mme Royle. Je ne me rappelle pas l'avoir vu danser plus de trois fois lors de la dernière saison. Alors que tant de jeunes débutantes attendaient un cavalier. C'était vraiment grossier de sa part.

— Il est pourtant bon danseur, remarqua Cecily.

Tous les regards se tournèrent vers elle.

— C'est vrai, dit-elle, sur la défensive. Il a dansé avec moi au bal des Mottram. Après tout, nous sommes voisins. Ce n'était que par politesse.

Honoria hocha la tête. Oui, Marcus dansait plutôt bien. Bien mieux qu'elle en tout cas, qui n'avait aucun sens du rythme. Sarah avait passé des heures à lui expliquer la différence entre la valse et les danses plus classiques, mais rien à faire, cela ne rentrait pas.

— Nous allons persévérer, déclara Mme Royle. Deux jeunes gens ont déjà accepté l'invitation, et je suis sûre que nous aurons la réponse des deux autres demain dans la matinée.

Plus tard dans la soirée, alors que Honoria montait se coucher, Mme Royle la prit à part.

— Pensez-vous qu'il y ait la moindre chance que lord Chatteris change d'avis, lady Honoria ?

— Je crains que non.

Mme Royle exprima sa contrariété par un petit claquement de langue.

— Quel dommage. Sa présence aurait été le clou de la fête. Eh bien, bonne nuit, ma chère. Faites de beaux rêves.

À quelques kilomètres de là, Marcus était assis dans son bureau, une tasse de cidre chaud à la main.

Il réfléchissait.

Il avait ri à la lecture de la lettre de Honoria, ce qui était sans doute le but recherché – hormis le fait qu'elle voulait l'empêcher de venir à la partie de campagne.

Il relut son bref message, et sourit. Il n'y avait qu'elle pour lui transmettre une invitation et le supplier de ne pas accepter deux phrases plus loin.

Il avait été content de la revoir. Cela faisait si longtemps. Il ne comptait pas les fois où ils s'étaient croisés à Londres en société, ces rencontres n'avaient rien à voir avec les moments heureux et insouciants passés en famille à Whipple Hill. À Londres il était toujours préoccupé, soucieux d'éviter les mères ambitieuses résolues à le marier à leur précieuse progéniture ou de surveiller Honoria.

Il passait son temps à se renseigner plus ou moins discrètement sur les agissements de la jeune fille et, à la réflexion, il était étonnant que personne n'ait pensé qu'il s'intéressait à elle.

L'an passé, fort des informations obtenues, il avait dissuadé quatre soupirants : deux chasseurs de dot, un sale type porté sur la cruauté, et un vieux beau imbu de sa personne. Honoria aurait sûrement été suffisamment sensée pour repousser les avances du dernier, mais le sale type cachait bien sa vraie nature, et les deux arrivistes avaient du charme à revendre – un atout somme toute indispensable quand on était chasseur de dot.

Honoria avait sans doute des vues sur un des étudiants invités par Mme Royle, et elle ne souhaitait pas que Marcus vienne lui mettre des bâtons dans les roues. Comme il n'avait aucune envie de participer à une partie de campagne, ils étaient plutôt d'accord.

D'un autre côté, il lui faudrait se renseigner sur ledit étudiant. Si celui-ci faisait partie de son cercle de connaissances, il mènerait sa petite enquête. Récupérer la liste des invités ne serait pas compliqué. Les domestiques avaient l'art et la manière de se procurer ce genre de choses.

Et puis, si le temps s'y prêtait, il pourrait toujours faire un saut à Bricstan. À cheval ou à pied. Un sentier forestier serpentait entre les deux propriétés. Cela faisait une éternité qu'il ne l'avait pas emprunté, ce qui était un peu irresponsable de sa part. Un propriétaire terrien se devait de connaître chaque recoin de son domaine.

Et si d'aventure il tombait sur les quatre jeunes filles, il pourrait engager la conversation pour leur tirer les vers du nez. Ainsi il satisferait sa curiosité tout en évitant la réception.

Il termina son cidre. Oui, c'était assurément la meilleure façon de procéder.

3

Le dimanche après-midi, Honoria avait acquis la conviction d'avoir fait le bon choix.

Gregory Bridgerton était le mari idéal.

La veille, au dîner, ils avaient été placés l'un à côté de l'autre. Gregory s'était montré charmant. S'il n'avait pas paru particulièrement ébloui par sa conversation ou son physique, aucune autre jeune fille n'avait non plus semblé retenir son attention. Il était gentil, courtois, et son sens de l'humour lui plaisait.

D'un point de vue purement pragmatique, Honoria estimait que si elle s'en donnait la peine, elle avait une bonne chance de l'attirer dans ses filets.

Gregory était un benjamin, ce qui signifiait que les débutantes motivées par un titre ronflant se détourneraient de lui. Et sans doute avait-il besoin d'argent. Sa famille était aisée et lui versait probablement une rente, mais les benjamins recherchaient des épouses nanties, c'était de notoriété publique.

Et de l'argent, Honoria en avait.

Sans être mirobolante, sa dot était confortable. Daniel lui en avait révélé le montant avant de quitter le pays, aussi savait-elle qu'elle ne se marierait pas les mains vides.

Il ne lui restait plus qu'à faire comprendre à M. Bridgerton qu'ils étaient faits pour s'entendre.

Et pour y parvenir, elle avait un plan.

L'idée lui était venue ce matin à la messe – à laquelle les messieurs pouvaient échapper, mais pas les dames. Ce plan n'avait rien de très compliqué. Elle avait juste besoin d'une belle journée ensoleillée, d'un sens de l'orientation à peu près opérationnel et d'une pelle.

Le premier point ne posait pas de problème. Le ciel était d'un bleu radieux quand elle était entrée dans la petite église de campagne, et c'était même ce détail qui l'avait mise sur la voie.

Pour ce qui était du sens de l'orientation, cela demanderait un peu plus d'efforts. Cela dit, ils avaient fait une promenade dans les bois la veille, aussi était-elle à peu près sûre de retrouver son chemin. Elle ne savait peut-être pas localiser le nord, mais elle pouvait au moins suivre un chemin bien entretenu.

Quant à la pelle, elle trouverait bien le moyen de s'en procurer une.

Quand les dames rentrèrent après l'office dominical, on les informa que ces messieurs étaient partis à la chasse et qu'ils rentreraient tard.

— Ils seront affamés, prédit Mme Royle. Nous devons prendre nos dispositions en conséquence.

Honoria fut apparemment la seule à ne pas comprendre que cela nécessitait de l'aide. Cecily et Sarah se précipitèrent à l'étage pour se changer, et Iris, prétextant une stupide migraine, se sauva de son côté. Honoria fut aussitôt alpaguée par Mme Royle qui l'entraîna vers les cuisines.

— J'avais l'intention de servir des tourtes à la viande. C'est pratique pour pique-niquer. Toutefois, si les messieurs se sont dépensés, il faudrait peut-être prévoir un autre plat de viande. Croyez-vous qu'ils apprécieraient des tranches de rosbif froid ?

— Tout le monde aime le rosbif froid.

— Avec de la moutarde ?

Honoria ouvrit la bouche pour répondre, mais Mme Royle enchaînait déjà :

— Nous servirons trois sortes de moutarde en condiment. Et des pommes de terre sautées.

Honoria attendit quelques secondes et, une fois sûre que Mme Royle attendait une réaction de sa part, elle opina.

— Oui, ce sera parfait.

Ce n'était pas une fulgurance intellectuelle, mais étant donné le sujet, ce n'était déjà pas mal.

Mme Royle s'arrêta net et Honoria faillit la percuter.

— Oh ! J'ai oublié d'en parler à Cecily !

— Lui parler de quoi ?

Mme Royle s'éloignait déjà pour héler une servante. Elle revint une minute plus tard et expliqua :

— Il est primordial qu'elle porte du bleu cet après-midi. Je me suis laissé dire que c'était la couleur préférée d'au moins deux de nos invités.

Comment avait-elle obtenu cette précieuse information ? Mystère.

— Et puis, cela s'accorde avec ses yeux.

— Oui, Cecily a de très beaux yeux.

Mme Royle considéra Honoria un instant, la mine pensive, avant de déclarer :

— Vous aussi, vous devriez envisager de porter cette couleur plus souvent. Vos yeux paraîtraient moins étranges.

— J'aime beaucoup mes yeux. C'est un trait de famille. Mon frère a les mêmes.

— Ah oui, votre frère ! Mon Dieu, quel gâchis, soupira Mme Royle.

Trois ans plus tôt, Honoria aurait pris ombrage de ce commentaire désobligeant. Elle était moins à vif sur la question, désormais. D'ailleurs Mme Royle avait raison. C'était un beau gâchis.

— Nous espérons le voir revenir un jour.

Mme Royle émit un reniflement qui traduisait son scepticisme.

— N'y comptez pas avant la mort de Ramsgate. Je le connais depuis l'époque où il courait en culottes courtes, et il a toujours été plus têtu qu'une bourrique.

Surprise par ce langage prosaïque dans la bouche de son hôtesse, Honoria arrondit les yeux.

— Mais je ne peux, hélas, rien y faire, conclut Mme Royle. Revenons à nos moutons. La cuisinière va préparer des crèmes à la vanille individuelles pour le dessert. Avec des framboises.

— Excellente idée, dit Honoria, qui avait compris que sa mission consistait uniquement à approuver les décisions de Mme Royle.

— Je devrais peut-être lui demander de faire un cake ? Elle est plutôt bonne pâtissière et ces messieurs auront très faim. La chasse est un sport éprouvant.

Honoria trouvait la chasse plus éprouvante pour les canards que pour les humains, mais elle garda cette réflexion pour elle.

— Vous ne trouvez pas curieux que les messieurs soient allés à la chasse plutôt qu'à la messe ? ne put-elle toutefois s'empêcher de demander.

— Ce n'est pas à moi de leur dicter leur conduite. Ce ne sont pas mes fils.

Il n'y avait nulle trace d'ironie dans son ton. Une fois de plus, Honoria opina du bonnet. Son instinct lui soufflait que le futur mari de Cecily aurait lui aussi intérêt à filer doux.

Daniel lui avait dit un jour que le meilleur conseil qu'il ait reçu concernant le mariage lui avait été donné par la terrifiante lady Danbury, une douairière d'âge canonique qui claironnait ses avis à tous ceux qui voulaient bien l'écouter, et aux autres aussi : tout homme devait avoir conscience qu'en épousant une femme il épousait aussi sa belle-mère.

Daniel... Comme il lui manquait !

À vrai dire Mme Royle n'était pas si pénible que cela. Elle était juste déterminée, et Honoria savait d'expérience que les mères déterminées étaient redoutables. À une certaine époque, la sienne avait eu, elle aussi, à cœur d'offrir les meilleures chances à ses filles. Elle avait nourri de grandes ambitions pour Margaret, Henrietta, Lydia et Charlotte, qu'elle avait parées des plus belles toilettes et qui étaient allées se pavaner dans les meilleures maisons. De fait, les sœurs de Honoria avaient toutes épousé de bons partis. Et cela n'avait pas pris plus d'une saison, deux maximum.

Honoria, en revanche, voyait approcher sa troisième saison, pourtant sa mère ne manifestait qu'un tiède intérêt pour son avenir. Bien sûr, en théorie elle souhaitait que sa fille se marie, mais elle ne s'investissait pas vraiment dans l'affaire.

Il n'y avait plus grand-chose qui suscitât son enthousiasme depuis que Daniel avait quitté l'Angleterre.

Si Mme Royle se démenait en tous sens pour faire cuire des gâteaux et habiller sa fille en bleu, elle agissait par amour, et Honoria ne pouvait le lui reprocher.

— C'est très aimable à vous de m'aider aux préparatifs, reconnut Mme Royle en lui tapotant le bras. Tout est plus facile quand quelqu'un vous prête main-forte, ma mère le disait toujours.

Honoria avait le sentiment que son hôtesse avait davantage besoin d'une paire d'oreilles que d'une paire de mains, toutefois elle acquiesça et suivit Mme Royle dans le jardin afin de superviser la préparation du pique-nique.

— J'ai l'impression que M. Bridgerton s'intéresse de très près à ma Cecily, dit encore Mme Royle, alors qu'elles émergeaient sous un ciel un peu moins bleu qu'en début de matinée. Qu'en pensez-vous, lady Honoria ?

— Je n'ai pas remarqué, répondit Honoria, secrètement alarmée.

— Oh, j'en suis quasi sûre ! Hier soir au dîner, il n'a pas arrêté de lui sourire.

— Il sourit à tout le monde.

— Peut-être, mais il avait un sourire *différent*.

— Si vous le dites.

Honoria regarda les nuages blancs qui commençaient à s'amonceler dans le ciel. Mme Royle suivit la direction de son regard et, se méprenant sur sa mine inquiète, soupira :

— Je sais, cela se couvre. J'espère que nous pourrons quand même pique-niquer. Ce serait tragique que nous soyons obligés de battre en retraite à l'intérieur. Hélas, nous ne pouvons rien faire d'autre qu'attendre et voir venir ! D'ailleurs, ce n'est pas si grave. Si nous rentrons, Cecily pourra montrer ses talents de pianiste à M. Bridgerton.

— Sarah aussi joue du piano.

— Vraiment ? fit Mme Royle avec indifférence. De toute façon, il y a peu de risque que le pique-nique soit annulé. Le ciel n'est pas très menaçant.

Honoria repéra un nuage plus sombre. Approchait-il ou s'éloignait-il ? Elle adressa une courte prière au ciel pour que le beau temps se maintienne. Elle avait un plan à mettre en œuvre, nom d'un chien. Un plan qui requérait l'emploi d'une pelle. Et, justement, on trouvait les pelles dans les jardins.

Elle jetait des coups d'œil discrets autour d'elle quand Mme Royle déclara :

— J'espère que Cecily a bien été prévenue qu'elle devait porter du bleu. Elle sera de mauvaise humeur si elle est obligée de se changer. J'espère, je l'avoue, que M. Bridgerton s'intéressera à Cecily. Bien sûr, ce serait encore mieux si c'était lord Chatteris. Savez-vous s'il aime le bleu ?

— Il ne vient pas au pique-nique, n'est-ce pas ? s'inquiéta Honoria.

— Non, mais c'est notre voisin. Et il faut saisir toutes les occasions qui se présentent, pas vrai ?

— Certes...

— Il est rare que lord Chatteris passe du temps avec une jeune fille – hormis vous, mais vous êtes amis d'enfance. Or il a dansé avec Cecily, insista fièrement Mme Royle. Sans compter que notre domaine jouxte le sien. Une telle union lui serait profitable.

Elle se dirigea vers une table ornée de compositions florales. Honoria la suivit sans trop savoir quoi dire.

— Évidemment, nous ne lui céderions pas toutes les terres, reprit son hôtesse. Je ne pourrais pas spolier Georgie de la sorte.

— Georgie ?

— Mon fils aîné.

Mme Royle pivota soudain pour envelopper Honoria d'un regard calculateur, puis balaya d'un geste l'idée qui lui était venue.

— Non, vous êtes trop vieille pour lui. Dommage.

Il n'y avait pas de réponse appropriée à une telle affirmation, décida Honoria.

— Nous pourrions cependant céder quelques acres. Cela en vaudrait la peine si Cecily devient comtesse.

— Je ne suis pas sûre que Marcus cherche une épouse.

— Balivernes. Tous les célibataires cherchent une femme. Mais ils ne le savent pas forcément.

— Je m'efforcerai de m'en souvenir, dit Honoria avec ironie.

— Vous feriez bien, acquiesça Mme Royle, ignorant sa tentative d'humour. À présent dites-moi ce que vous pensez de ces bouquets ? N'y a-t-il pas un peu trop de crocus ?

— Je les trouve magnifiques, surtout les mauves. Et nous sommes au début du printemps, les crocus sont en pleine floraison.

— Sans doute. Personnellement je trouve que c'est une fleur plutôt banale.

— Moi je les trouve très fraîches et bucoliques.

Mme Royle eut une mimique sceptique, avant de lâcher :

— Je vais demander à la cuisinière de préparer un cake.

— Cela vous ennuie si je reste ici m'occuper des fleurs ? s'enquit Honoria.

Mme Royle jeta un coup d'œil aux bouquets arrangés à la perfection, avant de reporter un regard perplexe sur la jeune fille.

— Juste pour leur donner un peu de... bouffant, expliqua Honoria.

— À votre guise. Mais n'oubliez pas de vous changer avant le retour des messieurs. Et n'allez pas mettre une robe bleue. Je veux que Cecily se distingue du lot.

— Je ne crois même pas avoir apporté de toilette bleue, répondit Honoria, diplomate.

— Tant mieux, tant mieux. Alors, amusez-vous bien à faire bouffer les fleurs.

Mme Royle regagna la maison. Honoria attendit un peu, à cause des domestiques qui allaient et venaient avec les couverts et les assiettes. Elle passa d'un bouquet à l'autre, tripota quelques tiges tout en balayant les alentours du regard. Elle finit par repérer enfin un scintillement métallique près d'un massif de roses. Après avoir vérifié que les serviteurs ne s'occupaient pas d'elle, elle s'aventura sur la pelouse.

Et découvrit une petite bêche oubliée par les jardiniers.

— *Merci*, articula-t-elle en levant les yeux au ciel.

Ce n'était pas une pelle, mais cela ferait l'affaire. Le problème consistait à la récupérer en toute discrétion. Il fallait réfléchir. Ses robes n'avaient pas de poches, et de toute façon, une bêche ne rentrerait pas dans une poche.

Pour l'heure, elle allait se contenter de cacher l'outil et de le récupérer un peu plus tard.

4

Mais que diable fabrique-t-elle ?

Marcus n'avait pas eu l'intention de se cacher en se promenant du côté de Bricstan. Mais quand il était tombé sur Honoria très occupée à creuser le sol au milieu du sentier, il n'avait pu s'empêcher de se glisser derrière un arbre pour l'espionner.

La jeune fille manipulait une petite bêche. Elle n'avait pas creusé longtemps et s'était redressée au bout d'une minute à peine, afin d'étudier le résultat de ses efforts. Puis elle avait posé le pied dans le trou – c'est à ce moment-là que Marcus s'était dissimulé derrière un arbre –, et elle avait jeté un regard autour d'elle avant d'aller cacher la bêche sous un tas de feuilles mortes.

Elle avait de nouveau considéré le trou, sourcils froncés, et, se ravisant apparemment, était repartie chercher sa bêche pour se remettre à l'œuvre.

Lorsqu'elle était retournée près du tas de feuilles, Marcus avait constaté qu'elle avait formé un petit monticule de terre triangulaire au-dessus du trou. Et il avait enfin compris.

Honoria venait de fabriquer une fausse taupinière.

Se rendait-elle compte qu'on ne trouvait pas de taupinière isolée dans les bois ? S'il y en avait une, il y en avait forcément d'autres un peu plus loin. Mais de toute évidence ce genre de détail ne la préoccupait pas. S'il se fiait au nombre de fois où elle avait testé la profondeur du trou, elle avait l'intention de simuler une chute. À moins qu'elle n'espère faire tomber quelqu'un dans le piège. De fait, il ne pouvait que lui donner raison : quand « l'accident » surviendrait, pas grand monde ne se soucierait de compter les taupinières alentour.

Il l'épia encore quelques longues minutes, durant lesquelles elle ne fit rien d'autre qu'observer sa fausse taupinière. Il aurait dû s'ennuyer à mourir, or il s'amusait grandement. Sans doute parce qu'il savait qu'au fond Honoria faisait tous ces efforts pour mettre un peu de piment dans sa vie. Il la vit encore parler à mi-voix, comme si elle répétait une scène. Puis, contre toute attente, elle se mit à valser au milieu du chemin avec un cavalier invisible.

Elle était étonnamment gracieuse. Finalement Honoria dansait bien mieux quand il n'y avait pas de musique. Dans sa robe vert amande, elle lui faisait penser à un elfe. Il pouvait presque l'imaginer vêtue de feuilles, sautillant entre les arbres de la forêt.

Honoria avait toujours été une fille de la campagne. À Whipple Hill, elle parcourait les bois, grimpait aux arbres et se laissait rouler au bas des prairies en pente. Quand Daniel et Marcus partaient en expédition, elle tentait toujours de les suivre, mais lorsqu'ils la chassaient, elle trouvait le moyen de se distraire. Un jour elle avait fait cinquante fois le tour de la maison, juste pour voir si elle en était capable. Et la demeure était vaste ! Le lendemain, elle avait eu des courbatures et même Daniel avait admis que, pour une fois, ce n'était pas du chiqué.

Marcus songea au manoir de Fensmore. Une propriété immense. Personne n'aurait eu l'idée d'en faire dix fois le tour, encore moins cinquante. Il réfléchit un instant. Il ne se souvenait pas que Honoria lui ait rendu visite là-bas. Quand aurait-elle eu l'occasion de le faire ? Enfant, il n'avait le droit d'inviter personne. Son père n'avait pas vraiment le sens de l'hospitalité, et d'ailleurs Marcus n'avait aucune envie de convier des camarades dans ce mausolée.

Au bout d'une dizaine de minutes, Honoria se lassa. Elle s'assit au pied d'un arbre, les coudes appuyés sur les genoux, le menton calé dans la main, et attendit.

Marcus commençait à s'ennuyer lorsqu'il entendit un lointain bruit de voix.

Honoria se releva d'un bond et se précipita vers la fausse taupinière pour y enfoncer le pied. Après quoi, elle s'allongea par terre dans une pose la plus gracieuse possible – ce qui n'était pas évident quand on avait le pied coincé dans une prétendue galerie de taupe.

Cela fait, elle poussa un cri perçant.

Les saynètes qu'ils interprétaient enfants lui avaient au moins appris à jouer la comédie. Sa petite mise en scène était assez convaincante, il fallait l'avouer.

Marcus attendit de voir ce qui allait se passer.

Attendit.

Et attendit encore.

Finalement, perdant patience, Honoria cria une deuxième fois.

Hélas, personne ne vola à son secours !

Elle cria encore, mais le cœur n'y était plus.

— Bon sang de bois ! pesta-t-elle en se hissant sur le coude pour libérer son pied.

Marcus s'esclaffa.

— Qui est là ? s'écria-t-elle.

Zut, il avait ri plus fort que prévu. Il se décida à émerger du bois. Il ne voulait pas l'effrayer.

— Marcus ?

Il la salua d'un signe de la main. Il aurait dit quelques mots, mais elle était toujours étalée par terre, sa chaussure couverte de terre, et elle faisait une tête... Oh, il n'avait jamais rien vu de plus drôle ! Elle était mortifiée et furieuse, sans qu'on sache quelle émotion l'emportait sur l'autre.

— Arrête de rire !

— Pardon.

— Que fais-tu ici ?

Elle affichait une mine si courroucée qu'il se retint à grand-peine d'éclater de nouveau de rire.

— J'habite ici, lui rappela-t-il, avant de s'approcher pour lui tendre la main, comme l'aurait fait n'importe quel gentleman.

Elle étrécit les yeux. De toute évidence, elle ne croyait pas une seconde qu'il était là par hasard.

— Du moins, j'habite tout près, corrigea-t-il. Et j'inspectais le sentier.

Elle accepta enfin sa main et se releva, puis elle entreprit de brosser ses jupes. Hélas, la terre humide avait laissé des traces brunâtres sur le tissu. Râlant et soupirant, Honoria s'acharna encore un instant, avant de renoncer.

— Depuis combien de temps es-tu là ?

— Plus longtemps que tu ne le souhaiterais, rétorqua-t-il en souriant.

Elle eut un grognement de dépit.

— J'imagine que ce serait trop te demander que de bien vouloir garder cela pour toi ?

— Je n'en soufflerai mot à personne, promis.
Mais dis-moi, qui donc voulais-tu attirer dans ce
guet-apens ?

— Tu t'imagines que je vais te le dire ? Tu serais
la dernière personne au monde, crois-moi.

— Vraiment ? Tu préférerais le dire à la reine ?
Au Premier ministre ? Au...

— Arrête !

Elle ravala un sourire, puis se rembrunit dans
la foulée.

— Cela ne te dérange pas si je me rassois ? fit-elle
en retournant près de l'arbre. Ma robe étant déjà
tachée, cela ne fera aucune différence.

Elle s'assit, puis observa d'un ton sarcastique :

— C'est maintenant que tu es censé me dire que
j'ai l'air aussi fraîche qu'une fleur des champs.

— Cela dépend de la fleur, je suppose.

Elle leva les yeux au ciel, expression aussi comique
que familière. Combien de fois l'avait-il vue exprimer son exaspération de cette manière au cours des
quinze dernières années ?

Maintenant qu'il y pensait, ce devait être la seule
femme au monde à lui parler franchement, sarcasmes
inclus. Les autres étaient trop impressionnées par son
titre et ne savaient que minauder ou le flatter ou lui
dire ce qu'elles pensaient qu'il avait envie d'entendre.
Les hommes aussi. C'était en partie pour cette raison
qu'il s'ennuyait tant à Londres.

Le pire, c'était qu'il détestait les flagorneurs. Et
il détestait qu'on prenne des pincettes avec lui. Les
compliments lui étaient insupportables. Pourquoi
s'extasier sur son gilet alors que celui-ci était stric-
tement identique à celui des autres messieurs ?

Daniel était le seul homme dont il se sentait proche, et quand il était parti, il n'y avait plus eu personne. Les membres de sa famille proche étaient tous morts. Il fallait remonter l'arbre généalogique sur quatre générations pour trouver quelqu'un qui ait un vague lien de parenté avec lui. Il était le fils unique d'un fils unique. La dynastie Holroyd n'était pas très prolifique.

Adossé au tronc d'un arbre, il considéra Honoria qui semblait fatiguée par tous ces efforts inutiles, et malheureuse.

— Alors, cette partie de campagne n'a pas eu le succès escompté ? s'enquit-il. Dans ta lettre, tu m'as bien mis en garde.

— Parce que je savais que tu t'y ennuierais à mourir.

— Ce n'est pas sûr, objecta-t-il, tout en sachant qu'elle avait raison.

— Oh, je t'en prie ! Il n'y a que quatre jeunes filles, quatre étudiants, M. et Mme Royle. Et un chien, je crois.

— J'aime bien les chiens.

Honoria pouffa, puis, à l'aide d'une brindille, elle entreprit de tracer des arabesques dans la poussière du chemin. Quelques mèches raides s'échappaient de son chignon et lui pendouillaient dans le cou. Elle avait l'air abattu.

Il n'aimait pas cela.

Quelque chose n'allait pas. Honoria Smythe-Smith ne l'avait pas habitué à cela.

— Honoria ?

Elle releva vivement la tête.

— J'ai vingt et un ans, Marcus.

— Quoi ? Ce n'est pas possible ! s'exclama-t-il en commençant à compter mentalement.

— Je te jure que c'est vrai. L'année dernière, j'ai eu quelques soupirants, mais finalement aucun n'a daigné demander ma main. Je ne sais pas pourquoi, conclut-elle avec tristesse.

Marcus toussota et éprouva soudain le besoin de desserrer sa cravate.

— J'imagine que ce n'est pas plus mal, reprit-elle. Je n'étais pas particulièrement séduite. J'ai même vu l'un d'eux donner un coup de pied à un chien. Bien sûr, il n'est pas question que j'envisage d'épouser... enfin, tu vois.

Il hocha la tête.

Elle se redressa et afficha un sourire enjoué. Peut-être un peu trop enjoué.

— Mais cette année, je suis bien décidée à faire mieux.

— Je suis sûr que ce sera le cas.

Elle lui jeta un regard soupçonneux.

— Quoi ? Qu'est-ce que j'ai dit ? protesta-t-il.

— Rien. Mais tu n'as pas besoin d'être si condescendant.

— Je ne suis pas...

— Oh, Marcus, tu es *toujours* condescendant !

— Explique-toi.

— Tu sais bien ce que je veux dire.

— Pas du tout.

Elle se remit debout en ricanant, pointa le menton en avant d'un air supérieur.

— Tu regardes tout le monde comme cela.

— Si réellement je fais cette tête-*là*, tu as la permission de me tirer dessus !

— Voilà, c'est exactement la tête que tu fais en ce moment ! s'écria-t-elle d'un air triomphant. L'an dernier, tu as passé ton temps à me fusiller du regard.

Chaque fois que je te voyais, tu fronçais les sourcils d'un air désapprobateur.

— Je t'assure que ce n'était pas mon intention.

Ce n'était pas *elle*, qu'il désapprouvait, mais les prétendants qui lui tournaient autour.

Bras croisés, elle le dévisagea, l'air en colère.

— Y a-t-il quelque chose que je puisse faire pour toi ? s'enquit-il d'un ton prudent.

— Non. Merci.

Il soupira et changea d'approche.

— Honoria, tu n'as pas de père, et ton frère est à l'étranger. Quant à ta mère, elle va s'installer à Bath.

— Où veux-tu en venir ?

— Tu es seule au monde !

— J'ai des sœurs, protesta-t-elle.

— L'une d'elles t'a-t-elle proposé de venir vivre chez elle ?

— Bien sûr que non. Je vis chez ma mère.

— Qui va déménager à Bath, insista-t-il.

— Je ne suis pas seule !

Il détecta un sanglot dans sa voix. Pourtant, ravalant ses larmes, elle poursuivit d'une voix frémissante :

— J'ai une multitude de cousines et quatre sœurs qui m'inviteraient dans la seconde si elles pensaient que c'était nécessaire.

— Honoria...

— Et j'ai aussi un frère, même si nous ne savons pas où il est. Je n'ai pas besoin de...

Elle s'interrompit et cilla, comme si elle était la première surprise des mots qu'elle s'apprêtait à prononcer. Puis elle acheva :

— ... pas besoin de toi.

Un silence horrible suivit.

Marcus ne pensa pas à ces dîners joyeux qu'ils avaient partagés à la table familiale de Whipple Hill. Il ne pensa pas aux saynètes grotesques dans lesquelles il jouait toujours le rôle de l'arbre. Ni aux jeux, aux batailles, aux escapades. À tous ces moments passés ensemble. Non, il fut absolument certain de ne pas y penser face à cette fille qui venait de lui dire qu'elle n'avait pas besoin de lui.

C'était sans doute vrai.

Elle était adulte, maintenant.

Nom de nom.

Il se ressaisit. Peu importait, de toute façon. Il avait fait une promesse à Daniel. Il avait juré de protéger Honoria, et il le ferait.

Il chercha une manière délicate de présenter les choses, pour ne pas la froisser. Et y renonça.

— Tu as besoin d'aide, lâcha-t-il dans un soupir.

— Tu veux jouer les tuteurs ?

— Non ! Crois-moi, c'est la dernière chose que je souhaite.

— Parce que je suis impossible ?

— Je n'ai pas dit cela.

Seigneur, comment la conversation avait-elle pu dégénérer à ce point ?

— Je veux juste t'offrir mon aide.

— Je n'ai pas besoin d'un deuxième frère.

— Je ne veux pas être ton frère, rétorqua-t-il.

Et soudain, il la vit différemment. Pour la toute première fois. Était-ce ses yeux, son teint, ses joues rosies ? Ou sa respiration haletante ? L'arrondi de sa joue ? Ou cette petite zone tendre juste sous…

— Tu as de la terre sur le menton, dit-il en lui tendant son mouchoir.

Ce n'était pas vrai, mais il voulait changer de sujet. Le plus vite possible. Elle se tamponna le visage avec le carré de tissu, fronça les sourcils en constatant qu'il était toujours aussi propre, recommença.

— C'est parti, assura-t-il.

Elle lui rendit son mouchoir, puis demeura immobile, l'air renfrogné. On aurait dit qu'elle avait de nouveau douze ans.

— Honoria, reprit-il d'un ton patient, en tant que meilleur ami de Daniel...

— Arrête.

Il prit une profonde inspiration, puis :

— Pourquoi est-ce si difficile d'accepter de l'aide ?

— Tu aimes cela, toi ?

— Quoi donc ?

— Accepter l'aide des autres ?

— Cela dépend de la personne qui l'offre.

— Et si c'était moi ? Imagine. Imagine que nos rôles soient inversés.

— Eh bien, si c'était dans un domaine où tu es compétente, oui, je serais heureux d'accepter ton aide.

Il était satisfait de sa réponse, courtoise, conciliante, et qui ne l'engageait pas à grand-chose.

Honoria garda le silence un moment, puis secoua brièvement la tête.

— Il faut que je rentre.

— Ils vont s'apercevoir de ton absence ?

— Ils auraient dû s'en apercevoir depuis longtemps, marmonna-t-elle.

— Ah oui, c'est vrai, tu t'es tordu la cheville ! dit-il d'un air faussement compatissant.

Elle lui jeta un regard mauvais, puis s'éloigna d'un pas martial. Dans la mauvaise direction.

— Honoria !

Elle pivota.

Réprimant à grand-peine un sourire, il pointa le doigt vers le sud.

— Bricstan est de ce côté.

Dents serrées, elle rebroussa chemin. Mais alors qu'elle passait à sa hauteur, son pied buta sur une racine et elle perdit l'équilibre. Marcus réagit en gentleman. D'instinct, il s'élança pour la retenir.

Sans voir cette maudite taupinière.

Son pied flancha et, à sa grande honte, il lâcha un juron tandis que tous deux s'affalaient sur le sol. Honoria sur le dos. Et lui sur elle.

Il prit aussitôt appui sur les coudes pour ne pas l'écraser. Était-elle blessée ? Il aurait voulu lui poser la question, mais il avait le souffle coupé.

Honoria le dévisageait de ses grands yeux lavande, lèvres entrouvertes, haletante.

Alors il fit ce que n'importe quel homme aurait fait à sa place. Il inclina la tête et...

5

L'instant d'avant, Honoria était debout – en équilibre précaire, soit. Elle avait tellement hâte de s'éloigner de Marcus qu'elle n'avait pas regardé où elle marchait et avait perdu l'équilibre.

Mais elle se serait redressée s'il n'avait pas littéralement volé à son secours.

En prime, elle avait reçu son épaule en plein thorax. Le souffle coupé, elle s'était effondrée en l'entraînant dans sa chute. Et il avait atterri sur elle.

Puis toute pensée cohérente s'était effacée devant les sensations nouvelles qui l'assaillaient.

C'était la première fois qu'un corps masculin était pressé contre le sien – Seigneur, à quelle occasion cela aurait-il bien pu lui arriver ? Bien sûr, elle avait dansé la valse, parfois plus étroitement que ne le voulaient les convenances, mais cela n'avait rien à voir. Ce poids, cette chaleur… C'était très choquant, et en même temps presque agréable.

Elle attendit de recouvrer son souffle, ouvrit la bouche. Mais, comme le regard de Marcus plongeait dans le sien, elle se retrouva à court de mots. Il ne ressemblait pas au Marcus qu'elle connaissait. Elle le côtoyait depuis des années, comment était-il possible qu'elle n'ait jamais prêté attention à la forme de sa bouche ? Et à la couleur de ses yeux ? Ils étaient bruns, cela elle le savait, mais pour la première fois elle remarquait ces petites paillettes ambrées sur le pourtour de l'iris. À cet instant, il inclina lentement la tête.

Oh, mon Dieu ! Avait-il l'intention de *l'embrasser* ? *Marcus* ?

Elle se raidit, anticipant la suite...

Qui ne vint pas. Marcus n'avait pas le moins du monde prévu de l'embrasser. Débitant une série de jurons comme elle n'en avait pas entendu depuis le départ de Daniel, il se releva d'un bond, recula d'un pas et...

— Bon sang !

Sous l'œil horrifié de Honoria, il battit frénétiquement des bras, puis s'effondra de nouveau. Un gémissement de douleur lui échappa, suivi d'une autre bordée de jurons dont Honoria ne songea pas à s'offusquer. Inquiète, elle se hissa sur les coudes. À en juger par l'expression de Marcus, il s'était vraiment fait mal.

— Est-ce que ça va ? demanda-t-elle, alors que, de toute évidence, ça n'allait pas du tout.

— C'est ce maudit trou ! aboya-t-il avant de serrer les dents.

— Oh, je suis désolée !

Elle se remit debout et, sentant que la situation appelait d'autres excuses, répéta :

— Vraiment désolée.

Il ne répondit pas.

— Sache que je n'avais pas du tout prévu...

Elle s'interrompit. Elle n'allait pas se mettre à jacasser à tort et à travers, d'autant que Marcus n'avait pas l'air particulièrement heureux d'entendre le son de sa voix.

Nerveuse, elle esquissa un pas dans sa direction. Il était toujours affalé sur le flanc. De la boue maculait ses bottes, son pantalon et sa belle veste.

— Marcus ?

Il grimaça et elle se dit que le moment était mal choisi pour l'informer qu'il avait des feuilles mortes dans les cheveux. Avec précaution, il se tourna jusqu'à se retrouver dos au sol et ferma les yeux. Il inspira profondément à trois reprises, puis rouvrit les paupières.

— Veux-tu que je t'aide ?

— Attends un peu, grommela-t-il.

Il parvint à se mettre en position semi-assise, attrapa son mollet à deux mains pour soulever sa jambe et décoincer son pied du trou. Doucement, il testa sa cheville, d'abord en faisant bouger son pied d'avant en arrière, puis en le tordant légèrement de côté. Ce mouvement lui arracha un grognement douloureux.

— Elle n'est pas cassée au moins ? s'alarma Honoria.

— Non, je ne pense pas.

— Juste foulée ?

Il acquiesça d'un autre grognement.

— Tu ne crois pas que...

Le regard féroce qu'il lui décocha la réduisit instantanément au silence. Cependant, au bout de quinze secondes, n'y tenant plus, elle murmura :

— Marcus ? Tu ne crois pas que tu devrais retirer ta botte ?

Tête baissée, il ne répondit pas.

— Ta cheville risque d'enfler, insista-t-elle.

— Je sais ! rétorqua-t-il, avant de soupirer et de reprendre d'un ton moins brusque : J'étais juste en train de réfléchir.

— Oui, bien sûr. Dis-moi juste quand tu seras prêt à...

Il s'immobilisa. Elle recula d'un pas.

— Enfin, peu importe.

Il se pencha pour palper sa cheville blessée à travers sa botte, sans doute pour voir si elle commençait déjà à enfler. Honoria se déplaça de manière à voir son visage. Elle essayait de jauger l'intensité de sa douleur, ce qui n'était pas facile. Il bouillait de colère, manifestement, et semblait au bord de perdre son sang-froid.

Les hommes étaient si bêtes, songea-t-elle avec irritation. Bien sûr, c'était sa faute s'il s'était tordu la cheville, et elle comprenait qu'il lui en veuille ; il devait toutefois bien se rendre compte qu'il aurait besoin de son aide. Il ne pourrait pas se relever et encore moins retourner à Fensmore seul. S'il avait été raisonnable, il l'aurait admis et aurait accepté son assistance. Mais non, il préférait feuler tel un tigre blessé, comme s'il maîtrisait encore la situation.

Elle toussota.

— Hum... J'aimerais être sûre de ne pas me tromper. Veux-tu que je t'aide, ou faut-il juste... que je me taise ?

Il y eut un long silence pénible pour les nerfs, puis il demanda du bout des lèvres :

— Aurais-tu l'amabilité de m'aider à retirer ma botte ?

— Bien sûr !

Elle se précipita, puis se figea, indécise et gênée.

— Attends, je vais... euh...

S'il lui était arrivé d'ôter les bottes de son père quand elle était petite et voulait lui prêter main-forte, elle n'avait jamais fait cela avec un autre homme. Surtout pas un homme qui était allongé sur elle l'instant d'avant !

Ses joues s'enflammèrent. Pourquoi diable pensait-elle à cela ? Marcus ne l'avait pas fait exprès. Et c'était Marcus, saperlipopette. *Marcus.* Seulement Marcus.

Elle s'assit en face de lui, glissa une main derrière son talon et posa l'autre sur son cou-de-pied.

— Tu es prêt ?

Toujours aussi renfrogné, il hocha la tête.

Elle s'arc-bouta. Marcus poussa un tel cri de douleur qu'elle le lâcha aussitôt.

— Oh, Seigneur ! Est-ce que ça va ? s'écria-t-elle, affolée.

— Oui. Essaie encore.

— Tu es sûr ?

— Oui !

— Bon.

Elle recommença, donna une secousse. Cette fois Marcus ne cria pas, mais émit un son rauque qui évoquait un animal sur le point d'être immolé.

Incapable d'en supporter davantage, Honoria leva les mains.

— Ce n'est pas possible. Je n'y arrive pas.

— Essaie encore. Ces bottes sont toujours difficiles à enlever.

— À ce point-là ?

Et dire que c'étaient les femmes qui étaient censées avoir des vêtements peu pratiques.

— *Honoria.*

— D'accord, d'accord...

Elle fit une nouvelle tentative qui se révéla tout aussi infructueuse.

— Désolée, mais tu vas devoir découper le cuir. C'est la seule solution.

Il fit la grimace.

— Ce n'est qu'une botte, Marcus.

— Ce n'est pas cela. C'est juste que cela me fait un mal de chien.

— Désolée, murmura-t-elle, compatissante.

Il laissa échapper un long soupir.

— Tu vas devoir m'aider à me remettre debout.

— Ta main, fit-elle en lui tendant la sienne.

Elle tira de toutes ses forces, mais il ne réussit pas à prendre appui sur le sol et finit par la lâcher.

Honoria regarda sa main qui lui semblait vide et froide, tout à coup.

— Tu vas devoir m'agripper sous les bras, la prévint-il.

C'était un peu choquant, mais elle venait déjà de passer dix minutes à s'escrimer sur sa botte, ce qui était déjà parfaitement scandaleux. Alors un peu plus, un peu moins.

Courbée en deux, elle l'attrapa à bras-le-corps. Dieu que c'était étrange. Elle se sentait mal à l'aise. Ils n'avaient jamais été aussi proches physiquement. Sauf bien sûr quand il s'était effondré sur elle.

Décidément, ça avait été une idée de génie de creuser ce trou.

Après quelques manœuvres et quelques jurons supplémentaires, Marcus parvint à se relever et à prendre appui sur son pied valide. Honoria s'écarta un peu tout en gardant la main sur son épaule pour l'aider à garder l'équilibre.

— Tu peux poser l'autre pied par terre ?

— Je n'en sais rien.

Il fit une tentative, et renonça aussitôt.

— Je vais essayer à cloche-pied.

— Tu ne pourras jamais...

— Je te dis que... Aïe !

Il trébucha, se raccrocha à l'épaule de Honoria pour ne pas tomber. S'armant de patience, elle lui tendit son autre main en guise de soutien. Il l'accepta et, une fois de plus, elle fut frappée par la vision de cette belle main chaude et ferme qui, Dieu sait pourquoi, lui donnait un sentiment de sécurité.

— Tu as raison, je n'y arriverai pas, admit-il de mauvaise grâce. Mets-toi sur le côté. Je vais m'appuyer sur toi.

Elle se rapprocha, le laissa glisser le bras autour de ses épaules. Le poids de ce bras n'était pas désagréable. Elle l'enlaça timidement.

— Dans quelle direction est Fensmore ?

— Par là, dit-il avec un mouvement du menton.

— Je devrais plutôt demander : à quelle distance se trouve Fensmore ?

— Une lieue environ.

Elle laissa échapper un cri incrédule.

— *Une lieue ?*

— Un petit peu moins.

Avait-il perdu l'esprit ?

— Marcus, jamais je ne vais pouvoir te soutenir sur une telle distance ! Il faut aller prévenir les Royle.

— Non, il n'est pas question que je me présente à leur porte dans cet état, rétorqua-t-il sombrement.

En son for intérieur, Honoria ne lui donnait pas tort. Un comte célibataire se livrant à Mme Royle en état de grande vulnérabilité ? Cette dernière y aurait vu un cadeau du ciel. En moins de temps qu'il n'en faut pour le dire, il se serait retrouvé prisonnier dans une chambre avec Cecily Royle dans le rôle de l'infirmière.

— Tu n'auras pas à me soutenir durant tout le trajet. La douleur va s'estomper.

— C'est insensé.

— Bon, avançons, veux-tu ?

Il semblait aussi épuisé que furieux. Honoria savait déjà qu'ils n'y arriveraient pas. Elle ne lui donnait pas cinq minutes avant d'avouer qu'il avait présumé de ses forces.

Ils clopinèrent néanmoins sur quelques dizaines de mètres.

— Pourquoi as-tu creusé un trou aussi gros ? grommela-t-il au bout d'un moment. C'est beaucoup plus petit, une galerie de taupe.

— Je sais, mais il fallait bien que j'arrive à mettre le pied dedans.

— Et qu'était-il censé se passer ?

Elle soupira. Elle avait depuis longtemps dépassé le stade de la honte. Mentir ne servirait à rien.

— Je ne sais pas trop. J'imaginais que mon prince charmant volerait à mon secours. Je n'ai pas réfléchi au-delà.

— Et qui est le prince en question ?

— Cela ne te regarde pas.

— Ce n'est quand même pas un secret d'État.

— Non, mais je n'ai pas envie de...

— Honoria, à cause de toi je suis handicapé.

C'était un coup bas.

— Oh, très bien ! Si tu veux le savoir, il s'agit de Gregory Bridgerton. Le plus jeune des Bridgerton, celui qui est encore célibataire, précisa-t-elle.

— Je sais qui est Gregory Bridgerton.

— Eh bien, qu'as-tu à lui reprocher ? demanda-t-elle d'un ton bravache.

Il réfléchit quelques secondes, puis répondit :

— Rien.

Honoria ouvrit des yeux ronds.

— Rien ? Vraiment ?

— Rien qui me vienne à l'esprit pour le moment, en tout cas.

Son choix aurait pu être bien pire, devait-il admettre.

— Tu n'as vraiment aucune objection à formuler ? insista-t-elle, l'air soupçonneux.

Marcus fit semblant de réfléchir. Il endossait le rôle de l'empêcheur de tourner en rond. Ou du vieux ronchon.

— Il est sans doute un peu jeune, lâcha-t-il finalement.

Il s'arrêta, désigna une souche d'arbre à quelques mètres.

— Aide-moi à m'asseoir là-bas, veux-tu ? J'ai besoin de me reposer un peu.

Elle le soutint tandis qu'il s'asseyait pesamment sur le tronc avec un soupir de soulagement. Il avait l'impression qu'un fer chauffé au rouge lui encerclait la cheville.

— Il n'est pas si jeune, objecta Honoria, reprenant le fil de leur conversation.

— Il est encore à l'université.

— Mais il est plus âgé que moi.

— A-t-il donné un coup de pied à un chien récemment ?

— Pas à ma connaissance.

— Dans ce cas tu as ma bénédiction.

Elle étrécit les yeux.

— Pourquoi aurais-je besoin de ta bénédiction ?

Bon sang, ce qu'elle était susceptible.

— Tu n'en as pas besoin, mais est-ce si pénible de la recevoir ?

— Non, mais…

— Mais quoi ?

— Je ne sais pas.

Il se retint de rire.

— Pourquoi es-tu si méfiante ?

— Sans doute parce que durant la dernière saison tu as passé ton temps à me dénigrer.

— C'est faux.

— C'est vrai.

— Bon, j'avais des réserves sur certains de tes prétendants, tu as raison. Mais ce n'est pas toi que je dénigrais.

Voilà, il avait vendu la mèche.

— Ainsi tu me surveillais ! s'indigna-t-elle.

— Pas du tout. J'aurais cependant eu du mal à ne rien voir.

— Qu'est-ce que cela veut dire ?

Et voilà qu'ils allaient se disputer.

— Rien. Tu étais à Londres, et moi aussi. Je t'ai vue au même titre que les autres débutantes. Je me souviens mieux de toi parce que… eh bien, les autres, je ne les connais pas, acheva-t-il, avant de réaliser que sa phrase pouvait paraître offensante.

Elle posa sur lui un regard songeur – ce qu'il n'aimait guère, car cela signifiait qu'elle réfléchissait un peu trop, ou voyait un peu trop de choses, et il se sentait exposé. Enfant déjà, elle le perçait à jour mieux que quiconque. C'était curieux. La plupart du temps, elle était enjouée, insouciante, puis soudain elle fixait sur lui ses extraordinaires yeux lavande, et il avait l'impression d'être nu, tel un chevalier dépouillé de son armure.

Honoria l'avait toujours compris, bien mieux que tous les autres membres de la famille Smythe-Smith.

Il s'efforça de chasser ces souvenirs lointains. Il ne voulait pas repenser à cette époque heureuse, à ce sentiment d'appartenance qui lui avait fait tant de bien. Et il ne voulait pas non plus penser à elle. À ses yeux de la couleur exacte des jacinthes qui fleurissaient un peu partout dans la campagne. Chaque fois qu'il en voyait à cette époque de l'année, il se disait que cette fleur était décidément la sienne.

Quelle stupide association d'idées.

Il avait la gorge nouée, tout à coup. Le silence se prolongeait. Pour une fois, il aurait préféré qu'elle jacasse.

Finalement, elle dit à mi-voix :

— Je pourrais te présenter.

— Quoi ? À qui ?

— Des jeunes filles. Les débutantes que tu ne connais pas.

Là n'était pas le problème. On lui avait déjà présenté toutes les jeunes filles à marier de Londres.

— Je le ferais volontiers, assura-t-elle gentiment.

Miséricorde, avait-elle pitié de lui ?

— Merci, mais c'est inutile.

— Bien sûr, je comprends. Je suppose qu'on t'a présenté…

— Je n'ai pas envie…

— Tu nous trouves assommantes.

— Les débutantes ne savent parler que de…

— Même moi, je m'ennuierais.

Il fallait en finir avec cette conversation de sourds.

— La vérité, lâcha-t-il, c'est que je déteste Londres.

Il avait parlé d'un ton si brusque qu'il se sentit idiot. Un bel idiot qui, tout à l'heure, devrait découper sa botte pour récupérer son pied.

— Ce n'est pas possible, soupira-t-il. Nous n'arriverons jamais à rejoindre Fensmore.

Honoria s'abstint de répondre qu'elle le lui avait bien dit et il lui en sut gré.

— Tu vas retourner à Bricstan. C'est plus proche et tu connais le chemin. Tu connais le chemin, n'est-ce pas ? s'inquiéta-t-il soudain, se rappelant à qui il parlait.

Heureusement, elle ne se froissa pas.

— Je sais que je dois rester sur le sentier jusqu'au petit étang, puis remonter la colline.

— C'est cela. Ensuite, tu demanderas qu'on vienne me chercher. Pas au personnel de Bricstan. Envoie un message à Fensmore. Adressé à Jimmy. Mon palefrenier en chef. Dis-lui juste que je suis sur le chemin de Bricstan, à environ une lieue de la maison. Il saura quoi faire.

— Cela ira si tu restes ici tout seul à attendre ?

— Tant qu'il ne pleut pas...

Tous deux levèrent la tête. Une traînée de nuages menaçants était en train d'envahir le ciel.

— Bon sang, maugréa-t-il.

— Je vais courir, ne t'en fais pas.

— Non. Il ne manquerait plus que tu tombes, toi aussi.

Elle ébaucha un mouvement, prête à partir, se ravisa.

— Tu n'oublieras pas de m'envoyer un mot pour me prévenir que tu es rentré sain et sauf ?

— Bien sûr.

Et ce serait bien la première fois de sa vie. D'ordinaire personne ne se souciait de lui. C'était déconcertant. Et assez agréable.

Elle s'éloigna et il écouta le bruit de ses pas décroître sur le sentier. Combien de temps allait-il attendre les secours ? Honoria avait un bon bout de chemin à parcourir, si tant est qu'elle ne se perde pas en route. Puis elle devrait écrire une lettre et la faire porter à Fensmore. Il faudrait ensuite que Jimmy selle deux chevaux et vienne jusqu'ici.

Cela prendrait une bonne heure. Voire deux.

Marcus se laissa glisser au sol, s'adossa à la souche. L'épuisement le gagnait, mais il souffrait trop pour songer à dormir.

Il ferma les yeux.

Et c'est à cet instant qu'il sentit les premières gouttes.

6

Honoria était trempée jusqu'aux os quand elle arriva à Bricstan. La pluie s'était mise à tomber juste après qu'elle eut quitté Marcus. Une pluie fine au début, avec juste quelques gouttes qui s'écrasaient ici et là. Rien de bien méchant.

Mais à peine avait-elle atteint le bout du chemin qu'il s'était mis à tomber des cordes. Elle avait gravi la colline aussi vite que possible, hélas, au bout de dix secondes, elle ressemblait déjà à une éponge.

Elle n'osait penser à Marcus, assis sur sa souche, qui allait rester là-bas encore un bon moment. Les frondaisons suffiraient-elles à l'abriter ? On était au printemps, les feuilles n'avaient pas beaucoup poussé.

Elle avait d'abord cherché à entrer par l'office. La porte étant fermée à clé, elle était revenue vers l'entrée principale. Le battant s'était ouvert au moment où elle levait le poing pour frapper et elle avait failli basculer à l'intérieur.

Sarah s'était précipitée pour la retenir.

— Honoria ? J'étais à la fenêtre et je t'ai vue arriver. Où étais-tu ? Nous étions morts d'inquiétude et prêts à envoyer une horde de domestiques à ta recherche. Tu étais censée aller cueillir des fleurs !

Honoria avait essayé de l'interrompre à chaque phrase, mais n'avait réussi qu'à retrouver suffisamment son souffle pour crier :

— Arrête !

Une flaque d'eau était en train de se former autour de ses pieds. Une petite rigole s'en échappait et s'étirait lentement en direction du mur.

— Il faut te sécher, décréta Sarah en lui saisissant les mains. Oh, mon Dieu, tu es gelée !

Honoria se libéra pour saisir sa cousine aux épaules.

— Sarah, écoute-moi s'il te plaît. Il me faut de quoi écrire. Tout de suite !

Sarah la dévisagea comme si elle avait perdu l'esprit. C'est alors que Mme Royle fit irruption dans le hall.

— Lady Honoria ! Vous nous avez fait une belle peur ! Où étiez-vous donc passée ?

— Je vous en prie, je dois au plus vite...

— Seigneur, vous êtes trempée ! J'espère que vous n'avez pas attrapé froid, continua Mme Royle en lui tâtant le front.

— Elle grelotte. Elle a dû se perdre, comme d'habitude. Elle n'a aucun sens de l'orientation.

— C'est vrai, tu as raison, convint Honoria, prête à accepter toutes les insultes pourvu que les deux femmes se taisent enfin. Mais je vous en conjure, écoutez-moi. Je dois faire vite. Lord Chatteris est coincé seul au milieu des bois et il faut...

— Comment ? glapit Mme Royle. Que nous racontez-vous là ?

Brièvement, Honoria déroula le petit récit qu'elle avait concocté sur le chemin du retour. Elle s'était égarée dans la forêt. Lord Chatteris, qui se promenait justement dans le coin, lui avait indiqué la bonne direction. Malheureusement il s'était foulé la cheville.

Tout cela était vrai, finalement.

— Nous allons le ramener ici, décida Mme Royle. J'envoie immédiatement quelqu'un le secourir.

— Surtout pas. Il préfère rentrer chez lui. Il m'a demandé d'avertir son palefrenier en chef. Ses instructions sont très précises et...

— Non, il vaut mieux qu'il vienne ici, c'est plus près.

— Madame Royle, je vous en prie. Pendant que nous discutons, il est dehors, blessé, sous la pluie.

Confrontée à un cas de conscience, Mme Royle réfléchit quelques secondes, avant d'ordonner :

— Suivez-moi.

Un petit bureau avait été aménagé dans une alcôve du hall. Mme Royle sortit le matériel d'écriture d'un tiroir, puis s'écarta pour laisser Honoria s'asseoir. Hélas, celle-ci avait les doigts tellement engourdis qu'elle pouvait à peine tenir le stylo. Et ses cheveux mouillés allaient dégoutter sur le papier.

— Tu veux que j'écrive à ta place ? proposa Sarah.

Reconnaissante, Honoria accepta. Elle dicta la lettre à sa cousine en s'efforçant d'ignorer Mme Royle qui louchait par-dessus son épaule et ne pouvait s'empêcher de faire des commentaires.

Sarah signa du nom de Honoria, puis tendit la missive à Mme Royle.

— Envoyez votre cavalier le plus rapide, supplia Honoria.

Mme Royle s'éclipsa. Sarah se leva et prit sa cousine par la main.

— Il faut te réchauffer, dit-elle d'un ton sans réplique. J'ai déjà demandé à une domestique de te préparer un bain chaud.

Honoria acquiesça. Maintenant, elle pouvait s'effondrer.

Facétieux, le temps s'était remis au beau le lendemain matin.

Honoria avait dormi douze heures, pelotonnée sous l'édredon, une brique chaude à ses pieds. Sarah était entrée dans sa chambre sur la pointe des pieds pour lui annoncer qu'ils avaient des nouvelles en provenance de Fensmore : Marcus était bien rentré chez lui et devait dormir lui aussi.

Pourtant, alors qu'elle s'habillait, Honoria ne pouvait s'empêcher d'être inquiète. Elle était gelée quand elle était arrivée à Bricstan la veille, et Marcus était resté sous la pluie bien plus longtemps qu'elle. Sans compter que le vent s'était levé. Quand elle avait pris son bain la veille, elle avait entendu les arbres frémir et les branches craquer. Marcus risquait d'avoir attrapé froid. Et si sa cheville était cassée finalement ? Avait-on fait venir le médecin ? Avait-on pris les décisions qui s'imposaient ?

D'ailleurs qui était ce « on » ? Pour autant qu'elle sache, Marcus n'avait pas de famille. Qui prendrait soin de lui s'il tombait malade ? À Fensmore, hormis les domestiques, il n'y avait personne.

Elle allait vérifier qu'il allait bien. Sinon elle n'aurait pas la conscience tranquille.

Elle rejoignit les autres dans la salle à manger. Les messieurs étaient retournés à Cambridge, mais les jeunes filles étaient attablées devant des œufs brouillés et des toasts.

— Honoria, que fais-tu debout ? s'exclama Sarah.

— Je vais très bien. Je n'ai même pas le nez qui coule.

Sarah se tourna vers Iris et Cecily pour les prendre à témoin.

— Hier soir, ses doigts ressemblaient à des glaçons. Elle n'arrivait même pas à écrire !

— Un bain chaud et une bonne nuit de sommeil ont fait des merveilles, assura Honoria. J'aimerais toutefois me rendre à Fensmore ce matin. C'est ma faute si lord Chatteris s'est tordu la cheville. Il faut que je prenne de ses nouvelles.

— En quoi est-ce ta faute ?

Honoria se mordit la lèvre. Elle avait oublié qu'il manquait cet élément à sa petite histoire.

— C'est tout bête, improvisa-t-elle. J'ai trébuché sur une racine et il a voulu me retenir, mais son pied s'est enfoncé dans une taupinière.

— Oh, je déteste les taupes ! s'écria Iris.

— Moi, je les trouve mignonnes, dit Cecily.

— Où est ta mère, Cecily ? s'enquit Honoria. J'aimerais emprunter une voiture. À moins que je n'y aille à cheval ? Après tout, il ne pleut plus.

— Tu devrais d'abord prendre ton petit déjeuner, lui suggéra Sarah.

— Maman ne te laissera jamais aller à Fensmore sans escorte. Lord Chatteris est célibataire.

— Il ne vit pas vraiment seul, il doit avoir une centaine de domestiques.

— Au moins, acquiesça Cecily. Vous avez vu le manoir ? Il est immense. Mais cela ne change rien au fait qu'il vit seul. Et qu'il n'y a personne pour te chaperonner.

— Eh bien, j'emmènerai quelqu'un avec moi, répliqua Honoria avec impatience. Cela m'est égal, je veux juste lui rendre visite.

— Emmener quelqu'un où ? demanda Mme Royle en pénétrant dans la pièce.

Honoria lui expliqua ses intentions. Mme Royle tomba aussitôt d'accord avec elle.

— Bien sûr, nous devons prendre des nouvelles du comte. Ce serait fort peu chrétien de s'en abstenir.

Honoria s'était attendue à rencontrer plus de difficultés.

— Je vais vous accompagner, décida Mme Royle.

Un cliquetis de porcelaine retentit. Cecily, les doigts crispés sur l'anse de sa tasse, déclara :

— Maman, si vous y allez, je pense que je dois y aller avec vous.

— Si Cecily y va, j'y vais aussi, décréta Sarah.

— Dans ces conditions, je ne vois pas pourquoi je resterais seule ici, argua Iris.

— Venez ou non, cela m'est égal. Je veux juste partir le plus vite possible, s'impatienta Honoria.

— Cecily va vous accompagner, intervint Mme Royle. Je resterai ici avec Iris et Sarah.

Bien que visiblement contrariée, Sarah n'osa contredire leur hôtesse. Cecily, un sourire radieux aux lèvres, se leva de table.

— Cecily, va dans ta chambre et demande à Peggy de te recoiffer, dit encore sa mère. Tu ne peux pas...

— S'il vous plaît, supplia Honoria, j'aimerais vraiment partir au plus vite.

Mme Royle parut contrariée ; elle ne pouvait cependant décemment déclarer que la coiffure de sa fille était plus importante que la santé du comte.

— Bon, très bien, sauvez-vous. Mais que les choses soient claires : s'il est très malade, vous insisterez pour qu'il s'installe à Bricstan jusqu'à sa guérison.

Honoria était certaine que cela n'arriverait pas ;
elle préféra toutefois se taire et quitta la salle à manger, Cecily et sa mère sur les talons.

— N'oubliez pas de lui dire que nous n'avons pas
l'intention de retourner à Cambridge avant plusieurs
semaines, insista Mme Royle.

— Ah bon ? fit Cecily, qui jeta un regard étonné
à sa mère.

— Et comme tu n'as aucune obligation, ma chérie, tu pourras te rendre à Fensmore chaque jour
pour t'assurer qu'il se remet. Enfin... s'il est d'accord,
bien sûr.

— Bien sûr, maman, acquiesça Cecily, l'air embarrassée.

— Et transmettez-lui nos amitiés.

Honoria descendit les marches du perron pour
attendre la voiture dans l'allée.

— Et dites-lui aussi que M. Royle et moi-même
prions pour qu'il se rétablisse au plus vite !

— Maman, il n'est peut-être pas malade.

— Certes, mais s'il l'est...

— Très bien, je le lui dirai.

— Voilà la voiture ! s'exclama Honoria qui trépi-
gnait sur place.

Tandis qu'un valet aidait les jeunes filles à monter
dans la voiture, Mme Royle leur cria encore :

— Et souvenez-vous, s'il est souffrant...

La voiture s'ébranlait déjà.

Marcus était toujours au lit quand son majordome
vint l'informer que lady Honoria Smythe-Smith et
Mlle Cecily Royle venaient d'arriver et patientaient
dans le salon jaune.

— Dois-je leur dire que vous ne recevez pas, milord ?

L'espace d'un instant, Marcus fut tenté d'acquiescer. Il se sentait en piteux état et ne devait sûrement pas être à son avantage.

Quand Jimmy l'avait enfin rejoint la veille, il claquait tellement des dents qu'il s'étonnait que certaines ne se soient pas déchaussées. De retour au manoir, on avait dû découper sa botte, ce qui était déjà contrariant en soi – il aimait bien cette paire de bottes. Pour couronner le tout, son valet s'était montré maladroit : Marcus avait désormais une estafilade d'une dizaine de centimètres sur le mollet gauche.

Cela dit, si les rôles avaient été inversés, il aurait certainement tenu à vérifier de ses propres yeux que Honoria allait bien. La recevoir était donc la moindre des choses. Quant à l'autre jeune fille, il ne lui restait qu'à espérer que ce n'était pas une petite nature. Car la dernière fois qu'il s'était regardé dans le miroir, son teint était verdâtre.

Il dut se faire aider par son valet pour s'habiller puis descendre l'escalier.

À son entrée dans le salon, Honoria bondit sur ses pieds.

— Mon Dieu, Marcus, tu as une mine épouvantable !

Il s'était cru présentable. Apparemment il s'était trompé.

— Moi aussi, je suis ravi de te revoir, Honoria. Cela ne t'ennuie pas si je m'assois ?

— Pas du tout, je t'en prie. Ma parole, tu as des valises sous les yeux ! Veux-tu que je t'aide ? s'enquit-elle encore comme il se dirigeait avec précaution vers le divan.

— Non, non, ça va, merci.

Il sautilla jusqu'à l'extrémité du canapé et se laissa tomber sur les coussins. La dignité, ce serait pour une autre fois.

Il gardait un vague souvenir de l'autre jeune fille. Il avait dû la croiser une ou deux fois par le passé.

— Mademoiselle Royle, la salua-t-il.

— Lord Chatteris. Mes parents vous envoient leurs amitiés et vous souhaitent un bon rétablissement.

— Vous les remercierez de ma part.

Il se sentait épuisé. Rejoindre le rez-de-chaussée s'était révélé plus éprouvant que prévu, et il n'avait pas bien dormi cette nuit. Il s'était mis à tousser dès qu'il avait posé la tête sur l'oreiller, et depuis, la toux n'avait fait qu'empirer.

Il prit un coussin sur le canapé et le posa sur la table basse, avant d'y caler son pied gauche.

— Pardonnez-moi, mais il paraît que je dois surélever ma jambe.

— Tu devrais être au lit, remarqua Honoria.

— J'y étais, jusqu'à ce que l'on m'informe que j'avais de la visite, répliqua-t-il avec flegme.

Le regard de reproche qu'elle lui lança lui rappela celui de Mlle Pimm, des années plus tôt.

— Tu aurais dû demander à ton majordome de nous renvoyer.

— Et tu t'en serais tenue là ? Qu'en pensez-vous, mademoiselle Royle ? Lady Honoria serait-elle repartie docilement à Bricstan ?

Cecily admit en souriant :

— Je ne pense pas, milord. Elle a beaucoup insisté pour venir prendre de vos nouvelles.

— Quelle touchante sollicitude. Vous m'en voyez très ému.

— Marcus ! protesta Honoria.

— C'est une tête de mule, j'en sais quelque chose.

— Marcus Holroyd, si tu n'arrêtes pas de te moquer de moi sur-le-champ, je vais de ce pas informer Mme Royle que tu acceptes de passer ta convalescence à Bricstan. Elle meurt d'envie de te prouver ses talents d'infirmière.

Marcus se figea… puis éclata de rire.

— Bon, très bien, tu as gagné, Honoria.

Son rire dégénéra en quinte de toux et il lui fallut une bonne minute avant de retrouver son souffle.

— Combien de temps es-tu resté sous la pluie hier ? s'inquiéta Honoria.

Sans attendre la réponse, elle se leva pour venir lui tâter le front. Un geste familier qui lui valut un petit haussement de sourcils de la part de Mlle Royle.

— Tu crois que j'ai la fièvre ?

— Je ne sais pas. Tu frissonnes. Je devrais peut-être aller te chercher une couverture ?

Marcus faillit refuser, puis il se dit que cela pourrait être agréable, finalement. Et il fut reconnaissant qu'elle le lui ait proposé.

— D'accord, merci.

— Ne bouge pas, Honoria, je m'en charge, déclara Mlle Royle en se levant. Je viens de voir passer une domestique dans le hall.

Comme elle s'éloignait, Honoria se rassit et posa sur Marcus un regard soucieux.

— Je suis désolée, murmura-t-elle dès qu'ils se retrouvèrent seuls. Je m'en veux beaucoup de ce qui t'est arrivé.

— Ce n'est qu'une entorse et un mauvais rhume.

— Tu ne m'as toujours pas dit combien de temps tu étais resté sous la pluie.

— Je ne sais pas, une heure, peut-être deux.

— Oh, je suis désolée ! répéta-t-elle, l'air sincèrement affligé.

— Tu l'as déjà dit.

— Mais c'est vrai.

Il se remit à tousser et Honoria se rembrunit davantage.

— Il vaudrait peut-être mieux que tu viennes à Bricstan, finalement.

Incapable de parler, il la fusilla du regard.

— Je n'aime pas te savoir seul ici.

— Honoria, articula-t-il entre deux quintes, tu vas bientôt rentrer à Londres. Mme Royle est la plus prévenante des voisines, mais vois-tu, je préfère de loin me rétablir chez moi.

— Sans compter que si tu acceptes son hospitalité, elle t'aura marié à Cecily avant la fin du mois, admit Honoria dans un soupir.

— Quelqu'un parle de moi ? s'enquit Cecily, qui pénétra dans le salon, une couverture à la main.

Marcus toussa de nouveau – cette fois sans doute se forçait-il un peu.

— Tenez, milord, fit Cecily en s'approchant.

Puis, hésitante, elle se tourna vers Honoria.

— Tu devrais peut-être l'aider ?

Honoria se releva, déplia la couverture et la drapa sur Marcus, qu'elle borda comme un enfant.

— Ce n'est pas trop serré ?

— Non, c'est parfait.

C'était étrange que quelqu'un prenne ainsi soin de lui.

Honoria annonça qu'elle allait commander du thé.

— C'est exactement ce qu'il nous faut, confirma Cecily Royle.

Marcus ne tenta même pas de protester. Il devait avoir l'air pathétique, enroulé dans sa couverture, le pied posé sur la table, le corps secoué par des quintes de toux. Mais c'était réconfortant d'être traité comme un enfant malade. Et si Honoria avait décidé qu'il avait besoin d'une tasse de thé, il n'allait pas la contredire.

Il lui indiqua où se trouvait le cordon de la sonnette. Une servante arriva bientôt, puis s'en alla donner des ordres à l'office.

— As-tu montré ta cheville à un médecin ? voulut savoir Honoria.

— Ce n'est pas la peine. Il n'y a pas de fracture.

— Tu es sûr ? Il ne faut pas prendre ce genre de choses à la légère.

— J'en suis certain.

— Je serais plus rassurée si...

— Honoria, tais-toi. Ma cheville est juste foulée.

— Et ta botte ?

— Hélas, on a dû la découper.

— Je me disais bien qu'il n'y avait pas d'autre solution.

— On a découpé votre botte ? C'est terrible ! s'écria Mlle Royle, qui n'aurait pas eu l'air plus horrifié si quelqu'un avait décapité un chiot.

— Ce n'était pas ma paire préférée.

— Tu peux peut-être commander une unique botte à ton cordonnier ? suggéra Honoria avec un sourire amusé. Ce serait un moindre mal.

— Oh non, cela n'ira pas. L'aspect du cuir ne serait pas le même, objecta Mlle Royle, qui était apparemment experte en chaussures.

L'arrivée de Mme Wetherby, la gouvernante, épargna à Marcus une discussion fastidieuse sur le sujet.

— J'avais déjà commencé à préparer le thé, annonça-t-elle en s'approchant avec un plateau.

Marcus n'en fut pas surpris. Mme Wetherby prenait toujours les devants. Il lui présenta les deux jeunes filles, et le visage de la vieille dame s'éclaira à la vue de Honoria.

— Vous devez être la sœur de maître Daniel ?

— En effet, acquiesça Honoria avec un grand sourire. Vous l'avez connu ?

— Bien sûr. Il est venu quelquefois à Fensmore, quand feu M. le comte était à Londres. Et, bien sûr, il est venu plusieurs fois rendre visite à maître Marcus.

Marcus se sentit rougir en entendant Mme Wetherby utiliser son titre honorifique de jeunesse. Pour autant, il ne lui serait pas venu à l'idée de la reprendre. Durant son enfance, la gouvernante avait été la seule figure maternelle de son entourage, la seule à lui sourire et à lui adresser des mots d'encouragement.

— Je suis heureuse de vous rencontrer enfin, lady Honoria, ajouta Mme Wetherby. J'ai tellement entendu parler de vous.

— Vraiment ?

— Oui. À l'époque où vous étiez petite fille, bien sûr. Et j'avoue que je vous considère toujours un peu comme telle. Mais vous êtes une vraie demoiselle, maintenant. Dites-moi, comment préférez-vous votre thé ?

Mme Wetherby s'activa autour du plateau. Tout en jonglant habilement avec la théière et le pot de lait, elle reprit :

— Cela fait bien longtemps que je n'ai pas vu maître Daniel. C'est un chenapan, mais je l'aime bien. Comment va-t-il ?

Un silence gêné retomba. Honoria tourna les yeux vers Marcus pour quémander son aide. Il s'éclaircit la voix :

— J'aurais dû vous le dire, madame Wetherby. Lord Winstead a quitté le pays depuis plusieurs années.

Il décida qu'il lui raconterait l'histoire plus tard, quand Honoria et son amie seraient parties. Il ne voulait pas les embarrasser.

La gouvernante comprit qu'il ne fallait pas insister. Elle déposa les tasses devant les jeunes filles, puis entreprit de servir Marcus. Avant de se retirer, elle pivota vers Honoria.

— Vous veillerez à ce qu'il boive tout son thé, n'est-ce pas, milady ?

— Bien sûr, ne vous inquiétez pas.

— Les messieurs sont des patients difficiles, chuchota Mme Wetherby.

— Je vous ai entendue, grogna Marcus.

— J'espère bien.

Et sur une petite révérence, la gouvernante quitta le salon.

Ils passèrent un bon moment ensemble, burent du thé – deux tasses pour Marcus, sur l'insistance de Honoria –, grignotèrent des gâteaux et bavardèrent à bâtons rompus, jusqu'à ce que Marcus soit de nouveau victime d'une quinte de toux.

Cette fois, elle dura si longtemps que Honoria décréta qu'il était temps qu'il retourne se coucher.

— Nous devons partir, de toute façon. Mme Royle doit nous attendre. Non, ne te lève pas, Marcus. Ce n'est pas nécessaire.

Il les remercia d'un sourire. Il se sentait vraiment éreinté. Sans doute allait-il devoir ravaler sa fierté et demander qu'on le porte à l'étage.

Mais pas devant Honoria et son amie, bien entendu.
Bon sang, il détestait être malade.

Dans la voiture, Honoria s'obligea à faire taire ses
inquiétudes. Marcus avait pris froid, mais une semaine
de repos et quelques bols de bouillon le remettraient
sur pied. Il n'y avait pas lieu de s'angoisser.
— Un mois, déclara Cecily.
— Je te demande pardon ?
— Telle est ma prédiction. Je donne un mois avant
que lord Chatteris fasse sa demande en mariage.
— Mais... à qui donc ?
Marcus n'avait pas paru entiché de Cecily, et cette
dernière n'avait pas l'habitude de fanfaronner.
— À toi, bécasse.
Honoria faillit s'étrangler.
— Oh ! Oh ! Oh non !
En guise de réponse, Cecily ricana.
— Non, non ! répéta Honoria, qui semblait n'avoir
plus que ce mot dans son vocabulaire.
— Je suis prête à prendre le pari. Tu seras mariée
avant la fin de la saison.
— Je l'espère bien, mais ce ne sera pas avec lord
Chatteris.
— Ah, c'est « lord Chatteris », maintenant ? Pourtant
je t'ai toujours entendue l'appeler par son prénom.
— Parce que je le connais depuis longtemps.
— Mouais. Je vous ai observés, et j'ai trouvé que
vous vous comportiez tous deux comme... comment
dire... comme si vous étiez déjà mariés.
— Ne sois pas ridicule.
— C'est la vérité.
Cecily eut un gloussement satisfait.

— J'ai hâte de raconter tout cela aux autres.

— Non, je te l'interdis ! s'exclama Honoria dans un sursaut d'indignation.

— *La dame fait trop de protestations, il me semble*[1].

— Je t'assure, Cecily, il n'y a aucun sentiment entre lord Chatteris et moi. Je n'ai pas l'intention de l'épouser. Propager des rumeurs ne servira qu'à me compliquer la vie.

— Aucun sentiment, dis-tu ?

— Ne va pas déformer mes paroles. Bien sûr que j'ai de l'affection pour lui. Il était comme un frère pour moi.

— Bon, très bien. Je ne dirai plus rien.

— Mer…

— Jusqu'à ce que vous soyez fiancés, poursuivit Cecily avec malice. Et alors j'irai crier sur les toits que j'avais tout prédit !

Honoria ne prit pas la peine de protester. Il n'y aurait pas de fiançailles, et Cecily ne dirait rien à personne.

Ce n'est que plus tard qu'elle réalisa qu'elle avait dit de Marcus qu'il était comme son frère pour elle. Au passé.

Et s'il n'était plus un frère, qu'était-il ?

---

1. *Hamlet,* Shakespeare – trad. F-Victor Hugo. *(N.d.T.)*

Honoria regagna Londres le lendemain.

La saison ne commencerait pas avant un mois, mais il y avait beaucoup de choses à préparer. Selon sa cousine Jacinthe, qui s'était récemment mariée et était venue la voir le lendemain de son arrivée, le rose faisait actuellement fureur. Sauf qu'on n'employait pas un terme aussi banal chez la couturière. On disait « framboise », « fuchsia » ou « grenadine ». Et les bracelets aussi étaient à la mode. Une débutante se devait d'en avoir toute une collection.

Ces conseils n'étaient que les premiers d'une longue liste que Jacinthe entendait lui fournir, aussi Honoria avait-elle décidé d'attendre avant d'aller faire des emplettes. Toutefois, avant qu'elle ait pu choisir sa nuance de rose préférée, une lettre arriva de Fensmore.

Persuadée que celle-ci venait de Marcus, Honoria déchira l'enveloppe avec une certaine fébrilité, étonnée qu'il ait pris le temps de lui écrire. En dépliant l'unique feuillet, elle constata que l'écriture était trop féminine pour être la sienne.

Soucieuse, elle s'assit pour lire.

— Oh, Seigneur ! murmura Honoria, qui fixa la lettre jusqu'à ce que sa vision se brouille.

Comment était-ce possible ? Lorsqu'elle était passée à Fensmore, Marcus toussait certes beaucoup et semblait fatigué, elle n'aurait cependant pas imaginé que la situation prenne un tour aussi tragique.

Quel était le but de Mme Wetherby en lui envoyant cette lettre ? Voulait-elle juste lui donner des nouvelles, ou lui demandait-elle tacitement de revenir à Fensmore ? Et dans ce cas, fallait-il comprendre que l'état de Marcus était grave ?

Honoria se leva soudain et se mit à parcourir la maison, le cœur battant la chamade.

— Maman ? Maman ! appela-t-elle.

Lady Winstead apparut en haut de l'escalier, son éventail préféré à la main.

— Qu'y a-t-il, Honoria ? Si c'est un problème avec la couturière, demande à Jacinthe de…

— Non, cela n'a rien à voir, la coupa Honoria en gravissant rapidement les marches. C'est Marcus.

— Marcus Holroyd ?

— Oui. Je viens de recevoir une lettre de sa gouvernante.

— De sa gouvernante ? répéta lady Winstead, interloquée.

— J'ai revu Marcus à Cambridge, vous vous souvenez ? Je vous ai raconté...

— Oui, sourit sa mère. Quelle charmante coïncidence que vous vous soyez rencontrés dans les bois. Mme Royle m'a parlé de tout cela dans sa lettre. J'ai l'impression qu'elle espère le voir se rapprocher de Cecily et...

— Maman, lisez ceci, s'il vous plaît. Marcus est très malade.

Lady Winstead prit connaissance de la lettre et se rembrunit.

— Mon Dieu, ce sont vraiment de très mauvaises nouvelles.

— Nous devons partir pour Fensmore dans les plus brefs délais, déclara Honoria en posant la main sur le bras de sa mère pour donner plus de poids à ses paroles.

— Comment cela, *nous* ?

— Marcus n'a personne d'autre au monde.

— Voyons, ce n'est pas possible...

— Si ! Rappelez-vous qu'il venait toujours à la maison pendant les vacances, quand Daniel et lui étaient à Eton. Il ne s'entendait pas très bien avec son père.

— Je ne sais pas... Cela semble bien présomptueux. Nous ne sommes pas de sa famille.

— Il n'a *pas* de famille !

Lady Winstead se mordilla la lèvre.

— C'était un charmant garçon, certes, mais je ne pense pas que...

— Très bien, si vous ne voulez pas m'accompagner, j'irai seule, décréta Honoria, les poings sur les hanches.

— Honoria !

Pour la première fois depuis le début de cette conversation, un éclair avait traversé le regard de lady Winstead.

— Tu ne feras rien de tel. Cela ruinerait ta réputation !

— Mais il va peut-être *mourir*.

— Voyons, tu exagères.

Honoria se tordait les mains.

— Sa gouvernante n'aurait pas pris la liberté de nous écrire si la situation n'était pas critique.

Lady Winstead réfléchit quelques secondes, avant de déclarer dans un soupir :

— Oh, très bien ! Nous partirons demain.

— Non, aujourd'hui.

— Honoria, ce genre de voyage s'organise, tu le sais très bien. Il n'est pas possible de...

— Aujourd'hui, maman, répéta Honoria d'un ton catégorique. Il n'y a pas une minute à perdre.

Sur ce, elle pivota et dévala les marches.

— Je vais demander qu'on prépare la voiture, lança-t-elle par-dessus son épaule. Soyez prête d'ici une heure !

Contre toute attente, lady Winstead fit encore mieux que cela. Elle fut prête en trois quarts d'heure, ses valises bouclées, et se trouvait dans le salon en compagnie de sa caménériste quand Honoria vint l'y retrouver.

Cinq minutes plus tard, elles étaient parties.

Il était presque minuit quand la voiture des Winstead s'immobilisa devant la façade de Fensmore.

Lady Winstead s'était endormie peu après qu'ils eurent traversé Saffron Walden. Honoria, en revanche, était tout à fait réveillée. Depuis qu'ils avaient bifurqué dans la longue allée qui menait au manoir, elle était tendue, en alerte, et devait prendre sur elle pour ne pas agripper la poignée de la porte. Une fois le véhicule à l'arrêt, elle en sortit sans attendre qu'un valet vienne l'aider et se précipita vers le perron.

La maison était silencieuse. Honoria souleva plusieurs fois le heurtoir de cuivre et dut attendre cinq minutes avant d'entrevoir l'éclat lumineux d'une chandelle à travers une fenêtre.

Bientôt un bruit de pas se fit entendre.

Le majordome – elle ne se rappelait plus son nom – lui ouvrit. Avant qu'il ait le temps d'articuler un mot, elle dit précipitamment :

— Mme Wetherby m'a écrit pour me prévenir que le comte était souffrant. Je veux le voir !

Le majordome, qui affichait les manières aristocratiques de son employeur, rétorqua d'un air hautain :

— Je crains que ce ne soit pas possible, madame.

Honoria se sentit chanceler et dut agripper le chambranle.

— Que voulez-vous dire ? articula-t-elle.

Marcus n'avait pas pu succomber à la fièvre en si peu de temps.

— Milord dort. Je ne vais pas le réveiller.

Le soulagement submergea Honoria et des picotements lui envahirent le corps, comme lorsque le sang refluait dans un membre engourdi.

— Dieu merci ! souffla-t-elle, puis, lui saisissant la main, elle ajouta : Je vous en prie, je dois le voir. Je vous promets de ne pas le déranger.

Le majordome parut effrayé par ce geste d'une familiarité incongrue.

— Je ne peux vous laisser entrer dans sa chambre à cette heure de la nuit, madame. Puis-je vous rappeler que vous n'avez même pas daigné me donner votre nom ?

Les visites étaient-elles donc si nombreuses à Fensmore qu'il ne se souvenait pas de l'y avoir reçue une semaine plus tôt ?

Honoria comprit soudain ce qu'il se passait en voyant le domestique plisser ses paupières ridées. Sans doute n'avait-il pas pris le temps de chausser ses lunettes. Dans la pénombre, il distinguait mal son visage.

— Veuillez accepter mes excuses, dit-elle d'une voix plus posée. Je suis lady Honoria Smythe-Smith, et ma mère, la comtesse de Winstead, attend dans la voiture avec sa camériste. Pouvez-vous leur envoyer un valet ?

La figure du majordome s'éclaira.

— Lady Honoria ! Je vous supplie de me pardonner, je ne vous avais pas reconnue. Entrez, je vous en prie.

Il s'effaça pour la laisser pénétrer dans le hall et reprit :

— J'envoie tout de suite un serviteur s'occuper des bagages de la comtesse. Mais d'abord nous allons vous trouver une chambre. Je peux en faire préparer une très rapidement. Les servantes vont descendre d'ici un instant, ajouta-t-il en tirant avec vigueur sur un cordon.

— Ne réveillez pas toute la maisonnée pour moi, le pria Honoria, même s'il était un peu tard pour avoir des scrupules. Je voudrais juste voir Mme Wetherby. Je m'en veux de la déranger, mais c'est de la plus haute importance.

— Bien sûr. Venez, suivez-moi.

Honoria jeta un regard hésitant vers la porte.

— Ma mère...

Ses premières réticences vaincues, lady Winstead avait apporté tout son soutien à Honoria. Celle-ci n'avait pas envie de l'abandonner dans la voiture. Bien sûr elle n'était pas seule et des domestiques allaient s'occuper d'elle, mais tout de même...

— J'irai l'accueillir dès que vous aurez retrouvé Mme Wetherby, assura le majordome.

— Merci, euh...

— Springpeace, milady.

Il lui prit la main et la pressa entre ses doigts noueux qui tremblaient légèrement.

— Permettez-moi de vous dire que je suis heureux et soulagé que vous vous soyez déplacée, milady, dit-il d'un ton empreint de gratitude.

Dix minutes plus tard, Mme Wetherby et Honoria s'immobilisaient devant la porte de la chambre de Marcus.

— Je ne sais pas si le comte aimerait que vous le voyiez dans cet état, murmura la gouvernante. Mais vous avez fait une si longue route pour venir...

— Je ne le dérangerai pas, assura Honoria. Je tiens juste à m'assurer qu'il va bien.

Mme Wetherby lui retourna un regard attristé.

— Il ne va pas bien, milady. Il faut que vous le sachiez.

— Je voulais dire... Oh, peu importe ! C'est juste que...

— Je comprends, dit la gouvernante en posant la main sur son bras. Dieu merci, son état s'est un peu amélioré depuis que je vous ai écrit.

Honoria hocha la tête. Elle devinait que même si Marcus n'était pas à l'article de la mort, il l'avait frôlée. Et cela ne la rassurait pas vraiment.

Un doigt posé sur les lèvres, Mme Wetherby tourna lentement la poignée, et la porte pivota sans bruit sur ses gonds.

— Il dort, annonça-t-elle après avoir jeté un coup d'œil dans la pièce.

Honoria s'avança dans la chambre plongée dans une semi-pénombre. L'atmosphère à l'intérieur était étouffante.

— Ne fait-il pas trop chaud ici ? chuchota-t-elle.

— Nous ne faisons que suivre les ordres du médecin, milady.

L'air était presque irrespirable et Marcus avait l'air d'être enfoui sous une montagne de couvertures. Honoria tira sur le col de sa robe qui lui collait déjà à la peau. Seigneur, si elle était déjà gênée, Marcus devait souffrir le martyre ! Ce ne pouvait pas être bon de rester dans une ambiance aussi surchauffée.

Au moins dormait-il. Sa respiration semblait normale a priori. Mais comment en être sûre ? Quels signes fallait-il guetter ?

Elle se pencha vers lui. Il avait le visage rouge et moite, et un fort relent de transpiration montait du lit.

— Je ne pense pas que ce soit bon pour lui de rester sous toutes ces couvertures, murmura-t-elle.

— Les consignes du médecin sont pourtant très claires, objecta la gouvernante avec un petit haussement d'épaules qui traduisait son impuissance.

— Il n'empêche qu'il n'a pas l'air bien.

— Je sais, je suis d'accord avec vous.

Honoria avança une main hésitante, attrapa un coin de la couverture et tira doucement.

— Aaaaaaaah !

Elle fit un bond en arrière et saisit le bras de Mme Wetherby.

Marcus s'était redressé en position assise, tel un diable jaillissant de sa boîte, et balayait la pièce d'un regard effaré.

Apparemment, il ne portait pas de vêtements. En tout cas, il était nu jusqu'à la taille.

— Chuut, tout va bien, dit-elle d'une voix mal assurée.

En vérité, tout allait mal.

Marcus respirait bruyamment. Son regard ne se fixait pas sur Honoria et elle n'était même pas sûre qu'il l'ait reconnue. Il tournait la tête de droite à gauche comme s'il cherchait quelque chose. Il n'avait pas l'air en colère, juste perturbé.

— Non, articula-t-il. Non.

— Il n'est pas réveillé, murmura Mme Wetherby.

Honoria commençait à comprendre qu'elle venait d'endosser une immense responsabilité. Elle n'avait aucune compétence médicale et pourtant elle s'était précipitée à Fensmore. Elle avait éprouvé une telle angoisse à la lecture de la lettre de Mme Wetherby qu'elle n'avait pas pris le temps de réfléchir. Quelle idiote.

Et maintenant, qu'allait-elle faire ? Tourner les talons et rentrer chez elle ?

Non, bien sûr. Elle allait prendre soin de lui. Il n'était pas question de l'abandonner à son triste sort.

Néanmoins, cette perspective la terrifiait.

Et si elle commettait une énorme bourde ? Si par sa faute l'état de Marcus empirait ?

D'un autre côté, elle n'avait pas le choix. Il avait besoin d'elle. Il n'avait personne d'autre. Elle avait honte de ne pas en avoir pris conscience plus tôt.

— Je vais rester à son chevet, dit-elle à Mme Wetherby.

— Oh non, milady, vous ne pouvez pas ! Ce ne serait pas...

— Il faut bien que quelqu'un le fasse, la coupa Honoria d'un ton ferme. Il ne doit pas rester seul.

Elle prit la gouvernante par le bras pour l'entraîner dans un coin de la pièce. Il n'était pas possible de parler tranquillement près de Marcus, qui se tournait et se retournait dans le lit avec de tels soubresauts que Honoria ne pouvait s'empêcher de frémir chaque fois qu'elle le regardait.

— Je vais rester, proposa Mme Wetherby d'un ton qui manquait de conviction.

— Non. J'imagine que vous avez déjà passé beaucoup de temps auprès de lui. Je vais prendre le relais. Vous avez besoin de repos.

Mme Wetherby eut l'air soulagé et hocha la tête d'un air reconnaissant.

— Personne ne dira rien. À propos de votre présence ici, dans sa chambre. Je vous promets que nul n'en soufflera mot à Fensmore.

— Ne vous inquiétez pas pour ma réputation. Ma mère m'accompagne, cela devrait faire taire les mauvaises langues.

Mme Wetherby se retira et Honoria revint lentement vers le lit.

— Marcus, que t'arrive-t-il ? souffla-t-elle.

Elle tendit la main, suspendit son geste. Il valait mieux ne pas le toucher. Ce n'était pas correct, et elle ne voulait pas le perturber davantage.

Marcus roula de côté et son bras jaillit hors des couvertures. Honoria le regarda avec un certain trouble teinté de curiosité. Elle ne s'était pas rendu compte qu'il était aussi musclé. Bien sûr, il était de constitution robuste, cela sautait aux yeux. Son physique intimidait d'emblée. Mais elle ignorait qu'il avait des muscles si bien dessinés.

Intéressant.

Levant le bougeoir, elle se pencha davantage, inclina la tête. Comment s'appelait ce muscle qui partait de la nuque pour rejoindre le bras ?

Il avait vraiment des épaules magnifiques.

Elle tressaillit, choquée par ses pensées indécentes. Elle était venue pour le soigner, pas pour le reluquer ! Et puis, c'était Marcus, le dernier homme sur terre qu'elle aurait dû regarder de cette façon.

Elle approcha la chaise pour pouvoir intervenir en cas d'urgence, tout en gardant une distance suffisante pour ne pas risquer d'être heurtée si jamais il se remettait à gigoter en tous sens.

Il avait maigri. Elle s'en rendait compte même sous ce fatras de couvertures. Ses traits étaient émaciés, et en dépit de la faible lueur dispensée par la chandelle, elle discernait des cernes sombres sous ses yeux.

Honoria se sentait un peu stupide, assise sur sa chaise, les mains dans son giron. N'était-elle pas censée faire quelque chose ? Bien sûr, elle pouvait se contenter de le surveiller, mais comment s'empêcher alors de détailler certaines parties de son corps ?

Il semblait s'être un peu calmé, même s'il remuait encore sous les couvertures. Seigneur, il faisait si chaud dans cette pièce ! Honoria portait une robe de jour boutonnée dans le dos, qu'elle aurait été bien incapable d'enfiler ou de retirer seule. Un peu comme Marcus avec ses bottes, songea-t-elle avec un petit sourire – finalement, ce n'était que justice que les hommes souffrent eux aussi des contraintes imposées par la mode.

En se contorsionnant, elle réussit à défaire quelques boutons sur la nuque. Le col s'ouvrit légèrement. Soulagée, elle prit une profonde inspiration et glissa deux doigts entre sa peau moite et le tissu.

— Non, cela ne peut pas être une bonne chose d'avoir aussi chaud, marmonna-t-elle.

Le son de sa voix ne parut pas déranger Marcus.

Elle ôta ses chaussures. Si quelqu'un entrait dans la chambre, sa réputation serait ruinée, alors autant enlever également ses bas, décida-t-elle. Ce faisant, elle se rendit compte que ses bas étaient déjà humides de transpiration. Elle faillit les suspendre au dossier de la chaise pour les faire sécher, mais c'était un peu inconvenant, aussi les roula-t-elle en boule avant de les glisser dans ses bottines. Et tant qu'elle était debout, elle en profita pour retrousser ses jupes et les agiter doucement pour se rafraîchir les jambes.

La chaleur était intolérable.

Elle chercha du regard un objet quelconque avec lequel elle aurait pu rafraîchir Marcus. Pourquoi n'avait-elle pas emprunté un des éventails de sa mère ? Depuis quelque temps, celle-ci n'arrêtait pas de s'éventer le visage. Où qu'elle aille, elle n'oubliait jamais d'emporter dans son bagage au moins trois éventails chinois en soie. Sage précaution, car elle avait tendance à les égarer un peu partout.

Mais ici, il n'y avait pas d'éventail.

Faute de mieux, Honoria se pencha pour souffler doucement sur le visage de Marcus, qui ne réagit pas. Enhardie, elle recommença, un peu plus fort cette fois.

Il sursauta.

Était-ce bon ou mauvais signe ? S'il suait à grosses gouttes, il risquait de se refroidir, ce que le médecin voulait à tout prix éviter.

Elle se rassit, se tapota machinalement la cuisse. D'abord lentement, puis de plus en plus rapidement. Elle cessa abruptement.

C'était ridicule. Elle se leva de nouveau et s'approcha du lit. Marcus s'agitait encore, mais pas assez pour se dégager de sous les couvertures. Il fallait qu'elle le touche, il n'y avait pas d'autre solution si elle voulait vérifier sa température. Que ferait-elle ensuite ? Elle l'ignorait. Mais quitte à jouer les infirmières, il fallait qu'elle prenne des initiatives.

Doucement, elle lui frôla l'épaule.

Sa peau était moins chaude qu'elle ne s'y attendait. Mais elle-même avait tellement chaud qu'elle ne se rendait peut-être pas bien compte. En tout cas, il transpirait abondamment. Les draps étaient trempés. Fallait-il les enlever ? Il resterait toujours les couvertures.

Elle tira sur le drap en essayant de maintenir la courtepointe en place, mais ne put l'empêcher de glisser. Une longue jambe apparut.

Honoria sentit sa bouche s'arrondir. Ses cuisses aussi étaient très musclées.

Non, non, non, non, non, non. Elle ne devait pas le regarder. Et surtout, elle devait se dépêcher de repositionner la courtepointe avant que Marcus n'ait l'idée de se retourner.

Cela fait, elle se redressa avec un soupir accablé. Seigneur, elle avait de plus en plus chaud. Peut-être pourrait-elle sortir un instant ; ou entrebâiller la fenêtre et rester devant un moment ?

Elle agita la main devant son visage pour s'éventer tant bien que mal. Puis elle s'empara du bougeoir et l'éleva au-dessus du visage de Marcus.

Il avait les yeux grands ouverts.

Elle recula d'un pas.

Cela ne voulait rien dire. Tout à l'heure il avait ouvert les yeux, mais n'était pas réveillé pour autant.

— Honoria ? Que fais-tu là ?

Là, on pouvait raisonnablement penser qu'il ne dormait plus.

8

Marcus avait l'impression de rôtir en enfer.

Combien de temps avait-il été malade ? Un jour ? Deux, peut-être ? La fièvre avait débuté... mardi ? Oui, mardi. Mais cela ne l'avançait pas, car il n'avait aucune idée du temps qui s'était écoulé depuis.

Il faisait nuit, puisque la chambre était plongée dans la pénombre. Et... Seigneur, il faisait si chaud ! Comment réfléchir par une telle chaleur ?

Peut-être était-il bel et bien en enfer. Dans ce cas, il fallait avouer qu'on disposait là-bas de lits confortables. Ce qui était en contradiction avec tout ce qu'on lui avait appris à l'église.

Il bâilla, la tête calée sur l'oreiller. Un oreiller tout doux, bien rembourré, exactement de la bonne épaisseur. Non, ce n'était pas l'enfer. Il était dans son lit, dans sa chambre. Et il faisait nuit, il en était sûr, même s'il n'avait pas la force d'ouvrir les yeux.

Il entendait Mme Wetherby s'activer dans la pièce. Elle était restée à son chevet, ce qui ne l'étonnait pas. Elle était si dévouée. Elle lui avait servi du bouillon quand il était tombé malade et il se rappelait vaguement que le médecin était passé. Chaque fois qu'il avait repris conscience, il avait découvert la gouvernante qui le regardait d'un air soucieux.

Il sentit une main légère se poser sur son épaule. Cela ne suffit pas à l'arracher à sa torpeur. Il était si fatigué. Tout son corps lui était douloureux, surtout sa jambe qui le faisait souffrir comme un damné. Il voulait juste se rendormir, mais il avait si chaud...

Pourquoi faisait-il si chaud dans cette maudite chambre ?

Comme si elle avait deviné ses pensées, Mme Wetherby tira sur le drap. Soulagé, Marcus sentit l'air sur sa jambe valide. Un peu de fraîcheur. Dieu que c'était bon ! Il se serait volontiers débarrassé des couvertures, mais il craignait de choquer Mme Wetherby.

D'un autre côté, il était malade.

Lorsqu'il sentit qu'elle remontait la courtepointe, il faillit se mettre à pleurer. Au prix d'un effort surhumain, il ouvrit les yeux.

Ce n'était pas Mme Wetherby.

— Honoria ? articula-t-il d'une voix rauque. Que fais-tu là ?

Elle bondit en arrière en poussant un cri qui lui déchira les tympans. Il referma les paupières. Il n'avait pas le courage de lui parler, même s'il ne comprenait pas pourquoi elle se trouvait là.

— Marcus ? Tu peux parler ? Tu es réveillé ?

Il acquiesça d'un infime hochement de tête.

— Marcus ?

Elle s'était rapprochée. Il sentait son souffle dans son cou. C'était affreux, beaucoup trop chaud.

— Que fais-tu là ? répéta-t-il d'une voix pâteuse. Tu ne devrais pas être... à Londres ?

Les mots semblaient lui coller à la langue comme du sirop.

— Oh, Dieu merci, tu es réveillé !

Elle posa la main sur son front. Sa paume lui parut brûlante.

— Hon... Honor...

Il ne parvenait pas à prononcer son prénom. Il essaya de nouveau, mais ses lèvres remuèrent sans qu'aucun son ne les franchisse. Il inspira profondément. Non, décidément c'était trop dur.

— Tu as été très malade, dit-elle.

Il hocha la tête. Ou avait-il juste pensé à le faire ?

— Mme Wetherby m'a prévenue par courrier.

Tout s'expliquait. Mais c'était quand même bizarre.

— Je suis venue aussi vite que j'ai pu. Et ma mère m'a accompagnée.

Lady Winstead ? Il essaya de sourire. Il aimait bien lady Winstead.

— Je crois que tu as toujours la fièvre. Ton front est chaud, cela dit, il fait une telle chaleur ici...

Il tendit le bras pour la repousser, ouvrit à demi les yeux et cilla, ébloui par la flamme de la bougie.

— S'il te plaît... la fenêtre... ouvre-la.

— Je ne peux pas. Le médecin l'a interdit.

— S'il te plaît !

Il la suppliait, et si cela continuait il allait se mettre à pleurer. Il s'en moquait. Il voulait juste qu'elle aille ouvrir cette satanée fenêtre.

— Marcus...

— Je n'arrive pas... à respirer !

Il exagérait à peine. Elle capitula enfin.

— Bon, d'accord. Mais promets-moi de ne le dire à personne.

— Promis, marmonna-t-il.

Incapable de tourner la tête, il ne la vit pas se déplacer, mais il entendit chacun de ses mouvements.

Elle tira le rideau.

— Je ne suis pas médecin, mais j'ai du mal à comprendre qu'on maintienne au chaud une personne qui a la fièvre, avoua-t-elle.

Il entendit le bruit de la croisée qu'on ouvrait. Une bouffée d'air frais envahit la pièce, et il faillit crier de bonheur.

Honoria revint vers le lit et les pieds de la chaise raclèrent légèrement le parquet.

— Je n'ai jamais eu la fièvre. Du moins, je ne m'en souviens pas. C'est bizarre, non ?

Il perçut le sourire dans sa voix. Il connaissait par cœur ce sourire étonné, un peu contrit. Il le visualisait parfaitement. La commissure droite de ses lèvres se retroussait un peu plus que la gauche. C'était charmant.

N'était-ce pas étrange de si bien connaître quelqu'un ?

— Ma mère dit que c'est terrible d'avoir la fièvre.

Elle était venue le soigner. Elle aurait dû être à Londres, or elle était là, près de lui. C'était inattendu, mais pas vraiment surprenant. Bon d'accord, cette phrase était totalement illogique. Son cerveau était fatigué. Ce qu'il voulait dire, c'est qu'il n'aurait jamais cru que Honoria abandonnerait tout pour se précipiter à son chevet, et cependant sa présence lui semblait naturelle, dans l'ordre des choses.

— Merci d'avoir ouvert la fenêtre, dit-il dans un souffle.

— Je t'en prie. Tu n'as pas eu beaucoup de mal à me convaincre, je mourais de chaud.

Elle esquissa un sourire, sans parvenir toutefois à masquer son inquiétude.

— Moi aussi, je meurs de chaud. Littéralement, dit-il pour plaisanter.

— Oh, Marcus !

Elle se pencha pour repousser ses cheveux sur son front, secoua la tête d'un air absent. Ses propres cheveux lui tombaient sur la figure. Elle souffla dessus, et finalement les coinça derrière son oreille. En vain.

— Tu as l'air fatiguée, remarqua-t-il, la voix toujours aussi éraillée.

— Dis l'homme qui peine à garder les yeux ouverts...

— Touché.

— Veux-tu boire quelque chose ?

Il hocha la tête.

— Désolée, j'aurais dû te le proposer tout de suite. Tu dois mourir de soif.

— Un peu, mentit-il.

— Mme Wetherby a laissé un pichet d'eau, dit-elle en se tournant pour attraper ledit pichet. L'eau n'est pas fraîche, mais au moins cela te désaltérera.

Du moment que ce n'était pas de l'eau bouillante...

Elle lui tendit un verre, puis réalisa qu'il ne réussirait pas à boire en position allongée.

— Attends, je vais t'aider à t'asseoir.

Elle posa le verre, puis glissa un bras sous ses épaules pour le redresser.

— Voilà, dit-elle d'un ton affairé. Hum... nous allons border cette couverture, et tu pourras boire.

Il comprit qu'elle était embarrassée. Il ne portait pas de chemise de nuit. Et le plus drôle, c'était qu'il se moquait complètement de choquer sa pudeur virginale.

Avait-elle rougi ? Il n'aurait su le dire, il faisait trop sombre. Peu importait. C'était Honoria, une fille raisonnable et sensée. Elle ne serait pas effrayée par la vision de son torse nu.

Il but quelques gorgées, sans se soucier de la goutte qui coulait sur son menton. Seigneur, c'était si bon ! Il avait la bouche desséchée.

Honoria essuya la goutte du pouce et une partie de lui-même, enfouie au tréfonds de son cerveau, enregistra la sensation.

— Désolée, je n'ai pas de mouchoir.

— Ce n'est pas la première fois que tu viens dans ma chambre. Tu m'as touché l'épaule.

— C'était il y a quelques minutes.

— Vraiment ? J'avais l'impression que...

— Mais je suis là depuis plusieurs heures.

— Je dois te remercier, alors, dit-il d'une voix si faible qu'il ne la reconnut pas.

— Tu n'imagines pas à quel point je suis soulagée de te voir debout. Je veux dire... réveillé. Bon, tu as l'air affreusement mal, mais au moins tu parles. Et tu dis des choses cohérentes. Ce qui est loin d'être mon cas, conclut-elle avec une grimace penaude.

— Ne dis pas de bêtises.

Elle détourna la tête ; il eut toutefois le temps de la voir s'essuyer furtivement le coin de l'œil. Il l'avait fait pleurer. Cette pensée était... poignante. Les larmes de Honoria lui avaient toujours fendu le cœur.

— Tu m'as fait si peur, reconnut-elle. Tu n'imaginais pas cela possible, je suppose.

Elle tentait de plaisanter, mais cela sonnait faux. Enfin, il appréciait l'effort.

— Où est Mme Wetherby ? s'enquit-il.

— Je l'ai envoyée se coucher. Elle était épuisée. Elle a passé beaucoup de temps à ton chevet.

— Tu as bien fait.

Marcus se souvenait que la gouvernante l'avait veillé pareillement quand il avait eu la fièvre, à l'âge de onze ans. Alors que son propre père n'avait pas mis les pieds dans sa chambre.

Il aurait voulu raconter cela à Honoria, lui parler aussi de la fois où le comte avait quitté Fensmore juste avant Noël. Mme Wetherby avait pris sur elle de décorer toute la maison d'une profusion de houx. Il avait eu l'impression d'habiter dans la forêt pendant des semaines. C'était son meilleur souvenir de Noël, jusqu'à cette année où il avait été invité à passer les vacances chez les Smythe-Smith.

Après quoi, ses Noël n'avaient plus jamais été les mêmes.

— Tu veux un autre verre d'eau ? demanda Honoria.

Il avait toujours soif, mais il n'était pas sûr d'avoir la force de boire.

— Je vais t'aider, proposa-t-elle.

Il but une petite gorgée, puis exhala un long soupir.

— J'ai mal à la jambe.

— Tu t'es foulé la cheville.

— J'ai l'impression qu'elle est en feu.

De nouveau, elle lui tâta le front.

— Tu es chaud. Plus que tout à l'heure, il me semble.

— Ça va, ça vient, non ?

— La fièvre ?

— Oui.

Il s'efforça de sourire, mais ne réussit qu'à relever le coin droit de sa bouche. Honoria se mordit la lèvre. L'anxiété lui tirait les traits, la vieillissait. Il n'aimait pas voir ses yeux assombris par l'angoisse.

— Je peux avoir encore un peu d'eau ?

Il n'avait jamais eu aussi soif de toute sa vie.

— Oui, bien sûr.

Il but avec avidité, trop vite une fois de plus, mais il s'essuya lui-même le menton d'un revers de main.

— Elle va sans doute remonter, dit-il.

— La fièvre ?

— Oui.

— Je ne comprends pas... Tu allais bien la dernière fois que nous nous sommes vus.

Il essaya de hausser les sourcils pour marquer sa surprise. Sans succès.

— Bon, d'accord. Tu n'étais pas au mieux de ta forme, admit-elle. Mais ça allait à peu près.

— Je toussais.

— Je sais, mais... Oh, à quoi bon ? soupira-t-elle. Je ne connais rien en médecine. Je ne sais même pas pourquoi je me suis crue capable de m'occuper de toi. Je n'ai pas réfléchi, en fait.

Que diable racontait-elle ? Il n'en avait aucune idée, mais, pour une raison inconnue, ce qu'elle disait le rendait heureux.

— Je suis venue, c'est tout. J'ai reçu cette lettre de Mme Wetherby et j'ai obligé maman à sauter dans la voiture.

— Tu es venue m'aider, chuchota-t-il.

Et c'était efficace.

Il se sentait déjà mieux.

9

Le lendemain, Honoria se réveilla tout endolorie, la nuque et le dos raides, le pied gauche totalement insensible. Elle avait chaud et transpirait. Et l'odeur qui émanait d'elle était bien peu agréable, c'était le moins qu'on puisse dire.

Elle avait refermé la fenêtre quand Marcus s'était assoupi. À contrecœur tant cela lui paraissait idiot, mais elle n'avait pas assez confiance en elle pour braver les ordres du médecin.

Elle avait des fourmis dans le pied et remua la jambe pour activer la circulation. Elle détestait cette sensation. On aurait dit que son mollet était en feu, à présent. Réprimant un bâillement, elle se leva. Ses articulations craquèrent. Une chaise, ce n'était pas fait pour dormir. Si elle devait encore passer une nuit dans cette chambre, elle préférait encore s'allonger par terre.

Elle claudiqua jusqu'à la fenêtre. Elle avait hâte de laisser les rayons du soleil entrer dans la chambre. Elle ne voulait pas réveiller Marcus, mais elle éprouvait un besoin urgent de le *voir*. D'inspecter son teint, les cernes sous ses yeux. Même si elle ne savait trop quelles conclusions elle en tirerait.

Elle écarta le rideau et cilla, éblouie par la clarté matinale. Il devait être très tôt. L'horizon pâle était encore strié de lueurs roses et orangées, et de la brume flottait au-dessus des pelouses. Le spectacle bucolique était charmant et Honoria ne put s'empêcher d'entrebâiller la croisée pour respirer l'air frais.

Puis elle s'approcha du lit dans l'intention de tâter le front de Marcus. À cet instant, celui-ci se tourna sur le dos dans son sommeil.

Elle se figea, horrifiée. Seigneur, il avait le visage tout rouge !

Elle se précipita, faillit tomber à cause de son pied engourdi. Marcus était écarlate, les yeux bouffis. Sa peau était sèche et parcheminée, nota-t-elle lorsqu'elle le toucha. Et brûlante.

Elle attrapa le pichet. Il n'y avait ni serviette ni mouchoir à sa portée, aussi plongea-t-elle les mains dans l'eau avant de les poser sur ses joues pour tenter de le rafraîchir. Il lui parut vite évident que la solution avait ses limites. Fébrile, elle alla fouiller la commode, ouvrit les tiroirs les uns après les autres jusqu'à trouver ce qu'elle prit tout d'abord pour un mouchoir. Lorsqu'elle déplia la chose, elle se rendit compte qu'il s'agissait... d'un caleçon.

Seigneur !

Tant pis. À la guerre comme à la guerre.

Les joues en feu, elle plongea le caleçon dans le pichet, l'essora vaguement et, avec quelques mots d'excuse inutiles – Marcus n'était pas en état de l'entendre ni de s'offusquer –, elle lui bassina le front à l'aide du linge humide.

Il s'agita, proféra quelques grognements de protestation et marmotta des bouts de phrases qui n'avaient aucun sens. Elle discerna « Non ! » et « Pas toi ! »,

mais aurait aussi juré l'avoir entendu dire « Facile »,
« turbot » et « passerelle ».

Une chose était sûre, il avait distinctement articulé
le nom de Daniel.

Elle humidifia de nouveau le caleçon. Lorsqu'elle
voulut le lui poser sur le front, il la repoussa violemment.

— Marcus, tu dois te laisser faire, dit-elle d'un ton
sévère.

Il continua pourtant de se débattre, jusqu'à ce
qu'elle soit pratiquement obligée de s'asseoir sur lui
pour le faire tenir tranquille.

— Arrête ! cria-t-elle, excédée, en pesant de tout son
poids sur son épaule pour le plaquer sur le matelas.

Il eut un sursaut et son crâne heurta le sien.
Honoria poussa un cri de douleur, sans pour autant
lâcher prise.

— Je te préviens… il est hors de question… que
je te laisse mourir ! ahana-t-elle.

Arc-boutée, elle réussit à tendre le bras pour plonger de nouveau le caleçon dans le pichet. Cette fois,
étant dans l'incapacité de l'essorer, elle le lui pressa
sans ménagement sur le visage.

— Tu vas me haïr demain en voyant avec quoi je
t'ai rafraîchi, mais tant pis.

Elle s'en voulait d'être aussi brutale, mais elle
n'avait pas le choix.

— Calme-toi, murmura-t-elle en promenant le
linge sur son cou. Je te promets que tu vas te sentir
mieux. Et moi aussi, accessoirement.

Elle fit glisser le caleçon sur sa poitrine sans se
soucier que celle-ci soit nue. Marcus la repoussa d'un
geste brusque et, déséquilibrée, elle tomba du lit et
se retrouva sur le tapis.

— Nom d'un petit bonhomme, cela ne va pas se passer comme ça ! marmonna-t-elle, prête à revenir à la charge.

Mais alors qu'elle contournait le lit pour se saisir du pichet, Marcus détendit soudain la jambe. Elle reçut son pied dans l'abdomen et, le souffle coupé, se cramponna à sa jambe pour ne pas retomber.

Marcus poussa un hurlement.

Honoria le lâcha et trébucha en arrière. Son coude heurta le mur et une violente décharge lui tétanisa le bras.

— Aïïïe !

Se tenant le bras en grimaçant, elle revint vers le lit.

Ce cri que Marcus avait poussé… Il était inhumain.

Il gémissait toujours et respirait bruyamment, par à-coups, comme font les gens sous l'emprise d'une douleur térébrante.

— Marcus, que se passe-t-il ? murmura-t-elle, interdite.

Ce n'était pas la fièvre. Il y avait autre chose…

Elle réalisa alors que sa main était toute poisseuse.

Il y avait du sang sur ses doigts !

Et ce n'était pas le sien.

L'estomac retourné, elle tira sur la courtepointe avec précaution, dénudant sa jambe gauche jusqu'au genou.

Oh, Seigneur !

Une vilaine estafilade lui zébrait le mollet. Du sang suintait, ainsi qu'un liquide jaunâtre et visqueux sur lequel elle préféra ne pas s'attarder. La jambe était terriblement gonflée, la peau marbrée. Les lèvres de la plaie étaient rouge vif et on aurait dit que la chair était… en putréfaction.

Saisie d'horreur, Honoria comprit enfin.

Marcus avait une infection. Il avait dû se blesser en découpant sa botte. Et il n'en avait pas parlé. Pourquoi ? Il aurait dû prévenir quelqu'un. Il aurait au moins dû la prévenir, *elle* !

Quelqu'un frappa à la porte qui s'entrouvrit dans la foulée. Mme Wetherby pointa la tête dans l'entre-bâillement.

— Est-ce que tout va bien ? J'ai entendu du bruit...

— Non ! s'écria Honoria d'une voix que l'affolement rendait suraiguë. Sa jambe. Étiez-vous au courant ?

— Au courant de quoi ? s'enquit la gouvernante en la rejoignant en hâte.

Honoria tenta de se ressaisir. Paniquer ne servirait à rien.

— Sa jambe, répéta-t-elle. Elle est infectée. C'est pour cela qu'il a de la fièvre.

— Le médecin a dit que c'était la toux.

Mme Wetherby s'interrompit en découvrant la jambe de Marcus.

— Dieu Tout-Puissant ! gémit-elle en reculant, la main pressée sur la bouche. Je... je ne savais pas. Personne ne le savait. Comment a-t-on pu ne pas s'en apercevoir ?

Honoria se posait la même question, mais le moment était mal choisi pour chercher des coupables. Il fallait agir, et vite.

— Faites immédiatement appeler le médecin. La plaie doit être nettoyée.

— Je m'en occupe.

— Dans combien de temps sera-t-il là ?

Mme Wetherby hésita.

— Cela dépend. S'il est en tournée quand le messager arrivera, c'est difficile à dire. Sinon il pourra être à Fensmore d'ici deux heures.

— Deux heures ! se récria Honoria.

Même si elle n'y connaissait rien, elle avait entendu dire que ce genre d'infection fulgurante pouvait tuer un homme très rapidement.

— Nous ne pouvons pas attendre si longtemps ! Il lui faut des soins tout de suite.

Mme Wetherby lui retourna un regard effrayé.

— Vous savez désinfecter une plaie, milady ?

— Bien sûr que non. Et vous ?

— Moi non plus.

De nouveau, la gouvernante jeta un regard plein d'effroi en direction de la jambe de Marcus. Elle se tordait les mains avec angoisse.

— Je... j'imagine qu'il faudrait appliquer une compresse. Pour drainer le poison.

— Le poison ? répéta Honoria.

Seigneur, elle avait l'impression d'être au Moyen Âge.

Mme Wetherby semblait paralysée. Honoria comprit qu'elle devait prendre les choses en main. S'efforçant d'adopter un ton autoritaire, elle ordonna :

— Prévenez le médecin et revenez au plus vite. Avec de l'eau bouillie. Et des serviettes. Et tout ce à quoi vous penserez et qui pourrait s'avérer nécessaire.

— Dois-je avertir votre mère ?

— Ma mère ? Je ne sais pas. Comme vous voudrez. Mais dépêchez-vous !

Mme Wetherby réagit enfin et courut hors de la chambre.

Honoria reporta son attention sur Marcus et sa jambe, sur laquelle la blessure semblait dessiner un sourire maléfique.

— Marcus, comment une chose pareille a-t-elle pu arriver ? murmura-t-elle.

Elle s'empara de sa main. Cette fois, il ne tenta pas de se libérer. Il paraissait calme et sa respiration était plus régulière. Son visage semblait également moins rouge. Ou était-ce une illusion ? N'était-elle pas si désespérée qu'elle en venait à imaginer des signes d'amélioration qui n'existaient pas ?

— De toute façon, il n'est pas question de perdre espoir, déclara-t-elle à voix haute.

Elle s'obligea à examiner sa jambe de plus près, en dépit de la peur, et du dégoût qui lui soulevait le cœur. Elle allait devoir commencer à nettoyer la plaie. Dieu seul savait quand le médecin arriverait.

Marcus avait jeté le caleçon mouillé à l'autre bout de la pièce. Pragmatique, Honoria alla récupérer un caleçon propre dans la commode. Elle le trempa dans l'eau, puis, prenant son courage à deux mains, tamponna doucement l'estafilade.

Marcus ne réagit pas.

Soulagée, elle respira plus librement. Un peu rassurée sur ses capacités, elle recommença. Jusqu'à ce que le caleçon, souillé de sang et d'humeurs fétides, soit inutilisable.

Honoria jeta un coup d'œil inquiet en direction de la porte. Que diable fabriquait Mme Wetherby ? Elle avait l'impression de se débrouiller à peu près correctement, mais il lui fallait de l'eau chaude. Ce serait sûrement plus efficace. Cela dit, tant que Marcus se laissait faire, elle devait en profiter.

Elle alla chercher un autre caleçon dans la commode.

— Je ne sais pas ce que tu vas porter quand j'en aurai fini avec toi, soupira-t-elle. Allez, on recommence…

Elle s'attaqua à la partie la plus vilaine de la blessure, qu'elle avait évité de toucher jusque-là. Les chairs enflées suppuraient abondamment. Marcus ne réagissait toujours pas. Il avait sombré dans l'inconscience et Honoria s'en félicitait presque. Il aurait sans doute eu très mal s'il avait été réveillé.

Elle décida de procéder méthodiquement, zone après zone. Elle pouvait le faire. Il le fallait si elle voulait l'aider. Le sauver. Il lui semblait que sa vie entière ne s'était déroulée que pour aboutir à cet instant précis.

— Voilà pourquoi je ne me suis pas mariée l'année dernière, murmura-t-elle. Si je l'avais fait, je ne serais pas ici en train de te soigner. Bien sûr, on peut aussi dire que c'est ma faute si tu te retrouves dans cette situation. Mais nous n'allons pas épiloguer là-dessus.

Elle travaillait avec un soin méticuleux. Se concentrer ainsi l'aidait à canaliser sa peur. Au bout d'un moment, toutefois, elle fit une pause pour faire jouer les muscles de son cou qui étaient tout raides.

— Tu vois, je m'améliore, remarqua-t-elle.

En tout cas elle le pensait. C'est à cet instant qu'une pensée horrible la frappa par surprise. Elle ne put retenir un sanglot.

Marcus allait peut-être *mourir*.

Et si cela arrivait... elle se retrouverait complètement seule. Même s'ils ne s'étaient pas souvent croisés au cours des trois années écoulées, elle avait toujours su qu'il était présent, pas très loin, accessible. L'idée d'un monde sans Marcus lui était tout simplement intolérable.

S'il mourait, elle serait perdue.

— Honoria ?

Sa mère venait de faire irruption dans la chambre. Elle traversa la pièce d'un pas vif.

— Je suis venue aussi vite que possible, dit-elle, avant de se figer à la vue de la jambe de Marcus. Oh, mon Dieu !

Honoria sentit un autre sanglot lui gonfler la poitrine et lui bloquer la respiration. L'expression atterrée de sa mère lui rappelait le jour où elle avait fait une chute de cheval, à l'âge de douze ans. Un peu sonnée, elle s'était relevée et était rentrée à pied à la maison. Elle ne souffrait que de contusions, mais s'était éraflé le cuir chevelu contre un rocher et le sang coulait sur son visage.

Le visage de sa mère quand elle l'avait vue arriver... Elle semblait si horrifiée que Honoria s'était mise à pleurer.

Aujourd'hui elle avait l'impression de revivre la même situation. Elle était à deux doigts de s'effondrer et de pleurer toutes les larmes de son corps.

Sauf que c'était impossible. Marcus avait besoin d'elle. Il avait besoin qu'elle soit calme et efficace.

— Mme Wetherby est allée chercher de l'eau chaude, dit-elle à sa mère. Elle devrait revenir d'un instant à l'autre.

— Très bien. Il nous en faudra de grandes quantités. Ainsi que du cognac. Et un couteau.

Lady Winstead s'était exprimée d'un ton déterminé et plein d'assurance. Honoria lui jeta un regard stupéfait.

— Le médecin décidera peut-être d'amputer, reprit sa mère, la mine sombre.

— *Quoi ?*

Cette idée n'avait pas effleuré l'esprit de Honoria. Elle eut l'impression que son cœur cessait de battre.

— Et il aura peut-être raison. Ce n'est pas encore sûr, mais il faut se préparer à cette idée, ajouta sa mère.

Honoria fixa sa mère, sous le choc. La voir réagir de manière aussi pragmatique la déstabilisait. Après le départ de Daniel, elle n'avait plus jamais été la même. Elle avait perdu sa flamme, s'était désintéressée de tout et de tous, y compris de sa propre fille. Elle semblait incapable de prendre la moindre décision, comme si elle ne pouvait accepter de vivre normalement dans un monde où son fils n'avait plus sa place.

Peut-être lui avait-il seulement manqué une bonne raison de se réveiller. Par exemple une crise qui lui aurait fait se sentir utile.

— Debout, lui intima lady Winstead en se retroussant les manches.

Honoria obtempéra. Elle ne pouvait s'empêcher d'éprouver une pointe de jalousie. Elle aussi avait eu *besoin* de sa mère.

— Honoria ?

Lady Winstead la regardait avec impatience. Honoria s'empressa de lui tendre le caleçon humide roulé en boule.

— Tenez, maman.

— Un propre, s'il te plaît.

— Oui, pardon, bien sûr.

Honoria alla piocher une nouvelle fois dans la réserve de sous-vêtements. Sa mère saisit le caleçon propre et le considéra d'un air interloqué.

— Mais que...

— Désolée, c'est tout ce que j'ai trouvé. J'ai paré au plus pressé.

— Tu as bien fait, approuva sa mère, qui chercha son regard avant de déclarer avec gravité, d'une voix légèrement tremblante : J'ai déjà vu ce genre de blessure. Quand ton père s'est blessé au bras, avant ta naissance.

— Que s'est-il passé ?

Sa mère reporta son attention sur la jambe de Marcus et examina la plaie.

— Essaie de trouver de quoi m'éclairer davantage, ordonna-t-elle.

Puis, comme Honoria allait ouvrir en grand les rideaux, elle enchaîna :

— Je ne sais pas comment il s'était coupé, quoi qu'il en soit l'infection était affreuse. Presque autant que celle-ci.

— Mais il a guéri.

Honoria connaissait la fin de l'histoire puisque son père avait eu deux bras forts et valides jusqu'au jour de sa mort.

— Nous avons eu beaucoup de chance, acquiesça sa mère. Le premier médecin voulait l'amputer. Et je l'aurais laissé faire. J'avais tellement peur que ton père meure ! J'aurais fait... n'importe quoi.

— Pourquoi ne l'a-t-on pas opéré, alors ?

— Ton père a exigé de voir un autre médecin. Il a déclaré que si celui-ci tombait d'accord avec le premier, il se soumettrait à leur décision. Mais qu'il n'allait pas se laisser découper parce qu'un seul individu l'avait décrété.

— Et le second était d'un autre avis ?

Sa mère eut un petit rire.

— Pas vraiment. Il a dit qu'il serait sans doute obligé d'amputer, mais qu'auparavant il fallait essayer de nettoyer la plaie.

— C'est ce que j'ai fait, dit Honoria. Et je crois avoir enlevé tout le pus.

— Je parlais d'un nettoyage plus... *drastique*.

— Que voulez-vous dire ?

Armée du caleçon imbibé d'eau, lady Winstead tamponnait la plaie. Elle expliqua à mi-voix :

— Pour être sûr d'éliminer tous les tissus abîmés, il fallait tailler dans les chairs à vif. Le médecin a conseillé de se guider aux cris.

Honoria se sentit prise de vertige.

— Et vous vous rappelez comment il a procédé ? demanda-t-elle dans un souffle.

— Oh oui !

Lady Winstead laissa passer quelques secondes, puis annonça :

— Nous allons devoir l'attacher.

10

Il fallut moins de dix minutes pour transformer la chambre de Marcus en salle de chirurgie de fortune. Mme Wetherby revint avec de l'eau chaude et des linges propres. On demanda à deux valets de ligoter Marcus à son lit et ils s'exécutèrent, en dépit de l'horreur qui se lisait clairement sur leur visage.

La mère de Honoria réclama des ciseaux. La plus petite paire possible. La plus aiguisée, aussi.

— Vous croyez que vous allez y arriver, maman ? s'inquiéta Honoria. Vous avez vu le médecin le faire, mais vous n'avez pas opéré papa vous-même.

— C'est vrai, admit sa mère. Cela dit, ce n'est pas compliqué. Il faut juste garder son sang-froid. Et ce n'est pas un travail de précision.

— Que voulez-vous dire ? C'est quand même sa jambe !

— Je le sais bien. Mais cela ne lui fera pas de mal si l'on coupe trop.

— Comment cela, pas de mal ?

— Ce sera douloureux, bien sûr – c'est pour cette raison que nous l'avons attaché –, mais cela ira dans le bon sens. Il vaut mieux trop enlever que pas assez. Il est vital d'éliminer toute source d'infection.

Honoria hocha la tête. C'était logique. Cruel, mais logique.

— Je vais commencer, prévint sa mère.

Honoria la regarda plonger un linge dans de l'eau fumante. Se sentant impuissante, elle demanda :

— Y a-t-il quelque chose que je puisse faire pour vous aider ?

— Assieds-toi près du lit et parle-lui. Cela le réconfortera peut-être.

Si Honoria n'était pas sûre de pouvoir apporter un quelconque réconfort à Marcus pendant qu'on le découpait en morceaux, elle savait cependant qu'elle se sentirait mieux si on lui confiait une mission. Il n'y avait rien de pire que de rester les bras ballants comme une idiote.

Elle s'assit sur la chaise et murmura :

— Me voilà, Marcus.

Il ne broncha pas, mais elle n'attendait pas de réponse de sa part.

— Tu es très malade, tu sais, poursuivit-elle sur le ton de la conversation, en dépit des mots terribles qu'elle prononçait. Et figure-toi que ma mère a des talents de chirurgien. Qui l'aurait cru ? J'avoue que personnellement je n'en avais pas la moindre idée.

En vérité elle éprouvait une fierté grandissante et un respect nouveau pour sa mère.

Se penchant, elle chuchota à l'oreille de Marcus :

— Je pensais plutôt qu'elle était du genre à s'évanouir à la vue du sang.

— Je t'ai entendue, dit lady Winstead.

Honoria eut un petit sourire contrit.

— Pardon, mais...

— Inutile de t'excuser. Je n'ai pas toujours été...

Sa mère s'interrompit et parut se concentrer sur sa tâche. Puis, au bout de quelques secondes, elle reprit :

— Je n'ai pas toujours été aussi présente que je l'aurais dû.

Honoria digéra cet aveu en se mordillant la lèvre. Sa mère était en train de lui présenter ses excuses aussi sûrement que si elle lui avait dit « Je te demande pardon ». Et, de manière tacite, elle la priait de ne pas insister sur le sujet. Ce n'était pas facile pour elle.

Honoria reprit donc son monologue avec Marcus.

— Personne n'a pensé à regarder ta jambe. Tout le monde croyait que tu avais une bronchite.

Marcus tressaillit. Honoria releva la tête et vit que sa mère avait les ciseaux en main. Elle les avait ouverts au maximum et s'en servait comme d'un scalpel pour inciser les chairs.

— Il ne crie pas, s'étonna Honoria.

— Ce n'est pas le plus douloureux, rétorqua sa mère, sans lever les yeux.

— Ah...

Honoria regarda Marcus.

— Tu vois, ce n'est pas si terrible...

C'est alors qu'il hurla.

Honoria releva la tête une fois de plus, pour voir sa mère rendre la bouteille de cognac à un valet.

— Cela, en revanche, c'est douloureux, admit-elle. Mais la bonne nouvelle, c'est que le pire est passé.

Il cria de nouveau.

Lady Winstead utilisait maintenant les ciseaux de manière normale et découpait de petits lambeaux de chairs.

Honoria soupira et tapota l'épaule de Marcus.

— Le mieux n'est peut-être pas pour tout de suite. Je n'en sais rien, en fait. Mais je vais rester avec toi jusqu'à la fin, je te le promets.

— C'est pire que je le craignais, marmonna sa mère.

Quelques minutes s'écoulèrent, puis elle se redressa en laissant échapper un long soupir.

— Quelqu'un peut-il m'essuyer le front ? Il fait tellement chaud ici.

Honoria ébaucha un mouvement, mais Mme Wetherby fut plus rapide et vint tamponner le front de lady Winstead avec un linge.

— Le médecin a défendu d'ouvrir la fenêtre, rappela la gouvernante.

— Ce même médecin qui n'a pas vu qu'il avait une blessure infectée à la jambe ? répliqua lady Winstead d'un ton acerbe.

Mme Wetherby ne répondit pas ; elle se contenta d'aller ouvrir la croisée.

Fascinée, Honoria observait sa mère. Elle avait du mal à la reconnaître dans cette femme aux gestes assurés et aux propos péremptoires.

— Merci, maman, souffla-t-elle.

— Il n'est pas question que je laisse mourir ce garçon, rétorqua lady Winstead, plus farouche que jamais, avant d'ajouter à voix basse : Je dois bien cela à Daniel.

Honoria se pétrifia.

C'était la première fois qu'elle entendait sa mère prononcer le nom de son frère depuis que celui-ci avait été contraint à l'exil.

— Daniel ? répéta-t-elle prudemment.

— J'ai déjà perdu un fils. Je ne vais pas en perdre deux.

Honoria allait de surprise en surprise.

Il ne lui était jamais venu à l'idée que sa mère puisse considérer Marcus de cette façon. Et sans doute Marcus ne s'en doutait-il pas non plus, car…

Elle sentit les larmes lui monter aux yeux. Marcus avait cherché une famille toute sa vie. Avait-il compris qu'il l'avait trouvée chez les Smythe-Smith ?

— Tu as besoin de faire une pause ? demanda sa mère.

— Non, ça va, assura Honoria, se ressaisissant.

À l'oreille de Marcus, elle chuchota :

— Tu as entendu cela ? Maman ne veut pas que tu meures. Ne va surtout pas la décevoir. Ni me causer du chagrin.

Elle repoussa une mèche sur son front.

— Aaaaaaargh !

Il s'était arc-bouté en tirant sur ses liens. C'était une vision terrible, et Honoria avait l'impression que sa souffrance se répercutait dans son propre corps. Elle n'avait pas mal physiquement, mais la douleur de Marcus la révoltait. Elle s'en voulait tellement ! C'était sa faute s'il s'était tordu la cheville en trébuchant sur cette stupide fausse taupinière ; sa faute si on avait dû découper sa botte ; sa faute si un valet maladroit lui avait entaillé le mollet.

S'il mourait, elle serait seule responsable.

Une grosse boule s'était formée dans sa gorge, l'empêchant de déglutir.

— Je te demande pardon, souffla-t-elle. Tu n'imagines pas à quel point je regrette, Marcus.

Il se détendit et, l'espace d'un instant, elle crut qu'il l'avait entendue. Puis elle s'aperçut que sa mère avait redressé la tête et la regardait. C'est elle qui l'avait entendue, et non Marcus. Elle ne lui demanda cependant pas pourquoi elle s'excusait ainsi et ne tarda pas à se remettre au travail.

Honoria se força à reprendre d'une voix naturelle :

— Quand tu iras mieux, il faudra venir à Londres. Pour commencer, tu as besoin d'une nouvelle paire de bottes. Je te conseille de la choisir un peu moins étroite. Je sais que ce n'est pas la mode, toutefois je ne serais pas étonnée que tu lances un nouveau style.

Il grogna, gémit.

— Si tu préfères, nous resterons à la campagne. Au diable, la saison. Je sais bien que je t'ai dit que je voulais me marier cette année, mais...

Elle glissa un regard furtif en direction de sa mère, puis, s'inclinant davantage, elle poursuivit :

— Maman semble avoir changé, et je crois que, dans ces conditions, je peux supporter une autre année en sa compagnie. Vingt-deux ans, ce n'est pas si vieux, finalement.

— Tu as vingt et un ans, rectifia sa mère sans lever la tête.

— Oh... vous m'écoutiez ?

— J'ai juste entendu la fin.

Honoria choisit de la croire et expliqua :

— Je disais que si je ne me marie pas cette année, j'aurai vingt-deux ans lors de ma prochaine saison.

— Ce qui signifie que tu auras de nouveau l'occasion de participer au quatuor.

Lady Winstead souriait sans malice aucune. Un sourire sincère, encourageant. Et Honoria se demanda si sa mère n'était pas un peu dure d'oreille.

— Cela fera plaisir à tes cousines. Harriet prendra ta place quand tu partiras, et il faut avouer qu'elle est encore un peu jeune. Elle n'a pas seize ans, je crois.

— Elle les aura en septembre.

Sa cousine Harriet, qui était la petite sœur de Sarah, était sans doute la pire musicienne de toute la famille Smythe-Smith. Et ce n'était pas peu dire !

— Elle a juste besoin de répéter un peu, assura lady Winstead. La pauvre n'a vraiment pas le sens du rythme. Ce doit être difficile à vivre quand on est née dans une famille de mélomanes.

— Hum… Je crois qu'elle préfère le théâtre.

— Oui, mais à part elle, personne ne joue du violon.

— Si. Capucine, la sœur d'Iris. Mais elle a déjà été recrutée maintenant que Viola s'est mariée.

— Recrutée ? répéta lady Winstead avec un petit rire. Ce n'est pas l'armée, quand même !

Prise de remords, Honoria s'exclama :

— Bien sûr que non. Vous savez que j'adore jouer avec mes cousines, maman.

Elle disait vrai. Elle prenait beaucoup de plaisir aux répétitions, même si elle était obligée de se mettre du coton dans les oreilles. C'étaient les représentations en public qu'elle détestait. Comme se plaisait à le répéter Sarah, qui était portée à l'exagération, leur quatuor était catastrophique. Cataclysmique. Apocalyptique.

Pourtant, Honoria n'avait pas honte de leurs piètres performances musicales. Quand son archet touchait les cordes, elle jouait de bon cœur. Pour sa famille qui comptait tant à ses yeux.

Leur digression les avait emmenées bien loin de leur sujet initial. Elle mit un temps à retrouver le fil de la conversation.

— De toute façon, je serai peut-être mariée d'ici là. Je disais juste cela histoire de parler.

— Inutile de se précipiter. L'important est d'épouser un homme bien. Tes sœurs ont toutes de bons maris.

Honoria était d'accord. Même si ses beaux-frères n'étaient pas le genre d'hommes qui l'attirait, ils étaient galants et respectueux.

— Elles non plus ne se sont pas mariées lors de leur première saison, insista lady Winstead, tout en continuant de charcuter la jambe de Marcus.

— En tout cas, il ne leur en a pas fallu plus de deux.

— Tu crois ? Oui, tu as peut-être raison, je ne sais plus. Mais tu finiras bien par trouver quelqu'un, Honoria. Je ne m'inquiète pas pour toi.

— J'espère bien, fit Honoria avec un petit rire crispé.

— L'année dernière, j'ai cru que Travers allait faire sa demande. Ou sinon lord Fotheringham.

— Je l'ai cru aussi, soupira Honoria. Lord Bailey semblait très empressé. Et puis, du jour au lendemain... plus rien. Comme s'il avait soudain perdu tout intérêt pour moi.

Avec un haussement d'épaules, elle reporta son attention sur Marcus.

— Cela vaut peut-être mieux. Qu'en penses-tu, Marcus ? Tu ne les aimais pas beaucoup, j'ai l'impression. Et même si tu m'agaces parfois, tu es de bon conseil.

Avec un petit rire, elle ajouta :

— Ai-je vraiment dit cela ? Je n'arrive pas à le croire !

Il frémit et, surprise, elle murmura :

— Marcus ?

Avait-il repris conscience ? Anxieuse, elle scruta ses traits à la recherche d'un signe... n'importe lequel.

— Qu'y a-t-il ? s'enquit sa mère.

— Je ne sais pas. Il a remué. Il bougeait avant, mais cette fois... c'était différent.

Elle lui pressa l'épaule.

— Marcus ? Tu m'entends ?

Ses lèvres craquelées s'entrouvrirent et un filet de voix franchit sa gorge :

— Hon... Hono...

Oh, merci mon Dieu !

— Ne parle pas. Tout va bien, assura-t-elle.

— Mal...

— Je sais. Je sais. Je suis désolée.

— Il est réveillé ? demanda lady Winstead.

— À peine.

Honoria saisit la main de Marcus et entrecroisa ses doigts aux siens.

— Tu as une vilaine blessure à la jambe. Nous nous efforçons de la désinfecter. C'est cela qui est douloureux, mais il n'y a pas d'autre solution.

Il eut un hochement de tête presque imperceptible.

— Avons-nous du laudanum, madame Wetherby ? s'enquit Honoria. Il faudrait peut-être lui en donner tant qu'il est capable de boire.

— Vous avez raison, milady. Je sais où en trouver, je reviens.

La gouvernante semblait soulagée d'avoir quelque chose à faire. Elle s'éclipsa en hâte.

Lady Winstead se rapprocha de la tête du lit.

— Vous m'entendez, Marcus ? Vous êtes très malade, mais je vous promets que vous allez guérir. Il faut juste tenir encore un peu.

— Un peu ? répéta-t-il.

Sa voix éraillée avait un indéniable accent d'ironie. Honoria eut un sourire tremblant. Elle n'arrivait pas à croire que Marcus puisse plaisanter dans un moment pareil. Elle était fière de lui.

— Nous allons te tirer d'affaire, affirma-t-elle.

Puis, sans réfléchir, elle se pencha pour déposer un baiser sur son front.

Il ouvrit les yeux. Sa respiration était laborieuse et sa peau brûlante, mais lorsqu'elle croisa son regard, elle comprit qu'il était bien présent, malgré la fièvre et la douleur.

Il était toujours Marcus et elle ne permettrait pas qu'il lui arrive malheur.

Une demi-heure plus tard, Marcus s'était rendormi grâce au laudanum. Honoria s'était installée plus confortablement pour pouvoir lui tenir la main et continuait de lui faire la conversation. Ce qu'elle disait importait peu. Elle n'était pas la seule à avoir remarqué que le son de sa voix l'apaisait.

Au moins ne se sentait-elle pas totalement inutile.

— C'est bientôt terminé, annonça-t-elle en jetant un regard prudent à sa mère qui maniait toujours les ciseaux. Ce n'est pas possible autrement. Il ne doit pas rester grand-chose à découper.

Lady Winstead poussa un soupir et se redressa en se pinçant l'arête du nez.

— Il y a un problème ? s'enquit Honoria.

— Je ne vois plus rien.

— Quoi ? Ce n'est pas possible…

— C'est la même chose quand je lis. Il faut que j'éloigne le livre de mes yeux, mais là… je ne peux pas travailler les bras tendus. Ma vision se brouille et je commence à avoir mal à la tête.

— Je vais vous remplacer, s'entendit déclarer Honoria.

Bizarrement, sa mère ne s'en étonna pas.

— Je te préviens, ce n'est pas facile.

— Je sais.

— Il va peut-être crier.

— Il l'a déjà fait.

Honoria avait répondu d'un ton ferme, ce qui n'empêchait pas son cœur de tambouriner dans sa poitrine.

— Les cris sont plus pénibles quand on manie les ciseaux, ajouta sa mère.

Honoria chercha une réponse qui aurait témoigné de sa noblesse d'âme. Elle aurait pu dire, par exemple, qu'il serait plus difficile de le regarder mourir sans rien faire que de l'entendre crier, mais les mots refusèrent de sortir. Et il valait mieux qu'elle garde son énergie pour l'épreuve qui l'attendait.

— J'y arriverai, affirma-t-elle.

Marcus était toujours attaché. Durant l'heure qui venait de s'écouler, son teint était passé du rouge au très pâle. Était-ce bon signe ? Elle avait posé la question à sa mère, mais celle-ci avait avoué son ignorance.

— J'y arriverai, répéta Honoria.

Lady Winstead lui avait déjà tendu la paire de ciseaux. Elle s'écarta afin qu'elle puisse prendre sa place.

Honoria prit une profonde inspiration et se pencha pour inspecter la plaie. Sa mère lui avait montré comment repérer les tissus abîmés. Il lui fallait juste les éliminer minutieusement les uns après les autres. Elle approcha les ciseaux, pinça un lambeau de chair et, dents serrées, coupa.

Marcus gémit dans son sommeil.

— Très bien, la félicita lady Winstead.

Honoria ravala les larmes qui lui montaient aux yeux. Comment de simples mots pouvaient-ils la bouleverser autant ?

— Je n'ai pas bien nettoyé cette zone, indiqua sa mère en désignant l'extrémité de la blessure. Je ne distinguais plus les bords.

— Oui, je vois.

La zone était boursouflée, rougeâtre. S'aidant de la pointe d'une lame, comme elle avait vu sa mère le faire, elle perça la chair distendue ; une coulée de pus s'échappa. Dans un soubresaut, Marcus tira sur ses liens. Honoria murmura un mot d'excuse, sans s'arrêter pour autant. Puis elle attrapa un linge propre.

— De l'eau, s'il vous plaît, réclama-t-elle.

Quelqu'un lui tendit une tasse. Elle versa le liquide sur la plaie, faisant abstraction des gémissements de Marcus. L'eau était très chaude, mais cela avait sauvé son père des années plus tôt, avait affirmé sa mère.

Honoria espérait qu'elle ne se trompait pas.

À l'aide du linge, elle absorba le surplus d'eau. Marcus émit un son guttural, mais il semblait souffrir un peu moins.

Soudain il fut agité de secousses.

Honoria lâcha le chiffon et s'exclama :

— Mon Dieu ! Qu'est-ce que je lui ai fait ?

Sa mère se pencha pour le scruter, perplexe.

— On dirait presque... qu'il rit, murmura-t-elle.

— Dois-je lui redonner du laudanum ? s'enquit Mme Wetherby.

— Il vaudrait mieux éviter, répondit Honoria. J'ai entendu dire que certaines personnes ne se réveillaient pas si elles en ingéraient une dose excessive.

— Je crois qu'il rit vraiment, s'entêta lady Winstead, déconcertée.

— Ce n'est pas possible.

Pourquoi Marcus rirait-il dans un moment pareil ?

Honoria repoussa sa mère d'un petit coup de coude, puis arrosa encore la plaie d'eau chaude. Elle se remit au travail et ne s'arrêta que lorsqu'elle fut certaine d'avoir enlevé toutes les chairs abîmées.

— Voilà, je crois que j'ai terminé, annonça-t-elle en se redressant.

Elle prit une profonde inspiration. Elle était tendue comme la corde d'un arc, les muscles rigides. Abandonnant les ciseaux, elle fit jouer ses doigts crispés.

— Et si nous versions le laudanum directement sur la plaie ? hasarda Mme Wetherby.

— J'ignore quel effet cela produirait, dit lady Winstead.

— C'est peut-être une bonne idée, intervint Honoria. Si on peut le boire, ce n'est pas irritant. Et si cela permet d'atténuer la douleur...

— Tenez, dit Mme Wetherby en lui tendant un petit flacon empli d'un liquide brunâtre.

Honoria ôta le bouchon. Sur l'étiquette, il était écrit *Poison* en gros. Elle hésita.

— À votre avis, maman ?

— Quelques gouttes, alors, suggéra lady Winstead, qui semblait dubitative.

Honoria obtempéra et Marcus poussa un rugissement de douleur.

— Oh, je suis navrée ! s'écria Mme Wetherby C'est ma faute !

— C'est à cause du xérès ! comprit Honoria. Je m'en souviens maintenant, on le mélange au laudanum pour couvrir l'amertume.

Elle ne savait plus d'où elle tirait cette information. Mais elle se rappelait également qu'on ajoutait de la cannelle et du safran au remède.

Sans réfléchir, elle glissa le doigt à l'intérieur du goulot, puis le posa sur sa langue pour goûter le liquide brun.

— Honoria !

— Berk, c'est dégoûtant ! Mais je suis sûre de reconnaître le goût du xérès.

Sa mère soupira d'un air exaspéré.

— Mais que fait le médecin, à la fin ?

— À mon avis, il ne sera pas là avant une bonne heure, l'avertit Mme Wetherby. Et encore.

Le silence retomba et l'on n'entendit plus que la respiration hachée de Marcus.

Finalement, Honoria demanda :

— Que fait-on à présent ? Faut-il panser la blessure ?

— C'est inutile. Il faudra tout défaire à l'arrivée du médecin, rétorqua sa mère.

— Avez-vous faim ? s'enquit Mme Wetherby.

— Non, répondit Honoria.

C'était faux. Elle mourait de faim, mais se sentait incapable d'avaler une seule bouchée.

— Lady Winstead ?

— Peut-être un en-cas léger.

— Je peux préparer des sandwichs. Seigneur, maintenant que j'y pense, vous n'avez même pas pris de petit déjeuner ! Je vais demander à la cuisinière de vous préparer des œufs au bacon.

— Faites au plus simple, acquiesça lady Winstead. Honoria, tu dois te forcer à avaler quelque chose. Il ne faut pas rester l'estomac vide.

— Je sais. C'est juste que...

Honoria n'acheva pas. Sa mère comprenait parfaitement ce qu'elle ressentait, elle en était certaine.

Celle-ci lui toucha doucement l'épaule.

— Tu devrais t'asseoir, aussi.

Honoria obéit.

Et attendit.

Jamais elle n'avait rien fait de plus difficile de toute sa vie.

11

Le laudanum était une merveilleuse invention.

D'ordinaire, Marcus évitait de prendre des médicaments et, par le passé, il avait même éprouvé quelque mépris envers ceux qui usaient de cette drogue. Il se demandait à présent s'il ne leur devait pas des excuses. Car, de toute évidence, il n'avait jamais fait l'expérience de la vraie douleur avant aujourd'hui. En tout cas, pas dans ces proportions.

Ce n'était pas tant les coups de ciseaux. On aurait pu croire que c'était très douloureux de se faire découper en morceaux, comme si un pivert vous arrachait des lambeaux de chair à coups de bec. En réalité, ce n'était pas si terrible. Certes, ce n'était pas agréable, mais cela restait supportable.

Non, le pire, c'était le cognac dont lady Winstead lui aspergeait la jambe à intervalles réguliers. Elle avait déjà dû en utiliser plusieurs litres et il n'aurait pas souffert davantage si elle l'avait cautérisé au fer rouge.

Plus jamais il ne boirait de cognac. À moins qu'il ne soit de qualité supérieure. Et encore, juste par principe. Parce qu'on ne refusait pas ce que la vie vous offrait de meilleur.

Pas vrai ?

Quoi qu'il en soit, après qu'on eut versé sur la plaie ce qu'il espérait être un piètre cognac, on lui avait administré une dose de laudanum, et là... tout avait changé. Il avait été immensément soulagé. Certes, il avait toujours l'impression que quelqu'un était en train de lui faire doucement rôtir la jambe au tourne-broche, mais après avoir enduré les « soins » de lady Winstead sans anesthésie, il trouvait positivement plaisant d'être charcuté sous l'effet des opiacés.

C'était presque relaxant.

Au-delà de cela, il ressentait une inexplicable euphorie.

Il souriait à Honoria, ou du moins il s'y efforçait car il avait du mal à la situer avec précision. Ses paupières lourdes refusaient de s'ouvrir. D'ailleurs peut-être *pensait-il* seulement sourire, car sa bouche aussi semblait lestée de plomb. Néanmoins c'était l'intention qui comptait, non ?

Les ciseaux lui laissèrent un moment de répit, puis les tiraillements sur sa chair reprirent. Aïe ! Enfer et damnation, cela faisait mal ! Quoique, pas suffisamment pour crier. Enfin, il avait peut-être gémi à un moment donné, il ne savait plus trop. On lui avait versé de l'eau chaude sur la jambe. Une grosse quantité. Est-ce qu'on cherchait à l'ébouillanter ?

De la viande bouillie. Évidemment. On était en Angleterre.

Cette pensée l'amusa beaucoup. Il gloussa. Qui aurait dit qu'il avait autant d'humour ?

Il reconnut la voix de Honoria :

— Mon Dieu ! Qu'est-ce que je lui ai fait ?

Sa voix était si bizarre. On aurait dit qu'elle parlait dans une corne de brume. *Oooooow mowwww Dieuuuuuuuh* ! C'était comique.

Il gloussa de nouveau.

Puis une pensée le frappa. Une minute ! Si Honoria avait dit cela... cela signifiait-il que c'était elle qui maniait maintenant les ciseaux ?

Il n'était pas sûr que ce soit une bonne chose, mais finalement... il s'en moquait. De la viande bouillie ! Ah, ah ! Désopilant. Il ne savait pas qu'il était si drôle. Comment se faisait-il que personne ne le lui ait dit ?

— Dois-je lui redonner du laudanum ? fit la voix de Mme Wetherby.

Oui, s'il vous plaît. J'en veux encore !

Hélas, son souhait ne fut pas exaucé. On préféra l'ébouillanter une fois de plus, puis les ciseaux se remirent en action.

Finalement, au bout de quelques minutes, on le laissa tranquille.

Les dames se mirent à discuter du laudanum, ce qui était cruel car personne ne se souciait de lui en donner une cuillerée. À la place, elles décidèrent d'en verser quelques gouttes sur sa jambe et...

— Aaaaargh !

Cela faisait encore plus mal que le cognac !

Elles durent finalement estimer qu'elles l'avaient assez torturé comme cela, car après quelques palabres supplémentaires, elles dénouèrent ses liens et le déplacèrent du côté du lit qui n'était pas trempé.

Après quoi... il dut s'endormir et rêver. Il l'espérait en tout cas, parce qu'il était absolument certain d'avoir vu un lapin géant traverser sa chambre. Et si ce n'était pas un rêve, c'était franchement bizarre.

Et encore, le plus inquiétant n'était pas le lapin, mais la carotte gigantesque que ce dernier brandissait telle une massue.

Une carotte de cette taille aurait pu nourrir tout un village.

Il aimait bien les carottes. L'orange n'était toutefois pas sa couleur préférée. Il la trouvait trop criarde. Il préférait les teintes plus douces, plus apaisantes. Comme le bleu. Tiens, voilà une belle couleur. Bleu clair, comme le ciel par une journée ensoleillée. Ou lavande, comme les yeux de Honoria. C'était elle qui le disait, mais il n'était pas d'accord. Le bleu lavande était une teinte assez fade, qui évoquait les toilettes d'une vieille dame en deuil avec un turban sur la tête. D'ailleurs pourquoi passait-on du noir au lavande quand on entrait en période de demi-deuil ? Le marron aurait été plus approprié, non ?

Et pourquoi les vieilles dames aimaient-elles autant les turbans ?

C'était là un sujet passionnant. Jamais il ne s'était posé autant de questions sur les couleurs. Il aurait dû être plus attentif durant les cours d'art plastique que son père lui avait imposés enfant. Mais quel garçon de dix ans avait envie de passer quatre mois à peindre une jatte de fruits ?

Ses pensées le ramenèrent à Honoria. Non, décidément ses yeux n'étaient pas lavande. Ils étaient bien trop lumineux, d'une nuance unique – ceux de Daniel étaient un peu plus grisés. C'était subtil, mais Marcus était capable de faire la différence.

Bien sûr, Honoria n'aurait pas été d'accord. Depuis l'enfance, elle prétendait avoir exactement la même couleur d'yeux que son frère. Sans doute parce qu'elle cherchait à créer un lien particulier entre eux. Elle avait toujours voulu s'intégrer, participer, être prise en compte. Pas étonnant qu'elle souhaitât se marier pour échapper à son foyer vide et silencieux. Elle avait besoin d'animation, de rires. Elle détestait la solitude.

Était-elle près de lui en cet instant ? La chambre était silencieuse. De nouveau, il tenta d'ouvrir les yeux. En vain.

Soulagé d'être libéré de ses entraves, il roula sur le côté. Il avait toujours dormi en chien de fusil.

Quelqu'un lui toucha l'épaule, puis remonta la couverture sur lui. Comme il émettait un vague grognement en guise de remerciement, il entendit Honoria demander :

— Tu es réveillé ?

Il voulut répondre, mais impossible. Il n'arrivait pas à articuler de vrais mots.

— Pas vraiment, devina-t-elle, mais au moins tu es conscient.

Il bâilla.

— Nous attendons le médecin, reprit-elle. J'espère qu'il ne va plus tarder. Ta jambe a l'air mieux. Du moins, c'est ce que dit ma mère. Pour être franche, je la trouve en piteux état. Ta jambe, pas ma mère. Mais c'est quand même mieux que ce matin.

On était donc l'après-midi ? Première nouvelle.

Saperlipopette, pourquoi n'arrivait-il pas à ouvrir les yeux ?

— Maman est allée se reposer. Elle n'en pouvait plus de cette chaleur. C'est un vrai four, ici. Nous avons un peu ouvert la fenêtre, mais Mme Wetherby craignait que tu n'attrapes froid. Personnellement j'aime dormir dans une chambre fraîche avec un bon édredon. Enfin, je ne sais pas si cela t'intéresse, ce que je raconte...

Oh si, ça l'intéressait énormément ! Pas tellement ce qu'elle disait, mais le son de sa voix lui enchantait les oreilles.

— Maman a toujours chaud, depuis quelque temps. Cela me rend folle. Elle a chaud, puis froid, puis encore chaud. C'est totalement illogique. Si jamais tu te demandais quel cadeau lui offrir, je te conseille un éventail. Elle est toujours en train d'en chercher un.

Sa main légère se posa sur son épaule, puis sur son front. C'était agréable, ces caresses, cette attention. Il n'avait pas l'habitude d'être ainsi chouchouté. Comme le jour où elle était venue le voir à Fensmore et l'avait obligé à boire deux tasses de thé.

Finalement, il aimait bien être dorloté. C'était incroyable, non ?

Il laissa échapper un petit soupir de bien-être.

— Tu as dormi un bon bout de temps. Je crois que la fièvre est retombée. Pas complètement, mais tu as l'air moins fébrile. Sais-tu que tu parles en dormant ? Tout à l'heure, tu as prononcé le mot « turbot ». Et à l'instant, tu as parlé d'échalote.

Non, pas d'échalote. De *carotte*.

— Est-ce que tu as faim ? Tu as envie d'un turbot à l'échalote, c'est cela ? Ce n'est pas vraiment ce qui me tenterait si j'étais malade, mais chacun ses goûts, après tout.

Elle lui caressa les cheveux, puis, contre toute attente et à son grand ravissement, elle l'embrassa sur la joue.

Il perçut un sourire dans sa voix lorsqu'elle murmura :

— Tu n'es pas si effrayant, finalement. Les gens ont peur de toi parce que tu as toujours une mine renfrognée, mais c'est juste un air que tu te donnes.

Lui, renfrogné ? Ce n'était pas délibéré. En tout cas, pas avec elle.

— Je m'y suis presque laissé prendre, moi aussi. À Londres, tu commençais à m'agacer. Mais c'est parce que je t'avais un peu oublié. Je veux dire… j'avais oublié qui tu étais en réalité. Qui tu *es*, en fait.

De quoi diable parlait-elle ?

— Tu n'aimes pas dévoiler ta véritable personnalité. En fait… je crois que tu es timide, Marcus.

Cette fois encore, il entendit un sourire dans sa voix.

Timide, lui ? Ce n'était pas une découverte. Il n'avait jamais su se lier avec les étrangers.

— C'est curieux, poursuivit-elle d'un ton pensif. On n'imagine pas qu'un *homme* soit timide.

Ah bon ? Et pourquoi ?

— Tu es grand, athlétique, intelligent… Enfin, tu as toutes les qualités qu'un homme est censé avoir.

Hum… elle n'avait pas dit qu'il était beau, nota-t-il.

— Sans compter que tu es riche et titré. Si tu décidais de te marier, tu pourrais épouser n'importe quelle femme de ton choix.

Le trouvait-elle laid ?

— Tu n'imagines pas combien de personnes souhaiteraient être à ta place, ajouta-t-elle en lui tapotant l'épaule du bout du doigt.

Elle avait dû se rapprocher, car il percevait son souffle sur sa joue.

— Et pourtant tu es timide, reprit-elle d'un ton perplexe. Et je crois que cela me plaît.

Oui, eh bien, lui, il détestait cela. Toutes ces années d'école, à regarder Daniel discuter avec tout le monde et se faire des tas d'amis… Marcus ne possédait pas cette aisance en société. C'était pour cette raison qu'il avait adoré passer ses vacances chez les

Smythe-Smith, dans cette maison bondée et plongée dans un perpétuel chaos. Il s'y était infiltré sur la pointe des pieds et, sans se faire remarquer, il était devenu un membre de la famille.

La seule famille qu'il ait jamais connue.

— Tu serais trop parfait si tu n'étais pas timide. Tu ressemblerais à un héros de roman. J'imagine que tu n'en lis jamais, mais mes amies te voient toutes comme un personnage ténébreux.

Ah ! C'était sans doute pour cela qu'il n'appréciait guère ses amies.

— Personnellement, j'hésitais entre le héros et le méchant.

C'était une boutade. Elle avait parlé d'un ton taquin et il décida de ne pas s'offusquer.

— Tu dois te reposer et guérir, chuchota-t-elle encore. Je ne supporterais pas de te perdre, tu sais. J'ai l'impression que tu es un peu comme la pierre angulaire de mon existence.

Il voulut répondre, essaya de remuer les lèvres. Ce n'était pas le genre de propos qu'on ignorait. Mais son visage semblait inerte et il ne réussit qu'à bredouiller des sons inarticulés.

— Marcus, tu as soif ?

Oui.

— M'entends-tu seulement ?

Vaguement.

— Tiens, bois cela.

Quelque chose de froid et de dur lui toucha les lèvres. Une cuillère. De l'eau tiède coula dans sa bouche. Il eut du mal à déglutir et elle ne lui en donna qu'une toute petite quantité.

— Je crois que tu n'es pas vraiment réveillé, Marcus.

Il l'entendit soupirer. Elle semblait fatiguée et il n'aimait pas cela.

Néanmoins, il était heureux qu'elle soit à ses côtés. Car il avait l'impression qu'elle pourrait bien être sa pierre angulaire, elle aussi.

12

— Enfin vous voilà, docteur !

Honoria bondit sur ses pieds en voyant entrer dans la chambre un homme dont la jeunesse la prit au dépourvu. C'était sans doute la première fois de sa vie qu'elle voyait un médecin qui n'avait pas les cheveux grisonnants.

— C'est sa jambe, enchaîna-t-elle. Vous n'avez pas dû vous en rendre compte et...

— Je n'ai jamais vu ce patient, la coupa le médecin. C'est mon père qui est venu le soigner.

— Ah...

Honoria s'écarta pour lui permettre d'approcher du lit. Elle fut rejointe par sa mère, qui était arrivée dans le sillage du médecin et qui lui prit la main. Honoria s'y cramponna, reconnaissante de ce soutien silencieux.

Le jeune médecin examina la jambe de Marcus bien moins longtemps que Honoria ne l'aurait cru nécessaire. Puis il posa l'oreille à la poitrine du patient et demanda :

— Quelle dose de laudanum lui avez-vous donnée ?

— Une cuillerée, répondit lady Winstead. Peut-être deux.

— Il faudrait savoir.

— C'est difficile à dire. Il n'a pas tout avalé.

— J'ai dû lui essuyer le menton, expliqua Honoria.

Le médecin ne fit pas de commentaire. Il posa de nouveau l'oreille sur le torse de Marcus et Honoria vit ses lèvres remuer, comme s'il comptait. Elle attendit aussi longtemps qu'elle le put, avant de murmurer :

— Docteur... euh...

— Winters, précisa sa mère.

— Docteur Winters, croyez-vous que nous lui en ayons trop donné ?

— Je ne pense pas. Mais l'opium provoque une détresse respiratoire. Cela explique que son souffle soit si ténu.

Honoria pressa la main sur sa bouche, horrifiée. Elle ne s'était pas rendu compte que la respiration de Marcus s'était modifiée. Elle avait même cru qu'il respirait mieux, plus paisiblement.

Le médecin se redressa et reporta son attention sur la jambe de Marcus.

— Il est crucial que vous me donniez toutes les informations pertinentes, dit-il d'un ton brusque. La prise de laudanum explique son état général, et si vous ne m'aviez pas prévenu, j'aurais été plus inquiet à son sujet.

— Donc... vous n'êtes pas inquiet ?

— Je n'ai pas dit cela. J'ai dit que j'aurais été *plus* inquiet. Sans prise de laudanum, une respiration aussi faible aurait été le signe que l'infection s'était propagée.

— Ce n'est pas grave, alors ?

Le médecin lui jeta un regard irrité. Ses questions l'ennuyaient, à l'évidence.

— Pourriez-vous me laisser l'ausculter en silence, s'il vous plaît ?

En dépit de la colère qui commençait à l'envahir, Honoria hocha docilement la tête. Elle n'allait pas contrarier le Dr Winters. La vie de Marcus était entre ses mains.

Au bout d'un moment, le médecin leur jeta un bref coup d'œil et demanda :

— Dites-moi quel était l'aspect de la plaie à l'origine et de quelle manière vous avez procédé pour la nettoyer.

Honoria et sa mère prirent la parole à tour de rôle. Le Dr Winters les écouta sans mot dire, puis examina de nouveau la blessure, avant de laisser échapper un soupir.

Le silence se prolongea. Honoria était sur des charbons ardents. Le médecin prenait certes son temps avant de délivrer son diagnostic. Il avait raison de ne pas se précipiter, mais sapristi, que c'était long !

Finalement elle n'y tint plus :

— Qu'en dites-vous, docteur ?

Il répondit lentement, comme s'il réfléchissait à voix haute :

— Je crois possible de sauver sa jambe.

— Comment cela, *possible* ?

— Il est trop tôt pour s'avancer. Quoi qu'il en soit, s'il échappe à l'amputation, ce sera grâce à vous.

Honoria écarquilla les yeux. Elle ne s'attendait pas à des félicitations. Reprenant courage, elle s'obligea à poser la question qu'elle redoutait tant :

— Va-t-il survivre ?

— Certainement si nous l'amputons, répondit le médecin en la regardant droit dans les yeux.

— Que... que voulez-vous dire ?

Elle le savait pertinemment, elle avait juste besoin de l'entendre prononcer les mots.

— Si on lui coupe la jambe, il vivra. Sinon, il pourrait ne jamais se remettre complètement. Il est même possible qu'il meure d'un empoisonnement du sang.

Le regard de Honoria allait et venait entre le praticien et la jambe de Marcus.

— Comment savoir ? chuchota-t-elle. Comment être sûr de prendre la bonne décision ?

— Nous pouvons nous fier à certains signes. Par exemple, si vous voyez des stries rougeâtres apparaître autour de la blessure, il faudra amputer sans tarder.

— Et si ces stries n'apparaissent pas, cela signifiera qu'il est en voie de guérison ?

— Pas forcément. Toutefois, s'il n'y a pas de changements notables, ce pourrait être bon signe.

Honoria hocha la tête. Elle essayait de prendre la mesure de toutes ces informations.

— Vous restez à Fensmore ?

— Non, je ne peux pas, dit-il en se tournant pour ranger ses instruments dans sa sacoche. Je dois aller voir un autre patient, mais je reviendrai dans la soirée. Je ne pense pas qu'il faudra prendre de décision drastique entre-temps.

— Vous ne *pensez* pas ? Vous n'en êtes donc pas certain.

Le Dr Winters eut un soupir las. Il avait l'air fatigué soudain.

— En médecine, rien n'est jamais certain, milady. Ce n'est pas une science exacte, et sachez que je suis le premier à le déplorer. Cela arrivera peut-être un jour, mais je doute que nous vivions assez vieux pour être témoins d'une telle avancée.

Ce n'était pas la réponse que Honoria avait envie d'entendre, même si celle-ci était dictée par le simple bon sens. Elle remercia le médecin. Ce dernier prit

encore le temps de leur donner quelques instructions avant de partir, en promettant de revenir dans
la soirée. Lady Winstead le raccompagna, laissant
Honoria seule avec Marcus qui demeurait désespérément inerte sur le lit.

Durant de longues minutes, elle demeura immobile
au centre de la pièce, se sentant perdue et sans forces.
Il n'y avait rien qu'elle puisse faire en l'état actuel
des choses. Ce matin elle était tout aussi effrayée,
mais au moins elle avait pu tromper son angoisse
en agissant. À présent elle ne pouvait qu'attendre et
plus rien ne venait la distraire de sa peur.

La vie de Marcus ou sa jambe. Quel atroce dilemme.
Et c'était peut-être elle qui devrait faire ce choix, au
bout du compte.

C'était là une responsabilité qu'elle ne voulait pas
prendre. À aucun prix.

— Marcus, comment en sommes-nous arrivés
là ? chuchota-t-elle en s'approchant de la chaise.
Pourquoi ? C'est injuste.

Elle s'assit, posa ses bras repliés sur le matelas et
y appuya la tête.

Bien sûr, s'il fallait sacrifier sa jambe pour lui sauver la vie, elle le ferait. C'était la décision qu'aurait
prise Marcus lui-même s'il avait été en état de se prononcer. S'il devenait infirme, son orgueil en pâtirait,
mais il ne pouvait préférer la mort, elle en était quasi
sûre. Enfin... ils n'en avaient jamais parlé, évidemment – qui abordait ce genre de sujet autour d'une
théière ?

Néanmoins elle le côtoyait depuis quinze ans et
pensait le connaître. Il serait furieux, bien sûr. Pas
contre elle ni contre le médecin. Contre la vie. Et
peut-être contre Dieu. Mais il ferait face. Et elle serait

là pour l'aider. Elle resterait à ses côtés jusqu'à ce qu'il... qu'il...

Seigneur. Elle préférait ne pas y penser.

Elle prit une profonde inspiration, s'efforçant de recouvrer son calme. Une partie d'elle-même avait envie de courir après le Dr Winters pour le supplier d'opérer sans attendre. Si cela pouvait garantir la survie de Marcus, elle était prête à tenir elle-même la scie. Ou du moins à l'apporter au médecin.

L'idée de perdre Marcus, de vivre dans un monde où il n'existerait plus, était tout simplement inconcevable. Même s'il ne faisait pas partie de son entourage, même s'il restait à Cambridge, qu'elle épousait quelqu'un du Yorkshire ou du pays de Galles, ou encore des îles Orcades et qu'elle ne devait plus jamais le revoir, elle saurait qu'il était en vie et en bonne santé, en train de monter à cheval, de lire un livre, ou peut-être simplement de regarder les flammes, assis devant la cheminée.

Toutefois, même si l'attente menaçait de la rendre folle, il était trop tôt pour prendre cette terrible décision. Elle ne devait pas se montrer égoïste, ne devait penser qu'à préserver l'intégrité physique de Marcus le plus longtemps possible. Et si, ce faisant, elle attendait trop ?

Elle ferma les yeux. Les larmes se pressaient derrière ses paupières, prêtes à jaillir en même temps que la terreur et l'horrible sentiment d'impuissance qui la tenaillaient.

— Ne meurs pas, s'il te plaît, murmura-t-elle.

Elle essuya sur son bras les larmes qui s'étaient échappées. Peut-être aurait-elle dû supplier sa jambe directement ? Ou s'adresser à Dieu, ou au diable, à

Zeus ou à Thor. Elle aurait supplié le vacher du domaine si cela avait pu changer quoi que ce soit.

— Marcus, souffla-t-elle, parce que le simple fait de prononcer son nom lui procurait du réconfort. Marcus...

— ... noria.

Elle tressaillit et releva la tête.

— Marcus ?

S'il avait toujours les paupières closes, elle distinguait dessous le mouvement de ses globes oculaires, et sa mâchoire inférieure bougeait imperceptiblement.

Cette fois, elle éclata en sanglots et les larmes ruisselèrent sur ses joues. À tâtons, elle chercha un mouchoir et finit par s'essuyer le visage avec le drap.

— Marcus, je suis désolée. Je ne devrais pas pleurer, mais je suis si heureuse d'entendre le son de ta voix !

— De llll...

— De l'eau ? Tu as soif ?

De nouveau, son menton tremblota.

— Attends, je vais te redresser un peu. Ce sera plus facile.

Elle glissa un bras sous son dos, parvint à le hisser contre les oreillers. Puis elle saisit le verre posé sur la table de chevet, dans lequel se trouvait toujours la cuillère.

— Juste quelques gouttes, et nous recommencerons, dit-elle. J'ai peur que tu ne t'étrangles si tu bois une trop grosse quantité d'un coup.

Mais il se débrouilla mieux cette fois-ci, et elle réussit à lui faire avaler huit bonnes cuillerées d'eau avant qu'il lui fasse comprendre qu'il avait assez bu et se rallonge.

— Comment te sens-tu ? Je sais bien que tu ne dois pas être en grande forme, mais...

La partie supérieure de son torse remua, comme s'il tentait de hausser les épaules.

— Dirais-tu que tu te sens quand même un peu mieux ? Ou pire ?

Il ne réagit pas.

— Ou moins pire ?

Elle rit. Oui, incroyable, elle *riait*.

— « Moins pire » ! Pardon, je dis n'importe quoi.

Il hocha la tête. Ce n'était pas grand-chose, mais c'était la réaction la plus marquée qu'il ait eue jusqu'à présent.

— Tu m'as entendue, murmura-t-elle avec un sourire vacillant. Et tu te moques de moi.

De nouveau, il hocha la tête.

— Tant mieux. Moque-toi tant que tu veux. Quand tu iras mieux – car tu iras mieux, je te le promets –, je ne te le permettrai plus. Alors profites-en bien.

Une idée la frappa soudain.

— Il faut que je vérifie ta jambe. Le Dr Winters n'est pas parti depuis longtemps, mais mieux vaut surveiller cela de près.

Elle ne constata pas de changement apparent. Si la plaie était toujours rouge vif et enflammée, le pus ne suintait plus, et surtout, elle ne voyait nulle part ces redoutables stries évoquées par le médecin.

— Rien à signaler, annonça-t-elle. C'est bien ce que je me disais, mais je préfère être vigilante. Oui, bref... je l'ai déjà dit.

Elle resta silencieuse un moment, se contentant de le regarder. Les yeux fermés, il semblait exactement dans le même état que pendant la visite du médecin, sauf qu'elle avait entendu le son de sa voix et l'avait fait boire. Son cœur s'autorisait à reprendre espoir.

— La fièvre ! s'exclama-t-elle soudain. Je dois aussi vérifier qu'elle n'est pas montée.

Elle lui palpa le front.

— Je ne vois pas de changement. Ce qui signifie que tu es plus chaud qu'il ne le faudrait, évidemment. Cela dit, tu as été pire. Cela va quand même mieux. Tu m'entends toujours ?

Il remua la tête.

— Bien. Parce que je sais que ce que je dis n'a pas beaucoup de sens, alors si tu es inconscient, je ne vois pas l'utilité de continuer à me ridiculiser.

Ses lèvres bougèrent. Souriait-il ? Certainement en pensée.

— Je veux bien être ridicule si cela t'aide, ajouta-t-elle.

Il hocha la tête.

Le menton calé dans la main, elle murmura encore :

— J'aimerais bien savoir ce que tu penses.

Il eut un vague haussement d'épaules.

— Veux-tu dire que tu ne penses pas à grand-chose ? Je n'en crois pas un mot. Je te connais trop bien.

N'obtenant pas de réaction, elle poursuivit :

— Tu dois être en train de réfléchir au meilleur moyen d'optimiser ta prochaine récolte de blé. Ou de te demander si les loyers de tes métayers sont trop bas. Quoique. Cela te ressemblerait davantage de te demander s'ils ne sont pas trop élevés, au contraire. Tu as le cœur tendre pour un propriétaire terrien. Tu ne supportes pas que les gens soient dans la difficulté.

Il secoua la tête.

— Non ? *Non*, tu ne supportes pas que les gens
soient dans la difficulté, ou *non*, tu ne penses à rien
de tout cela ?

— Toi, laissa-t-il échapper d'une voix éraillée.

— Tu penses à moi ?

— Merci... à toi.

Sa voix était presque inaudible, mais Honoria comprit, et il lui fallut faire appel à toute sa volonté pour
ne pas se remettre à pleurer.

— Je ne te laisserai pas, promit-elle en s'emparant
de sa main. Pas tant que tu ne seras pas complètement remis.

— M... mer...

— C'est normal, s'empressa-t-elle de dire. Tu n'as
pas besoin de répéter. Tu n'avais pas besoin de me
le dire en premier lieu.

Pourtant elle en était heureuse. Et elle ne savait
pas ce qui la touchait le plus, qu'il l'ait remerciée,
ou qu'il ait d'abord prononcé ce simple mot : Toi.

Il pensait à elle. Allongé sur ce lit, risquant l'amputation et même la mort, il pensait à elle.

Et pour la première fois depuis son arrivée à
Fensmore, elle n'eut plus peur.

13

Lorsque Marcus se réveilla, il comprit que quelque chose avait changé. Pour commencer, sa jambe lui faisait de nouveau un mal de chien. Il sentait toutefois confusément que ce n'était pas forcément une mauvaise chose. Ensuite, il avait faim. Il était même affamé, comme s'il n'avait pas mangé depuis plusieurs jours. Ce qui était sans doute le cas. Il n'avait aucune idée du temps qui s'était écoulé depuis qu'il était alité.

Et enfin, il était capable d'ouvrir les yeux. Et c'était merveilleux.

Quelle heure était-il ? Il faisait sombre, mais il aurait tout aussi bien pu être 4 heures du matin que 10 heures du soir. On perdait totalement la notion du temps quand on était malade.

Il avala sa salive pour humecter sa gorge desséchée, tourna la tête vers la table de nuit. Sa vision ne s'était pas encore accoutumée à la pénombre, pourtant il discernait une silhouette avachie sur la chaise, près du lit. Honoria ? Sans doute. Il avait le sentiment qu'elle n'avait pas quitté son chevet.

Il réfléchit, tâcha de se souvenir dans quelles circonstances elle était arrivée à Fensmore. Ah oui, Mme Wetherby lui avait écrit ! Pourquoi sa gouvernante avait-elle agi ainsi ? Il n'en avait pas la moindre idée, mais il lui en serait éternellement reconnaissant.

Quelque chose lui disait que sans les tortures que lui avaient infligées Honoria et sa mère, il ne serait plus de ce monde.

Mais la jeune fille avait fait bien plus. Il avait navigué entre périodes de lucidité et d'inconscience, et il se doutait qu'il subsisterait d'énormes trous dans sa mémoire. Néanmoins il avait toujours perçu la présence de Honoria à ses côtés. Elle lui avait tenu la main, lui avait parlé, et sa voix douce avait atteint son âme alors même qu'il était incapable de lui répondre.

La savoir si proche avait adouci son épreuve. Il ne l'avait pas affrontée seul. Pour la première fois de sa vie, il avait été accompagné.

Un petit rire sec lui échappa. Voilà qu'il tombait dans le mélodrame. Ce n'était pas comme s'il allait et venait derrière un bouclier invisible pour mieux tenir les autres à distance. S'il l'avait voulu, il aurait pu être entouré. Il était comte, bon sang. D'un claquement de doigts, il avait le pouvoir de remplir sa maison de gens désireux de le fréquenter.

Pourtant, il n'avait jamais souhaité cette compagnie superficielle. Et pour tous les événements importants de sa vie, il avait été seul.

Par choix.

Du moins l'avait-il cru.

Ses yeux commençaient à s'habituer à la faible luminosité. Les rideaux ne masquaient pas la fenêtre et les rayons de lune lui permettaient de discerner jusqu'aux plus infimes variations de couleurs dans la pièce. Ou peut-être était-ce une illusion ? Peut-être savait-il juste que la tapisserie de sa chambre était bordeaux et que l'immense tableau accroché au-dessus de la cheminée était peint dans des dominantes vertes. Les gens voyaient ce qu'ils s'attendaient à voir. C'était l'une des vérités les plus banales de l'existence.

Il reporta son attention sur la personne assise sur la chaise. C'était bel et bien Honoria. Il l'avait reconnue et pas seulement parce qu'il s'attendait à la voir. Depuis quand était-elle là ? Ce devait être très inconfortable. Mais il n'allait pas la déranger, elle avait besoin de dormir.

Il voulut se redresser en position assise, se rendit compte qu'il n'en avait pas la force. Maintenant qu'il voyait mieux, peut-être pouvait-il au moins tendre le bras pour attraper le verre d'eau posé sur la table de chevet...

Il réussit à soulever sa main d'une vingtaine de centimètres, puis celle-ci retomba sur le matelas. Seigneur, il était épuisé. Et assoiffé. On aurait dit que sa bouche était pleine de sciure.

Le verre d'eau semblait le narguer tel un paradis hors d'atteinte.

Enfer et damnation !

Il soupira et le regretta aussitôt. Sa cage thoracique était douloureuse. Comme le reste de son corps, d'ailleurs. Comment était-il possible d'avoir mal absolument partout ?

La douleur dans sa jambe était différente, cependant. Plus vive et lancinante. Il avait néanmoins l'impression que la fièvre était tombée. Il se sentait plus lucide.

Pendant une ou deux minutes, il regarda Honoria. Elle était parfaitement immobile dans son sommeil, le cou incliné dans un angle bizarre. Elle allait sûrement se réveiller avec un torticolis.

Il aurait peut-être été plus charitable de la réveiller.

— Honoria ?

Sa voix était si rauque, si basse, qu'on aurait dit le bourdonnement d'un insecte affolé heurtant une vitre.

— Honoria !

Au prix d'un effort surhumain, il tendit le bras. Sa main pesait une tonne. Il allait juste lui donner une petite poussée et...

Sa main retomba pesamment sur la cuisse de la jeune fille.

Elle se réveilla en sursaut et sa tête heurta le dossier de la chaise.

— Aïe ! gémit-elle en portant la main à son crâne.

Elle bâilla à se décrocher la mâchoire, se frotta la joue, puis :

— Marcus ?

— Puis-je avoir un peu d'eau, s'il te plaît ?

Il aurait peut-être dû dire quelque chose de plus profond. Après tout, il revenait d'entre les morts. Mais il avait tellement soif. Comme s'il venait d'errer des jours durant dans le désert. Quand on était dans cet état, se désaltérer était une priorité.

— Oui, bien sûr, acquiesça-t-elle.

Elle tâtonna un instant dans la pénombre.

— Zut, le verre est vide. Attends...

Elle attrapa le pichet.

— Il est presque vide, lui aussi, constata-t-elle. Mais cela devrait suffire pour le moment.

— Je peux boire au verre, dit-il, comme elle lui tendait la cuillère.

— Tu es sûr ?

— Oui. Peux-tu m'aider à m'asseoir ?

Elle reposa le verre, puis s'efforça de le redresser de son mieux. Son haleine lui chatouilla le cou presque comme un baiser. Avec un soupir, il se laissa aller, savourant la chaleur de son souffle sur sa peau.

— Comment te sens-tu ?

Il s'arracha à sa rêverie, aussi vite que le pouvait un homme dans son état.

— Pardon. Bien. Je me sens bien.

Il s'empara du verre qu'elle lui tendait, réussit à boire sans son aide et en éprouva un véritable sentiment de triomphe.

— Tu as l'air bien mieux, convint Honoria. C'est merveilleux de te retrouver enfin.

Elle battit des paupières. Pour refouler ses larmes ou parce qu'elle avait encore sommeil ?

— Je me suis tellement inquiétée, avoua-t-elle en récupérant le verre.

— Que s'est-il passé ?

Des bribes de souvenirs lui revenaient en mémoire – lady Winstead et ses ciseaux, le lapin géant... et Honoria qui lui disait qu'il était sa pierre angulaire. Cela, il ne l'oublierait jamais.

— Le médecin est venu te voir deux fois. Le Dr Winters. Fils. Son père... J'ignore ce qui lui est arrivé, et je m'en moque. Il ne s'est même pas rendu compte que tu avais une blessure infectée au mollet !

— Et qu'a dit le Dr Winters fils ?

— Qu'il avait bon espoir de sauver ta jambe, répondit-elle avec un grand sourire.

— Quoi ?

— Nous avions peur de devoir t'amputer.

Marcus eut l'impression de se ratatiner sur l'oreiller.

— Oh, mon Dieu ! souffla-t-il.

— Heureusement que tu n'avais pas compris que c'était une possibilité.

— Oh, mon Dieu ! répéta-t-il.

Il n'imaginait même pas de vivre avec une jambe en moins. Cela dit, personne ne devait envisager une telle éventualité, bien sûr.

— Tout ira bien maintenant, assura Honoria en lui prenant la main.

— Ma jambe, chuchota-t-il.

Il éprouvait l'envie irrationnelle de s'asseoir et de la regarder, histoire de s'assurer qu'elle était toujours là. Il se fit violence pour rester allongé. Honoria allait le prendre pour un fou s'il insistait pour le vérifier de ses propres yeux. Il avait mal. Très mal. Mais, finalement, il s'en félicitait. Au moins, il était sûr d'être entier.

Honoria porta la main à sa bouche pour dissimuler un bâillement.

— Excuse-moi. Je n'ai pas beaucoup dormi.

C'était sa faute. Il avait une raison de plus de se sentir redevable envers elle.

— Cette chaise doit être très dure. Tu devrais t'allonger sur le lit.

— Non, ce n'est pas possible.

— Je ne vois pas en quoi ce serait plus inconvenant que ce qui s'est passé dans cette chambre.

Elle eut un sourire las.

— Ce que je veux dire, c'est que le matelas est encore humide de ce côté-là. L'eau a coulé dessus quand nous avons nettoyé ta plaie.

— Ah, j'ai cru que...

Il s'interrompit dans un sourire. Parce que c'était drôle. Et que c'était bon de sourire.

Honoria changea de position sur sa chaise, puis suggéra :

— Je pourrais peut-être m'allonger sur la couverture ?

— Si tu veux.

— J'aurai sans doute les pieds mouillés, mais cela m'est égal.

Elle se leva, vint s'étendre à son côté, puis bâilla de nouveau.

— Honoria ?

— Mmmm ?

— Encore merci.

— Mmmm-hmm.

Quelques secondes s'écoulèrent, puis il reprit :

— Je suis heureux que tu sois restée auprès de moi.

— Moi aussi, dit-elle d'une voix ensommeillée. Moi aussi.

Son souffle se fit plus régulier et Marcus sentit ses propres yeux se fermer.

Ils s'endormirent.

Honoria se réveilla le lendemain matin dans un lit tiède et confortable. Les yeux toujours fermés, elle agita les orteils, étira les pieds et fit remuer ses chevilles. C'était son petit rituel matinal. Elle enchaînait ensuite avec les doigts, qu'elle pliait et dépliait. Ensuite venait la nuque, qu'elle inclinait de droite et de gauche.

Elle bâilla et, poings serrés, étendit les bras...

Sa main heurta quelqu'un.

Elle se figea, ouvrit prudemment les paupières.

Et tout lui revint en mémoire.

Bonté divine, elle avait couché avec Marcus !

Aussitôt, elle rectifia. Non, elle avait couché *à côté* de Marcus. C'était scandaleux, certes, mais la morale accordait sûrement une dispense spéciale aux demoiselles si l'homme en question était trop malade pour songer à les compromettre.

Tout doucement, elle s'écarta de quelques centimètres. Inutile de le réveiller. Il n'avait sans doute même pas conscience de sa présence bien qu'ils soient tout proches. L'un contre l'autre, à vrai dire. Alors qu'elle s'était endormie à l'autre bout du lit la veille.

Les jambes repliées et les pieds calés sur le matelas, elle tenta de se déplacer vers le bord du lit en balançant les hanches sur le côté...

Paf !

Le bras de Marcus venait de s'abattre en travers de son abdomen.

Honoria se pétrifia. Sapristi, qu'était-elle censée faire, à présent ? Peut-être attendre une minute ou deux. Avec un peu de chance, il reprendrait sa position initiale.

Elle attendit. Attendit encore.

Marcus bougea.

Vers elle.

Honoria déglutit nerveusement. Elle n'avait aucune idée de l'heure – le jour venait de se lever, c'était tout ce qu'elle savait –, et elle n'avait nulle envie que Mme Wetherby les découvre blottis l'un contre l'autre. Ou pire, sa mère.

Après les récents événements, personne ne crierait au scandale. N'empêche... Ils étaient dans le même lit et Marcus était presque nu.

Bon, elle devait se lever. S'il se réveillait, tant pis. Au moins personne ne lui mettrait le canon d'un pistolet sur la tête pour le pousser en direction de l'autel.

Elle se mit debout. Avec un grognement, Marcus roula de côté et se mit en chien de fusil. Honoria souleva drap et couverture pour jeter un coup d'œil à sa jambe. La blessure semblait cicatriser normalement et ces stries rouges de mauvais augure dont avait parlé le Dr Winters n'étaient nulle part visibles.

— Merci, chuchota-t-elle, adressant une courte prière au ciel.

— De rien, marmotta Marcus.

Honoria bondit en arrière en laissant échapper un petit cri de surprise. Il ouvrit les yeux.

— Pardon, dit-il en riant, et c'était là le son le plus agréable qu'elle ait jamais entendu.

— Ce n'est pas toi que je remerciais.

— Je sais.

Elle tenta de défroisser ses jupes horriblement chiffonnées. Elle portait la même robe depuis… Seigneur, depuis qu'elle avait quitté Londres, deux jours plus tôt ! Elle devait ressembler à un épouvantail.

— Comment te sens-tu ?

— Bien mieux, répondit-il en s'asseyant.

Dieu merci il avait ramené la couverture sur lui. Honoria sentit pourtant ses joues la brûler. C'était drôle, enfin presque. Elle l'avait vu torse nu des heures durant, lui avait charcuté la jambe et, tout à l'heure, quand il s'était tourné, elle avait même entrevu un bout de fesse. Mais à présent qu'ils étaient tous deux bien réveillés et que Marcus n'était plus aux portes de la mort, elle avait du mal à soutenir son regard.

— Tu as encore mal ? s'inquiéta-t-elle.

— Un peu, mais la douleur est supportable.

— Tu vas garder une belle cicatrice.

— Que je pourrai exhiber avec une fierté hypocrite.

— Comment cela ?

— J'envisage de raconter partout que je me suis battu avec un tigre.

— Un tigre. Dans le Cambridgeshire.

— C'est plus plausible qu'un requin, non ?

— Pourquoi pas un ours ?

— Non, c'est moins glorieux.

Elle ne put se retenir de rire. Il l'imita, et c'est seulement à cet instant qu'elle s'autorisa à croire qu'il allait vraiment mieux. C'était un miracle, il n'y avait pas d'autre mot. Il avait meilleure mine et, même s'il était amaigri, son regard avait retrouvé sa vivacité.

Il allait guérir.

— Honoria ? Tu chancelles.

— J'ai un peu le tournis, admit-elle en s'approchant de la chaise.

— Tu as mangé hier ?

— Oui. Enfin non. Pas grand-chose. Ce doit être le... le soulagement.

Et à sa grande horreur, elle se mit à pleurer.

Les sanglots la submergèrent d'un coup, tel un raz-de-marée. Jusqu'à présent, elle s'était obligée à tenir bon, envers et contre tout. Mais maintenant qu'elle était rassurée, elle s'effondrait. Comme une corde de violon trop tendue, elle avait fini par céder.

— Je suis... désolée ! hoqueta-t-elle. Je ne sais pas... je ne voulais pas... c'est juste que je suis si heureuse !

— Chuuuut, souffla-t-il en lui prenant la main. C'est fini, tout ira bien à présent.

— Je... je sais. C'est pour ça que je pleure.

— Moi aussi, murmura-t-il.

Elle releva la tête. Les joues de Marcus étaient sèches, mais ses yeux brillaient de larmes. Jamais elle ne l'avait vu aussi ému, et elle n'aurait même pas cru cela possible. D'une main tremblante, elle lui effleura la joue. Une larme roula sur ses doigts. Alors elle fit quelque chose qui les surprit tous deux.

Elle se pencha, l'entoura de ses bras et enfouit le visage au creux de son cou.

— J'ai eu si peur, souffla-t-elle. Je crois que je n'avais pas encore compris à quel point.

Il l'enlaça, un peu hésitant d'abord, puis il parut se détendre et lui caressa les cheveux.

— Je ne savais pas, dit-elle encore. Je ne m'étais pas rendu compte.

Ce qu'elle disait n'avait pas beaucoup de sens. De quoi ne s'était-elle pas rendu compte ? Elle l'ignorait. Elle savait juste que… que…

— Honoria.

Elle leva la tête. Il la regardait comme il ne l'avait encore jamais regardée. Ses prunelles sombres luisaient d'un éclat étrange.

Puis, très lentement, il posa sa bouche sur la sienne.

Marcus n'aurait su dire pourquoi il avait embrassé Honoria. Elle pleurait dans ses bras, et cela lui avait semblé la chose la plus naturelle, la plus innocente qui soit. Il n'avait pas du tout prémédité ce baiser. Mais quand elle avait levé vers lui ses yeux humides de larmes, qu'il avait vu ses lèvres trembler… il avait cessé de respirer, cessé de raisonner. Une émotion instinctive s'était emparée de lui et avait balayé le reste.

Un déclic s'était produit.

Il avait été obligé de l'embrasser. Il n'avait pas eu le choix, cela s'était imposé à lui telle une aspiration venue du tréfonds de son âme.

Et quand sa bouche avait touché la sienne…

La terre s'était arrêtée de tourner.

Les oiseaux avaient cessé de chanter.

Soudain, il n'existait plus rien au monde que lui, Honoria, et ce baiser léger comme une plume qui les reliait.

Une étincelle s'était allumée en lui. Et brusquement il s'était rendu compte que s'il n'avait pas été si affaibli, il serait allé plus loin. Il aurait pressé son corps contre le sien pour se perdre dans sa douceur. Il n'aurait pas pu s'en empêcher.

Il aurait dévoré sa bouche et promené les mains sur ses courbes. Il l'aurait suppliée de rester, de s'ouvrir à la passion, de l'accepter en elle.

Il la désirait.

Rien n'aurait pu le terrifier davantage.

C'était Honoria, bon sang ! Il avait juré de la protéger. Et au lieu de cela…

Il s'écarta légèrement, sans parvenir à la lâcher. Le front appuyé contre le sien, savourant ce dernier contact, il murmura :

— Pardonne-moi.

Alors elle s'enfuit. Aussi vive qu'une biche effarouchée. Le laissant seul avec ses remords.

Il était un monstre. Elle lui avait sauvé la vie, et voilà comment il la remerciait !

— Honoria, chuchota-t-il.

Machinalement, il porta la main à ses lèvres qui le picotaient. La sensation se prolongeait, comme si Honoria était toujours là, sa bouche frémissante collée à la sienne.

Et il avait l'étrange impression que cette sensation ne le quitterait jamais.

14

Par bonheur, Honoria ne perdit pas la journée qui suivit à se torturer l'esprit à propos de ce baiser inattendu.

Non, à la place, elle dormit.

Elle regagna sa chambre toute proche, s'allongea sur le lit et ne se releva pas avant vingt-quatre heures.

Si elle rêva, elle n'en garda aucun souvenir.

Il faisait jour lorsqu'elle ouvrit un œil le lendemain.

Elle prit d'abord un bain, puis, vêtue d'une robe propre, rejoignit la salle à manger déserte. Elle insista pour que Mme Wetherby s'asseye avec elle, et elles discutèrent de toutes sortes de choses, qui n'avaient rien à voir avec Marcus.

Les œufs étaient un sujet fort intéressant, de même que le bacon. Et les hortensias qui poussaient sous la fenêtre étaient positivement fascinants.

Qui l'aurait cru ?

Elle réussit ainsi à éviter toute pensée ayant trait de près ou de loin à Marcus, jusqu'à ce que Mme Wetherby demande :

— Êtes-vous passée voir milord ce matin ?

Honoria, qui s'apprêtait à mordre dans son muffin, se figea et resta bouche bée une seconde, avant de répondre :

— Euh... non, pas encore.

Le beurre fondu lui coula sur la main. Elle reposa son muffin pour s'essuyer les doigts.

— Je suis sûre qu'il vous attend avec impatience, remarqua la gouvernante.

Honoria comprit qu'elle n'aurait d'autre choix que d'aller le voir. Après l'avoir soigné avec un tel dévouement, il aurait paru étrange qu'elle se contente d'agiter la main en rétorquant : « Oh, je suis sûre qu'il va très bien ! »

Elle mit trois minutes à rejoindre la chambre de Marcus. Trois minutes interminables, durant lesquelles elle ne put éviter de se remémorer ce baiser fatidique.

Elle avait embrassé *Marcus*. Le meilleur ami de son frère. Marcus qui était également devenu son ami à elle.

Cette idée la prit de court. Comment en étaient-ils arrivés là ? Marcus avait toujours été l'ami de Daniel, pas le sien. En tout cas, elle comptait sûrement moins pour lui et...

Oh, tout cela lui donnait le vertige !

Pourquoi se tracasser ? De son côté, Marcus ne devait pas s'être attardé sur ce baiser. Il était peut-être encore fiévreux et n'en avait gardé aucun souvenir !

D'ailleurs pouvait-on vraiment appeler cela un baiser ? Ç'avait été si bref. Et cela ne voulait certainement pas dire grand-chose quand celui qui embrassait (lui) voulait juste témoigner son immense gratitude à la personne envers qui il se sentait redevable (elle).

Après tout, elle lui avait sauvé la vie. L'embrasser pour la remercier était quand même la moindre des choses.

Sans compter qu'il lui avait demandé pardon. Alors finalement, ce baiser ne signifiait rien.

Quoi qu'il en soit, elle n'avait pas du tout envie d'en discuter avec lui.

Mme Wetherby lui avait signalé que Marcus dormait encore la dernière fois qu'elle avait jeté un coup d'œil dans sa chambre. Honoria avait donc décidé de se rendre à son chevet le plus vite possible dans l'espoir qu'il ne soit toujours pas réveillé.

La porte de la chambre était restée entrouverte. Honoria posa sa main sur le battant de chêne sombre et le poussa tout doucement. Les charnières devaient être régulièrement huilées dans une demeure aussi bien entretenue que Fensmore, néanmoins, on n'était jamais trop prudent.

Elle glissa la tête dans l'entrebâillement...

Marcus tourna la tête vers elle.

— Oh, tu es réveillé ! s'exclama-t-elle d'une voix haut perchée qui ressemblait à un couinement.

Marcus était assis dans le lit, les couvertures remontées au niveau de la taille. Au moins avait-il revêtu une chemise de nuit, remarqua-t-elle avec soulagement.

Il leva le livre qu'il avait dans la main.

— J'essaie de me distraire.

— Dans ce cas, je ne vais pas te déranger, s'empressa-t-elle de déclarer.

Puis elle fit la révérence.

La révérence !

Qu'est-ce qui lui avait pris ? Jamais, de toute sa vie, elle n'avait fait la révérence à Marcus. En général elle le saluait d'un simple hochement de tête ou de quelques mots, mais, sapristi, il aurait éclaté de rire si elle lui avait fait la révérence. D'ailleurs c'était peut-être ce qu'il faisait en cet instant. Elle n'en saurait jamais rien, car elle avait pris la fuite avant qu'il ait le temps de dire quoi que ce soit.

Au moins fut-elle en mesure, lorsqu'elle rejoignit sa mère et Mme Wetherby un peu plus tard dans le salon, d'annoncer en toute honnêteté qu'elle était passée rendre visite à Marcus et qu'elle l'avait trouvé beaucoup mieux.

— Il était même en train de lire. C'est sûrement bon signe.

— Vraiment ? Et que lisait-il ? s'enquit sa mère en lui servant une tasse de thé.

— Euh... je n'ai pas fait attention.

— Il faudrait lui apporter une sélection de romans, qu'il puisse piocher dedans à l'envi. On s'ennuie à mourir quand on est alité. Je parle d'expérience. J'ai dû garder la chambre quatre mois quand je t'attendais, et trois mois quand j'attendais Charlotte.

— Je l'ignorais.

— Je n'avais pas le choix, le médecin m'avait interdit de me lever. Et je te garantis que sans lecture je serais devenue folle. Que veux-tu faire au lit, à part lire ou broder ? Et je n'imagine pas Marcus tirant l'aiguille.

— Moi non plus, admit Honoria, que cette pensée fit sourire.

— Tu devrais aller voir dans la bibliothèque si tu trouves quelque chose d'intéressant. Quand nous partirons, je lui laisserai le roman de Sarah Gorely. Je l'ai presque terminé. Cela me plaît beaucoup.

— *Mlle Butterworth et le baron fou* ?

Honoria l'avait lu et l'avait trouvé divertissant. Cela dit, les multiples rebondissements mélodramatiques finissaient par apparaître grotesques. Les personnages n'arrêtaient pas de tomber. Des arbres. Des fenêtres. Quand ils ne restaient pas suspendus au sommet d'une falaise.

Bref, ce n'était sûrement pas le genre de prose qui plaisait à Marcus.

— Je ne suis pas sûre qu'il aime ce genre de frivolités, maman.

— Il en est certainement convaincu, je n'en doute pas. Mais justement, ce garçon est bien trop sérieux. Il a besoin d'un peu de légèreté dans sa vie.

— Marcus n'est plus un *garçon*.

— Pour moi, il le sera toujours.

Lady Winstead se tourna vers la gouvernante qui avait gardé le silence.

— N'êtes-vous pas d'accord avec moi, madame Wetherby ?

— Tout à fait. Cela dit, j'ai connu milord lorsqu'il portait des langes.

Une chose était sûre : Marcus n'aurait pas aimé cette conversation.

— Tu dois connaître ses goûts mieux que moi, Honoria, reprit sa mère.

— Je n'en suis pas certaine, avoua Honoria, et pour quelque raison inconnue, cela l'ennuyait.

— Sinon il ne te reste plus qu'à lui apprendre à broder, plaisanta sa mère. Après tout, les tailleurs sont des hommes. Même si je les soupçonne de cacher des couturières dans leur atelier.

— Bien sûr, confirma Mme Wetherby. Les hommes ont les doigts bien trop gros pour tenir correctement une aiguille.

— Marcus ne pourra pas faire pire que Margaret, ma fille aînée. Je n'ai jamais vu quelqu'un d'aussi malhabile lorsqu'il s'agit de broderie.

Honoria jeta un regard surpris à sa mère. Elle ignorait que sa sœur était si peu douée pour les travaux d'aiguille. Margaret avait dix-sept ans de plus qu'elle et avait quitté la maison familiale bien avant que Honoria soit en âge d'avoir ce genre de souvenirs.

— Heureusement, c'est une violoniste non dépourvue de talent, ajouta lady Winstead.

En revanche, Honoria avait entendu sa sœur jouer du violon. Et jamais elle n'aurait eu l'idée de lui associer le mot « talent ».

— Toutes mes filles jouent du violon, dit encore lady Winstead avec fierté.

— Même vous, lady Honoria ? s'enquit Mme Wetherby.

— Même moi, confirma-t-elle.

— Quel dommage que vous n'ayez pas apporté votre instrument. J'aurais aimé vous entendre jouer.

— Je ne suis pas aussi douée que ma sœur.

Ce qui était malheureusement vrai.

Sa mère lui tapota le bras.

— Ne dis pas de bêtises, ma chérie. J'ai trouvé ta prestation magnifique l'année dernière. Tu as juste besoin de t'exercer un peu. Notre famille donne un récital chaque année, expliqua-t-elle à la gouvernante. C'est un des événements les plus courus de la capitale.

— Quelle bénédiction ce doit être de naître au sein d'une famille de mélomanes.

Honoria marmonna une vague réponse, histoire de ne pas trop s'avancer.

— J'espère que tes cousines vont répéter en ton absence, murmura soudain lady Winstead, la mine inquiète.

— Je vois mal comment. Il faut être quatre pour jouer dans un quatuor.

— Sans doute, mais Capucine débute. C'est ma nièce, précisa lady Winstead à l'intention de Mme Wetherby, avant d'ajouter sur le ton de la confidence : Elle est encore très jeune et il faut bien avouer qu'elle n'est pas la plus brillante.

La gouvernante pressa la main sur sa poitrine.

— Mais qu'allez-vous faire ? Le récital risque d'être gâché !

— Je suis sûre que Capucine va très vite s'améliorer, intervint Honoria avec un sourire crispé.

Quand bien même la pauvre Capucine n'avait en effet aucune disposition pour la musique, le résultat pouvait difficilement empirer. Ce sang neuf allait insuffler de l'enthousiasme au quatuor, et Dieu sait qu'elles en avaient besoin. Sarah avait décrété qu'elle préférait se faire arracher une dent plutôt que de remonter sur scène.

— Lord Chatteris a-t-il déjà assisté à une représentation ? voulut savoir la gouvernante.

— Bien sûr. Il vient chaque année et s'assied au premier rang, répondit lady Winstead.

Une telle abnégation méritait au moins la béatification.

— Milord adore la musique.

— J'imagine que cette année, pour la première fois, il ratera le concert, soupira lady Winstead. Quel dommage ! Nous pourrions peut-être faire venir les filles à Fensmore pour lui organiser un récital privé.

— Non ! cria Honoria.

Les deux femmes tressaillirent et se tournèrent vers elle d'un même mouvement.

— Je veux dire… il ne sera sûrement pas d'accord. Il n'aime pas que les gens changent leurs habitudes pour lui.

À en juger par l'expression de sa mère, l'argument était faible.

— Et Iris est malade en voyage, ajouta-t-elle.

C'était un mensonge éhonté. L'improvisation n'était pas son fort.

— Eh bien, Marcus pourra toujours venir l'année prochaine, déclara sa mère. Sauf qu'il est fort possible que tu ne fasses plus partie du quatuor, Honoria. Vous comprenez, madame Wetherby, toutes les filles de la famille Smythe-Smith quittent la formation quand elles se marient. C'est la coutume.

— Seriez-vous fiancée, lady Honoria ?

— Non, je…

— Mais elle le sera sûrement avant la fin de la prochaine saison, coupa lady Winstead, avec une détermination qui laissa Honoria pantoise. Il va d'ailleurs falloir prendre rendez-vous chez Mme Brovard, et j'espère que nous ne nous y prenons pas trop tard.

Honoria était de plus en plus surprise. Mme Brovard, la couturière la plus demandée de Londres ? Quelques jours plus tôt, sa mère s'était contentée de lui conseiller d'aller faire des courses avec sa cousine Jacinthe pour trouver « quelque chose de rose ». Et voilà maintenant qu'elle parlait de prendre rendez-vous avec la célèbre Mme Brovard ?

— Elle n'utilise jamais deux fois le même tissu, expliqua encore lady Winstead à la gouvernante. Ses créations sont uniques. C'est pour cette raison que le Tout-Londres se presse chez elle.

Mme Wetherby hocha la tête d'un air entendu.

— Le problème, c'est que si l'on va la voir trop tard dans la saison, les plus beaux tissus sont partis.

— Ce doit être très contrariant.

— En effet. Et je tiens à ce que Honoria porte des toilettes à la mode. Et des couleurs qui mettent ses yeux en valeur.

— Il est vrai qu'elle a de très beaux yeux.

— Euh... merci, dit Honoria machinalement.

C'était si étrange de voir sa mère réagir un peu comme... oui, comme Mme Royle.

Lady Winstead et Mme Wetherby se lancèrent dans une discussion animée sur les avantages respectifs du lavande, du lilas et du parme.

— Je vais dans la bibliothèque, annonça Honoria en se levant.

Il lui fallait un livre. Et peut-être une sieste. Et une part de tarte. Pas nécessairement dans cet ordre.

Le Dr Winters passa dans l'après-midi et annonça que Marcus était en bonne voie de guérison. La fièvre était tombée, sa plaie cicatrisait bien, et même sa cheville foulée – que tout le monde avait presque oubliée dans l'affaire – avait désenflé.

La vie de Marcus n'étant plus en danger, lady Winstead annonça que sa fille et elle allaient regagner Londres sans tarder.

— Ce n'était en soi déjà pas très orthodoxe de venir à Fensmore, confia-t-elle à Marcus en privé. Je ne pense pas que les gens clabaudent, étant donné nos liens et votre état de santé, mais nous savons tous deux que les mauvaises langues ne seraient pas si conciliantes si nous nous attardions plus que de raison.

— Bien sûr, je comprends, acquiesça-t-il.

Évidemment, elle avait raison. Il s'ennuyait à périr et se morfondrait encore davantage quand Honoria et sa mère seraient parties. Mais Honoria devait rentrer pour la saison afin de trouver un beau parti. À cette époque de l'année, sa place était à Londres.

Et lui aussi devrait s'y rendre, afin de tenir la promesse faite à Daniel et s'assurer qu'elle n'épouserait pas le premier imbécile venu. Sauf que pour l'heure il était confiné au lit sur ordre du médecin, et le resterait au moins une semaine. Après quoi, il était censé se reposer chez lui encore huit jours, ou mieux quinze, afin de reprendre des forces et d'écarter tout risque de rechute.

Lady Winstead lui avait arraché la promesse de se conformer aux ordres du médecin.

— Nous ne vous avons pas sauvé la vie pour que vous retombiez malade, avait-elle décrété.

Ainsi il s'écoulerait presque un mois avant qu'il ne puisse les rejoindre. Et il en éprouvait un intense sentiment de frustration.

— Où est Honoria ? s'enquit-il.

Sa présence lui manquait. Ce qui ne voulait pas dire qu'*elle* lui manquait. Nuance.

— Nous avons pris le thé il y a un moment, répondit lady Winstead. Elle doit être dans la bibliothèque. Je crois qu'elle a l'intention de vous apporter des livres.

— C'est très aimable à elle. J'ai presque terminé...

Il tourna la tête vers la table de chevet. Que lisait-il, déjà ?

— *De l'essence de la liberté humaine : traité philosophique.*

— Et c'est... intéressant ?

— Pas vraiment, à dire vrai.

La comtesse sourit.

— Alors je vais demander à Honoria de se dépêcher de vous trouver de quoi vous distraire.

— Je suis impatient de la voir.

Il réprima le sourire qui naissait également sur ses lèvres. Lady Winstead le considéra un instant avant de murmurer :

— Je suis certaine qu'elle aussi a hâte de vous voir.

Marcus en était moins sûr. Il avait décidé de ne pas faire allusion à cet épisode si, de son côté, Honoria faisait comme si de rien n'était. Finalement, ce n'était pas bien grave. On n'allait pas faire toute une histoire pour un malheureux baiser. Ils oublieraient vite cet incident de parcours pour renouer avec leur vieille amitié.

— Je pense qu'elle est encore fatiguée, reprit lady Winstead. Elle a pourtant dormi une journée entière, vous le saviez ?

Non, il n'était pas au courant.

— Elle n'a pas quitté votre chevet. Je lui ai proposé de la remplacer, mais elle n'a rien voulu entendre.

— Je lui dois énormément. Et à vous aussi, milady, d'après ce que j'ai compris.

Lady Winstead demeura un moment silencieuse. Puis sa bouche s'entrouvrit, comme si elle hésitait à répondre. Marcus patienta. Il savait que le silence était souvent le meilleur encouragement. Et, en effet, lady Winstead s'éclaircit la voix et avoua :

— Nous ne serions jamais venues à Fensmore si Honoria n'avait tant insisté. Au début, j'ai refusé de quitter Londres. Je lui ai dit que ce n'était pas convenable, que nous n'étions pas des membres de votre famille.

— Je n'ai pas de famille.

— C'est exactement ce qu'elle m'a répondu.

Il éprouva un étrange pincement au cœur. Bien sûr que Honoria savait qu'il était seul. Tout le monde était au courant. Mais entendre ces mots de sa bouche, même rapportés par une tierce personne, cela faisait mal. Sans qu'il comprenne pourquoi.

Honoria l'avait percé à jour, elle voyait au-delà de la distance qu'il instaurait entre les autres et lui. Elle le comprenait mieux qu'il ne se comprenait lui-même.

Avant de tomber malade, il n'avait pas mesuré l'étendue de sa solitude.

La voix de lady Winstead l'arracha à ses réflexions.

— Elle a vraiment beaucoup insisté. Et j'ai pensé que cela vous intéresserait de le savoir, conclut-elle avec douceur.

15

Plusieurs heures s'écoulèrent. Marcus ne feignait même plus de lire son traité philosophique quand Honoria fit son apparition, des livres plein les bras, en compagnie de la servante chargée du plateau du dîner.

Il ne fut pas surpris qu'elle ait profité de la venue d'une domestique pour lui rendre visite.

— Je t'apporte de la lecture, annonça-t-elle d'un ton enjoué.

Elle attendit que la servante ait déposé le plateau sur les genoux de Marcus pour ranger les livres sur la table de chevet.

— Maman m'a dit que tu avais besoin de distraction.

Elle ponctua ses paroles d'un sourire crispé, puis ébaucha un mouvement pour suivre la servante qui s'en allait.

— Honoria, attends !

Il ne pouvait pas la laisser partir comme cela.

Elle pivota lentement, lui adressa un regard interrogateur.

— Tu ne veux pas t'asseoir un moment avec moi ?

Il désigna la chaise. Elle hésita, alors il ajouta avec un petit sourire :

— Je suis seul avec moi-même depuis deux jours. Et je trouve ma compagnie plutôt ennuyeuse, figure-toi.

— Cela ne m'étonne pas, ne put-elle s'empêcher de répondre comme au bon vieux temps.

Elle revint vers le lit, et Marcus nota qu'elle avait veillé à laisser la porte entrebâillée. Maintenant qu'il avait retrouvé des forces, certaines conventions devaient être respectées.

— Honoria, je suis désespéré.

— Je hais ce mot.

— « Désespéré » ? Tu trouves que c'est un terme galvaudé ?

— Non, au contraire. Il est souvent pertinent. Et c'est une sensation horrible.

Il hocha la tête, même si au fond il pensait ne pas vraiment connaître ce sentiment. La solitude, oui. Mais pas le désespoir.

Elle s'assit, croisa les mains dans son giron. Il y eut un long silence. De toute évidence, aucun d'eux n'était à l'aise.

— C'est du bouillon de bœuf, dit-elle soudain en désignant la soupière en porcelaine posée sur le plateau. La cuisinière appellerait sans doute cela du « consommé de bœuf », mais ce n'est qu'un simple bouillon. Enfin, selon Mme Wetherby, il a des vertus fortifiantes exceptionnelles.

Son débit était plus rapide qu'à l'accoutumée.

— Je suppose que je n'ai pas droit à grand-chose d'autre ? dit-il d'un ton plaintif.

— Seulement du pain grillé, j'en ai peur.

Elle eut une mimique compatissante. Marcus sentit ses épaules se voûter un peu plus. Que n'aurait-il donné pour une part de gâteau au chocolat. Ou une tarte aux pommes à la normande. Ou du pain d'épice. Ou un pain aux raisins. Enfin n'importe quoi de bien sucré.

— Le bouillon sent très bon, remarqua-t-elle encore.

Certes, mais cela n'avait rien à voir avec un gâteau au chocolat.

Résigné, il plongea sa cuillère dans le liquide fumant, souffla dessus avant d'y goûter.

— C'est bon, confirma-t-il.

— Tu le penses vraiment ?

Il hocha la tête, prit encore un peu de bouillon. Ou but plutôt. Mangeait-on la soupe ou la buvait-on ? Plus important, pouvait-il réclamer un peu de fromage râpé ?

— Qu'as-tu eu au dîner ? s'enquit-il.

— Je ne sais pas si je dois te le dire.

— Non, il ne vaut mieux pas, j'imagine.

Il avala une autre cuillerée de bouillon, puis ne put s'empêcher de demander :

— Il y avait du jambon ?

Honoria ne répondit pas.

— Il y en avait ! dit-il d'un ton accusateur.

Il baissa les yeux sur son bouillon, entreprit de saucer le fond du bol avec du pain grillé. Mais il en restait si peu qu'après deux bouchées il renonça au pain trop dur. Sec comme de la sciure. Ou comme le désert. N'avait-il pas lui-même erré dans le désert, mourant de soif, dans son délire fébrile ?

Il grignota une bouchée de pain fade. Il n'avait jamais mis les pieds dans le désert et il y avait fort à parier qu'il n'irait jamais.

— Pourquoi souris-tu ? s'étonna Honoria.

— Je souriais ? Je ne m'en suis pas rendu compte. Pourtant je t'assure que je suis très triste. Du bouillon... Il y avait aussi du pudding après le jambon ? ne put-il s'empêcher de demander en considérant son pain grillé d'un air déconfit.

Il releva la tête. La mine coupable, Honoria ne répondit pas.

— Du chocolat ?

Elle secoua la tête.

— Un baba au rhum ? Oh, Seigneur, ne me dis pas que la cuisinière a fait une tarte aux framboises ?

Personne ne réussissait mieux la tarte aux framboises que Mme Jackson.

— C'était délicieux, avoua Honoria, en laissant échapper l'un de ces soupirs béats qu'elle réservait aux desserts exceptionnels. Servie avec de la chantilly et des meringues.

— Il en reste ?

— Je suppose que oui. Elle était vraiment... Eh, une minute ! Tu n'es quand même pas en train de me demander d'aller voler une part de tarte aux cuisines ?

— Tu ferais cela pour moi ?

Il la regarda d'un air implorant qu'il espérait irrésistible.

— C'est hors de question, Marcus ! La tarte aux framboises ne convient pas du tout aux convalescents.

— Je ne vois vraiment pas pourquoi.

Elle ravala un sourire.

— C'est de bouillon de bœuf que tu as besoin. Et de gélatine. Ou d'huile de foie de morue. Tout le monde sait cela.

— Tu vas me soutenir que tu t'es sentie mieux chaque fois que tu as avalé ces choses innommables ?

— Je ne vois pas le rapport.

— Moi, je le vois très bien !

— Eh bien… je ne sais pas. Non, admit-elle avec franchise.

— Alors, tu veux bien aller m'en chercher ?

Il eut un sourire peiné qu'on pouvait traduire par : « Comment, j'ai failli mourir et tu me refuserais ce petit plaisir ? » Du moins c'est ce qu'il cherchait à exprimer. À dire vrai, il n'était pas très doué dans l'art du badinage, et peut-être ce sourire disait-il plutôt : « Je suis un peu dérangé, alors tu ferais bien de ne pas me contrarier. »

— Marcus, tu exagères. Imagine que je me fasse prendre.

— Tu ne risques pas grand-chose. Je te rappelle que je suis ici chez moi.

— C'est bien gentil, mais si Mme Wetherby, le Dr Winters et ma mère me tombent dessus à bras raccourcis ?

Il haussa les épaules.

— Marcus…

— S'il te plaît.

À court d'arguments, elle laissa échapper une exclamation contrariée.

— Oh, très bien ! capitula-t-elle de mauvaise grâce. Faut-il vraiment que j'y aille maintenant ?

— Ce serait très gentil de ta part.

Elle se leva abruptement, lissa ses jupes de soie vert pâle.

— Bon, tu as gagné. Je reviens dans un instant. Avec de la tarte.

— Tu es une âme charitable. Je te revaudrai cela.

— J'espère bien !

— Je te dois bien plus, dit-il, l'air soudain grave.

Honoria se glissa dans le couloir, abandonnant Marcus avec sa soupière vide et ses miettes de pain.

Et ses livres.

Il jeta un coup d'œil à la pile posée sur la table de chevet. Avec précaution, pour ne pas renverser le verre de citronnade préparée par Mme Wetherby, il déposa le plateau à côté de lui sur le matelas, puis attrapa le premier ouvrage de la pile.

Paysages grandioses et lochs majestueux des merveilleuses montagnes d'Écosse.

Il l'écarta, saisit le livre suivant.

Mlle Butterworth et le baron fou.

Le titre n'était pas très prometteur, mais c'était toujours mieux que de périr d'ennui devant une succession de lacs.

S'adossant aux oreillers, il entama la lecture du premier chapitre.

La nuit était froide et venteuse, et Mlle Priscilla Butterworth se doutait que des trombes d'eau n'allaient pas tarder à s'abattre sur...

Quand Honoria revint, Mlle Butterworth avait eu le temps de se faire claquer une porte au nez, de survivre à la peste et d'échapper aux griffes d'un ours.

Elle courait diablement vite, cette héroïne.

Marcus était arrivé au chapitre trois, où l'on pouvait s'attendre à ce que le chemin de Mlle Butterworth croise un nuage de criquets, lorsqu'il leva le nez et constata que Honoria se tenait sur le seuil, un peu essoufflée, une serviette entre les mains.

— Il n'y en avait plus, c'est cela ? dit-il, dépité.

— Penses-tu ! Je t'ai rapporté une tarte entière.

Là-dessus, l'air triomphant, elle déplia la serviette pour révéler une tartelette à demi écrasée et néanmoins appétissante.

Marcus sentit l'eau lui monter à la bouche. Son corps frémit d'impatience. Littéralement. Il avait totalement oublié Mlle Butterworth et son nuage de criquets.

— Tu es mon héroïne !

— Sans compter que je t'ai sauvé la vie, lui rappela-t-elle.

— Oui, en plus.

Elle posa la tarte sur le lit, jeta un regard en direction de la porte.

— Un des valets m'a poursuivie. Je crois qu'il m'a prise pour un voleur. Il aurait pourtant dû se douter que si j'étais un cambrioleur, je ne commencerais pas par dévaliser les cuisines.

Marcus avait déjà attaqué la tarte.

— Ah bon ? fit-il, la bouche pleine. Moi, c'est le premier endroit que je visiterais.

Elle lui chipa un morceau de tarte.

— Hmm, c'est tellement bon, soupira-t-elle. Même sans crème.

— Il n'y a rien de meilleur que la tarte aux framboises de Mme Jackson. Sauf peut-être son gâteau au chocolat.

— Désolée, je n'ai pas trouvé les fourchettes, dit-elle en se perchant au bord du lit.

— Cela m'est égal.

Il était tellement content de manger quelque chose de bon, qui se mâchait vraiment. Pourquoi diable les gens s'imaginaient-ils guérir plus vite en avalant des aliments liquides et insipides ? C'était stupide.

Il se surprit à rêver d'un hachis parmentier. Il adorait les desserts, mais il lui fallait des mets plus roboratifs. De la viande hachée. Des pommes de terre sautées croustillantes. Oh, il en sentait presque le goût sur sa langue !

Hélas, il y avait peu de chances pour que Honoria parvienne à dérober ce genre de plat dans la cuisine et à le cacher sous une serviette.

Elle lui vola un autre morceau de tarte et demanda :

— Que lisais-tu ?

— *Mlle Butterworth et le…* euh… *le baron fou,* ajouta-t-il après avoir jeté un coup d'œil au livre.

Face à sa mine étonnée, il expliqua :

— Je n'avais pas vraiment envie de contempler les majestueux paysages d'Écosse.

— Ah bon ? Je pensais pourtant que cela te plairait.

— Prends-le, si tu veux. Il ne me manquera pas. Je me suis plongé dans les aventures de Mlle Butterworth. C'est assez captivant.

— J'ai du mal à croire que tu aimes ce genre de littérature.

— Tu l'as lu ?

— Oui.

— Et terminé ?

— Oui.

— Cela t'a plu ?

Tandis qu'elle réfléchissait, il tira subrepticement sur la serviette pour rapprocher la tarte. Encore quelques centimètres et celle-ci serait hors de portée de main de la vorace Honoria.

— Oui, cela m'a plu, admit-elle. Quoique j'aie trouvé certaines péripéties vraiment rocambolesques. Je te signale tout de même qu'au chapitre douze sa mère est picorée à mort par des pigeonneaux.

Marcus posa sur le livre un regard teinté de respect. Honoria en profita pour tirer la serviette de son côté.

— C'est saugrenu et plutôt macabre, ajouta-t-elle.

— J'ai hâte d'en arriver là.

— Oh, je t'en prie, ne me dis pas que tu aimes ce genre de roman !

— Tu me crois incapable d'apprécier quelque chose de léger et de purement divertissant ?

— Avoue-le, tu n'aurais jamais choisi ce livre.

— Et pourquoi cela ?

Elle haussa les sourcils.

— Tu as l'air sur la défensive.

— Je suis juste intrigué. Pourquoi n'aurais-je pas pu choisir un livre léger ?

— Je ne sais pas. Parce que... parce que tu es *toi* !

— Hum. Cela sonne comme une insulte.

— Ce n'en est pas une, je t'assure.

Elle grignota un morceau de tarte. Et c'est à cet instant que cela se produisit. Le bout de sa langue glissa sur ses lèvres pour récupérer une miette. Ce mouvement furtif dura à peine une seconde, mais Marcus éprouva comme une décharge électrique dans tout le corps.

Stupéfait, il reconnut la sensation.

Un désir brûlant, fulgurant.

Pour Honoria.

— Tout va bien ? demanda-t-elle soudain.

Non, cela n'allait pas du tout.

— Euh, oui. Pourquoi ?

— J'ai eu peur de t'avoir vexé. Si c'est le cas, je te présente mes excuses. Je ne voulais pas t'offenser. Je te trouve très bien tel que tu es.

— Très bien ?

Cela semblait si banal.

— C'est mieux que *pas* bien, non ?

À ce stade de la conversation, un autre que lui se serait peut-être jeté sur elle pour lui montrer à quel point il n'était *pas* quelqu'un de bien. Et Marcus l'était suffisamment pour imaginer la scène de manière très précise. Cela dit, non seulement il souffrait encore des suites d'une fièvre presque mortelle, mais la porte était restée ouverte et lady Winstead pouvait très bien se trouver au bout du couloir. Si bien qu'il se contenta de demander :

— Que m'as-tu apporté d'autre à lire ?

Mieux valait bavarder plutôt que de laisser ces pensées dangereuses coloniser son esprit. Il n'avait cessé de se répéter qu'il l'avait embrassée pour des raisons fort innocentes, que ce baiser n'avait été qu'un réflexe absurde, une sorte d'accès de folie provoqué par une trop forte émotion et peut-être un reliquat de fièvre.

Mais ces arguments ne tenaient pas, il venait d'en avoir la preuve.

Honoria changea de position afin de passer les livres en revue sans être obligée de se lever. Ses fesses étaient du coup toutes proches de sa hanche à lui, et il n'y avait rien d'autre entre eux qu'un drap et une couverture. Et, bien sûr, sa chemise de nuit et sa robe, et les dessous qu'elle portait.

Il n'empêche que jamais il n'avait été aussi conscient de la proximité d'un autre être humain.

Que lui arrivait-il, bon sang ?

— *Ivanhoe*.

De quoi parlait-elle ?

— Marcus, tu m'écoutes ? Je t'ai apporté *Ivanhoe*, de sir Walter Scott. Tiens c'est bizarre… Le nom de l'auteur n'apparaît pas sur la couverture. Il est juste écrit : *Par l'auteur de Waverley.*

Elle semblait attendre une réaction de sa part, or il était dans l'incapacité de détacher le regard de ses lèvres incurvées en une moue perplexe.

— Je n'ai pas lu *Waverley,* avoua-t-elle. Et toi ?

— Moi non plus.

— Je devrais peut-être. Ma sœur a beaucoup aimé. Mais bon, ce n'est pas *Waverley* que je t'ai apporté, c'est *Ivanhoe.* Enfin, le premier tome.

— Je l'ai déjà lu.

— Ah ! Voyons le reste alors.

Tandis qu'elle se penchait de nouveau, il la contempla d'un œil neuf, s'arrêtant sur chaque détail. Ses cils étaient si longs. Comment ne l'avait-il pas remarqué plus tôt ? Et ils n'étaient pas bruns, mais blond doré.

— Marcus ? Marcus !

— Mmmm ?

— Tu es sûr que ça va ? Tu as les joues un peu rouges.

— Hum. Je vais reprendre un peu de citronnade. Tu ne trouves pas qu'il fait chaud ici ?

— Non, pas du tout.

Tandis qu'il buvait quelques gorgées, Honoria lui tâta le front.

— Tu n'es pas chaud.

— Qu'as-tu apporté d'autre ? s'enquit-il.

Elle prit un livre sur la pile.

— Regarde celui-ci : *Histoire des croisades pour la reconquête de la Terre sainte…* Oh, zut ! J'ai pris le tome II. Tu ne peux pas commencer par celui-là, tu louperais le siège de Jérusalem et toute la croisade norvégienne.

Rien de tel que les croisades pour refroidir les ardeurs d'un homme.

— La croisade norvégienne ?

— Elle date du début des croisades. Peu de gens en ont entendu parler. J'ai pris aussi *Vie et mort du cardinal Wolsey*. Non, cela ne te dit rien ? Et que penses-tu de *Naissance et déroulement de la révolution américaine* ?

— Tu me prends décidément pour un barbon.

— Pas du tout. L'histoire des croisades est passionnante ! J'adore cette période historique.

— Mais tu n'as apporté que le tome II.

— Je peux aller chercher le premier si tu veux.

Il n'était pas loin de considérer cela comme une menace.

— *Le Corsaire,* enchaîna Honoria en brandissant un petit livre. Tu ne vas quand même pas me dire que lord Byron est un auteur ennuyeux ?

— Je l'ai lu le jour même de sa publication.

— Ah ! fit-elle, l'air déçu. Tiens, en voici un autre de sir Walter Scott. *Peveril du Pic*. Il est assez long, cela devrait t'occuper un moment.

— Je crois que je vais rester sur *Mlle Butterworth*.

— Comme tu voudras, fit-elle en lui adressant un regard qui laissait clairement entendre que cette lecture ne lui convenait pas et qu'il finirait par l'abandonner. Il est à ma mère, mais elle a dit que tu pouvais le garder.

— Au moins, cela ravivera mon goût pour la tourte au pigeonneau.

— Je vais demander à la cuisinière de t'en préparer une après notre départ, dit-elle en riant, puis, reprenant son sérieux, elle ajouta : Tu sais que nous rentrons à Londres demain, n'est-ce pas ?

— Oui, ta mère m'a prévenu.

— Nous ne te laisserions pas si nous n'étions pas absolument certaines que tu es guéri.

— Je sais. Et j'imagine que vous avez beaucoup à faire.

— Eh bien... des répétitions, essentiellement, dit-elle en grimaçant.

— Des répétitions ?

— Pour le récital.

Le fameux récital des Smythe-Smith. C'était encore pire que les croisades. Aucun homme ne pouvait songer à la bagatelle quand on abordait un pareil sujet.

— Tu joueras encore du violon cette année ?

— Je vois mal comment j'aurais eu le temps d'apprendre à jouer d'un autre instrument en un an.

— Oui, en effet. C'était une question idiote. Hum... et la date est déjà fixée ?

— Oui. Le concert aura lieu le 14 avril. Dans un peu plus de quinze jours, donc.

— Je suis désolé de ne pas pouvoir y assister, mais le médecin a préconisé trois semaines de convalescence.

Honoria ouvrit des yeux ronds.

— Tu es sincère ? fit-elle, incrédule.

— Eh bien... oui, balbutia-t-il. Évidemment.

Il n'avait jamais été très doué pour le mensonge.

— Je n'ai pas manqué le récital une seule fois, lui rappela-t-il.

— Certes. Et tu as toute mon admiration pour cet effort louable.

Ils se dévisagèrent en silence.

— Pourquoi dis-tu cela ? risqua-t-il finalement.

Honoria s'empourpra et détourna les yeux avant de murmurer :

— Je sais fort bien... que le spectacle... n'est pas une partie de plaisir.

— Une minute. Tu veux dire que tu sais... enfin...

— Que nous jouons atrocement mal ? Bien sûr. Je ne suis ni idiote ni sourde. Ce récital est un calvaire pour tout le monde. Mais cela ne sert à rien de bouder ou de se rebeller. Nous n'y pouvons pas grand-chose.

— Vous pourriez répéter davantage, suggéra-t-il prudemment.

— Oh, crois-moi, si je pensais pouvoir m'améliorer un tant soit peu, je m'entraînerais jour et nuit ! Hélas, nous sommes toutes plus nulles les unes que les autres. Il n'y a rien à ajouter à cela.

Marcus n'en croyait pas ses oreilles. Il avait assisté tant de fois au fameux concert Smythe-Smith que c'était un miracle qu'il ait encore des tympans. Cela dit, il se souvenait très bien que l'année passée, quand Honoria était montée sur scène pour la première fois, elle avait joué sa partition avec enthousiasme, un sourire radieux aux lèvres.

— Tu n'avais pas l'air de te morfondre l'an dernier, observa-t-il.

— Que veux-tu, je sais que nous cassons les oreilles de tout le monde, mais je trouve cela plutôt attendrissant.

Elle était bien la seule, songea Marcus avec ironie.

— Alors je souris et je joue le jeu, enchaîna-t-elle. Ce qui compte, c'est de respecter la tradition familiale. Elle remonte à 1807. Et je m'estime chanceuse d'avoir le privilège de la perpétuer.

Marcus pensa à sa propre famille, ou plus exactement à son absence.

— C'est vrai, tu as de la chance, murmura-t-il, pensif.

— Je fais de mon mieux. J'ai même un porte-bonheur. Des escarpins fétiches. Rouges. Cela me donne confiance en moi pendant la représentation.

Des escarpins rouges. La petite étincelle lubrique se ralluma chez Marcus. Rien n'était plus séduisant qu'un pied chaussé d'un escarpin rouge. Miséricorde !

— Tu es sûr que tu te sens bien, Marcus ? Tu es encore tout rouge.

— Oui, oui, tout va bien, dit-il d'une voix enrouée.

— Ma mère n'est pas au courant.

— Que... quoi ?

— À propos des escarpins rouges.

— C'est un secret ?

— Pas vraiment. Je ne peux même pas t'expliquer pourquoi je les ai choisis de cette couleur. Ils pourraient être verts. Ou bleus. Enfin non, pas bleus, ce serait trop ordinaire. Mais des escarpins verts, cela fonctionnerait aussi. Ou roses.

Non, rien ne faisait autant d'effet que des escarpins rouges, Marcus en était certain.

— Dès mon arrivée à Londres, il va falloir entamer les répétitions et mettre les bouchées doubles, soupira-t-elle.

— C'est ma faute. Je suis désolé.

— Non, ne le sois pas. J'aime les répétitions, surtout maintenant que la maison est vide et silencieuse. On n'y entend plus que le cliquetis des couverts et le tic-tac des horloges. Au moins, quand je suis avec mes cousines, j'entends des voix humaines. Je crois que nous passons autant de temps à jacasser qu'à jouer, avoua-t-elle avec un sourire penaud.

— Cela ne me surprend pas.

Elle lui tira la langue, mais il savait bien qu'elle n'était pas vexée. Honoria n'était pas susceptible.

C'était agréable de connaître une personne à ce point. C'était même merveilleux.

— Sarah remonte sur scène cette année puisqu'elle n'est pas mariée. Nous sommes très proches. Et Iris sera au violoncelle. Elle a mon âge et nous nous entendons aussi très bien. Et figure-toi qu'elle est sans doute la meilleure musicienne du quatuor.

— La barre n'est pas placée très haut.

De nouveau, elle lui tira la langue. Il rit de bon cœur.

— Et il y aura aussi Capucine, la sœur d'Iris, qui joue aussi du violon.

— Quel est son niveau ?

— Là, en revanche… je suis obligée d'admettre qu'elle joue comme une casserole.

— Selon les critères normaux ou selon les critères Smythe-Smith ? Tout est relatif.

— C'est une catastrophe, même pour nous.

— Là, en effet, c'est très grave.

— Au point que la pauvre Sarah espère être frappée par la foudre au cours des quinze prochains jours. Elle se remet à peine de son premier concert.

— J'imagine qu'elle ne joue pas le jeu, comme toi, et ne sourit pas ?

— Elle affiche une expression de martyre. Tu n'as donc pas remarqué, l'année dernière ?

— Ce n'était pas Sarah que je regardais.

Le sourire de Honoria se figea, et la flamme malicieuse qui illuminait son regard disparut soudain.

C'est alors que Marcus se rendit compte de ce qu'il venait de dire.

Elle le fixait de ses grands yeux lavande aux pupilles dilatées et il avait l'impression qu'elle voyait jusqu'au tréfonds de son âme.

— C'était toi que je regardais, articula-t-il d'une voix à peine audible. Uniquement toi.

Mais c'était avant qu'il...

Elle posa sa main sur la sienne. Une petite main fine et délicate. Parfaite.

— Marcus ? chuchota-t-elle.

Et il comprit enfin.

C'était avant qu'il tombe amoureux d'elle.

16

C'était extraordinaire, mais le monde venait bel et bien de s'arrêter de tourner.

Honoria en était certaine. Rien d'autre ne pouvait expliquer l'exaltation, la confusion, la singularité de ce moment, ici même, dans cette chambre, avec ce plateau-repas et cette tarte aux framboises, et le souvenir entêtant de cet unique baiser si parfait.

Elle inclina la tête, comme si cela pouvait lui permettre de le voir plus clairement. Et c'est exactement ce qui se passa. Il devint plus net, ce qui était vraiment étrange car elle aurait juré y voir parfaitement l'instant d'avant.

C'était comme si elle ne l'avait jamais vraiment vu auparavant. Elle regardait ses yeux et voyait maintenant bien plus que leur couleur et leur forme. Il était ici, face à elle, elle le voyait et elle pensait...

Je l'aime.

Et dans son esprit l'écho répéta :

Je l'aime.

Rien n'aurait pu la surprendre davantage, et en même temps rien n'était plus simple ni plus vrai. C'était comme si quelque chose en elle qui avait été délogé des années plus tôt avait soudain retrouvé sa place grâce à ces mots anodins : « Ce n'était pas Sarah que je regardais. »

Elle l'aimait. Et elle l'aimerait toujours. Cela allait tellement de soi. Qui d'autre aurait-elle pu aimer sinon Marcus Holroyd ?

— C'était toi que je regardais, répéta-t-il d'une voix douce. Je ne voyais que toi.

Elle baissa les yeux. Sa main recouvrait celle de Marcus. Elle ne se rappelait pas l'avoir posée là.

— Marcus ? souffla-t-elle.

— Honoria...

— Milord ! Milord !

Honoria sursauta si violemment qu'elle faillit tomber du lit. Il y eut un bruit de pas précipités dans le couloir. Quelqu'un accourait. Honoria se leva d'un bond et recula derrière la chaise.

Un instant plus tard, lady Winstead et Mme Wetherby faisaient irruption dans la chambre.

— Une lettre vient d'arriver, milord, annonça lady Winstead, le souffle court. De Daniel.

Honoria chancela et se rattrapa au dossier de la chaise. Ils n'avaient pas eu de nouvelles de son frère depuis plus d'un an. Enfin, peut-être Marcus en avait-il reçu, mais pas elle, et Daniel n'écrivait plus à leur mère depuis longtemps.

La gouvernante tendit la missive.

— Que dit-il ? souffla lady Winstead, alors que Marcus n'avait même pas fait sauter le cachet de cire.

— Maman, laissez-lui le temps de déplier la lettre.

Honoria faillit suggérer qu'elles se retirent pour le laisser lire son courrier en paix, mais elle ne put s'y résoudre. Daniel lui manquait terriblement. Comme les mois passaient sans qu'elle reçoive un mot de sa part, elle s'était dit qu'il ne l'ignorait pas à dessein, que ses courriers s'étaient perdus. D'un pays à l'autre, le réseau postal n'était pas fiable, tout le monde savait cela.

Toutefois, en cet instant, elle se moquait d'être restée sans nouvelles de lui si longtemps. Elle voulait juste savoir ce qu'il avait écrit à Marcus.

Les trois femmes retenaient leur souffle.

— Est-ce qu'il va bien ? risqua lady Winstead quand Marcus eu achevé la lecture du premier feuillet.

Marcus cligna des paupières, comme s'il n'arrivait pas à croire à ce qu'il lisait.

— Oui, répondit-il. Il rentre en Angleterre.

— *Quoi ?*

Lady Winstead avait pâli. Honoria se précipita pour la soutenir au cas où.

Marcus s'éclaircit la voix.

— Apparemment, il a reçu une lettre de Hugh Prentice. Lord Ramsgate est prêt à oublier le passé.

Un passé qui, en l'occurrence, était plutôt lourd, songea Honoria. La dernière fois qu'elle avait croisé le marquis de Ramsgate, il avait failli faire une crise d'apoplexie à sa vue. Un an s'était écoulé depuis, mais quand même.

— Pourrait-il s'agir d'une ruse ? s'inquiéta-t-elle. Le marquis essaie peut-être de faire rentrer Daniel au pays pour mieux le piéger.

— Je ne pense pas, répondit Marcus qui parcourait le second feuillet. Ce n'est pas son genre.

— Pas son genre ? répéta lady Winstead, incrédule, sa voix montant dans les aigus. Il a ruiné la vie de mon fils !

— C'est ce qui paraît si étrange. Hugh Prentice s'est toujours comporté de manière honorable, même si c'est un original.

— Daniel précise-t-il la date de son retour ? s'enquit Honoria.

— Non, il ne donne pas de détails. Il indique juste qu'il doit encore régler quelques affaires en Italie avant de se mettre en route.

— Seigneur ! gémit lady Winstead en se laissant tomber sur le siège le plus proche. Je ne pensais pas vivre assez longtemps pour voir ce jour. Je ne me suis jamais autorisée à y songer. Ce qui signifie évidemment que je n'ai pensé à rien d'autre.

Honoria dévisagea sa mère. Pendant trois ans, celle-ci n'avait prononcé qu'une seule fois le nom de Daniel. Et aujourd'hui elle avouait qu'elle n'avait fait que penser à lui ?

Être en colère contre elle ne servirait à rien, raisonna-t-elle. Quoi qu'elle ait fait – ou pas – ces dernières années, sa mère s'était largement rachetée. Marcus ne serait plus en vie à présent sans les soins qu'elle lui avait prodigués.

— Combien de temps prendra le voyage d'Italie en Angleterre ? demanda-t-elle, car c'était somme toute la seule question qui importât.

— Je n'en ai aucune idée, avoua Marcus. Je ne sais même pas dans quelle région d'Italie Daniel se trouve.

Honoria n'était guère étonnée. Si son frère adorait raconter des histoires, il avait le don de passer sous silence les détails les plus importants.

— C'est une excellente nouvelle, intervint Mme Wetherby. Je sais à quel point maître Daniel vous a manqué à tous.

Le silence retomba dans la chambre, personne ne sachant que répondre à cette évidence. Finalement lady Winstead déclara :

— C'est une chance que nous ayons prévu de rentrer à Londres dès demain. Je n'aurais pas supporté que Daniel arrive et que je ne sois pas là pour l'accueillir. Marcus, nous allons vous laisser, à présent. Vous avez besoin de repos. Honoria, suis-moi. J'ai à te parler.

Lady Winstead avait décidé d'organiser une fête pour célébrer le retour de Daniel et souhaitait en discuter avec sa fille. Toutefois, la conversation tourna court, Honoria ayant fait remarquer qu'elles ne pouvaient organiser quoi que ce soit avant de connaître la date exacte de l'arrivée de son frère.

Sa mère feignit d'ignorer cet inconvénient pendant dix bonnes minutes. Elle envisagea une grande réception, puis une simple réunion familiale, se demanda s'il fallait envoyer un carton d'invitation à lord Ramsgate et à Hugh Prentice.

— Dans ce cas, il faudrait être sûr qu'ils déclinent, ajouta-t-elle. Toute personne sensée le ferait, mais lord Ramsgate est tellement imprévisible.

— Maman, nous ne pouvons rien prévoir avant l'arrivée de Daniel, répéta Honoria d'un ton ferme. D'autant qu'il n'aura peut-être pas envie de fêter son retour.

— Sottises. Bien sûr qu'il en aura envie. Il...

— Il a dû s'exiler pour des raisons infamantes, lui rappela Honoria.

Elle s'en voulait de se montrer aussi brutale, mais il fallait bien ramener sa mère à la raison.

— C'était une injustice ! se récria lady Winstead.

— Là n'est pas la question. C'est la réalité et il n'aura sans doute pas envie que les gens s'en souviennent.

Sa mère ne parut qu'à demi convaincue. Néanmoins elle n'insista pas, si bien qu'elles allèrent se coucher.

Honoria se réveilla à l'aube. Le départ était prévu tôt dans la matinée, pour éviter de faire halte dans une auberge.

Après avoir avalé un rapide petit déjeuner, Honoria se rendit dans la chambre de Marcus pour lui dire au revoir.

Et peut-être un peu plus.

Il n'était pas là. Une domestique était en train d'ôter les draps.

— Savez-vous où se trouve lord Chatteris ? s'enquit Honoria.

— Dans le cabinet de toilette, milady. Avec son valet, précisa la bonne en rougissant.

Comprenant que Marcus était en train de prendre son bain, Honoria s'empourpra à son tour.

La domestique quitta la pièce avec son paquet de linge sous le bras, et Honoria demeura seule, se demandant quoi faire. S'attarder dans la chambre d'un homme qui procédait à ses ablutions dans la pièce voisine était inconvenant. Marcus n'était plus malade, les circonstances avaient changé. Elle devait penser à sa réputation.

Et puis, sa mère était pressée de partir.

Elle allait lui laisser un mot, décida-t-elle. Elle jeta un regard circulaire, cherchant de quoi écrire. Près de la fenêtre se trouvait un petit secrétaire. Et sur la table de chevet, elle vit…

La lettre de Daniel.

Elle était restée là où Marcus l'avait posée la veille. Les deux feuillets un peu froissés étaient couverts de cette petite écriture dense des gens qui essayent d'économiser le papier. Marcus leur avait appris le retour de Daniel, et rien d'autre. C'était le plus important bien sûr, mais Honoria était avide d'en apprendre davantage sur son frère. Même savoir ce qu'il avait mangé au petit déjeuner lui aurait fait plaisir. Un petit déjeuner italien était forcément exotique. Et que faisait-il de ses journées ? S'ennuyait-il ? Avait-il appris l'italien ?

La lettre semblait l'appeler.

Serait-ce vraiment si grave d'y jeter un coup d'œil ?

Naturellement. Cela ne se faisait pas de lire le courrier d'autrui. Ce serait violer l'intimité de Marcus. Et de Daniel.

D'un autre côté, il n'y avait sûrement pas de grands secrets entre eux.

Honoria coula un regard vers la porte du cabinet de toilette. Aucun bruit ne lui parvenait de ce côté-là. Si Marcus était sorti de son bain, elle aurait entendu des allées et venues.

Elle reporta son attention sur la lettre.

Elle lisait vite.

Finalement, elle ne décida pas de la lire, elle s'abstint juste de se l'interdire. Cette subtilité lui permit d'ignorer son code moral et de commettre cet acte qui l'aurait certainement indignée si ç'avait été *son* courrier qu'une tierce personne avait osé lire.

Elle attrapa en hâte les deux feuillets, comme si faire vite pouvait atténuer sa faute.

Cher Marcus, et cetera... Daniel parlait de l'appartement qu'il avait loué et décrivait les boutiques du quartier avec de charmants détails, mais il omettait de préciser dans quelle ville il avait élu domicile. Il s'étendait longuement sur la cuisine italienne qui, de son avis, surpassait amplement la cuisine anglaise. Puis venait un bref paragraphe concernant son retour au pays.

Le sourire aux lèvres, Honoria passa au deuxième feuillet. Daniel écrivait comme il parlait, et elle avait l'impression d'entendre sa voix en lisant ces lignes.

Dans le paragraphe suivant, son frère priait Marcus d'informer lady Winstead de son arrivée imminente à Londres. Le sourire de Honoria s'élargit. Daniel n'avait bien sûr pas imaginé que sa mère et sa sœur seraient dans la même pièce que Marcus au moment où celui-ci prendrait connaissance de sa missive.

Et soudain, son propre nom lui sauta aux yeux.

Je n'ai pas entendu dire que Honoria s'était mariée, j'en déduis donc qu'elle est toujours célibataire. Je te remercie encore de t'être occupé de Fotheringham l'année dernière. C'est un sale type et l'idée qu'il ait osé la courtiser me met encore hors de moi.

Quoi ? Honoria battit des paupières, comme si cela pouvait changer les mots écrits sur le papier. Marcus était intervenu pour empêcher lord Fotheringham de lui faire la cour ? Elle n'avait jamais eu l'intention de lui accorder sa main, mais…

Travers n'aurait pas été un meilleur choix. J'espère que tu n'as pas été obligé de lui graisser la patte pour qu'il la laisse tranquille, mais si c'est le cas, sache que je te rembourserai.

Quoi ? Payer un soupirant pour qu'il la « laisse tranquille » ? Cela n'avait aucun sens !

Je te suis reconnaissant d'avoir veillé sur elle. Je sais que c'était beaucoup te demander et que je ne t'ai pas vraiment laissé le choix en t'adressant cette requête la veille de mon départ précipité. Je prendrai le relais à mon retour et tu seras libre de quitter Londres. Je sais combien tu détestes la ville.

C'est par ces mots que Daniel terminait sa lettre. En libérant Marcus de ce qu'il fallait apparemment considérer comme un fardeau, à savoir, elle.

Honoria posa les feuilles sur la table de chevet en veillant à les remettre dans leur position initiale.

Ainsi Daniel avait demandé à Marcus de la surveiller ? Pourquoi Marcus ne lui en avait-il rien dit ? Et fallait-il qu'elle soit stupide pour ne s'être aperçue de rien. A posteriori, c'était tellement évident. Combien de fois l'avait-elle surpris en train de l'observer d'un air renfrogné ? Ce n'était pas qu'il désapprouvait sa conduite en société, c'était juste qu'il était furieux d'être coincé à Londres afin de s'assurer qu'elle ne tombait pas sous la coupe d'un coureur de dot.

Tous ces prétendants qui avaient disparu du jour au lendemain sans un mot d'explication... C'était à cause de lui. Il avait estimé qu'ils ne répondaient pas aux bons critères et, dès qu'elle avait eu le dos tourné, il les avait sommés de déguerpir.

Elle aurait dû être en colère.

Elle l'était, mais pas parce qu'il s'était mêlé de ses affaires.

Elle pensait à ce qu'il lui avait dit la veille : « Ce n'était pas Sarah que je regardais. »

Forcément, puisque c'était *elle* qu'il était censé regarder. Il n'avait pas le choix s'il voulait s'acquitter de sa mission.

Et maintenant, elle était amoureuse de lui.

Un rire horrifié lui échappa.

Elle devait quitter cette pièce. Sur-le-champ. Elle ne pouvait toutefois pas partir sans lui écrire un mot. Qu'elle ne le fasse pas lui paraîtrait bizarre et il se douterait de quelque chose.

Elle finit par dénicher du papier à lettres et une plume. Elle griffonna quelques phrases d'adieu parfaitement banales.

Puis elle s'en alla.

17

*La semaine suivante, dans le salon de musique
récemment aéré de Winstead House, Londres*

— Cette année, nous rendons hommage à Mozart !
annonça Capucine Smythe-Smith.

Elle brandit son violon neuf avec un tel enthousiasme que ses boucles blondes virevoltèrent autour
de son visage.

— N'est-il pas splendide ? C'est un Ruggieri. Père
me l'a offert pour mon seizième anniversaire.

— Il est magnifique, convint Honoria. Mais nous
avons déjà joué du Mozart l'année dernière.

— Nous jouons Mozart tous les ans, soupira Sarah
derrière son piano.

— Mais je n'étais pas là l'année dernière, plaida
Capucine avec un regard irrité à l'adresse de Sarah.
Et ce n'est que ta deuxième participation au quatuor,
tu ne peux donc pas te plaindre que tu joues Mozart
tous les ans.

— Il n'est pas impossible que je te tue avant la fin
de la saison, annonça Sarah, du ton qu'elle aurait
utilisé pour proposer un verre de citronnade.

Capucine lui tira la langue.

— Qu'en penses-tu, Iris ? s'enquit Honoria en pivotant vers sa cousine, assise derrière son violoncelle.

— Cela m'est égal, rétorqua Iris d'un air morose.

Honoria soupira.

— Nous ne pouvons pas jouer le même répertoire que l'an passé.

— Je ne vois pas pourquoi, rétorqua Sarah. Vu la qualité de l'interprétation, personne ne s'en apercevra.

Les épaules d'Iris se voûtèrent.

— Ce sera imprimé dans le programme, objecta Honoria.

— Tu crois vraiment que les invités gardent leur programme d'une année sur l'autre ?

— Ma mère le fait, déclara Capucine.

— La mienne aussi, avoua Sarah. Pour autant, elle ne s'amuse pas à le sortir de son tiroir pour le comparer au suivant.

— Ma mère le fait, insista Capucine.

— Oh, Seigneur ! gémit Iris.

— Mozart n'a pas composé qu'une seule œuvre, s'entêta Capucine. Nous avons le choix. Je suggère *La Petite Musique de nuit*. C'est mon morceau préféré. Il est si gai.

— Il n'y a pas de partition pour piano.

— Cela ne me dérange pas, assura Sarah, qui se levait déjà.

— Je te préviens, si on m'oblige à jouer, tu joueras aussi, siffla Iris d'un air mauvais.

Sarah retomba sur son tabouret.

— Je n'imaginais pas que tu puisses avoir un air aussi venimeux, Iris.

— C'est parce qu'elle n'a pas de cils, expliqua Capucine.

— Je te hais, lui lança Iris avec le plus grand calme.

— Capucine, c'est affreux de dire une chose pareille, intervint Honoria, la mine sévère.

Il est vrai qu'Iris avait la peau très claire et des cheveux blond-roux, si bien que ses cils et ses sourcils paraissaient presque incolores. Ce qui ne l'empêchait pas d'être ravissante, d'une beauté presque éthérée.

— Tu dis n'importe quoi, Capucine, gloussa Sarah. Iris serait morte si elle n'avait pas de cils. Ou du moins aveugle. Les cils empêchent les particules de poussière de tomber dans les yeux.

— Quelqu'un peut-il me dire pourquoi nous sommes en train de parler des cils d'Iris ? s'exclama Honoria, consternée.

— Sarah a demandé pourquoi elle avait l'air venimeux, alors j'ai répondu...

— Je sais, Capucine, merci ! C'était une question toute rhétorique.

— Il n'empêche que la réponse est tout à fait valable, rétorqua Capucine avec dédain.

— Iris, tu as quelque chose d'autre à nous proposer ? s'enquit Honoria.

— Un morceau sans violoncelle.

— Si on m'oblige à jouer, tu joueras aussi, déclara Sarah avec un sourire fielleux.

— Tu ne peux pas comprendre ! rétorqua Iris avec toute la colère de l'artiste incomprise.

— Détrompe-toi. J'étais là l'an passé, rappelle-toi.

— Pourquoi vous vous lamentez toutes ? s'impatienta Capucine. Moi, j'ai hâte de monter sur scène. Cela fait une éternité que j'attends cela.

— Et moi, que je le redoute, maugréa Iris.

— Et dire que vous êtes sœurs, soupira Sarah. Je m'en étonne chaque jour.

— Moi aussi, avoua Iris.

— Il faut un morceau pour quatre instruments dont le piano, cela ne laisse donc pas beaucoup de choix, remarqua Honoria.

Un silence indifférent accueillit son commentaire. Elle s'efforça de réprimer son agacement. De toute évidence, elle allait devoir prendre les choses en main sous peine de voir le quatuor sombrer dans l'anarchie. Les membres de la famille Smythe-Smith étaient notoirement indisciplinés.

— Il n'y a que le quatuor n° 1 et le quatuor n° 2 de Mozart qui correspondent à nos critères, reprit-elle patiemment. Quelqu'un a-t-il un avis sur la question ?

— Peu importe. Choisissons celui que nous n'avons pas joué l'année dernière, dit Sarah, qui laissa retomber sa tête sur le clavier.

— Oh, j'aime cet accord ! s'exclama Capucine.

— On dirait le bruit d'un poisson qui vomit, marmotta Sarah.

— Charmante métaphore, soupira Honoria.

— Les poissons ne vomissent pas. En tout cas, cela ne fait sûrement pas ce bruit-là, assura Capucine.

Sarah se redressa brusquement.

— Et si nous nous rebellions ? Refusons de monter sur scène ! Organisons une mutinerie !

— Ce serait possible ? demanda Iris d'un ton plein d'espoir.

— Pas question ! cria Capucine.

— Voyons, nous ne pouvons pas faire cela, objecta Honoria.

— Je ne comprends pas que tu prennes à cœur cette mascarade, s'étonna Sarah.

— C'est une tradition.

— Une tradition horrible, dont il me faudra six mois pour me remettre.

— Moi, je ne m'en remettrai jamais, prédit Iris d'un ton lugubre.

Capucine semblait prête à trépigner. Elle l'aurait sans doute fait si Honoria ne lui avait adressé un regard menaçant. Pensant à Marcus, elle fit remarquer :

— Nous avons la chance d'appartenir à une famille qui respecte les traditions. Certaines personnes sont seules au monde !

— Hein ? Mais de quoi parles-tu ? grommela Sarah.

Honoria les regarda à tour de rôle, consciente que sa voix avait grimpé dans les aigus.

— Pour moi aussi, ce concert est une épreuve, enchaîna-t-elle. Cela dit, j'adore répéter avec vous. Vous vous rendez compte à quel point c'est merveilleux d'être ensemble ?

— Moi aussi, j'aime bien être avec vous, mais on ne pourrait pas plutôt jouer aux cartes ? suggéra Iris.

— Nous sommes des Smythe-Smith, et les Smythe-Smith jouent de la musique. Toi aussi, Sarah. Tu ne portes peut-être pas ce nom, mais c'était celui de ta mère et c'est cela qui compte. Alors mesdemoiselles, nous allons lever bien haut nos instruments et jouer Mozart. Avec le sourire, en prime !

— Je ne comprends rien à ce que vous racontez, les informa Capucine.

— Je jouerai, maugréa Sarah. Mais je ne te promets pas de sourire. Et pas question que je lève mon piano.

— Je peux t'aider si tu veux, proposa Iris, l'œil espiègle.

— À lever mon piano ?

— Oui. La fenêtre n'est pas très loin...

— Ah, je t'adore, Iris !

Pendant que Sarah et Iris complotaient pour détruire le piano neuf de lady Winstead, Honoria s'efforça de réfléchir au choix du morceau.

— Nous avons interprété le quatuor n° 2 l'année dernière, toutefois j'hésite à choisir le n° 1...

— Pourquoi ? voulut savoir Capucine, qui était la seule à l'écouter.

— Il est particulièrement difficile.

— Y a-t-il un quatuor n° 3 ?

— Hélas, non.

— Alors prenons le n° 1. *À vaincre sans péril on triomphe sans gloire*[1].

— Certes, mais *qui va piano va sano*.

— Qui a dit cela ?

— Moi ! s'énerva Honoria. Je vois mal comment nous pourrions apprendre un morceau si ardu quand bien même nous aurions trois fois plus de temps pour répéter.

— Pourquoi veux-tu l'apprendre ? Nous aurons la partition sous les yeux.

Honoria reporta un regard affligé sur sa jeune cousine. Celle-ci poursuivit :

— Personnellement, je vote pour le quatuor n° 1. Si nous jouons la même chose que l'année dernière, ce sera gênant.

Il n'y aurait pas moyen d'éviter la gêne, quel que soit le morceau choisi, mais Honoria n'eut pas le

---

1. *Le Cid*, Corneille. *(N.d.T.)*

courage de le lui dire en face. D'un autre côté, il y avait de grandes chances pour que le public ne parvienne pas à identifier le morceau. Alors, quitte à défigurer une œuvre, pourquoi ne pas choisir la plus difficile ?

— Au fond, pourquoi pas ? D'accord pour le n° 1, acquiesça Honoria.

Sarah allait hurler. La partie piano était particulièrement complexe. Mais tant pis pour elle, qui n'avait même pas daigné s'intéresser à la discussion.

— Sage décision, décréta Capucine d'un ton docte, avant de se tourner vers les deux autres pour clamer : Nous jouerons le quatuor n° 1 !

Honoria pivota à son tour et s'aperçut que Sarah et Iris étaient bel et bien en train de pousser le piano en direction de la fenêtre.

— Qu'est-ce que vous faites ? s'écria-t-elle, horrifiée.

Les deux cousines éclatèrent de rire.

— Ce n'est pas drôle, grommela Honoria, gagnée malgré elle par l'hilarité.

Il fallait bien que quelqu'un prenne les commandes. Si elle ne le faisait pas, Capucine s'en chargerait. Que Dieu les en préserve.

— Ne t'inquiète pas, nous n'allons pas vraiment défenestrer le piano.

— Nous allons jouer le quatuor n° 1 de Mozart, répéta Capucine.

— C'est une plaisanterie ? s'écria Iris en pâlissant.

— Si tu avais d'autres propositions, tu n'avais qu'à participer au débat, rétorqua Honoria, qui commençait à en avoir assez.

— Mais c'est affreusement difficile !

— C'est justement pour cela qu'il nous plaît, dit Capucine.

Iris ignora sa sœur.

— Honoria, ce n'est pas possible. Tu l'as déjà écouté ?

— Une fois. Je ne m'en souviens pas bien, c'est vrai, mais...

— C'est impossible, je t'assure !

Honoria n'était pas charitable au point de ne pas être secrètement amusée par l'expression affolée d'Iris, qui n'avait cessé de gémir tout l'après-midi.

— Nous allons nous couvrir de ridicule, gémit cette dernière.

— Je ne vois pas pourquoi, objecta Capucine, toujours aussi sûre d'elle.

— Oui, nous ne serons pas plus ridicules que d'habitude, renchérit Sarah.

— Ah, tu as enfin décidé de participer à la conversation ? ironisa Honoria.

— Ne sois pas sarcastique, s'il te plaît.

— Où étiez-vous toutes les deux quand il a fallu prendre une décision ?

— Elles déplaçaient le piano, rappela Capucine.

— Capucine ! s'écrièrent les trois autres d'une même voix.

— Quoi ? Qu'est-ce que j'ai dit ?

— Arrête de tout prendre au pied de la lettre, aboya Iris.

Capucine se renfrogna et se mit à feuilleter ostensiblement la partition.

— J'essaie de remonter le moral des troupes, reprit Honoria, les poings sur les hanches. La date du concert approche et nous devons répéter. Plaignez-vous tant que vous voudrez, il n'y a pas d'échappatoire. Alors ce serait gentil de ne pas me compliquer les choses.

Le silence retomba.

— Il serait peut-être temps de faire une petite pause ? suggéra finalement Sarah.

— Nous n'avons même pas commencé, soupira Honoria.

— Je sais. Il n'empêche que nous avons besoin d'une pause.

Honoria sentit l'épuisement la gagner. Sarah avait raison. Un répit serait le bienvenu. Même si elles n'avaient pas avancé d'un pouce.

— Et je meurs de soif, ajouta Sarah.

— C'est à force de te plaindre. Cela t'a desséché la gorge.

— Sûrement. Tu n'aurais pas un peu de citronnade à nous offrir, chère cousine ?

— Je ne sais pas, répondit Honoria dans un soupir. Je peux me renseigner.

Après tout, elle non plus n'aurait pas dit non à un rafraîchissement. D'autant qu'elle redoutait la répétition à venir. Elle alla donc sonner un domestique. Elle venait à peine de se rasseoir que Poole, le majordome qui officiait depuis plusieurs décennies à Winstead House, apparaissait sur le seuil.

— Quelle rapidité, observa Sarah.

— Lady Honoria, vous avez de la visite.

Le cœur de Honoria se mit à battre la chamade. *Marcus ?*

Elle se ressaisit. Non, c'était impossible. Marcus était cloîtré à Fensmore sur ordre du Dr Winters.

Pool s'avança, un plateau d'argent à la main. Honoria s'empara de la carte de visite.

Le comte de Chatteris

Son cœur repartit au galop. Seigneur, c'était bel et bien Marcus. Que diable faisait-il à Londres ? Elle en oublia sa rancœur – ou son dépit, ou son embarras, elle ne savait plus très bien ce qu'elle avait ressenti à la lecture de la lettre de Daniel. La colère balaya toutes ces émotions confuses. Comment Marcus osait-il mettre sa santé en danger ? Elle n'avait pas fait tous ces efforts à son chevet, bravé la chaleur, le sang et son délire, pour le voir s'effondrer à Londres. Tout cela parce qu'il était trop bête pour suivre les consignes du médecin.

— Dites-lui que j'arrive tout de suite, dit-elle au majordome, d'un ton sec qui lui valut un regard inter-loqué de ses cousines.

— Qu'y a-t-il, Honoria ?

— Marcus ne devrait pas être ici. Attendez-moi ici. Je n'en ai pas pour longtemps.

Honoria quitta le salon de musique, non sans remarquer le regard narquois que lui lançait Sarah. Elle n'avait pas raconté grand-chose à sa cousine de son récent séjour à Fensmore. Elle s'était bornée à lui dire que Marcus était tombé malade et que sa mère et elle l'avaient soigné. Mais Sarah n'était pas née de la dernière pluie. Elle allait se montrer d'autant plus curieuse que l'agacement de Honoria en découvrant la carte de visite du comte ne lui avait pas échappé.

Honoria gagna le salon au pas de charge. Marcus était totalement irresponsable ! Les instructions du Dr Winters étaient pourtant on ne peut plus claires. Il était censé garder le lit au moins une semaine, puis rester tranquillement à la campagne pendant encore huit jours, quinze si possible. Il n'aurait jamais dû venir à Londres.

— Bonté divine ! s'écria-t-elle en faisant irruption dans le salon. Peux-tu m'expliquer ce que tu...

Elle se figea, coupée dans son élan à la vue de Marcus, debout devant la cheminée, et manifestement en pleine forme.

Il lui sourit et son cœur – ce traître ! – fondit.

— Moi aussi, je suis content de te revoir, Honoria.

— Tu es... tu as l'air... complètement remis, balbutia-t-elle, aussi stupéfaite que soulagée.

Il avait bonne mine. Ses cernes avaient disparu et il avait repris du poids.

— Le Dr Winters m'a autorisé à voyager. Il n'a jamais vu personne récupérer d'une fièvre aussi vite, m'a-t-il dit.

— C'est grâce à la tarte aux framboises.

— Sûrement, acquiesça-t-il, une lueur complice dans le regard.

— Qu'est-ce qui t'amène à Londres ?

Elle se retint d'ajouter : « Je croyais que le retour imminent de mon frère t'avait libéré de tes obligations à mon endroit ? »

Bon, peut-être n'avait-elle pas entièrement digéré son amertume.

Sa colère en revanche s'était évaporée. À quoi bon l'accabler de reproches ? Marcus s'était contenté de faire ce que Daniel lui avait demandé. Et en écartant des soupirants indésirables, il n'avait certes pas mis fin à une romance naissante.

Elle n'en était pas moins mortifiée. Était-elle la seule à ne pas s'être aperçue que Marcus se mêlait de sa vie privée ? Si on le lui avait dit, elle aurait sûrement fait une scène, mais cela n'aurait pas duré. Et par la suite, elle n'aurait pas commis cette méprise à Fensmore. Elle ne se serait pas imaginé que ses sentiments pour elle avaient changé. Et elle ne serait pas tombée amoureuse de lui.

Il n'était pas question qu'il l'apprenne, bien sûr. Elle allait se comporter normalement et faire comme si elle ignorait tout de sa petite machination.

Arborant son plus joli sourire, elle reprit :

— Je croyais que tu détestais la saison ?

— Je ne voulais pas rater le récital.

— Là, je sais que tu mens !

— Non, je t'assure. Maintenant que je sais que tu es lucide sur votre talent, cela lui donne une nouvelle dimension.

— Oh, je t'en prie ! Tu auras beau penser que tu ris avec moi et non de moi, tu n'échapperas pas à l'épreuve.

— J'envisage de mettre de discrètes boules de coton dans mes oreilles.

— Si ma mère s'en aperçoit, elle sera mortellement blessée. Quand je pense qu'elle vient de te sauver la vie.

Reprenant son sérieux, il demanda :

— Elle te croit vraiment douée pour le violon ?

— Elle nous croit toutes douées. Et je suis sûre qu'elle est triste à l'idée que je serai sa dernière fille à participer au quatuor. Une nouvelle génération va bientôt reprendre le flambeau. J'ai déjà des nièces qui apprennent le violon et passent des heures, leurs petits doigts crispés sur leurs petits instruments.

— Si petits que cela ? dit-il.

— Non, c'est juste que je trouve l'image charmante.

Marcus rit tout bas, puis le silence retomba. Curieusement, Honoria ne trouva rien à dire pour relancer la conversation. Tous deux semblaient presque gênés, ce qui était très inhabituel.

— Cela te dirait de faire une promenade ? demanda-t-il soudain. Il fait beau.

— Merci, mais non, répondit-elle d'un ton plus sec qu'elle ne l'aurait voulu. Il faut que je répète, tu comprends.

Une ombre passa brièvement dans le regard de Marcus.

— Très bien, dit-il avec raideur.

Elle eut un pincement au cœur. Elle n'avait pas voulu le blesser. Ou peut-être que si, mais maintenant elle se sentait coupable.

— Mes cousines m'attendent, reprit-elle d'un ton radouci. Tu as intérêt à te trouver une occupation le plus loin possible de Mayfair. Capucine ne maîtrise pas le *pianissimo*.

Comme il la regardait sans comprendre, elle traduisit :

— Elle joue très fort.

— Et pas les autres ?

— Si. Tu imagines le vacarme.

— Es-tu en train de me conseiller de choisir un siège au fond de la salle, le jour du récital ?

— Plutôt dans la pièce d'à côté. Ou carrément chez le voisin.

Il s'esclaffa.

— Dans tous les cas de figure, n'espère pas que tes tympans seront épargnés. Les fausses notes de Capucine sont létales. Tu aurais dû y penser avant d'écourter ta convalescence !

— C'est ce que je commence à me dire.

— Bon, il faut que j'y retourne, dit-elle d'un ton affairé, comme si elle avait bien d'autres soucis en tête que de lui faire la conversation.

— Oui, bien sûr.

— Eh bien... au revoir.

— Au revoir.

— C'est gentil d'être passé.

— Transmets mes salutations à ta mère.

— Entendu. Elle sera ravie d'apprendre que tu vas mieux.

Il hocha la tête, mais demeura immobile.

— Je dois te laisser, dit-elle finalement. À bientôt.

Et elle se décida enfin à quitter la pièce. Sans un regard en arrière.

Ce qui était vraiment un exploit.

18

La vérité, pensait Marcus, assis à son bureau dans sa résidence londonienne, c'est qu'il ne savait pas comment courtiser une jeune fille. Il savait fort bien les éviter et encore mieux éviter les mères envahissantes. Il savait aussi effrayer les coureurs de dot – surtout ceux qui tournaient autour de Honoria.

En revanche, conter fleurette à l'élue de son cœur, ce n'était pas dans ses cordes.

Devait-il lui offrir un bouquet ? Les jeunes filles aimaient les fleurs. Lui aussi les aimait. Qui n'aimait pas cela ?

Les yeux de Honoria étaient de la couleur des jacinthes, mais on ne faisait pas un bouquet avec ces fleurs-là. Et s'il lui en offrait en lui disant qu'elles lui évoquaient la couleur de ses yeux, il serait obligé de préciser qu'il parlait de la naissance des pétales. Ce qui serait ridicule.

Sans compter qu'il ne lui avait encore jamais offert de bouquet. Elle s'étonnerait, aurait vite des soupçons, et si elle ne partageait pas ses sentiments – et rien ne semblait indiquer que ce fût le cas –, il passerait pour un parfait imbécile.

Décidément, mieux valait éviter le bouquet.

Lady Bridgerton organisait une soirée d'anniversaire le lendemain. Honoria y assisterait certainement, même si elle n'en avait aucune envie, car il y aurait tout un assortiment de beaux partis. Dont Gregory Bridgerton. Qui était bien trop jeune pour elle, après mûre réflexion. De toute façon, s'il osait s'intéresser à elle, Marcus se faisait fort d'écarter cet impudent.

Le carton d'invitation était posé sur le bureau. À côté se trouvait le court message que Honoria lui avait laissé dans sa chambre la semaine passée. Le ton était bizarrement formel et ne laissait rien transparaître d'une vie sauvée, d'un baiser troublant et d'une tarte aux framboises partagée à la sauvette.

C'était le genre de mot qu'on écrivait à une hôtesse pour la remercier poliment après une partie de campagne. Pas à quelqu'un qu'on envisageait d'épouser.

Car il avait bien l'intention de l'épouser. Dès que ce fichu Daniel aurait mis le pied à Londres, Marcus irait lui demander la main de sa sœur.

En attendant il devait la courtiser. Et il était bien embêté.

Il soupira. Certains hommes savaient d'instinct comment parler aux femmes. Il aurait bien aimé appartenir à cette catégorie. Hélas, ce n'était pas le cas. Il ne savait parler qu'à Honoria. Et encore, depuis quelque temps il avait tendance à se montrer emprunté.

C'est ainsi que le lendemain soir il se retrouva dans le lieu qu'il détestait le plus au monde : une salle de bal.

Comme d'habitude, il se réfugia à l'écart de la piste de danse, dos au mur, là où il pouvait observer la foule et feindre de s'ennuyer.

Encore avait-il de la chance d'être un homme, car les jeunes filles assises à sa gauche qui « faisaient tapisserie » s'attiraient des regards de pitié, alors que lui passait juste pour un ours.

Une foule élégante se pressait à la fête de lady Bridgerton – qui était une hôtesse très populaire –, si bien que Marcus n'avait pas encore repéré Honoria. Comment pouvait-on prétendre s'amuser quand il faisait aussi chaud et qu'on était sans cesse bousculé ? Cela dépassait l'entendement.

Il jeta un regard furtif à la jeune femme assise à deux pas. Bien que son visage lui était familier, il n'arrivait pas à se rappeler son nom. Elle devait être presque aussi âgée que lui et il l'entendit pousser un long soupir las. Il ne put s'empêcher de compatir. Elle aussi regardait au loin pour se donner une contenance.

Devait-il la saluer, lui demander si elle connaissait Honoria ?

Alors qu'il se tournait vers elle, elle se leva brusquement et il l'entendit marmonner :

— Oh, et puis, zut ! Je vais chercher un gâteau.

Il la regarda se frayer un chemin parmi les invités. Après tout, elle avait raison. S'il devait subir ce calvaire pour les beaux yeux de Honoria, autant le faire en dégustant un éclair au chocolat ou un chou à la crème.

Il lui emboîta le pas.

Il avança d'un pas assuré, tête haute ; une technique qu'il maîtrisait depuis longtemps et qui lui permettait d'éviter les bavards intempestifs.

Soudain il reçut un coup dans la jambe.

— Aïe !

— Oh, ne jouez pas les mauviettes, Chatteris ! Je vous ai à peine touché, fit une voix féminine agacée.

Il retint un soupir. Il connaissait cette voix et savait déjà que la fuite n'était pas une option. Un sourire crispé aux lèvres, il pivota vers lady Danbury, sa grand-tante maternelle, qui avait pour passe-temps de terroriser ses pairs – sans doute depuis l'époque de Cromwell si l'on se fiait à ses rides.

Il s'inclina avec galanterie.

— J'ai reçu votre canne dans le mollet, milady.

— Et alors ? Il n'y a pas de quoi hurler.

— J'ai été blessé récemment.

— Une chute de cheval ?

— Non, je…

— Vous avez dégringolé dans l'escalier ? À moins que ce ne soit une histoire de femme ? persifla-t-elle, l'air entendu.

Lady Danbury se plaisait à dire que la vieillesse permettait de dire n'importe quoi en toute impunité et qu'elle ne voyait pas pourquoi elle s'en priverait.

— En fait, j'ai été poignardé par mon valet, déclara Marcus pour lui clouer le bec.

Il eut la satisfaction de la voir se pétrifier de stupeur. Puis elle eut un rire bref qui ressemblait à un aboiement.

— Racontez-moi cela, Chatteris !

— Ma foi, il n'y a pas grand-chose d'autre à dire. J'ai reçu un coup de ciseaux. Si nous n'étions pas dans une salle de bal, je vous montrerais ma cicatrice.

— Elle est donc si vilaine ? demanda-t-elle, les yeux brillants d'une curiosité macabre.

— Une vraie boucherie.

— Et où est votre valet à présent ?

— À Chatteris House, sans doute en train de siroter mon meilleur cognac.

Lady Danbury éclata de son rire saccadé avant de déclarer :

— Vous êtes drôle, Chatteris. Je vous ai toujours trouvé amusant. C'est pour cela que vous êtes mon deuxième neveu préféré. Savez-vous que la plupart des gens vous trouvent triste comme la pluie ?

— J'apprécie votre franchise, milady.

— Vous êtes mon petit-neveu, je ne vais pas prendre des gants avec vous.

— Surtout que vous ne ménagez pas plus les parfaits étrangers.

— C'est vrai. Je voulais juste dire que vous n'avez pas souvent l'air de bonne humeur. Ce soir toutefois vous me semblez presque guilleret et j'applaudis.

— Personne ne le sait, mais en réalité je suis un joyeux drille. J'ai beaucoup d'humour.

— C'est exactement ce que je viens de dire, jeune homme.

Marcus songea à Honoria. Il savait la faire rire et son rire était le son le plus enchanteur qu'il connaisse.

Lady Danbury donna un coup de canne sur le parquet ciré.

— Trêve de balivernes. Dites-moi ce que vous faites ici.

— J'ai reçu un carton d'invitation.

— Sornettes. Vous détestez les réceptions.

Il haussa les épaules, cherchant furtivement du regard le buffet aux pâtisseries.

— C'est cette Smythe-Smith aux yeux bleus que vous cherchez ?

Marcus tressaillit et reporta son attention sur la vieille dame.

— Ne vous inquiétez pas, je ne vais pas le clamer sur les toits. Il s'agit de celle qui joue du violon, n'est-ce pas ? Bonté divine, mon pauvre garçon, vous allez finir sourd.

Il ouvrit la bouche, prêt à prendre la défense de Honoria et à expliquer qu'elle-même considérait le récital comme une bonne plaisanterie, lorsqu'il s'avisa qu'au contraire elle prenait cette tradition très au sérieux. Bien que lucide sur ses talents de musicienne, elle se forçait à monter sur scène par respect pour sa famille.

Elle jouait le jeu et feignait de se prendre pour une virtuose, quitte à passer pour une idiote.

C'était une immense preuve de courage.

Et d'amour.

Honoria avait un grand cœur.

Que n'aurait-il donné pour le capturer.

La voix de lady Danbury l'arracha à ses pensées.

— Vous avez toujours été très proche de cette famille, n'est-ce pas ?

— En effet. Son frère Daniel était un camarade d'école.

— Ah, Daniel ! Quelle pitié, vraiment. Personnellement j'ai toujours considéré Ramsgate comme un sombre abruti.

Il ne put s'empêcher de tiquer en l'entendant employer un tel langage.

— Vous voyez, je continue d'être franche.

— Je vois, oui.

— Oh, regardez, la voici !

Marcus suivit la direction du regard de lady Danbury et aperçut Honoria. Elle bavardait avec deux autres jeunes filles qu'à cette distance il ne parvint pas à identifier. Elle ne l'avait pas encore vu et il en profita pour la contempler. Ce soir, elle avait soigné sa coiffure. Il n'aurait su dire avec précision ce qui avait changé – de telles subtilités lui échappaient totalement –, quoi qu'il en soit le résultat était fort seyant. Il la trouvait… charmante, tout simplement. Il y avait certainement mille manières plus poétiques de la décrire, mais parfois, c'étaient les mots les plus banals qui traduisaient le mieux la pensée.

Elle était charmante. Et il brûlait de désir pour elle.

— Vous êtes amoureux, gloussa lady Danbury.

— Je… je vous demande pardon ?

— C'est écrit sur votre figure, mon ami. Ma foi, vous auriez pu choisir bien pire. Eh bien, qu'attendez-vous ? Allez l'inviter à danser, espèce de nigaud ! Allez, allez, intima-t-elle encore en brandissant sa canne en direction de Honoria. Ne vous occupez pas de moi, je vais trouver un autre benêt à tourmenter. Non, inutile de protester, vous êtes un benêt. Je le dis comme je le pense.

— Et comme je suis votre petit-neveu, il n'y a aucune raison de m'épargner.

— Mon petit-neveu préféré, précisa-t-elle avec un gloussement.

— Je croyais que j'arrivais deuxième dans votre classement ?

— Si vous parvenez à casser son violon, vous vous hisserez en tête de liste.

Marcus ne put s'empêcher de rire à son tour.

— Que voulez-vous, soupira-t-elle, à mon âge je devrais être sourde depuis longtemps. Hélas, j'entends parfaitement !

— La plupart s'en féliciteraient.

— Sauf le soir du récital Smythe-Smith.

— Pourquoi y assistez-vous ? Vous n'êtes pas une proche de la famille. Personne ne vous reprocherait de décliner l'invitation.

Elle hésita et, l'espace d'un instant, son regard perçant s'adoucit.

— Je ne sais pas. Il faut bien saluer ces petits efforts.

Marcus sourit.

— Finalement, vous avez le cœur plus tendre que vous ne voulez le laisser croire, milady.

— Hum. Ne le dites à personne surtout, grommela-t-elle, avant de lui donner un petit coup de canne. Et maintenant, filez !

Il s'inclina, avec tout le respect dû à une grand-tante terrifiante, puis se dirigea vers Honoria.

Elle portait une toilette bleu ciel vaporeuse, qu'il aurait été bien en peine de décrire, mais qui lui dénudait les épaules. Ce qu'il ne pouvait qu'approuver.

— Lady Honoria, la salua-t-il avec la courtoisie qu'exigeait une réception mondaine.

Son regard lavande s'illumina à sa vue.

— Lord Chatteris, quel plaisir, répondit-elle en s'inclinant cérémonieusement.

Voilà pourquoi il détestait les bals. Elle le tutoyait et l'appelait par son prénom depuis l'enfance, mais dans cette salle, tout à coup, il redevenait lord Chatteris.

— Vous vous rappelez Mlle Royle, bien sûr. Et ma cousine, lady Sarah, enchaîna-t-elle en désignant ses compagnes.

Il salua ces dernières.

— Quelle surprise de vous voir ici, ajouta Honoria.

— Pourquoi donc ?

Elle s'empourpra légèrement.

— Je ne sais pas, je pensais… Enfin non, ce n'est rien.

Marcus ne comprenait pas son trouble. Ne pouvant l'interroger en public, il dit la première chose qui lui passa par la tête :

— Il y a beaucoup de monde ce soir, n'est-ce pas ?

Les trois jeunes filles répondirent d'une même voix :

— En effet.

Le silence retomba. Au bout de quelques secondes, Honoria demanda :

— Avez-vous reçu des nouvelles de mon frère ?

— Non. J'espère qu'il est déjà en route pour l'Angleterre.

— Ainsi vous ignorez quand il sera là ?

— Oui.

Cela lui semblait évident.

Elle esquissa un sourire, le genre de sourire qu'on adresse à quelqu'un quand on n'a plus rien à dire. Vraiment elle se comportait bizarrement.

Au bout d'un moment, comme personne ne relançait la conversation, elle reprit :

— Tout le monde attend son retour avec impatience. Vous le premier, j'imagine.

Le ton insinuait quelque chose, mais du diable s'il savait quoi. Effectivement, il avait hâte que Daniel rentre afin de lui demander la main de Honoria, sauf qu'elle n'avait aucun moyen de le savoir et que ce n'était sûrement pas ce qu'elle avait voulu dire.

— Certes, j'ai hâte de le revoir, acquiesça-t-il.

— Comme nous tous, intervint Mlle Royle.

— Oh, oui ! renchérit lady Sarah.

Il y eut encore un long silence. Marcus toussota, puis :

— J'espère que vous m'accorderez une danse, lady
Honoria.

— Bien sûr.

Était-elle contente ? Apparemment. Toutefois, ce
soir, il n'était sûr de rien tant l'attitude de Honoria
le déroutait.

Il se rendit soudain compte que les deux autres
jeunes filles le dévisageaient avec des yeux ronds.
Finalement, il comprit ce qu'on attendait de lui.

— J'espère que vous m'accorderez *toutes* une
danse.

Les carnets de bal jaillirent aussitôt des réticules.
Mlle Royle lui attribua un menuet, lady Sarah un
quadrille. À Honoria, il réclama une valse. Les commères pourraient bien dire ce qu'elles voudraient. Du
reste, ce ne serait pas la première fois qu'ils valsaient
ensemble.

Ces détails réglés, le silence retomba une fois
de plus.

Au bout d'un moment pénible, la cousine de
Honoria murmura :

— Je crois que le bal va commencer.

Il était donc temps de se préparer pour le menuet.
Mlle Royle lui adressa un sourire radieux et, un peu
tard, il se rappela que sa mère avait pour elle de
hautes ambitions.

Honoria lui adressa un regard qui signifiait clairement : « Prends garde à toi. »

Et la seule pensée qui lui vint fut : « Sapristi, je
n'ai même pas pu goûter à ces fichus gâteaux ! »

— Tu lui plais, affirma Sarah, à peine Marcus et
Cecily se furent-ils éloignés.

— Pardon ?

Honoria s'obligea à détourner le regard de la haute silhouette de Marcus qui se fondait dans la foule des danseurs.

— Tu lui plais, répéta Sarah. Il t'aime bien.

— Évidemment. Nous sommes amis de longue date.

Ce n'était pas tout à fait vrai. Ils se connaissaient depuis l'enfance, mais ils étaient devenus amis depuis peu, somme toute.

— Non. Je te dis que tu lui *plais*.

— Quoi ? Oh, non ! Non, non ! Tu te trompes.

Le cœur de Honoria s'était mis à palpiter.

Sarah secoua lentement la tête, l'air songeur.

— Cecily a déjà eu des soupçons quand tu t'es précipitée à Fensmore pour t'assurer qu'il allait bien. Sur le moment j'ai cru qu'elle se montait la tête.

— Et tu avais raison.

— Tu n'as pas vu la façon dont il te dévisageait ?

— Il ne me dévisageait pas, répliqua Honoria.

— Oh que si ! Et à propos, au cas où tu t'inquiéterais, sache que je ne suis pas intéressée. Tu te souviens, quand nous étions chez les Royle, je m'étais demandé s'il ne pourrait pas tomber amoureux de moi en quinze jours ?

— Euh... oui, en effet. J'avais oublié.

Honoria en avait des aigreurs d'estomac à la pensée que Marcus puisse tomber amoureux d'une autre.

— C'est juste que j'étais désespérée.

Sarah balaya la foule du regard et, songeuse, murmura :

— Je me demande combien parmi les messieurs ici présents seraient d'accord pour m'épouser avant mercredi prochain.

— Sarah !

— Je plaisante. Sapristi, tu devrais le savoir, depuis le temps qu'on se connaît. Tiens, voilà qu'il te regarde de nouveau.

Honoria sursauta.

— Quoi ? Non, ce n'est pas possible. Il danse avec Cecily.

— Il danse avec Cecily en *te* regardant, rétorqua Sarah avec une satisfaction manifeste.

Honoria retint un soupir. Elle aurait aimé en déduire que Marcus nourrissait de tendres sentiments pour elle, mais depuis qu'elle avait lu la lettre de Daniel, elle ne se faisait plus d'illusions.

— Ce n'est pas parce que je lui plais qu'il me regarde, lâcha-t-elle.

— Pour quelle raison, dans ce cas ?

Honoria vérifia que personne ne les écoutait.

— Peux-tu garder un secret ?

— Bien sûr.

— Daniel lui a demandé de me surveiller en son absence.

— Je ne vois pas en quoi c'est un secret.

— Ce n'en est pas un, je suppose. Enfin, si. Parce que personne n'a jugé utile de me le dire.

— Alors comment le sais-tu ?

— Il se pourrait que j'aie lu un courrier qui ne m'était pas adressé, avoua Honoria en rougissant.

Sarah écarquilla les yeux.

— Vraiment ? Cela ne te ressemble pas du tout.

— Disons que c'était un moment de faiblesse.

— Tu le regrettes ?

— Non.

— Honoria Smythe-Smith, je suis fière de toi, déclara Sarah avec un grand sourire.

— Je te demanderais bien pourquoi, mais je ne
suis pas certaine de vouloir connaître la réponse.

— C'est sans doute la chose la plus inconvenante
que tu aies faite de toute ta vie.

— Ce n'est pas vrai.

— Ah bon ? Aurais-tu oublié de me dire que tu as
couru toute nue dans Hyde Park ?

— Sarah !

— Voyons, tout le monde a, un jour ou l'autre,
lu le courrier d'autrui. Bienvenue chez les humains,
ma chère.

— Je ne suis pas si vertueuse, protesta Honoria.

— Certes. Tu n'es pas non plus ce que j'appellerais
une dévergondée.

— Toi non plus.

— C'est vrai, soupira Sarah, l'air abattu tout à coup.

Elles retombèrent dans un silence pensif et un brin
mélancolique. Puis Honoria lança d'un ton léger :

— Ne me dis pas que tu projettes de courir nue
dans Hyde Park ?

— Sûrement pas sans toi.

Honoria s'esclaffa et glissa impulsivement le bras
autour des épaules de sa cousine pour l'étreindre.

— Tu sais que je t'aime ?

— Évidemment que je le sais.

Honoria attendit.

— Oh, et moi aussi, je t'aime, ajouta Sarah.

Honoria sourit. L'espace d'un instant, tout lui parut
parfait en ce monde. Ou du moins normal. Elle était
à Londres, elle assistait à un bal en compagnie de
sa cousine préférée. C'était dans l'ordre des choses,
tout simplement.

Elle laissa glisser son regard sur la foule. Le
menuet était vraiment une jolie danse, gracieuse et

agréable à regarder. C'était peut-être un effet de son imagination, mais il lui semblait que toutes les dames portaient les mêmes couleurs chatoyantes, bleu, vert et argent.

— On dirait presque une boîte à musique, murmura-t-elle.

— Oui, acquiesça Sarah, avant de gâcher la magie de l'instant en ajoutant : Je déteste le menuet.

— Vraiment ? Et pourquoi cela ?

— Je ne sais pas.

Honoria continua d'observer les danseurs. Combien de fois était-elle restée ainsi aux côtés de Sarah, à discuter sans même échanger un regard ? Elles se connaissaient si bien qu'elles n'en avaient nul besoin pour savoir ce que l'autre pensait.

Marcus et Cecily apparurent enfin dans son champ de vision parmi les couples de danseurs qui avançaient et reculaient en rythme. Marcus dansait vraiment bien pour un homme de son gabarit.

— Tu crois que Cecily va essayer de mettre le grappin sur Marcus ? chuchota-t-elle.

— Et toi ?

— Aucune idée.

— Cela t'ennuierait ?

Honoria hésita, ne sachant trop jusqu'à quel point elle voulait se confier.

— Je crois que oui, avoua-t-elle finalement.

— Peu importe, de toute façon il ne s'intéresse pas à elle.

— Pas plus qu'à moi.

Sarah se tourna et plongea son regard dans le sien.

— Patience, chantonna-t-elle. Patience...

Une heure plus tard, Honoria se trouvait près du buffet des desserts devant une assiette vide. Elle se félicitait d'avoir pu mettre la main sur le dernier éclair au chocolat quand Marcus vint réclamer la valse qu'elle lui avait promise.

— Tu as réussi à en avoir un ? demanda-t-elle.

— Un quoi ?

— Un éclair. Ils sont divins. Oh, désolée ! À ta tête, je devine que tu t'es réveillé trop tard.

— Cela fait une éternité que j'essaie d'approcher de ce buffet.

— Il en reste peut-être aux cuisines ? Quoique ce soit peu probable, admit-elle devant sa moue dubitative. Dommage. Cela dit, nous pouvons demander à lady Bridgerton où elle les a achetés. Ou si c'est son cuisinier qui les a faits, nous pouvons peut-être le débaucher ?

Ses airs de conspiratrice le firent sourire.

— Ou bien nous pouvons danser.

— Oui, nous pouvons danser, confirma-t-elle.

Elle posa la main sur son bras et se laissa entraîner vers le centre de la piste. Marcus avait déjà été son cavalier. Ils avaient même dansé la valse à une ou deux reprises. Cette fois, cependant, c'était différent. L'orchestre n'avait même pas commencé à jouer qu'elle avait l'impression que ses pieds glissaient sur le parquet.

Lorsque Marcus posa la main sur sa taille et qu'elle croisa son regard, une onde brûlante se répandit en elle.

Elle se sentait légère, étourdie, frémissante, avide de quelque chose qu'elle ne parvenait pas à définir, mais qu'elle désirait avec une intensité presque effrayante.

Sauf qu'elle n'avait pas peur. La main de Marcus sur sa taille la protégeait de tout. En dépit de cette étrange frénésie qui s'emparait de son corps, elle se sentait en sécurité. Sa chaleur corporelle se communiquait à elle, l'envahissait. Grisée, elle avait envie de se hisser sur la pointe des pieds et de s'envoler...

Puis d'un seul coup elle comprit. Elle avait envie de lui. Elle le *désirait*.

Elle ne s'étonnait plus que certaines filles perdent la tête au point de gâcher leur vie. On les traitait de dévergondées. Les gens chuchotaient qu'elles n'avaient pas de moralité, qu'elles avaient quitté le droit chemin. Honoria n'avait jamais vraiment compris. Pourquoi jeter son honneur aux orties pour une unique nuit de passion ?

À présent, elle savait. Et elle se sentait en grand danger de se perdre.

— Honoria ?

La voix de Marcus l'enveloppa telle une pluie d'étoiles. Il la regardait d'un air perplexe. Les notes de musique s'égrenaient, mais elle n'avait pas bougé d'un pouce.

Elle lui pressa la main et ils commencèrent à danser.

Son regard rivé au sien, elle se laissa entraîner au rythme de la valse tourbillonnante. La musique l'emportait, lui donnait des ailes. Pour la première fois de sa vie, elle comprenait ce que danser signifiait vraiment. *Un-deux-trois. Un-deux-trois.* Ses pieds glissaient, elle tournoyait en cadence et son cœur se gonflait d'allégresse.

Enfin l'orchestre se tut.

Ils s'écartèrent d'un pas. Marcus s'inclina et elle fit la révérence, un peu désorientée.

— Honoria ?

Il semblait inquiet, comme s'il craignait qu'elle ne s'évanouisse.

Elle avait valsé avec lui et se sentait métamorphosée. Elle qui était incapable de chanter juste ou de battre la mesure en rythme avait eu l'impression de danser au paradis et d'entendre chanter les anges. Mais de toute évidence, Marcus était à mille lieues d'éprouver la même chose.

Elle tenait à peine debout, et lui était... normal. Égal à lui-même. Ce bon vieux Marcus qui la considérait comme un fardeau. Un fardeau pour lequel il éprouvait de l'affection, mais un fardeau tout de même. Elle savait pourquoi il attendait avec impatience le retour de Daniel : pour pouvoir quitter Londres et regagner sa chère campagne.

Libre.

De nouveau, il répéta son prénom. Au prix d'un effort, elle s'arracha à sa transe.

— Marcus, pourquoi es-tu venu ? s'enquit-elle abruptement.

— Parce que j'ai été invité, répondit-il, vaguement indigné.

Elle avait mal à la tête maintenant, et envie de se frotter les yeux. Mais surtout, elle avait envie de pleurer.

— Non, pas ici, à Londres.

— Pourquoi cette question ?

— Tu détestes Londres.

— Tu exagères, je...

— Et tu ne supportes pas la saison. Tu me l'as dit toi-même.

Il ouvrit la bouche, la referma, ajusta sa cravate. Honoria se rappela qu'il n'était pas doué pour mentir.

Un souvenir lui revint en mémoire. Des années plus tôt, Daniel et lui avaient réussi à décrocher un lustre du plafond. Comment s'y étaient-ils pris, elle l'ignorait encore aujourd'hui. Quoi qu'il en soit, quand lady Winstead avait exigé qu'ils avouent leur crime, Daniel lui avait menti avec aplomb et s'était montré si charmeur qu'elle en avait été désarçonnée.

Marcus, en revanche, était devenu tout rouge et s'était mis à tirer sur son col. Exactement comme en cet instant.

— J'avais... des affaires à régler, dit-il gauchement.

— Je vois.

— Honoria, ça va ?

— Très bien, merci, articula-t-elle d'un ton sec.

Elle se détesta de se montrer aussi désagréable. Ce n'était pas sa faute si Daniel l'avait chargé d'une telle responsabilité. N'importe quel homme d'honneur aurait accepté.

Marcus ne comprenait visiblement pas pourquoi elle se comportait de manière aussi étrange.

— Tu es en colère, constata-t-il d'un ton qui se voulait conciliant, mais qu'elle trouva si condescendant qu'elle se hérissa.

— Pas du tout. Je ne suis pas en colère.

— Bien sûr.

Là, le ton était indéniablement sarcastique.

Il s'en tint là. Réaction typique. Marcus ne sortait jamais de ses gonds.

— Je ne me sens pas bien, lâcha-t-elle.

C'était la vérité. Elle avait la migraine, la tête lui tournait et elle avait trop chaud. Elle n'avait qu'une envie, rentrer chez elle, se coucher et rabattre les couvertures sur sa tête.

— Je t'emmène prendre l'air, dit-il d'un air guindé en posant la main au creux de son dos pour la guider vers la porte-fenêtre qui ouvrait sur le jardin.

— Non ! s'écria-t-elle, avant de reprendre plus calmement : Non, merci. Je crois que je vais rentrer à la maison.

— Très bien. Je vais chercher ta mère.

— Inutile.

— Voyons, cela ne me dérange pas de…

— Je peux me débrouiller seule, le coupa-t-elle.

Seigneur, elle détestait le son de sa propre voix, aiguë, discordante. Elle ferait vraiment bien de se taire. Sauf que les mots semblaient sortir tout seuls…

— Tu n'es pas responsable de moi, Marcus.

— Mais qu'est-ce que tu racontes ?

Incapable de répondre à cette question, elle répéta :

— Je veux rentrer à la maison.

Il la dévisagea longuement, avant de s'incliner avec raideur.

— Comme tu voudras, fit-il avant de s'éloigner.

Et elle rentra. Comme elle l'avait souhaité et exigé.

Et ce fut affreux.

19

Jour du récital, six heures avant le spectacle

— Où est Sarah ?

Honoria leva le nez de sa partition. Elle était en train de griffonner des notes dans la marge. Rien de ce qu'elle écrivait n'avait de sens, mais cela lui donnait l'illusion de savoir à peu près ce qu'elle faisait.

— Où est Sarah ? répéta Iris.

— Je ne sais pas. Et où est Capucine ?

— Elle est allée se pomponner, répondit Iris avec un geste impatient en direction de la porte. Ne te tracasse pas, elle ne raterait la représentation pour rien au monde.

— Et Sarah ? Elle n'est pas arrivée ?

— Tu la vois quelque part ? rétorqua Iris, qui semblait sur le point d'exploser.

— Iris !

— Excuse-moi de m'emporter ainsi. Mais où diable est-elle passée ?

Honoria laissa échapper un soupir irrité. Iris n'avait donc pas de motif d'inquiétude plus important ? Elle au moins ne s'était pas ridiculisée devant l'homme qu'elle aimait.

Trois jours s'étaient écoulés depuis le bal de lady Bridgerton, et pourtant ce souvenir continuait de la hanter.

Honoria ne se rappelait pas exactement ce qu'elle avait dit. Elle se souvenait surtout de sa voix de crécelle qui lui vrillait les tympans, alors même que son cerveau la suppliait de se taire. Elle s'était conduite de manière totalement irrationnelle, et si Marcus la considérait auparavant comme une charge, il devait maintenant la voir comme un boulet.

Et même avant cela, avant qu'elle ne commence à perdre son sang-froid et à raconter n'importe quoi, elle avait réagi dans l'outrance, saisie par une inexplicable exaltation des sens qui lui avait donné l'impression de s'envoler dans les bras de son héros. Comme la dernière des évaporées.

Et Marcus lui avait dit...

Rien.

Il n'avait rien dit, en fait. Il avait juste prononcé son prénom. Puis il l'avait regardée comme si elle avait perdu l'esprit. Persuadé sans doute qu'elle allait être malade et rejeter le contenu de son estomac, ruinant une fois de plus une magnifique paire de bottes.

Tout cela s'était passé trois jours plus tôt. Trois jours. Et depuis, ils n'avaient pas échangé un mot.

— Cela fait vingt bonnes minutes que Sarah devrait être là, souligna Iris.

— Et *il* devrait être là depuis deux jours, marmonna Honoria.

— Que dis-tu ?

Honoria se ressaisit et hasarda :

— Il y a peut-être beaucoup de circulation en ville ?

— Elle habite à trois pâtés de maisons !

Distraite, Honoria hocha la tête. Elle venait de remarquer qu'elle avait écrit le nom de Marcus sur la deuxième page de sa partition. Deux, non, *trois* fois. Et là, en lettres tarabiscotées près d'un gribouillis quelconque, apparaissaient ses initiales : M. H. Seigneur, c'était pathétique !

— Honoria ! Tu m'écoutes ?

Honoria ravala un grognement et répondit d'un ton apaisant :

— Elle ne va pas tarder, j'en suis sûre.

— Vraiment ? Parce que moi, je n'en suis pas sûre du tout. Je me doutais qu'elle allait me faire un coup pareil.

— Un coup ? Quel coup ?

— Tu ne comprends donc pas ? Elle ne va pas venir !

— Ne dis pas de bêtises. Sarah ne ferait jamais cela.

— Tu crois ? Tu en es absolument *certaine* ?

Iris la fixait d'un regard affolé. Honoria la considéra un long moment, avant de murmurer d'une voix blanche :

— Doux Jésus !

— Je t'avais dit que c'était une erreur de choisir le quatuor n° 1. Sarah n'est pas mauvaise pianiste, mais ce morceau est bien trop difficile pour elle.

— Il est difficile pour nous toutes, objecta faiblement Honoria, qui commençait à avoir la nausée.

— La partie piano est la plus ardue. Et les parties violon ne comptent pas, parce que… eh bien…

Iris s'interrompit, gênée.

— N'aie pas peur de me vexer, dit Honoria. J'ai conscience d'être mauvaise et je sais que Capucine est pire. Nous sommes aussi nulles l'une que l'autre, quel que soit le morceau à interpréter.

Iris se mit à faire les cent pas dans la pièce en vitupérant :

— Je n'arrive pas à le croire ! Je n'arrive pas à croire qu'elle puisse me faire un coup pareil.

— *Nous* faire un coup pareil.

— Oui, mais c'est moi qui ne voulais pas monter sur scène. Et vous vous en moquiez.

— Je ne vois pas le rapport.

— Oh, je ne sais pas ! gémit Iris. Nous étions censées jouer ensemble, c'est ce que tu as dit. Tu l'as répété chaque jour. Si je devais ravaler ma fierté et me couvrir de ridicule devant tous les gens que je connais, au moins Sarah en ferait autant.

Sur ces entrefaites, Capucine fit son apparition.

— Que se passe-t-il ? Pourquoi fais-tu cette tête-là, Iris ?

— Sarah est introuvable, expliqua Honoria.

Capucine jeta un coup d'œil à l'horloge posée sur la cheminée.

— Elle a presque une demi-heure de retard. C'est très grossier de sa part.

— Elle ne viendra pas, asséna Iris.

— Nous n'en sommes pas sûres, protesta Honoria.

— Comment cela, elle ne viendra pas ? s'écria Capucine. Ce n'est pas possible. Comment allons-nous jouer un quatuor pour piano sans piano ?

Un silence pesant suivit sa déclaration. Puis Iris s'exclama soudain :

— Capucine, tu es brillante !

— Vraiment ? fit Capucine, perplexe mais néanmoins flattée.

— Nous allons annuler la représentation.

— Quoi ? se récria Capucine. Pas question !

— Nous n'avons pas le choix. Tu as raison, on ne peut pas jouer un quatuor pour piano sans piano. Oh, louée soit Sarah !

Honoria n'était pas convaincue. Elle adorait Sarah et il lui était difficile d'imaginer que sa cousine puisse se montrer aussi égoïste, surtout en de telles circonstances.

— Tu penses vraiment qu'elle essaie de saboter le récital, Iris ?

— Je me moque de ses intentions. Je suis tellement contente d'échapper… Oh, je suis libre ! Libre ! Nous sommes libres ! Nous…

Iris fut interrompue par une voix féminine :

— Mesdemoiselles ! Mesdemoiselles !

Leur tante Charlotte – la mère de Sarah, connue en société sous le nom de lady Pleinsworth – venait de pénétrer dans le salon de musique, une jeune femme brune dans son sillage. La mise soignée, quoique très sobre, de cette dernière la classait d'emblée dans la catégorie des gouvernantes.

Honoria sentit son estomac se nouer d'appréhension. Non pas à cause de cette personne, qui semblait tout à fait normale, même si elle paraissait un peu mal à l'aise au milieu de cette réunion familiale, mais à cause de tante Charlotte, dont le regard flamboyait.

— Sarah est malade, annonça cette dernière.

Capucine se laissa dramatiquement tomber sur une chaise.

— Oh non ! gémit-elle. Qu'allons-nous faire ?

— Je vais la tuer, marmonna Iris à Honoria.

— Naturellement il est hors de question d'annuler la représentation, reprit tante Charlotte. Si une telle tragédie se produisait, je ne me le pardonnerais jamais. J'ai d'abord songé à rompre avec la tradition en demandant à l'une de nos anciennes musiciennes de se joindre au groupe, enchaîna-t-elle. Malheureusement le quatuor n'a plus compté de pianiste depuis la participation de Philippa en 1816.

Honoria arrondit les yeux. Sa tante se rappelait-elle de pareils détails, ou les consignait-elle dans un carnet ?

— Philippa attend un bébé, elle ne peut pas sortir de chez elle, fit remarquer Iris.

— Je le sais bien. La naissance est dans un mois et la pauvre est énorme. Elle aurait peut-être pu jouer du violon. S'asseoir au piano, en revanche… elle n'y arrivera jamais.

— Qui jouait du piano avant Philippa ? s'enquit Capucine.

— Personne.

— Voyons, ce n'est pas possible, intervint Honoria. En dix-huit années de récital, il n'y a eu que deux pianistes ?

— Mais oui. Crois-moi, j'ai été aussi surprise que toi de le découvrir. J'ai revérifié tous les programmes pour m'en assurer. La plupart du temps, il y avait deux violonistes, une violoncelliste et une altiste.

— Un quatuor à cordes, dit Capucine, comme si une explication était nécessaire. La configuration classique.

— Alors nous annulons ? risqua Iris, pleine d'espoir.

— Sûrement pas, rétorqua tante Charlotte. Je vous présente Mlle Wynter, ajouta-t-elle en se tournant vers la femme qui l'accompagnait. Elle va remplacer Sarah.

Tous les regards convergèrent vers la jeune femme brune qui était restée en retrait. Elle était tout bonnement… magnifique. Tout était parfait chez elle, depuis sa chevelure brillante jusqu'à son teint laiteux, en passant par son visage en forme de cœur, sa bouche pulpeuse et ses cils démesurés.

— Au moins, nous sommes sûres que ce n'est pas nous qu'on regardera, souffla Honoria à Iris.

— C'est notre gouvernante, expliqua encore tante Charlotte.

— Et elle joue du piano ? s'enquit Capucine.

— Je ne l'aurais pas amenée si ce n'était pas le cas, voyons.

— Certes, mais ce morceau est délicat à exécuter, précisa Iris. Très délicat, même. Très *très*…

Honoria fit taire Capucine d'un coup de coude dans les côtes.

— Mlle Wynter le maîtrise déjà, déclara tante Charlotte.

— Vraiment, mademoiselle Wynter ? s'enquit Iris, au désespoir. Vous savez jouer le quatuor n° 1 de Mozart ?

— Pas très bien, toutefois je l'ai déjà interprété, répondit Mlle Wynters de sa voix mélodieuse.

Iris fit une ultime tentative.

— Les programmes ont été imprimés avec le nom de Sarah au piano.

— Au diable, le programme, rétorqua tante Charlotte. Nous n'aurons qu'à faire une annonce au début du spectacle. Cela arrive tout le temps au théâtre. Considérez Mlle Wynter comme la doublure de Sarah.

Il y eut un silence qui manquait franchement d'enthousiasme, puis Honoria s'avança vers la gouvernante.

— Bienvenue dans le quatuor, déclara-t-elle d'une voix ferme, histoire qu'Iris et Capucine comprennent qu'elles devaient suivre son exemple. Je suis enchantée de faire votre connaissance.

Mlle Wynter fit une petite révérence :

— Moi de même, euh...

— Oh, pardon ! Je suis lady Honoria Smythe-Smith. Mais je vous en prie, puisque nous allons jouer ensemble, vous allez nous appeler par nos prénoms. Voici Iris et Capucine Smythe-Smith.

— Je m'appelle Anne, dit Mlle Wynters.

— Iris joue du violoncelle et Capucine et moi sommes violonistes.

— Bien, je vous laisse répéter, annonça tante Charlotte en se dirigeant vers la porte. J'imagine que vous aurez un après-midi chargé.

Iris attendit qu'elle ait disparu pour demander à Mlle Wynter :

— Sarah n'est pas vraiment malade, n'est-ce pas ?

— Je vous demande pardon ?

— Sarah. Elle simule, j'en suis sûre !

— Je ne saurais le dire, je ne l'ai même pas vue, répondit Anne avec tact.

— Elle a peut-être eu une réaction allergique, suggéra Capucine. Si elle a des plaques rouges partout, il est normal qu'elle ne veuille pas se montrer.

— À moins d'être défigurée, aucune excuse ne me satisfera.

— Iris !

— Je ne connais pas très bien lady Sarah, avoua Anne. Je suis entrée au service des Pleinsworth cette année, et lady Sarah n'a plus besoin de gouvernante depuis longtemps.

— Elle ne vous obéirait pas, de toute façon, vous êtes à peine plus âgée qu'elle. N'est-ce pas ?

— Capucine !

Honoria commençait à en avoir assez de reprendre sans cesse ses cousines.

Capucine haussa les épaules.

— Si nous nous appelons par nos prénoms, je ne vois pas pourquoi il serait grossier de lui demander son âge.

— En tout cas elle est plus âgée que toi, ce qui signifie que, non, tu n'es pas autorisée à le lui demander.

— Cela ne me dérange pas, intervint Anne en souriant. J'ai vingt-quatre ans et j'ai été engagée pour m'occuper de Harriet, Elizabeth et Frances.

— Dieu ait pitié de vous, murmura Iris.

Honoria ne pouvait la contredire sur ce point. Les trois jeunes sœurs de Sarah étaient adorables prises séparément. Ensemble, en revanche... elles plongeaient la maison dans le chaos.

— Bien, dit-elle, il faudrait commencer la répétition.

— Je préfère vous prévenir que je ne suis pas excellente musicienne, fit Anne.

— Ne vous inquiétez pas. Nous non plus.

— Parlez pour vous ! s'insurgea Capucine.

Honoria se pencha pour glisser à l'oreille de Mlle Wynter :

— Iris n'est pas si mauvaise et Sarah est plutôt bonne, s'agissant de Capucine et de moi... notre cas est désespéré. Je vous conseille de prendre votre mal en patience et de faire de votre mieux.

Une lueur d'inquiétude passa dans le regard d'Anne Wynter. Honoria retint un haussement d'épaules fataliste. La jeune femme allait vite se rendre compte qu'elle était tombée dans un traquenard. Et personne n'y pouvait rien.

Marcus arriva tôt ce soir-là, sans trop savoir si c'était pour choisir une place près de la scène ou au contraire se réfugier au fond de la salle.

Il avait apporté des fleurs – pas des jacinthes, introuvables de toute façon, mais deux douzaines de tulipes toutes fraîches. Réalisant que c'était la première fois qu'il offrait un bouquet à une femme, il s'était demandé ce qu'il avait fait de sa vie jusqu'à présent.

Il avait envisagé de se désister. Honoria s'était conduite de manière si bizarre le soir du bal de lady Bridgerton. Pour une raison inconnue, elle était en colère contre lui. Et lorsqu'il était passé lui rendre visite à son arrivée à Londres, elle s'était montrée froide et distante ; une attitude qui ne lui ressemblait pas du tout.

Pourtant, quand ils avaient dansé…

Il avait vécu un moment magique, et il aurait juré qu'elle aussi éprouvait la même euphorie. Il avait eu l'impression qu'ils étaient seuls au monde, dans une brume de couleurs et de sons. Et Honoria ne lui avait pas marché sur les pieds une seule fois, ce qui était déjà prodigieux en soi.

Mais peut-être avait-il tout imaginé. Car quand la musique s'était arrêtée, Honoria s'était montrée cassante, agressive. Elle avait prétendu ne pas se sentir bien, et cependant, elle avait refusé son aide.

Décidément, il ne comprendrait jamais les femmes. Il avait cru voir en elle une exception, et apparemment il s'était trompé. Il avait passé les trois derniers jours à se demander quelle mouche avait piqué la jeune fille.

Finalement, il avait décidé qu'il lui était impossible de ne pas assister au concert. C'était une tradition, comme se plaisait à le répéter Honoria. Il avait fait acte de présence chaque année depuis qu'il était en âge de venir à Londres seul, et s'il snobait le récital après l'avoir pris comme prétexte pour justifier son retour précipité à Londres, Honoria y verrait un camouflet personnel.

Il ne pouvait pas faire cela. Et peu importait qu'elle soit fâchée contre lui. Et que lui le soit aussi contre elle, ce qui était on ne peut plus légitime. Après tout, elle s'était montrée hostile sans un mot d'explication.

Même si elle ne l'aimait pas, elle était son amie, et il n'était pas question qu'il la blesse délibérément. Il en serait bien incapable.

Ils se côtoyaient depuis quinze ans. Il connaissait ses qualités et n'allait pas réviser son jugement à son endroit à cause d'une simple brouille dont le motif lui échappait.

Il pénétra dans la grande salle de réception, où régnait une activité trépidante. Les domestiques allaient et venaient, vaquant aux préparatifs. Marcus chercha Honoria du regard. Il voulait juste lui glisser quelques mots d'encouragement avant le début du concert. Il savait quel courage il lui faudrait pour monter sur scène.

Il se réfugia dans un coin, regrettant déjà d'être arrivé si tôt. Si cela lui avait semblé une bonne idée sur le moment, à présent il était embarrassé. Honoria n'était nulle part en vue. Il aurait dû se douter que ses cousines et elle seraient encore en répétition.

Les domestiques lui jetaient des regards perplexes en passant, l'air de dire : « Que fait-il ici, celui-là ? »

Fidèle à son habitude, il redressa les épaules et afficha un air de détachement souverain. Il devait paraître hautain et blasé, et pas très sympathique, ce qui ne reflétait pas ce qu'il ressentait en réalité. Mais cela lui donnait une contenance.

Les autres invités n'arriveraient pas avant une bonne demi-heure. Devait-il aller patienter dans le petit salon ? Il n'y avait sûrement personne là-bas. Il en était à ce stade de ses réflexions quand une tache de couleur mouvante attira son attention.

Lady Winstead venait d'arriver, en proie à une fébrilité qui ne lui ressemblait guère.

Elle reconnut Marcus et se précipita vers lui.

— Dieu merci vous êtes là !

— Que se passe-t-il ?

— Sarah est malade !

— Vous m'en voyez désolé. Ce n'est pas grave, j'espère ?

— Je n'en ai aucune idée, répliqua-t-elle, d'un ton étonnamment sec dans la mesure où elle parlait de sa nièce malade. Je ne l'ai pas vue. Tout ce que je sais, c'est qu'elle ne viendra pas.

— Alors le concert est annulé ?

— Miséricorde, pourquoi tout le monde me pose-t-il la même question ? Bien sûr que non ! Il se trouve que la gouvernante des Pleinsworth est pianiste. Elle va remplacer Sarah au pied levé.

— Dans ce cas, tout va bien. Non ?

Elle le regarda comme si elle avait affaire à un enfant un peu retardé.

— Nous ne savons pas si cette personne a du talent, lâcha-t-elle.

Marcus se garda d'objecter que cela n'avait pas vraiment d'importance. Il se contenta d'un vague commentaire, le but étant de ne pas se compromettre.

— Cela fait dix-huit ans que le récital Smythe-Smith existe. Chaque concert a remporté un grand succès, et voilà que cette année… Oh, c'est trop bête ! se lamenta-t-elle.

— Ne vous alarmez pas, cette gouvernante est peut-être très douée, dit-il, s'efforçant de la réconforter.

— Peu importe le talent quand on n'a que six heures pour répéter !

Marcus comprit que la conversation risquait de tourner en rond.

— Puis-je faire quoi que ce soit pour vous aider ? hasarda-t-il.

Il s'attendait à une réponse négative qui le laisserait libre d'aller siroter un cognac dans le salon, or, à sa grande surprise – et à sa profonde consternation, il devait l'avouer –, lady Winstead lui agrippa la main en s'écriant.

— Oui !

— Je vous demande pardon ?

— Pourriez-vous apporter une carafe de citronnade aux filles ?

— Quoi ?

— Les domestiques ne savent plus où donner de la tête. Cela fait déjà trois fois qu'ils changent la disposition des chaises.

Marcus balaya la salle du regard, se demandant en quoi disposer douze rangées de chaises devant une estrade était compliqué.

— Vous souhaitez que j'apporte de la citronnade aux jeunes filles ? répéta-t-il pour être sûr d'avoir bien compris.

— Oui. Elles vont avoir soif.

— Ne me dites pas qu'elles vont aussi chanter ? Ce serait le pompon !

— Bien sûr que non, répliqua lady Winstead avec une pointe d'agacement. Mais elles ont répété toute la journée et c'est épuisant. Jouez-vous d'un instrument, lord Chatteris ?

— Non, pas du tout.

La musique était l'un des rares domaines qui n'avaient pas retenu l'attention de son père quand celui-ci avait décidé de parfaire son éducation.

— Alors vous ne pouvez pas comprendre, dit-elle avec emphase. Ces pauvres filles sont certainement assoiffées.

— De la citronnade, dit-il, se demandant si l'on attendait de lui qu'il apporte le pichet sur un plateau. Très bien.

Lady Winstead haussa les sourcils, l'air un peu agacé par sa lenteur.

— Vous êtes assez remis pour porter une carafe, je suppose ?

Apparemment, aucune offense ne lui serait épargnée.

— Je crois que c'est dans mes capacités, répliqua-t-il avec flegme.

— Parfait. Les rafraîchissements sont de ce côté, précisa-t-elle en agitant la main en direction d'une table. Et Honoria se trouve juste derrière cette porte, ajouta-t-elle en désignant le fond de la salle.

— Honoria... toute seule ?

— Bien sûr que non. C'est un quatuor, lui rappela-t-elle.

Sur ces mots, elle s'en alla distribuer ses consignes aux valets et servantes qui, de l'avis de Marcus, se débrouillaient très bien tout seuls.

Il alla d'abord récupérer un pichet de citronnade sur la table du buffet, puis s'avisa que les domestiques n'avaient pas encore apporté de verres. Lady Winstead s'attendait-elle qu'il verse la citronnade directement dans la bouche des jeunes filles ?

L'image le fit sourire.

Il se dirigea vers la pièce que lui avait indiquée lady Winstead, ouvrit doucement la porte pour ne pas perturber la répétition.

En fait de répétition il découvrit quatre femmes qui se disputaient comme si l'avenir de la Grande-Bretagne était en jeu.

Plus précisément, trois d'entre elles étaient en train de se prendre le bec. La pianiste – la fameuse gouvernante – restait sagement en dehors du conflit.

Le plus remarquable, c'était que les cousines Smythe-Smith réussissaient à se quereller sans élever la voix, probablement parce qu'elles avaient conscience que les invités n'allaient pas tarder à arriver.

— Ce serait quand même mieux si tu souriais, Iris ! chuchotait Honoria avec véhémence.

— Mieux pour qui ? Pour toi ? Parce que je te garantis que cela ne me facilite pas la tâche.

— C'est peine perdue, Honoria, dit la troisième. Tu vois bien qu'elle est odieuse !

— Capucine !

— Si, tu es odieuse, Iris !

— Et toi, tu es stupide !

Marcus jeta un coup d'œil à la gouvernante, qui avait posé la tête sur le montant du piano, preuve sans doute que les cousines Smythe-Smith se chamaillaient depuis un bon moment.

— Peux-tu au moins *essayer*, Iris ? plaida encore Honoria.

Iris plissa ses lèvres dans une mimique si affreuse que Marcus faillit rebrousser chemin.

Honoria capitula.

— Tant pis, oublions cela. Je crois que je préfère quand tu fais la tête.

— Comment veux-tu que je fasse semblant d'être heureuse alors que j'ai envie de me jeter par la fenêtre ?

— Elle est fermée, fit remarquer Capucine.

— Justement !

— S'il vous plaît, calmons-nous, supplia Honoria. Il faut penser au concert.

— Je trouve que nous nous en sortons très bien, déclara Capucine. Personne ne devinera que nous n'avons eu que six heures pour répéter avec Anne.

À la mention de son nom, la gouvernante releva la tête, puis reprit sa position initiale, comprenant visiblement que toute intervention de sa part serait inutile.

Iris lança un regard venimeux à sa sœur.

— Toi et tes avis. Tu serais incapable de faire la différence entre un violon et un râteau !

— Iris !

Iris jeta un ultime regard dédaigneux à Capucine.

— Nous essayons une dernière fois ? s'enquit Honoria d'un ton las.

— Je ne vois pas ce que cela changera, grommela Iris.

Marcus glissa un coup d'œil du côté de la gouvernante, qui semblait se retenir de rire. C'est alors qu'elle l'aperçut, sa carafe de citronnade à la main. Il posa un doigt sur ses lèvres et elle hocha la tête avec un petit sourire.

— Prête ? demanda Honoria.

Les deux violonistes levèrent leur instrument.

La gouvernante posa les mains sur le clavier.

Iris plaça son archet sur les cordes de son violoncelle.

Et l'horreur commença.

20

Il aurait été impossible de décrire le tintamarre qui envahit la pièce à la seconde où les cousines Smythe-Smith se mirent à jouer. Marcus n'était même pas sûr qu'il existât de mots pour cela, du moins pas si l'on restait dans un registre poli. On ne pouvait décemment pas appeler cela de la musique et, franchement, le terme le plus pertinent aurait été « abomination ».

Il regarda les jeunes filles tour à tour. La gouvernante semblait un peu affolée, sa tête oscillant d'avant en arrière tandis que ses mains couraient sur le clavier. Les yeux fermés, Capucine se balançait sur sa chaise comme si les notes grinçantes qu'elle tirait de son violon la transportaient dans un monde merveilleux. Iris semblait prête à pleurer. Ou à assassiner sa sœur.

Quant à Honoria...

Elle était adorable. Pour le coup, c'est lui qui en aurait pleuré. Même s'il avait envie de fracasser son violon, comme l'avait conseillé lady Danbury.

Lèvres pincées, yeux étrécis, elle faisait glisser son archet sur les cordes avec une farouche détermination, tel un général menant ses troupes au combat.

Il n'aurait pu l'aimer davantage.

Heureusement, il n'eut pas à subir l'intégralité du morceau, car Iris leva soudain la tête et l'aperçut. Elle laissa échapper un cri stupéfait et le silence se fit.

— Marcus ! s'exclama Honoria. Que fais-tu là ?

Il aurait juré qu'elle était heureuse de le voir, mais il se méfiait désormais de son propre jugement quant aux humeurs de la jeune fille.

— Ta mère m'envoie avec ceci, répondit-il en levant la carafe de citronnade.

Elle le considéra une seconde, puis éclata de rire. Iris l'imita et même la gouvernante s'autorisa un sourire. Seule Capucine parut déconcertée.

— Qu'y a-t-il de si drôle ?

— Rien, répondit Honoria. C'est juste que… Doux Jésus, ma mère nous envoie un comte pour nous servir de la citronnade !

— Je ne vois pas en quoi c'est drôle, s'entêta Capucine. Je trouve cela déplacé.

— Ne faites pas attention, lord Chatteris. Ma sœur n'a aucun humour, intervint Iris.

— Ce n'est pas vrai !

Ignorant les protestations de Capucine, Iris ajouta :

— Eh bien, que dites-vous de notre prestation, milord ?

— Je ne suis là que pour vous apporter de la citronnade, répondit Marcus, qui ne tenait absolument pas à donner son avis.

Abandonnant son instrument, Honoria le rejoignit.

— Bien joué, Marcus, souffla-t-elle.

— J'espère que vous avez des verres, parce que je n'ai pas réussi à en trouver.

— Nous en avons. S'il te plaît, sers Mlle Wynter en premier, c'est elle qui a travaillé le plus dur. Elle a rejoint le quatuor cet après-midi.

Marcus s'exécuta un peu gauchement. Après tout, il n'avait pas l'habitude de faire le service. Comme Mlle Wynter le remerciait, il scruta son visage qui lui semblait familier.

— Nous sommes-nous déjà rencontrés ? demanda-t-il.

— Je ne crois pas, milord.

Marcus était surpris. Certaines personnes avaient une physionomie banale et pouvaient aisément être confondues avec d'autres, ce qui n'était pas le cas de la gouvernante qui était d'une beauté saisissante. Ce n'était pas le genre d'employée qu'une maîtresse de maison aimait engager, mais lady Pleinsworth n'avait pas de fils, et son mari ne quittait jamais le Dorset, aussi n'avait-elle aucune raison de se sentir menacée par la présence d'une trop jolie gouvernante.

Il servit Capucine qui le remercia à son tour.

— C'est très aimable à vous, milord. Et très démocratique.

Ne sachant que répondre, il hocha la tête et se dirigea vers Iris, qui venait de lever les yeux au ciel d'un air exaspéré.

Puis il put enfin s'approcher de Honoria.

— Merci, dit-elle après avoir bu une gorgée.

— Que vas-tu faire ?

— À quel propos ?

— À propos du récital, répondit-il un peu surpris, car cela lui semblait évident.

— Que veux-tu dire ? Je vais jouer. Que puis-je faire d'autre ?

D'un discret mouvement de tête, il indiqua la gouvernante.

— Vous avez un prétexte idéal pour annuler la représentation.

— Non, c'est impossible, murmura-t-elle, et il y avait plus qu'une pointe de regret dans sa voix.

— Honoria, tu n'es pas obligée de te sacrifier pour faire plaisir à ta famille.

— Ce n'est pas un sacrifice, c'est… Oh, je ne sais au juste ce que c'est, admit-elle avec un sourire contrit. En tout cas, il n'est pas question de se dérober.

Il eut envie de lui dire qu'elle était la personne la plus courageuse, loyale et généreuse qu'il connaisse, qu'il était prêt à endurer encore un millier de récitals si cela lui permettait d'être à ses côtés.

Il voulait aussi lui dire qu'il l'aimait. Mais ici, ce n'était pas possible.

— Je te trouve admirable, déclara-t-il simplement.

Elle eut un petit rire.

— Tu n'en diras pas autant à la fin de la soirée.

— Je serais incapable de faire ce que tu fais.

— Pourquoi ?

— Tu le sais très bien. Je n'aime pas être au centre de l'attention.

— C'est vrai. Quand nous étions petits, tu jouais toujours le rôle de l'arbre.

— Comme cela, je n'avais pas de texte à déclamer.

— Et tu restais en retrait.

Il eut un sourire nostalgique.

— J'aimais bien participer à ces petites saynètes.

— Tu t'en tirais fort bien. Le monde a besoin d'arbres, conclut-elle avec un sourire lumineux.

À la fin du récital, Honoria avait mal aux joues à force de sourire. Leur performance s'était révélée aussi désastreuse que prévu. Peut-être n'y en avait-il jamais eu de pire de mémoire de Smythe-Smith, ce qui n'était pas peu dire.

Anne était plutôt bonne pianiste. Si elle avait eu plus de temps pour répéter, elle s'en serait sans doute tirée avec les honneurs. En l'occurrence, elle avait joué avec une mesure de retard durant tout le morceau. Détail aggravé par le fait que Capucine avait constamment joué avec une mesure d'avance.

Iris s'était bien débrouillée techniquement. Honoria, qui l'avait entendue répéter seule, avait été impressionnée par sa maîtrise. Mais sur scène, sa cousine n'avait pu faire abstraction des regards narquois, voire horrifiés, des spectateurs. Le visage fermé, le dos voûté, elle avait manié son archet avec mollesse. Elle était tellement accablée que Honoria n'aurait pas été étonnée de la voir s'empaler sur le manche de son violoncelle.

Quant à Honoria elle-même... elle avait très mal joué, comme prévu. Concentrée sur son sourire, elle s'était à plusieurs reprises perdue dans la partition et s'était rattrapée de manière très approximative.

Néanmoins, elle n'avait pas de regrets. Cela en valait la peine. Sa famille était assise au premier rang : sa mère, ses sœurs, ses tantes et toute une brochette de cousines l'avaient écoutée le sourire aux lèvres, fières et heureuses de la voir perpétuer la tradition.

Quant aux invités, ma foi, certains avaient paru un peu nauséeux, cela dit, ils étaient venus en connaissance de cause. Au bout de dix-huit ans, tout le monde savait que le récital des Smythe-Smith était tout sauf une partie de plaisir.

Il y eut une salve d'applaudissements – sans doute pour célébrer la fin du supplice –, puis, sans se départir de son sourire, Honoria accueillit les quelques téméraires venus lui présenter leurs félicitations hypocrites.

Elle croyait en avoir terminé quand une dernière personne s'approcha. Ce n'était pas Marcus, qui était en grande conversation avec Felicity Featherington – la plus jolie des quatre sœurs Featherington. Non, c'était la terrible lady Danbury, dont la canne frappait le parquet de manière menaçante. *Toc-toc-toc.*

— Vous n'êtes pas nouvelle, n'est-ce pas, ma chère ?

— Je vous demande pardon, milady ?

— Vous faisiez déjà partie du quatuor l'année dernière, il me semble. Je n'ai pas pu vérifier sur le programme, je ne garde pas toute cette paperasse.

— Oh ! En effet, j'ai déjà joué l'année passée.

Honoria avait apparemment du mal à suivre la conversation. Il faut dire qu'une partie de son cerveau restait concentrée sur Marcus qui discutait *toujours* avec Felicity Featherington. Cette dernière était absolument ravissante dans une toilette rose dragée qui mettait en valeur sa chevelure brune.

Lady Danbury se pencha et demanda :

— C'est un violon que vous tenez là ?

— Euh... oui, milady.

La comtesse lui décocha un regard perçant.

— Vous êtes très polie. Vous auriez pu répondre qu'à l'évidence ce n'était pas un trombone.

— Eh bien, je ne l'ai pas dit... mais je l'ai pensé, riposta Honoria qui, tout à coup, en avait assez de feindre et ne voyait pas pourquoi elle aurait dû subir stoïquement les provocations de la vieille dame.

Le visage de lady Danbury se plissa tandis qu'elle laissait échapper un rire qui ressemblait à un jappement.

La mère de Honoria, qui se trouvait non loin, tourna la tête dans leur direction, l'air alarmé.

— J'avoue que mes connaissances musicales sont limitées. J'ai du mal à faire la différence entre un violon et un alto. Pas vous ?

— Non, mais c'est sans doute parce que je suis violoniste, répondit Honoria.

— Je n'ai pas reconnu la pianiste.

— Il s'agit de Mlle Wynter, la gouvernante des Pleinsworth. Ma cousine Sarah est tombée malade et a dû être remplacée au dernier moment. Je croyais cependant qu'on l'avait annoncé au début du récital ?

— C'est possible. Je n'ai pas écouté.

Honoria faillit lui dire qu'elle espérait qu'elle n'avait rien écouté de la soirée, mais elle se retint. Elle devait faire bonne figure, même si elle se sentait de plus en plus irritable – la faute de Marcus, et de Felicity Featherington, dans une moindre mesure.

— Que regardez-vous ainsi ? s'enquit lady Danbury, la mine curieuse.

— Personne.

— Alors qui cherchez-vous ?

Misère, cette femme était une vraie bernique.

— Personne, je vous assure, milady.

— Hum... C'est mon neveu, vous savez.

— Je vous demande pardon ?

— Chatteris. Mon arrière-petit-neveu pour être précise, quoique tous ces « arrière » et « petit » me donnent l'impression d'être centenaire.

— Marc... je veux dire lord Chatteris est votre petit-neveu ? Je l'ignorais.

— Il ne me rend pas visite aussi souvent qu'il le devrait.

— C'est parce qu'il déteste Londres, murmura Honoria sans réfléchir.

— Vous savez cela, vous ?

Honoria se sentit rougir.

— Je le connais depuis que nous sommes enfants.

— Oui, c'est ce que j'ai cru comprendre.

De nouveau la vieille dame se pencha pour approcher sa bouche de l'oreille de Honoria.

— Ma chère, je vais vous rendre un énorme service. Vous me remercierez plus tard.

— Je n'ai besoin de rien, assura Honoria, car la lueur presque diabolique qui luisait dans le regard de la comtesse n'augurait rien de bon.

— Pfff. Laissez-moi faire. Ces choses sont de mon ressort et j'ai déjà un grand succès à mon actif. Je ne vais pas m'arrêter là.

— Quoi ? Je... je ne comprends pas, bredouilla Honoria.

Mais lady Danbury s'était déjà détournée.

— Monsieur Bridgerton ! appela-t-elle. Monsieur Bridgerton !

Elle leva sa canne pour attirer l'attention, et Honoria dut se baisser promptement pour éviter de se faire arracher l'oreille.

Comme elle se redressait, elle vit s'approcher un bel homme au regard vert pétillant. Elle reconnut Colin Bridgerton, l'un des frères aînés de Gregory Bridgerton, dont le charme notoire et le sourire dévastateur avaient fait chavirer bien des cœurs.

Justement, il lui souriait. Elle sentit son cœur manquer un battement. Si elle n'avait été éperdument amoureuse de Marcus – dont le sourire était bien plus subtil et sincère –, elle aurait été en grand danger d'être envoûtée.

— J'ai séjourné à l'étranger, je ne suis donc pas sûr que nous ayons été présentés, dit-il après lui avoir baisé la main.

Honoria avait sur les lèvres une réponse d'une banalité affligeante quand elle remarqua soudain qu'il avait la main bandée.

— Vous êtes blessé ? J'espère que ce n'est pas grave.

— Cela ? fit-il en levant la main. Ce n'est rien du tout. Une petite altercation avec un coupe-papier.

— Prenez garde aux infections, ne put-elle s'empêcher de l'avertir. Si jamais la plaie gonfle, devient rouge, ou, pire, jaune, il faut consulter un médecin sans attendre.

— Pas verte ?

— Pardon ?

— De quelles couleurs dois-je me méfier ?

Les infections n'étaient en rien un sujet comique. Honoria décida d'ignorer sa plaisanterie et continua sur sa lancée :

— Surtout guettez l'apparition de stries rougeâtres autour de la plaie. Ce serait vraiment très mauvais signe.

— Comment se fait-il que vous soyez aussi calée en médecine, jeune fille ? intervint lady Danbury.

— J'ai récemment soigné quelqu'un qui souffrait d'une blessure infectée.

— Vraiment ? C'est intéressant. Donnez-nous des détails. S'agissait-il d'une blessure à la main ? À la jambe ?

— Euh... au mollet. Un malheureux coup de ciseaux qui a entaillé...

— Mon Dieu, j'ai oublié de féliciter le deuxième violon ! l'interrompit lady Danbury. C'est impardonnable. J'y vais de ce pas.

Elle ponctua ses paroles d'un coup de canne qui manqua de peu le pied de M. Bridgerton, puis s'éloigna, laissant Honoria en tête à tête avec ce dernier. Comme Honoria, un peu inquiète, la regardait fondre sur Capucine, Colin Bridgerton remarqua d'un air amusé :

— C'est une calamité, n'est-ce pas ?

— Capucine ?

— Euh… non, lady Danbury.

— Vous croyez qu'elle est sourde ?

— Votre cousine ?

— Non, lady Danbury.

— Je ne pense pas, non.

— On dirait bien que Capucine est persuadée du contraire.

Colin Bridgerton pivota à demi et tendit l'oreille. À quelques mètres de là, lady Danbury et Capucine s'étaient engagées dans une conversation. La jeune fille forçait sa voix et articulait chaque mot de manière exagérée.

— Cela va mal se terminer, murmura Colin Bridgerton. Votre cousine tient-elle à ses orteils ?

À cet instant Capucine poussa un cri perçant ; la canne tant redoutée de lady Danbury venait de clouer au plancher la pointe de son escarpin.

Honoria et Colin échangèrent un sourire.

— J'ai cru comprendre que vous aviez séjourné à Cambridge le mois dernier, milady.

— En effet, et j'ai eu le plaisir de dîner avec votre frère.

— Gregory ? Et vous rangez cela dans la catégorie des plaisirs ? plaisanta-t-il avec un sourire espiègle.

— Il a été charmant, je vous assure.

— Puis-je vous confier un secret ?

Il abusait de son sourire ravageur. Honoria décida de se prêter au jeu. C'était assez agréable de flirter avec un beau garçon.

— S'agit-il d'un grand secret qu'il faut garder à tout prix ? chuchota-t-elle en se penchant imperceptiblement.

— Sûrement pas.

— Alors vous pouvez me le confier.

M. Bridgerton inclina la tête.

— Petit, au dîner, Gregory catapultait des petits pois à l'autre bout de la table.

— Vraiment ? Et a-t-il gardé cette curieuse manie ? s'enquit Honoria avec le plus grand sérieux.

— Pas que je sache, non. Mais ce n'est pas exclu.

Honoria réprima un sourire. Les frères Bridgerton aimaient apparemment se taquiner. Il devait régner chez eux une atmosphère chaleureuse et gaie, comme chez elle à l'époque où Daniel et ses sœurs étaient encore à la maison.

— J'ai une question à vous poser, monsieur Bridgerton.

— Je vous en prie.

— En quoi était faite la catapulte en question ?

— Il s'agissait d'une simple cuillère, milady. Mais dans les mains de ce pervers de Gregory, cela devenait une arme redoutable.

Elle éclata de rire.

Une main se referma soudain sur son coude.

C'était Marcus, et il avait l'air furieux.

21

Marcus n'était pas enclin à la violence physique. Ce soir, toutefois, à la vue du sourire suffisant de Colin Bridgerton, il se sentait des envies de meurtre.

Ce dernier le salua d'un hochement de tête poli, ponctué d'un *regard*. Si Marcus avait été de meilleure humeur, il aurait peut-être pu trouver les mots pour expliquer ce que ce regard avait d'horripilant, en l'occurrence, il était d'une humeur exécrable. Pourtant, quelques instants plus tôt, tout allait bien. Et même très bien, en dépit de l'épreuve auditive qu'il venait de subir. Bien que ses tympans soient peut-être définitivement endommagés, il s'était senti heureux et fier face à Honoria qui avait bravement répété avec ses cousines avant de monter sur scène tel un bon petit soldat, prête à tout donner dans ce tribut à la famille. Pas une seconde elle ne s'était départie de son sourire, et Marcus avait deviné que ce sourire n'était pas destiné aux spectateurs, ni même à Mozart. Non, elle souriait aux gens qu'elle aimait. Et, l'espace d'un instant, il s'était autorisé à imaginer être l'un d'eux.

Dans le secret de son cœur, elle lui souriait à lui, Marcus.

À présent, en revanche, c'était à Colin Bridgerton, le charmeur de service aux yeux verts, qu'elle souriait.

Déjà Marcus avait eu bien du mal à supporter cette vision. Mais quand Colin Bridgerton lui avait rendu son sourire en inclinant la tête vers elle avec cet air de connivence...

Certaines choses étaient intolérables.

Avant de s'interposer, il avait dû mettre un terme à sa conversation avec Felicity Featherington, ou plus exactement avec la mère de celle-ci. Sans doute s'était-il montré grossier. Non, c'était une certitude : il s'était comporté en rustre. Mais à sa décharge, nul ne pouvait échapper à Mme Featherington en faisant preuve de diplomatie.

Finalement, après avoir quasiment arraché son bras à Mme Featherington, il avait foncé sur Honoria qui, radieuse, bavardait joyeusement avec Colin Bridgerton.

Il n'avait pas eu l'intention d'être agressif. Mais alors qu'il approchait, Honoria avait fait un petit pas de côté et il avait entrevu, pointant sous sa jupe, un petit triangle de satin rouge.

Ses escarpins porte-bonheur.

Et tout à coup, il avait vu rouge. Littéralement.

Il ne voulait pas qu'un autre homme voie ces chaussures. Il ne supportait même pas l'idée qu'un autre sache qu'elle les portait.

Il la salua froidement :

— Lady Honoria.

— Lord Chatteris.

Il détestait qu'elle l'appelle ainsi.

— Je suis heureuse de vous voir, dit-elle poliment. Vous connaissez M. Bridgerton ?

— Je le connais.

Bridgerton hocha brièvement la tête et Marcus l'imita. C'était apparemment le summum de l'échange qu'ils souhaitaient avoir.

Marcus attendit que Bridgerton trouve une excuse quelconque pour prendre congé. Ce crétin aux airs supérieurs allait sûrement comprendre que c'était la seule chose à faire.

Mais non, il restait là, à sourire bêtement.

Honoria se décida à meubler le silence chargé d'hostilité.

— M. Bridgerton disait à l'instant que...

Marcus déclara au même moment :

— Si vous voulez bien nous excuser, Bridgerton. Je dois m'entretenir en privé avec lady Honoria.

Honoria se retrancha dans un silence glacial.

Colin Bridgerton jaugea Marcus du regard et resta sans réaction, juste assez longtemps pour qu'une bouffée de colère envahisse ce dernier. Puis, comme si de rien n'était, Colin reprit son attitude désinvolte et s'inclina.

— Bien entendu. Je me disais justement que je mourais de soif et que j'avais très envie d'un verre de citronnade.

Sur un ultime sourire, il tourna les talons.

Honoria attendit qu'il se soit éloigné avant d'articuler, furieuse :

— Qu'est-ce qui te prend ? Tu es incroyablement grossier !

— Contrairement au jeune Gregory, ce Bridgerton-là a de la bouteille.

— De quoi diable parles-tu ?

— Tu ne devrais pas flirter avec lui.

— Je ne flirtais pas !

— Bien sûr que si. Je vous ai observés.

— Cela m'étonnerait bien, tu étais très occupé à discuter avec Felicity Featherington.

— Qui fait une bonne tête de moins que moi. J'ai très bien vu que vous fricotiez.

Le ton était si accusateur que Honoria en fut ulcérée. Marcus osait lui faire des reproches alors que c'était lui qui se conduisait comme un malotru. Quel culot !

— Sache que c'est ta tante qui l'a appelé. Tu ne voulais quand même pas que je le plante là alors qu'il est mon invité !

— Ma tante ?

— Oui, lady Danbury. Ton arrière-arrière-arrière-arrière-arrière...

Il la fusilla du regard. Elle poursuivit, pour le simple plaisir de l'embêter :

— ... arrière-arrière-arrière-arrière...

Marcus grommela un juron.

— Lady Danbury est un fléau.

— Moi, je l'aime bien, riposta Honoria d'un air de défi.

Il ne répondit pas, mais il semblait hors de lui. Pourquoi ?

Honoria ne comprenait pas ce qui avait pu déclencher sa colère. C'était *elle* qui était amoureuse d'un homme qui la considérait comme un fardeau. En cet instant même, Marcus continuait d'honorer la promesse faite à Daniel et de chasser les soupirants qu'il estimait indésirables.

De quoi se mêlait-il ? S'il ne voulait pas d'elle, il aurait pu au moins ne pas ruiner ses chances de rencontrer quelqu'un d'autre.

— Je te laisse, déclara-t-elle, incapable d'en supporter davantage.

Elle ne voulait plus le voir, ni voir Capucine, ni Iris, ni sa mère, ni même M. Bridgerton qui s'était retranché dans un coin, son verre de citronnade à la main, pour roucouler avec la sœur aînée de Felicity Featherington.

— Où vas-tu ?

Honoria ne répondit pas. Cela ne le regardait pas. Elle quitta la salle sans un regard en arrière.

Sacré nom de nom !

Marcus aurait aimé se lancer à la poursuite de Honoria, sauf que, bien sûr, cela aurait causé un esclandre. Déjà que leur dispute n'était pas passée inaperçue. Dans son coin, Colin Bridgerton ricanait derrière son verre, et non loin, lady Danbury arborait la mine satisfaite de celle qui sait tirer les ficelles.

Et il avait la désagréable impression qu'elle venait de lui faire un croche-pied.

Comme l'insupportable M. Bridgerton levait sa main bandée pour lui adresser un salut moqueur, Marcus décida qu'il en avait assez enduré et quitta la salle à son tour.

Au diable, les ragots. Si les commères se rendaient compte qu'il suivait Honoria et poussaient les hauts cris en exigeant qu'il demande la jeune fille en mariage, grand bien leur fasse. Il était tout prêt à se soumettre à leur désir.

Après avoir inspecté en vain le jardin, le salon, la bibliothèque et même les cuisines, il dénicha finalement Honoria dans sa chambre. Il n'était pas censé se trouver là, mais ayant séjourné maintes fois à Winstead House, il savait où se situaient les appartements privés.

Pensait-elle vraiment qu'il n'irait pas la débusquer ici après avoir fouillé toute la maison ?

À son entrée, elle sursauta.

— Marcus ! s'exclama-t-elle d'une voix suraiguë. Que fais-tu ici ?

— Bon sang, Honoria, qu'est-ce qui t'arrive ?

— Qu'est-ce qui m'arrive ? C'est plutôt moi qui devrais te poser la question ! rétorqua-t-elle en se recroquevillant contre la tête de lit.

— Ce n'est pas moi qui ai fui la réception pour aller bouder dans mon coin.

— Ce n'est pas une réception, c'est un récital.

— C'est *ton* récital.

— Et je boude si j'en ai envie.

Bras croisés, elle ajouta d'un ton plein d'animosité :

— Tu n'as rien à faire dans ma chambre. C'est inconvenant.

Il balaya cet argument d'un geste de la main.

— Je t'en prie ! Tu viens de passer une semaine dans *ma* chambre.

— Tu étais plus mort que vif !

Soit, mais si elle croyait s'en tirer ainsi, elle se trompait.

— Figure-toi que je te rendais service quand j'ai demandé à Bridgerton de déguerpir. Tu ne dois pas fréquenter un type pareil.

— Quoi ? s'écria-t-elle.

— Pas si fort, tout le monde va t'entendre.

— Je ne faisais pas de bruit avant que tu t'introduises dans ma chambre !

— Je te dis que Bridgerton n'est pas un homme pour toi.

— Je n'ai jamais dit le contraire. C'est lady Danbury qui l'a poussé dans ma direction.

— Cette femme est un fléau.

— Tu l'as déjà dit.

— Cela mérite d'être répété. Bon sang, tu ne comprends donc pas ? Elle essayait juste de me rendre jaloux !

Dans le silence qui suivit, Honoria se leva.

Marcus jeta un coup d'œil à la porte restée entrebâillée, puis s'en alla promptement la fermer.

Il pivota vers Honoria qui s'était pétrifiée, les yeux écarquillés dans cette expression ahurie qui l'avait toujours énervé. À la lumière de la bougie, ses iris prenaient un reflet argenté presque hypnotique.

Elle était belle. Il le savait déjà, mais sa beauté le frappa de nouveau avec une force qui faillit lui couper les jambes.

— Pourquoi lady Danbury voudrait-elle te rendre jaloux ? demanda-t-elle dans un souffle.

Il serra les dents, puis se força à répondre :

— Je ne sais pas. Sans doute parce qu'elle se croit toute-puissante.

Tout plutôt que d'avouer la vérité.

Il n'avait pas peur de lui dire qu'il l'aimait, mais le moment était mal choisi. Il ne voulait pas que les choses se passent ainsi, dans la colère et l'affrontement.

Honoria était toujours immobile. Seule sa gorge bougeait chaque fois qu'elle avalait sa salive.

— Et pourquoi te crois-tu investi d'une mission qui consisterait à me protéger des hommes que je ne suis pas supposée fréquenter ?

Il ne répondit pas.

— Pourquoi, Marcus ?

— Parce que Daniel me l'a demandé.

Il n'en avait pas honte. Il assumait même de ne pas l'avoir dit à Honoria. Il n'aimait cependant pas être ainsi mis au pied du mur.

Honoria prit une profonde inspiration, puis vida ses poumons dans un soupir tremblé. Elle porta la main à sa bouche, ferma les yeux et, l'espace d'un instant, il crut qu'elle allait fondre en larmes.

Puis il se rendit compte qu'elle s'efforçait juste de contenir son émotion. Que ressentait-elle ? Du chagrin ? De la colère ? Il n'aurait su dire, pourtant, pour une raison inconnue, une douleur fulgurante le transperça, comme si on lui avait enfoncé un épieu dans la poitrine.

— Daniel rentre bientôt, tu seras donc déchargé de ta responsabilité, articula-t-elle.

— Non.

Ce mot avait jailli tel un serment venu du tréfonds de son être.

— Comment cela « non » ?

Il fit un pas en avant. Il ne savait pas au juste ce qu'il allait faire, mais il était incapable de se contrôler.

— Non, répéta-t-il. Je ne veux pas être déchargé de cette responsabilité.

Les lèvres de Honoria s'entrouvrirent.

Il fit encore un pas. Son cœur battait à tout rompre et une onde brûlante était en train de l'embraser.

Il lui prit la main.

— Je te veux. Toi, dit-il sans détour.

— Marcus, je…

— Je veux t'embrasser, la coupa-t-il en caressant du doigt ses lèvres frémissantes. Te tenir dans mes bras. Je me consume pour toi.

Puis, lentement, il lui encadra le visage de ses mains et s'empara de ses lèvres. Il l'embrassa avec toute la fièvre et la passion qui brûlaient en lui depuis des jours et qu'il avait eu tant de mal à réprimer.

Cet amour, dont il n'avait pris conscience que récemment, était sans doute là depuis toujours, tapi dans son cœur, attendant juste d'être découvert et libéré.

Il l'aimait.

Il la désirait.

Il avait besoin d'elle.

Maintenant.

Toute sa vie, il s'était comporté en parfait gentleman. Il n'avait jamais été un coureur de jupons, n'avait même jamais flirté avec quiconque. Il détestait attirer l'attention sur lui, mais bon sang, il voulait que Honoria le regarde ! Pour une fois dans sa vie, il voulait mal se conduire, la prendre dans ses bras et la porter sur le lit. Lui ôter ses vêtements et rendre hommage à son corps nu. Lui prouver par ses actes ce qu'il était incapable de dire en mots.

— Honoria, chuchota-t-il en espérant qu'elle perçoive son émotion dans sa voix.

Elle lui frôla la joue, sans cesser de le scruter, puis s'humecta les lèvres.

Et soudain c'en fut trop. Il voulait l'embrasser de nouveau, la serrer dans ses bras, sentir son corps contre le sien. Si elle l'avait repoussé, si elle avait émis la moindre protestation, il aurait renoncé et serait parti. Mais elle ne le rejeta pas. Elle se contenta de le regarder, l'air émerveillé.

Alors il l'enlaça et reprit sa bouche.

Ses mains coururent sur ses courbes. Honoria poussa un gémissement qui lui mit le sang en ébullition. La plaquant contre lui, il fit descendre ses mains sur les délicieuses rondeurs de ses fesses, les empoigna pour la presser contre son érection.

Elle laissa échapper un petit cri de surprise, mais il n'était pas en état de la rassurer en lui expliquant le pourquoi d'une telle réaction physique. Elle était innocente et il aurait dû se montrer patient, la guider pas à pas. Il y avait cependant une limite au contrôle qu'un homme pouvait exercer sur lui-même, et celle-ci avait été franchie lorsqu'elle lui avait caressé la joue.

Honoria s'abandonnait entre ses bras, lui rendait ses baisers. Alors il la souleva dans ses bras pour l'emporter vers le lit où il la déposa le plus tendrement possible. Puis il s'étendit sur elle et, au contact de son corps alangui, un flot de sensations vertigineuses explosa en lui.

Il glissa la main sous la manche ballon de sa robe pour dénuder son épaule laiteuse.

— Honoria, souffla-t-il encore.

S'il n'avait été aussi enflammé de désir, il aurait peut-être ri de lui-même. Son prénom était le seul mot qu'il semblait encore capable d'articuler. Peut-être parce que c'était le seul qui comptât.

Elle leva les yeux sur lui. Ses lèvres étaient gonflées, ses yeux lavande flamboyaient de passion et sa poitrine se soulevait au rythme de sa respiration saccadée. Il n'avait jamais vu femme plus belle.

— Honoria, répéta-t-il, cette fois comme une question, ou peut-être une supplique.

Il se redressa et se débarrassa de sa veste et de sa chemise. Il avait besoin de sentir l'air frais sur sa peau surchauffée, et surtout de sentir sa peau à *elle*.

Lorsqu'il fut torse nu, elle lui tendit les bras en murmurant son prénom, et il oublia tout le reste.

Honoria ignorait à quel moment précis elle avait décidé de se donner à Marcus. Peut-être quand il avait prononcé son nom pour la première fois et qu'elle lui avait caressé la joue. Ou peut-être quand il avait posé sur elle ce regard affamé en avouant : « Je me consume pour toi. »

Elle avait plutôt l'impression que cela s'était produit quand il avait fait irruption dans sa chambre. À cet instant, elle avait su que cela arriverait, que s'il lui disait qu'il l'aimait, ou même simplement qu'il la désirait, elle serait perdue.

Elle était assise sur son lit, à se demander comment la soirée avait bien pu tourner au cauchemar, et soudain il était apparu, tel un esprit qu'elle aurait invoqué et qui se serait matérialisé devant elle.

Ils s'étaient disputés, et si un témoin de la scène l'avait interrogée à ce moment, elle aurait juré qu'elle n'avait qu'une envie : le chasser de la chambre et s'enfermer à double tour. Pourtant, dans le secret de son cœur, un déclic s'était produit et une douce chaleur était déjà en train de se répandre en elle.

Lorsqu'il avait franchi la distance qui les séparait et l'avait l'embrassée, elle n'avait pas été capable de refréner son désir, pas plus qu'elle n'aurait pu s'empêcher de respirer. Et quand il l'avait allongée sur le lit, elle avait senti que c'était là sa place, entre ses bras solides.

Il lui appartenait, c'était aussi simple que cela.

À présent, il la couvait d'un regard où brûlait le feu d'un désir de possession primitif. Et elle voulait lui appartenir. Pour toujours.

Seigneur, elle en mourait d'envie.

Elle promena les mains sur son corps, se délecta de sa chaleur. Elle sentit son cœur battre follement sous sa paume.

Il chuchota son prénom. Il était si beau, si grave, si... généreux.

Marcus était un homme bien, un homme de cœur. Et sa bouche qui lui butinait le cou déclenchait des sensations délicieuses.

Elle avait ôté ses escarpins en entrant dans la chambre un peu plus tôt, et ne portait que ses bas. Doucement, elle fit remonter son pied gainé de soie le long de sa...

Elle s'esclaffa.

Marcus se redressa, l'air perplexe.

— Qu'y a-t-il ?

— Tes bottes, pouffa-t-elle.

Lentement, il tourna la tête et laissa échapper un juron. Honoria rit encore plus fort.

— Tu devrais peut-être les enlever, non ?

— Cela va prendre du temps.

— Il n'est pas question que je t'apporte une paire de ciseaux pour régler le problème.

Il se résigna à s'asseoir, tira sur une botte qui finit par glisser et tomba sur le parquet.

— Tu vois, ce ne sera pas nécessaire, dit-il.

— Dieu merci ! murmura-t-elle en s'efforçant de garder son sérieux.

Il se débarrassa de l'autre botte avant de se tourner vers elle pour l'envelopper d'un regard ardent qui lui coupa le souffle.

Passant les mains dans son dos, il s'attaqua à la rangée de petits boutons qui fermaient sa robe. La soie glissa dans un doux chuintement. Spontanément, Honoria croisa les bras sur sa poitrine. Marcus ne tenta pas de l'en empêcher. Il se contenta de l'embrasser avec ferveur. Peu à peu, elle se détendit, jusqu'au moment où elle se rendit compte qu'il avait la main posée sur son sein.

Et c'était merveilleux.

Elle ignorait que son corps pouvait être si sensible et avide.

Les doigts de Marcus frôlèrent la pointe rose et Honoria tressaillit violemment.

— Marcus !

— Tu es si belle, murmura-t-il.

Elle se sentait belle. Quand il la regardait ainsi, qu'il la touchait ainsi, elle avait l'impression d'être la plus belle femme que la terre ait jamais portée.

La bouche de Marcus remplaça sa main et Honoria laissa échapper un petit cri de stupeur. Elle enfouit les doigts dans l'épaisse chevelure de Marcus. Elle devait se cramponner à lui ou elle allait tomber, tomber, comme du haut d'une falaise, ou peut-être s'envoler et se dissoudre dans l'air, disparaître purement et simplement, consumée tout entière par ce feu qui la dévorait.

Son corps lui semblait complètement étranger et, en même temps, toutes ces sensations lui paraissaient naturelles, dans l'ordre des choses. Ses mains savaient où se poser, ses hanches remuaient d'instinct, et lorsque la bouche de Marcus glissa sur son ventre après qu'il eut retroussé sa jupe, elle sut que tout cela était normal et qu'elle le voulait aussi. Qu'elle en voulait plus.

Il lui écarta doucement les cuisses et, docile, elle le laissa faire.

— Oui, souffla-t-elle. Marcus... s'il te plaît...

Alors il l'embrassa.

Elle ne s'y attendait pas du tout et crut mourir de plaisir. Elle pensait qu'il allait entrer en elle, mais au lieu de cela il lui rendait hommage avec sa bouche, sa langue, ses lèvres. Les sensations étaient décuplées, d'une intensité incroyable... Elle se tordait en gémissant, articulait des mots sans suite.

— *Marcus*... l'implora-t-elle.

Elle ne savait pas ce qu'elle réclamait. Elle savait juste que lui seul pouvait le lui donner. Lui seul avait le pouvoir d'éteindre ce brasier, de l'envoyer au paradis, puis de la ramener sur terre avec lui, où elle pourrait passer le reste de sa vie entre ses bras.

Il s'écarta un instant et elle faillit crier tant la sensation de manque était forte. Fébrile, il se débarrassa de son pantalon, puis s'étendit de nouveau sur elle et se positionna entre ses jambes.

Son regard se riva au sien.

— Prends-moi, haleta-t-elle.

Il entreprit de la pénétrer lentement. Elle se crispa d'instinct, puis, consciente qu'elle ne lui facilitait pas la tâche, elle s'efforça de se détendre. Avec précaution, il continua sa progression en elle, jusqu'au moment où, avec un petit cri de surprise, elle se rendit compte qu'il était totalement en elle.

Il frissonna de plaisir avant de commencer à se mouvoir en rythme. La tension grandit, devint presque insupportable tandis qu'elle murmurait des mots sans suite. Puis quelque chose se produisit. Une explosion de tout son être, comme si toute cette énergie accumulée se libérait d'un coup.

Presque simultanément, Marcus s'arc-bouta, donna un ultime coup de reins en laissant échapper un cri rauque avant de se déverser en elle.

Pendant de longues minutes, Honoria ne put que rester étendue, à savourer la chaleur de leurs deux corps réunis.

Puis Marcus se retira. Il ramena la couverture sur eux et ils se pelotonnèrent l'un contre l'autre comme dans un nid.

Honoria n'aurait pu imaginer moment plus paisible et complice. Et il en irait ainsi jusqu'à la fin de leur vie.

Marcus n'avait pas parlé de mariage, mais cela ne la préoccupait pas. Il ne l'abandonnerait jamais après une telle expérience. Il devait attendre le bon moment pour faire sa demande. Son cher Marcus ! Il avait toujours à cœur de faire les choses convenablement.

Cela dit, ce qu'ils venaient de faire n'était pas du tout convenable, songea-t-elle avec malice.

— À quoi penses-tu ? demanda-t-il.

— À rien, mentit-elle. Pourquoi ?

Il se hissa sur le coude et, la tête calée dans sa main, la dévisagea.

— Parce que tu as une tête effrayante.

— Comment cela, effrayante ?

— Tu as la tête de quelqu'un qui mijote quelque chose.

Il rit doucement, et les vibrations de son rire se répercutèrent dans le corps de Honoria. Reprenant son sérieux, il murmura :

— Il va falloir retourner là-bas.

— Je sais, soupira-t-elle. On va remarquer notre absence.

— Surtout la tienne.

— Je vais dire à ma mère que je ne me sentais pas bien, que... tiens, que j'ai sans doute la même maladie que Sarah. Qui se porte comme un charme, mais personne ne le sait. Sauf Sarah. Et moi. Et Iris. Et sans doute Mlle Wynter.

Marcus se pencha pour l'embrasser sur le bout du nez.

— Si je le pouvais, je resterais ici à jamais.

Elle sourit. Ses paroles la plongeaient dans une douce euphorie.

— En réalité, je pensais juste que ce que nous venons de faire avait un avant-goût de paradis, avoua-t-elle.

Il resta silencieux un instant, puis, d'une voix si basse qu'elle ne fut pas sûre de l'avoir bien entendu, il murmura :

— C'était bien mieux que le paradis.

22

Dieu merci, Honoria n'avait pas une coiffure trop élaborée ce jour-là. Avec toutes ces répétitions, elle n'en avait pas eu le temps. Elle put donc se recoiffer sans trop de mal.

Nouer la cravate de Marcus se révéla, en revanche, plus ardu. En dépit de leurs efforts conjoints, ils ne parvinrent pas à reproduire le nœud compliqué.

— Tu ne pourras jamais te passer de ton valet, dit Honoria après que leur troisième tentative eut échoué. Je crois même qu'il va falloir augmenter ses gages.

— J'ai avoué à lady Danbury qu'il m'avait poignardé le mollet.

Honoria plaqua la main sur sa bouche.

— J'essaie de ne pas rire. Parce que ce n'est pas drôle.

— J'ai bien peur que si.

Ils éclatèrent de rire dans un bel ensemble.

Marcus avait l'air si heureux, si insouciant, que le cœur de Honoria se gonfla de joie. C'était à la fois étrange et merveilleux de découvrir que son bonheur dépendait de celui d'un autre être.

— J'essaie une dernière fois, décida-t-il.

Il saisit les extrémités de sa cravate et se tourna vers le miroir. Honoria l'observa une minute, avant de déclarer :

— C'est peine perdue. Tu vas devoir rentrer chez toi.

— Je n'ai même pas réussi à faire le premier nœud.

— Et tu n'y arriveras pas. Ce ne sera jamais impeccable. Je dois dire qu'entre les nœuds de cravate et les bottes moulantes, je révise mon opinion concernant les contraintes de la mode. Les hommes sont encore moins bien lotis que les femmes.

— Tu trouves ?

— Oui. Au moins, personne n'a jamais lacéré mes chaussures avec un couteau.

— Ma chemise ne se boutonne pas dans le dos, fit-il remarquer.

— Tu marques un point. Cela dit, je suis libre de choisir une robe qui se boutonne par le devant, alors qu'il t'est impossible de sortir sans cravate.

— Bien sûr que si. À Fensmore, objecta-t-il sans cesser de s'escrimer sur la cravate de plus en plus chiffonnée.

— Nous ne sommes pas à Fensmore, lui rappela-t-elle en souriant.

Avec un soupir, il fourra la cravate dans sa poche.

— J'y renonce. De toute façon je ne vois pas pourquoi je retournerais à la réception. Tout le monde doit déjà penser que je suis rentré chez moi. Si tant est que quelqu'un pense à moi, ajouta-t-il après réflexion.

Comme il y avait plusieurs débutantes parmi les invités – et surtout plusieurs mères résolues à les marier dans l'année –, Honoria était quant à elle bien certaine que son absence avait été remarquée.

Ils se faufilèrent dans le couloir, puis empruntèrent l'escalier de service. Honoria avait l'intention de couper à travers plusieurs pièces pour rejoindre la salle de réception tandis que Marcus se glisserait dehors en passant par l'office. Lorsqu'ils atteignirent l'endroit où leurs chemins se séparaient, il lui caressa la joue.

— Je passerai te rendre visite demain, promit-il.

— Tu ne m'embrasses pas pour me dire au revoir ?

Il ne se le fit pas dire deux fois et, prenant son visage entre ses mains, captura sa bouche en un long baiser passionné.

Honoria sentit une vague de chaleur l'envahir, comme si son corps était sur le point de se liquéfier. Enivrée, elle se hissa sur la pointe des pieds pour mieux...

Un cri terrible retentit soudain. Puis Marcus fut catapulté contre le mur du couloir.

Un homme jailli de nulle part venait de se précipiter sur lui et le tenait à la gorge. Honoria poussa un cri perçant. Sans réfléchir, elle se jeta sur l'intrus et s'agrippa à ses épaules pour tenter de lui faire lâcher prise.

— Lâchez-le ! hurla-t-elle en tentant de lui immobiliser le bras.

— Bon sang, Moustique, descends de là ! rugit l'homme.

Moustique ?

Honoria se figea, puis :

— Daniel ?

— Qui d'autre, à ton avis ?

Incrédule, elle desserra son étreinte et retomba sur ses pieds. Puis elle recula d'un pas pour mieux le dévisager.

— Daniel !

Elle avait presque du mal à le reconnaître.

Il semblait plus âgé, ce qu'il était certes, mais surtout ses traits étaient marqués par une profonde lassitude. Peut-être était-il tout simplement fatigué par son voyage – après tout, il arrivait d'Italie. D'ailleurs, sa veste était toute poussiéreuse et froissée.

— Tu es rentré, dit-elle stupidement.

— À l'évidence. Que diable se passe-t-il ici ?

— Je...

Il l'interrompit d'un geste.

— Non, reste en dehors de cela, Honoria.

Elle lui décocha un regard indigné. Ne venait-il pas de lui poser une question ? Il aurait pu avoir l'amabilité de la laisser répondre !

Chancelant, Marcus se frottait le crâne là où sa tête avait heurté le mur.

— Bon sang, Daniel, la prochaine fois préviens-nous quand tu...

Daniel pivota et lui asséna un coup de poing dans la mâchoire.

— Espèce de salopard !

— Daniel ! hurla Honoria.

Elle voulut s'interposer une fois de plus, mais son frère l'écarta d'un geste. Elle n'eut pas le temps de contre-attaquer. Daniel avait toujours été vif et athlétique. Furibond, il frappa de nouveau Marcus.

Celui-ci se contenta d'essuyer d'un revers de manche le sang qui lui coulait sur le menton.

— Je ne veux pas me battre avec toi, Daniel.

— Qu'est-ce que tu trafiques avec ma sœur ?

— Tu as...

Ouch !

— ... perdu la tête, ahana Marcus, plié en deux après avoir reçu le poing de Daniel dans l'estomac.

— Je t'ai demandé de veiller sur elle. De-veiller-sur-elle ! répéta Daniel en ponctuant chaque mot d'un coup dans le thorax de Marcus.

— Daniel, arrête ! supplia Honoria.

— C'est ma sœur !

— Je sais bien, grogna Marcus.

Il parvint à retrouver son équilibre et, bien campé sur ses pieds, il envoya à son tour son poing dans la figure de Daniel.

Ce dernier l'attrapa au collet et le plaqua violemment contre le mur. Marcus lui envoya alors son genou dans les parties sensibles. Courbé en deux, Daniel laissa échapper un gémissement inhumain et s'effondra, entraînant Honoria dans sa chute.

— Vous êtes devenus fous tous les deux, haleta-t-elle en s'efforçant de se relever.

Les deux hommes ne l'écoutaient pas. Elle aurait tout aussi bien pu s'adresser aux lattes du parquet.

Marcus grimaça en se frottant la gorge.

— Bon sang, Daniel, tu as failli m'étrangler !

Pantelant de douleur, Daniel grogna :

— Je te demande de protéger ma sœur, et toi tu profites d'elle !

— Justement, réfléchis un peu, siffla Marcus. Tu m'as demandé de la protéger, mais qu'est-ce que je connais aux débutantes ?

— Apparemment tu en sais beaucoup sur le sujet. Tu étais en train de la peloter...

Outrée, Honoria flanqua une calotte sur le crâne de son frère. Elle l'aurait frappé de nouveau s'il ne l'avait poussée rudement.

Avant qu'elle puisse réagir, Marcus rugit et se jeta sur celui qu'il avait toujours considéré comme son meilleur ami. Les coups se mirent à pleuvoir sur Daniel.

— Nom de nom, Marcus... qu'est-ce qui te prend ? éructa Daniel entre deux coups de poing.

— Je t'interdis de lui parler ainsi !

— C'est toi que j'insultais !

— Très bien. Alors voilà pour l'insulte, beugla Marcus en boxant la joue gauche de Daniel. Et ça... c'est pour l'avoir abandonnée, ajouta-t-il en lui boxant la joue droite.

Daniel avait maintenant la bouche en sang.

— Je ne l'ai pas abandonnée ! J'ai dû m'exiler. Je risquais la pendaison !

— Tu aurais pu rentrer depuis longtemps, répliqua Marcus en lui donnant une violente poussée dans l'épaule.

— C'est faux ! Tu n'as pas remarqué que Ramsgate était complètement cinglé ?

— En tout cas, tu n'as pas daigné lui écrire depuis plus d'un an.

— Ce n'est pas vrai !

— Si, c'est vrai, intervint Honoria.

Mais aucun d'eux ne lui prêtait la moindre attention.

— Ta mère était anéantie.

— Que voulais-tu que je fasse ? répliqua Daniel.

— Je m'en vais, annonça Honoria.

— Tu aurais au moins pu lui écrire.

— Je l'ai fait ! Elle n'a jamais répondu à mes lettres.

— Je m'en vais, répéta Honoria.

Les deux hommes, presque nez à nez, continuaient de se lancer des noms d'oiseau et de vitupérer. Elle haussa les épaules. Au moins n'essayaient-ils plus de se tuer l'un l'autre. Ce n'était pas la première fois qu'ils se battaient et ce ne serait sans doute pas la dernière.

Il fallait admettre qu'une infime partie d'elle-même – enfin, un peu plus qu'infime – avait été émoustillée de les voir se battre ainsi à cause d'elle. Surtout Marcus.

Un soupir ravi lui échappa au souvenir de l'expression farouche qui s'était peinte sur son visage quand il avait cru que Daniel l'avait insultée. Il l'aimait. Il ne le lui avait pas encore dit, mais cela ne faisait aucun doute. Il allait s'expliquer avec son frère, et cette histoire d'amour – *mon* histoire, songea-t-elle rêveusement – connaîtrait un heureux dénouement.

Ils se marieraient, auraient des tas d'enfants et formeraient une famille joyeuse et unie. Cette famille qui avait tant manqué à Marcus et qu'il méritait d'avoir. Une famille où l'on mangerait de la tarte aux framboises au moins une fois par semaine, se promit-elle.

Ce serait merveilleux.

Elle jeta un dernier regard aux deux hommes qui continuaient à se pousser mutuellement, quoique sans conviction, à présent. L'affaire était réglée. Autant rejoindre la réception. Il fallait bien que quelqu'un annonce à sa mère que Daniel était de retour.

— Où est passée Honoria ? demanda soudain Daniel.

Ils étaient assis sur le sol, côte à côte, le dos appuyé au mur. Marcus avait les jambes repliées, celles de Daniel étaient étalées devant lui. Au bout d'un moment passé à se pousser et à s'invectiver, le ton et les coups avaient baissé d'intensité et, comme d'un accord tacite, ils s'étaient assis dans le couloir en grimaçant de douleur.

— Je suppose qu'elle est retournée avec les invités, dit Marcus.

Il espérait que Daniel s'était bel et bien calmé, car il doutait d'avoir suffisamment d'énergie pour remettre cela.

— Tu as l'air d'un épouvantail, déclara Daniel.

— Tu ne t'es pas regardé.

— Je t'ai vu l'embrasser.

— Et alors ?

— Quelles sont tes intentions ?

— Je comptais te demander sa main, mais tu m'as flanqué un direct à l'estomac.

Daniel cilla.

— Ah !

— À quoi t'attendais-tu donc ? Tu pensais que j'allais la séduire, puis la jeter aux loups ?

Daniel se raidit.

— La séduire ? répéta-t-il, ses yeux lançant des éclairs. Aurais-tu...

— Tais-toi, l'interrompit Marcus en levant la main.

Daniel se tint coi, mais continua de le considérer d'un air soupçonneux.

— Non, intima encore Marcus pour être tout à fait clair.

Il se tâta la mâchoire. Bon sang, cela faisait un mal de chien. Puis il regarda Daniel qui pliait et dépliait ses doigts meurtris.

— Au fait, content de te revoir. Et la prochaine fois, précise-nous la date de ton arrivée.

Daniel leva les yeux au ciel d'un air excédé.

— Ta mère n'a pas prononcé ton nom pendant trois ans, ajouta Marcus à mi-voix.

— Pourquoi me dis-tu cela ?

— Parce que tu es parti. Tu es parti, et...

— Je n'avais pas le choix.

— Tu aurais pu rentrer. Tu sais que...

— Non, coupa Daniel. Ramsgate m'avait fait poursuivre sur le continent.

Marcus demeura silencieux un moment, avant de murmurer :

— Désolé, je l'ignorais.

— Ce n'est pas grave, soupira Daniel, qui laissa retomber sa tête contre le mur. De toute façon, elle n'a jamais répondu à mes lettres. Je parle de ma mère. Alors cela ne me surprend pas qu'elle n'ait plus prononcé mon nom.

— Ces années ont été aussi très difficiles pour Honoria.

— Depuis combien de temps elle et toi...

— C'est arrivé ce printemps.

— Que s'est-il passé ?

Marcus ne put s'empêcher de sourire. Du côté droit de la bouche uniquement. Le gauche commençait à enfler sérieusement.

— Je ne sais pas trop, admit-il.

Cela n'avait pas de sens de parler de la fausse taupinière, de son entorse, de sa blessure infectée ou de la tarte aux framboises. C'étaient là des anecdotes.

Cela n'avait rien à voir avec ce qui s'était passé dans son cœur.

— Tu l'aimes ?

Marcus hocha la tête.

— Dans ce cas...

Daniel eut un haussement d'épaules. Cela suffisait, il n'y avait rien à ajouter, comprit Marcus. Ils étaient des hommes et les hommes étaient ainsi.

Il décocha un petit coup de coude dans les côtes de son ami.

— Je suis content que tu sois rentré, mon vieux.

— Moi aussi, Marcus. Moi aussi, répondit Daniel.

23

Après avoir abandonné Marcus et Daniel à leur sort, Honoria avait rejoint discrètement le salon de musique où le quatuor avait répété. Celui-ci était désert, comme prévu.

Un rai de lumière zébrait le parquet devant la porte qui menait à la salle de réception. Honoria vérifia une dernière fois son apparence dans un miroir. Elle n'en était pas absolument certaine à cause de la pénombre qui régnait, mais il lui semblait qu'elle était à peu près présentable.

Elle passa dans la pièce d'à côté.

Quelques invités s'attardaient encore, suffisamment en tout cas pour que son absence n'ait pas été remarquée – du moins par des gens n'appartenant pas à sa famille.

Capucine tenait sa cour au centre de la pièce et se rengorgeait en montrant son violon, « un Ruggieri », insistait-elle.

Lady Winstead se tenait en retrait, l'air fatiguée quoique heureuse.

Quant à Iris, elle était...

— Où étais-tu passée ? lui siffla Iris à l'oreille.

... Juste à côté d'elle, apparemment.

— Je ne me sentais pas très bien, prétendit
Honoria.

Iris ricana.

— Comme Sarah ?

— Euh... c'est possible.

Cette réponse lui valut un profond soupir.

— Je voudrais partir, hélas, ma mère ne veut pas
en entendre parler.

— Je suis désolée, murmura Honoria.

Ce n'était pas facile d'apparaître compatissante
alors qu'elle-même débordait de joie, mais elle essaya
quand même.

— Le pire, c'est Capucine, grinça Iris. Elle saute
partout comme une... C'est du sang sur ta manche ?

— Pardon ?

Honoria se tordit le cou. Il y avait bel et bien une
trace rougeâtre sur le haut de sa manche. Le sang
de Marcus ou celui de Daniel ? Dieu seul le savait,
tous deux étant dans un état lamentable quand elle
les avait quittés.

— Oh, euh, non... je ne sais pas ce que c'est.

— C'est bien du sang, s'entêta Iris, perplexe.

— Sûrement pas. Peut-être de la framboise, j'ai
mangé une tartelette tout à l'heure. Mais que me
disais-tu à propos de Capucine ?

Sa tentative de diversion fonctionna.

— Elle est horripilante ! Elle...

Le rire strident de Capucine l'interrompit. Iris leva
les yeux au ciel et soupira :

— Je crois que je vais pleurer.

— Non, retiens-toi.

— J'ai bien le droit d'exprimer mon désespoir. Je
viens de vivre le jour le plus humiliant de toute ma
vie. Honoria, je te préviens, je ne supporterai pas

de recommencer. Je t'assure. Et tant pis s'il n'y a pas de violoncelliste pour me remplacer. C'est au-dessus de mes forces.

— Si tu te maries dans l'année...

— Oui, je suis au courant, coupa Iris. J'ai même failli accepter la demande en mariage de lord Venable, juste pour éviter de remonter sur les planches.

Lord Venable ? Seigneur, ce dernier avait l'âge d'être son grand-père. Voire son arrière-grand-père.

— Je t'en prie, reste avec moi, supplia Iris. Je n'en peux plus de tous ces gens qui viennent me féliciter. Je ne sais pas quoi leur dire.

— Ne t'inquiète pas, dit Honoria en lui prenant la main.

La voix de sa mère retentit non loin :

— Ah, Honoria, te voilà ! Où étais-tu passée ?

— Je suis montée m'étendre quelques minutes, maman. J'étais épuisée.

— Il est vrai que la journée a été rude.

— J'ai dû m'endormir, dit encore Honoria d'un ton d'excuse.

Qui aurait cru qu'elle pouvait mentir si facilement ?

— Avez-vous vu Mlle Wynter ? s'enquit lady Winstead. Nous ne la trouvons nulle part et Charlotte est prête à rentrer.

— Elle est peut-être aux toilettes ? suggéra Iris.

— Cela m'étonnerait, cela fait un bon moment qu'elle a disparu.

Honoria songea à Daniel qui devait être encore dans le couloir à l'étage.

— Euh, maman... je voudrais vous parler un ins-tant.

— Cela attendra, ma chérie. Je commence à m'in-quiéter au sujet de Mlle Wynter.

— Il est possible qu'elle ait eu besoin de s'allonger, elle aussi, hasarda Honoria.

— Peut-être. J'espère que Charlotte n'oubliera pas de lui accorder un jour de congé supplémentaire cette semaine. C'est bien le moins que nous puissions faire. Elle nous a sauvé la mise. D'ailleurs je vais de ce pas soumettre l'idée à Charlotte, décida lady Winstead.

Sur ces mots, elle s'éloigna.

— Sauvé la mise... C'est une façon de voir les choses, commenta Iris.

Honoria pouffa et glissa son bras sous celui de sa cousine.

— Viens avec moi. Nous allons faire le tour de la pièce et montrer à tout le monde que nous sommes fières et heureuses.

— Fières et heureuses ? Je ne crois pas en être capable, Honoria. Je...

Cette fois, ce fut un brusque fracas qui interrompit Iris.

On entendit un craquement sinistre, suivi d'une série de *cloc* et de *zwouiiiing*.

— Qu'est-ce que c'était ? s'exclama Iris.

— Je ne sais pas, fit Honoria, qui tendit le cou. On aurait dit...

— Oh, mon Dieu, Honoria ! s'écria Capucine. Ton violon !

— Quoi, mon violon ? dit Honoria en se rapprochant.

— Seigneur ! souffla Iris en portant la main à sa bouche.

Elle agrippa Honoria par le bras, comme pour lui dire : « Mieux vaut que tu ne regardes pas. »

— Que se passe-t-il ? demanda Honoria. Je...

Lady Danbury se détacha du groupe.

— Lady Honoria, je vous présente mes excuses, aboya-t-elle.

Interdite, Honoria considérait ce qui restait de son instrument.

— Que... comment... qu'est-ce qui... balbutia-t-elle.

Lady Danbury secoua la tête d'un air faussement catastrophé.

— Je ne sais pas comment cela a pu se produire, vraiment. C'est ma canne. J'ai dû accrocher le violon par inadvertance et il est tombé de la table.

Honoria ouvrit la bouche, puis la referma, sans qu'aucun son n'en sorte. De toute évidence, son violon n'était pas seulement tombé. Il était fracassé. Toutes les cordes étaient arrachées, certaines pièces de bois s'étaient détachées et la mentonnière avait disparu.

On aurait dit qu'il avait été sauvagement piétiné.

— J'insiste pour vous en racheter un autre, naturellement, reprit lady Danbury.

— Ce ne sera pas nécessaire, répondit Honoria d'une voix sans timbre.

— Bien sûr que si. Un Ruggieri, cela va de soi.

Non loin, Capucine eut un petit hoquet d'indignation.

— Je vous assure, ne vous donnez pas cette peine, articula Honoria dont les yeux restaient rivés sur le violon désarticulé.

— Voyons, je suis responsable, je vous dois réparation, insista lady Danbury d'un ton grandiloquent, la main sur le cœur.

— Mais un *Ruggieri* ! couina Capucine.

— Je sais, ils sont hors de prix. En l'occurrence, c'est bien le moins que je puisse faire.

— Vous savez qu'il y a un délai d'attente, dit Capucine, l'air supérieur.

— Je ne vois pas comment je pourrais l'ignorer, cela fait une heure que vous nous le répétez, ma chère.

— Six mois. Voire un an.

— Ou plus ? hasarda lady Danbury avec un sourire ravi.

— Je ne veux pas d'un autre violon, déclara Honoria.

Elle n'en avait nul besoin. Elle allait épouser Marcus. Et plus jamais de sa vie elle ne jouerait dans un concert.

Bien sûr, elle ne pouvait pas le dire devant tous ces gens.

Il fallait d'abord que Marcus fasse sa demande. Ce qui était juste une formalité, elle ne se tracassait pas à ce sujet.

— Elle peut prendre mon vieux violon, cela ne me dérange pas, dit Capucine, magnanime.

Pendant que lady Danbury et Capucine se disputaient, Honoria se pencha vers Iris et chuchota :

— C'est vraiment inouï. Comment s'y est-elle prise, à ton avis ?

— Je n'en sais rien, avoua Iris, tout aussi abasourdie. Un coup de canne n'aurait pas suffi à faire de tels dégâts. Il fallait au moins... un éléphant.

Les deux cousines échangèrent un regard, puis partirent dans un fou rire irrépressible. Lady Danbury et Capucine cessèrent de se chamailler pour les considérer d'un air ahuri.

— Je crois que ses nerfs lâchent, commenta Capucine.

— Bien sûr, petite sotte ! jappa lady Danbury. Elle vient de perdre son cher violon.

— Et loué soit le Seigneur ! lâcha un invité.

Tous les regards convergèrent sur lui. C'était un homme à la mise soignée, accompagné d'une dame vêtue de manière tout aussi raffinée. Il rappelait à Honoria ces illustrations qu'elle avait vues dans les magazines de mode, qui représentaient Beau Brummell, le dandy le plus en vue, à l'époque où ses sœurs avaient fait leurs débuts dans le monde.

L'homme eut un sourire sarcastique.

— Par pitié, lady Danbury, ne remplacez surtout pas le violon de cette jeune personne. Il faut plutôt lui attacher les mains dans le dos pour s'assurer qu'elle ne touche plus jamais un instrument de musique de sa vie.

Si quelques ricanements fusèrent, la plupart des invités semblaient embarrassés. Honoria ne savait comment réagir. Elle savait qu'en privé tout le monde se moquait du récital Smythe-Smith. Mais personne n'avait jamais osé le faire en présence des membres de la famille. Même les chroniqueurs les plus féroces de la rubrique mondaine ne s'y étaient pas risqués.

Où était donc sa mère ? Et tante Charlotte ? Si elles avaient entendu ces quolibets, elles auraient le cœur brisé.

Le dandy, qui semblait très content de monopoliser l'attention, pivota vers les autres invités pour les prendre à témoin :

— Voyons, vous avez tellement peur de dire la vérité ? Ces gamines jouent comme des casseroles. C'est un crime contre Mozart. Un véritable massacre !

Quelques rires étouffés retentirent.

Honoria cherchait désespérément quoi dire pour défendre sa famille. Cramponnée à son bras, Iris semblait prier pour que la terre s'entrouvre et l'engloutisse à jamais.

Quant à Capucine, elle était en état de sidération.

Le dandy apostropha Honoria :

— Je vous en conjure, mademoiselle, renoncez à la musique. Vous êtes une calamité. Vous feriez pleurer les oiseaux. Moi-même, j'ai presque versé une larme.

Très fier de son trait d'esprit, il lança un regard goguenard à sa compagne qui décida de prouver qu'elle aussi pouvait se montrer tout aussi spirituelle.

— Personnellement, j'ai trempé mon mouchoir !

Honoria sentit des larmes de rage lui monter aux yeux. Elle avait toujours cru que si un jour on l'attaquait publiquement, elle riposterait avec tant de verve et de panache que son adversaire n'aurait d'autre choix que de filer la queue entre les jambes.

Or voilà que cela se produisait, et qu'elle était littéralement paralysée.

Les mains tremblantes, elle tenta de se ressaisir, en vain. Ce soir, sans doute, des paroles cinglantes lui viendraient à l'esprit. Mais pour l'heure, son cerveau embrumé ne réagissait pas. Elle était incapable d'aligner trois mots cohérents, sans parler de s'engager dans une joute verbale féroce.

Un invité se permit un rire plus sonore. Une dame l'imita. Honoria sentit sa fureur décupler. Ce grossier personnage était en train de gagner la partie. Il avait été invité et il osait l'insulter devant tous ces gens ! C'était vraiment odieux de sa part, sauf que... il avait raison. Elle jouait comme une casserole.

Il n'empêche, cela ne se faisait pas. Ces gens devaient le savoir. Il y aurait bien quelqu'un pour remettre ce sale type à sa place.

Soudain, parmi les chuchotements et gloussements hypocrites, on distingua un martèlement de bottes sur le parquet. Lentement, les têtes pivotèrent.

Honoria se tourna vers la porte et...

... retomba amoureuse.

Marcus qui détestait se faire remarquer, Marcus qui n'avait jamais un mot plus haut que l'autre, Marcus qui préférait jouer l'arbre plutôt que le rôle principal, Marcus s'avançait d'un pas martial et s'apprêtait manifestement à faire une scène.

Le visage meurtri, le menton taché de sang, les cheveux en bataille, il ressemblait à un dieu vengeur.

— Pouvez-vous répéter ce que vous venez de dire, Grimston ? articula-t-il d'une voix sourde en s'immobilisant devant ce dernier.

Grimston parut se recroqueviller sur place, et dans la foule plusieurs personnes reculèrent. Marcus semblait vraiment furieux.

— Répétez ce que vous venez de dire, Grimston.

La mémoire revint à Honoria. Il s'agissait de Basil Grimston, qui avait été absent de Londres plusieurs années, mais qui, du temps de sa jeunesse turbulente, s'était taillé une réputation de plaisantin à la langue fielleuse. Les sœurs de Honoria le détestaient.

— Je n'ai dit que la stricte vérité, se défendit Grimston en levant le menton.

Marcus ferma le poing droit et se mit à frapper sa paume gauche.

— Vous ne serez pas la première personne que je corrige ce soir.

Avec sa chemise déchirée, ses cheveux hirsutes, son œil au beurre noir et sa lèvre fendue, on le croyait sans peine.

C'était le plus bel homme qu'elle ait jamais vu, songea Honoria.

— Honoria ? souffla Iris en lui serrant le bras.

Honoria secoua la tête. Elle n'avait pas envie de parler. Elle ne pouvait détacher les yeux de Marcus.

— Alors, Grimston, aurez-vous le cran de répéter ce que vous avez dit à lady Honoria ? s'enquit Marcus pour la troisième fois.

Grimston se tourna vers les autres invités.

— Cet homme est un forcené. Il faut le mettre dehors ! Où est notre hôtesse ?

— Ici même, répondit Honoria en faisant un pas en avant.

Ce n'était pas tout à fait vrai, mais sa mère n'était pas là, Dieu merci, et en son absence elle se devait de reprendre le flambeau.

Marcus secoua imperceptiblement la tête et elle recula docilement aux côtés d'Iris.

— Si vous ne présentez pas immédiatement vos excuses à lady Honoria, je vais vous tuer, annonça Marcus d'une voix d'autant plus terrifiante qu'elle était calme.

Un murmure horrifié courut parmi les invités. Capucine feignit de s'évanouir et s'affaissa gracieusement contre Iris, qui fit un bond de côté et la laissa choir sur le sol.

— Vous n'allez quand même pas me convoquer sur le pré à l'aube ? riposta Grimston.

— Je ne vous parle pas d'un duel. Je parle de vous tuer ici même, de mes propres mains.

— Vous avez perdu la tête !

— C'est possible, admit Marcus avec un haussement d'épaules.

Grimston jeta un regard affolé autour de lui. Comme personne ne s'avisait de prendre sa défense – et qu'en bon dandy il n'avait aucune envie qu'on s'attaque à son physique –, il fit le choix le plus sage.

Pivotant vers Honoria, il s'adressa à son front :

— Pardon, milady.

— Faites cela selon les règles, gronda Marcus.

— Je m'excuse, dit Grimston entre ses dents.

— *Grimston.*

Grimston regarda enfin Honoria dans les yeux et articula :

— Je vous prie d'accepter mes excuses, milady.

Il était rouge de honte, visiblement furieux, mais au moins faisait-il amende honorable.

— Je les accepte, s'empressa-t-elle de dire avant que Marcus ne trouve encore à redire à sa formulation.

— Et maintenant, dehors, ordonna ce dernier.

— Comme si je comptais m'attarder, répliqua Grimston en reniflant.

— Je vais vraiment devoir vous frapper, lâcha Marcus, qui secoua la tête d'un air incrédule.

La femme qui accompagnait Grimston se hâta d'attraper celui-ci par le bras.

— Ce ne sera pas nécessaire, assura-t-elle. Merci pour cette charmante soirée, lady Honoria. Soyez sûre que si l'on me pose la question, je dirai que tout s'est très bien passé.

Encore sous le choc, Honoria se contenta de hocher la tête.

Le couple quitta la salle.

— Dieu merci, ils sont partis, grommela Marcus en se frottant les phalanges. Je ne me voyais pas lui mettre mon poing dans la figure. Ton frère a vraiment la tête dure.

Honoria ne put s'empêcher de sourire. Capucine, toujours étendue par terre, poussait des gémissements ridicules. Non loin, lady Danbury écartait les curieux en glapissant qu'il n'y avait « rien à voir ! ». Et Iris s'obstinait à poser des questions que Honoria n'écoutait pas.

— Je t'aime, dit-elle dès que le regard de Marcus accrocha le sien. Je t'aime et je t'aimerai toujours.

Elle n'avait pas eu l'intention de lui faire cet aveu, mais son cœur débordait tellement d'amour et de gratitude qu'elle n'avait pu se retenir.

Quelqu'un dut l'entendre. Et le répéter à son voisin. Et ainsi de suite. Car bientôt le silence se fit dans la salle. Et, une fois de plus, Marcus se retrouva au centre de l'attention générale.

— Je t'aime aussi, déclara-t-il d'une voix claire et ferme.

Et alors que la moitié de la bonne société londonienne les regardait, il mit un genou en terre et demanda :

— Lady Honoria Smythe-Smith, me ferez-vous le grand honneur de devenir ma femme ?

Incapable d'articuler le moindre mot, la gorge nouée par l'émotion, Honoria hocha la tête. Ses yeux s'emplirent de larmes. Puis elle hocha la tête plus vigoureusement et se jeta dans les bras de Marcus qui s'était relevé.

— Oui, cria-t-elle, retrouvant l'usage de la parole. Oui !

Iris lui raconta plus tard que tous les invités avaient poussé une clameur joyeuse. Honoria n'entendit rien. Dans cet instant parfait, il n'y avait plus que Marcus et elle.

Souriant, il appuya son front contre le sien.

— Je comptais bien te demander en mariage, mais tu m'as obligé à précipiter les choses, murmura-t-il.

— Ce n'était pas mon intention.

— J'attendais un moment plus opportun.

Elle se hissa sur la pointe des pieds et l'embrassa. Et cette fois, elle entendit les applaudissements et les vivats.

— Je crois que c'était le moment idéal, chuchota-t-elle.

Il devait être d'accord, car il l'embrassa à son tour. Devant tout le monde.

Épilogue

Un an plus tard

— Je ne suis pas certain que le premier rang soit le meilleur point de vue, remarqua Marcus d'un air circonspect.

Honoria avait insisté pour qu'ils arrivent en avance au concert annuel des Smythe-Smith. « Pour avoir les meilleures places », avait-elle argué.

— Ce n'est pas une question de point de vue, répliqua-t-elle, c'est une question d'acoustique. D'ailleurs, tout cela est secondaire. Nous sommes ici pour afficher notre soutien à la famille.

Un sourire radieux aux lèvres, elle longea la rangée de chaises vides pour s'installer sur celle du milieu, face à l'estrade. Marcus prit place à côté d'elle avec un soupir résigné.

— Es-tu bien installée ?

Honoria attendait leur premier enfant. Sa grossesse se voyait désormais et, en théorie, elle n'aurait pas dû se montrer en public. Mais elle avait décrété que le récital constituait une exception à la règle.

— C'est la tradition, avait-elle déclaré en guise de justification.

Elle était d'une loyauté infaillible. C'est pour cela qu'il l'aimait.

C'était tellement étrange d'avoir une famille à soi. Pas seulement la horde Smythe-Smith, composée d'une ribambelle de frères, sœurs et cousines. Chaque nuit, allongé près de sa femme, il avait encore du mal à se convaincre qu'elle lui appartenait. Et que lui aussi lui appartenait.

Et bientôt ils seraient trois.

C'était extraordinaire.

— Sarah et Iris sont furieuses de devoir encore jouer cette année, chuchota Honoria, bien qu'il n'y ait personne dans les parages.

— Qui a pris ta place ?

— Harriet. La petite sœur de Sarah. Elle n'a que quinze ans, mais c'était la seule violoniste.

Marcus faillit demander si Harriet était douée, puis décida qu'il n'avait pas vraiment envie de connaître la réponse.

— Cette année, le quatuor est composé de deux paires de sœurs, Iris et Capucine d'un côté, Sarah et Harriet de l'autre, nota Honoria. Je me demande si c'est déjà arrivé.

— Ta mère le saura sûrement.

— Ou tante Charlotte. Elle est un peu devenue l'historienne de la famille.

Quelqu'un s'installa au bout du premier rang. Marcus tourna la tête et constata que la salle se remplissait petit à petit.

— Je suis si nerveuse, avoua Honoria. C'est la première fois que je participe en tant que spectatrice, tu sais.

— Voyons, tu as assisté au récital durant toute ton enfance.

— C'était différent. Je n'étais pas encore montée sur scène.

Il haussa les sourcils. Elle afficha une expression qui signifiait : « Tu ne peux pas comprendre ! », puis reporta son attention sur la scène.

— Cela va commencer ! souffla-t-elle.

Marcus lui tapota la main et s'adossa à sa chaise tandis qu'Iris, Sarah, Capucine et Harriet s'installaient.

Il crut entendre Sarah pousser un énorme soupir.

Puis le concert commença.

C'était épouvantable.

Marcus s'était douté qu'il en irait cette année comme des précédentes. Pourquoi les choses auraient-elles changé ? Pourtant, ses oreilles parvenaient toujours à oublier à quel point c'était insupportable. Ou peut-être était-ce pire que jamais. Harriet fit tomber son archet à deux reprises. Lorsque cela se produisit, Marcus glissa un regard furtif à Honoria. Il s'attendait à lire de la pitié sur son visage. Après tout, elle était bien placée pour savoir quel calvaire enduraient les malheureuses musiciennes.

Mais Honoria ne semblait pas affligée le moins du monde. Elle arborait toujours son sourire lumineux, un peu comme une mère fière de sa sublime progéniture.

— Ne sont-elles pas magnifiques ? chuchota-t-elle.

Et, comme il gardait un silence prudent, elle ajouta :

— Elles ont fait tellement de progrès !

C'était peut-être vrai, auquel cas il se félicitait de ne pas avoir assisté aux répétitions.

Il passa le reste du concert à observer Honoria. Elle soupirait avec béatitude, les yeux brillants et, à un moment donné, elle posa la main sur son cœur tant son émotion était grande.

Quand enfin le silence se fit, elle fut la première à se lever pour applaudir à tout rompre. Dans un élan, elle se pencha pour embrasser Marcus sur la joue.

— Ne serait-ce pas merveilleux d'avoir quatre filles et de les voir participer au récital ? lui souffla-t-elle à l'oreille.

Et Marcus fut le premier surpris de s'entendre répondre :

— Je meurs d'impatience.

Il la suivit lorsqu'elle alla féliciter ses cousines, et alors qu'il se tenait près d'elle, la main posée au creux de ses reins, il baissa les yeux sur son ventre rond, où une vie nouvelle était en train de prendre forme. Et il se rendit compte qu'il avait dit vrai. Il brûlait d'impatience de découvrir les trésors que la vie leur réservait.

Il s'inclina alors vers elle et chuchota :

— Je t'aime.

Elle ne le regarda pas, mais elle sourit.

Et il sourit aussi.

JULIA QUINN

2

SORTILÈGE
D'UNE NUIT D'ÉTÉ

Traduit de l'anglais (États-Unis)
par Léonie Speer

Déja paru sous le titre :
Le quartet des Smythe-Smith 2 – Sortilège d'une nuit d'été

Titre original
A NIGHT LIKE THIS

Éditeur original
Avon Books, an imprint of HarperCollins Publishers, New York

© Julie Cotler Pottinger, 2012

Pour la traduction française
© Éditions J'ai lu, 2017

Pour la présente édition
© Éditions J'ai lu, 2023

*Pour Jana, l'une des personnes
les plus solides que je connaisse.*

*Et aussi pour Paul, même si
je ne comprends toujours pas pourquoi
quelqu'un pourrait avoir besoin
de sept sacs de couchage.*

L'année 1824 avait été bien remplie pour Daniel Smythe-Smith.

Il avait :

– fait son grand retour en Angleterre,

– assisté au pire concert du monde,

– embrassé une parfaite inconnue,

– repoussé une attaque de malandrins dans une rue de Londres,

– tenu le rôle principal dans un mélodrame en douze actes,

– survécu à un grave accident de cabriolet,

– pourchassé un fou,

– trouvé l'amour de sa vie.

Et on n'était qu'en avril...

Prologue

— Winstead ! Foutu tricheur !

Daniel Smythe-Smith cligna des yeux. D'accord, peut-être était-il un peu ivre, donc il avait l'esprit embrumé. Il lui semblait pourtant bien que quelqu'un venait de l'accuser de tricher aux cartes. Il avait dû se concentrer un moment avant d'en être certain – il n'était comte de Winstead que depuis un an et il oubliait souvent de se retourner quand on l'appelait par son titre.

Mais il était Winstead, ou plutôt, Winstead, c'était lui et...

Tout se mélangeait dans sa tête... Ah, oui ! Cela lui revenait.

— Non, articula-t-il avec difficulté.

Il leva la main en signe de protestation, parce qu'il était absolument sûr de n'avoir pas triché. En fait, après la dernière bouteille de vin qu'il avait vidée, c'était peut-être sa seule certitude. Mais il n'essaya pas de le dire. Esquiver la table qui allait s'écraser sur lui dans une fraction de seconde était autrement plus important.

La table ? Seigneur, à quel point était-il ivre ? La table avait finalement basculé, les cartes étaient par terre et Hugh Prentice braillait comme un possédé.

Hugh devait être saoul lui aussi.

— Je n'ai pas triché, se défendit Daniel en cillant désespérément pour accommoder sa vision défaillante.

Il tourna la tête vers Marcus Holroyd, son meilleur ami, et plaida :

— Je ne triche jamais.

Bon sang, tout le monde savait cela !

Mais Hugh avait manifestement perdu l'esprit. Il vociférait en agitant les bras et Daniel songea à un chimpanzé... sans poils.

— Qu'est-ce qu'il raconte ? demanda-t-il sans s'adresser à quelqu'un en particulier.

— Ce n'est pas possible que vous ayez eu l'as ! beugla Hugh en pointant un index accusateur sur lui. L'as n'aurait jamais dû être... être...

Il indiqua l'endroit où se trouvait la table un instant plus tôt.

— Bref, vous n'auriez pas dû l'avoir.

— Et pourtant, je l'avais, objecta Daniel sans colère ni agressivité.

Il l'avait eu, cet as, voilà tout. Il haussa les épaules.

— Vous ne pouviez pas, insista Hugh. Je sais exactement quelles cartes restaient dans le paquet.

C'était vrai. Hugh savait toujours avec précision quelles cartes n'étaient pas encore sorties. Son esprit fonctionnait à la vitesse de l'éclair. Il comptait de tête comme un boulier. Un vrai génie des mathématiques capable de diviser, multiplier ou soustraire en un clin d'œil des chiffres à trois zéros, bref, de faire tous ces calculs assommants qu'on leur imposait à l'école.

Rétrospectivement, Daniel regrettait de l'avoir défié au jeu. Mais il n'avait cherché qu'à s'amuser, persuadé qu'il perdrait. Personne ne l'emportait aux cartes contre Hugh Prentice.

À part lui, apparemment.

— Remarquable, marmonna-t-il en regardant les cartes éparpillées sur le sol.

Éberlué, il découvrait le jeu qu'il avait eu en main et abattu sur le tapis.

— J'ai gagné, annonça-t-il, aussitôt conscient d'avoir manqué une occasion de se taire. C'est drôle, n'est-ce pas, Marcus ?

— Hé, tu as entendu ce que t'a dit Hugh ? cria ce dernier en frappant dans ses mains devant son visage. Réveille-toi, Daniel !

Daniel fit la grimace, les oreilles soudain bourdonnantes.

— Je suis réveillé.

— J'exige réparation ! tonna Hugh.

Daniel leva sur lui un regard ébahi.

— Quoi ?

— Désignez vos témoins.

— Vous me provoquez en duel ?

C'était ce qu'il croyait comprendre. Mais il était ivre ! Et il pensait que Prentice l'était aussi.

— Daniel, gronda Marcus.

— Mmm. J'ai l'impression qu'il veut qu'on se batte en duel...

— Daniel, la ferme !

— Pffff...

Il essaya de chasser Marcus d'un geste de la main. S'il l'aimait comme un frère, il le trouvait parfois pesant.

Puis il s'adressa à l'homme furieux en face de lui.

— Hugh, ne soyez pas idiot.

Hugh se rua sur lui. Daniel voulut l'esquiver mais ne fut pas assez rapide et tous deux s'écrasèrent sur le sol. Si Daniel pesait cinq bons kilos de plus que son adversaire, celui-ci était animé d'une telle rage qu'il réussit à lui asséner quatre coups de poing avant que Daniel parvienne à lui en décocher enfin un.

Et encore, il avait manqué sa cible parce que plusieurs personnes s'étaient interposées pour les séparer.

— Vous n'êtes qu'un infect tricheur ! lui cria Hugh en luttant pour se dégager de l'emprise des deux hommes qui le retenaient.

— Et vous, un idiot.

L'expression de Hugh se fit féroce.

— J'obtiendrai réparation.

— Oh, non ! Pas question, répliqua Daniel, que les coups de Hugh avaient mis en rage. C'est *moi* qui obtiendrai réparation.

Marcus émit un grognement consterné.

— Dans le pré ? s'enquit Hugh d'un ton glacial, faisant référence au terrain isolé de Hyde Park où les gentlemen réglaient leurs différends.

— À l'aube, confirma Daniel en l'affrontant du regard.

Un lourd silence tomba dans la salle. Tous les hommes présents s'attendaient que l'un ou l'autre des deux protagonistes retrouve ses esprits.

En vain. Ni l'un ni l'autre ne s'étaient ravisés.

— Qu'il en soit donc ainsi, déclara Hugh avec un sourire en coin.

— Nom de nom, j'ai une de ces migraines, se plaignit Daniel.

— Vraiment ? ricana Marcus. Je me demande bien pourquoi.

Daniel frotta son œil intact, celui que Hugh n'avait pas atteint la veille.

— Épargne-moi tes sarcasmes.

— Tu peux encore arrêter tout cela.

Daniel balaya du regard les arbres qui entouraient la clairière, puis l'étendue d'herbe qui le séparait de Hugh Prentice et de son témoin, occupé à examiner son pistolet. Le soleil venait à peine de se lever et tout était couvert de rosée.

— Il est un peu tard pour ça, tu ne crois pas ? rétorqua-t-il.

— Daniel, tout cela est d'une stupidité sans nom. Tu n'as pas de raison de tirer avec un pistolet. Tu es probablement encore à demi ivre. Et Hugh aussi.

— Il m'a traité de tricheur.

— Cela ne mérite pas la mort.

— Oh, grands dieux, Marcus, il ne réussira pas à m'atteindre !

— Je ne parierais pas là-dessus.

— Il va déclarer forfait.

Marcus secoua la tête, l'air navré, et alla rejoindre le témoin de Hugh. Daniel l'observa tandis qu'il examinait les pistolets à son tour, puis discutait avec le chirurgien.

Bon sang, quelle idée absurde de convoquer un chirurgien. Personne n'allait recevoir de balle, voyons !

Marcus revint, la mine sombre, et tendit son pistolet à Daniel.

— Essaie de ne pas te faire tuer. Et ne le tue pas non plus.

— J'y veillerai, répondit Daniel d'un ton désinvolte destiné à agacer Marcus.

Il se mit en place, tendit son bras armé et attendit que l'on compte jusqu'à trois.

Un.

Deux.

Tr...

Une détonation retentit.

— Nom de Dieu ! vociféra Daniel. Vous m'avez tiré dessus !

Il fixa Hugh d'un regard incrédule. Puis il baissa les yeux sur son bras qui rougissait à vue d'œil. La balle n'avait qu'éraflé le muscle, il n'empêche que cela faisait un mal de chien. Et en plus, c'était son bras droit !

— Mais à quoi diable avez-vous pensé ? cria-t-il.

Hugh le fixait bêtement, hébété, comme s'il venait de découvrir qu'une balle pouvait faire saigner.

— Abruti, grommela Daniel en levant son pistolet pour tirer à son tour.

Il visa un gros arbre bien solide, à deux bons mètres de Hugh, dont le tronc était parfait pour y loger une balle. Mais le chirurgien arrivait en courant, jacassant à propos de Dieu seul savait quoi. Distrait, Daniel pivota légèrement vers lui. Ce faisant, il glissa sur une plaque d'herbe trempée de rosée et son index se crispa involontairement sur la détente.

Le coup partit.

Oh, bon sang, le recul lui avait fait sacrément mal ! Stupide...

Hugh hurlait.

Daniel se pétrifia. Épouvanté, il regarda en direction de l'endroit où, un instant plus tôt, Hugh se tenait. Debout.

Il était à présent étendu à terre.

— Mon Dieu...

Marcus s'était déjà précipité vers lui, ainsi que le chirurgien. Tout autour de Hugh, l'herbe était rouge.

Daniel lâcha son pistolet et fit un pas vers Hugh, horrifié.

Seigneur... venait-il de tuer un homme ?

— Apportez-moi ma trousse ! cria le chirurgien.

Daniel amorça un autre pas. Qu'était-il censé faire ? Aider ? Marcus s'activait déjà, ainsi que le témoin de Hugh. Un gentleman qui avait logé une balle dans le corps de son adversaire devait-il secourir celui-ci ?

— Tenez bon, Prentice, dit quelqu'un.

Daniel se résolut à avancer encore un peu. Puis un peu plus. Jusqu'à ce que l'odeur cuivrée du sang lui assaille les narines.

— Serrez le plus fort possible, entendit-il.

— Il va perdre sa jambe !

— Mieux vaut sa jambe que sa vie.

— Il faut arrêter l'hémorragie.

— Appuyez davantage.

— Restez avec nous, Hugh !

— Il continue à perdre son sang !

Daniel écoutait, sans toutefois comprendre qui disait quoi, et de toute façon, cela n'avait pas d'importance : Hugh agonisait sur l'herbe, et il était responsable de cette situation épouvantable.

C'était un accident, bon sang ! Hugh lui avait tiré dessus, et ensuite, au moment de riposter, il avait fait un faux pas, et... l'herbe autour de Hugh était devenue écarlate. Mon Dieu, ne savaient-ils pas qu'il avait glissé ?

— Je... je...

Il essayait de dire quelque chose, seulement, il ne trouvait pas les mots. Seul Marcus entendit ses bredouillements.

— Mieux vaudrait rester à l'écart, Daniel.

— Est-il...

Il voulait poser la seule question qui compte, mais il se sentait si mal...

Il s'évanouit.

Lorsque Daniel revint à lui, il était dans le lit de Marcus, l'épaule bandée serrée. Marcus était assis sur une chaise près de lui et regardait par la fenêtre. Le soleil de midi était éclatant. Marcus se tourna vers lui comme il laissait échapper un gémissement de douleur.

— Hugh ? articula Daniel.

— Il est vivant. Du moins l'était-il aux dernières nouvelles.

Daniel ferma les yeux.

— Qu'ai-je fait ?

— Sa jambe est en piteux état. Tu as touché une artère.

— C'était involontaire !

— Je sais. Tu vises bien.

— J'ai glissé sur l'herbe mouillée.

À quoi bon se justifier si Hugh était mourant ? Bonté divine, ils étaient amis et c'était cela qui était important ! Ils se connaissaient depuis des années, depuis leur premier trimestre à Eton. Il avait bu, et Hugh aussi, et tous les autres joueurs. Excepté Marcus, qui se contentait toujours d'un seul verre.

— Comment va ton bras, Daniel ?

— Il me fait mal. Et ce n'est que justice.

Marcus hocha la tête.

Un temps, puis :

— Ma famille est-elle au courant, Marcus ?

— Je ne sais pas. Mais si elle ne l'est pas encore, elle ne tardera pas à l'être.

Daniel déglutit avec peine. Peu importait ce qui s'était réellement passé, il serait désormais un paria. Sa famille allait le rejeter. Ses sœurs aînées étaient mariées, mais Honoria venait seulement de faire ses débuts dans le monde. Qui voudrait d'elle à présent ? Et sa mère... Il préférait ne pas imaginer sa réaction.

— Je vais être obligé de quitter le pays.

— Il n'est pas encore mort, objecta Marcus d'un ton neutre.

Incrédule, Daniel le regarda.

— S'il survit, tu n'auras pas de raison de partir, précisa Marcus.

C'était vrai, sauf que Daniel doutait que son ami s'en sorte. Il avait vu le sang. Tout ce sang. Il avait vu la blessure. Il avait même vu l'os mis à nu. Personne ne réchappait d'une blessure pareille. Si l'hémorragie ne tuait pas Hugh, une infection s'en chargerait.

— Il faudrait que j'aille le voir.

Daniel voulut se lever, mais Marcus l'en empêcha.

— Ce n'est pas une bonne idée.

— Il faut que je lui dise que je ne l'ai pas fait exprès.

— Je ne pense pas que cela compte désormais.

— Pour moi, si.

— Le juge est peut-être déjà là.

— Si le juge avait souhaité me voir, il se serait montré.

Marcus réfléchit quelques instants, puis s'écarta du lit afin que Daniel puisse se lever.

— Tu as raison.

Il tendit le bras et Daniel s'y appuya.

— Je jouais aux cartes, Marcus. C'est ce que font les gentlemen. Et quand il m'a traité de tricheur, il m'a aussi provoqué en duel, parce que c'est ce que fait un gentleman.

— Arrête, Daniel.

— J'ai visé un arbre à côté de lui, Marcus. Parce que c'est ce que fait un gentleman, dit-il avec véhémence. Et je l'ai manqué ! J'ai manqué l'arbre et j'ai touché Hugh ! Et maintenant, je vais faire ce qu'il convient, à savoir aller voir Hugh. Et je lui dirai que je suis navré.

— Je t'accompagne, déclara Marcus, résigné.

Il n'y avait rien d'autre à faire.

Hugh, deuxième fils du marquis de Ramsgate, avait été conduit chez son père, à St James, où Daniel ne mit pas longtemps à se rendre compte qu'il n'y était pas le bienvenu.

— Vous ! tonna lord Ramsgate en pointant l'index sur lui comme il l'aurait fait pour désigner le diable. Comment osez-vous vous montrer ici ?

Daniel s'immobilisa. Ramsgate avait le droit d'être furieux. Il était sous le choc, et dévasté par le chagrin.

— Je suis venu pour...

— Présenter vos condoléances ? Je suis sûr que vous serez désolé d'apprendre qu'elles sont quelque peu prématurées.

Daniel puisa un peu d'espoir dans cette remarque acide.

— Il est donc en vie ?

— À peine.

— Je voudrais présenter mes excuses.

Les yeux de Ramsgate parurent sur le point de jaillir de leurs orbites.

— Présenter vos excuses ? Vraiment ? Vous pensez donc que des excuses vous sauveront de la prison si mon fils meurt ?

— Ce n'est pas...

— Vous serez pendu ! J'y veillerai, soyez-en certain ! Daniel n'en doutait pas.

— C'est Hugh qui l'a provoqué en duel, rappela calmement Marcus.

— Je me fiche de savoir qui a commencé. Mon fils a fait ce qu'il convenait de faire. Vous, en revanche...

Il se tourna de nouveau vers Daniel et acheva d'un ton venimeux :

— Vous lui avez tiré dessus. Pourquoi ?

— Je n'en avais pas l'intention.

— Ah ! fit Ramsgate après un temps. C'est donc là votre explication.

Daniel demeura muet. Même à ses propres oreilles, ses justifications semblaient pitoyables.

Il regarda Marcus, quêtant un conseil silencieux, un signe lui indiquant comment poursuivre, mais ce dernier paraissait aussi perdu que lui. Daniel envisageait de présenter de nouveau ses excuses avant de se retirer lorsque le majordome vint annoncer que le docteur avait quitté la chambre de Hugh.

— Comment va-t-il ? demanda Ramsgate quelques instants plus tard au médecin.

— Il vivra, s'il n'y a pas d'infection.

— Et sa jambe ?

— Il ne la perdra pas. S'il n'y a pas d'infection, je le répète. Toutefois, il boitera. L'os a été brisé.

Je l'ai réparé du mieux que j'ai pu. Je ne peux faire davantage.

— Quand saurez-vous s'il a échappé à l'infection ? intervint Daniel.

Il fallait qu'il sache.

— Qui êtes-vous ? s'enquit le médecin.

— Le démon qui a tiré sur mon fils, dit Ramsgate.

Le médecin recula d'un pas, abasourdi et inquiet. Ramsgate alla se planter devant Daniel.

— Vous allez payer pour cela ! Vous avez saccagé l'existence de mon fils. Même s'il vit, il ne sera plus que l'ombre de lui-même, avec une jambe détruite et une existence détruite.

Daniel était glacé, tout à coup. Il savait que Ramsgate était bouleversé, mais il y avait autre chose. Le marquis paraissait en pleine confusion, comme possédé.

— S'il meurt, vous serez pendu, répéta-t-il. Et s'il ne meurt pas, si vous réussissez à passer entre les mailles du filet de la loi, je vous tuerai moi-même !

Ils étaient si près l'un de l'autre que Daniel sentait l'haleine humide de Ramsgate sur son visage. Et tandis qu'il plongeait le regard dans celui du marquis, il découvrit ce que signifiait vraiment avoir peur.

Lord Ramsgate allait le tuer. Ce n'était qu'une question de temps.

— Monsieur, commença-t-il, parce qu'il ne pouvait décemment pas se laisser menacer de la sorte sans broncher, je me dois de vous dire que...

— Non, c'est moi qui vais vous dire quelque chose ! Je me moque de qui vous êtes, du titre que votre maudit père vous a transmis. Vous allez mourir. Vous comprenez ?

— Je crois qu'il est temps que nous partions, Daniel, intervint Marcus.

Il tendit le bras entre les deux hommes, les écartant l'un de l'autre. Puis il salua le médecin et lord Ramsgate d'un signe de tête.

— Docteur, lord Ramsgate.

— Comptez les jours qui vous restent, déclara le marquis. Ou, mieux, les heures.

— Monsieur, reprit Daniel, obstiné, mais aussi désireux de montrer son respect au vieil homme et de se justifier, je veux que vous...

— Ne vous adressez plus à moi, le coupa Ramsgate. Rien de ce que vous pourrez dire ne sera susceptible de vous sauver. Vous n'aurez nulle part où vous cacher.

— Si vous le tuez, vous serez pendu aussi, lui fit remarquer Marcus. Vous oubliez que, si Hugh en réchappe, il aura besoin de vous.

Ramsgate le regarda comme s'il était idiot.

— Vous croyez donc que je me chargerai d'une telle besogne moi-même ? Il est facile d'engager un tueur. Une vie ne coûte pas cher.

Du menton, il indiqua Daniel et ajouta :

— Y compris la sienne.

— Je dois y aller, murmura le médecin avant de s'éloigner prestement.

— Rappelez-vous cela, Winstead, reprit le marquis, exsudant la haine. Vous pouvez filer et essayer de vous tapir quelque part : mes hommes vous retrouveront toujours. Et vous ne saurez pas qui ils sont. Vous ne les verrez pas arriver.

Les dernières paroles de Ramsgate hantèrent Daniel durant les trois années qui suivirent. D'Angleterre en France, de France en Prusse, de Prusse en Italie.

Il les entendait dans son sommeil, dans le frémissement du feuillage des arbres, dans l'écho de chaque pas derrière lui. Il apprit à garder le dos au mur où qu'il soit, à ne se fier à personne, pas même aux femmes avec lesquelles il prenait occasionnellement du plaisir. Il se résigna à accepter le fait que plus jamais il ne foulerait le sol anglais ni ne reverrait sa famille, jusqu'au jour où, à sa grande surprise, dans un petit village italien, Hugh Prentice se dirigea vers lui en boitant.

Par les lettres qu'il recevait de temps à autre de ses proches, Daniel savait que Hugh avait survécu. Mais jamais il n'aurait imaginé se retrouver face à lui. Et certainement pas ici, sous le soleil méditerranéen, dans le jardin d'un vieux village où fusaient les *buongiorno* et les *arrivederci*.

— Je vous ai enfin trouvé, dit Hugh.

Il tendit la main et ajouta :

— Je suis désolé.

Puis Daniel entendit les mots qu'il ne pensait pas entendre un jour :

— Vous pouvez rentrer chez vous, à présent. Je vous le promets.

1

Pour une demoiselle qui avait passé les huit dernières années à s'efforcer de ne pas se faire remarquer, Anne Wynter était en très mauvaise position.

Dans environ une minute, elle serait obligée de monter sur une scène de fortune, de faire la révérence à la crème de la crème de la société londonienne, de s'asseoir au pianoforte et de jouer.

Partager cette scène avec trois jeunes filles la réconfortait un peu. Les autres musiciennes, membres du tristement célèbre quatuor Smythe-Smith, jouaient des instruments à cordes et seraient obligées de faire face à l'assemblée. Anne, au moins, pourrait se concentrer sur les touches d'ivoire et garder la tête inclinée. Avec un peu de chance, l'auditoire serait trop effaré par le massacre pour remarquer la femme aux cheveux sombres qui avait été contrainte de remplacer la pianiste au pied levé – pianiste qui, à en croire sa mère, était malheureusement, non, pire, subitement tombée malade.

Pas un instant Anne n'avait cru que lady Sarah Pleinsworth était malade. Mais il n'y avait rien qu'elle pût faire. Pas si elle tenait à conserver son poste de gouvernante des trois plus jeunes filles de lady Pleinsworth. Le problème, c'était que lady Sarah avait réussi à convaincre sa mère de ne pas annuler le récital. Celle-ci avait approuvé et après avoir narré avec force détails l'histoire du quatuor Smythe-Smith – qui s'étendait sur dix-sept années –, elle avait annoncé à Anne qu'elle remplacerait sa fille.

— Vous m'avez dit, je crois, que vous avez joué des extraits du quatuor n° 1 avec piano de Mozart, lui avait rappelé lady Pleinsworth.

Anne regrettait amèrement cet aveu, à présent.

Qu'elle n'ait pas posé les yeux sur cette partition depuis huit ans et ne l'ait jamais jouée entièrement n'intéressait pas lady Pleinsworth. Aucun argument n'aurait eu raison de sa détermination, aussi Anne s'était-elle laissé conduire à contrecœur chez la belle-sœur de lady Pleinsworth où devait avoir lieu le concert. Une fois dans la place, on lui avait accordé six heures pour répéter.

C'était ridicule.

Dieu merci, ses compagnes jouaient tellement mal que ses fausses notes passeraient inaperçues. Son seul souci, ce soir, était d'ailleurs précisément de passer inaperçue. Pour quantité de raisons.

— Il est presque l'heure, murmura Capucine Smythe-Smith, très excitée.

Anne lui adressa un petit sourire. Capucine ne semblait pas se rendre compte que sa façon de jouer faisait grincer des dents.

— Je partage votre joie, souffla Iris, la sœur de Capucine, d'un ton sinistre.

Elle, en revanche, savait parfaitement que ce qu'elles produisaient était, peu ou prou, de la bouillie pour chats.

Leur cousine lady Honoria Smythe-Smith les exhorta à la suivre.

— Allons, venez. Tout se passera merveilleusement. Nous sommes une famille.

— Elle n'en fait pas partie, rappela Capucine en
indiquant Anne.

— Ce soir, si, assura Honoria. Et je tiens à renouveler mes remerciements à Mlle Wynter. Ma chère,
vous avez sauvé la soirée.

Anne marmonna quelques mots sans queue ni tête,
faute de réussir à mentir effrontément en déclarant
que non seulement elle n'était pas contrariée, mais
qu'elle était aux anges.

Elle aimait bien lady Honoria qui, à la différence
de Capucine, était lucide – elle savait qu'elles jouaient
atrocement. Mais contrairement à Iris, elle tenait
néanmoins à ce que le récital ait lieu. Il s'agissait
là d'une histoire de famille, de tradition. Dix-sept
fournées de cousines Smythe-Smith s'étaient attelées
à cette tâche avant elles, et, si Dieu le permettait, dix-
sept autres prendraient le relais année après année.
Et peu importait le massacre dont serait victime
la musique.

— Quelle importance ? grommela Iris.

Honoria lui donna un petit coup d'archet.

— La famille et la tradition, c'est cela qui importe,
lui rappela-t-elle.

Famille et tradition. Anne n'était pas contre. Encore
que, pour elle, cela ne s'était pas bien passé.

— Vous voyez quelque chose ? demanda Capucine
qui sautait d'un pied sur l'autre comme une pie
voleuse, si bien qu'Anne avait dû se reculer à deux
reprises pour préserver ses orteils.

Honoria, qui se trouvait plus près qu'elle de la
porte qui donnait sur la scène, répondit :

— Il y a quelques sièges vides, mais très peu.

Iris grommela de nouveau.

— Est-ce ainsi chaque année ? s'enquit Anne.

— Ainsi ? répéta Honoria, l'air perplexe.

— Eh bien...

Et zut ! Il y avait des commentaires dont il valait mieux s'abstenir devant les nièces de son employeur. Par exemple, qu'il manquait une musicienne douée. Ou demander si les concerts étaient toujours aussi lamentables, ou encore si cette année était particulièrement désastreuse. Et surtout, la question à ne pas poser : si ces concerts étaient invariablement aussi nuls, pourquoi les gens continuaient-ils à y assister ?

Harriet Pleinsworth, quinze ans, surgit et annonça :

— Mademoiselle Wynter, je suis là pour tourner les pages de votre partition.

— Oh, merci, Harriet ! Cela me sera fort utile.

Harriet sourit à Capucine, qui lui décocha en retour un regard dédaigneux. Anne leva les yeux au ciel en veillant à ce que personne ne s'en aperçoive. Ces deux-là ne s'étaient jamais entendues. Capucine se prenait par trop au sérieux, et Harriet ne prenait absolument rien au sérieux.

— C'est l'heure ! annonça Honoria.

Elles montèrent sur la scène et, après une brève présentation, commencèrent à jouer.

Anne, quant à elle, commença à prier.

Seigneur, jamais de sa vie elle n'avait travaillé aussi dur ! Ses doigts couraient sur le clavier, essayant désespérément de suivre le rythme de Capucine, qui jouait du violon à une allure d'enfer.

« Tout cela est ridicule, ridicule, ridicule », se répétait Anne. Cette pièce de Mozart était incroyablement difficile. Elle était destinée à des interprètes chevronnés.

Ridicule, ridic... Ah ! Bravo. Son petit doigt avait enfoncé la bonne touche dans les temps. Autrement dit, avec deux secondes de retard.

Elle jeta un coup d'œil à l'assemblée. Au premier rang, une femme paraissait au bord de la nausée.

Anne reprit sa poursuite échevelée de Capucine. Zut, une fausse note. Mais personne n'allait s'en rendre compte, n'est-ce pas ? Surtout pas Capucine.

Elle continua le massacre, se demandant si elle n'aurait pas mieux fait de se concentrer sur sa partition sans plus se soucier des autres. Le résultat n'aurait pas été pire puisque Capucine jouait seule, finalement. Le volume sonore du violon allait de fort à extrêmement fort. Honoria s'escrimait à battre énergiquement la mesure avec le pied. Quant à Iris...

Eh bien, Iris était carrément bonne. Mais quelle importance ? La cacophonie couvrait tout.

Anne prit une profonde inspiration, étira ses doigts gourds, le temps d'une pause de la partie piano, puis se remit à jouer.

Harriet... Il fallait qu'elle tourne la page...

Harriet, par pitié !

— Tournez la page, lui souffla-t-elle.

Harriet s'exécuta.

Anne s'aperçut alors qu'Iris et Honoria avaient deux mesures d'avance sur elle. Capucine, elle, était... Ma foi, aucune idée.

Anne sauta plusieurs mesures dans l'espoir de rattraper Iris et Honoria. Bon. Elle était apparemment tombée quelque part au milieu.

— Vous avez manqué plusieurs accords, murmura Harriet.

— Aucune importance.

Et c'était vrai.

Enfin... enfin... elle arriva à une partie où elle n'avait pas à jouer pendant trois pages. Elle se redressa, s'autorisa à respirer, et s'aperçut qu'elle avait retenu son souffle jusqu'à maintenant, soit dix bonnes minutes.

Ce fut alors qu'elle le vit.

Elle se figea. Au fond de la salle, quelqu'un la regardait. La porte par laquelle était entré le quatuor – qu'Anne était certaine d'avoir entendue se refermer – était maintenant entrouverte. Et dans l'entrebâillement, parce qu'elle était la seule des musiciennes à tourner à demi le dos au public, elle distingua un visage. Celui d'un homme qui l'épiait.

La panique s'empara d'elle. Ce n'était pas souvent qu'elle était en proie à une peur pareille. Elle ne la ressentait que lorsqu'elle voyait quelqu'un là où personne n'aurait dû se trouver.

Allons, assez ! Il fallait qu'elle se ressaisisse. Qu'elle respire. Elle était dans la maison de la comtesse douairière de Winstead. Impossible d'être davantage en sécurité qu'ici. Ce qu'il fallait faire, c'était...

— Mademoiselle Wynter ! souffla Harriet.

Anne sursauta.

— Vous avez manqué votre reprise.

— Oh ! Où en sommes-nous ?

— Aucune idée. Je ne sais pas lire la musique.

Désarçonnée, Anne regarda la jeune fille.

— Mais vous jouez du violon !

— Oui, concéda piteusement Harriet.

Anne parcourut des yeux la page aussi vite que possible, sautant frénétiquement d'une mesure à l'autre.

— Capucine nous regarde, mademoiselle.

— Chuuut...

Anne s'efforçait de se concentrer. Elle tourna la page, et quand elle estima avoir trouvé la mesure où elle devait reprendre, elle plaqua les doigts sur le clavier. Le sol mineur… Non, le majeur. Voilà. C'était mieux ainsi. Bien mieux. Enfin, plus ou moins.

Jusqu'à la fin du morceau, elle garda la tête penchée, ne jeta pas un seul coup d'œil au public, ni à l'homme dans l'entrebâillement de la porte. Elle joua avec une vigueur et une absence totale de finesse comparables à celles des demoiselles Smythe-Smith. Le dernier accord plaqué, elle se leva, salua d'une petite révérence, tête toujours baissée, puis s'esquiva sans attendre.

Daniel Smythe-Smith n'avait pas prévu de rentrer à Londres le jour du concert familial annuel et ses tympans se plaignaient encore qu'il l'ait fait.

Malgré tout, c'était bon d'être de retour à la maison. Même s'il avait dû endurer cette cacophonie. Quoique, cette cacophonie lui prouvait qu'il était bien chez lui, rien n'évoquant davantage son foyer qu'un massacre musical.

Il avait fait en sorte que personne ne le voie avant le concert. Il était parti depuis trois ans et avait craint que sa présence ne perturbe la représentation. Encore que le public l'aurait certainement remercié. Toutefois, s'il ne voulait pas de retrouvailles avec sa famille devant une foule de lords et de ladies, lesquels penseraient sans doute qu'il aurait dû rester en exil, il avait très envie de la voir. Aussi, dès qu'il avait entendu les premières mesures du quatuor, il était entré sur la pointe des pieds dans le salon de répétition, l'avait traversé et avait entrouvert discrètement la porte donnant sur la scène.

Il repéra Honoria qui, un grand sourire plaqué sur les lèvres, attaquait son violon à grands coups d'archer. Pauvre chérie, elle n'avait pas la moindre idée de ce qu'elle jouait. Mais qu'elle essaie avec tant d'énergie était tellement touchant.

Au second violon, c'était... Seigneur ! Capucine ? N'était-elle pas censée être dans la nurserie ? Non, elle devait avoir seize ans maintenant. Pas assez âgée pour faire son entrée dans le monde, mais plus une gamine.

Et puis il y avait Iris au violoncelle. Elle paraissait consternée. Et au piano...

Qui diable était au piano ?

Il s'avança un peu. La jeune fille au clavier baissait la tête. S'il distinguait à peine son visage, il était cependant sûr qu'il ne s'agissait pas de sa cousine.

Bizarre. Il savait, sa mère le lui ayant répété sur tous les tons, que le quatuor Smythe-Smith était constitué de jeunes filles célibataires de la famille Smythe-Smith. Et de personne d'autre. La famille était du reste très fière d'avoir engendré tant de musiciennes. Lorsque l'une des jeunes filles convolait, une autre la remplaçait aussitôt. Jamais les Smythe-Smith n'avaient eu besoin d'une étrangère pour compléter le quatuor.

Cela dit, quelle étrangère aurait *souhaité* en faire partie ?

L'une des cousines avait dû tomber malade juste avant le concert. C'était la seule explication à la présence de cette inconnue. Qui était censé jouer aujourd'hui ? Marigold ? Non. Elle était mariée. Viola, alors ? Il lui semblait se rappeler une lettre lui annonçant ses noces. Sarah ? Oui, Sarah aurait dû être là.

Il secoua la tête. Il avait tellement de cousines…

Il observa la jeune fille au piano avec un intérêt renouvelé. Elle s'acharnait à suivre les autres, sa tête se levant et se baissant tandis que son regard passait de la partition au clavier et du clavier à la partition. De temps à autre, elle faisait la grimace. À côté d'elle, Harriet avait endossé le rôle de tourneuse de pages.

Daniel se retint de rire. Qui que soit cette pauvre fille, il espérait que sa famille la payait grassement.

Enfin, ses doigts s'immobilisèrent au-dessus des touches : Capucine commençait son épouvantable solo de violon. L'inconnue se redressa alors et…

Le temps s'arrêta. Du moins est-ce l'impression qu'eut Daniel, qui ne voyait pas comment décrire autrement ce qui lui arrivait. Les quelques secondes que dura leur échange de regards s'étirèrent à l'infini.

Elle était belle. Cela n'expliquait cependant pas tout. Il avait déjà vu de belles femmes. Avait couché avec un nombre impressionnant d'entre elles. Mais celle-ci était… était…

Il ne trouvait pas d'adjectifs pour la qualifier.

Sa chevelure était d'un noir luisant, épaisse, luxuriante, il s'en rendait compte en dépit du chignon serré sur sa nuque. Elle n'avait manifestement nul besoin de se servir d'un fer à friser ni d'agrémenter sa coiffure de rubans de velours. Elle aurait pu tirer sévèrement en arrière cette masse sombre comme une ballerine ou se raser le crâne, elle serait restée la plus exquise des créatures.

C'était son visage qui était magique. Un enchantement. En forme de cœur, avec des sourcils finement arqués et des cils noirs qui jetaient leur ombre sur des yeux dont il ne parvenait pas à distinguer la couleur, ce qui était frustrant. Mais ses lèvres… Oh, ses lèvres !

Il pria pour que cette inconnue ne soit pas mariée, parce qu'il comptait bien l'embrasser. La seule question était : quand ?

Soudain, elle s'aperçut de sa présence dans l'entrebâillement de la porte. Sa bouche s'arrondit sur une exclamation muette, ses yeux s'agrandirent et son regard se fit inquiet. Elle se figea.

Un petit sourire incurva les lèvres de Daniel. Le prenait-elle pour un fou qui se serait introduit clandestinement dans la maison pour assister au concert ?

Possible. Il avait passé assez de temps à craindre que des inconnus ne le reconnaissent pour identifier l'expression de la jeune fille. Elle ignorait qui il était et avait peur car personne n'était censé se trouver dans ce salon pendant le concert.

Le plus extraordinaire fut qu'elle ne détourna pas les yeux. Captivé, il ne bougea pas, soutenant ce regard anxieux, le souffle suspendu, jusqu'à ce que sa cousine Harriet brise le sortilège en se penchant pour murmurer à l'oreille de la pianiste. Sans doute pour l'informer qu'elle avait omis de reprendre dans le temps.

La jeune femme baissa vivement les yeux sur le clavier et ne les releva plus.

Et Daniel continua de la regarder.

Il la fixa pendant qu'elle jouait, y compris durant les passages *fortissimo*. Il la fixa avec tant d'intensité qu'il finit par ne plus entendre la musique. Son esprit écoutait sa propre symphonie, qui atteignait son apogée, magnifique, grisante et...

Sa symphonie personnelle vola en éclats lorsque le quatuor aborda le final, le sabota, puis mit brutalement fin au supplice. Les quatre jeunes filles saluèrent tandis que l'assemblée applaudissait de soulagement. La somptueuse brune murmura quelques mots à Harriet, qui était manifestement aux anges comme si elle-même avait joué. Puis elle se leva de son tabouret et s'éloigna si rapidement que Daniel s'étonna que ses pieds n'aient pas laissé des empreintes sur le sol.

Elle était partie, mais peu importait, il la retrouverait.

Il pivota sur les talons, traversa la pièce et gagna le couloir de service, dans les entrailles de Winstead House. Plus jeune, il s'était lui-même si souvent esquivé qu'il savait comment filer en toute discrétion. Comme prévu, il la rattrapa juste avant qu'elle atteigne l'entrée du quartier des domestiques.

Elle ne le vit pas tout de suite. Du moins pas avant que…

— Vous voilà, dit-il en souriant, comme s'il était ravi de revoir une vieille amie.

Rien ne désarçonnait davantage qu'un sourire auquel on ne s'attendait pas.

Elle tressaillit, jeta un coup d'œil par-dessus son épaule et un cri jaillit de ses lèvres.

Daniel bondit et lui plaqua la main sur la bouche.

— Grands dieux, ne faites pas cela ! s'exclama-t-il. On pourrait vous entendre.

Il l'attira contre lui, seul moyen de la bâillonner solidement. Elle avait un corps menu et souple. Et elle tremblait comme une feuille. Elle était terrifiée.

— Je n'ai pas l'intention de vous faire du mal, chuchota Daniel. Je veux juste savoir ce que vous faites ici.

Elle ne répondit pas. Il l'écarta de lui et la tourna à demi de manière à plonger son regard dans le sien. Ses yeux étaient sombres et emplis d'effroi.

— Si je vous lâche maintenant, resterez-vous tranquille ?

Elle opina.

— Hmm. Vous mentez.

Elle leva les yeux au ciel, façon de dire qu'il pouvait difficilement s'attendre à autre chose.

— Qui êtes-vous, mademoiselle ?

Ce qui se passa alors laissa Daniel pantois : elle se détendit et il sentit son souffle contre sa paume tandis qu'elle soupirait.

Intéressant. Elle était de toute évidence soulagée qu'il ne sache pas qui elle était. Il en déduisit donc que s'il l'avait su elle aurait été encore plus affolée.

Lentement, histoire qu'elle comprenne qu'il pouvait la bâillonner de nouveau en une fraction de seconde, il retira sa main. Il garda toutefois le bras autour de sa taille. C'était égoïste de sa part, il le savait, mais il ne pouvait se résoudre à la libérer.

— Qui êtes-vous ? murmura-t-elle.

— J'ai posé la question le premier, lui rappela-t-il en souriant.

— Je ne parle pas aux inconnus.

Il s'esclaffa et la fit pivoter complètement afin qu'elle se retrouve face à lui. Il savait qu'il se comportait mal en contraignant cette pauvre petite à rester là. Ce n'était assurément pas une mauvaise personne. Elle avait été sollicitée pour jouer dans l'orchestre familial, bon sang, et avait accepté. Il aurait dû l'en remercier !

Mais il se sentait bizarre. Il avait les idées confuses. Cette jeune femme le mettait dans un état étrange. Il avait chaud, il était déjà tout étourdi d'être de retour à Winstead House après des semaines de voyage, et cette inconnue achevait de le bouleverser.

C'était aberrant : il était chez lui, et il tenait dans ses bras une sublime inconnue qui ne cherchait manifestement pas à le tuer.

Il analysa plus précisément ce qu'il ressentait et en déduisit qu'il était heureux. Cela faisait longtemps qu'il n'avait éprouvé un tel bien-être.

— Je crois, déclara-t-il lentement, l'air songeur, que je vais vous embrasser.

Elle recula vivement, choquée et surprise. Mais pas effrayée.

Une fille intelligente, conclut-il. Quant à lui, il était fou.

— Juste un baiser, précisa-t-il. J'ai simplement besoin de me rappeler...

Elle demeura un instant muette, puis demanda :

— De vous rappeler quoi ?

Il sourit. Il aimait sa voix. Elle était apaisante. Aussi chaude qu'un vieux cognac. Ou un jour d'été.

— De ce qu'est la gentillesse, répondit-il en lui soulevant le menton.

Il approcha son visage du sien. Il entendit la respiration de la jeune fille s'accélérer, pourtant elle ne tenta pas de se dérober. Il attendit néanmoins un peu. Si elle avait regimbé, il l'aurait laissée aller. Or elle ne bougea pas. Elle garda les yeux rivés aux siens. Elle paraissait la proie du même sortilège que lui.

Il l'embrassa. Timidement d'abord, de crainte qu'elle ne lui échappe. Mais cela le frustra. Il en voulait davantage. Alors il laissa libre cours à cette étonnante passion qui l'avait envahi. Il serra plus étroitement la jeune fille contre lui et ferma les yeux, subjugué par le contact de son corps souple et doux.

Elle était petite, comme les pures damoiselles qui poussaient les chevaliers à tuer des dragons pour les protéger. Et cependant, elle avait tout d'une femme dotée de tous les appas qu'il fallait là où il le fallait. Il avait toutes les peines du monde à empêcher sa main de se mouler sur un sein parfait. Il était toutefois hors de question qu'il se comporte aussi mal. Surtout avec une inconnue abritée sous le toit maternel.

Cela dit, il n'était pas encore disposé à la libérer. Elle embaumait l'Angleterre, avec sa bruine et ses prairies baignées de soleil. Elle était le paradis incarné. Il brûlait du désir de s'isoler avec elle et de ne plus bouger pendant des jours. Par quelque inexplicable magie, en un clin d'œil elle l'avait grisé, rendu dépendant de son parfum et de sa beauté.

C'était de la folie. Il n'y avait pas d'autre explication.

— Quel est votre nom ? murmura-t-il.

Il voulait le savoir. Il voulait la connaître.

Elle ne répondit pas. S'il avait pris son temps, s'il avait insisté, elle aurait fini par répondre, supposait-il. Ce qui gâcha tout, ce fut ce bruit de pas dans l'escalier de service, qui aboutissait au couloir dans lequel ils se trouvaient.

Elle secoua la tête, une lueur d'inquiétude au fond des yeux.

— Il ne faut pas que l'on me voie ainsi, chuchota-t-elle.

Il la lâcha, non parce qu'il se sentait coupable ou parce qu'elle venait d'en exprimer le souhait, mais parce qu'il avait vu qui arrivait.

Il oublia aussitôt sa beauté brune.

Un cri de rage sortit de sa gorge et il fonça dans le couloir comme un dément.

2

Un quart d'heure plus tard, Anne était toujours là où elle s'était réfugiée. La première porte ouverte quand elle avait fui à toutes jambes s'était révélée être celle d'un débarras dépourvu de fenêtre où l'on rangeait les instruments de musique. Elle était coincée entre un violoncelle, trois clarinettes et un trombone, et attendait que le chaos qui régnait dans le couloir cesse enfin. Elle entendait des cris, des grognements, des bruits de coups.

Le débarras était trop exigu pour qu'elle puisse s'asseoir ailleurs que sur le sol, ce qu'elle fit. Puis elle prit son mal en patience. Elle ne voulait en aucune manière être mêlée à la bagarre qui faisait rage dans le couloir. Jusqu'à ce que les hommes, car il s'agissait d'hommes, en aient terminé, elle resterait cachée au milieu des instruments.

Il lui semblait néanmoins qu'une femme était présente. Elle avait hurlé un prénom. Daniel. Puis un autre. Marcus. Oh, mais ce Marcus devait être le comte de Chatteris, qu'elle avait rencontré un peu plus tôt dans la soirée ! Il semblait fou amoureux de lady Honoria et... La femme qui criait ! Il s'agissait certainement de lady Honoria.

Rien dans toute cette affaire ne la regardait. Personne ne lui reprocherait de s'être mise à l'abri. Personne.

Quelque chose heurta le mur avec force. Mon Dieu, se dit-elle, la tête entre les mains, jamais elle ne sortirait de cet antre ténébreux. On retrouverait son corps desséché dans des années, un tuba et deux flûtes formant une croix sur son cadavre.

Elle se morigéna. Il fallait qu'elle cesse de lire les histoires mélodramatiques de Harriet avant de s'endormir. L'adolescente se piquait d'être écrivain et ses récits étaient de plus en plus horribles.

Finalement, les coups dans le couloir cessèrent et les hommes s'affalèrent le long du mur : elle le sentit contre son dos, à travers la cloison. L'un d'eux était juste derrière elle. Sans cette cloison, il aurait été *sur* elle. Elle l'entendait respirer fort, et parler en phrases brèves et péremptoires, une façon de s'exprimer typiquement masculine. Elle écoutait – et comment faire autrement, piégée comme elle l'était ?

Tout à coup, elle reconnut la voix. Et additionna deux et deux.

L'homme qui l'avait embrassée était le frère aîné de lady Honoria ! Le comte de Winstead. Elle avait vu son portrait dans la grande galerie. Elle aurait dû le reconnaître instantanément, sauf que le portrait n'était pas très fidèle. La bouche bien dessinée, les épais cheveux châtains étaient reproduits avec justesse. En revanche, on ne retrouvait pas dans la peinture l'élégance des traits, l'air de confiance en soi qu'ils affichaient, cette expression altière de l'homme conscient, et satisfait, de son rang.

Grands dieux, elle était vraiment en mauvaise posture ! Elle avait embrassé le tristement célèbre

Daniel Smythe-Smith. Elle n'ignorait rien de son histoire. Quelques années plus tôt, il s'était battu en duel, avait grièvement blessé son adversaire et avait été chassé du pays par le père de ce dernier. Un accord avait sans doute été conclu puisqu'il était de retour. Lady Pleinsworth avait mentionné l'arrivée du comte et Harriet avait abreuvé Anne de tous les ragots qui couraient à son sujet. Harriet était une mine de renseignements.

Mais si lady Pleinsworth apprenait ce qui s'était passé ce soir... Eh bien, c'en serait fini de sa fonction de gouvernante. Tant auprès des demoiselles Pleinsworth que de n'importe quelles autres jeunes filles de la bonne société. Après avoir passé tant de temps à chercher une place ! Personne ne l'engagerait si l'on savait qu'elle avait flirté avec un comte. Les mères, toujours anxieuses, ne confieraient pas leurs filles à une dévergondée.

Ce qui venait d'arriver n'était pas sa faute ! Pas cette fois, du moins.

Le couloir était à présent silencieux. Elle avait entendu des pas s'éloigner. Elle attendit encore quelques instants, puis, lorsqu'elle fut certaine qu'il n'y avait plus personne, elle ouvrit la porte avec précaution et sortit de sa cachette.

— Vous voilà, fit lord Winstead pour la seconde fois de la soirée.

Oh, non ! Il était resté dans le couloir. Et son visage, Seigneur !

— Mon Dieu, vous avez une tête épouvantable ! s'exclama-t-elle sans réfléchir.

Il était assis par terre, ses longues jambes étendues devant lui, et semblait avoir du mal à ne pas glisser sur le flanc.

— Marcus est pire, assura-t-il.

Il avait un œil au beurre noir, sa chemise était couverte de sang, provenant d'une blessure invisible... ou de son adversaire.

— Que s'est-il passé, milord ?

— Il embrassait ma sœur.

Anne attendit la suite, mais il s'en tint là, considérant sans doute que cette explication suffisait.

Elle ne savait que faire. Que prévoyait l'étiquette en pareille situation ? Elle choisit de s'enquérir de la conclusion de l'altercation.

— C'est terminé, maintenant ?

— Des félicitations ne vont pas tarder.

— Oh, bien ! Très bien.

Elle opina, noua les mains devant elle et s'astreignit à rester immobile. Qu'était-elle censée faire face à un comte blessé ? Un comte qui venait juste de rentrer après trois années d'exil et qui traînait derrière lui une mauvaise réputation bien avant de quitter le pays.

De surcroît, il y avait ce baiser volé un peu plus tôt...

— Vous connaissez ma sœur ? s'enquit-il d'une voix lasse. Oui, sans doute. Vous jouiez avec elle.

— Votre sœur est-elle lady Honoria ?

— Oui. Je suis Winstead.

— Oui, bien sûr. J'ai été informée de votre venue.

Elle lui adressa un sourire guindé.

— Lady Honoria est fort aimable et bonne.

— C'est une abominable musicienne.

— C'était la meilleure violoniste du quatuor, riposta Anne avec honnêteté.

Il éclata de rire.

— Vous feriez une excellente diplomate, mademoiselle… ? Vous ne m'avez pas dit votre nom.

Anne hésita. Cette question l'embarrassait au plus haut point, mais il était le comte de Winstead et le neveu de son employeur. Elle n'avait rien à craindre de lui. Du moins, si personne ne les avait surpris un peu plus tôt.

— Je suis Mlle Wynter, la gouvernante de vos cousines.

— Lesquelles ? Les Pleinsworth ?

— Oui.

— Ma pauvre petite !

— Je vous en prie. Elles sont adorables.

Elle aimait de tout son cœur ses trois protégées, Harriet, Elizabeth et Frances, qui se montraient charmantes avec elle.

— Adorables, peut-être, quant à bien se comporter… Mmm.

« Comment le nier ? » se demanda Anne en se retenant de sourire. Elle les défendit néanmoins.

— Je suis sûre qu'elles ont mûri depuis que vous les avez vues.

Il lui jeta un regard dubitatif.

— Peut-être… Comment se fait-il que vous ayez été au piano ?

— Lady Sarah était indisposée.

— Ah ! lâcha-t-il, ironique. Transmettez-lui mes vœux de prompt rétablissement.

Anne ne doutait pas que lady Sarah se soit sentie mieux à la seconde où sa mère lui avait épargné le concert. Elle assura néanmoins à lord Winstead qu'elle lui transmettrait ses vœux, alors même qu'elle n'en ferait rien. Parce que ç'aurait été avouer qu'elle avait rencontré le comte.

— Votre famille a-t-elle été informée de votre retour, milord ?

Il ressemblait vraiment à sa sœur. Ses yeux étaient-ils du même bleu lavande ? se demanda-t-elle, car il était impossible d'en distinguer la couleur dans la pénombre. D'autant qu'il avait un œil enflé et à moitié fermé.

— À part lady Honoria, bien sûr, ajouta-t-elle.

— Pas encore. Bien que j'apprécie beaucoup tous ceux qui ont assisté au concert, j'ai préféré éviter de surgir au beau milieu de l'assemblée.

Il contempla ses vêtements saccagés.

— Du moins, pas dans cette tenue.

— Évidemment, acquiesça Anne.

Elle imaginait sans peine la réaction des invités s'il avait fait irruption dans cet état dans le salon de musique, lors de la réception qui suivait le concert.

Il s'efforça de trouver une meilleure position et poussa un grognement. Puis il marmonna.

— Je ferais mieux de m'en aller, murmura Anne. Je suis vraiment désolée et... euh...

Elle voulait partir. Elle le voulait vraiment. Il le fallait, avant que quelqu'un arrive. Mais une pensée obsédante la taraudait. Cet homme avait défendu sa sœur. Comment, dans ces conditions, l'abandonner ?

— Permettez-moi de vous aider, dit-elle, contre toute raison.

— Si cela ne vous ennuie pas.

Elle s'accroupit pour examiner ses blessures. Elle avait déjà soigné des écorchures et des coupures, certes, mais ce n'était en rien comparable à ce qu'elle avait sous les yeux.

— Où avez-vous mal ? En dehors de ce qui est apparent, je veux dire.

— Apparent ?

— Eh bien… vous avez un œil tuméfié, des hématomes à la mâchoire, et votre épaule me semble en piètre état.

Elle pointa l'index sur le sang qui maculait la chemise.

— Marcus est dans un état bien pire.

— Vous l'avez déjà dit, répondit Anne en réprimant un sourire.

— C'est un élément important.

Il voulut sourire à son tour et sa tentative entraîna une grimace de douleur. Il porta la main à sa joue.

— Vos dents, milord ?

— Elles me semblent toutes en place.

Il ouvrit la bouche, la referma.

— Du moins en ai-je l'impression.

— Puis-je aller chercher quelqu'un pour vous prêter main-forte, milord ?

— Vous souhaitez donc que l'on apprenne que vous étiez seule ici avec moi ?

— Non ! Bien sûr que non. Je n'avais pas les idées claires en suggérant cela.

Il eut une mimique malicieuse.

— C'est l'effet que je fais aux femmes.

Anne s'interdit de répliquer vertement.

— Je pourrais vous aider à vous remettre debout.

— Ou bien vous pourriez vous asseoir à côté de moi et bavarder. Ne me regardez pas ainsi ! Ce n'était qu'une suggestion.

Une très mauvaise suggestion. Elle n'avait fait que l'embrasser, pour l'amour du ciel ! Elle ne devait absolument pas s'approcher de cet homme, et encore moins s'asseoir par terre à côté de lui. Il lui aurait alors été si facile de tourner son visage vers le sien et...

— De l'eau. Il faut que je trouve de l'eau, déclarat-elle à toute allure. Avez-vous un mouchoir ? Vous souhaitez certainement vous essuyer la figure.

Il fouilla dans sa poche et en sortit un morceau de tissu froissé.

— Le plus beau lin italien. Du moins l'était-ce.

— C'est parfait.

Elle s'empara du mouchoir et le passa délicatement sur le visage meurtri.

— Cela fait mal ?

Il secoua la tête.

— J'aimerais vraiment avoir de l'eau, répéta Anne. Le sang a séché. Peut-être auriez-vous du cognac dans une flasque ? Les messieurs en ont souvent.

Son père ne se séparait jamais de la sienne.

— Je ne bois pas d'alcool, mademoiselle Wynter.

Quelque chose dans son intonation surprit Anne. Elle leva les yeux. Ceux de lord Winstead se rivèrent aussitôt aux siens et elle en eut le souffle coupé. Elle ne s'était pas rendu compte qu'elle était si près de lui.

Elle sentit ses lèvres s'entrouvrir spontanément. Une folle envie d'embrasser cette belle bouche l'assaillit.

Elle voulait... Elle en voulait...

Elle en voulait trop. Comme toujours.

Elle s'écarta maladroitement, troublée jusqu'au fond de l'âme. Il lui souriait, et elle songea qu'il dispensait généreusement son sourire – un sourire irrésistible. Elle était fascinée, muette, comme en proie à un enchantement.

Enchantement qu'il brisa en déclarant :

— Vous trouverez du cognac au bout du couloir, troisième porte à droite. Mon père utilisait autrefois cette pièce comme bureau.

— Un bureau ? À l'arrière de la maison ?

Un endroit curieux pour un lord.

— Il y a deux entrées, dont une qui donne sur le grand hall. Normalement, il n'y a personne à cette heure-ci, mais soyez discrète en y entrant.

Anne se redressa et remonta le couloir. Le clair de lune éclairait la pièce, aussi trouva-t-elle aisément la carafe de cognac.

Ayant rejoint Daniel, elle retira le bouchon, humecta le mouchoir d'alcool.

— L'odeur ne vous dérange pas, milord ? s'inquiéta-t-elle.

Avant de travailler pour les Pleinsworth, elle avait été gouvernante dans une famille dont l'oncle des fillettes était alcoolique. Sobre, il avait un caractère épouvantable, mais ivre, il était intenable. Anne avait dû quitter cette maison. Pour cette raison, et pour d'autres aussi...

— Ce n'est pas que je ne peux pas boire, expliqua Daniel, c'est que j'ai choisi de m'en abstenir.

L'air étonné d'Anne l'amena à préciser :

— Je n'aime pas l'alcool.

— Ah ! Je vous préviens, cela va piquer.

— Sapristi, oui et... Aïe !

— Désolée, murmura Anne en tamponnant doucement les blessures.

— J'espère qu'ils vont aussi soigner Marcus au cognac, marmonna Daniel.

La tête penchée, elle s'occupait maintenant de ses phalanges en piteux état. Elle connaissait à peine cet homme et n'avait pourtant aucune envie de le quitter. Pas seulement parce qu'il s'agissait de lui. Du moins essayait-elle de s'en persuader. C'était juste que... Eh bien, cela faisait si longtemps...

Elle se sentait tellement seule.

Elle allait s'occuper de son épaule quand elle suspendit son geste. Elle s'apprêtait à toucher le corps de cet homme. Son visage, ses mains, d'accord. Son *corps*, en revanche... c'était inadmissible.

— Je vous en prie, continuez, insista Daniel. J'apprécie tellement vos soins.

— Le sarcasme ne vous sied pas, lâcha-t-elle.

— C'est vrai, admit-il en souriant.

Il la regarda humidifier de nouveau le mouchoir de cognac, et ajouta :

— Cela dit, je n'étais pas sarcastique.

Décidant de ne pas tenir compte de sa remarque, elle continua à nettoyer les plaies. Daniel lança une longue série de vocalises dignes d'un chanteur d'opéra et elle ne put s'empêcher de rire.

— Vous devriez faire cela plus souvent, mademoiselle Wynter. Rire, je veux dire.

— Je sais, admit-elle tristement. Mais je vous fais mal et je n'ai pas pour habitude de torturer des hommes adultes.

— Vraiment ? Je pensais pourtant que vous faisiez cela tout le temps.

Elle fronça les sourcils et il ajouta :

— Cela arrive chaque fois que vous entrez dans une pièce. L'atmosphère change du tout au tout.

Les mains d'Anne s'immobilisèrent. Elle croisa le regard de Daniel et vit une lueur de désir vaciller au fond de ses yeux. Il avait envie d'elle. Envie qu'elle se penche davantage sur lui et pose ses lèvres sur les siennes. Seigneur, comme ce serait facile. Il lui suffirait de s'incliner encore, puis de prétendre qu'elle avait perdu l'équilibre...

Non. À aucun prix elle ne devait faire cela. Il était comte, et elle... Elle n'était que ce qu'elle était devenue, c'est-à-dire une femme qui ne flirtait pas avec un comte, surtout un comte au passé entaché de scandales.

D'une minute à l'autre, ses proches allaient arriver, l'entourer, s'empresser de lui prodiguer leurs soins, et Anne ne voulait pas qu'on la trouve auprès de lui.

— Il faut que je parte, milord.

— Pour aller où ?

— Chez moi. Je suis fatiguée. La journée a été longue.

— Je vous accompagne.

— Je vous remercie, mais c'est inutile.

Prenant appui contre le mur, il parvint à se remettre debout en grimaçant.

— Et comment comptez-vous rentrer ?

— À pied.

— À Pleinsworth House ?

— Ce n'est pas loin.

— C'est trop loin pour une jeune femme sans escorte.

— Je ne suis qu'une gouvernante.

— Ah, et une gouvernante n'est pas une femme ?

Il paraissait amusé. Anne soupira, agacée.

— Je serai en sécurité. La rue est bien éclairée, et il y aura sans doute des voitures tout le long.

— Ce qui ne me rassure pas.

Dieu qu'il était têtu !

— C'était un honneur de faire votre connaissance, milord. Je suis sûre que votre famille sera ravie de vous retrouver.

Il lui attrapa le poignet.

— Il n'est pas question que vous partiez seule.

Anne frissonna. Il avait la main si chaude. Un contact qui l'émouvait, qui avait fait naître en elle une réaction familière quoique oubliée…

Grands dieux, elle était excitée !

Et elle fut à deux doigts de capituler. La jeune fille qu'elle avait été brûlait de revivre les émotions éprouvées autrefois. Son cœur exigeait de s'ouvrir, de vibrer de nouveau.

— Vous ne risquez pas d'aller où que ce soit dans l'état où vous êtes, milord, lui fit-elle remarquer.

Il semblait sortir tout droit de prison. Ou de l'enfer.

Il haussa les épaules.

— Rien de mieux pour passer inaperçu.

— Monsieur…

— Daniel.

— Que… Quoi ?

— Mon prénom, c'est Daniel.

— Je sais. Mais il n'est pas question que je l'emploie.

Il la gratifia d'un sourire diabolique.

— C'est bien dommage, soupira-t-il. Nous y allons ?

Il lui offrit son bras.

— Je n'irai nulle part avec vous.

— Cela signifie-t-il que vous restez ici avec moi ?

— Vous avez dû recevoir un coup à la tête. Je ne vois pas comment expliquer autrement votre comportement.

De nouveau, ce rire, puis :

— Vous n'avez pas de cape, mademoiselle Wynter ?

— Si, mais je l'ai laissée dans la salle de répétition. Et n'essayez pas de changer de sujet !

— Hmm ?

— Je m'en vais, et vous, vous ne bougez pas d'ici.

Elle ne put faire qu'un pas. Il tendit le bras pour l'empêcher d'aller plus loin.

— Peut-être n'ai-je pas été assez clair, dit-il.

Anne comprit qu'elle l'avait sous-estimé. S'il apparaissait comme un joyeux drille, il pouvait se montrer très ferme et sérieux. Comme en cet instant, où il déclara d'un ton posé :

— Il est certains sujets sur lesquels je me refuse à toute concession. La sécurité d'une dame en fait partie.

Vaincue, Anne accepta, à condition qu'ils empruntent des rues si sombres que l'on ne risquait pas de les reconnaître.

Une fois devant la grille de Pleinsworth House, il lui baisa la main, et elle s'interdit d'apprécier ce geste. Peut-être l'avait-elle involontairement dupé, mais elle n'allait pas se duper elle-même.

— Je viendrai vous rendre visite demain, annonça-t-il sans lui lâcher la main.

— Quoi ? Non, ce n'est pas possible !

— Vraiment ?

— Non. Je suis une gouvernante. Les hommes ne peuvent pas me rendre visite. Je perdrais ma place.

Il sourit comme si cet argument pouvait être balayé d'une pichenette.

— Dans ce cas, je viendrai rendre visite à mes cousines.

Il ignorait donc les règles de bienséance ? Ou était-ce juste qu'il ne pensait qu'à lui ?

— Je ne serai pas là, le prévint-elle d'un ton sans appel.

— Eh bien, je reviendrai.

— Je ne serai plus là !

— Vous vous absenterez ? Qui s'occupera d'instruire mes cousines ?

— Pas moi. Si vous persistez à rôder autour de moi, votre tante me renverra.

— Vraiment ? Voilà qui semble horrible.

— Ça l'est.

Doux Jésus, il fallait qu'il comprenne ce qui était en jeu pour elle. Peu importait qui il était et ce qu'elle ressentait, l'excitation de la soirée, le baiser, tous ces sous-entendus qui la déstabilisaient... Ce qui importait, c'était qu'elle ait un toit au-dessus de sa tête. De quoi se nourrir. Du pain, du beurre, du fromage et toutes ces douceurs auxquelles elle avait eu droit étant enfant. Elle les avait retrouvées grâce aux Pleinsworth, ainsi qu'une vie stable, une position estimable et le respect de soi.

Tous ces avantages, elle ne les considérait pas comme acquis.

Lord Winstead la fixait, un sourcil arqué, comme s'il pouvait lire jusqu'au fond de son âme. Il ne la connaissait pas, et elle l'intriguait. Personne ne la connaissait. Elle utilisait les règles de bienséance comme un manteau protecteur.

Elle libéra sa main, fit une courte révérence.

— Merci de m'avoir escortée, milord, et de vous être soucié de ma sécurité.

Sur ce, elle pivota sur les talons et ouvrit la grille.

Les Pleinsworth rentrèrent peu après. Elle s'attela à la rédaction d'un mot afin de s'excuser d'être partie si précipitamment. Encore tout émue par la soirée, Harriet bavardait comme une pie. Il ressortait de ses propos que lord Chatteris et lady Honoria s'étaient fiancés. Ensuite, Elizabeth et Frances avaient dévalé l'escalier pour les rejoindre au lieu de se coucher.

Ce ne fut que deux heures plus tard qu'Anne put enfin regagner sa chambre, enfiler sa chemise de nuit et se glisser entre les draps. Il lui fallut toutefois deux bonnes heures pour réussir à trouver le sommeil. Deux heures au cours desquelles elle fixa le plafond, réfléchissant, s'interrogeant, grommelant.

— Annelise Sophronia Shawcross, souffla-t-elle enfin, dans quel guêpier t'es-tu fourrée ?

3

Le lendemain après-midi, en dépit de l'insistance de la comtesse douairière de Winstead qui ne voulait pas quitter des yeux son fils prodigue, Daniel se rendit à Pleinsworth House. Sans dire à sa mère où il allait, bien sûr, sinon, elle aurait tenu à l'accompagner. Il lui expliqua qu'il avait des affaires à régler, ce qui était vrai. Un gentleman qui était resté trois ans à l'étranger se devait de passer voir au moins l'un de ses notaires dès son retour. L'étude de Streatham et Ponce n'était qu'à trois kilomètres de Pleinsworth, dans ces conditions, quoi de plus normal qu'il s'arrête saluer ses cousines en passant ? C'était le genre d'idée qui pouvait venir à l'esprit d'un gentleman qui traversait la ville en voiture, n'est-ce pas ? Faire, par exemple, un détour par l'entrée de service de la demeure des Pleinsworth.

Il avait passé une nuit blanche à penser à la mystérieuse Mlle Wynter, à ses pommettes hautes, à son parfum. Il était ensorcelé, il l'admettait, et se répétait que cette émotion était due au retour chez lui, qui le rendait si heureux. Il avait succombé au charme de l'incarnation de la parfaite jeune fille anglaise.

Après deux heures ennuyeuses à périr avec MM Streatham, Ponce *et* Beaufort-Graves (ce dernier

n'ayant pas encore fait graver son nom sur la plaque),
Daniel avait donc ordonné au cocher de le conduire
à Pleinsworth House. Il tenait vraiment à voir ses
cousines. Et plus encore, leur gouvernante.

Sa tante était absente, en revanche, sa cousine
Sarah était là. Elle l'accueillit avec des cris de joie
et une étreinte chaleureuse.

— Pourquoi personne ne m'a dit que tu étais rentré ? Et...

Elle recula, le maintint à bout de bras pour l'examiner, et ajouta :

— Mais que diable t'est-il arrivé ?

Il allait répondre. Elle ne lui en laissa pas le temps.

— Inutile de me raconter que tu as été agressé
par des malandrins, je sais que Marcus a les yeux
au beurre noir.

— Oui. Il a bien plus mauvaise figure que moi.
Si ta famille ne t'a pas informée de mon retour,
enchaîna-t-il, c'est qu'elle l'ignorait. Je n'ai pas voulu
perturber le concert, figure-toi.

— Quelle charmante attention, commenta Sarah,
pince-sans-rire, bien qu'elle le regardât avec affection.

Elle avait le même âge que Honoria. Elle avait
grandi entre leurs deux maisons.

— Je trouve, oui. J'ai espionné par la porte du
salon de répétition, et imagine ma surprise lorsque
j'ai vu une inconnue au piano.

— J'étais malade ! se défendit Sarah.

— Je suis ravie que tu te sois remise aussi vite. Je
te croyais à l'article de la mort.

— Hier, je l'étais.

— Vraiment ? railla-t-il.

— Vraiment, répéta-t-elle. Des vertiges. C'est une
terrible affection. Mais arrêtons de parler de moi,

cher cousin. Je présume que tu as eu vent de la magnifique nouvelle concernant Honoria ?

Il la suivit au salon.

— Qu'elle ne va pas tarder à devenir lady Chatteris ? fit-il en s'asseyant. Oui, j'ai appris cela.

— Je suis très heureuse pour elle. Même si ce n'est pas ton cas. Ne prétends pas le contraire : tes blessures sont là pour le prouver.

— Je suis enchanté pour les fiancés, assura Daniel. Tout ceci...

Il indiqua son visage tuméfié.

— ... n'est que le résultat d'un malentendu.

— Hmm... Du thé ?

— Avec plaisir.

Sarah s'était levée pour sonner la bonne quand Daniel demanda :

— Tes sœurs sont-elles là ?

— Dans la salle d'études. Tu aimerais les voir ?

— Naturellement. Elles ont dû tellement grandir.

— Elles ne vont pas tarder à descendre. Harriet a des espions dans toute la maison. Elle a déjà dû être prévenue de ton arrivée.

— Dis-moi, qui était au piano, hier ? À ta place, puisque tu étais « malade ».

— Mlle Wynter. La gouvernante de mes sœurs.

Sarah affichait à présent une expression soupçonneuse.

— Quelle chance qu'elle soit musicienne, commenta Daniel.

— En effet. J'avais tellement peur que le concert soit annulé.

— Tes cousines auraient été affreusement déçues, j'en suis sûr. Quel est son nom, déjà ? Mlle Wynter ?

— Oui.

— Elle connaissait la partition ?

— De toute évidence.

— Je crois que toute la famille devrait la remercier chaleureusement.

— Ma mère lui a certainement manifesté sa gratitude.

— Cela fait longtemps qu'elle est la gouvernante de tes sœurs ?

— Environ un an. En quoi cela t'intéresse-t-il ?

— Oh, simple curiosité !

— Bizarre. Jamais tu n'étais curieux à propos de mes sœurs autrefois.

— C'est faux, Sarah, se rebiffa-t-il. Ce sont mes cousines.

— Tu as une foule de cousins et cousines, lui rappela-t-elle.

— Et ils m'ont tous beaucoup manqué. Loin des yeux ne veut pas dire loin du cœur, bien au contraire.

— Oh, arrête ! s'exclama Sarah. Tu ne tromperas personne.

— Pardon ? fit Daniel, qui avait la nette impression que sa tactique n'avait pas du tout fonctionné.

— Tu crois être le premier à avoir remarqué que notre gouvernante est incroyablement belle ?

Daniel opta pour une solution de repli immédiat.

— Non, admit-il honnêtement.

Prétendre le contraire aurait été absurde. Mlle Wynter possédait ce genre de beauté qui fascine les hommes. En cela, elle différait de Sarah ou de sa sœur, qui étaient ravissantes sans que cela saute aux yeux au premier regard. Mlle Wynter, en revanche… Il aurait fallu être mort pour ne pas la remarquer.

Sarah poussa un soupir mi-agacé, mi-résigné.

— Ce serait tout de même plus simple si elle était moins gentille, avoua-t-elle.

— La beauté ne doit pas nécessairement aller de pair avec un mauvais caractère.

— Tu es devenu bien philosophe pendant ton séjour sur le continent, observa Sarah.

— Ces Grecs, ces Romains... ils ont beaucoup d'influence.

Sa cousine éclata de rire.

— Daniel, souhaites-tu en savoir davantage sur Mlle Wynter ? Parce que si c'est le cas, autant me le demander carrément.

Il se pencha en avant.

— Oui, souffla-t-il, raconte-moi.

— Eh bien... il n'y a pas grand-chose à raconter.

— Sarah, je vais m'énerver !

— Je t'assure, Daniel, je ne sais que peu de choses sur elle. Ce n'est pas *ma* gouvernante, après tout. Je pense qu'elle est originaire du Nord. Elle a présenté des références d'une famille du Shropshire. Et d'autres de l'île de Man.

— De l'île de Man ? répéta Daniel, incrédule.

Il ne connaissait personne qui ait jamais ne fût-ce que vu cette île. C'était un endroit perdu au milieu de nulle part et le temps y était horrible. Du moins l'avait-il entendu dire.

— Oui. Je lui ai demandé à quoi cela ressemblait et elle m'a répondu que c'était lugubre.

— Je l'imagine volontiers.

— Elle ne parle jamais de sa famille. Néanmoins, elle a mentionné une sœur, une fois.

— Elle ne reçoit donc pas de courrier ?

— Pas à ma connaissance. Et si elle poste des lettres, elle le fait ailleurs qu'ici.

Daniel était fort étonné.

— Je ne te permettrai pas d'embêter Mlle Wynter en l'interrogeant, l'avertit Sarah.

— Je n'ai nullement l'intention de l'embêter.

— Oh que si ! rétorqua sa cousine. Je le lis dans tes yeux.

Daniel se pencha vers elle et la considéra avec attention.

— Je te trouve vraiment en forme pour quelqu'un qui, voilà quelques heures, était trop mal en point pour affronter les feux de la rampe.

— Que veux-tu dire ? demanda Sarah, méfiante.

— Que tu es la vivante image de la santé.

— Mmm. Tu envisages de me faire chanter ? hasarda Sarah. Si c'est le cas, bonne chance. Parce que personne n'a cru que j'étais malade, figure-toi.

— Pas même ta mère ?

Sa cousine se renfrogna visiblement. Un point pour lui.

— Que veux-tu exactement ? marmonna-t-elle.

Il réfléchit à la bonne approche. Sarah était furieuse. Elle serrait férocement les dents, et d'ici peu, de la fumée allait lui sortir des oreilles.

— Daniel, gronda-t-elle.

Il inclina la tête de côté et déclara pensivement :

— Tante Charlotte serait très déçue d'apprendre que sa fille s'est dérobée à ses devoirs de musicienne.

— Je t'ai déjà demandé ce que tu... Oh, et puis flûte ! Je crois avoir entendu ce matin Mlle Wynter projeter d'emmener Harriet, Elizabeth et Frances se promener à Hyde Park.

Il sourit.

— T'ai-je déjà dit que tu étais l'une de mes cousines préférées ?

— Daniel, nous sommes maintenant à égalité. Si tu souffles un seul mot à ma mère...

— Je n'y songerais même pas.

— Elle m'a déjà menacée de m'envoyer une semaine à la campagne afin que je me remette.

Daniel réprima un gloussement.

— Elle se soucie vraiment de ta santé.

— Cela pourrait être pire, j'imagine, soupira Sarah. Ce n'est pas qu'un séjour à la campagne m'ennuie tant que cela, mais elle a dans l'idée d'aller jusque dans le Dorset. Autrement dit, un voyage interminable. Et pour le coup, à force d'être secouée dans la voiture, je serai vraiment malade !

Il était vrai que les voyages ne réussissaient guère à Sarah.

— Quel est le prénom de Mlle Wynter ? demanda-t-il à brûle-pourpoint.

Curieux qu'il l'ignorât encore.

— Tu le découvriras par toi-même.

Il n'eut pas le temps de répliquer. Sarah avait tourné la tête vers la porte.

— Ah, j'entends des pas dans l'escalier ! s'exclama-t-elle, l'air soulagé. Mon Dieu, mais qui cela peut-il être ?

— Mes très chères cousines, j'en suis sûr, dit Daniel en se levant. Harriet ! Elizabeth ! Frances ! Quel plaisir ! ajouta-t-il comme elles pénétraient dans le salon.

— N'oublie pas Mlle Wynter, souffla Sarah.

La première à être entrée était Frances. Elle recula, ne reconnaissant visiblement pas Daniel. Le cœur de celui-ci se serra. Il ne s'était pas attendu à cela. Et s'y serait-il attendu qu'il n'aurait pas imaginé être aussi attristé.

Harriet, elle, avait douze ans quand il était parti. Elle se précipita vers lui en criant de joie.

— Daniel ! Tu es revenu ! Oh, tu es revenu !

— Eh oui !

— Je suis tellement contente de te revoir ! Frances, c'est cousin Daniel. Tu ne te souviens pas de lui ?

Frances, qui devait avoir dix ans, afficha une mine ébahie.

— Il a beaucoup changé, dit-elle.

— Mais non, assura Elizabeth en s'avançant.

— J'essaie de me montrer polie ! répliqua Frances.

Daniel s'esclaffa.

— Toi, tu as changé, Frances, cela ne fait aucun doute. Tu es presque une jeune fille.

Il se pencha et lui pinça gentiment le menton.

— Je ne dirais pas cela, protesta-t-elle, faussement modeste.

— Non, mais elle est capable de dire n'importe quoi d'autre, railla Elizabeth.

— Oh, arrête ! riposta Frances.

— Qu'est-il arrivé à ton visage, cousin Daniel ? s'enquit Harriet.

— Juste un malentendu.

Bon sang, combien de temps faudrait-il pour que ces hématomes s'estompent ?

— Un malentendu ou une rencontre avec une enclume ? hasarda Elizabeth.

— Cela suffit, intervint Harriet. Moi, je le trouve fringant.

— Oui, autant que s'il était rentré dans une enclume.

— Ne fais pas attention, cousin Daniel, reprit Harriet. Elle manque totalement d'imagination.

— Où est passée Mlle Wynter ? s'enquit Sarah.

Daniel la remercia d'un sourire.

— Je ne sais pas, répondit Harriet en jetant un coup d'œil par-dessus son épaule. Elle était juste derrière nous dans l'escalier.

— L'une de vous devrait aller la chercher, suggéra Sarah. Elle voudra certainement savoir ce qui vous retient, mesdemoiselles.

— Vas-y, Frances, dit Elizabeth.

— Pourquoi moi ?

— Parce que c'est comme cela.

— Mais je veux tout savoir de l'Italie ! Cousin Daniel, était-ce terriblement romantique ? As-tu vu cette tour dont on raconte qu'elle penche et va tomber ?

— Non, avoua Daniel en souriant. Toutefois, si je me fie à ce que l'on m'a rapporté, elle est bien plus stable qu'il n'y paraît.

— Et la France ? Es-tu allé à Paris ? Oh, Dieu que j'aimerais visiter Paris !

— Moi, j'aimerais faire les boutiques à Paris, renchérit Elizabeth.

— Ah, oui, les robes ! fit Harriet, songeuse.

— Je n'étais pas à Paris, mesdemoiselles.

Inutile de leur préciser qu'en aucun cas il n'aurait pu aller à Paris – lord Ramsgate y avait trop d'amis.

— Peut-être allons-nous être dispensées de promenade, à présent, risqua Harriet, pleine d'espoir. Je préférerais rester avec cousin Daniel.

— Quant à moi, j'aimerais beaucoup goûter la chaleur du soleil, objecta Daniel. Je vais vous accompagner au parc.

Sarah se racla bruyamment la gorge.

— Un chat dans la gorge, Sarah ? demanda Daniel.

— Je suis sûre que c'est lié à mon indisposition d'hier, répondit sa cousine d'un ton sarcastique.

Frances, qui était allée prévenir la gouvernante, revint.

— Mlle Wynter a dit qu'elle nous attendrait devant les écuries.

— Les écuries ? s'étonna Elizabeth. Mais nous n'allons pas monter.

Frances haussa les épaules.

— Elle a dit les écuries.

— Peut-être qu'elle a le béguin pour l'un des palefreniers, hasarda Harriet.

— Pour l'amour du ciel, Harriet ! se moqua Elizabeth. L'un des palefreniers ? Franchement !

— Ce serait si excitant si c'était le cas, riposta Harriet.

— Pas pour elle ! Je ne pense pas qu'un seul d'entre eux sache lire.

— L'amour est aveugle.

— Mais pas illettré, trancha Elizabeth.

Daniel ne put s'empêcher de rire.

— Nous y allons, mesdemoiselles ?

Il s'inclina devant ses cousines, puis offrit son bras à Frances, qui glissa la main au creux de son coude en adressant un regard hautain à ses sœurs.

— Amuse-toi bien, cousin Daniel, lança Sarah, railleuse, quand ils sortirent.

— Qu'est-ce qu'il lui arrive ? demanda Elizabeth à Harriet alors qu'elles se dirigeaient vers les écuries.

— Je crois qu'elle est encore contrariée de n'avoir pas pu participer au concert, expliqua Harriet. Cousin Daniel, savais-tu que Sarah avait dû se faire excuser, hier soir ?

— Oui. Des vertiges, me semble-t-il.

— Ah bon ? Je croyais que c'était une migraine, dit Frances.

— Et moi, une intoxication alimentaire, renchérit Harriet. Mais peu importe. Cousin Daniel, tu vas rencontrer Mlle Wynter, notre gouvernante. Elle a joué brillamment du piano, hier. Pourtant, elle avait refusé de remplacer Sarah. C'est mère qui a insisté.

— Et Mlle Wynter a été parfaite, ajouta Elizabeth. Elle a certes loupé quelques reprises, sinon, dans l'ensemble, elle a été à la hauteur.

À la hauteur ? Il existait bien des qualificatifs pour décrire le jeu de Mlle Wynter, mais « à la hauteur » n'en faisait certainement pas partie, songea Daniel.

— Je me demande ce qu'elle fait dans les écuries, murmura Harriet. Va donc la chercher, Frances.

— Quoi ? Et pourquoi moi ?

— Parce que c'est comme cela.

Daniel s'écarta de Frances. Il n'était pas question qu'il argumente avec Harriet. Dans un débat, elle le battrait à plate couture.

— J'attendrai ici, Frances, dit-il.

Celle-ci s'éloigna en maugréant. Elle revint très vite. Seule.

— Mlle Wynter a dit qu'elle nous rejoindrait dans un moment.

— Tu l'as avertie que cousin Daniel nous accompagnait ?

— Non. J'ai oublié. De toute façon, cela lui aurait été égal.

Daniel en doutait. Mlle Wynter avait deviné qu'il se trouvait dans le salon, raison pour laquelle elle s'était précipitée aux écuries. En revanche, elle ignorait qu'il comptait les accompagner au parc. Une promenade qui s'annonçait charmante.

— Pourquoi met-elle tant de temps ? s'enquit Elizabeth.

— Cela ne fait que quelques minutes qu'elle est là-dedans, répliqua Harriet.

— Faux. Elle y était depuis cinq bonnes minutes quand nous sommes arrivés.

— Dix, précisa Frances.

— Dix ? répéta Daniel, déstabilisé.

— Dix minutes.

— Non, pas dix, insista Harriet.

— En tout cas, pas cinq.

— Coupons la poire en deux et disons huit, d'accord ?

— Dix divisé par deux, cela ne fait pas huit, Frances.

— Seigneur, vous ne pourriez pas ralentir un peu le débit ? suggéra Daniel.

Les trois jeunes filles le regardèrent comme s'il était un attardé mental.

— Nous ne parlons pas vite, cousin, assura Elizabeth.

— En fait, nous parlons toujours ainsi, précisa Harriet.

— Et tout le monde nous comprend, asséna Frances.

Comment ces trois gamines avaient-elles réussi à lui clouer le bec ? C'était étonnant, songea Daniel.

— Je me demande ce qui retient Mlle Wynter, s'impatienta Frances.

Bon sang, voilà que cela recommençait !

— Je vais la chercher, et cette fois, je la ramène, décréta Elizabeth.

Mais alors qu'elle atteignait la porte des écuries, Mlle Wynter sortit. Elle portait une tenue de gouvernante gris tourterelle, avec bonnet assorti, et enfilait ses gants.

Elle regarda Daniel et parvint à masquer son inquiétude.

— J'ai tellement entendu parler de vous, mademoiselle, dit-il lorsqu'elle les eut rejoints.

Sur ce, il lui offrit son bras. Qu'elle prit avec réticence. Il se pencha alors vers elle et chuchota :

— Surprise ?

4

Non, Anne n'était pas surprise. Pourquoi l'aurait-elle été ? Il lui avait dit qu'il viendrait, bien qu'elle l'ait averti qu'elle ne serait pas là. Elle s'était montrée très claire.

Mais il était le comte de Winstead. Les hommes de son rang faisaient ce que bon leur semblait. Surtout lorsqu'il s'agissait des femmes.

Cela dit, lord Winstead ne lui semblait pas pervers, ni même vraiment centré sur lui, et elle se targuait d'avoir un bon jugement sur ses semblables – meilleur à coup sûr que lorsqu'elle avait seize ans. Lord Winstead n'était pas du genre à s'acharner à séduire une femme qu'il sentirait indifférente, ni à saccager sa réputation, et pas davantage à la faire chanter. Du moins, pas sciemment. Si son existence devait être bouleversée par cet homme, ce ne serait pas parce qu'il aurait abusé de ses prérogatives d'aristocrate, mais uniquement parce qu'il lui plaisait et le savait.

Il ne viendrait cependant pas à l'esprit de lord Winstead qu'il serait malséant de la poursuivre de ses assiduités. Un pair du royaume avait tous les privilèges. Pourquoi pas celui-là ?

— Vous n'auriez pas dû venir, dit-elle tandis qu'ils se dirigeaient vers le parc, les trois filles marchant devant eux.

— Je tenais à voir mes cousines, répliqua-t-il d'un ton innocent.

— Alors pourquoi restez-vous en arrière avec moi ?

— Regardez-les ! Vous voudriez que je prenne le risque d'en pousser une sur la chaussée par mégarde ?

Exact. Les trois filles suivaient le trottoir en file indienne, comme leur mère l'exigeait. Anne était sidérée qu'elles aient choisi précisément ce jour pour se conformer aux directives maternelles.

— Comment va votre œil, milord ?

À la lumière du jour, il paraissait en plus piteux état que dans la pénombre. L'hématome s'étendait maintenant jusqu'au nez. Mais au moins, Anne savait désormais de quelle couleur étaient ses yeux : d'un bleu clair et limpide.

Quelle absurdité de s'être autant interrogée sur ce point.

— Tant que je ne touche pas mon coquart, cela peut aller, répondit-il. Si vous pouviez avoir l'obligeance de ne pas me jeter de cailloux à la figure, je vous en serais reconnaissant.

— Oh ! Tous mes projets de l'après-midi réduits à néant.

Il rit tout bas et Anne ressentit soudain un accès de mélancolie. Dieu qu'elle trouvait cela agréable, autrefois, de flirter, de rire, de s'épanouir sous le regard d'un gentleman.

Oui, flirter avait été délicieux, mais pas les conséquences. Elle en payait encore le prix.

— Il fait beau, remarqua-t-elle.

— Avons-nous déjà épuisé tous les sujets de conversation ? demanda Daniel d'un ton taquin, un petit sourire aux lèvres.

— Il fait *très* beau, corrigea Anne.

Le sourire de Daniel s'élargit. Et se révéla contagieux.

— Nous allons jusqu'à la Serpentine ? s'enquit Harriet.

— Où vous voudrez, mesdemoiselles, répondit Daniel.

— C'est à une bonne distance, intervint Anne. C'est moi qui m'occupe de ces jeunes filles, n'est-ce pas ? Donc nous allons mettre la promenade à profit : elles vont faire du calcul.

— Quoi ? Encore de l'arithmétique ? fit Harriet d'une voix plaintive.

Daniel regarda Anne, intrigué.

— Pourquoi de l'arithmétique ?

— Parce que la Serpentine est à un kilomètre et demi. Elles ont déjà mesuré la longueur de leurs pas. Si elles comptent en marchant, elles sauront exactement quelle distance elles auront parcourue.

— Parfait. Au moins, pendant qu'elles compteront, elles seront tranquilles.

— On voit que vous ne les avez jamais entendues compter.

— Ne me dites pas qu'elles ne savent pas !

— Bien sûr, qu'elles savent.

Anne s'amusa de la mine alarmée de Daniel, qui était absolument ridicule avec son œil fermé et l'autre écarquillé.

— Vos cousines savent faire énormément de choses. Y compris compter. Elles sont très douées.

Daniel réfléchit un instant, puis fit la grimace et lâcha :

— Pour la musique aussi.

— Bien sûr. Frances apprend maintenant le contrebasson.

Daniel tressaillit.

— Aïe !

Et ils s'esclaffèrent. Leurs rires sonnèrent merveilleusement aux oreilles de la jeune femme.

— Mesdemoiselles ! appela-t-elle. Lord Winstead va se joindre à vous !

— Ah bon, fit Daniel.

— Oui, répondit Anne alors que le trio revenait vers eux. Mesdemoiselles, votre cousin m'a dit qu'il adorait le calcul.

— Menteuse, siffla Daniel.

Elle se contenta de lui adresser un sourire narquois.

— Voilà ce que nous allons faire, commença-t-elle. Vous allez compter vos enjambées et les additionner au fur et à mesure de votre progression.

— Mais cousin Daniel ne connaît pas la longueur de ses pas ! s'écria Harriet.

— En effet, et c'est ce qui rend la leçon si intéressante. Une fois au bout du chemin, vous allez devoir estimer la longueur des pas de lord Winstead.

— Et il faudra calculer de tête ?

À en juger par le ton horrifié de Harriet, Anne aurait pu tout aussi bien leur demander de déterminer la longueur des tentacules d'un poulpe.

— C'est le seul moyen d'apprendre le calcul mental.

— Personnellement, j'apprécie le papier et les crayons, intervint Daniel.

— Ne l'écoutez pas, mesdemoiselles. Être capable de compter de tête est indispensable.

Toutes la regardèrent sans comprendre.

— Le calcul mental, continua Anne, est extrêmement utile lorsque l'on fait les boutiques. Vous ne vous munissez pas d'un papier et un crayon quand vous allez chez la modiste et souhaitez acheter plusieurs articles, n'est-ce pas ?

Les trois filles affichèrent un air perplexe et Anne comprit que son exemple n'avait aucun sens pour elles. Jamais, sans doute, elles n'avaient demandé le prix d'un chapeau.

— Et les jeux ? insista-t-elle. Si vous ne savez pas calculer quand vous jouez aux cartes, jamais vous ne remporterez une partie.

— Vous n'imaginez pas à quel point c'est important, marmonna Daniel.

— Je ne pense pas que notre mère aimerait que vous nous appreniez à jouer aux cartes, objecta Elizabeth.

Anne entendit le comte glousser.

Zut. Encore un mauvais exemple.

— Comment envisagez-vous de vérifier nos résultats, mademoiselle Wynter ? s'enquit Harriet.

— Voilà une excellente question, à laquelle je répondrai demain… après avoir réfléchi à la manière d'y parvenir.

Les filles se mirent à rire, ce qui était le but. Rien ne valait un peu d'autodérision pour reprendre le contrôle d'une discussion.

— Il faudra que je revienne pour découvrir les résultats, remarqua lord Winstead.

— Inutile, dit Anne. Nous vous les ferons porter par un valet.

— Ou nous nous en chargerons, suggéra Frances. Après tout, nous n'habitons pas loin de Winstead House et Mlle Wynter adore nous emmener en promenade.

— Marcher est excellent pour la santé et l'esprit, déclara Anne avec le plus grand sérieux.

— Mais c'est bien plus agréable lorsque l'on a de la compagnie, observa Daniel.

Anne prit une profonde inspiration pour s'empêcher de répliquer, puis se tourna vers les jeunes filles.

— Allons, mesdemoiselles, commencez l'exercice, décréta-t-elle en les emmenant au début du sentier. Vous partez d'ici et irez jusqu'en bas. Je vous attendrai sur ce banc.

— Vous ne venez pas avec nous ? demanda Frances en décochant à Anne un regard plein de reproche – le genre de regard réservé à ceux que l'on juge coupables de haute trahison.

— Non.

— Voilà un fort péremptoire refus venant de la plus charmante gouvernante de Londres, commenta Daniel.

— Un délicieux compliment, qui ne m'incitera néanmoins pas à entrer en compétition avec ces jeunes filles.

— Couarde, souffla Daniel.

— Pas du tout, répliqua Anne, pratiquement sans bouger les lèvres.

Puis à haute voix :

— Mesdemoiselles, allez-y ! Je reste là pour vous aider au début.

— Je n'ai pas besoin d'aide, grommela Frances. J'ai juste besoin de ne pas avoir à faire cela.

Anne sourit. Elle savait qu'elle réaliserait un sans-faute lorsqu'elle calculerait, ce soir, à la maison.

— Allez-y vous aussi, lord Winstead, reprit Anne.

Frances et Elizabeth avaient commencé à s'éloigner et comptaient à haute voix dans une cacophonie totale. Elles s'arrêtèrent pour regarder leur cousin.

— Non, impossible, déclara-t-il en portant la main à son cœur.

— Et pourquoi cela ? demanda Harriet, faisant écho à la question d'Anne.

— Je me sens un peu étourdi.

Anne leva les yeux au ciel en entendant ce mensonge éhonté.

— Si, si, c'est vrai. J'ai... euh... le même problème que cette pauvre Sarah hier.

— Tu ne semblais pas du tout étourdi, tout à l'heure, remarqua Frances.

— C'est parce que je ne fermais pas mon œil intact.

Une réponse qui les laissa muettes.

— Je vous demande pardon ? dit enfin Anne.

Elle ne voyait pas le rapport entre fermer un œil et compter.

Daniel s'empressa de l'éclairer.

— Je ferme toujours un œil quand je compte.

— Ah bon ? Vous... fermez un œil quand vous comptez ? Un seul ?

— Eh bien, j'aurais du mal à fermer les deux.

— Pourquoi ? s'enquit Frances.

— Parce que je n'y verrais plus rien.

— Tu n'as pas besoin d'y voir pour compter, objecta-t-elle.

— Si.

Il persistait dans son mensonge, mais ses cousines étaient tombées dans le panneau.

— Quel œil ? voulut savoir Elizabeth.

Anne se rendit compte qu'il battait des cils, comme s'il cherchait à se rappeler quel œil était blessé.

— Le droit, répondit-il après vérification.

— Ah, oui ! fit Harriet.

— Selon vous, Harriet, pourquoi cela va-t-il de soi ? demanda Anne.

— Parce qu'il est droitier.

— Voilà, approuva Daniel, qui en soupira de soulagement. Mais je suis sûr que la semaine prochaine je serai en mesure de relever le défi. Dès que mon œil… droit aura désenflé, je recouvrerai mon équilibre.

— Par exemple ! s'exclama Anne. Je pensais que l'on perdait l'équilibre à cause des tympans.

— Grands dieux ! s'écria Frances. Ne dites pas qu'il est en train de devenir sourd.

— Non, mais moi, je vais le devenir si vous continuez à crier ainsi, dit Anne. À présent, mesdemoiselles, allez-y. Et travaillez votre arithmétique. Moi, je vais m'asseoir.

— Moi aussi, décréta Daniel. Mais je vous accompagne en esprit, mes chères cousines.

Anne et lord Winstead s'assirent sur un banc.

— Je n'arrive pas à croire qu'elles aient gobé votre fable, avoua-t-elle.

— Oh, elles ne l'ont pas gobée ! Je leur ai offert il y a un moment une livre à chacune pour avoir un moment d'intimité avec vous.

— Quoi ?

— Mais non, je plaisantais ! s'esclaffa-t-il.

Anne était agacée de s'être fait duper à ce point. L'ennui, c'était qu'elle n'arrivait pas à être en colère. Pire, elle avait envie de rire.

Elle regarda autour d'elle.

— Je suis étonnée que personne ne soit venu vous saluer.

Il y avait davantage de monde que d'ordinaire à cette heure. Anne savait que lord Winstead était extrêmement populaire lorsqu'il vivait à Londres, et elle avait du mal à croire que personne n'ait remarqué sa présence.

— Je doute que quiconque soit au courant de mon retour. Les gens ne voient que ce qu'ils s'attendent à voir, or ils ne s'attendent pas à me voir. Surtout dans cet état.

— Et pas avec moi.

— Ah, au fait, *qui* êtes-vous ?

Elle se détourna aussi vivement que si elle avait été piquée par une guêpe.

— Quelle réaction pour une banale question ! s'étonna-t-il.

— Je suis Anne Wynter, la gouvernante de vos cousines.

— Anne, murmura-t-il comme s'il savourait ce prénom. Mais Wynter… Ce patronyme ne vous sied pas.

— On ne choisit pas son nom.

— Certes, il n'empêche que certains vont particulièrement bien aux personnes qui les portent.

Réprimant à peine un sourire malicieux, elle demanda :

— Dans ce cas, que signifie être un Smythe-Smith ?

— Que nous sommes condamnés à jouer de la musique sans répit.

— D'où tenez-vous cela ? demanda Anne en riant.

— Le côté répétitif du nom.

— Smythe-Smith ? Personnellement, je lui trouve quelque chose d'amical, avoua-t-elle.

— On pourrait imaginer qu'un Smythe a un jour convolé avec une Smith et que l'on a accolé les deux noms pour en préserver les particularités au lieu de regrouper les descendants sous un seul.

— Depuis combien de temps cela dure-t-il ?

— Sept cents ans.

Il s'était tourné vers elle et, l'espace d'un instant, elle oublia les hématomes, les boursouflures, parce qu'il la regardait comme si elle était unique.

Elle toussota pour masquer son trouble, et le fait qu'elle s'était écartée discrètement de lui. Même en public, en train de deviser de sujets anodins, elle ressentait sa présence avec une intensité qui l'inquiétait. Il avait ranimé en elle quelque chose qu'elle tenait absolument à oublier.

— J'ai entendu parler de terribles conflits familiaux, continua-t-il, apparemment inconscient du trouble qu'il suscitait chez elle. Les Smythe avaient la fortune et la position sociale, et les Smith, une fille superbe.

— Aux cheveux d'or et aux yeux pervenche, comme dans la légende du roi Arthur ?

— Oh que non ! La beauté s'est révélée vraie mégère et elle a de surcroît fort mal vieilli.

Anne ne put se retenir de rire.

— Alors pourquoi la famille n'a-t-elle pas supprimé le nom de Smith pour ne conserver que celui de Smythe ?

— Aucune idée. Peut-être un contrat avait-il été signé. Ou bien quelqu'un pensait que le nom composé était un gage de dignité. Quoi qu'il en soit, je ne sais pas si l'histoire est vraie.

Anne s'esclaffa de nouveau, les yeux rivés sur les filles qui s'éloignaient. Harriet et Elizabeth se chamaillaient, et Frances prenait de l'avance en allongeant ses foulées, ce qui allait désavantager ses sœurs. Anna songea qu'elle aurait dû aller la réprimander car elle trichait, mais rester près du comte sur ce banc était par trop agréable.

— Cela vous plaît-il d'être gouvernante ?

— Pardon ? fit-elle. C'est une étrange question.

— Je ne vois pas pourquoi, vu que c'est votre métier.

De toute évidence, il en savait bien peu sur le travail et l'obligation d'avoir un métier.

— On ne demande pas à une gouvernante si elle aime sa fonction, lord Winstead.

Elle avait cru clore le sujet, mais le comte la scrutait avec curiosité.

— Lord Winstead, avez-vous déjà demandé à un valet s'il aimait en être un ? reprit-elle. Ou à une bonne ?

— Une gouvernante n'est ni un valet ni une bonne.

— Nos fonctions sont plus proches que vous ne l'imaginez. On vous paie des gages, vous logez dans la maison de quelqu'un et risquez constamment d'être mis à la porte sans cérémonie.

Elle lui accorda quelques instants pour réfléchir à sa réponse, puis demanda :

— Et vous ? Aimez-vous être comte ?

— Je ne sais pas.

Voyant l'étonnement d'Anne, il ajouta :

— Je n'ai pas encore eu l'occasion de me pencher sur le sujet ; je n'ai été comte que l'année avant mon départ d'Angleterre. Ce titre, que je ne me glorifie pas d'avoir, ne m'a pas servi à grand-chose durant mon exil. S'il assure ma prospérité, je le dois à mon père qui a réalisé d'excellents investissements et a su s'entourer de collaborateurs très compétents.

— Il n'empêche que vous étiez comte, insista Anne, et peu importe le pays dans lequel vous vous trouviez. Lorsque vous rencontriez quelqu'un, vous vous présentiez comme comte de Winstead et non M. Winstead.

— Je n'ai fait que très peu de connaissances sur le continent.

Quelle curieuse déclaration. Anne était perplexe. Il n'en dit pas plus et elle sentit comme une brume de mélancolie les envelopper. Il ne fit rien pour la chasser, aussi Anne reprit-elle la parole, s'efforçant d'alléger l'atmosphère.

— J'aime beaucoup être gouvernante. Du moins, avec ces demoiselles-là.

Elle sourit en indiquant le joyeux trio.

— Je présume qu'il ne s'agit pas de votre premier poste.

— Non. Mon troisième. J'ai aussi été dame de compagnie.

Pourquoi lui racontait-elle cela ? D'ordinaire, elle était infiniment plus réservée. Cela dit, ce qu'elle venait de lui révéler, il aurait pu l'apprendre en interrogeant sa tante. Cette dernière lui avait demandé ses références, qui incluaient l'emploi qu'elle avait dû quitter. Anne avait toujours eu à cœur d'être le plus honnête possible. Hélas, bien souvent, cela s'avérait compliqué.

Elle était très reconnaissante envers lady Pleinsworth de ne l'avoir ni rejetée ni jugée pour être partie d'une maison dans laquelle elle devait se barricader chaque soir dans sa chambre pour échapper aux ardeurs du père de ses élèves.

Daniel posa sur elle un regard pénétrant, puis déclara :

— Je ne crois toujours pas que vous soyez une Wynter.

Pourquoi diable s'accrochait-il à cette idée ? Elle haussa les épaules.

— J'en suis pourtant une et je ne peux y remédier, sauf à me marier.

Ce qui, tous deux le savaient, était une perspective improbable. Les gouvernantes avaient rarement l'occasion de rencontrer des gentlemen célibataires de leur condition. De toute façon, Anne ne voulait pas se marier. Elle refusait que sa vie et son corps se retrouvent sous la coupe d'un homme.

— Vous voyez cette dame, là-bas ? demanda Daniel.

La femme en question considérait avec mépris Frances et Elizabeth qui sautillaient le long de l'allée.

— Elle, elle a tout d'une Wynter[1]. Glaciale, blonde, aussi cinglante qu'un vent d'hiver.

— Comment pouvez-vous la juger d'un simple regard ?

— Je le peux aisément : il se trouve que je la connais.

Anne préférait ignorer ce qu'il entendait par « connaître ».

— Je pense que vous êtes un automne, reprit-il.

— Je préférerais être un printemps.

Il ne lui demanda pas pourquoi.

Elle n'allait se souvenir de cette remarque que plus tard, dans sa chambre, lorsqu'elle se remémorerait les détails de cette journée. Lord Winstead aurait dû

---

1. *Winter* : hiver en anglais. *(N.d.T.)*

être intrigué par sa déclaration, il aurait dû l'interroger sur le pourquoi de ce choix. Il s'en était abstenu. Sans doute parce qu'il avait deviné que mieux valait ne pas poser la question.

Elle le regrettait. Et pourtant, elle ne l'aurait pas autant apprécié s'il l'avait fait.

Après réflexion, elle avait le sentiment qu'apprécier Daniel Smythe-Smith, comte de Winstead, avec sa face sombre et sa face lumineuse, ne pourrait que précipiter sa chute.

Ce soir-là, Daniel rentrait chez lui après être passé chez Marcus pour le féliciter officiellement de son prochain mariage. Il lui apparut soudain qu'il ne se rappelait pas avoir jamais passé un si agréable après-midi. Et quoi d'étonnant à cela ? Il venait de vivre trois ans en exil, à fuir les hommes de main engagés par lord Ramsgate. Il n'avait pas vraiment mené une existence douce et insouciante, riche en plaisantes conversations.

Aujourd'hui, il avait eu tout cela. Tandis qu'il était assis sur ce banc, à bavarder avec Mlle Wynter, il n'avait cessé de se dire qu'il aurait bien aimé lui prendre la main.

Rien d'autre. Juste lui prendre la main.

Qu'il aurait portée à ses lèvres. Sa réaction lui aurait alors indiqué si ce geste était le début de quelque chose de merveilleux. Une sorte de promesse de félicité.

Maintenant qu'il était seul, son esprit vagabondait. Il s'imaginait embrassant le cou de cygne de la jeune femme, plongeant les doigts dans sa chevelure dénouée. Il ressentait un désir dévorant de posséder ce corps gracile, de lui faire l'amour jusqu'à épuisement et...

Le poing jaillit de nulle part, l'atteignit derrière l'oreille et le projeta contre un lampadaire.

— Mais que diable... ? grommela-t-il.

Deux hommes fondirent sur lui.

— Ah, v'là un bon gars ! dit l'un d'eux.

Il se déplaçait dans la brume avec la fluidité d'un serpent. Daniel distingua l'éclat d'une lame de couteau.

Ramsgate. Ses hommes de main. Il ne pouvait s'agir que de cela.

Bon sang, lorsqu'ils s'étaient rencontrés en Italie, Hugh lui avait assuré qu'il pouvait rentrer en Angleterre, qu'il ne risquait plus rien. Et lui, pauvre naïf, il l'avait cru, parce que l'exil le désespérait.

Ces trois dernières années, il avait appris à se battre, à faire usage des coups bas. En un éclair, il expédia sur le pavé le premier agresseur d'un coup dans les parties. L'autre, celui qui tenait le couteau, lui opposa une résistance efficace, toutefois Daniel réussit à le neutraliser quand il tenta de le frapper.

— Qui vous a envoyés ? gronda-t-il.

Ils étaient face à face, les bras tendus. Daniel avait agrippé les poignets de l'homme. Ce dernier s'échinait à lui faire lâcher prise, bien décidé à se servir de son arme.

— J'veux juste vot' argent, répondit le voyou en ricanant. Donnez-le-moi et on filera.

Il mentait, Daniel en était sûr. Il était certain que s'il le lâchait l'homme lui enfoncerait sa lame dans les côtes. Son complice à terre n'allait pas tarder à se ressaisir.

— Hé, là-bas ! Que se passe-t-il ? cria quelqu'un.

Daniel détourna les yeux une fraction de seconde et vit deux hommes surgir d'un pub. Son agresseur les vit aussi. D'une brusque torsion du poignet, il réussit à se libérer et s'enfuit à toutes jambes. Son complice parvint Dieu sait comment à se relever et s'élança derrière lui.

Daniel se lança à leurs trousses. Il lui fallait en capturer au moins un s'il voulait des réponses à ses questions. Hélas, l'un des hommes du pub l'immobilisa, le prenant pour l'un des malandrins.

Il s'affala sur le sol.

— Lâchez-moi, tonnerre de Dieu ! vociféra-t-il, bien conscient que cet inconnu venait de lui sauver la vie et qu'il ne servait à rien de l'insulter.

Ses réponses, comprit-il, c'était chez Hugh Prentice qu'il allait devoir les chercher.

5

Hugh habitait à l'Albany, une grande demeure élégante divisée en appartements, où logeaient des aristocrates dépourvus de fortune. Il aurait pu rester dans l'hôtel particulier de son père, qui avait d'ailleurs essayé par tous les moyens, y compris le chantage, de le ramener sous son toit. En vain. Hugh n'adressait plus la parole à lord Ramsgate.

Il n'était pas chez lui lorsque Daniel se présenta à la porte. Son valet le conduisit cependant au salon en lui disant que son maître ne saurait tarder.

Une heure durant, Daniel arpenta la pièce, se remémorant l'attaque en détail. Si le quartier où c'était arrivé n'était pas le plus reluisant, il était loin d'être le plus dangereux. C'était à St Giles et à Old Nichol que les détrousseurs pullulaient.

Certes, l'un des malfrats avait dit qu'ils voulaient son argent. Peut-être était-ce vrai. Mais Daniel avait trop longtemps regardé par-dessus son épaule pour accorder crédit à une explication aussi simple.

Hugh arriva enfin.

— Bonjour, Winstead, le salua-t-il.

Il ne semblait pas surpris. Cela dit, Daniel ne l'avait jamais vu être surpris par quoi que ce soit. Il avait toujours affiché ce masque impénétrable qui le rendait imbattable aux cartes. En plus de son incroyable don pour compter.

— Que faites-vous ici ? ajouta-t-il.

Il était entré en boitillant, appuyé sur sa canne. Daniel constata qu'il avait fait des progrès. Lors de leur rencontre en Italie, il avait eu du mal à le regarder tant il peinait à marcher. La culpabilité le rongeait, même s'il n'était pas certain de devoir l'éprouver. Après tout, Hugh avait été l'artisan de son propre malheur.

— J'ai été attaqué, annonça Daniel sans détour.

Hugh se figea, son regard alla de Daniel à ses pieds, puis revint sur Daniel.

— Asseyez-vous.

— J'aime mieux rester debout, répondit Daniel, les nerfs à fleur de peau.

— Comme vous voudrez. Pardonnez-moi, mais moi, je dois m'asseoir.

Il se dirigea maladroitement vers un fauteuil, s'y assit avec précaution et étendit sa jambe infirme en poussant un soupir de soulagement.

Il ne simulait pas, devina Daniel. Il mentait certainement sur bien des points, mais pas sur celui-là. Daniel avait pu constater *de visu* que sa jambe était déformée, et il savait qu'il prenait quantité de médicaments. Qu'il réussisse à s'appuyer sur ce pauvre membre relevait du miracle.

— Cela ne vous ennuie pas si je m'autorise un verre ? demanda Hugh.

Il posa sa canne sur la table, puis se massa la jambe. Un rictus de douleur, qu'il ne chercha pas à dissimuler, lui tordit la bouche. Du menton, il indiqua un placard. Daniel s'en approcha, l'ouvrit et en sortit une bouteille de cognac.

— Deux doigts ?

— Trois. La journée a été longue.

Daniel remplit un verre et le lui apporta. Lui-même n'avait pas touché à une goutte d'alcool depuis cette funeste partie de cartes. Mais il faut dire qu'il n'avait nul besoin de remontant pour supporter la douleur du handicap.

— Merci, Daniel, dit Hugh, d'une voix à mi-chemin entre le grognement et le murmure.

Il but deux gorgées, posa le verre, puis :

— Alors, Winstead, j'ai entendu dire que vous deviez l'état de votre figure à lord Chatteris ?

— En effet. Mais la raison de ma venue n'a rien à voir avec cela. Alors que je rentrais chez moi ce soir, j'ai été attaqué par deux hommes.

Hugh étrécit les yeux.

— Qu'ont-ils dit ?

— Qu'ils voulaient mon argent.

— Ils connaissaient votre nom ?

— Ils ne l'ont pas mentionné.

— Hum. Ce n'étaient peut-être que de vulgaires brigands.

Daniel croisa les bras sur sa poitrine et le regarda sans ciller.

— Winstead, reprit Hugh, je vous ai dit que j'avais arraché à mon père la promesse de ne pas vous toucher.

Daniel voulait le croire. En fait, il le croyait. Hugh n'était ni un menteur ni un être assoiffé de vengeance. Cependant, son père l'avait peut-être trompé.

— Comment puis-je être certain que votre père tient parole ? Il a passé ces trois dernières années à me pourchasser pour me tuer.

— Et moi, j'ai passé ces trois dernières années à tenter de le persuader que ceci...

De la main il montra sa jambe.

— ... était arrivé autant par ma faute que par la vôtre.

— Jamais il ne le croira.

— Non, en effet. Mon père est une satanée tête de mule. Il l'a toujours été.

Ce n'était pas la première fois que Daniel entendait Hugh parler en termes peu élogieux de son père, et pourtant, il était choqué. Il y avait dans son intonation quelque chose de déconcertant.

— Comment savoir si je suis en sécurité, Hugh ? Je suis rentré en Angleterre sur la foi de vos dires, convaincu que votre père honorerait sa promesse. Si quoi que ce soit m'arrive, ou à quelqu'un de ma famille, Dieu m'en préserve, je vous traquerai jusqu'au bout du monde.

Hugh ne releva pas que, si Daniel disparaissait, la chasse n'aurait plus lieu d'être.

— Mon père a signé un contrat. Vous l'avez vu.

Oui. Il en possédait même une copie que son avocat gardait sous clé. Néanmoins...

— Il ne serait pas le premier à renier sa signature.

— Indiscutablement. Mais il ne reniera pas celle qui est en bas de ce document-là. J'y ai veillé.

Daniel pensait à sa famille, à ses sœurs et à ses cousines Pleinsworth si pleines de vie, qu'il réapprenait à connaître. Et il pensait à Mlle Wynter. S'il lui arrivait malheur avant qu'il ait eu la chance de la connaître, elle...

— J'aimerais savoir d'où vous vient une telle certitude, Hugh.

— Eh bien...

Hugh prit le temps d'avaler une longue gorgée de cognac avant de poursuivre :

— ... je l'ai prévenu que si quelque chose vous arrivait, je le tuerais de mes propres mains.

Si Daniel avait tenu un verre, il l'aurait lâché tant il était stupéfait.

— Mon père me connaît suffisamment pour savoir que ce ne sont pas des paroles en l'air, enchaîna Hugh. Donc, cher ami, j'apprécierais que vous fassiez en sorte de ne pas périr dans un malencontreux accident, parce que j'en ferais porter la responsabilité à mon père et cela m'ennuierait.

— Vous êtes fou.

Hugh haussa les épaules.

— Je le pense aussi, parfois. Mon père partage cet avis.

— Pourquoi feriez-vous cela ?

Daniel ne comprenait pas comment quelqu'un, pas même Marcus qui était comme un frère pour lui, pouvait proférer une telle menace à l'endroit de son père.

Hugh garda le silence un long moment. Seul un battement de cils rompait de temps à autre la fixité de son regard. Enfin, alors que Daniel était certain qu'il ne lui répondrait pas, il déclara :

— J'ai été stupide de vous traiter de tricheur. J'étais ivre. Et vous aussi. Et j'étais convaincu que vous seriez incapable de me loger une balle dans le corps.

— Je n'en avais pas l'intention. Ça a été de la pure malchance.

— Oui. Mais je ne crois pas à la chance ou à la malchance. Je crois au talent. L'ennui, c'est que ce soir-là mon jugement était totalement erroné, que ce soit avec les cartes ou avec les gens.

Hugh contemplait son verre vide. Daniel songea à lui proposer de le remplir, puis décida que, s'il le souhaitait, il le lui demanderait.

— C'est ma faute si vous avez été obligé de quitter l'Angleterre, Winstead. À partir de cet instant, j'ai vécu un enfer parce que j'avais saccagé votre vie.

— Et moi, j'ai saccagé la vôtre.

— Il ne s'agit que d'une jambe.

Daniel ne fut pas dupe de l'apparente désinvolture de Hugh.

— J'irai voir mon père, reprit celui-ci. Je ne pense pas qu'il soit assez stupide pour avoir organisé l'attaque de ce soir. Toutefois, par prudence, je vais lui rappeler sa promesse. Et ma menace.

— Vous me tiendrez au courant des suites de cette entrevue ?

— Bien sûr.

L'entretien était clos. Daniel se dirigea vers la porte. Sur le seuil, il se retourna pour saluer Hugh, qui avait visiblement du mal à se lever. Il faillit lui proposer son aide, puis se ravisa, histoire de ménager sa fierté.

Hugh réussit enfin à se mettre debout. S'appuyant sur sa canne, il le rejoignit.

— Merci d'être venu, dit-il.

Il tendit la main. Daniel s'en empara et la lui serra en déclarant :

— Je suis fier de vous avoir pour ami.

Alors qu'il se détournait pour sortir, il vit les yeux de Hugh s'embuer de larmes.

Le lendemain après-midi, après avoir passé la matinée à Hyde Park à mesurer à trois reprises la distance du banc où elle avait attendu avec Daniel jusqu'à la Serpentine, Anne était assise devant le secrétaire dans le salon des Pleinsworth. Sa plume courait sur le papier tandis qu'elle dressait sa liste des choses à faire. C'était son après-midi de congé, et elle avait l'intention de faire quelques emplettes ainsi que du lèche-vitrines. Non qu'elle ait des fortunes à dépenser dans les boutiques, mais elle aimait flâner dans les rues commerçantes. Dans ces moments-là, elle était heureuse de n'avoir à se soucier que d'elle-même.

L'arrivée de lady Pleinsworth dans un froufrou de mousseline vert pâle l'obligea à s'interrompre.

Elle se leva.

— Nous partons demain.

— Pardon ? fit Anne, confuse.

— Nous ne pouvons pas rester à Londres. Les rumeurs vont bon train.

Des rumeurs ? À quel sujet ?

— Margaret m'a appris que Sarah n'était pas le moins du monde malade le soir du concert, poursuivit lady Pleinsworth. Qu'elle avait simplement tenté de le gâcher !

Anne ignorait qui était Margaret, mais elle en conclut que cette personne était bien informée.

— Comme si Sarah était capable d'une telle vilenie ! enchaîna lady Pleinsworth. C'est une grande musicienne et une fille dévouée. Toute l'année, elle attend avec impatience ce concert.

Dieu merci, lady Pleinsworth ne semblait pas attendre de commentaire de sa part, songea Anne.

— Le seul moyen de faire taire les ragots, c'est de quitter Londres.

— De quitter Londres ? répéta Anne, abasourdie.

C'était là une solution extrême. La saison commençait à peine et lady Pleinsworth n'aurait dû avoir d'autre souci que de dénicher un mari à lady Sarah. Ce qui n'arriverait pas si elles se retiraient dans le Dorset, fief de la famille depuis sept générations.

— Je sais que Sarah semble avoir pleinement recouvré la santé, et peut-être est-ce le cas, mais il faut que le reste du monde soit persuadé qu'elle est tout juste convalescente.

Anne avait un peu de mal à suivre le raisonnement de lady Pleinsworth.

— Ne vaudrait-il pas mieux faire venir un médecin ? hasarda-t-elle.

— Non. L'air pur de la campagne suffira. Tout le monde sait que l'on ne peut mener à bien une convalescence en ville.

Anne ne montra pas son soulagement. Elle préférait la vie à la campagne. Elle ne connaissait personne dans le sud-ouest de l'Angleterre, ce qui lui convenait tout à fait. Oui, que trois cents kilomètres la séparent de la capitale était une bonne chose.

— Combien de temps resterons-nous dans le Dorset, milady ?

— Oh, nous n'allons pas dans le Dorset ! Le voyage est par trop pénible. Nous devrons rester en villégiature une semaine afin que tout le monde pense, lorsque nous rentrerons, que Sarah s'est reposée et remise.

— Alors où...

— Nous allons à Whipple Hill. Près de Windsor. Ce n'est même pas à une journée de voyage.

Whipple Hill ? Pourquoi ce nom semblait-il familier à Anne ?

— C'est lord Winstead qui nous l'a suggéré, expliqua lady Pleinsworth.

Anne eut une quinte de toux. Sa maîtresse la considéra d'un air inquiet.

— Tout va bien, mademoiselle Wynter ?

— Je... euh... un chat dans la... gorge...

— Asseyez-vous si vous pensez que cela peut aider. Inutile de rester cérémonieusement debout devant moi. Du moins, pas maintenant.

Anne acquiesça avec reconnaissance et se rassit. Lord Winstead. Elle aurait dû s'en douter.

— C'est la solution idéale, reprit lady Pleinsworth. Lord Winstead veut quitter la ville lui aussi. On parle trop de lui. Les gens ont appris son retour et il va être submergé de sollicitations et d'invitations. Qui pourrait lui reprocher de préférer une retraite paisible en compagnie de sa famille ?

— Il nous accompagne ?

— Évidemment. Whipple Hill lui appartient. Cela semblerait bizarre que nous partions sans lui, même si je suis sa tante préférée. Je crois que sa mère et sa sœur viennent aussi.

Lady Pleinsworth s'interrompit, le temps de reprendre son souffle. Elle paraissait très satisfaite de la tournure prise par les événements.

— C'est votre après-midi de congé, mademoiselle Wynter, Nanny Flanders s'occupera donc des bagages des filles. J'apprécierais toutefois que vous y jetiez un coup d'œil à votre retour. Nanny est adorable, mais elle prend de l'âge.

— Bien sûr.

Anne aimait beaucoup Nanny. Elle était presque sourde, à présent, pourtant lady Pleinsworth – dont Anne ne pouvait qu'admirer la bonté – la gardait à son service. Nanny avait été la nourrice de lady Pleinsworth, et celle de sa mère.

— Comme je vous l'ai dit, nous nous absenterons une semaine, mademoiselle Wynter. Veillez à emporter assez de livres pour faire travailler les filles.

Une semaine chez lord Winstead ? *Avec* lord Winstead ? Seigneur !

— Mademoiselle Wynter, êtes-vous certaine d'aller bien ? Vous êtes toute pâle. J'espère que vous n'avez pas attrapé le même mal que Sarah.

— Non, milady. Impossible.

Lady Pleinsworth haussa un sourcil.

— Ce que je veux dire, précisa Anne en hâte, c'est que je n'ai pas côtoyé lady Sarah lorsqu'elle était malade. Et je vais on ne peut mieux. J'ai juste besoin de prendre l'air. Comme vous le dites, l'air frais soigne tout.

— Eh bien, c'est une bonne chose que vous disposiez de votre après-midi. Vous avez l'intention de sortir ?

— Oui, répondit Anne en se levant. Je ferais bien de ne pas perdre de temps, j'ai beaucoup de courses à faire.

Sur ce, elle salua lady Pleinsworth d'une brève révérence et quitta le salon. Elle regagna sa chambre, où elle prit un châle et son réticule, puis elle ouvrit le tiroir du haut de sa commode. Elle sortit de sous ses vêtements une lettre scellée et prête à être postée. Elle avait glissé une couronne dans son précédent courrier afin que Charlotte ait de quoi affranchir sa réponse. Et elle avait bien veillé à ce que personne ne sache qui avait envoyé la lettre.

Elle était mal à l'aise. Pourtant, elle aurait dû être habituée, depuis le temps qu'elle apposait un faux nom sur les missives adressées à sa sœur. Elle ne signait même pas ses courriers Anne Wynter, qui avait supplanté Annelise Shawcross, son vrai nom, au point qu'elle avait presque oublié ce dernier.

Elle glissa la lettre dans son réticule et rejoignit l'escalier. Elle ne pouvait s'empêcher de se demander si sa famille avait vu ses lettres et s'interrogeait sur cette Mary Philpott qui écrivait à Charlotte. Elle priait pour que celle-ci invente une histoire qui tienne debout si d'aventure on lui posait la question.

C'était un bel après-midi, juste un peu venteux. Elle vérifia que son bonnet était bien attaché, descendit Berkeley Square, puis gagna Piccadilly où se trouvait un bureau de poste. Ce n'était pas le plus proche de Pleinsworth House, mais l'endroit était animé et elle préférait se fondre dans la foule. Et puis, elle aimait marcher.

Il y avait un monde fou à Piccadilly. Comme toujours. Elle prit la direction de l'est, empoigna ses jupes pour traverser la rue. Une demi-douzaine de voitures passèrent lentement devant elle. Elle posait le pied sur le pavé quand... Grands dieux ! Était-ce ? Non, impossible ! George Chervil ? Il ne venait jamais à Londres. Cela ne pouvait pas être lui, se dit-elle en regardant, le cœur battant à tout rompre, la tête couronnée de boucles cuivrées, le profil de médaille.

Anne sentit des larmes de rage lui monter aux yeux. C'était injuste ! Elle avait fait tout ce que l'on attendait d'elle. Elle avait rompu tout lien avec son passé. Elle avait changé de nom, s'était fait engager comme gouvernante, avait juré que jamais elle ne parlerait de ce qui s'était passé dans le Northumberland si longtemps auparavant.

Mais George Chervil n'avait pas respecté sa parole. Si c'était vraiment lui, là, devant le magasin Burnell...

Elle ne pouvait pas rester plantée là, à attendre d'être sûre.

Alors elle pivota sur les talons et s'engouffra dans la première boutique venue.

6

Huit ans plus tôt

Ce soir, songeait Annelise avec une excitation grandissante, ce soir serait *le* soir.

Qu'elle se fiance avant ses sœurs aînées créerait un petit scandale, mais ce ne serait pas pour autant inattendu. Charlotte n'avait jamais fait montre d'un grand intérêt pour la bonne société locale. Quant à Marabeth, elle semblait toujours si aigrie et en colère qu'il était difficile d'imaginer qu'un gentleman puisse demander sa main.

Marabeth éclaterait en sanglots, c'était certain. Leurs parents la consoleraient, mais ils n'obligeraient pas leur benjamine à renoncer à son fiancé pour épargner la fierté de la plus âgée. Lorsque Annelise aurait épousé George Chervil, les Shawcross seraient alliés à la plus puissante famille de cette partie du Northumberland. Même Marabeth finirait par se résigner quand elle se rendrait compte que le coup d'éclat d'Annelise servirait ses intérêts.

La marée remettait toujours les bateaux échoués à flot, même ceux nommés Marabeth.

— Tu ressembles à un chat qui a volé la crème, commenta Charlotte.

Annelise étudiait son reflet dans le miroir tout en essayant des boucles d'oreilles. Il ne s'agissait bien sûr que de bijoux de pacotille. Les seuls vrais joyaux de la famille appartenaient à leur mère, et ils se limitaient à son alliance et à une petite broche – une topaze entourée de petits diamants, qui n'était guère jolie.

— Je crois que George va faire sa demande, murmura Annelise.

Elle ne cachait rien à sa sœur. Du moins jusqu'à récemment. Charlotte était au courant des secrets entre les deux jeunes gens, quoique pas de tous.

— Je suis tellement heureuse pour toi ! s'exclama Charlotte en lui prenant les mains.

— Je sais, je sais, dit Annelise en souriant.

À la fin de la soirée, ses joues seraient en feu, mais elle était aux anges. George possédait toutes les qualités qu'elle attendait d'un homme. Charmant, athlétique, fringant. Et ils s'entendaient à merveille. Une fois devenue Mme George Chervil, elle habiterait la plus belle demeure à des lieues à la ronde. Tout le monde accepterait avec empressement ses invitations. Peut-être même iraient-ils à Londres pour la saison. George serait un jour baronnet, il faudrait donc qu'il occupe la place qui lui revenait de droit dans la bonne société.

— A-t-il fait des sous-entendus ? Offert des cadeaux ? voulut savoir Charlotte.

Annelise aimait la façon dont sa peau claire accrochait la lumière. Elle prit le temps de scruter son image avant de répondre :

— Non, mais le Midsummer Ball a un tel passé. Figure-toi que les parents de George se sont fiancés lors de ce bal. Et maintenant que George a vingt-cinq ans… J'ai entendu son père dire qu'il était temps qu'il se marie.

— Oh, Annelise, c'est tellement romantique !

Le bal d'été de la famille Chervil, le fameux Midsummer Ball, était l'événement de l'année. S'il était un moment où un célibataire se déclarait, c'était bien celui-là.

— Lesquelles ? demanda Annelise en montrant deux paires de boucles d'oreilles.

— Les bleues, parce qu'elles rehaussent merveilleusement la couleur de tes yeux.

Anne rit et serra sa sœur dans ses bras.

— Je suis si heureuse.

Ses yeux s'embuèrent de larmes d'émotion et elle les ferma un instant. Elle avait l'impression d'être lovée dans un cocon de bonheur. Elle connaissait George depuis des années et, comme toutes les jeunes filles de son entourage, elle rêvait en secret qu'il s'intéresse à elle. Et c'était arrivé ! Au printemps dernier, il s'était mis à la regarder différemment, et au début de l'été, il avait commencé à la courtiser.

— Et cette joie ira s'amplifiant, prédit Charlotte.

Main dans la main, elles gagnèrent la porte.

— Dès que George se sera déclaré, ta félicité n'aura plus de limites.

Annelise gloussa en franchissant le seuil d'un pas dansant. Son avenir l'attendait et elle avait hâte de le rejoindre.

Annelise repéra George dès qu'elle entra dans la salle de bal. C'était le genre d'homme qui ne passait pas inaperçu. Il débordait de charme et les femmes trouvaient son sourire irrésistible. Elles étaient d'ailleurs toutes folles de lui.

Et qu'elles l'aiment donc, les pauvres ! C'était elle qu'il avait choisie.

Il le lui avait dit.

Cependant, au bout d'une heure à le regarder discuter avec des invités, elle commença à s'impatienter. Elle avait dansé avec trois messieurs, dont deux étaient de bons partis, et George ne s'était toujours pas approché d'elle. Elle n'avait pas accepté les invitations de ces jeunes gens pour le rendre jaloux – enfin, si, un peu. Cela dit, elle refusait rarement une invitation à danser.

Elle se savait belle. Elle avait grandi entourée de personnes qui le lui avaient répété à l'envi. Elle avait hérité de ses lointains ancêtres gallois ses luxuriantes boucles sombres. Son père aussi avait eu les cheveux foncés. Il était chauve, à présent, mais tout le monde disait que sa chevelure n'avait jamais été aussi brillante et souple que celle d'Annelise.

Marabeth avait toujours été jalouse d'elle. Pourtant, elle lui ressemblait beaucoup, bien que sa peau ne soit pas aussi opalescente et ses yeux aussi bleus. Marabeth la qualifiait de petite souris trop gâtée et peut-être était-ce pour cette raison qu'Annelise avait décidé, dès ses débuts dans le monde, de danser avec qui l'inviterait, sans distinction. Ainsi, personne ne l'accuserait d'être hautaine. Elle allait être la beauté au grand cœur, celle que toutes les jeunes filles aimeraient.

Et maintenant, tous les messieurs l'invitaient. Et lequel aurait pu ne pas souhaiter danser avec la plus belle jeune fille présente ? D'autant qu'ils étaient sûrs de n'être pas éconduits.

Voilà sans doute pourquoi George ne faisait montre d'aucune jalousie. Il savait qu'Annelise avait un cœur d'or et que danser avec d'autres que lui ne signifiait rien pour elle. Il était le seul à avoir fait vibrer son cœur.

— Pourquoi ne m'a-t-il pas encore invitée ? souffla-t-elle néanmoins à Charlotte. Je vais mourir d'impatience.

— C'est le bal de ses parents. Il a des responsabilités en tant qu'hôte.

— Je sais, je sais. C'est juste que… je l'aime tant !

Annelise sentit ses joues s'empourprer. Elle avait parlé plus fort qu'elle ne le voulait. Par chance, à part Charlotte, personne ne semblait l'avoir entendue.

— Viens, chuchota cette dernière. Nous allons faire le tour de la salle et nous passerons si près de M. Chervil qu'il ne résistera pas à l'envie de te prendre la main.

Annelise rit et glissa son bras sous celui de sa sœur, qui lui ordonna de garder le sourire.

— Il te regarde, souffla-t-elle.

Et, en effet, il fixait sur elle un regard empreint de désir.

— J'en ai des frissons, murmura Annelise.

— Rapprochons-nous.

Ce qu'elles firent, jusqu'à ce que George et ses parents ne puissent ignorer leur présence.

— Bonsoir, les salua le père de George d'un ton jovial. N'est-ce pas là la ravissante Mlle Shawcross ?

Il inclina la tête, à quoi elle répondit d'une révérence.

— Sir Charles, murmura Annelise. Lady Chervil.

— Où est donc l'autre ravissante Mlle Shawcross ?
s'enquit sir Charles.

— Cela fait un moment que nous n'avons vu
Marabeth, répondit Charlotte. Je pense qu'elle est
dans les jardins.

Annelise en profita pour faire la révérence à
George, qui lui prit la main et la garda dans la sienne
plus longtemps que nécessaire, du moins en eut-elle
l'impression.

— Vous êtes aussi enchanteresse qu'à l'accoutumée, mademoiselle Shawcross, déclara-t-il en lui
lâchant la main. Je suis ensorcelé.

Annelise se découvrit incapable de dire un mot
tant elle était émue.

— Lady Chervil, je trouve toutes ces décorations
superbes, intervint Charlotte en hâte. Comment sir
Charles et vous avez-vous réussi à trouver le bon
jaune pour symboliser l'été ?

Question stupide, toutefois Annelise fut reconnaissante à sa sœur de l'avoir posée car les parents de
George se lancèrent aussitôt dans une discussion animée avec Charlotte, et George fut tout à elle.

— Je ne vous ai pas vu de toute la soirée, lui
reprocha-t-elle d'une voix un peu haletante.

Le seul fait d'être près de lui la chamboulait complètement. Trois jours plus tôt, il l'avait embrassée
avec tant de passion. Un baiser gravé au fer rouge
dans sa mémoire. Ce qu'il avait fait ensuite n'avait
certes pas été aussi agréable, mais savoir qu'elle pouvait lui faire perdre son sang-froid était... délectable.
Détenir un tel pouvoir était grisant.

— J'ai été occupé avec mes parents, expliqua
George.

Son regard exprimait cependant clairement son regret de n'avoir pas été avec elle.

— Vous m'avez manqué, souffla-t-elle.

Son attitude était scandaleuse pour une jeune fille, mais elle ne manquait pas d'audace et tenait à prendre en main les rênes de sa vie, de son destin. C'était tellement merveilleux d'être amoureuse. Et jeune. Le monde leur appartenait, à George et à elle. Il leur suffisait de tendre la main.

George la dévorait des yeux.

— Le petit salon de ma mère, murmura-t-il. Vous savez où il se trouve ?

— Oui.

— Retrouvez-moi là-bas dans un quart d'heure. Soyez discrète.

Sur ces mots, il s'en alla inviter une autre jeune fille à danser, histoire que leur échange à voix basse n'entraîne aucune spéculation.

Anne rejoignit Charlotte, qui en avait fini avec les discussions sur la décoration.

— Je vais le retrouver dans dix minutes, chuchota-t-elle. Peux-tu t'assurer que personne ne se demande où je suis ?

Charlotte acquiesça d'un hochement de tête.

Gagner le petit salon de lady Chervil se révéla plus long que prévu. Il était à l'arrière de la maison, et c'était sans doute pour cette raison que George l'avait choisi. Annelise dut emprunter des chemins détournés pour éviter les invités qui avaient souhaité s'isoler. Lorsqu'elle pénétra dans la pièce, George était déjà là.

Il l'attira aussitôt dans ses bras et l'embrassa fiévreusement, l'étreignant avec une ferveur de propriétaire.

— Oh, Annelise ! grogna-t-il. Venir ici au beau milieu d'un bal. Quelle petite vilaine...

Si elle goûtait les baisers, elle n'était pas certaine d'aimer être traitée de vilaine. Car elle ne l'était pas, n'est-ce pas ?

Il respirait fort et essayait de soulever ses jupes tout en l'entraînant vers le sofa.

— George !

Elle avait beau être excitée, elle repoussa ses mains trop hardies et s'écarta.

— Quoi ? répliqua-t-il, le regard à la fois soupçonneux et luisant de colère.

— Je ne suis pas là pour cela.

Il éclata de rire.

— Et pourquoi donc êtes-vous là ?

Il fit un pas vers elle, le regard farouche.

— Cela fait des jours que je me consume de désir pour vous.

Sachant désormais à quoi cela faisait allusion, elle rougit jusqu'à la racine des cheveux. Qu'il eût follement envie d'elle était à la fois grisant et désagréable. Elle n'était plus du tout certaine d'avoir envie d'être seule avec lui, dans cette pièce à l'écart.

Il lui attrapa le poignet et la ramena brutalement contre lui.

— Ne tournons pas autour du pot, Annelise. Vous savez exactement ce que vous êtes venue chercher.

— Non ! Je... je...

Elle essaya de se libérer, mais il tint bon.

— C'est le Midsummer Ball, articula-t-elle. Je pensais...

Elle n'acheva pas. Parce que l'expression de George ne laissait aucune place au doute : il n'allait pas lui demander sa main. Il l'avait embrassée, l'avait incitée à lui accorder des privautés normalement réservées à un futur mari, et il était persuadé qu'elle entendait continuer à jeter son bonnet par-dessus les moulins.

Il la prenait pour une gourgandine.

— Seigneur, fit-il, hilare, vous avez cru que je voulais vous épouser !

Annelise sentit quelque chose mourir en elle.

— Vous êtes belle, je vous le concède, continua-t-il d'un ton railleur, et j'ai passé d'excellents moments entre vos cuisses. Mais enfin, Annelise, vous n'avez pas un sou et votre famille n'apportera rien à la mienne.

Elle l'aurait volontiers giflé, mais elle était pétrifiée, incapable de croire à ce qu'elle venait d'entendre.

C'est alors qu'il lui porta le coup fatal.

— De toute façon, je suis déjà fiancé.

Annelise chancela. Elle se retint au bureau tout proche.

— À qui ? souffla-t-elle.

— À Fiona Beckwith, la fille de lord Hanley. Je lui ai demandé sa main hier soir.

— Et elle a... accepté ?

Il s'esclaffa.

— Évidemment ! Et son père, le vicomte, s'est déclaré enchanté. Elle est la cadette, mais c'est sa préférée. Je suis certain qu'il la dotera généreusement.

Annelise avait du mal à respirer. Il fallait qu'elle sorte de cette pièce. De cette maison.

— Fiona aussi est ravie, précisa George, cruel.

Il affichait le même sourire que celui grâce auquel il l'avait séduite, remarqua Annelise. C'était un charmant goujat, et il le savait.

— Je doute cependant qu'elle se montre aussi ensorcelante et rouée que vous l'avez été.

De nouveau, il la plaqua contre lui et chercha sa bouche. Ses mains couraient sur son corps. Elle lutta pour se dégager, ce qui ne fit qu'aiguillonner son ardeur.

— Oh, vous aimez lorsque c'est un peu brutal, pas vrai ?

Il la pinça. Fort.

La douleur fit réagir Annelise, qui laissa échapper un cri et repoussa George de toutes ses forces.

— Ne me touchez pas !

Il rit de plus belle. Folle de rage, elle attrapa la seule arme à sa portée : un coupe-papier ancien posé sur le bureau de lady Chervil.

— Ne vous approchez plus de moi, articula-t-elle en le brandissant.

— Allons, Annelise, fit-il d'un ton condescendant tout en s'avançant vers elle.

Il n'eut que le temps de bondir en arrière ; elle fouettait furieusement l'air de sa main armée.

Mais pas seulement l'air.

— Espèce de garce ! rugit-il en pressant la main sur sa joue. Vous m'avez coupé !

— Oh, mon Dieu ! s'écria-t-elle. Je ne voulais pas !

Elle lâcha le coupe-papier et recula jusqu'au mur, où elle s'adossa, tremblant de la tête aux pieds.

— Je ne voulais pas, répéta-t-elle.

Et pourtant, elle l'avait fait.

— Je vous tuerai, siffla-t-il.

Du sang coulait entre ses doigts, maculait sa chemise blanche.

— Vous m'entendez ? Je vous enverrai en enfer !

Annelise le bouscula en sortant en trombe de la pièce.

Trois jours plus tard, elle se tenait devant son père et celui de George. Elle les écoutait évoquer tous les points sur lesquels ils étaient d'accord.

Elle était une catin.

Elle aurait pu ruiner la vie de George.

Elle aurait pu ruiner la vie de ses sœurs.

S'il se révélait qu'elle était enceinte, elle ne pourrait que s'en prendre à elle-même. Et qu'elle n'imagine pas une seule seconde que George serait obligé de l'épouser. Jamais il ne se marierait avec celle qui l'avait marqué au visage de manière indélébile.

Annelise en avait la nausée. À quoi bon expliquer qu'elle s'était défendue ? Tous étaient persuadés que, si elle avait blessé George une fois, elle recommencerait.

Elle se rappelait le choc de la lame contre l'os. Elle n'avait pas prévu de s'en servir. Juste de faire peur à George et de l'obliger à reculer en agitant le coupe-papier devant sa figure.

— Bien, conclut son père d'un ton sévère. Tout est réglé et tu devrais remercier à genoux sir Charles de s'être montré aussi généreux.

— Vous allez quitter la ville, déclara ce dernier, et jamais vous n'y reviendrez. Vous ne reverrez plus mon fils ni aucun membre de ma famille ou de la vôtre. Ce sera comme si vous n'aviez jamais existé. C'est compris ?

Elle secoua la tête. Non, elle ne comprenait pas. Jamais elle ne comprendrait. Exclure la famille de sir

Charles de sa vie, d'accord, mais la sienne ? Couper les ponts définitivement ? Seigneur !

— Nous t'avons trouvé une place, reprit son père, l'air dégoûté. La sœur d'une cousine éloignée de ta mère a besoin d'une dame de compagnie. Elle habite sur l'île de Man.

Éperdue, Annelise essaya de saisir les mains de son père :

— Non, s'écria-t-elle, c'est trop loin ! Je ne veux pas aller...

— Silence, tonna-t-il.

Et il la gifla. Annelise recula en titubant, davantage sous l'effet du choc que de la douleur. Son père l'avait frappée. Jamais, en seize ans, il n'avait porté la main sur elle.

— Tu es déjà perdue aux yeux de tous tes proches, siffla-t-il. Si tu ne fais pas ce que nous attendons de toi, tu attireras la honte sur ta famille, et tes sœurs n'auront plus aucune chance de se marier.

Annelise pensa à Charlotte, qu'elle adorait. Et à Marabeth qui, même si elles n'avaient jamais été proches, demeurait sa sœur.

— Je partirai, concéda-t-elle dans un murmure. Dans deux jours et...

— Où est-elle ? lança une voix de stentor.

Grands dieux, George ! Il fit irruption dans la pièce, le regard fou, le front luisant de sueur. Il haletait. Il avait dû traverser la maison en courant quand il avait su qu'Annelise s'y trouvait. Un côté de son visage disparaissait sous un pansement qui avait commencé à se décoller. Annelise était horrifiée à l'idée qu'il se détache complètement et tombe.

— Je vous tuerai ! rugit-il en se ruant sur elle.

Annelise se précipita vers son père. Spontanément. Parce qu'il l'avait toujours protégée.

Il devait rester en lui un peu d'amour car il s'interposa entre George et elle, bras tendus, jusqu'à ce que sir Charles contraigne son fils à battre en retraite.

— Vous paierez pour ce que vous m'avez fait, vociféra George. Regardez !

Il arracha le pansement et Annelise découvrit, bouleversée, la longue entaille rouge et boursouflée, qui courait de la pommette au menton.

À coup sûr, il garderait une vilaine cicatrice.

— Arrête, George, ordonna sir Charles. Un peu de sang-froid, que diable !

Mais George n'entendait plus rien.

— Elle sera pendue pour cela ! Je vais prévenir les autorités et...

— Tu ne feras rien de tel, le coupa son père. Si tu la traînes devant un juge, l'histoire se répandra dans tout le comté et la demoiselle Hanley filera comme un lièvre.

— Parce que vous croyez que personne ne va se poser de questions en voyant cela ? rétorqua George en indiquant sa plaie.

— Il y aura des ragots, admit sir Charles. Surtout lorsque cette fille quittera la ville. Mais il ne s'agira que de rumeurs. En revanche, si tu convoques un juge, toute l'affaire sera étalée sur la place publique et dans les journaux.

L'espace d'un instant, Annelise crut que George refuserait d'entendre raison. Pourtant, il finit par capituler. Il hocha la tête si vigoureusement que sa blessure se rouvrit. Il la frôla de ses doigts et les regarda, l'air étonné : ils étaient maculés de sang.

— Vous me le paierez, articula-t-il en fixant Annelise d'un regard luisant de haine. Tôt ou tard, vous me le paierez. Où que vous alliez, je vous retrouverai.

Annelise frémit. Il y avait chez cet homme quelque chose de malfaisant.

— Et ce jour-là sera un beau jour pour moi !

7

Si Daniel ne se considérait pas comme un dandy, il devait reconnaître que rien ne rivalisait avec une paire de bottes faites main.

Cet après-midi, il avait reçu une lettre de Hugh.

Winstead,

Comme promis, je suis allé rendre visite à mon père. Il a, me semble-t-il, été sincèrement étonné, d'une part de me voir, dans la mesure où nous ne nous parlons plus, et d'autre part d'apprendre ce qui vous était arrivé hier soir. Je ne pense pas qu'il soit de près ou de loin responsable de cette agression.

J'ai conclu cette brève conversation par un rappel de mes menaces, et j'ai beaucoup apprécié de le voir blêmir.

Bien à vous, etc.,

H. Prentice (en vie tant que vous le serez)

Rassuré sur son sort, Daniel était donc allé chez Hoby, à St James, qui était à présent occupé à lui mesurer la jambe et le pied avec une précision à faire pâlir Galilée d'envie.

— Ne bougez pas, milord.

— Je ne bouge pas.

— Si, milord.

Daniel regarda son pied. Il ne bougeait pas.

— Sa Grâce le duc de Wellington peut rester des heures sans qu'un seul de ses muscles tressaille, milord.

— Il respire, tout de même ?

M. Hoby ne se donna pas la peine de relever la tête.

— Cela ne nous amuse pas, répliqua le chausseur d'un ton empreint de dédain.

Daniel se demanda si ce « nous » faisait référence à Hoby et au duc, ou si le chausseur avait une si haute idée de lui-même qu'il parlait de lui à la première personne du pluriel, comme le roi de France Louis XIV.

— Il faut que vous restiez immobile, milord.

Daniel avait très envie de mettre fin à ces simagrées et de s'en aller, mais la perfection des bottes fabriquées par M. Hoby l'en dissuada.

L'un des assistants de ce dernier vint relever le contour exact de son pied, lequel ne bougea pas, conformément aux ordres du maître. Daniel se figea. Comme le duc de Wellington, qui devait néanmoins respirer, c'était certain. Cependant, avant que M. Hoby ait achevé ses mesures, la porte de la boutique s'ouvrit à la volée et heurta si fort le mur que le carreau en vibra. Daniel sursauta, M. Hoby jura, son assistant eut un mouvement de recul et lorsque Daniel regarda le dessin de son pied, il vit un petit orteil tout tordu qui ressemblait à une serre malformée.

C'était une femme qui avait fait cette entrée fracassante. Elle paraissait sous le coup d'une grande émotion et…

Nom de nom, Mlle Wynter ?

Ces cheveux sombres et ces longs cils ne pouvaient appartenir qu'à elle. Mais, et cela l'étonnait, c'était à sa façon de se mouvoir que Daniel l'avait reconnue.

Lorsqu'il s'adressa à elle, elle fut si effrayée qu'elle heurta une étagère. Une cascade de souliers se déversa sur elle, rapidement arrêtée par l'assistant.

— Mademoiselle Wynter, que se passe-t-il ? s'enquit Daniel en s'approchant d'elle. On dirait que vous avez vu un fantôme.

Elle secoua la tête. Trop vite. Trop nerveusement.

— Ce... ce n'est rien, assura-t-elle.

Elle regarda autour d'elle en battant des paupières ; elle venait de se rendre compte qu'elle s'était engouffrée dans une boutique pour hommes.

— Oh ! Je suis désolée. Je... je me suis trompée de magasin.

Elle pivota sur les talons.

— Je m'en vais.

Elle posa la main sur la poignée, mais ne la tourna pas. Le silence tomba dans la boutique. Tout le monde semblait attendre qu'elle parte, fasse ou dise quelque chose. À vrai dire, elle semblait paralysée.

Daniel lui prit doucement le bras et l'éloigna de la vitrine.

— Puis-je vous aider, mademoiselle Wynter ?

Elle se tourna vers lui et il réalisa que c'était la première fois qu'elle le regardait vraiment depuis qu'elle était entrée. Cela ne dura pas. Elle ne cessait de jeter des coups d'œil dans la rue alors même que son corps semblait s'en éloigner instinctivement.

— Monsieur Hoby, nous continuerons une autre fois, dit Daniel. Je vais raccompagner Mlle Wynter chez elle et...

— Un rat. Il y avait un rat !

— Un rat ? répéta un client, l'air affolé.

— Dehors, expliqua Mlle Wynter en indiquant la porte.

Son index tremblait comme si le rongeur était abominablement gros.

Personne d'autre que Daniel ne parut avoir remarqué que l'histoire avait changé. Elle s'était trompée de boutique, avait-elle expliqué, et voilà que maintenant elle avait fui devant un rat.

— Il est passé sur mon pied, bredouilla-t-elle.

Daniel se rapprocha d'elle.

— Permettez-moi de vous escorter jusque chez vous, mademoiselle Wynter.

Puis, à l'intention des autres personnes présentes :

— La pauvre demoiselle a eu très peur. Je la connais, elle est gouvernante chez ma tante.

Il enfila en hâte ses bottes, puis s'efforça de guider doucement Mlle Wynter vers la porte. Elle semblait avoir des semelles de plomb tant elle avançait lentement. Enfin, ils franchirent le seuil et Daniel se pencha pour lui chuchoter à l'oreille :

— Est-ce que tout va bien ?

La mine sombre, elle répondit par une autre question :

— Avez-vous une voiture ?

— Oui. Juste en bas de la rue.

— Elle est fermée ?

Voilà qui était de plus en plus bizarre. Non, la voiture n'était pas fermée. Il faisait beau.

— Elle peut l'être, dit-il.

— Pourriez-vous faire relever la capote ? Et demander que l'on amène la voiture ici ?

Elle semblait si instable sur ses jambes que Daniel accéda à sa requête. Il envoya l'un des assistants de

Hoby prévenir le cocher, qui arriva quelques minutes plus tard dans le landau, capote remontée.

Une fois dans la voiture, Daniel accorda un moment à Mlle Wynter pour se ressaisir, puis demanda :

— Que s'est-il vraiment passé ?

Elle tourna vers lui un regard surpris.

— Il devait s'agir d'un sacré rat, commenta-t-il. Au moins aussi gros qu'un bœuf.

Il avait voulu la faire sourire, mais sa jolie bouche frémit à peine. Il s'émut que le plus infime changement d'expression lui fasse tant d'effet.

Il avait détesté la voir aussi bouleversée. Il se rendait compte qu'elle l'avait été plus qu'il ne l'imaginait. Et elle se demandait si elle pouvait lui faire confiance, devinait-il. Elle jetait des coups d'œil apeurés par la fenêtre de la voiture, puis s'adossait à la banquette et regardait la banquette opposée. Avant de recommencer.

Enfin, elle se décida à parler, d'une voix atone qui serra le cœur de Daniel.

— Il y a quelqu'un... que je ne désire pas voir.

Rien d'autre. Aucune explication, juste quelques mots qui suscitaient cent, mille questions. Pourtant, Daniel n'en posa aucune. Elle ne lui aurait pas répondu, de toute façon. Pour l'heure, les questions, il les garderait pour lui.

Il était même étonné qu'elle lui en ait autant dit.

— Alors quittons ce quartier, proposa-t-il.

Elle le remercia d'un hochement de tête.

Ils prirent la direction de l'est de Piccadilly, soit à l'opposé de Pleinsworth House. Mais Daniel estimait que Mlle Wynter avait besoin de temps pour se ressaisir.

En outre, ce temps, il allait le passer en sa compagnie, ce qui ne pouvait que lui plaire.

Les minutes s'égrenaient et Anne continuait de regarder par la fenêtre. Elle ignorait où ils se trouvaient, et cela lui était égal. Si lord Winstead la conduisait à Douvres, ma foi, elle ne s'y opposerait pas. Qu'ils s'éloignent le plus possible de Piccadilly, cela seul lui importait.

Piccadilly et l'homme qui était assurément George Chervil.

Désormais, sir George Chervil. Elle le savait par les lettres de Charlotte, qui arrivaient irrégulièrement et qu'elle attendait toujours avec tant d'impatience.

Le père de George était mort, et George était donc devenu baronnet. Anne avait pris peur. Si elle détestait feu sir Charles, elle avait besoin de lui, car lui seul était capable d'empêcher son fils de mettre sa vengeance à exécution. Sir Charles disparu, plus personne n'était susceptible de contrôler l'agressivité de George, de le convaincre de se comporter avec un minimum de bon sens. Charlotte aussi était inquiète. George avait pris prétexte des funérailles de son père pour rendre une visite de voisinage aux Shawcross. À en croire sa sœur, il avait posé beaucoup de questions sur Annelise. Beaucoup trop.

Parfois, elle oubliait que cette Annelise, c'était elle.

Elle avait toujours su que George pourrait venir à Londres. C'était pour cette raison qu'elle avait postulé pour le poste de gouvernante chez les Pleinsworth. Ces derniers étaient, en effet, censés passer toute l'année dans le Dorset. Lady Pleinsworth accompagnerait Sarah dans la capitale pour la saison tandis que les trois plus jeunes filles resteraient à la campagne avec leur nourrice et leur gouvernante. Quant à lord Pleinsworth, il était hors de question qu'il aille en ville. Ses chiens de chasse l'intéressaient davantage que les humains. Il se faisait si discret qu'Anne avait l'impression d'habiter une maison réservée aux femmes. Ce qui était merveilleux.

Un beau jour, cependant, lady Pleinsworth avait décidé qu'elle ne pouvait plus se passer de ses trois autres filles. Elle était donc revenue dans le Dorset et, sans se formaliser que son mari ne souhaite pas les accompagner, avait ramené tout son monde à Londres. Y compris Anne.

Anne s'était répété que, même si George venait à Londres, il était peu probable qu'elle l'y croise. Londres était une ville immense. La plus grande d'Europe, voire du monde. George avait peut-être épousé la fille d'un vicomte, mais les Chervil ne gravitaient pas dans les mêmes cercles que les Pleinsworth ou les Smythe-Smith. Et même s'ils étaient un jour invités à la même réception, Anne ne ferait pas partie des hôtes – on n'invitait pas une gouvernante.

Il n'empêche qu'elle était en danger. Selon Charlotte, George recevait une généreuse allocation de son beau-père. Il disposait donc d'assez d'argent pour passer la saison à Londres. Peut-être même pour se hisser jusqu'aux cercles les plus élevés de la société.

Il adorait l'excitation de la capitale. Si elle s'efforçait d'oublier tout ce qui avait trait à George, elle se souvenait de cela. Et de son stupide rêve de toute jeune fille, qui était de se promener dans Hyde Park au bras de son charmant mari.

Elle soupira. Quelle sotte elle avait été !

— Puis-je faire quelque chose pour que vous vous sentiez plus à l'aise ? hasarda lord Winstead.

Il avait gardé longtemps le silence et elle lui en était reconnaissante. C'était un homme affable, qui parlait facilement, mais il semblait savoir aussi quand se taire.

Elle secoua la tête sans le regarder. Non qu'elle cherchât à garder ses distances, avec lui en particulier. En ce moment, elle cherchait à les garder avec tout le monde. Il bougea légèrement et, ce faisant, se rappela à son souvenir. Cet homme était venu à son secours. Il avait deviné sa détresse et lui avait offert sa voiture sans poser de questions.

Il méritait qu'elle le remercie. Peu importait qu'elle ait encore les mains tremblantes ou l'esprit en ébullition à force d'envisager les pires éventualités. Lord Winstead ne saurait jamais à quel point il lui avait rendu service, mais elle pouvait au moins lui dire merci.

Elle se tourna vers lui et, effarée, s'entendit poser une question absurde.

— C'est un nouvel hématome, sur votre joue ?

Elle en était certaine. Il n'était pas aussi sombre que les autres, plus anciens.

— Vous êtes-vous blessé vous-même ? insista-t-elle.

Il cilla, se tâta la joue.

— Non. De l'autre côté.

Et, sans réfléchir, elle posa le bout des doigts sur sa pommette.

— Ce bleu n'était pas là hier.

— Vous l'avez remarqué, dit-il en souriant.

— N'en soyez pas flatté.

Elle s'interrogeait : pourquoi, en si peu de temps, le visage de lord Winstead lui était-il devenu familier au point qu'elle soit capable de distinguer un bleu récent au milieu de tous ceux dus à son altercation avec lord Chatteris ? C'était ridicule ! D'ailleurs, lord Winstead aussi était ridicule.

— Il n'empêche, mademoiselle Wynter, je suis flatté que vous ayez noté le dernier ajout à ma collection.

— Les traces de coups sont donc dignes d'être collectionnées ?

— Et les gouvernantes sont-elles toutes aussi sarcastiques ?

De la part de n'importe qui d'autre, Anne aurait considéré que cette repartie était destinée à la remettre à sa place. Venant de lord Winstead, qui souriait, il n'en était rien.

— Vous avez éludé la question, milord.

Il aurait dû paraître embarrassé, et peut-être l'était-il, mais comment discerner des joues empourprées sous cet arc-en-ciel ?

— Deux voyous ont voulu me détrousser la nuit dernière.

— Mon Dieu ! Vous n'avez pas été blessé ?

— Cela ne s'est pas aussi mal passé que j'aurais pu le craindre. Marcus a fait plus de dégâts le soir du concert.

— Mais enfin, des voyous ! Ils auraient pu vous tuer.

Il se pencha vers elle.

— Vous aurais-je manqué ?

Elle se sentit rougir et s'obligea à afficher une expression neutre.

— Vous auriez manqué à bien des gens, déclara-t-elle d'un ton ferme.

Dont elle, évidemment.

— Dans quel quartier étiez-vous, milord ?

Les détails étaient importants. Ils étaient clairs, nets, dénués d'émotion. Ils ne mettaient que les faits en exergue.

— Était-ce dans Mayfair ? Je n'imaginais pas que Mayfair puisse être dangereux et...

— Ce n'était pas dans Mayfair, quoique pas loin. Je rentrais de Chatteris House, il était tard et je n'étais pas sur mes gardes.

Anne ignorait où habitait le comte de Chatteris. Sans doute à peu de distance de Winstead House. Les aristocrates vivaient à proximité les uns des autres. Et même si Chatteris House était en lisière des quartiers cossus, lord Winstead n'aurait pas été obligé de traverser des secteurs mal famés pour rentrer chez lui.

— Je ne pensais pas que la ville était devenue si peu sûre, reprit-elle.

Et si cette attaque avait un lien avec George Chervil ? Non, impossible. Lord Winstead et elle n'étaient apparus en public ensemble qu'une seule fois. La veille, à Hyde Park. Et n'importe qui aurait compris qu'elle n'était que la gouvernante des enfants.

— Je crois que je devrais vous remercier d'avoir insisté pour me raccompagner, avant-hier.

Le regard que lord Winstead riva sur elle lui coupa le souffle tant il était intense.

— Je ne vous laisserais jamais marcher seule la nuit, pas même cinq cents mètres.

Elle scrutait ces yeux qui ne quittaient pas les siens et n'en distinguait même pas la couleur. Juste une profondeur troublante. Elle avait le sentiment qu'il lisait en elle, voyait ses secrets, ses peurs.

Ses désirs.

Elle prit une profonde inspiration et détourna enfin le regard. Elle était désorientée. Qui était cette femme qui avait fixé cet homme si longtemps, comme s'il détenait la clé de son avenir ? Ce n'était pas elle. Elle ne croyait pas à ces fadaises sur la destinée ou sur les yeux prétendument miroirs de l'âme. Peut-être l'avait-elle cru autrefois, mais après avoir été la cible du regard de George Chervil, elle n'y croyait plus.

Il lui fallut un long moment pour se ressaisir.

— Vous diriez cela à n'importe quelle dame, observa-t-elle.

— Et les dames en question se sentiraient flattées, répliqua-t-il avec un sourire en coin.

— Je ne fais pas partie de ces dames-là.

— Si nous étions sur une scène, la repartie sonnerait bien.

— Je la répéterai à Harriet, décida Anne en riant. Elle se pique d'être auteure dramatique. Elle a même commencé une nouvelle œuvre. Quelque chose de très déprimant en rapport avec Henry VIII.

— Aïe ! Voilà qui s'annonce sinistre.

— Elle essaie de me convaincre de jouer Anne Boleyn.

— Les gages que vous donne ma tante ne sont pas assez élevés pour ce pensum.

Anne jugea plus prudent de ne pas poursuivre ce badinage.

— Je vous renouvelle mes remerciements pour l'autre soir. En plus d'être flattée, je suis impressionnée de connaître un homme pour qui la sécurité de *toutes* les femmes a de l'importance.

Il s'accorda un instant de réflexion, puis opina. Anne se rendit compte qu'il était mal à l'aise.

Apparemment, il n'avait pas l'habitude de ce genre de louanges.

Elle réprima un sourire. C'était amusant de le voir s'agiter sur la banquette. Elle l'avait pris au dépourvu. On devait souvent vanter son charme ou son physique, mais pas sa galanterie.

— Cela fait mal ? s'enquit-elle.

— Ma joue ?

Il hocha la tête.

— Un peu.

— Et les voleurs sont en plus piteux état que vous ? hasarda Anne, taquine.

— Oh, oui ! Infiniment plus piteux.

— Est-ce le but d'une bagarre ? S'assurer que l'adversaire finit en plus mauvais état que soi ?

— Possible. C'est stupide, n'est-ce pas ? C'est du reste pour cette raison que j'ai dû m'exiler.

Elle ne connaissait pas tous les tenants et aboutissants du duel, mais elle était abasourdie. Comment ces jeunes gens pouvaient-ils se montrer aussi sots ?

Elle ne put se retenir de le demander à haute voix.

— Ce n'est pas exactement de ce genre de sottise qu'il s'est agi lors du duel. On m'a traité de tricheur. Une insulte à cause de laquelle j'ai failli tuer mon adversaire. Mais...

Un temps, puis, avec véhémence :

— Je n'ai pas voulu le tuer. C'était un accident.

Il détourna les yeux et ajouta :

— Je pensais que vous vous en doutiez.

Elle s'en était doutée, en effet. Lord Winstead n'était pas homme à tuer de sang-froid.

Elle perçut sa réticence à s'étendre sur le sujet, aussi préféra-t-elle en changer.

— Où allons-nous ?

— En fait, je l'ignore, avoua-t-il. J'ai dit au cocher de mener l'attelage au hasard jusqu'à ce que je lui donne une direction précise. Je pensais que vous auriez peut-être besoin d'un peu de répit avant de regagner Pleinsworth House.

— Merci. C'est mon après-midi de congé. On ne m'attend pas dans l'heure.

— Vous avez d'autres courses à faire ?

— Non... Oh, si ! Seigneur, comment ai-je pu oublier ?

— Je serai heureux de vous conduire où vous le désirez.

Elle serra son réticule à deux mains, trouvant du réconfort dans le crissement du papier à l'intérieur.

— Ce n'est rien. Juste une lettre à poster.

— Voulez-vous que je me charge de l'affranchissement ? Je ne me suis jamais soucié des prérogatives qu'offre un siège à la Chambre des lords, je présume toutefois que je possède le privilège d'affranchissement. Mon père en usait certainement.

— Non, je vous remercie, murmura Anne.

Cela lui aurait certes évité d'aller dans un bureau de poste. Cependant, si leurs parents voyaient cette lettre portant le sceau du comte de Winstead, leur curiosité ne connaîtrait plus de limites.

— C'est très généreux de votre part, milord, mais je ne peux accepter.

— Ce n'est pas moi qui suis généreux, c'est le Royal Mail.

— Peut-être. Il est toutefois hors de question que j'abuse de votre privilège d'affranchissement. Si vous pouviez simplement me conduire à un bureau de poste.

Elle regarda par la fenêtre pour essayer de se situer.

— Je crois qu'il y en a un Tottenham Court Road. Sinon… Oh, je ne m'étais pas rendu compte que nous étions si loin à l'est. Nous devrions donc aller à High Holborn. Juste avant Kingsway.

— Apparemment, vous êtes capable de localiser tous les bureaux de poste londoniens.

— Euh… non, pas vraiment.

Elle chercha en hâte une justification.

— C'est que… je suis fascinée par le système postal. Je trouve cela vraiment étonnant.

Il haussa un sourcil, l'air perplexe. Il ne la croyait visiblement pas, c'était pourtant la vérité – une vérité destinée à couvrir un mensonge. Il n'empêche qu'elle était réellement très intéressée par le Royal Mail. C'était magique que l'on puisse envoyer des messages à quelqu'un d'un bout à l'autre du pays. Il ne fallait que trois jours à une missive pour aller de Londres au Northumberland.

— J'aimerais suivre une lettre, un jour, reprit-elle. Pour voir où elle va.

— À l'adresse inscrite au recto, j'imagine.

— Oui, mais comment ? C'est cela, le miracle.

Il sourit.

— Je dois confesser que je n'avais jamais songé au Royal Mail en termes bibliques. Cela dit, je suis toujours prêt à apprendre.

— Il est difficile d'imaginer une lettre voyageant plus vite qu'aujourd'hui, continua Anne d'un ton joyeux. Sauf à voler.

— Il y a toujours les pigeons, remarqua lord Winstead.

— Une nuée de pigeons qui s'envoleraient pour délivrer notre courrier ?

— Voilà une terrifiante hypothèse : songez aux malheureux qui se trouveraient dessous.

Ils s'esclaffèrent de concert. Anne ne se rappelait pas à quand remontait la dernière fois où elle s'était sentie aussi joyeuse.

— Va pour High Holborn, décréta lord Winstead. Je m'en voudrais de confier votre missive aux pigeons de Londres.

Il se leva à demi, souleva l'avant de la capote du landau pour donner ses instructions au cocher, puis se rassit.

— Puis-je vous aider en quoi que ce soit d'autre, mademoiselle Wynter ? Je suis à votre disposition.

— Non, merci. Seulement me ramener à Pleinsworth House.

— Si tôt dans l'après-midi ? Alors que c'est votre jour de congé ?

— Tant de tâches m'attendent ce soir. Demain nous partons dans le Berkshire.

— À Whipple Hill.

— Oui. Sur votre suggestion, je suppose, lord Winstead.

— Cela m'a paru moins pénible qu'un voyage dans le Dorset.

— Mais avez-vous… Non. Aucune importance.

— Vous cherchez à savoir s'il était déjà dans mes projets de m'y rendre ? La réponse est non.

Anne s'humecta les lèvres sans regarder lord Winstead – c'était trop dangereux. Elle s'interdisait les rêves inaccessibles. Elle avait fait cette erreur une fois et l'avait payé cher.

Lord Winstead était certainement le rêve le plus inaccessible qui soit. Si elle s'autorisait à désirer cet homme, cela la détruirait.

Mais Dieu qu'elle avait envie de succomber à ce désir...

— Mademoiselle Wynter ?

La voix semblait venir de très loin.

— Oui. Euh... c'est très gentil à vous d'adapter votre emploi du temps à celui de votre tante.

— Je ne l'ai pas fait pour ma tante. Je tenais à ce que vous le sachiez.

— Vous ne... Mais pourquoi ?

La bonne question était : pourquoi l'avait-il fait pour *elle* ?

Il ne répondit pas.

Elle le regarda et fut alors en proie à la plus étonnante, la plus intense des envies : celle de poser la main sur la sienne, d'établir un contact entre eux. Un lien.

Elle n'en fit rien. Elle n'en avait pas le droit, elle le savait. Lui, en revanche, l'ignorait.

Le lendemain soir, Anne descendit de la voiture des Pleinsworth et découvrit Whipple Hall. Située au milieu de douces collines qui descendaient jusqu'à un grand lac bordé d'arbres, c'était une maison charmante et néanmoins majestueuse. Domaine ancestral des comtes de Winstead, elle semblait accueillante. Les quelques grandes demeures de l'aristocratie qu'Anne connaissait étaient à la fois austères et trop ornementées.

Le soleil était déjà couché, toutefois l'éclat orange du crépuscule qui perdurait ajoutait une agréable sensation de chaleur. Anne avait hâte de s'installer dans sa chambre et de dîner d'un simple bol de soupe. Malheureusement, Nanny Flanders étant restée à Londres, elle devait s'occuper des filles avant de s'occuper d'elle-même. Lady Pleinsworth lui avait promis un après-midi de congé supplémentaire durant leur séjour à Whipple Hall pour compenser, mais elle n'avait donné aucune précision et Anne craignait qu'elle n'ait oublié.

— Allons, mesdemoiselles, allons-y.

Harriet avait voyagé dans une voiture avec Sarah et lady Pleinsworth, Elizabeth et Frances dans une autre.

Frances arriva aussitôt en sautillant.

— Ah, vous voilà ! Vous méritez une étoile d'or en récompense.

— C'est dommage que vous n'ayez pas de vraies étoiles d'or à distribuer ; je ne serais pas obligée de demander de l'argent de poche chaque semaine.

— Si j'avais des étoiles d'or, je ne serais pas obligée d'être gouvernante, mademoiselle.

— Un point pour vous, reconnut Frances, admirative.

Anne sourit à la fillette. C'était touchant d'avoir l'estime d'une enfant de dix ans.

— Où sont vos sœurs ? Harriet ! Elizabeth !

Harriet arriva à son tour et annonça :

— Maman a décidé que pendant notre séjour ici je pourrais prendre mes repas avec les adultes.

— Voilà qui ne va pas plaire à Elizabeth, commenta Frances.

— Qu'est-ce qui ne va pas me plaire ? demanda Elizabeth, qui s'approchait. Vous ne croirez jamais ce que Peggy m'a dit ! enchaîna-t-elle.

Peggy était la bonne de Sarah. Anne l'aimait bien, en dépit de sa tendance à colporter des ragots.

— Qu'a-t-elle dit ? s'enquit Frances. Ce que Harriet a dit, elle, c'était qu'elle allait prendre ses repas avec les adultes.

— C'est injuste ! s'écria Elizabeth. Ce qu'a dit Peggy, c'est que Sarah avait raconté que Daniel souhaitait que Mlle Wynter prenne elle aussi ses repas avec la famille.

— Il n'en est pas question, répliqua fermement Anne.

Une gouvernante ne s'asseyait à la table des maîtres qu'exceptionnellement, lorsque le nombre de convives était impair.

— Je prendrai mes repas avec vous, acheva-t-elle en tapotant la tête de Frances.

Seigneur, mais qu'est-ce qui était donc passé par la tête de lord Winstead ? S'il avait cherché à la mettre dans une posture délicate, c'était réussi. Le lord désirant que la gouvernante soit à la table familiale ? Autant déclarer publiquement qu'il la voulait dans son lit !

Cela dit, c'était bel et bien ce dont il avait envie, conclut Anne à part elle. Et ce ne serait pas la première fois qu'elle aurait maille à partir avec ses employeurs.

En revanche, ce serait la première fois qu'elle aurait envie de succomber.

— Bonsoir !

Lord Winstead se dirigeait vers elles.

— Daniel ! cria Frances en se précipitant sur lui, battant ses sœurs de vitesse.

Elle se jeta dans ses bras avec un tel enthousiasme qu'elle faillit lui faire perdre l'équilibre.

— Frances, tu es trop grande pour sauter de la sorte sur ton cousin ! la réprimanda lady Pleinsworth.

— Cela ne me dérange pas, assura lord Winstead en ébouriffant les cheveux de Frances.

— Mère, si je suis trop grande pour sauter au cou de cousin Daniel, dois-je en déduire que je le suis aussi suffisamment pour dîner avec les adultes ?

— Loin, très loin s'en faut, mon petit.

— Mais Harriet…

— … a cinq ans de plus que toi.

— Nous passerons un excellent moment à l'étage des enfants, intervint Anne en s'approchant de lord Winstead pour le délivrer de Frances.

Il riva sur elle un regard chaleureux et elle comprit qu'il était sur le point de l'inviter à la table familiale. Elle s'empressa donc d'ajouter :

— D'ordinaire, je prends mes repas dans ma chambre, toutefois, Nanny Flanders n'étant pas là, je serai heureuse de la remplacer auprès d'Elizabeth et de Frances.

— Vous nous sauvez une fois de plus, mademoiselle Wynter, avoua lady Pleinsworth. Je ne sais ce que nous ferions sans vous.

— D'abord, le concert, et maintenant ceci, confirma lord Winstead.

Anne lui coula un regard, mais il s'était détourné si bien qu'elle ne vit pas quel genre d'expression il affichait.

— Peut-être pourrions-nous donner un autre concert pendant que nous serons ici, suggéra Elizabeth. Ce serait amusant.

Il faisait trop sombre pour qu'Anne en ait la certitude, il lui semblait cependant que lord Winstead avait blêmi.

— Vous n'avez pas emporté votre alto, ni Harriet son violon, fit-elle remarquer.

— Mais...

— Ni votre contrebasson, Frances.

— Nous sommes à Whipple Hill, lui rappela lady Pleinsworth. Aucune maison Smythe-Smith ne serait complète sans une collection d'instruments de musique.

— Y compris un contrebasson ? s'enquit Frances, pleine d'espoir.

— Je suppose qu'il faudra faire quelques recherches pour le dénicher, marmonna lord Winstead.

— Je les ferai, proposa Frances. Mademoiselle Wynter, vous m'aiderez ?

— Évidemment.

Une excellente manière d'échapper à la famille, songea Anne.

— Sarah va si bien que cette fois vous n'aurez pas à jouer du pianoforte, précisa Elizabeth.

Une chance que lady Sarah soit déjà entrée dans la maison, et n'ait donc rien entendu de ce qui se tramait.

— Bien, tout le monde à l'intérieur, déclara lord Winstead. Mesdames, inutile de vous changer. Mme Barnaby a prévu un dîner informel. Que nous partagerons, y compris Elizabeth et Frances.

Et vous aussi, mademoiselle Wynter.

Il ne l'avait pas dit, mais Anne savait qu'il l'avait pensé. Très fort.

— Vous serez en famille, lady Pleinsworth, observat-elle, alors permettez-moi de me contenter d'une collation dans ma chambre. Le voyage m'a fatiguée.

— Bien sûr, mon petit. Vous devez prendre des forces pour la semaine à venir. J'ai bien peur que vous ne finissiez au bord de l'épuisement. Pauvre Nanny.

— Vous vouliez dire « pauvre Mlle Wynter », rectifia Frances.

Anne la remercia d'un sourire.

— Ne vous inquiétez pas, mademoiselle Wynter, nous ne vous épuiserons pas, assura Elizabeth. Personnellement, j'ai l'intention de réviser mes mathématiques au cours de ce séjour.

Lord Winstead étouffa un rire avant de demander :

— Puis-je appeler un valet pour qu'il vous montre votre chambre, mademoiselle Wynter ?

— Volontiers. Merci, milord.

— Bien. Suivez-moi. Ma tante, mes cousines, rendez-vous dans la salle du petit déjeuner. Mme Barnaby a prévu un souper froid dans cette pièce.

Anne ne put que le suivre dans le grand hall, puis le long de la galerie des portraits. Nul domestique dans les parages. Elle était seule avec lord Winstead.

Et les deux douzaines d'ancêtres Winstead qui les fixaient dans leur cadre.

— Lord Winstead, je suis sûre que vous préféreriez être avec votre famille. Peut-être une bonne...

— Quelle sorte d'hôte serais-je si je vous laissais entre les mains d'un domestique tel un vulgaire bagage, mademoiselle Wynter ?

— Que... Pardon ?

Il lui adressa un sourire. Un sourire carnassier.

— Je vous accompagne moi-même à votre chambre.

Daniel ne comprenait pas quel malicieux démon l'avait conseillé, car il avait prévu de faire appel à une bonne pour indiquer sa chambre à Mlle Wynter. Hélas, il avait été incapable de résister à l'attraction qu'elle exerçait sur lui !

— Lord Winstead, vous vous rendez certainement compte de l'inconvenance de... de...

— Ne vous inquiétez pas, la coupa-t-il, votre vertu ne risque rien avec moi.

— Mais pas ma réputation !

Un point pour elle.

— Je serai aussi rapide qu'un... un... Eh bien, n'importe quoi de rapide et de peu séduisant.

Elle le regarda comme s'il arborait soudain des cornes. De fort peu séduisantes cornes.

Il eut un sourire canaille.

— Je rejoindrai si promptement les autres pour le dîner que personne ne devinera que je vous ai accompagnée.

— Là n'est pas le problème.

— Non ? Pourtant, vous avez parlé de votre réputation.

— Oui, mais je...

— Je serai si véloce que je n'aurai pas le temps d'abuser de vous, même si c'était mon intention.

— Lord Winstead !

Il avait eu tort de dire cela, il n'empêche que c'était amusant.

— Je plaisantais, précisa-t-il. Même si l'envie était sérieuse.

— Je crois que vous êtes devenu fou.

— C'est possible. Par ici.

Il venait d'emprunter un couloir qui paraissait s'enfoncer dans les entrailles de la maison.

— Mademoiselle Wynter, suivez-moi. Vous n'avez pas le choix.

Elle se crispa et il comprit qu'il avait dit ce qu'il ne fallait pas. De toute évidence, il lui était arrivé par le passé de ne pas avoir d'autre choix que subir une situation.

Mais peut-être n'était-elle mal à l'aise que parce qu'il se montrait goujat. Ce n'était pas dans ses habitudes de pincer les petites bonnes ou d'acculer des jeunes filles dans des coins sombres lors des soirées. Il s'était toujours efforcé de traiter les femmes avec respect, et il n'y avait aucune raison pour qu'il se comporte différemment avec Mlle Wynter.

— Je vous demande pardon. J'ai mal agi, mademoiselle Wynter.

Elle battit des paupières, et il devina qu'elle s'interrogeait : devait-elle le croire, ou non ? Son indécision lui fit mal.

— Mes excuses sont sincères, insista-t-il.

— Je n'en ai pas douté un instant.

Elle aurait dit la même chose si elle en avait douté ; elle était polie, rien d'autre.

— Je voudrais que vous sachiez que, si j'ai dit que vous n'aviez pas le choix, ce n'était pas parce que vous êtes une employée de ma tante, mais parce que vous ne connaissez pas la maison.

— Je n'en ai pas douté un instant, je vous le répète.

Daniel éprouvait le besoin de se justifier. Que Mlle Wynter le jugeât mal le consternait, c'est pourquoi il insista bien qu'il eût peur d'apparaître sur la défensive.

— Dans une aussi vaste demeure, n'importe quel invité aurait eu le même problème que vous, mademoiselle Wynter.

Il attendait maintenant une réponse. Elle examinait le portrait d'un comte Winstead.

Il patienta.

— Merci, dit-elle finalement.

Il hocha la tête, un mouvement élégant qu'il avait peaufiné de longue date et exécuté des milliers de fois. Mais au fond, il était bouleversé. Et soulagé : elle le croyait !

— Vous n'êtes pas le genre d'homme à profiter de votre position, lord Winstead.

À cet instant, il sut.

Quelqu'un avait fait du mal à Anne Wynter. Elle avait été à la merci d'une personne puissante et infiniment plus forte qu'elle, dans tous les sens du terme.

Pour la première fois de sa vie, Daniel avait l'esprit en pleine déroute. Ses pensées tournoyaient dans sa tête tel un manège en folie. Son unique certitude était qu'il devait faire appel à toute sa force de caractère pour ne pas enlacer Mlle Wynter et l'attirer contre lui. Un baiser avait suffi pour que son corps se rappelle le sien.

Dieu qu'il la désirait !

Mais sa famille l'attendait pour le dîner, ses ancêtres le fixaient du haut de leurs cimaises, et elle – cette femme ensorcelante – le regardait avec une méfiance qui lui brisait le cœur.

— Si vous souhaitez attendre ici, mademoiselle Wynter, je vais aller chercher une domestique pour vous conduire à votre chambre.

Il remonta le couloir, puis se retourna. Anne n'avait pas bougé d'un pouce.

— Oui ? fit-elle.

— Je tenais juste à ce que vous sachiez...

Bon sang, que voulait-il qu'elle sache ? Il n'en avait pas la moindre idée. Il était bel et bien fou, elle avait raison. Il l'était depuis qu'il la connaissait.

Incapable de s'en empêcher, il fit demi-tour et revint vers elle.

Il s'arrêta. La jeune femme était à portée de main. Non, il n'allait pas tendre les bras pour l'enlacer ! Il se l'interdisait.

Mais il n'avait pas confiance en lui.

— Vous ne devriez pas faire cela, murmura-t-elle.

Ainsi, elle n'était pas dupe.

Le problème, c'était qu'il était allé trop loin pour faire machine arrière. Au propre comme au figuré. Il s'était rapproché et...

— J'ai tellement envie de vous embrasser, mademoiselle Wynter. Je voulais que vous le sachiez car je ne vais *pas* vous embrasser. Du moins, pas dans l'immédiat. Tout ce que je souhaitais, c'était que vous n'ignoriez rien de mon envie... Une envie qui me tenaille toujours.

Dans la pénombre, les yeux bleus d'Anne Wynter étaient devenus outremer, et dans ces yeux, il lut qu'elle était choquée par sa déclaration, mais qu'elle avait autant envie de ce baiser que lui.

Il fixait ses lèvres entrouvertes.

— Une envie qui me tenaille toujours, répéta-t-il dans un souffle.

Non, il ne l'embrasserait pas maintenant. Il fallait cependant qu'elle sache à quel point il désirait le faire, qu'elle soit lucide et se rende compte que ce désir était réciproque.

— Ce baiser, poursuivit-il à voix basse, j'aspire à vous le donner avec une ardeur qui me hante depuis que je vous ai vue assise à ce piano. Une fièvre qui n'a cessé de s'amplifier depuis.

Elle déglutit. La flamme de la bougie dansait sur son cou délicat.

Elle ne dit rien, et c'était très bien ainsi. Il n'attendait pas de réponse.

— Je veux ce baiser, reprit-il, et je veux davantage. Plus que vous ne l'imaginerez jamais. Mais je veux commencer par vous embrasser.

Et dans un murmure, Anne répondit :

— Je le veux aussi.

9

Je le veux aussi.

Elle avait perdu l'esprit, il n'y avait pas d'autre explication possible. Elle avait passé ces deux derniers jours à dresser la liste des raisons qui lui interdisaient de désirer cet homme, et il y en avait pléthore. Et pourtant, à l'instant où ils s'étaient retrouvés en tête à tête, qu'avait-elle dit ?

Je le veux aussi.

Elle plaqua les doigts sur sa bouche. Parce qu'elle était choquée, ou parce que ses doigts possédaient plus de bon sens que sa tête et tentaient de la protéger, de l'empêcher de faire une grosse bêtise ?

— Anne...

Pas « mademoiselle Wynter », non. Anne. Il prenait des libertés. Elle ne lui avait pas donné la permission de l'appeler par son prénom. L'ennui, c'était qu'elle aurait dû être outrée, et qu'elle ne l'était pas. Pire, le fait qu'il l'appelât Anne lui donnait pour la première fois l'impression que ce prénom était bien le sien. Depuis huit ans, aux yeux du monde, elle était Mlle Wynter. Jamais elle n'avait été Anne pour quiconque.

Elle avait toujours pensé qu'elle aimerait redevenir Annelise, retrouver une existence où son plus gros souci serait de choisir sa tenue de la journée, mais alors que lord Winstead murmurait le prénom usurpé, elle s'aperçut qu'elle aimait la femme qu'elle était devenue. Elle n'aimait pas les événements qui l'avaient amenée là, ni la peur qui la tenaillait que George Chervil ne la retrouve et ne se venge, en revanche elle s'aimait, elle. Et c'était merveilleux.

— Pourriez-vous m'embrasser une seule fois, je vous prie ? Une fois, et ne plus jamais recommencer ? souffla-t-elle.

Elle en rêvait, de ce baiser. Même s'il ne devait mener nulle part, au moins aurait-elle entrevu le paradis.

Elle sentit lord Winstead se crisper contre elle. Soudain, il lui évoquait une statue dont le marbre aurait été brûlant. Il n'accéda pas à sa demande. Il ne l'embrassa pas. Son regard était lointain et Anne regretta d'avoir mendié ce baiser. Ce n'était pourtant pas grand-chose, un baiser.

— Je ne sais pas, dit-il.

Mortifiée, elle avait baissé les yeux. Elle s'obligea à les relever et à regarder lord Winstead.

Elle découvrit qu'il la dévisageait avec une intensité inouïe, comme si elle incarnait le salut. Son visage, bien que marqué de bleus, demeurait le plus beau qu'elle eût jamais vu.

— Je ne crois pas qu'une seule fois suffirait, reprit-il.

Seigneur ! Quelle femme n'aurait eu envie d'être à ce point désirée ?

Mais Anne était prudente, et vigilante. Elle était consciente de s'aventurer sur un chemin dangereux. Et connu. Une fois, déjà, elle l'avait emprunté, ce chemin, et s'était laissé séduire par un homme qui pas un instant n'avait envisagé de l'épouser. Si la situation semblait se répéter, cette fois, elle était clairvoyante. Lord Winstead était comte. En dépit du déshonneur dont il avait fait l'objet, il n'en demeurait pas moins un aristocrate à qui la bonne société rouvrirait très vite les bras.

Et elle, qu'était-elle ? Une gouvernante ? Non. Une prétendue gouvernante dont l'histoire avait commencé en 1816 lorsqu'elle avait posé le pied sur l'île de Man.

Anne Wynter était née ce jour-là et Annelise Shawcross...

Eh bien, Annelise Shawcross avait disparu. Comme une bulle qui éclate.

Mais qu'importait qu'elle fût Annelise Shawcross ou Anne Wynter. Aucune des deux ne convenait à Daniel Smythe-Smith, comte de Winstead, vicomte Streathermore, baron Touchton of Stoke. Il avait encore plus de noms qu'elle, à cette différence près que les siens étaient authentiques et symboles de sa position.

Voilà pourquoi elle devait prendre ses distances sans attendre.

Après avoir reçu ce baiser...

Un baiser qui lui permettrait d'imaginer ce que serait une nuit avec lui, brûlée par la flamme qui, elle en était consciente, les animait l'un et l'autre.

Il lui prit la main, noua ses doigts aux siens, mais ne l'enlaça pas. Pourtant, elle sentait sa chaleur, son désir. Son corps savait ce que voulait celui de lord Winstead. Plus grave, son cœur le voulait aussi. Et c'était bien là le problème. Tout aurait été si facile si son cœur était resté de glace.

— Je ne peux vous faire cette promesse, Anne. Sachez cependant que si je ne vous embrasse pas maintenant, si je tourne les talons et vais dîner comme si de rien n'était, cela ne signifie pas que je ne vous embrasserai pas.

Il porta la main de la jeune femme à ses lèvres. Elle avait retiré ses gants dans la voiture et sa peau nue frémit au contact des lèvres de lord Winstead. Mon Dieu, que c'était délicieux !

— Je peux vous embrasser tout de suite sans toutefois vous faire la promesse que vous demandez, reprit-il. Ou bien, nous pouvons nous abstenir, mais il n'y aura quand même pas de promesse. Le choix vous appartient.

S'il s'était montré trop confiant, elle aurait trouvé la force de le repousser. S'il avait joué la carte de la séduction également. Mais il était resté simple, honnête.

Et il la laissait choisir.

Elle prit une profonde inspiration, leva son visage vers le sien et murmura :

— Embrassez-moi.

Demain, elle le regretterait. Ou peut-être pas. En tout cas, dans l'immédiat, elle s'en moquait.

Et soudain il n'y eut plus aucun espace entre eux, les bras de lord Winstead l'enveloppèrent, et juste avant de poser ses lèvres sur les siennes, il chuchota son prénom.

— Anne...

Un souffle, une prière, une bénédiction.

Elle enfouit les doigts dans l'épaisse chevelure soyeuse, retenant la tête de lord Winstead de crainte qu'il ne s'écarte. Elle voulait ce baiser de toute son âme. Elle voulait prendre le contrôle de sa vie, du moins en cet instant.

— Dites mon nom, Anne, souffla-t-il contre son oreille dont il lécha doucement le lobe.

Sa voix chaude lui fit l'effet d'un divin baume.

Mais non, elle ne pouvait appeler lord Winstead par son prénom. C'était par trop intime.

Les mains de lord Winstead glissèrent le long de son dos, s'arrêtèrent sur sa croupe. Il pressa ses hanches contre les siennes afin qu'elle prenne la mesure de son désir. Cela aurait dû heurter sa pudeur, or elle ne ressentit qu'un frisson de plaisir. C'était tellement exquis d'être désirée ainsi. Elle n'était plus une simple gouvernante tout juste bonne à être avidement palpée dans un coin. Anne Wynter n'était plus l'employée d'une lady dont le neveu se montrait trop entreprenant.

Et elle n'était plus une gamine écervelée trop facile à subjuguer.

Elle était une femme et lord Winstead la désirait ardemment. Il l'avait désirée au premier regard, bien avant de savoir qui elle était, quelle fonction elle occupait dans la demeure familiale. Lorsqu'il l'avait embrassée à Winstead House, elle aurait tout aussi bien pu être la fille d'un duc que l'honneur l'aurait poussé à épouser uniquement parce qu'ils s'étaient retrouvés seuls dans un couloir sombre. Et peut-être n'était-ce pas si important. Après tout, ils n'avaient échangé que quelques mots. Elle lui avait révélé son humble condition et pourtant il persistait à la désirer. Et elle doutait que ce soit parce qu'il pensait pouvoir profiter d'elle.

Tout ce raisonnement était bel et bon. Néanmoins, elle repoussa lord Winstead.

— Allez, milord. On vous attend au rez-de-chaussée.

Il opina, le regard un peu perdu, comme s'il ne comprenait pas vraiment ce qui venait de se passer entre eux.

— Ne bougez pas, mademoiselle Wynter. Je vais vous envoyer une bonne.

Il s'éloigna le long du couloir d'un pas moins décidé que d'ordinaire.

Sur le palier, il s'arrêta et pivota.

— Nous n'en avons pas terminé, mademoiselle Wynter. Non, il n'est pas possible que nous nous en tenions là, déclara-t-il.

Et sa voix était plus ferme que sa démarche.

Le climat anglais était avare de soleil et de ciel dégagé en cette saison, et pourtant, ce matin-là, le temps confinait à la perfection. Les pelouses couvertes de givre scintillaient.

Daniel se sentait en excellente forme alors qu'il rejoignait la salle du petit déjeuner. Le soleil se déversait à flots à travers les hautes fenêtres, l'arôme du bacon frit lui titillait agréablement les narines, et il s'apprêtait à retrouver Elizabeth et Frances, qui avaient eu le droit de quitter la chambre des enfants.

Que toutes deux prennent leur repas dans une pièce à part était un non-sens. Cela donnait davantage de travail au personnel, et le privait de la compagnie de ses charmantes cousines. Après trois ans d'absence, il avait envie de profiter d'elles – elles avaient tellement changé.

Sarah aurait pu lui décocher un regard moqueur et sa tante se demander pourquoi, s'il aimait tant la famille, il n'était pas auprès de sa propre mère et de sa sœur. Par chance, la question ne lui avait pas été posée. Il n'avait donc pas eu à expliquer pourquoi il tenait à ce point à la présence de ses jeunes cousines.

Tout avait été réglé. Elizabeth et Frances n'étant pas reléguées dans une autre pièce, Mlle Wynter serait également là. Il avait fait d'une pierre deux coups. Ce petit déjeuner s'annonçait très plaisant.

Alors qu'il traversait le salon, Daniel s'arrêta un instant pour regarder par la fenêtre qu'un valet avait ouverte pour aérer. Une petite brise entrait dans la pièce, accompagnée du chant des oiseaux, le ciel était bleu, les pelouses, d'un vert lumineux... et il avait presque embrassé Mlle Wynter.

Il éprouvait une allégresse absolue. Pourquoi diable avait-il semé ses baisers à tout vent avant celui-là ? Ces femmes qu'il avait embrassées, il les avait oubliées, car aucune ne l'avait subjugué comme Mlle Wynter l'avait fait.

Il entra dans la salle du petit déjeuner et eut un soupir heureux : Mlle Wynter était là, debout devant la desserte. Ses velléités de badinage s'évaporèrent toutefois instantanément quand il vit Frances, qui rechignait à se servir.

— Je n'aime pas les harengs, mademoiselle Wynter, grommela-t-elle.

— Vous n'êtes pas obligée d'en manger, mais vous ne survivrez pas avec un simple morceau de bacon. Prenez des œufs, suggéra Mlle Wynter, patiente.

— Je ne les aime pas comme cela.

— Ah oui ? Et depuis quand ?

Cette fois, Mlle Wynter était soupçonneuse et un brin irritée.

Frances fronça le nez en reniflant les œufs.

— Ils ont l'air gluants.

— Ce qui peut être arrangé sur-le-champ, déclara Daniel, décidant que le moment était propice pour signaler sa présence.

— Daniel ! s'exclama Frances, l'air ravi.

Il jeta un coup d'œil à Mlle Wynter – il ne pensait pas à elle en tant que « Anne », sauf lorsqu'elle était dans ses bras. Elle lui parut bien moins chaleureuse que lors de leur étreinte, mais ses joues avaient rosi.

— Je vais demander à la cuisinière de t'en préparer d'autres, Frances, proposa Daniel en lui ébouriffant les cheveux.

— Vous n'en ferez rien, intervint Mlle Wynter. Ces œufs sont parfaitement comestibles. Ce serait du gâchis.

Daniel adressa à Frances un regard compatissant.

— J'ai bien peur qu'il ne soit impossible de passer outre la volonté de Mlle Wynter, Frances. Il n'y a rien d'autre qui te plaise ?

— Je n'aime pas non plus les harengs.

— Moi non plus, avoua Daniel en faisant la grimace. En fait, à part ma sœur, je ne connais personne qui les aime. Et quand elle en mange, elle empeste le poisson toute la journée.

Frances roula des yeux horrifiés.

— Mademoiselle Wynter, aimez-vous les harengs ? s'enquit Daniel.

— Beaucoup.

— Quel dommage, soupira Daniel.

Puis il revint à sa cousine.

— Il faut que je prévienne lord Chatteris, puisqu'il va épouser Honoria. Je n'imagine pas que le malheureux puisse embrasser une mariée à l'haleine qui empesterait le hareng.

Frances plaqua la main sur sa bouche en gloussant. Mlle Wynter décocha à Daniel un regard glacial.

— Voilà une conversation fort inconvenante pour une enfant, milord.

— Et pour des adultes ?

Anne se retint de sourire.

— Elle l'est tout autant, fit-elle, affectant un ton sévère.

— C'est regrettable.

— Je mangerai un toast avec des couches et des couches de confiture, décréta Frances.

— Une seule couche, rectifia Anne.

— Nanny Flanders me permet d'en avoir deux.

— Je ne suis pas Nanny Flanders.

— Par exemple ! commenta Daniel d'un ton égal.

Anne lui coula un regard noir.

— Où sont les autres ? enchaîna-t-il.

Il prit une assiette et se servit du bacon. Tout était meilleur avec du bacon. La vie était meilleure avec du bacon.

— Elizabeth et Harriet vont descendre, répondit Anne. Quant à lady Pleinsworth et lady Sarah, je l'ignore.

— Sarah déteste se lever tôt, expliqua Frances en s'apprêtant à étaler une deuxième couche de confiture sur son toast.

Elle jeta un coup d'œil à la dérobée à Anne. Celle-ci le lui rendit et Frances renonça à sa couche supplémentaire de confiture avant d'aller s'asseoir à table, l'air navré.

— Votre tante n'est pas non plus une lève-tôt, dit Anne à Daniel.

Elle garnissait son assiette de bacon, œufs, toast, jambon, chausson à la viande et aux légumes. Daniel nota qu'elle n'était pas du genre à faire l'impasse sur le petit déjeuner.

Un gros morceau de beurre, une petite portion de marmelade d'orange et...

Pas les harengs ! Oh, non !

Hélas, si ! Et en quantité trois fois supérieure à celle que tout être humain normalement constitué était capable d'avaler.

— Des harengs, mademoiselle Wynter ? risqua-t-il. Le faut-il vraiment ?

— Je vous ai dit que je les aimais.

Il lui avait pourtant dit que c'était un remède radical contre les baisers.

— Les harengs sont le plat national de l'île de Man, lord Winstead, expliqua Anne en déposant dans son assiette un dernier poisson pour faire bonne mesure.

— Nous étudions l'île de Man en cours de géographie, intervint Frances. Les habitants s'appellent les Manx, il y a des chats qui s'appellent également ainsi. C'est la seule bonne chose dans tout cela. Le mot *Manx*.

Déconcerté, Daniel resta muet.

— Il y a un *x* à la fin, ajouta Frances, sans que cette précision éclaire quoi que ce soit.

Daniel se racla la gorge et décida de s'en tenir là. Il suivit Anne à la table.

— Cette île n'est pas très grande, dit-il. Je n'aurais pas imaginé qu'il y avait tant à étudier sur un territoire aussi petit.

— Au contraire. L'île a une histoire très riche.

— Elle est très riche en poissons aussi, apparemment.

— C'est vrai, et c'est la seule chose qui me manque de l'époque où j'y ai vécu.

Daniel la considéra avec curiosité. La déclaration d'Anne était étrange, venant d'une femme si secrète quant à son passé.

Toutefois, Frances l'interpréta différemment. Dardant sur sa gouvernante un regard effaré, elle demanda :

— Pourquoi, dans ce cas, nous obliger à étudier l'histoire de cette île, s'il n'y a que le poisson qui a quelque intérêt ?

— Eh bien, parce que je ne me vois pas faire une leçon sur l'histoire de l'île de Wight, Frances, répondit Anne d'un ton posé. Pour être honnête, je ne la connais pas.

— C'est la sagesse même. Mlle Wynter ne peut pas enseigner ce qu'elle ignore, expliqua Daniel à sa cousine.

— Mais au moins l'île de Wight est proche. Nous pourrions peut-être y aller un jour, alors que l'île de Man est au milieu de nulle part.

— Elle est dans la mer d'Irlande, précisa Daniel.

— Personne ne sait où la vie vous conduira, Frances, remarqua Anne. Je peux vous assurer que lorsque j'avais votre âge j'aurais juré de ne jamais mettre le pied sur l'île de Man.

Il y avait eu dans son intonation une pointe de solennité qui n'échappa visiblement pas à Daniel et à Frances car ils demeurèrent cois. Après une pause durant laquelle elle coupa un hareng, Mlle Wynter reprit :

— Je ne suis même pas sûre que j'aurais été capable de la localiser sur une carte.

Un nouveau silence s'ensuivit, encore plus pesant que le précédent. Bien décidé à alléger l'atmosphère, Daniel finit par le rompre.

— Eh bien... commença-t-il, ce qui lui donnait un peu de temps pour trouver quelque chose de léger à dire, j'ai des pastilles de menthe dans mon bureau.

— Je vous demande pardon ? fit Mlle Wynter, déconcertée.

— Formidable ! s'enthousiasma Frances, ravie que l'île de Man soit oubliée. J'adore les pastilles de menthe.

— Et vous, mademoiselle Wynter ?

— Elle les aime aussi, répondit Frances à la place d'Anne.

— Peut-être pourrions-nous aller jusqu'au village pour en acheter, suggéra Daniel.

— Tu viens de dire que tu en avais dans ton bureau, lui rappela Frances.

— J'en ai, mais très peu.

Il dévisageait Anne, la mine inquiète. Elle continuait à manger ses harengs. Oh, oui, il allait falloir beaucoup de pastilles de menthe !

— S'il vous plaît, lord Winstead, n'y allez pas pour moi, le pria Anne.

— Je pense que tout le monde en aura besoin.

Le regard perplexe de Frances passa de son cousin à sa gouvernante et retour.

— Je ne comprends rien à ce que vous racontez, tous les deux. Cousin Daniel, nos leçons auront lieu en plein air, aujourd'hui. Aimerais-tu y assister ?

— Frances, je suis sûre que lord...

— Lord Winstead adorerait assister à ces leçons en plein air, l'interrompit Daniel. Il fait si beau. Une journée chaude et ensoleillée.

— Les journées n'étaient-elles pas chaudes et ensoleillées en Italie, cousin Daniel ?

— Si, mais ce n'était pas pareil, répondit-il en prenant une tranche de bacon, lequel n'était pas non plus pareil en Italie.

Tout ce qu'il avait mangé était meilleur qu'en Angleterre, sauf le bacon.

— Comment cela, cousin Daniel ?

— Il faisait souvent trop chaud pour que ce soit agréable est la première réponse qui me vient à l'esprit.

— Et la seconde ? s'enquit Mlle Wynter.

— Cette réponse-là n'est pas très claire dans mon esprit. Il me semble cependant qu'elle a un rapport avec un sentiment, celui de l'endroit auquel l'on appartient. Les journées étaient belles, et cependant aucune belle journée ne peut égaler celles d'Angleterre. En Italie, les parfums étaient différents, l'air plus sec. Les paysages étaient magnifiques, surtout près de la mer, toutefois...

— Nous sommes près de la mer, le coupa Frances.

— Je te l'accorde, mais comment comparer la Manche et la mer Tyrrhénienne ? L'une est vert-de-gris et agitée, l'autre bleue et aussi lisse qu'un lac.

— J'adorerais voir une mer bleue et aussi lisse qu'un lac, déclara Mlle Wynter dans un soupir.

— C'est spectaculaire, admit Daniel. Seulement, on ne se sent pas chez soi.

— Tout de même. Une mer tranquille, un bateau qui ne bouge pas...

— Je présume que vous êtes sujette au mal de mer, mademoiselle Wynter.

— Hélas, oui !

— Pas moi, dit Frances.

— Vous n'avez jamais pris le bateau, objecta Anne.

— Oui, et donc, je n'ai jamais le mal de mer ! Je devrais dire plutôt que je n'ai jamais *eu* le mal de mer.

— Ce serait effectivement plus précis, approuva Anne.

— Vous êtes une gouvernante parfaite, déclara Daniel.

Il regretta aussitôt sa réflexion. L'expression de Mlle Wynter s'était assombrie, comme si le sujet lui était soudain très désagréable.

Daniel s'empressa de passer à autre chose.

— J'ai perdu le fil. Comment en sommes-nous venus à parler de la mer Tyrrhénienne ?

— Je t'interrogeais sur l'Italie, dit Frances.

— Ah, oui, j'y suis ! Le but initial de cette conversation était que je serais ravi de me joindre à vous pour les leçons en plein air.

Sur ces entrefaites, Elizabeth arriva. Daniel se tourna vers Anne.

— J'espère que ma présence ne vous pèsera pas trop si je vous accompagne.

Il savait qu'elle ne pouvait rien répondre d'autre que « non, bien sûr », et ce fut exactement ce qu'elle dit. Daniel estima que c'était là une ouverture comme une autre vers une nouvelle conversation.

Il attendit qu'elle ait fini de manger ses œufs pour ajouter :

— Je serais très heureux de pouvoir vous aider de quelque façon que ce soit.

Elle se tamponna délicatement les lèvres avec un coin de sa serviette.

— Je ne doute pas que les filles seraient ravies que vous participiez aux leçons.

— Et vous ? s'enquit-il avec un sourire désarmant.

— Moi aussi, admit-elle d'un air espiègle.

— C'est donc ce que nous allons faire. Vous n'avez pas prévu de dissection, j'espère ?

— Nous ne faisons de dissections que dans la salle de classe, répliqua Anne avec le plus grand sérieux.

Il éclata de rire, si fort qu'Elizabeth, Frances et Harriet, qui les avait rejoints, pivotèrent vers lui. Les trois sœurs ne se ressemblaient pas du tout et pourtant, en cet instant, elles affichaient la même expression empreinte de curiosité.

— Lord Winstead m'interrogeait sur le sujet des leçons d'aujourd'hui, expliqua Anne.

Il y eut un silence puis, décidant sans doute qu'interroger leur gouvernante plus avant n'aurait rien de passionnant, elles revinrent à leur petit déjeuner.

Daniel, en revanche, insista.

— Qu'allons-nous étudier cet après-midi ?

— Cet après-midi ? Mais c'est à 10 h 30 ce matin que commencent les leçons.

— Ah !... Ce matin.

— Oui. Géographie d'abord. Et pas celle de l'île de Man.

Une précision imposée par trois têtes aux mines furibondes soudain relevées.

— Ensuite, poursuivit Anne, un peu d'arithmétique et enfin, littérature.

— Ce que je préfère ! s'écria Harriet.

— Je sais, sourit Anne. C'est pour cela que je garde la littérature pour la fin. C'est le seul moyen de conserver votre attention toute la journée, mesdemoiselles.

Un petit sourire timide aux lèvres, Harriet demanda :

— Pourrons-nous lire l'un de mes écrits ?

— Vous savez que nous étudions Shakespeare et...
Anne s'arrêta net.
— Et quoi ? la relança Frances.
Mlle Wynter regarda Harriet. Puis Daniel, avec tant
d'insistance qu'il commença à se sentir aussi mal que
l'agneau devant le couteau du boucher, et, enfin, de
nouveau Harriet.
— Avez-vous apporté vos œuvres ?
— Bien sûr, mademoiselle. Je les ai toujours avec
moi.
— Au cas où tu aurais l'occasion d'en faire jouer
une sur scène ? ricana Elizabeth.
— Eh bien, oui, reconnut Harriet, ignorant le sarcasme. Mais il y a une autre raison : ma peur du feu.
« Du feu ? » s'interrogea Daniel avant de poser la
question à haute voix, même s'il savait que c'était
une erreur.
— À la maison. Si Pleinsworth House brûlait pen-
dant que nous sommes dans le Berkshire, tout mon
travail serait perdu.
— Si Pleinsworth House brûlait, je t'assure qu'il y
aurait d'autres raisons de se désoler que la perte de
tes gribouillages, lança Elizabeth.
— Moi, j'ai peur de la grêle et des sauterelles,
déclara Frances.
Anne se tourna vers Daniel.
— Avez-vous déjà lu l'une des pièces de Harriet ?
— Non.
— Eh bien, elles ressemblent à cette conversation.
Daniel assimilait cette explication avec difficulté
lorsque Anne revint à ses élèves.
— Bonne nouvelle, mesdemoiselles : aujourd'hui,
au lieu d'étudier *Julius Caesar*, nous étudierons l'une
des pièces de Harriet.

— Nous *étudierons* ? répéta Elizabeth, horrifiée.

— Nous ferons une lecture, rectifia Anne. Harriet, vous choisirez l'œuvre.

— Mon Dieu, voilà qui s'annonce difficile ! s'exclama Harriet en plaquant la main sur son cœur.

— Pas celle avec la grenouille, décréta Frances. Parce que tu sais que je serai obligée d'être la grenouille.

— Vous faites une excellente grenouille, assura Anne sous l'œil à la fois intéressé et inquiet de Daniel.

— Jamais ! se rebiffa Frances, des sanglots dans la voix.

— Ne t'affole pas, Frances, intervint Harriet. Nous ne jouerons pas *Le Marais des grenouilles*. Je l'ai écrite il y a des années. Mes œuvres récentes sont plus subtiles.

— Où en êtes-vous de celle sur Henry VIII ? hasarda Anne.

— La pièce où l'on vous coupe la tête ? risqua Daniel. Harriet voulait que vous incarniez Anne Boleyn, n'est-ce pas ?

— Elle n'est pas terminée, répondit sa cousine. Je dois revoir l'acte I.

— Je lui ai dit qu'il fallait une licorne, fit remarquer Frances.

Daniel se pencha vers Anne et souffla :

— Serai-je obligé de jouer le rôle de la licorne ?

— Avec un peu de chance, oui.

— Quoi ? Mais qu'est-ce que cela...

Anne ne le laissa pas terminer.

— Harriet, dit-elle, nous devons vraiment choisir une pièce.

— Très bien, fit Harriet en se tenant soudain bien droite sur sa chaise. Je pense que nous allons lire...

10

— *L'Étrange et Triste Tragédie de lord Finstead* ?
répéta Daniel, effaré.

Sa réaction aurait pu se limiter à deux mots : « Oh,
non ! »

— La fin est pleine d'espoir, déclara Harriet pour
le rassurer.

Il savait que son expression devait être un mélange
d'ébahissement, de consternation et d'incrédulité.

— Il y a le mot « tragédie » dans le titre !

— Mmm. Il faudrait peut-être que je change cela.

— Je ne crois pas que *L'Étrange et Triste Comédie*
arrangerait les choses, remarqua Frances.

— Non, bien sûr. Il faut que je revoie complètement le titre.

— Mais pourquoi Finstead ? demanda Daniel.

— Cela te déplaît, cousin Daniel ?

Consterné, lord Winstead se tourna vers Anne.

— Je vous en prie, aidez-moi.

Elle lui répondit d'un hochement de tête moins
déterminé qu'il ne l'aurait souhaité.

— Harriet, je pense que lord Winstead n'apprécie
pas la similitude du nom.

— Oh, allons ! intervint Elizabeth. Finstead,
Winstead, ce n'est pas pareil.

C'est alors que Harriet s'exclama :

— Mais bien sûr ! Je n'avais pas fait attention. Cousin Daniel, j'ai beaucoup pensé à toi en écrivant cette pièce.

— C'est vrai, vous étiez constamment dans son esprit, renchérit Anne.

— Je vais changer le nom, assura Harriet. Et ce sera un travail de titan. Il va falloir que je recopie tout le texte parce que lord Finstead est pratiquement dans toutes les scènes. Tu comprends, cousin Daniel, c'est le personnage principal. Et tu n'as d'autre choix que de jouer ce rôle.

La consternation de Daniel s'accrut.

— Mademoiselle Wynter, n'existe-t-il aucun moyen de me sortir de ce guêpier ?

— J'ai bien peur que non, confirma Anne d'un ton guilleret.

La traîtresse !

— Il y a une licorne ? hasarda Frances. J'adorerais être une licorne.

— Moi aussi, je préférerais être une licorne, lança Daniel.

— C'est absurde, déclara Anne. Vous devez être le héros.

— Les licornes peuvent être des héros. Ou des héroïnes, insista Frances.

— Cela suffit avec les licornes ! s'écria Elizabeth.

Frances n'osa rétorquer.

— Harriet, reprit Anne, lord Winstead n'ayant pas lu votre pièce, peut-être serait-il utile que vous lui décriviez son personnage.

— Oh, tu vas être ravi, cousin Daniel ! s'écria Harriet. Lord Finstead était tout à fait charmant.

— Était ?

— Il y a eu un incendie, expliqua Harriet en laissant échapper le genre de soupir qui, de l'avis de Daniel, était d'ordinaire réservé aux victimes de véritables incendies.

— Un instant, coupa-t-il. Mademoiselle Wynter, un incendie n'est pas prévu sur scène, n'est-ce pas ?

— Non, non, répondit Harriet à la place d'Anne. Lorsque la pièce commence, lord Finstead est déjà atrocement défiguré.

Puis, faisant montre d'une prudence inattendue, elle ajouta :

— Ce serait beaucoup trop dangereux de déclencher un feu sur scène.

— Eh bien, voilà qui...

— Par ailleurs, continua Harriet, ce ne sera pas difficile de te faire incarner le personnage, vu que tu es déjà...

Elle s'interrompit, dessina un grand cercle de la main autour de son visage.

Daniel ne comprit pas.

— Les bleus, sur la figure, expliqua Frances dans ce qu'elle crut être un murmure, mais qui fut parfaitement audible.

— Certes, admit Daniel. Je suis passablement défiguré en ce moment.

— Tu n'auras pas besoin de maquillage, observa Elizabeth.

Si Daniel en fut soulagé, son soulagement fut de courte durée.

— Enfin, mis à part la verrue, précisa Harriet.

Daniel la regarda droit dans les yeux, comme il l'aurait fait avec une adulte, et déclara :

— Harriet, il faut que tu saches que je n'ai jamais été un bon comédien.

— Aucune importance ! C'est cela qui est merveilleux avec mes pièces : tout le monde peut prendre plaisir à jouer un rôle.

— Je ne sais pas, intervint Frances, dubitative. Jouer une grenouille ne me plaît pas. J'ai mal aux jambes le lendemain.

— Peut-être serait-il plus sage de choisir de mettre en scène *Le Marais aux grenouilles* ? suggéra Anne innocemment. Le vert bouteille est furieusement à la mode chez les messieurs cette année. Je suis sûre que lord Winstead a quelques vêtements de cette couleur dans sa garde-robe.

— Moi non plus, je ne jouerai pas une grenouille ! prévint lord Winstead. Sauf si vous en jouez une, mademoiselle Wynter.

— Il n'y a qu'une seule grenouille dans la pièce, rappela Harriet.

— Mais le titre n'est-il pas *Le Marais aux grenouilles* ? s'étonna Daniel. Au pluriel ?

Seigneur, cette conversation lui mettait les idées sens dessus dessous.

— C'est bien là l'ironie de la chose, observa Harriet.

Daniel s'interdit de lui demander pourquoi, car il était certain que la définition de l'ironie selon Harriet lui échapperait complètement.

Il commençait à avoir mal au crâne.

— Je crois que le mieux serait que cousin Daniel lise la pièce, déclara Harriet. Pendant nos leçons de géographie et de mathématiques, peut-être ?

Tout bien réfléchi, il aurait préféré assister à ces leçons, alors qu'il n'aimait ni la géographie ni les mathématiques.

— Et puis, je dois trouver un nouveau nom pour lord Finstead, enchaîna Harriet. Sinon, tout le monde croira qu'il s'agit de toi, cousin Daniel. Ce qui n'est pas du tout le cas... à moins que...

— Que quoi ? demanda Daniel alors qu'il ne désirait à aucun prix connaître la réponse.

— Que tu n'aies déjà monté un étalon à l'envers ?

Daniel resta bouche bée. Quoi ? Monter sur un étalon à contresens ? Dieu du ciel, mais qu'est-ce que c'était que cette histoire ?

— Non, réussit-il à articuler. Jamais.

Harriet eut l'air déçue.

— Je m'en doutais.

— Je suis sûr qu'aucun cavalier sur cette planète n'est capable de monter un étalon à l'envers, crut bon de préciser Daniel.

— Cela dépend, remarqua Mlle Wynter.

Quoi ? Elle encourageait Harriet ? Il avait dû mal entendre.

— Je ne vois pas de quoi cela pourrait dépendre.

Mlle Wynter leva la main, la fit pivoter et la considéra comme si la réponse allait tomber des cieux directement dans sa paume.

— Si l'homme est assis à l'envers sur la selle ou si l'étalon se déplace à reculons.

— Les deux, dit Harriet.

— Donc, c'est possible, conclut Mlle Wynter, au grand désarroi de Daniel, qui crut qu'elle parlait sérieusement.

Jusqu'au moment où il entrevit le sourire qu'elle s'efforçait de réprimer. Elle se moquait de lui, la petite peste !

Oh, mais la demoiselle avait mal choisi son adversaire ! Il avait cinq sœurs. Elle n'avait aucune chance.

— Harriet, quel rôle Mlle Wynter jouera-t-elle ?
demanda-t-il, perfide.

— Je ne tiendrai aucun rôle ! s'empressa de préciser Mlle Wynter. Jamais je ne joue.

— Et pourquoi cela ?

— Je supervise.

— Je peux superviser, proposa Frances.

— Non, tu ne peux pas ! s'écria Elizabeth avec
toute son autorité d'aînée.

— Si quelqu'un doit superviser, ce sera moi,
décréta Harriet. Après tout, je suis l'auteure.

Daniel posa le coude sur la table et, le menton
appuyé sur la paume, il observa tranquillement
Mlle Wynter, qui finit par perdre son calme sous ce
regard scrutateur.

— Qu'y a-t-il, milord ?

— Oh, rien ! Je n'imaginais pas que vous puissiez
vous montrer lâche.

Les trois filles Pleinsworth émirent en chœur une
exclamation de surprise. Leurs yeux allaient de leur
gouvernante à leur cousin, comme si elles suivaient
un match de jeu de paume. Ce qui, songea Daniel,
était plus ou moins le cas ; et c'était à Mlle Wynter
de servir, à présent.

— Il ne s'agit pas de lâcheté, milord. Lady
Pleinsworth m'a engagée pour accompagner ces
trois jeunes filles jusqu'à l'âge adulte afin qu'elles
soient ensuite en mesure de fréquenter des femmes
éduquées.

Daniel allait balayer d'une remarque bien sentie cette réplique complètement hors sujet quand
Mlle Wynter ajouta :

— Je ne fais qu'assurer la mission qui m'a été
assignée.

— Un effort louable, mademoiselle Wynter. Mais l'apprentissage de ces jeunes filles s'en trouverait amélioré si vous leur montriez l'exemple.

— Durant toutes ces années où j'ai exercé comme gouvernante, lord Winstead, j'ai appris que mes talents ne résidaient pas dans ma capacité à jouer la comédie, loin s'en faut. Je ne voudrais pas gâcher le bel esprit de ces demoiselles en leur infligeant une navrante démonstration de mes lamentables dons.

— Vos dons ne peuvent être pires que les miens.

— Peut-être, mais vous n'êtes pas leur gouvernante, que je sache.

— Indéniablement. Néanmoins, cet argument est peu pertinent.

— Au contraire. Vous êtes de sexe masculin, sauf erreur de ma part. Vous n'êtes donc pas censé donner à ces demoiselles l'exemple des bonnes manières féminines.

Il se pencha vers Anne, les yeux étrécis.

— Vous vous amusez bien, n'est-ce pas ?

Un fugace sourire incurva les lèvres de la jeune femme.

— Beaucoup, oui.

— Je trouve cet échange bien meilleur que les dialogues de la pièce de Harriet, observa Frances.

— Je vais les noter immédiatement, approuva Harriet.

Daniel la regarda et constata qu'elle tenait une fourchette et non un crayon.

— Oui, bon, fit Harriet qui avait saisi l'allusion muette, je vais tout garder en mémoire et je l'écrirai plus tard.

Daniel se tourna de nouveau vers Anne. Elle était assise le dos bien droit. Ses cheveux sombres étaient rassemblés en un chignon strict sur la nuque, solidement maintenu par une armada d'épingles. Il n'y avait a priori rien d'exceptionnel chez elle, et pourtant...

Elle était rayonnante.

Du moins aux yeux de Daniel. Et sans doute à ceux de tout mâle anglais normalement constitué. Si ni Elizabeth, ni Frances, ni Harriet ne s'en rendaient compte, c'était parce qu'elles n'étaient encore que des fillettes, donc elles ne considéraient pas Anne Wynter comme une rivale. N'étant pas jalouses, elles ne voyaient en leur gouvernante que ce que celle-ci voulait qu'elles voient : une femme honnête, intelligente, courageuse, à l'esprit vif.

Et ravissante, bien sûr.

Daniel ignorait d'où lui venait cette idée, mais il était certain que Mlle Wynter appréciait autant qu'elle le détestait le fait d'être extrêmement jolie.

Ce qui ne la rendait que plus fascinante.

— Dites-moi, mademoiselle Wynter, avez-vous déjà essayé de tenir un rôle dans l'une des pièces de Harriet ? demanda-t-il, choisissant ses mots avec soin.

Elle pinça les lèvres, consciente de s'être fait piéger, et elle était mécontente.

— Non.

— Ne pensez-vous pas qu'il serait temps de vous jeter à l'eau ?

— Pas vraiment, non.

— Mademoiselle Wynter, si je joue, vous jouez aussi, décréta-t-il.

— Cela aiderait beaucoup ! assura promptement Harriet. Il y a vingt personnages dans cette pièce.

Sans vous, mademoiselle, nous serons obligés de jouer cinq rôles chacun.

— Avec vous, nous n'en aurons plus que quatre, ajouta Frances.

— Ce qui nous amène, conclut triomphalement Elizabeth, à une réduction de vingt pour cent.

Daniel, le menton toujours dans la main, inclina légèrement la tête pour signifier son respect, puis il demanda à Anne :

— Pas de compliments pour cette excellente démonstration des connaissances en arithmétique de ces jeunes filles ?

Mlle Wynter semblait sur le point d'exploser. Et comment le lui reprocher alors que tous conspiraient contre elle ?

La gouvernante qu'elle était reprit le dessus et ne put résister au plaisir de remarquer :

— Je vous avais bien dit, mesdemoiselles, que le calcul mental vous servirait.

Les yeux de Harriet se mirent à pétiller.

— Cela signifie-t-il que vous vous joignez à nous, mademoiselle Wynter ?

Daniel comprenait mal comment Harriet en était arrivée à cette conclusion. N'étant toutefois pas du genre à laisser échapper une occasion, il déclara avec empressement :

— Bravo, mademoiselle Wynter. Nous devrions tous prendre exemple sur vous et saisir les occasions de changer notre quotidien. Je suis vraiment fier de vous.

Elle le gratifia d'un regard qui disait mieux que des mots qu'elle se retenait pour ne pas se jeter sur lui et le réduire en charpie. Mais, évidemment, elle n'allait pas faire une chose pareille devant les filles.

Daniel avait donc tout le loisir de savourer la défaite de Mlle Wynter.

Échec et mat !

— Mademoiselle Wynter, vous seriez parfaite dans le rôle de la reine maléfique, décida Harriet.

— Quoi ? Il y a une reine maléfique ? s'écria Daniel, l'air enchanté.

— Évidemment. Toute bonne pièce a sa reine maléfique.

Frances leva la main.

— Et une...

— Tais-toi ! la coupa Elizabeth.

Frances plaqua le bout de son couteau contre son front pour imiter une corne et hennit.

— Bon, c'est décidé, reprit Harriet, cousin Daniel sera lord Finstead – qui ne s'appellera pas Finstead, je trouverai un autre nom. Et Mlle Wynter sera la reine maléfique. Elizabeth... euh...

Le regard soupçonneux et rien moins qu'aimable, Elizabeth attendit.

— ... elle sera la belle princesse.

Elizabeth parut émerveillée.

— Et moi ? s'enquit Frances.

— Le majordome, répondit Harriet sans hésitation.

— Mais...

— Non, non, ne proteste pas ! C'est le meilleur rôle, je t'assure.

— À part celui de la licorne, souffla Daniel.

Voyant sa sœur afficher une expression résignée, Harriet ajouta :

— Je te promets qu'il y aura une licorne dans ma prochaine pièce. Je travaille déjà dessus.

— Hourra ! s'exclama Frances en levant les bras.

— À condition que tu cesses immédiatement de parler de licornes ! précisa Harriet.

— Je suis pour, déclara Elizabeth.

— Très bien, concéda Frances. Plus de licorne. Du moins, je n'en parlerai plus devant vous.

Harriet et Elizabeth dardèrent sur leur sœur un regard furibond.

— Je crois que la proposition de Frances est honnête, intervint Mlle Wynter. Vous ne pouvez l'empêcher totalement de parler de licornes.

— Hmm. Bon, d'accord, concéda Harriet. Nous nous occuperons plus tard des rôles secondaires.

— Et vous ? Quel personnage incarnerez-vous ?

— La déesse du soleil et de la lune.

— L'histoire devient de plus en plus étrange, commenta Daniel.

— Attendez l'acte VII, murmura Anne.

— Quoi ? L'acte VII ? Il y a sept actes ?

— Douze, corrigea Harriet. Mais ne t'inquiète pas, tu n'es que dans onze. Mademoiselle Wynter, quand commençons-nous les répétitions ? Pourrions-nous nous installer dehors ? Il y a une petite clairière près du kiosque qui serait idéale.

Mlle Wynter consulta Daniel du regard. Il haussa les épaules.

— C'est Harriet, l'auteure marmonna-t-il.

— Bien. Mesdemoiselles, j'allais vous proposer de commencer après vos leçons, mais étant donné qu'il y a douze actes à répéter, je vous accorde une journée sans mathématiques ni géographie.

Les filles exultèrent et Daniel se laissa contaminer par l'allégresse générale.

— Eh bien, mademoiselle Wynter, ce n'est pas tous les jours que l'on se sent à la fois étrange et triste.

— Ou maléfique.

Il gloussa.

— Ou maléfique, oui.

Une étrange et triste pensée lui traversa soudain l'esprit.

— Dites-moi, je ne meurs pas à la fin, si ?

— Non.

— Ouf ! Quel soulagement ! Je fais un très vilain cadavre.

Anne se mordit la lèvre pour ne pas rire. Les filles discutaient avec animation tout en finissant leur petit déjeuner. La dernière bouchée avalée, elles filèrent et elle se retrouva seule avec Daniel.

— Mademoiselle Wynter, je me demandais... Devrons-nous être vilains ?

— Pardon ?

— Tristes, étranges, maléfiques, c'est très bien, mais j'aime bien être vilain. Pas vous ?

Il vit les lèvres d'Anne s'entrouvrir, entendit sa petite exclamation de surprise et eut aussitôt envie de l'embrasser. Cela dit, quoi qu'elle fasse, il avait envie de l'embrasser, apparemment. Il avait l'impression d'être redevenu un tout jeune homme. Il se revoyait à l'université, quand il flirtait avec toutes les filles qu'il rencontrait, leur volant des baisers lorsqu'elles étaient rétives et acceptant avec enthousiasme ceux qu'elles lui offraient de leur plein gré.

Cette fois, les choses étaient différentes. Il ne voulait pas n'importe quelle femme. Il voulait celle-là. Et s'il devait être étrange, triste et laid tout un après-midi pour jouir de sa compagnie, eh bien, soit, Mlle Wynter méritait qu'il fît cet effort.

Soudain, il se rappela la verrue.

— Mademoiselle Wynter, il est hors de question que j'aie une verrue !

Voilà. C'était dit. Un homme se devait de faire montre d'autorité.

11

Six heures plus tard, tandis qu'elle rajustait la ceinture noire destinée à faire savoir sans le moindre doute qu'elle était la reine maléfique, Anne songeait que jamais elle n'avait passé un après-midi plus plaisant. Ridicule, probablement, sans aucun intérêt culturel, mais extraordinairement plaisant.

Elle s'était bien amusée.

Ils avaient répété toute la journée – non pas dans le but de jouer devant un public *L'Étrange et Triste Tragédie du lord qui ne s'appelait pas Finstead* – et elle avait perdu le compte du nombre de fois où elle avait dû interrompre la répétition, le temps de rire aux éclats.

— Jamais vous n'auriez dû frapper ma fille ! clama-t-elle en fouettant l'air d'une badine.

Elizabeth recula.

— Oh, je suis désolée ! dit Anne. Tout va bien ?

— Oui, oui. Je...

— Mademoiselle Wynter, voilà que vous recommencez à trahir le personnage ! tempêta Harriet.

— Mais j'ai failli faire mal à Elizabeth !

— Cela m'est égal.

— Il serait peut-être judicieux que vous ne teniez pas une badine, risqua Frances.

— Pourrions-nous revenir au texte ? lança Harriet.

— Bien sûr, répondit Anne. Où en étions-nous ? Ah oui, ne frappez pas ma fille, etc.

— Mademoiselle Wynter ! protesta Harriet.

— Pardon. Je cherchais juste où j'en étais... Ah, voilà ! Jamais vous n'auriez dû frapper ma fille !

Comment elle réussit à prononcer ces mots sans pouffer, elle l'ignorait.

— Je ne veux pas la frapper, répondit Daniel avec assez d'intensité dramatique pour faire fondre en larmes le public de Drury Lane. Je veux l'épouser !

— Jamais.

— Mademoiselle Wynter, cela ne va pas ! Vous ne paraissez pas du tout contrariée, se plaignit Harriet.

— Eh bien, oui, j'avoue ne pas l'être. La fille est une parfaite nigaude et la reine serait heureuse d'en être débarrassée.

— La reine ne pense pas que sa fille soit une nigaude, objecta Harriet en soupirant.

— Moi, je pense que c'en est une, intervint Elizabeth.

— Mais c'est toi qui joues la fille ! s'écria Harriet, désarçonnée.

— En effet ! Et j'ai assez lu et relu le texte pour savoir qu'elle est idiote.

Daniel s'approcha d'Anne et souffla :

— Je me sens un peu mal à l'aise dans la peau de ce vieillard lubrique qui essaie d'épouser Elizabeth.

— Vous ne souhaitez quand même pas échanger les rôles ? s'esclaffa Anne.

— Avec vous ?

— Non. Avec Elizabeth. Vous avez dit que je ferais une parfaite reine maléfique, si je me souviens bien ?

— Sans vouloir couper les cheveux en quatre, ce que j'ai dit, c'est que vous joueriez à la perfection la reine maléfique. Nuance !

— Ah, voilà qui est mieux !

Anne reprit, agitant de nouveau sa badine, et Elizabeth recula d'un bond.

— Elizabeth, je suis désolée !

— Mademoiselle Wynter, vous trahissez le personnage, gémit Harriet.

— Peut-être devrais-tu supprimer cette badine, suggéra Elizabeth à sa sœur, qui lui jeta un regard dédaigneux.

— Pouvons-nous revenir au texte ? s'enquit Harriet en se tournant vers les autres.

— Bien sûr, accorda Anne. Voyons, nous en étions à... Ah oui ! Ne frappez pas ma fille, etc.

— Mademoiselle Wynter ! tonna Harriet.

— Oui ? Oh, pardon ! Je cherchais simplement la ligne et... Voilà.

Elle répéta la phrase et la badine frappa l'air en sifflant.

Qu'elle ait réussi à ne pas rire était un mystère pour Daniel.

— Je ne veux pas la frapper, je veux l'épouser, rétorqua-t-il.

Et c'était reparti. Enfin, pas pour très longtemps.

— Où est Frances ? demanda soudain Anne.

— Je crois qu'elle s'entraîne pour son prochain rôle. Elle court dans les bois, précisa Daniel.

— Pardon ?

— Oui. Elle se prépare pour son futur rôle de licorne.

— Seigneur, elle est vraiment têtue !

Lord Winstead sourit et le cœur d'Anne s'emballa. Il avait vraiment un sourire irrésistible. Espiègle, canaille... elle ne savait trop comment le qualifier. Cet homme était bon, honorable, et différenciait parfaitement le bien du mal en dépit de ses sourires coquins.

Cet homme-là ne lui ferait jamais de mal.

Même son propre père ne lui avait pas semblé aussi digne de confiance.

— Vous me paraissez bien sérieuse, tout à coup, mademoiselle Wynter.

Anne cilla, s'arrachant à ses pensées.

— Oh, ce n'est rien ! assura-t-elle en priant pour ne pas rougir.

Parfois, elle devait se rappeler qu'il pouvait lire en elle.

Elle regarda Harriet et Elizabeth qui se querellaient, quoique plus du tout au sujet de la belle princesse. Elles discutaient âprement de... de quoi ? de sangliers ?

— Je crois qu'une pause serait la bienvenue, suggéra Anne.

— Oui, mais auparavant, je tiens à vous signaler qu'en aucun cas je ne jouerai le sanglier !

— Je ne pense pas que nous ayons à nous inquiéter de cela. Frances va certainement réclamer le rôle.

Daniel la regarda, elle lui rendit son regard, et tous deux éclatèrent de rire. Harriet et Elizabeth cessèrent aussitôt de se chamailler.

— Qu'y a-t-il de si drôle ? demanda Harriet. Vous vous moquez de moi ?

— Nous nous moquons de tout le monde, rectifia Daniel. Y compris de nous-mêmes.

À cet instant, Frances sortit d'un buisson, quelques feuilles collées à sa robe et un petit bout de bois coincé dans les cheveux.

— J'ai faim, annonça-t-elle.

Elle n'avait pas grand-chose d'une licorne, Anne trouva néanmoins le résultat charmant.

— Moi aussi, j'ai faim, déclara Harriet.

— Pourquoi l'une de vous ne courrait-elle pas jusqu'à la maison pour demander un panier de pique-nique ? suggéra Anne.

— J'y vais ! proposa Frances.

— Je vais avec toi, décida Harriet. Je ne réfléchis jamais aussi bien qu'en mouvement.

Elizabeth regarda ses sœurs, puis les adultes.

— Je les accompagne.

Et toutes trois se mirent en route.

Anne les suivit des yeux jusqu'à ce qu'elles disparaissent à la vue. Sans doute n'aurait-elle pas dû rester seule avec lord Winstead. Cela dit, il faisait grand jour, toutes les portes-fenêtres étaient ouvertes, et puis, elle s'amusait tellement que rien n'aurait pu l'inciter à interrompre ce merveilleux après-midi.

— Je crois que vous pouvez enlever votre ceinture, dit lord Winstead. Personne n'a besoin d'être maléfique à cette heure-ci.

— Je ne sais pas, répondit Anne en lissant le large ruban noir noué autour de sa taille. J'aime bien être maléfique.

— Je comprends. Je suis jaloux de vos talents maléfiques. Pauvre lord Finstead, ou quel que soit son nom, un peu de malveillance ne lui ferait pas de mal. Il est plutôt du genre malchanceux.

— Certes, mais à la fin, il épouse la princesse. Et la reine maléfique finit son existence seule dans un grenier.

— Ce qui conduit à la question suivante : pourquoi l'histoire de lord Finstead est-elle triste ? La reine maléfique est consignée à jamais dans le grenier...

— Dans le grenier de lord Finstead.

— Ah ! Voilà qui change tout.

De nouveau, Anne et Daniel éclatèrent de rire.

— Moi aussi, j'ai faim, avoua la jeune femme en retrouvant son sérieux. J'espère que les filles vont vite revenir.

Lord Winstead lui prit la main.

— Moi, j'espère qu'elles mettront du temps. Assez de temps pour que je puisse vous embrasser.

— Je ne...

— Je vous avais prévenue que je vous embrasserais de nouveau, mademoiselle Wynter.

— Vous m'avez dit que vous essaieriez.

— Je savais que je réussirais, souffla-t-il.

Il s'était suffisamment rapproché d'Anne pour que sa bouche frôle la sienne.

Elle s'écarta. Symboliquement – quelques centimètres à peine.

— Vous êtes bien sûr de vous, lord Winstead.

— Mmm... Mmm...

De la pointe de la langue, il titilla la commissure de ses lèvres entrouvertes, puis le menton, et de là le cou, qu'Anne lui offrait sans s'en rendre compte, en inclinant la tête en arrière. Sa cape glissa, révélant davantage de peau. Daniel en profita pour embrasser son décolleté, au ras du corsage, avant de remontrer vers sa bouche.

— Mon Dieu, j'ai tellement envie de vous, Anne...

Il lui caressa les seins avant de l'attirer à lui, l'enserrant si étroitement qu'elle s'enflamma. Elle brûlait d'envie de nouer les jambes autour de la taille de Daniel et de... de... Oh, elle voulait la même chose que lui ! Dieu lui vienne en aide...

Ce fut sa jupe qui lui vint en aide, l'épaisseur de l'étoffe ajoutée à celle du jupon l'empêchant de se conduire honteusement. Mais la main qui s'était glissée dans son corsage n'avait pas rencontré d'obstacle. Ni d'opposition. Et les doigts qui excitèrent la pointe d'un sein ne provoquèrent nulle protestation – juste un gémissement de plaisir.

Il fallait que cela cesse ! Mais pas tout de suite.

— J'ai rêvé de vous cette nuit, murmura Daniel, le visage niché au creux de son cou. Vous voulez que je vous raconte ce rêve ?

Elle secoua la tête alors même qu'elle en mourait d'envie. Mais elle connaissait ses limites. Elle savait que si elle se laissait entraîner plus loin, si elle écoutait le récit de son rêve – dont elle se doutait qu'il était torride –, elle voudrait qu'il devienne réalité.

Or vouloir ce que l'on n'obtiendrait jamais était douloureux.

— Et vous ? À quoi avez-vous rêvé, Anne ?

— Je ne rêve pas.

Il se figea, la dévisagea avec curiosité et un soupçon de tristesse.

— Je ne rêve pas, répéta-t-elle. Cela fait des années que je n'ai pas rêvé, conclut-elle en haussant les épaules.

Elle ne s'aperçut qu'à cet instant qu'elle devait paraître bizarre.

— Mais vous rêviez, enfant, n'est-ce pas ?

Elle opina. Si elle n'avait guère gardé de souvenirs de ses songes d'enfant, elle savait qu'ils avaient été nombreux à peupler ses nuits. En revanche, depuis huit ans, depuis qu'elle avait quitté le Northumberland, elle avait oublié jusqu'au plus infime de ses rêves. Chaque matin en ouvrant les yeux, elle quittait le long tunnel qu'avait été la nuit. Un tunnel noir, vide, dépourvu de toute espérance.

Menue gratification, cependant, il n'y avait pas non plus de cauchemars. Les cauchemars, elle les faisait dans la journée quand elle pensait à George Chervil et à son désir féroce de vengeance.

— Vous ne trouvez pas cela étrange, Anne ?

— Quoi ? Que je ne rêve pas ?

Elle avait compris le sens de sa question, et pourtant elle avait ressenti le besoin de l'énoncer à haute voix.

— Oui.

— Non, répondit-elle d'un ton égal.

Daniel garda le silence, la scrutant avec tant d'intensité qu'elle détourna les yeux. De nouveau, elle songea que cet homme lisait en elle à livre ouvert, et qu'en une semaine à peine il l'avait amenée à se livrer davantage qu'elle ne l'avait fait en huit ans.

La situation prenait un tour dangereux.

À regret, elle se libéra de son étreinte, reculant juste assez pour qu'il ne puisse pas la ramener contre lui en tendant simplement les bras. Puis elle ramassa sa cape.

— Les filles ne vont pas tarder à revenir, dit-elle, alors qu'elle savait que c'était faux, qu'elles ne seraient pas de retour avant un bon quart d'heure.

— Dans ce cas, allons nous promener, proposa Daniel en lui offrant son bras.

Anne lui jeta un regard soupçonneux. Il se défendit aussitôt en riant :

— Je n'ai pas toujours des intentions lascives, mademoiselle Wynter. Je pensais vous montrer l'un de mes endroits préférés à Whipple Hill. Nous sommes à peine à quatre cents mètres du lac.

— Il est poissonneux ?

Elle ne se rappelait pas quand elle avait pêché pour la dernière fois, mais, enfant, elle avait adoré cela. Charlotte et elle avaient subi les reproches de leur mère qui aurait préféré qu'elles s'adonnent à des activités plus féminines. Ce qu'elles avaient fini par faire. Et Anne était devenue une obsédée des toilettes, tout en tenant le compte de chaque regard que tous les beaux partis jetaient aux jeunes filles en âge de se marier...

Ce qui ne l'avait pas empêchée d'aimer pêcher, nettoyer ses prises et les manger. Quelle satisfaction que de capturer sa propre nourriture !

— Oui, il devrait l'être, répondit lord Winstead. Il l'était avant mon départ, en tout cas, et je ne pense pas que mon intendant ait modifié les directives.

Un temps, puis :

— Je déduis de votre question que vous aimez la pêche, mademoiselle Wynter.

— Oh, oui, beaucoup ! Lorsque j'étais enfant...

Elle s'interrompit. L'espace d'un instant, elle avait oublié qu'elle ne devait pas parler de son enfance.

Si lord Winstead était intrigué, et à coup sûr, il l'était, il n'en montra rien. Ils empruntèrent d'un pas tranquille le chemin couvert de feuilles mortes qui descendait au lac.

— Moi aussi, enfant, j'adorais la pêche. Je venais tout le temps ici avec Marcus – lord Chatteris.

Anne balaya le paysage du regard. C'était une splendide journée de printemps et les verts des feuillages semblaient s'étendre sur une gamme infinie. La terre paraissait neuve, gorgée d'espoirs.

— Lord Chatteris vous rendait souvent visite ? s'enquit Anne, soucieuse de n'aborder que des sujets de conversation anodins.

— Tout le temps. Du moins, lors de chaque vacance scolaire. À partir de treize ans, je ne me souviens pas d'être jamais rentré à la maison sans lui.

Il arracha au passage une feuille qui pendait au-dessus de sa tête, l'examina un instant, puis la lâcha. Elle descendit en tournoyant paresseusement jusqu'au sol.

— Marcus n'avait pas vraiment de famille. Pas de frères ni de sœurs, sa mère était morte quand il était petit.

— Et son père ?

— Oh, il lui adressait à peine la parole !

Le ton était léger, comme si le fait qu'un père et un fils ne se parlent pas n'avait rien que de très normal. Cela ne lui ressemblait pas, cette désinvolture, songea Anne. Lord Winstead n'était pas un homme indifférent. Cependant, qu'elle ait remarqué ce trait de caractère la surprit.

Cela la surprit et l'inquiéta un peu, car elle n'était pas censée le connaître aussi bien, et un tel lien ne lui apporterait que déconvenues et chagrin.

— Lord Chatteris et son père étaient-ils brouillés ? ne put-elle s'empêcher de demander.

— Non. Je pense surtout que le vieux lord Chatteris n'avait rien à dire.

— À son propre fils ?

Daniel haussa les épaules.

— Ce n'est pas si extraordinaire que cela. La plupart de mes camarades d'école auraient été incapables de dire quelle était la couleur des yeux de leurs parents.

— Bleus, souffla-t-elle. Ceux des miens étaient bleus. Et verts, ajouta-t-elle, assaillie par une soudaine mélancolie.

Les yeux de ses sœurs aussi étaient bleus ou verts. Elle s'efforça de se ressaisir avant que cet aveu lui échappe.

Lord Winstead s'était rendu compte de quelque chose, devina-t-elle, pourtant il ne lui posa aucune question, ce dont elle lui fut infiniment reconnaissante.

— Mon père avait exactement les mêmes yeux que moi, dit-il.

— Et votre mère ?

Anne l'avait rencontrée, mais n'avait pas fait attention à la couleur de ses yeux. De surcroît, cela lui indifférait. Elle tenait surtout à ce que la conversation demeure centrée sur lord Winstead et non sur elle. C'était plus facile ainsi.

Et puis, tout ce qui avait trait à lord Winstead l'intéressait.

— Elle a les yeux bleus elle aussi, quoique d'un ton plus foncé. Pas autant que les vôtres, cependant.

Il tourna la tête et la scruta avant d'ajouter :

— Cela dit, je ne crois pas avoir jamais vu de prunelles de la couleur des vôtres, Anne. Elles sont presque violettes. Enfin, tout dépend de la façon dont on les regarde. De biais, enchaîna-t-il en inclinant la tête, elles sont bel et bien bleues.

Anne sourit. Elle avait toujours été fière de ses yeux. C'était là la seule vanité qu'elle s'autorisât encore.

— De loin, elles paraissent marron, assura-t-elle.

— Raison de plus pour rester tout près, murmura lord Winstead.

Le souffle court, elle lui coula un regard. Il s'était déjà détourné et tendait le bras.

— Vous apercevez le lac, là-bas, mademoiselle Wynter ? Juste au milieu de ce bouquet d'arbres ?

Se tordant le cou, Anne distingua un éclat argenté entre les troncs.

— En hiver, on le voit très bien d'ici, continua lord Winstead. Au printemps, en revanche, les feuilles le cachent en grande partie.

— C'est très beau. Peut-on s'y baigner l'été ?

— Pas délibérément, mais tous les membres de ma famille sont tombés dedans à un moment ou à un autre.

— Mon Dieu, fit Anne en riant.

— Certains d'entre nous plus d'une fois même, avoua lord Winstead, penaud.

Il avait une expression si juvénile. Quelle aurait été sa vie si, à seize ans, c'était lui qu'elle avait rencontré au lieu de George Chervil ? se demanda-t-elle. Ou sinon lui, quelqu'un comme lui, car Annelise Shawcross n'aurait jamais pu prétendre épouser un comte. Il lui aurait fallu un simple Daniel Smythe, ou Smith. Mais il aurait été Daniel. *Son* Daniel. Il aurait été héritier d'un titre de baronnet, ou d'aucun titre, peu importait. Juste un gentilhomme campagnard propriétaire d'une confortable maison, de cinq hectares de terre et d'une meute de chiens paresseux. Et elle aurait adoré cela.

À une époque, avait-elle vraiment vibré d'excitation à l'idée d'aller à Londres ? Oui, sans doute, à seize ans, avait-elle rêvé d'aller à l'opéra, au théâtre et à toutes les soirées auxquelles elle serait conviée. Mais ce n'était là qu'enthousiasme de la jeunesse. À coup sûr, même si elle avait épousé un homme du monde qui l'aurait entraînée dans un tourbillon de fêtes, elle aurait fini par se lasser. Elle aurait eu envie de retourner dans le Northumberland, là où les aiguilles des horloges semblent avancer plus lentement que dans la capitale et où le brouillard remplace la suie.

Tout cela, elle l'avait appris trop tard, hélas.

— Cela vous dirait d'aller à la pêche, cette semaine ? hasarda lord Winstead alors qu'ils approchaient de la berge.

— Oh, j'adorerais cela ! s'exclama Anne. Naturellement, nous devrons emmener les filles.

— Naturellement, approuva-t-il en parfait gentleman.

Ils demeurèrent silencieux un long moment. Anne aurait pu rester là toute la journée, à contempler l'eau si calme, si lisse. De temps à autre, un poisson brisait la surface et retombait, formant un minuscule geyser et des cercles concentriques.

— Si j'étais un petit garçon, dit Daniel, qui paraissait aussi fasciné qu'elle par ce spectacle apaisant, j'aurais jeté des cailloux.

Daniel. Quand avait-elle commencé à penser à lui en l'appelant Daniel ?

— Si j'étais une petite fille, j'aurais retiré mes bas et mes souliers.

— Et je vous aurais sans doute poussée dans l'eau, avoua-t-il avec un demi-sourire.

— Oh, je vous y aurais entraîné dans ma chute !

Il rit tout bas, puis s'absorba de nouveau dans la contemplation du lac, des poissons, des aigrettes de pissenlit qui flottaient paresseusement près de la rive.

— Cette journée aura été parfaite, déclara Anne.

— Presque, souffla Daniel.

Et elle fut de nouveau dans ses bras. Il l'embrassa, mais ce fut différent, cette fois. Moins frénétique. Moins farouche. Le contact de ses lèvres était d'une douceur délicieuse, et si Anne ne s'embrasa pas, elle se sentit aussi légère qu'une plume. Elle avait l'impression que, si elle lui prenait la main, elle s'envolerait et flotterait dans l'air tant qu'il continuerait à l'embrasser. Elle s'était hissée sur la pointe des pieds, attendant presque qu'ils quittent le sol.

Daniel mit un terme à leur baiser, s'écarta juste assez pour appuyer son front contre le sien, et chuchota :

— Maintenant, c'est une journée parfaite.

12

À peu près à la même heure le lendemain, Daniel était assis dans la bibliothèque lambrissée et se demandait pour quelle raison cette journée-ci était à ce point moins plaisante que celle de la veille.

Après qu'il eut embrassé Mlle Wynter au bord du lac, il l'avait ramenée dans la clairière où le pauvre lord Finstead avait courtisé sa belle et passablement gourde princesse juste avant que Harriet, Elizabeth et Frances arrivent, accompagnées de deux valets chargés de tout l'attirail nécessaire à un pique-nique. Après un revigorant déjeuner, ils avaient lu encore quelques heures *L'Étrange et Triste Tragédie de lord Finstead,* jusqu'à ce que Daniel demande grâce, se plaignant d'un point de côté à force de rire.

Même Harriet, qui ne cessait de leur rappeler que son œuvre n'était pas une comédie, ne s'était pas vexée.

De retour à la maison, ils avaient découvert que la mère et la sœur de Daniel étaient arrivées. Tandis que tous se livraient à de chaleureuses effusions comme s'ils ne s'étaient pas quittés l'avant-veille, Mlle Wynter s'était éclipsée et retirée dans sa chambre.

Daniel ne l'avait pas vue depuis.

Elle ne s'était pas montrée au dîner, qu'elle avait dû prendre avec Elizabeth et Frances, ni au petit déjeuner. Il se demandait d'ailleurs pourquoi elle n'était pas descendue. À présent, il somnolait dans la bibliothèque, après avoir passé deux heures à table dans l'espoir qu'Anne apparaîtrait enfin.

Il prenait un second petit déjeuner complet quand Sarah avait cru bon de l'informer que lady Pleinsworth avait donné sa journée à la gouvernante. C'était une façon de la dédommager du travail supplémentaire qu'elle avait effectué, entre le concert et sa double tâche de gouvernante et nounou des filles. Mlle Wynter avait apparemment laissé entendre qu'elle comptait profiter du beau temps pour se rendre au village.

Daniel avait donc décidé de s'atteler à ces tâches dont le seigneur du château était censé se charger quand il n'était pas sous le charme de la gouvernante. Il s'entretint avec le majordome, survola les livres de comptes des trois dernières années, se rappelant un peu tard qu'il n'aimait pas particulièrement additionner des chiffres et qu'il n'avait jamais été très doué de toute façon.

Mille choses à faire l'attendaient certainement, mais chaque fois qu'il s'asseyait pour se concentrer sur l'une d'elles, son esprit s'en allait vagabonder du côté de Mlle Wynter. Il songeait à son sourire, à sa bouche lorsqu'elle riait, à ses yeux quand elle était triste.

Anne.

Il aimait ce prénom. Il lui allait à merveille. Simple. Direct. Loyal. Ceux qui la connaissaient mal devaient penser qu'un prénom plus spectaculaire aurait mieux convenu à sa beauté. Esmeralda, ou Melisande, par exemple.

Mais lui la connaissait. Il ignorait tout de son passé, de ses secrets, et pourtant, il la connaissait, son Anne qui se trouvait maintenant en un endroit où il n'était pas.

Seigneur, c'était ridicule. Il était un homme adulte, et voilà qu'il se morfondait dans sa trop vaste maison, simplement parce que la compagnie de la gouvernante lui manquait. Il ne parvenait pas à rester tranquillement assis. Il avait même été obligé de changer de siège parce que celui qu'il occupait faisait face à un miroir et son reflet l'avait indisposé ; il affichait un air de chien battu pathétique qui lui était intolérable.

Finalement, il avait décidé de chercher un partenaire pour jouer aux cartes. Honoria aimait jouer, Sarah aussi. Une partie de cartes ne mettrait pas fin à ses souffrances, mais du moins l'en distrairait-elle un peu. Hélas, en arrivant dans le salon, il découvrit que toutes les représentantes de la gent féminine étaient réunies autour de la table et discutaient avec animation du mariage de Honoria.

Il battait discrètement en retraite vers la porte par laquelle il venait d'entrer quand sa mère s'écria :

— Ah, Daniel ! Viens donc nous rejoindre. Nous essayons de décider si Honoria doit porter une toilette lavande-bleu, ou bleu-lavande.

Il s'apprêtait à demander quelle était la différence, puis y renonça.

— Bleu-lavande, énonça-t-il avec fermeté.

Il n'avait pas la moindre idée du sens de sa déclaration.

— Vraiment ? fit sa mère, dubitative. Je crois que le lavande-bleu serait mieux.

Il aurait dû lui demander pourquoi diable elle avait posé la question, mais il décida qu'un homme avisé s'en abstiendrait. Il salua ces dames, puis les informa qu'il se rendait dans la bibliothèque pour consigner les récentes acquisitions dans le catalogue.

— La bibliothèque ? répéta Honoria. Vraiment ?

— J'aime lire.

— Moi aussi, mais quel rapport avec le catalogue ?

Il se pencha et chuchota à l'oreille de Honoria :

— Est-ce là que je suis censé déclarer que j'essaie de fuir un troupeau de femmes ?

Elle sourit, attendit qu'il se soit redressé, puis répondit :

— Je crois que c'est maintenant que tu avoues que cela fait bien trop longtemps que tu n'as pas lu un livre en anglais.

— Je l'avoue.

Sur ce, il s'esquiva.

Toutefois, il n'était pas dans la bibliothèque depuis cinq minutes qu'il capitula. Il n'était pas homme à aimer broyer du noir. Après s'être rendu compte que, pauvre créature effondrée, il appuyait le front sur la table, il se leva et réfléchit aux raisons qui pourraient justifier une escapade au village. Il en trouva une en trente secondes et quitta la pièce à grands pas.

Il était le comte de Winstead, cette maison était la sienne et il s'était absenté durant trois ans. Il avait le devoir moral de se rendre au village. Là où vivaient ses gens.

Un raisonnement qu'il avait intérêt à ne pas énoncer à haute voix sous peine de voir Honoria et Sarah pleurer de rire.

Il enfila une veste et gagna les écuries. Il faisait moins beau que la veille. Le ciel était nuageux. Il doutait cependant qu'il pleuve, aussi fit-il atteler son cabriolet, bien suffisant pour parcourir quatre kilomètres, et surtout moins ostentatoire qu'une voiture fermée que, de surcroît, il ne pouvait conduire lui-même. Et puis, il aimait sentir le vent sur son visage.

Ne plus conduire le cabriolet lui avait manqué. Ce dernier était léger, rapide, plus stable qu'un phaéton. Il ne l'avait que depuis deux mois lorsqu'il avait été obligé de s'exiler. Il avait été contraint de l'abandonner derrière lui, ce genre de véhicule ne convenant pas aux longs trajets.

Une fois au village, il tendit les rênes à un jeune garçon devant l'auberge et s'en alla faire ses visites. Il commença par le marchand de fournitures pour bateaux, en bas de la rue principale. La nouvelle de sa venue se répandit comme une traînée de poudre et le temps qu'il arrive chez le chapelier, M. et Mme Percy, les propriétaires de la boutique, l'attendaient sur le seuil, tout sourire.

— Milord, fit Mme Percy en s'inclinant dans une révérence dont la profondeur fut limitée par son impressionnante corpulence. Peut-être suis-je la première à vous souhaiter la bienvenue ? Nous sommes très honorés de vous revoir.

— Oui, en effet, confirma son mari après qu'elle se fut raclé la gorge.

Daniel les salua d'un hochement de tête tout en jetant un coup d'œil furtif dans la boutique dans l'espoir d'apercevoir une cliente en particulier.

— Merci, madame Percy, monsieur Percy. Je suis heureux d'être de retour.

— Nous n'avons jamais cru un mot de ce qui a été dit à votre sujet, assura Mme Percy.

Daniel se demanda ce qui avait été dit. Pour autant qu'il sache, toutes les rumeurs étaient exactes. Il s'était vraiment battu en duel avec Hugh Prentice et lui avait logé une balle dans la jambe. Ayant quitté l'Angleterre tout de suite après le duel, il ignorait toutefois ce qui avait été brodé sur l'histoire initiale. Il lui semblait cependant que la soif de vengeance de lord Ramsgate était suffisamment émoustillante en soi.

— Merci, madame Percy, répéta-t-il en pénétrant dans la boutique.

Il s'approcha d'une étagère et feignit de s'intéresser aux chapeaux qui y étaient disposés dans l'espoir de désamorcer la curiosité de la commerçante quant à ses frasques.

Il avait eu raison. Mme Percy énuméra aussitôt avec enthousiasme la liste des qualités de ses nouveaux articles qui, sans l'ombre d'un doute, lui conviendraient à merveille.

— Voulez-vous en essayer un, milord ? Je trouve le noir très flatteur, avec son bord incurvé.

Il avait réellement besoin d'un nouveau chapeau, et s'empara donc de celui que lui tendait Mme Percy. Cependant, avant qu'il ait eu le temps de le coiffer, la clochette de la porte tinta. Il se retourna, mais n'eut pas besoin de la voir pour savoir.

Anne.

L'atmosphère changeait dès qu'elle entrait dans une pièce.

— Mademoiselle Wynter, quelle charmante surprise, dit-il.

Un instant, Anne parut décontenancée, d'autant que Mme Percy la considérait avec curiosité.

— Lord Winstead, fit-elle en s'inclinant.

— Mlle Wynter est la gouvernante de mes cousines, expliqua Daniel à Mme Percy. Elles sont ici pour un court séjour.

Mme Percy était manifestement ravie de faire la connaissance d'une nouvelle cliente. Elle conduisit la jeune femme vers le rayon Dames pour lui montrer un bonnet orné de rubans bleus à rayures qui, assura-t-elle, lui irait à la perfection. Daniel les suivit, le chapeau noir à la main.

— Milord, s'écria-t-elle en découvrant qu'il les avait suivies, n'allez-vous pas dire à Mlle Wynter à quel point elle est ravissante avec ce bonnet ?

Daniel préférait Anne tête nue, quand le soleil jouait sur sa chevelure, mais lorsqu'elle leva vers lui ses yeux d'un bleu sombre frangés de longs cils noirs, il ne put que concéder :

— Tout à fait ravissante, en effet.

— Ah ! fit Mme Percy, satisfaite. Mademoiselle, vous êtes magnifique.

— J'aime beaucoup ce bonnet, déclara Anne, l'air mélancolique. Il est charmant.

Elle dénoua les rubans à regret, retira la coiffe et la contempla avec une tristesse manifeste.

— Un tel article vous coûterait le double à Londres, remarqua Mme Percy.

— Je sais, répondit Anne avec un sourire contraint. Mais les gouvernantes ne sont pas payées le double à Londres. Il ne me reste donc rarement de quoi m'offrir des bonnets, si exquis soient-ils.

Daniel se sentit soudain mal à l'aise. Un chapeau comme celui qu'il tenait à la main, quel qu'en soit le prix, il aurait pu en acheter une douzaine sans sourciller.

— Excusez-moi, dit-il après s'être éclairci la voix, et il retourna au rayon Hommes pour rendre le chapeau à M. Percy.

Il revint auprès de Mme Percy et d'Anne, qui regardait toujours le bonnet avec envie.

— Tenez, dit Anne en tendant le bonnet à Mme Percy. Je ne manquerai pas de dire à lady Pleinsworth que vous avez de très jolis bonnets. Je suis sûre qu'elle viendra avec ses filles faire quelques emplettes.

— Ses filles ? répéta Mme Percy, l'œil soudain brillant.

— Il y en a quatre, précisa Daniel. Et ma mère et ma sœur séjournent également à Whipple Hill.

Mme Percy avait rougi d'excitation à l'idée que six dames de l'aristocratie se trouvaient si près de sa boutique.

Daniel offrit son bras à Anne.

— Puis-je vous escorter pendant que vous continuez vos courses, mademoiselle Wynter ? s'enquit-il, sachant qu'Anne n'oserait refuser devant Mme Percy.

— J'ai presque terminé. Il ne me reste plus qu'à acheter de la cire à cacheter.

— Vous avez de la chance, je sais exactement où en trouver.

— Chez le papetier, je suppose.

Bon sang, elle ne lui facilitait pas les choses.

— Oui, mais moi, je sais où est la papeterie.

— De l'autre côté de la rue, en montant vers la colline.

Il pivota discrètement afin que les Percy n'entendent pas la suite de leur échange. Puis il ajouta à voix basse :

— Pourriez-vous cesser de vous montrer aussi difficile et me permettre de vous accompagner jusqu'à cette papeterie ?

Elle pinçait les lèvres, ce qui signifiait que le petit rire étouffé qu'il entendit provenait de son nez. Ce qui ne l'empêcha pas de répondre d'un air très digne :

— Si vous présentez les choses ainsi, je ne vois pas comment je pourrais refuser.

Plusieurs répliques vinrent à l'esprit de Daniel, il jugea toutefois qu'aucune d'entre elles ne serait suffisamment spirituelle. Il se borna donc à offrir de nouveau son bras à Anne, qui le prit en souriant.

Une fois hors de la boutique, cependant, elle se tourna vers lui, les yeux étrécis, et lui demanda sans détour :

— Vous me suiviez ?

— Eh bien, je ne dirais pas exactement que je vous suivais.

— Pas exactement ?

Elle ne souriait plus, mais ses yeux trahissaient sa gaieté.

— J'étais chez le chapelier avant que vous entriez, lui rappela Daniel, tout innocence. D'aucuns pourraient donc considérer que c'est vous qui me suiviez.

— D'aucuns, peut-être, mais ni vous ni moi.

— Non, admit-il, feignant le plus grand sérieux.

Ils remontèrent la rue jusqu'à la papeterie. Si Anne n'avait apparemment pas envie de s'étendre sur le sujet, Daniel prenait trop de plaisir à cette joute verbale pour y renoncer.

— Si vous tenez à le savoir, mademoiselle Wynter, j'étais parfaitement au courant de votre présence au village.

— Je m'en doutais.

— Et dans la mesure où l'on m'avait demandé de faire quelques courses...

— À vous ? l'interrompit-elle. Des courses ?

Il décida de ne pas relever.

— Et comme la pluie menaçait, enchaîna-t-il, imperturbable, je me suis dit qu'il était de mon devoir de gentilhomme de voler à votre secours en cas d'averse.

Anne garda le silence le temps de le considérer d'un regard dubitatif.

— Vraiment, déclara-t-elle finalement.

Il ne s'agissait pas d'une question.

— Non, admit-il dans un sourire. Je vous cherchais. Mais il fallait aussi que je passe saluer tous les commerçants et...

Il leva les yeux au ciel.

— Il pleut.

Anne tendit sa main ouverte. Une grosse goutte s'écrasa sur sa paume.

— Eh bien, je pense que cela n'a rien d'étonnant. Les nuages n'ont fait que s'épaissir au fil de la journée.

— Nous allons chercher la cire et nous rentrons ? proposa-t-il. Je suis venu en cabriolet.

— En cabriolet ? répéta-t-elle en arquant les sourcils.

— Vous serez quand même mouillée, admit-il, quoique avec classe. Et vous regagnerez Whipple Hill plus rapidement.

Le temps qu'elle ait acheté sa cire, qu'elle choisit du même bleu que le bonnet de Mme Percy, la pluie tombait dru.

Daniel lui suggéra d'attendre une accalmie au village, mais Anne lui répondit qu'elle était attendue pour le thé et que, du reste, rien ne disait que la pluie allait se calmer. Vu le ciel d'un gris de plomb, on pouvait même envisager qu'elle dure jusqu'au mardi suivant.

— Et puis, il ne pleut pas si fort que cela, remarqua Anne en regardant par la vitrine du papetier.

Cela se révéla faux. Le temps qu'ils atteignent la boutique du chapelier, ils étaient trempés. Daniel s'arrêta.

— Vous vous souvenez s'ils vendent des parapluies ?

— Je crois que oui.

Il lui fit signe d'attendre, s'engouffra dans la boutique et en ressortit presque aussitôt, un parapluie à la main, après avoir prié Mme Percy d'envoyer la facture à Whipple Hill. Il l'ouvrit et le tint au-dessus de la jeune femme tandis qu'ils se dirigeaient vers l'auberge.

— Vous devriez vous abriter aussi, milord, lui conseilla-t-elle en s'efforçant d'éviter les flaques.

Elle avait beau relever sa jupe à deux mains, l'ourlet était mouillé.

— Je suis au sec, mentit-il.

Il se moquait d'être mouillé. Et puis, son chapeau résisterait mieux à la pluie que le bonnet de la jeune femme.

L'auberge n'était plus très loin. Lorsqu'ils y arrivèrent, cependant, la pluie avait redoublé et Daniel suggéra qu'ils entrent le temps qu'elle se calme un peu.

— La nourriture est plutôt bonne, dit-il. Pas de harengs à cette heure de la journée, mais je suis sûr que nous trouverons quelque chose qui vous plaira.

— J'ai un peu faim, avoua Anne en riant.

Ainsi, elle acceptait l'invitation. Il était stupéfait.

— Je ne pense pas que vous serez à la maison pour le thé, la prévint-il.

— Ce n'est pas grave. Personne, j'imagine, ne s'attend que je sois à l'heure avec ces trombes d'eau.

— Pour tout dire, lorsque je suis parti, ces dames étaient en pleine conversation au sujet du mariage de Honoria. Je doute vraiment qu'elles se rendent compte que vous n'êtes pas là.

Ils pénétrèrent dans la salle à manger de l'auberge.

— C'est normal, observa Anne. Votre sœur doit avoir le mariage de ses rêves.

Et qu'en était-il de ses rêves, à elle ?

Il se retint de poser la question. Cela l'aurait mise mal à l'aise et aurait gâché cette atmosphère de plaisante camaraderie.

De toute façon, elle n'y aurait certainement pas répondu.

Il en était venu à chérir les moindres bribes d'informations qu'elle laissait échapper sur son passé. La couleur des yeux de ses parents, le fait qu'elle ait une sœur, qu'elle aime la pêche... De menues révélations, qu'elle faisait involontairement ou à dessein, il n'aurait su le dire.

Mais il en voulait davantage. Lorsqu'il plongeait son regard dans le sien, il cherchait à comprendre ce qui lui était arrivé, ce qui l'avait menée à cet instant-*là*. Il se refusait à qualifier ce qui l'animait d'obsession – cela semblait trop sombre pour ce qu'il ressentait.

Un fol engouement, voilà ce que c'était. Un béguin aussi étrange qu'étourdissant. Il n'était certainement pas le premier homme à avoir été si promptement subjugué par une belle femme.

Pourtant, tandis qu'ils s'installaient à la table de l'auberge, ce ne fut pas la beauté d'Anne qui le frappa. Ce fut la certitude qu'elle avait un cœur généreux et une belle âme. Il éprouva alors le sentiment angoissant que sa vie ne serait plus jamais la même.

13

Anne réprima un frisson en s'asseyant.

— Oh, mon Dieu ! murmura-t-elle.

Les poignets de son manteau, pas assez serrés, avaient laissé passer la pluie. Elle avait coulé le long de ses bras si bien qu'elle était trempée jusqu'aux coudes.

— Difficile de croire que nous sommes presque en mai, remarqua-t-elle.

— Du thé ?

— Volontiers, répondit Anne. N'importe quoi pourvu que ce soit chaud.

Daniel fit signe à l'aubergiste.

Elle retira ses gants, fronça les sourcils en découvrant un trou sur l'index de la main droite. Voilà qui était ennuyeux. Cet index qu'elle agitait devant le nez des filles pour manifester son autorité perdait ainsi toute dignité.

— Quelque chose ne va pas ? s'enquit Daniel.

— Pardon ?

Oh, il avait dû remarquer qu'elle fixait son gant d'un air agacé !

— Il va falloir que je fasse une reprise ce soir.

Elle examina le gant avant de le poser sur la table. Il avait déjà subi tant de ravaudages qu'il n'en supporterait peut-être pas un de plus.

Daniel commanda du thé, puis :

— Au risque d'apparaître complètement ignorant des réalités de la vie d'employé, j'ai du mal à croire que ma tante ne vous paie pas suffisamment pour que vous puissiez vous acheter une nouvelle paire de gants.

Anne ne doutait pas qu'il soit, comme il le disait, ignorant des réalités de la vie d'employé, mais elle appréciait qu'il ait au moins remarqué le problème. Cela dit, elle le soupçonnait d'ignorer le prix d'une paire de gants. Ou de quoi que ce soit d'autre, d'ailleurs. Elle avait fait suffisamment d'achats avec des personnes de la haute société pour savoir qu'elles ne demandaient même pas le prix des choses. Elles ordonnaient qu'elles soient livrées à leur domicile, où un secrétaire se chargeait de régler la facture.

— Votre tante me paie suffisamment. Cela dit, être économe est une vertu, non ?

— Pas si cela implique que vos doigts soient gelés.

Elle s'autorisa un sourire un peu condescendant.

— Nous n'en sommes pas là. Ces gants supporteront bien encore deux ou trois reprises.

— Combien de fois les avez-vous déjà reprisés ?

— Seigneur, je n'en ai aucune idée. Cinq ? Six ?

Daniel afficha une expression outrée.

— C'est absolument inacceptable ! Je ferai savoir à tante Charlotte qu'elle doit vous fournir une garde-robe correcte.

— Vous ne ferez rien de semblable, répliqua-t-elle.

Dieu du ciel, était-il fou ? Qu'il manifeste encore un intérêt excessif à son endroit et elle serait jetée illico à la rue. Qu'elle soit assise avec lui à l'auberge au su et au vu de tout le village était déjà ennuyeux, mais du moins avait-elle l'excuse de la pluie. Personne ne songerait à lui reprocher d'avoir cherché refuge alors qu'il pleuvait à seaux.

— Je vous assure, milord, que mes gants sont en bien meilleur état que ceux de la plupart des gens.

Ce disant, elle avait posé les yeux sur les gants de Daniel, posés à côté des siens. Ils étaient taillés dans un cuir lisse d'une grande finesse.

— Pas comparés aux vôtres, bien sûr, ajouta-t-elle après s'être raclé la gorge. D'ailleurs, peut-être ont-ils été également recousus. Votre valet a pu s'en charger avant que vous vous soyez rendu compte qu'ils en avaient besoin.

Daniel ne releva pas et Anne eut soudain honte de son commentaire. Le snobisme à rebours n'était pas aussi odieux que le snobisme tout court, il n'empêche qu'elle aurait dû être au-dessus de cela.

— Je vous demande pardon, murmura-t-elle.

Il la considéra un moment en silence, puis demanda :

— Pourquoi parlons-nous de gants ?

— Je n'en ai pas la moindre idée.

C'était faux. C'était lui qui avait mis le sujet sur le tapis, mais elle n'aurait jamais dû relever. Elle avait voulu lui rappeler leur différence sociale, se rendit-elle compte. Ou se la rappeler à elle-même.

— La discussion est close, décréta-t-elle.

Elle s'apprêtait à dire quelque chose d'absolument anodin à propos du temps, mais il la regardait en souriant, ce qui creusait de minuscules rides au coin de ses yeux et...

— Je pense que votre visage va mieux, s'entendit-elle déclarer.

Son œil n'était quasiment plus enflé, et l'hématome qui l'entourait était nettement moins violacé, ce qui rendait son sourire différent. Plus joyeux.

— Ma joue ? hasarda-t-il en effleurant sa pommette du bout des doigts.

— Non, votre œil. Il est encore marqué, mais les couleurs pâlissent et le gonflement s'est bien atténué. Votre joue, en revanche, ne s'est pas arrangée.

— Ah bon ?

— Non. Son aspect a même empiré, ce qui n'a rien que de très normal. Le phénomène est toujours le même : de mauvais, un hématome passe à pire avant de s'améliorer.

— Et comment se fait-il que vous soyez experte en coups et blessures ?

— Je suis gouvernante, se contenta-t-elle de répondre, parce que c'était en soi une explication suffisante.

— Certes, mais vous vous occupez de trois filles...

Elle s'esclaffa.

— Vous croyez que les filles ne s'écharpent jamais ?

— Oh, je sais qu'elles se chamaillent ! J'ai cinq sœurs, vous le saviez ? Cinq !

— Suis-je censée vous plaindre ?

— Vous le devriez. Quoi qu'il en soit, je ne me rappelle pas qu'elles en soient jamais venues aux poings.

— La plupart du temps, Frances se prend pour une licorne et cela lui vaut une sacrée dose de plaies et de bosses. Je me suis aussi occupée de petits garçons. Il faut les instruire un minimum avant qu'ils aillent en pension.

— Certes, concéda Daniel, puis, arquant les sourcils d'un air impertinent, il se pencha vers Anne et ajouta : Serait-ce inconvenant si j'admettais que je suis extrêmement flatté que vous portiez tant d'attention aux détails de mon visage ?

— Inconvenant *et* ridicule, répondit Anne en gloussant.

— Jamais je ne me suis vu aussi coloré, soupira Daniel, feignant le désespoir.

— Vous êtes un véritable arc-en-ciel. Je vois du rouge... non, de l'orange et du jaune... Du vert, du bleu et du violet.

— Vous avez oublié l'indigo.

— Non, répliqua Anne de son ton sévère de gouvernante. Avez-vous déjà regardé un arc-en-ciel ?

— Une ou deux fois, répondit Daniel, amusé.

— Il est assez difficile de faire la différence entre le bleu et le violet, l'indigo se trouvant entre les deux.

— Vous avez passé beaucoup de temps à réfléchir à la question.

— Oui, concéda Anne, lèvres pincées pour s'empêcher de rire, un échec, car elle finit par céder à l'hilarité.

Cette conversation était la plus sotte et en même temps la plus charmante qu'elle ait jamais eue. Daniel s'esclaffa à son tour. Une servante leur apporta deux tasses de thé et Anne serra les mains autour de la sienne pour se réchauffer.

Après en avoir bu une longue gorgée, Daniel déclara :

— Je pense que j'ai vraiment fière allure. Peut-être devrais-je inventer une histoire pour expliquer comment j'ai été blessé. Une bagarre avec Marcus manque de sel.

Anne aimait qu'il soit capable de se moquer de lui-même. C'était si rare chez les hommes.

— Et si je disais que j'ai affronté un sanglier ? hasarda-t-il. Ou lutté à la machette contre des pirates ?

— Eh bien, cela dépend. Qui avait la machette ?
Les pirates ou vous ?

— Les pirates, je pense. L'histoire sera beaucoup
plus impressionnante si j'ai combattu à mains nues.

Il agita lesdites mains comme s'il pratiquait quelque
combat oriental.

— Arrêtez, fit Anne en pouffant. Tout le monde
nous regarde.

— Tout le monde nous regarderait de toute façon.
Je ne suis pas venu ici depuis trois ans.

— Oui, mais ils vont tous penser que vous avez
perdu la tête.

— J'ai le droit d'être un excentrique, mademoiselle
Wynter. C'est l'un des privilèges du titre.

— Pas la fortune ni le pouvoir ?

— Cela aussi, bien sûr. Pour l'heure, c'est l'excen-
tricité que j'apprécie. Et les hématomes sur mon
visage y contribuent. Peut-être qu'une cicatrice, d'ici
à là, ajouta-t-il en traçant un trait de la tempe au
menton, serait utile... Qu'en pensez-vous ?

Anne frissonna. Elle revoyait le visage de George
quand il avait arraché son pansement dans le bureau
de son père. Et elle se rappelait l'horrible sensation
lorsque la lame du coupe-papier avait entaillé ses
chairs.

Le souffle coupé, elle se détourna. Une main de
fer semblait lui comprimer la poitrine. Elle avait
l'impression d'étouffer et de se noyer tout à la fois.
Grands dieux, pourquoi cela lui arrivait-il maintenant ? Cela faisait des années qu'elle n'avait pas ressenti ce genre de terreur spontanée. Elle avait cru
l'avoir dépassée.

— Anne ! Que se passe-t-il ? demanda Daniel,
inquiet, en tendant la main pour prendre la sienne.

Au contact de ses doigts, l'étau qui l'empêchait de respirer parut se desserrer. Elle parvint à prendre une profonde inspiration, et sa vision, qui s'était brouillée, redevint nette. Lentement, elle sentit son corps revenir à la normale.

— Anne, répéta Daniel.

Elle ne le regarda pas. Elle ne voulait pas voir son expression soucieuse. Il avait plaisanté, elle le savait parfaitement. Alors comment diable expliquer sa réaction ?

— Le thé, souffla-t-elle, en priant pour qu'il n'ait pas remarqué qu'elle avait posé sa tasse avant qu'il fasse son commentaire sur la cicatrice. J'ai dû faire une fausse route en l'avalant.

— Vous êtes sûre ?

— Peut-être était-il trop chaud. Mais cela va, à présent.

Elle se força à sourire.

— C'est très embarrassant.

— Puis-je vous aider de quelque façon que ce soit, mademoiselle Wynter ?

— Non, je vous remercie, assura-t-elle en s'éventant avec sa serviette. J'ai très chaud, tout à coup. Ce thé... Il est vraiment très chaud.

— En effet, acquiesça-t-il sans la quitter des yeux.

Anne déglutit avec peine. Il n'était pas dupe, elle en aurait mis sa main au feu. Il savait qu'elle n'avait pas dit la vérité. Et pour la première fois depuis huit ans qu'elle était partie de chez elle, elle éprouva un pincement de culpabilité. Rien ne l'obligeait à partager ses secrets avec cet homme, ce qui ne l'empêchait pas de se sentir coupable d'être aussi fuyante.

— Vous croyez que le temps s'est amélioré ? fit-elle en se tournant vers la fenêtre.

C'était difficile à dire car les vitres étaient anciennes et le verre ondulait. En outre, un grand auvent protégeait la façade de l'auberge.

— Non, pas encore.

— De toute façon, je dois finir mon thé, dit-elle.

— Vous n'avez plus trop chaud ? s'enquit-il en la dévisageant avec curiosité.

Elle cilla, déconcertée, avant de se rappeler qu'un instant plus tôt elle s'était éventée avec sa serviette.

— Non. C'est curieux, n'est-ce pas ? dit-elle enfin.

Elle portait sa tasse à ses lèvres, ne sachant comment retrouver un ton léger pour relancer la conversation, lorsqu'un grand fracas retentit hors de la salle à manger.

— Qu'est-ce que cela peut être ? s'inquiéta-t-elle.

Daniel s'était déjà levé et se dirigeait vers la porte.

— Ne bougez pas, ordonna-t-il.

Il semblait tendu, nota Anne. Comme s'il s'attendait à avoir de gros ennuis. Ce qui n'avait aucun sens. Elle avait entendu dire que l'homme qui l'avait pourchassé avait renoncé à venger son fils.

Cela dit, les vieilles habitudes avaient la vie dure. Si George Chervil s'étouffait avec un os de poulet ou allait s'installer aux Indes, combien de temps lui faudrait-il pour cesser de regarder par-dessus son épaule ?

— Ce n'était rien, dit Daniel en revenant s'asseoir. Juste un ivrogne qui revenait des écuries et a heurté une table.

Il but une longue gorgée de thé avant de poursuivre :

— Il pleut toujours, quoique moins fort, mais je pense que nous devrions partir.

— Bien, dit Anne en se levant.

— J'ai demandé que l'on amène le cabriolet devant la porte, fit-il en l'imitant.

Anne trouva l'air frais revigorant. Le froid ne la dérangeait pas, il l'aidait même à être de nouveau elle-même. Et en cet instant, être elle-même n'était pas désagréable.

Daniel n'avait toujours aucune idée de ce qui était arrivé à Anne dans l'auberge. Peut-être avait-elle dit vrai en affirmant avoir avalé de travers. Cela lui était déjà arrivé avec du thé trop chaud et il avait affreusement toussé.

Cela dit, elle avait pâli, et l'espace d'une seconde, avant qu'elle se détourne, son regard lui avait paru hanté. Pire, même. Terrifié.

Comme cette fois où, à Londres, elle s'était précipitée chez Hoby, l'air affolé. Elle avait admis avoir vu quelqu'un qu'elle ne voulait pas voir.

Mais c'était à Londres, pas dans le Berkshire, où ils étaient assis dans une auberge dont il connaissait tous les clients depuis sa plus tendre enfance. Il n'y avait pas dans cette salle une seule personne susceptible ne serait-ce que de toucher à un cheveu de la tête de la jeune femme.

Donc, oui, cela pouvait être le thé. Il était fort possible qu'il se soit laissé emporter par son imagination. En tout cas, Anne était redevenue elle-même et lui souriait tandis qu'il l'aidait à monter dans le cabriolet. La demi-capote avait été remontée. Elle les protégerait plus ou moins de la pluie, toutefois, le temps qu'ils arrivent à Whipple Hill, ils seraient transis.

Bain chaud pour tous les deux, ordonnerait-il dès leur arrivée. Chacun le sien, malheureusement.

— Je ne suis jamais monté dans un cabriolet, avoua Anne en nouant solidement les rubans de son bonnet.

— Ah bon ?

Il n'aurait su dire pourquoi cela l'étonnait. Après tout, une gouvernante n'avait pas de raison de se promener dans ce genre de voiture. Mais tout chez Anne dénotait la jeune fille bien née. À une époque de sa vie, devinait-il, elle avait dû appartenir à la haute société ; il imaginait sans peine des kyrielles de jeunes gens la courtisant et lui proposant des promenades en phaéton.

— Eh bien, je suis montée dans une calèche. Mon ancienne maîtresse en avait une et il m'a fallu apprendre à la conduire parce qu'elle était âgée et que personne n'avait confiance en elle quand elle tenait les rênes.

— Était-ce sur l'île de Man ? demanda Daniel d'un ton délibérément léger.

Il était si rare qu'Anne évoque son passé. Il craignait, s'il la questionnait trop directement, qu'elle se referme comme une huître.

Elle ne parut pas trouver sa question indiscrète.

— Oui, répondit-elle. Avant cela, je n'avais conduit qu'un chariot. Mon père n'aurait pas acheté une voiture dans laquelle ne pouvaient s'asseoir que deux personnes. Trop peu pratique.

— Vous montez à cheval ?

— Non.

Un nouvel indice. Si ses parents avaient été titrés, elle aurait été juchée sur une selle avant même de savoir marcher.

— Combien de temps avez-vous vécu là-bas ? Sur l'île de Man, je veux dire.

Elle ne répondit pas tout de suite et lorsqu'elle le fit, ce fut d'une voix douce teintée de tristesse.

— Trois ans. Trois ans et quatre mois.

Il veilla à garder les yeux sur la route.

— À vous entendre, vous ne semblez pas en avoir gardé de bons souvenirs.

— Non.

Un temps, puis :

— Ce n'était pas épouvantable. C'est juste que… j'étais jeune. Et loin de chez moi.

Chez elle. Elle ne mentionnait pratiquement jamais la maison où elle avait grandi.

— Vous étiez la dame de compagnie d'une lady ?

Elle opina, il le vit du coin de l'œil. Elle avait dû oublier qu'il l'observait, persuadée qu'il se concentrait sur la tenue des rênes.

— Ce n'était pas une place prestigieuse. Cette dame voulait que je lui fasse la lecture, un peu de couture, et que je rédige sa correspondance car ses mains tremblaient.

— Vous êtes partie quand elle est morte, je suppose.

— En effet. J'ai eu de la chance qu'elle ait une nièce à Birmingham qui avait besoin d'une gouvernante. Elle se savait très mal en point et a donc pris des dispositions pour que je ne me retrouve pas démunie après sa mort. Et depuis, je suis gouvernante.

— Cela semble vous convenir.

— La plupart du temps, oui.

— J'aurais pensé…

Il s'interrompit abruptement. Quelque chose clochait avec les chevaux.

— Oui ? fit Anne.

Il secoua la tête. Dans l'immédiat, mieux valait qu'il ne parle pas et se concentre sur sa tâche. Les chevaux tiraient vers la droite, ce qui était incompréhensible. Il luttait pour les ramener dans la bonne trajectoire quand il entendit un claquement.

— Nom de nom...

L'attache en cuir reliant les chevaux à l'attelage s'était rompue ! Ces derniers filèrent au galop tandis que le cabriolet, livré à lui-même, descendait la pente en vacillant follement.

— Penchez-vous en avant ! hurla Daniel.

S'ils parvenaient à garder l'équilibre, la voiture pourrait atteindre le bas de la route sans trop de dommages. Sauf que les trous et les bosses rendaient la chose presque impossible.

Et tout à coup, Daniel se rappela qu'à cet endroit la route bifurquait brutalement à gauche. S'ils continuaient tout droit, ils dévaleraient la colline, qui s'achevait sur une épaisse futaie. Ils allaient se rompre le cou.

— Écoutez-moi, Anne ! cria-t-il. Lorsque nous atteindrons le virage, penchez-vous à gauche en pesant de tout votre poids !

Elle hocha la tête. Il lut la peur dans ses yeux, toutefois elle semblait garder son sang-froid.

— Maintenant ! hurla-t-il un instant plus tard.

Ils basculèrent vers la gauche d'un même mouvement, Anne s'écrasant sur Daniel. Le cabriolet continua sa course folle sur une seule roue, l'autre ayant momentanément quitté le sol.

Mais alors que la voiture virait à gauche, la roue qui touchait terre heurta un rocher. Le cabriolet rebondit sur le sol, puis bascula vers l'avant dans un effroyable craquement. Daniel tenait néanmoins bon, priant pour qu'Anne fasse de même, quand un nouveau choc éjecta celle-ci.

La roue… Elle allait passer sur la jeune femme !

Daniel se jeta à droite, forçant le cabriolet à se retourner avant que la roue écrase Anne. Il continua à glisser sur plusieurs mètres puis s'immobilisa dans la boue.

Daniel demeura figé. Par le passé, il avait reçu des coups de poing, il était tombé de cheval ; bon sang, il s'était même fait tirer dessus ! Mais jamais il ne s'était retrouvé le souffle à ce point coupé comme lorsque le cabriolet était retombé sur ses deux roues.

Anne. Il fallait qu'il la retrouve. Mais d'abord respirer. Ses poumons étaient atrocement douloureux. Cherchant encore son souffle, il s'extirpa de sous la voiture.

Il essaya de l'appeler, mais ne parvint qu'à articuler son prénom d'une voix sifflante.

À quatre pattes dans la boue, puis à genoux, il prit appui sur l'essieu brisé du cabriolet pour tenter de se remettre debout.

— Anne ? Mademoiselle Wynter !

Pas de réponse. Rien d'autre que le bruit de la pluie qui martelait le sol.

Titubant, il acheva de se redresser et balaya frénétiquement du regard le périmètre autour du cabriolet. Elle portait une robe marron, se rappela-t-il. Une couleur qui se confondait avec celle de la boue.

Derrière lui, plus haut sur la pente, c'était là qu'il devait chercher. Elle avait été éjectée en amont. Le cabriolet avait continué à rouler, emporté dans son élan. Il fit quelques pas, glissa et perdit l'équilibre. Les bras battant l'air, il agrippa la première chose qui lui tomba sous la main. Une lanière de cuir, découvrit-il.

Celle du harnais.

Baissant les yeux, il s'aperçut qu'elle avait été aux trois quarts cisaillée. Les coups de lame étaient bien visibles. Les chevaux n'avaient eu qu'un petit effort à fournir pour qu'elle se rompe.

Ramsgate !

Un flot de rage l'envahit, et il trouva en lui suffisamment d'énergie pour contourner le cabriolet. Par tous les saints, s'il était arrivé malheur à Anne, si elle était gravement blessée...

Il tuerait lord Ramsgate. Il lui arracherait les entrailles à mains nues.

— Anne ! hurla-t-il.

Il tournoyait follement dans la boue, ne sachant où chercher, quand tout à coup il aperçut... était-ce une bottine ? Là-bas, à l'endroit où la prairie détrempée rejoignait la futaie.

— Mon Dieu ! souffla-t-il, et il s'élança en courant, le cœur battant de peur.

Il s'accroupit près d'elle et lui prit le poignet, cherchant son pouls.

— Anne, s'écria-t-il. Répondez-moi. Dieu du ciel, répondez-moi !

Elle ne répondit pas, mais les pulsations régulières qu'il perçut lui redonnèrent espoir. Whipple Hill se trouvait à environ huit cents mètres. Il pouvait porter Anne jusque-là. Il tremblait, il avait l'impression d'avoir été roué de coups, il saignait sans doute, mais il y parviendrait.

Il la souleva dans ses bras avec précaution, puis prit la direction de Whipple Hill. La boue rendait chaque pas délicat, il trébuchait souvent et y voyait à peine, ses cheveux étant plaqués sur son visage par la pluie. Pourtant, il continuait d'avancer, son corps éreinté puisant de la force dans la peur.

Et dans la fureur.

Ramsgate allait payer. Et Hugh paierait peut-être aussi. Le monde entier paierait si jamais Anne mourait !

Un pied après l'autre, il avança jusqu'à ce que Whipple Hill soit enfin en vue. Il remonta la longue allée gravillonnée et atteignit Dieu sait comment le perron. Ses muscles hurlant de douleur, ses jambes menaçant de se dérober sous lui, il gravit les marches et s'immobilisa devant la porte. Il donna un coup de pied dans le battant. Puis un autre. Et un autre encore.

L'écho de pas pressés dans le vestibule. La porte s'ouvrit sur le majordome, qui s'écria :

— Milord !

Trois valets accoururent pour soulager Daniel de sa charge. Il s'effondra sur le sol, à bout de forces.

— Prenez soin d'elle, souffla-t-il. Elle est transie.

— Tout de suite, milord, répondit le majordome. Mais vous…

— Occupez-vous d'elle d'abord !

Le majordome se tourna vers le valet qui portait Anne.

— Vite ! Emmenez-la à l'étage, ordonna-t-il.

Se tournant vers la bonne qui les avait rejoints, il ajouta :

— Faites préparer un bain. Tout de suite !

Daniel ferma les yeux, rassuré. Il avait fait ce qu'il devait faire. Il avait fait tout ce qu'il pouvait faire.

Pour le moment.

14

Lorsque Anne revint à elle, lorsque son esprit s'arracha lentement aux limbes gris dans lesquels il flottait, la première chose qu'elle sentit, ce furent des mains qui s'activaient sur elle, s'efforçant de lui retirer ses vêtements.

Elle voulut crier, protester, mais aucun son ne sortit de sa gorge. Elle tremblait irrépressiblement, de froid, de peur.

Par le passé, elle avait été acculée dans des coins sombres par des jeunes gens persuadés qu'une gouvernante était une proie facile, par un maître qui croyait avoir tous les droits parce qu'il payait ses gages. Et même par George Chervil, qui était à l'origine de sa descente aux enfers.

Elle avait toujours été capable de se défendre. Elle était forte et courageuse. Face à George, elle avait pris une arme. Mais à présent, elle était démunie. Elle ne parvenait même pas à ouvrir les yeux.

— Non, gémit-elle en se contorsionnant sur ce qui semblait être un parquet froid.

— Chuuut, fit une voix féminine inconnue.

Cette voix était rassurante.

— Laissez-nous vous aider, mademoiselle Wynter.

Ils connaissaient son nom ? Était-ce une bonne chose, ou pas ?

— Pauvre petite, dit la femme. Votre peau est glacée. Nous vous avons préparé un bon bain chaud.

Un bain. Le paradis. Elle avait si froid. Elle ne se rappelait pas avoir jamais eu aussi froid. Et elle se sentait lourde... Comme si ses membres étaient en plomb.

— Voilà. Laissez-moi juste déboutonner ce corsage, mademoiselle Wynter.

Anne essaya à nouveau d'ouvrir les yeux, sans succès. Elle avait l'impression que ses paupières étaient collées.

— Vous êtes en sécurité, maintenant, mon petit.

— Où suis-je ? articula Anne.

— De retour à Whipple Hill. Lord Winstead vous a portée jusqu'ici sous la pluie.

— Lord Winstead... Il...

Ses paupières se soulevèrent enfin et elle découvrit une salle de bains, infiniment plus élégante que celle dont elle disposait à côté de la chambre des filles. Deux servantes s'activaient, une pour remplir le tub, l'autre pour la débarrasser de ses vêtements trempés.

— Il va bien ? demanda-t-elle. Lord Winstead ?

Elle se souvenait. La pluie. Les chevaux qui se libéraient. Les craquements horribles du bois qui se brisait. Puis le cabriolet en perdition sur une seule roue. Et ensuite... Plus rien.

Seigneur, que s'était-il passé ensuite ?

— Monsieur va bien, mademoiselle. Aussi épuisé que l'on peut l'être, mais rien qu'un peu de repos ne guérira pas. C'est un vrai héros !

Les yeux de la femme brillaient de fierté alors qu'elle déplaçait doucement Anne pour faire glisser sa manche le long de son bras.

— Je ne me souviens pas de tout ce qui est arrivé. Juste quelques bribes.

— Monsieur nous a dit que vous aviez été éjectée du cabriolet. Lady Winstead pense que votre tête a heurté quelque chose.

— Lady Winstead ?

Quand avait-elle vu lady Winstead ?

— La mère de lord Winstead, précisa la femme, se méprenant sur l'expression déroutée d'Anne. Elle en sait beaucoup sur les blessures et la façon de les soigner. Elle vous a examinée sur le sol du grand hall.

— Mon Dieu...

Anne ignorait pourquoi elle se sentait mortifiée, il n'empêche qu'elle l'était bel et bien.

— Madame a dit que vous aviez une bosse. Ici.

La bonne se toucha la tête, juste au-dessus de l'oreille. Anne l'imita et fit la grimace. Elle regarda ses doigts. Pas de sang. Mais peut-être y en avait-il eu et la pluie l'avait-elle lavé.

— Lady Winstead a dit que vous aviez besoin d'un peu d'intimité. Nous allons vous baigner, puis vous mettre au lit. Elle a envoyé chercher le médecin.

— Je n'ai pas besoin de médecin, protesta Anne.

Elle était percluse de douleurs, elle avait froid et mal à la tête, mais tous ces maux n'étaient que temporaires. Un lit confortable et une soupe chaude en viendraient aisément à bout.

— Quelqu'un est parti le chercher. Tout le monde se fait du souci pour vous. La petite lady Frances pleurait et...

— Frances ? coupa Anne. Mais elle ne pleure jamais.

— Eh bien, là, elle a pleuré.

— Faites-lui vite savoir que je vais bien, s'il vous plaît.

— Un valet doit remonter de l'eau chaude. Nous lui demanderons de dire à la petite lady...

— Un valet ? s'exclama Anne en couvrant instinctivement ses seins si visibles sous la chemise mouillée.

— Ne vous inquiétez pas, répondit la bonne dans un gloussement. Il laissera le seau à la porte. C'est pour éviter à Peggy de le porter.

Peggy, qui était en train de remplir le tub, sourit.

— Merci, souffla Anne. À toutes les deux.

— Je suis Bess, dit la bonne. Vous pensez être capable de vous tenir debout, mademoiselle ? Juste le temps que l'on vous ôte cette chemise ?

Anne s'exécuta. Lorsqu'elle fut nue, Bess l'aida à s'installer dans le tub. L'eau était trop chaude, mais elle s'en moquait. C'était tellement agréable.

Elle s'attarda dans le bain jusqu'à ce que l'eau commence à refroidir, puis Bess l'aida à enfiler sa chemise de nuit en pilou qu'elle était allée chercher dans sa chambre.

— Voilà, fit-elle en guidant Anne jusqu'au beau lit à baldaquin.

— Quelle est cette chambre ? demanda Anne en balayant la pièce du regard.

Plafonds ornés de gypseries, murs habillés de damas d'un délicat bleu argenté, jamais elle n'avait dormi dans une chambre aussi somptueuse.

— C'est la chambre d'hôtes bleue. L'une des plus belles de Whipple Hall. Au même étage que celles de la famille.

Quoi ? Que la famille ?

— Monsieur a insisté pour que l'on vous installe ici.

— Ah...

Et la famille, qu'allait-elle penser de cette insistance ?

Tout en s'interrogeant, Anne se glissa entre les draps, sous la lourde courtepointe.

— Dois-je informer tout le monde que vous êtes en état de recevoir des visiteurs, mademoiselle ? demanda Bess. Je sais qu'ils voudront vous voir.

— Pas lord Winstead ! s'écria Anne, affolée.

Allons, on ne lui permettrait certainement pas d'entrer dans sa chambre – enfin la chambre qu'elle occupait momentanément.

— Non, la rassura Bess. Il est dans son lit, et endormi à l'heure qu'il est, j'imagine. Nous ne le reverrons pas avant demain. Le pauvre homme est épuisé. Vous êtes apparemment plus lourde mouillée que sèche.

Riant de sa plaisanterie, Bess quitta la pièce.

Moins d'une minute plus tard, lady Pleinsworth entrait.

— Ma pauvre enfant ! Vous nous avez fait tellement peur. Dieu merci, vous semblez aller bien mieux qu'il y a une heure.

— Merci, murmura Anne, que tant d'effusions de la part de son employeuse mettaient mal à l'aise.

Lady Pleinsworth s'était toujours montrée bienveillante, mais jamais elle n'avait donné à Anne l'impression qu'elle faisait partie de la famille. D'ailleurs, Anne ne s'y attendait pas. C'était l'étrange lot des gouvernantes : si elles n'étaient pas des domestiques, elle n'était pas non plus des membres de la famille. Elles étaient toujours à mi-chemin entre les étages nobles et le sous-sol, territoire du personnel. Et elles avaient intérêt à s'habituer au plus tôt à cette situation.

— Vous auriez dû vous voir lorsque lord Winstead vous a ramenée, dit lady Pleinsworth en s'asseyant sur une chaise près du lit. La pauvre Frances a cru que vous étiez morte.

— Mon Dieu ! Est-elle encore bouleversée ?

— Non, elle va bien. Elle a toutefois insisté pour venir voir de ses propres yeux que vous étiez toujours parmi nous.

— J'aimerais beaucoup passer un moment en sa compagnie, assura Anne en s'efforçant de réprimer un bâillement.

— Vous devez d'abord vous reposer.

Anne hocha la tête et s'enfonça plus profondément dans les oreillers.

— Je suis sûre que vous aimeriez savoir comment va lord Winstead ?

Anne hocha de nouveau la tête. Oh, oui, elle voulait le savoir, mais elle s'était interdit de le demander !

Lady Pleinsworth se pencha vers elle, le visage indéchiffrable.

— Il était à deux doigts de l'évanouissement à son arrivée.

— Je suis désolée, murmura Anne.

Lady Pleinsworth ne parut pas l'avoir entendue.

— En fait, je crois qu'il s'est bel et bien évanoui. Deux valets l'ont porté jusqu'à sa chambre. Je vous assure que je n'avais jamais vu cela.

Anne sentit des larmes lui monter aux yeux.

— Je suis désolée, répéta-t-elle, tellement désolée.

Lady Pleinsworth fixa sur elle un regard bizarre, comme si elle avait oublié à qui elle parlait.

— Inutile de vous désoler, mon petit. Ce n'est pas votre faute.

— Je sais, mais...

Non, elle ne savait pas ce qu'elle savait. Elle ne savait plus rien.

— Vous pouvez être reconnaissante envers lord Winstead. Il vous a portée sur plus de huit cents mètres. Alors qu'il était lui-même blessé.

— Je lui suis infiniment reconnaissante.

— Les rênes de l'attelage se sont rompues. C'est stupéfiant. Un attelage en si mauvais état n'aurait jamais dû quitter les écuries. Quelqu'un va perdre sa place, c'est certain.

Les rênes ? Voilà qui expliquait la soudaineté de l'accident.

— Compte tenu de la gravité de ce qui s'est passé, poursuivit lady Pleinsworth, nous remercions le ciel qu'aucun de vous deux n'ait été grièvement blessé. Cela dit, il faut faire examiner cette bosse sur votre crâne.

Anne la palpa et tressaillit.

— C'est douloureux ? demanda lady Pleinsworth.

— Un peu.

Lady Pleinsworth sembla ne pas savoir quoi faire de cette information. Elle s'agita sur son siège, puis finit par dire :

— Bien.

Anne essaya de sourire. C'était ridicule, mais elle avait l'impression que c'était à elle de réconforter lady Pleinsworth. Sans doute la conséquence de toutes ces années de service. Elle voulait toujours faire plaisir à ses employeurs.

— Le médecin ne devrait plus tarder, continua lady Pleinsworth. En attendant, je vais envoyer quelqu'un informer lord Winstead de votre réveil. Il s'inquiétait beaucoup pour vous.

— Merci, et…

— C'est tout de même curieux, la coupa lady Pleinsworth. Comment se fait-il que vous vous soyez trouvée dans le cabriolet ? La dernière fois que j'ai vu lord Winstead, il était ici, à Whipple Hill.

Anne se crispa. Ce genre de conversation exigeait la plus grande prudence.

— J'ai rencontré lord Winstead au village. Il a commencé à pleuvoir et il a offert de me ramener à Whipple Hill.

Une pause. Lady Pleinsworth ne relevant pas, Anne reprit :

— J'ai apprécié sa proposition.

— Mmm. Oui, il est très généreux. Cela dit, vu ce qui est arrivé, vous auriez mieux fait de rentrer à pied. Bon, déclara-t-elle en se levant, reposez-vous. Le médecin a demandé que vous ne dormiez pas avant qu'il vous examine. Je vais vous envoyer Frances, finalement, ajouta-t-elle après réflexion. Elle saura vous garder éveillée.

— Peut-être pourrait-elle me faire la lecture. Cela fait longtemps qu'elle n'a pas lu à haute voix et j'aimerais entendre sa diction.

— Toujours la préceptrice, à ce que je constate. Mais c'est ce que l'on attend d'une gouvernante, n'est-ce pas ?

Anne hocha la tête, se demandant si elle venait d'être complimentée ou de s'être fait remettre à sa place.

Lady Pleinsworth se dirigea vers la porte, puis s'arrêta sur le seuil.

— Ne vous faites pas de souci pour les filles. Lady Sarah et lady Honoria vous remplaceront le temps que vous vous remettiez. Je suis sûre qu'à elles deux elles sauront organiser les leçons.

— Les mathématiques. C'est ce qu'il faut leur faire travailler.

— Très bien. Reposez-vous. Et ne vous endormez pas !

Anne hocha la tête avant de fermer les yeux. Elle n'aurait pas dû, mais c'était plus fort qu'elle. Son corps criait grâce. En revanche, son esprit battait la campagne. Elle ne pouvait s'inquiéter pour Daniel.

Et puis Frances déboula dans la chambre, grimpa sur le lit à côté d'elle et commença à bavarder comme une pie.

Exactement ce dont elle avait besoin.

Le reste de la journée s'écoula paisiblement. Frances resta près d'Anne jusqu'à l'arrivée du médecin, lequel déclara qu'il ne voulait pas qu'Anne s'endorme avant la tombée de la nuit. Elizabeth apparut peu après avec un plateau chargé de gâteaux et de douceurs. Ensuite, ce fut Harriet, qui remit à Anne son dernier ouvrage : *Henry VIII et la licorne du jugement dernier*.

— Je ne suis pas certaine que Frances appréciera beaucoup une licorne maléfique, remarqua Anne.

— Vous croyez ? Elle n'a pas spécifié qu'elle voulait une gentille licorne.

Anne fit la grimace.

— Harriet, vous allez devoir livrer une sacrée bataille.

Harriet haussa les épaules.

— Je vais commencer par l'acte II, parce que
l'acte I est un désastre total.

— À cause de la licorne ?

— Non. Parce que je me suis trompée dans l'ordre
des épouses. Divorcée, décapitée, divorcée, décapitée,
veuve...

— C'est charmant.

— N'est-ce pas ? J'ai confondu une décapitée avec
une divorcée.

— Puis-je vous donner un conseil, Harriet ?

— Oui ?

— Ne dites jamais cela à qui que ce soit hors du
contexte.

Harriet éclata de rire, puis tendit ses feuillets à
Anne.

— Acte II, mademoiselle Wynter. Et ne vous affo-
lez pas, vous devriez vous y retrouver parmi toutes
les épouses.

Lady Pleinsworth revint à ce moment-là, la mine
grave.

— Je dois parler à Mlle Wynter, Harriet. Veux-tu
nous laisser un moment.

— Mais nous n'avons même pas...

— Tout de suite, Harriet.

Lady Pleinsworth se tenait très droite à côté du lit,
image vivante de la contrariété. Harriet adressa un
regard perplexe à Anne, puis sortit avec ses feuillets.
Sa mère alla fermer la porte derrière elle, et revint
auprès d'Anne.

— Les rênes ont été sectionnées, déclara-t-elle.

— Quoi ?

— Les rênes. Sur le cabriolet de lord Winstead.
Elles ont été tailladées.

— Non. C'est impossible. Pourquoi quelqu'un aurait-il...

Grands dieux.

George Chervil.

Elle se sentit blêmir. Comment avait-il pu la retrouver ?

L'auberge. Lord Winstead et elle y étaient restés au moins une demi-heure. N'importe qui les ayant observés aurait deviné qu'elle repartirait dans le cabriolet.

Anne s'était résignée depuis longtemps au fait que le temps n'atténuerait pas la rage vengeresse de George Chervil. Jamais, en revanche, elle n'aurait imaginé qu'il oserait menacer la vie d'une tierce personne, un comte, qui plus est. La mort d'une gouvernante ne déclencherait qu'une petite enquête, mais celle d'un comte ?

George était fou. Du moins plus encore aujourd'hui qu'à l'époque. Il n'y avait pas d'autre explication.

— Les chevaux sont revenus il y a quelques heures, reprit lady Pleinsworth. Les garçons d'écurie étaient allés récupérer le cabriolet et c'est là qu'ils ont vu que les rênes avaient été sabotées. Le cuir ne se rompt pas selon une ligne bien droite et nette.

— En effet, murmura Anne.

— Je présume que vous n'avez pas d'ennemi dont vous auriez négligé de nous parler.

La gorge d'Anne se noua. Elle allait devoir mentir. C'est alors que lady Pleinsworth enchaîna :

— C'est Ramsgate. Dieu le maudisse ! Cet homme a perdu l'esprit.

Anne ne savait trop si elle devait être soulagée, ou choquée que lady Pleinsworth ait invoqué le Seigneur de la sorte.

Mais peut-être avait-elle raison. Peut-être que rien de ce qui était arrivé n'avait de rapport avec son passé, que c'était le marquis de Ramsgate le coupable. Il était fort possible qu'il ait sauté sur l'occasion de se venger, sans se soucier de risquer la vie d'une gouvernante.

Lady Pleinsworth arpentait la chambre, à présent.

— Il a promis à Daniel de le laisser en paix, raison pour laquelle mon neveu est rentré en Angleterre. Il pensait être en sécurité. Lord Hugh est allé jusqu'en Italie pour lui assurer que son père lui avait juré de renoncer à exercer sa vengeance. Daniel est resté trois années loin de son pays. N'est-ce pas suffisant ? Il n'a même pas tué son fils ! Il l'a juste blessé.

Anne garda le silence. Elle jugeait n'avoir pas son mot à dire sur le sujet.

Mais lady Pleinsworth se tourna vers elle.

— Je suppose que vous êtes au courant de cette histoire.

— En grande partie, oui.

— Évidemment. Les filles ont dû tout vous raconter.

Lady Pleinsworth croisa les bras sur sa poitrine, les décroisa. Jamais Anne ne l'avait vue aussi bouleversée.

— Je ne sais pas comment Virginia va supporter cela. Que Daniel ait été contraint de s'exiler l'avait presque tuée.

Virginia devait être lady Winstead, la mère de Daniel.

— Bien, je pense que vous pouvez dormir maintenant, dit-elle abruptement. Le soleil est couché.

— Merci, milady. S'il vous plaît, donnez...

Elle s'interrompit.

— Vous avez dit quelque chose, mademoiselle Wynter ?

Anne secoua la tête. La prier de saluer lord Winstead de sa part aurait été malvenu, ou en tout cas malavisé.

Lady Pleinsworth se dirigea vers la porte, puis fit une pause.

— Mademoiselle Wynter...

— Oui ?

— Il y a autre chose.

Anne attendit. Cela ne ressemblait pas à sa maîtresse de ponctuer ses déclarations de longs silences. Cela n'augurait rien de bon.

— Il ne m'a pas échappé que mon neveu...

Un autre silence.

Anne eut tout à coup la certitude que son poste chez les Pleinsworth ne tenait qu'à un fil.

— Madame, je vous assure...

— Ne m'interrompez pas, lança lady Pleinsworth, quoique sans brusquerie.

Elle leva la main, signifiant ainsi à Anne qu'elle réfléchissait.

Après ce qui parut une éternité, elle déclara :

— Lord Winstead semble beaucoup vous apprécier... Mais j'espère pouvoir compter sur votre bon sens.

— Bien sûr, milady.

— Il est des situations dans lesquelles une femme doit faire montre d'une finesse dont les hommes sont dépourvus. Je crois que nous sommes précisément dans ce genre de situation.

Elle regarda Anne droit dans les yeux, si bien que cette dernière comprit qu'une réponse s'imposait.

— Oui, milady, dit-elle en priant pour que ce soit suffisant.

— En vérité, mademoiselle Wynter, j'en sais bien peu sur vous. Vos références sont parfaites et votre comportement depuis que vous êtes sous mon toit est irréprochable. Vous êtes la meilleure gouvernante que j'aie jamais employée.

— Merci, milady.

— Mais j'ignore tout de votre famille. Je ne sais qui est votre père, ni votre mère, quelle est votre parentèle. Vous avez été fort bien éduquée, c'est évident. Au-delà de cela...

Elle leva les mains, paumes tournées vers le plafond.

— Mademoiselle Wynter, mon neveu doit épouser une jeune fille au passé limpide.

— Je comprends.

— Elle sera certainement issue d'une famille de l'aristocratie.

Anne luttait contre l'émotion qui menaçait de transparaître sur ses traits.

— Néanmoins, ce n'est pas absolument nécessaire, poursuivit lady Pleinsworth. Il est possible qu'il se marie avec une jeune fille de la bonne société. À condition qu'elle soit vraiment exceptionnelle.

Lady Pleinsworth fit un pas vers Anne et la considéra, la tête légèrement inclinée de côté, comme si elle essayait de voir en elle.

— Je vous apprécie beaucoup, mademoiselle Wynter, mais je ne vous connais pas, comprenez-vous ?

Anne opina.

— Et j'ai l'impression que vous ne souhaitez pas que je vous connaisse.

Sur ces mots, elle quitta la chambre, laissant Anne seule avec ses pensées tortueuses. Lady Pleinsworth s'était montrée on ne peut plus claire. Elle lui avait recommandé de garder ses distances avec lord Winstead, ou plutôt, de veiller à ce que *lui* garde ses distances avec *elle*. Elle avait néanmoins entrouvert une porte en lui laissant entendre qu'elle pourrait être considérée comme un parti convenable si elle dévoilait un peu son passé.

Or elle ne le pouvait pas.

Comment avouer qu'elle n'était plus vierge ? Que son nom n'était pas Anne Wynter ? Qu'elle avait défiguré un homme qui, depuis, la pourchassait sans répit ?

Seigneur, quel magnifique résumé de sa vie !

— Quel beau trophée je fais, murmura-t-elle avec un rire rauque.

Puis elle fondit en larmes.

15

Le lendemain matin, avant qu'une des femmes de sa famille ait eu le temps de l'arrêter pour lui dire que son comportement était inconvenant, Daniel alla frapper à la porte de la chambre bleue. Il était déjà en tenue de voyage, car il comptait partir pour Londres dans l'heure.

N'obtenant pas de réponse, il frappa de nouveau. Cette fois, une voix lasse lui dit d'entrer.

Ce qu'il fit, en s'empressant de refermer la porte derrière lui.

— Milord ! s'exclama Anne, effarée.

— Il faut que je vous parle.

Elle hocha la tête et remonta les couvertures jusque sous le menton. Ce qui était ridicule vu l'espèce de sac qui semblait lui tenir lieu de chemise de nuit.

— Je pars à Londres ce matin. Je pense que vous savez à l'heure qu'il est que le harnais a été sectionné ?

— Oui.

— Sans doute l'œuvre de l'un des hommes de Ramsgate. Celui que j'ai pris pour un ivrogne, à l'auberge. Il m'a bien abusé.

Daniel s'efforçait de se tenir parfaitement immobile tandis qu'il parlait. S'il abaissait sa garde ne fût-ce qu'une seconde, il risquait de perdre son sang-froid. De crier. De cogner les murs à coups de poing. La fureur qui grondait en lui allait croissant. La contenir exigeait de faire appel à toute sa volonté.

— Lord Winstead ?

En dépit de ses efforts, son expression devait trahir sa rage, car Anne le considérait d'un regard inquiet.

— Daniel ?

Un souffle. C'était la première fois qu'elle l'appelait par son prénom. Et il en fut bouleversé.

— Ce ne serait pas la première fois qu'il essaie de me tuer, Anne. Mais c'est la première fois qu'il a failli tuer une autre personne dans la foulée.

Elle tenait toujours les couvertures sous son menton. Elle remua les lèvres, comme si elle voulait dire quelque chose. Il attendit, immobile, raide, les mains crispées derrière le dos. Ils devaient former un tableau terriblement conventionnel, bien qu'Anne soit allongée dans un lit, une tresse à demi défaite reposant sur son épaule.

D'ordinaire, ils ne discutaient pas de manière aussi guindée. Et peut-être avaient-ils eu tort de ne pas le faire. S'ils avaient maintenu entre eux une distance bienséante, il ne serait pas tombé sous son charme et elle n'aurait pas été avec lui lorsque Ramsgate avait décidé d'agir.

De toute évidence, il aurait mieux valu qu'ils ne se soient jamais rencontrés.

— Qu'allez-vous faire ? articula-t-elle enfin.

— Lorsque j'aurai trouvé Ramsgate ?

Elle hocha la tête.

— Je l'ignore. S'il a de la chance, je ne l'étranglerai pas sur-le-champ. Il était aussi probablement derrière l'attaque à Londres. Celle dont tout le monde a pensé que c'était un hasard si mon chemin avait croisé celui de détrousseurs.

— Ça a peut-être été le cas. Des gens se font constamment voler, à Londres. C'est...

— Vous prenez sa défense ? la coupa Daniel, incrédule.

— Non ! Bien sûr que non. C'est juste que... eh bien...

Elle avala sa salive avant de reprendre d'une petite voix :

— Vous n'êtes peut-être pas en possession de tous les tenants et aboutissants.

Un long silence s'ensuivit, puis Daniel, poursuivit :

— J'ai passé ces trois dernières années à fuir les hommes de main de Ramsgate en Europe. Vous le saviez ? Non, n'est-ce pas ? Eh bien, c'est le cas. Et j'en ai assez. Cet homme a volé trois années de ma vie. Vous imaginez ce que cela représente d'être privé de trois années de son existence ?

Elle ouvrit la bouche et, l'espace d'une seconde, il crut qu'elle allait répondre « Oui ».

— Je suis désolée se contenta-t-elle de murmurer. Continuez.

— Je parlerai d'abord à lord Hugh, son fils. Je peux lui faire confiance. Du moins l'ai-je cru jusqu'à maintenant.

Il s'interrompit, ferma les yeux et inspira profondément pour conserver une impassibilité devenue plus que précaire avant d'ajouter :

— Je ne sais plus en qui je peux avoir confiance désormais.

— Vous pouvez...

Elle s'arrêta. Avait-elle été sur le point de dire qu'il pouvait se fier à elle ?

Elle détourna les yeux.

— Je vous souhaite bon voyage, souffla-t-elle.

— Vous êtes en colère contre moi.

— Grands dieux, non ! Jamais je ne...

— Vous n'auriez pas été blessée si vous n'étiez pas montée dans mon cabriolet.

Il ne se le pardonnerait jamais. Il tenait à ce qu'elle le sache.

— Non ! s'écria-t-elle en sortant du lit d'un bond.

Elle se précipita vers lui, puis s'immobilisa abruptement.

— Non, ce n'est pas vrai. Je... J'ai... Ce n'est pas vrai, conclut-elle en levant le menton.

Il la dévisagea. Elle était à portée de main. Il lui aurait suffi de se pencher, de tendre les bras pour l'attirer à lui, l'enlacer, se fondre contre elle jusqu'à ce qu'ils ne fassent plus qu'un.

— Ce n'est pas votre faute, déclara-t-elle avec véhémence.

— C'est de moi que lord Ramsgate veut se venger, lui rappela-t-il doucement.

De nouveau, elle détourna les yeux et les essuya d'un revers de main.

— Nous ne sommes pas responsables des actes des autres, dit-elle d'une voix tremblante. Surtout pas de ceux d'un fou.

— Non, concéda-t-il. Mais nous sommes responsables des êtres qui nous entourent. Harriet, Elizabeth, Frances... vous ne voudriez pas que je veille à leur sécurité ?

— Ce n'était pas ce que je voulais dire. Vous savez qu'il ne s'agissait pas de...

— Je suis responsable de tous ceux qui vivent sur ces terres, l'interrompit-il. Et de vous aussi, tant que vous serez ici. Il est de mon devoir de m'assurer que je ne mets aucune personne en danger.

Elle le fixa sans ciller, les yeux agrandis, et il se demanda ce qu'elle voyait. *Qui* elle voyait. Les mots qu'il avait prononcés ne lui étaient pas familiers. Il avait eu l'impression d'entendre son père et son grand-père. Est-ce qu'hériter d'un titre ancien créait des liens indissolubles avec les gens qui vivaient sur votre domaine ?

Oui, à l'évidence, comprit-il.

— Il ne vous arrivera pas malheur, Anne, déclara-t-il d'une voix sourde.

Elle ferma les paupières, et son visage se crispa comme si elle souffrait.

— Anne, souffla-t-il en s'approchant d'elle.

Elle secoua vivement la tête et émit ce qui ressemblait à un sanglot.

Daniel en eut le cœur serré.

— Qu'y a-t-il, Anne ?

Il posa les mains sur le haut de ses bras. Peut-être pour la soutenir… ou pour se soutenir lui-même.

Lorsqu'il était entré, il était déterminé à ne pas toucher Anne, à ne pas s'approcher d'elle pour ne pas se laisser griser par son parfum… Vœu pieux.

— Non, fit-elle en essayant vaguement de se libérer. S'il vous plaît, allez-vous-en.

— Pas tant que vous ne m'aurez pas dit…

— Je ne peux pas ! s'écria Anne.

Et elle secoua les bras pour l'obliger à les lâcher, puis recula.

— Je ne peux pas vous dire ce que vous souhaitez entendre. Je ne peux pas être avec vous et je ne dois plus vous revoir. Vous comprenez ?

Il ne répondit pas. Parce qu'il comprenait fort bien et qu'il n'était pas d'accord.

Elle plaqua les mains sur son visage, et le frotta avec tant de vigueur qu'il faillit tendre la main pour l'arrêter.

— Je ne peux pas être avec vous, répéta-t-elle si soudainement et avec une telle force qu'il se demanda qui elle essayait de convaincre. Je ne suis pas... la bonne personne.

Elle laissa retomber ses mains et détourna les yeux.

— Je ne suis pas une femme convenable pour vous. Je ne suis pas de votre rang, et je ne suis pas...

Il attendit. Elle avait été sur le point de lui faire un aveu, il en était sûr.

Pourtant, lorsqu'elle parla de nouveau, ce fut d'un ton par trop déterminé.

— Vous ruinerez ma réputation. Involontairement, mais vous la ruinerez. Et je perdrai ma place et tout ce à quoi je tiens.

Cette fois, elle l'avait regardé en face et son visage était si fermé qu'il en frémit.

— Anne, je vous protégerai.

— Je ne veux pas de votre protection ! J'ai appris à veiller sur moi, à me...

Elle s'interrompit, puis :

— Il m'est impossible de veiller sur vous aussi.

— Vous n'avez pas à le faire, répliqua-t-il en s'efforçant de trouver du sens à ses paroles.

— Vous ne comprenez pas.

— Non, en effet, admit-il d'un ton sec.

Comment l'aurait-il pu ? Elle gardait ses secrets, les préservait comme des trésors sans prix, l'obligeant à mendier des miettes tel un satané chien.

— Daniel... fit-elle avec douceur.

Son prénom, de nouveau. Il avait l'impression de ne l'avoir encore jamais entendu. Dans sa bouche, il ressemblait à une caresse. Chaque syllabe lui faisait l'effet d'un baiser.

— Anne, dit-il d'une voix qu'il ne reconnut pas tant elle était rauque, enrouée de désir, et...

Sans plus réfléchir, il la prit dans ses bras et l'embrassa comme si sa vie en dépendait, comme si cette femme était son oxygène, son salut. Il avait envie d'elle, besoin d'elle avec une frénésie qui l'aurait affolé s'il avait pris le temps d'y penser.

Mais il ne pensait pas, ne pensait plus. Il en avait assez de penser, assez de s'inquiéter. Il n'aspirait qu'à ressentir des émotions, à laisser la passion le guider, à autoriser ses sens à exercer leur loi sur son corps.

Et il voulait qu'Anne le désire comme il la désirait.

— Anne... Anne... souffla-t-il pendant que ses mains couraient sur sa chemise de nuit. L'effet que vous me faites...

Elle le réduisit au silence, non pas avec des mots mais en se pressant contre lui avec une fièvre égale à la sienne. Elle lui ôta sa veste, déboutonna sa chemise, avide de dénuder son torse, de toucher sa peau...

Ce fut plus qu'il n'en pouvait supporter.

La soulevant à demi, il pivota et se laissa tomber sur le lit avec elle. Enfin, elle était là où il la voulait depuis une éternité. Sous lui, ses cuisses l'emprisonnant doucement.

— Je vous veux, Anne. Je vous veux de toutes les manières possibles pour un homme.

Il ne s'agissait pas de romance, mais de pur désir. Elle avait failli mourir aujourd'hui. Peut-être lui-même mourrait-il demain. Et si cela devait arriver, si sa vie s'arrêtait et qu'il n'avait pas goûté au paradis avant...

Il entreprit de lui retirer sa chemise de nuit, la déchirant presque.

Et puis... il s'arrêta.

Il cessa de respirer et contempla, émerveillé, le corps nu d'Anne dans toute sa splendeur. Sa poitrine se soulevait et s'abaissait au rythme de sa respiration précipitée. Il tendit une main tremblante, la referma sur un sein rond. Le plaisir que cette simple caresse lui procura lui arracha un frisson.

— Vous êtes si belle, souffla-t-il.

Elle avait dû se l'entendre dire des milliers de fois, mais il voulait qu'elle l'entende de sa bouche à *lui*.

— Vous êtes si...

Il n'acheva pas, parce qu'elle était tellement plus que sa beauté. Et il ne voyait pas comment le lui dire, comment dire avec des mots toutes les raisons qui faisaient que son souffle s'emballait dès qu'il posait les yeux sur elle.

Ses mains s'agitèrent tandis qu'elle s'efforçait de couvrir sa nudité. Elle rougit et il se rappela que tout cela était nouveau pour elle. Pour lui aussi, cela l'était. Il avait fait l'amour avec plus de femmes qu'il ne voulait l'admettre, pourtant, cette fois-ci, c'était la première... Anne était la première...

Il n'aurait su expliquer pourquoi, mais il n'avait jamais rien éprouvé de semblable.

— Embrassez-moi, souffla-t-elle. S'il vous plaît.

Il fit passer sa chemise par-dessus sa tête, se pressa contre Anne, peau nue contre peau nue... La félicité absolue. Puis il prit sa bouche avec ardeur avant de déposer des baisers au creux de son cou, sur son épaule, et enfin sur son sein. Elle laissa échapper un petit cri et se cambra sous lui, l'invitant à continuer. Ce qu'il fit sans se faire prier, lui léchant un sein, puis l'autre, suçant, mordillant. Il sentit qu'il n'allait pas tarder à perdre tout contrôle.

Seigneur, et elle l'avait à peine touché ! Il n'avait pas déboutonné son pantalon et il était à deux doigts de répandre sa semence. Cela ne lui était même pas arrivé lorsqu'il était adolescent.

Il fallait qu'il possède cette femme. Sur-le-champ. Qu'il soit en elle. Cela allait au-delà du désir. C'était un besoin primaire qui montait du fond de son être, comme si sa vie en dépendait. Et si c'était de la folie, alors il était fou.

Fou d'elle.

Et il pressentait que jamais il ne recouvrerait la raison.

Il avait posé la tête sur son ventre à la peau si douce et s'enivrait de son parfum.

— Anne, je vous veux. Maintenant. Vous comprenez ?

S'agenouillant, il porta les doigts aux boutons de son pantalon.

— Non ! s'écria-t-elle.

Il se figea. Non ? Non, elle ne comprenait pas ? Non, pas maintenant ? Ou, non...

— Je ne peux pas, souffla-t-elle en attrapant le drap pour tenter de se couvrir. Je suis désolée. Oh, mon Dieu ! Je suis tellement désolée.

Et elle sortit du lit, s'efforçant d'emporter le drap avec elle. Daniel en retenait l'extrémité si bien que, bloquée dans son élan, elle tituba et recula de quelques pas. Elle s'entêta, tirant sur le drap encore et encore et répétant :

— Je suis désolée.

Daniel essayait de respirer, avalant de grandes goulées d'air. Il s'était laissé emporter si loin qu'il n'arrivait plus à réfléchir, sans parler d'aligner trois mots cohérents.

— Je n'aurais pas dû, poursuivit Anne qui tentait toujours de se couvrir de ce maudit drap.

Daniel étant assis dessus, si elle voulait garder ce drap sur elle, elle devait rester près du lit. Il n'avait qu'à tendre le bras pour l'attirer à lui et lui donner du plaisir à l'étourdir, à lui faire oublier jusqu'à son nom. Il savait exactement comment procéder. Il était un amant expérimenté.

Et pourtant, il ne bougea pas. Il resta là, comme une stupide statue de pierre, à genoux sur le lit, les doigts toujours accrochés aux boutons de son pantalon.

— Je suis désolée, répéta-t-elle pour la énième fois. C'est juste que... je ne peux pas. C'est tout ce que je possède, vous comprenez ?

Sa virginité.

Il n'y avait pas songé une seconde. Quel genre d'homme était-il donc ?

— Je suis désolé, dit-il à son tour.

Et il faillit éclater de rire. Quelle absurdité que cette scène ! Ils échangeaient des excuses à n'en plus finir.

— Non, non, ne le soyez pas, Daniel. C'est ma faute. J'ai eu tort de vous autoriser ces libertés. De m'autoriser ces libertés. J'aurais dû être mieux avisée.

Et lui aussi.

Marmonnant un juron, il quitta le lit, oubliant qu'il retenait le drap. Soudain libérée, Anne perdit l'équilibre, tournoya, et échoua dans un fauteuil, entortillée dans le tissu tel un Romain maladroit dans sa toge.

Cela aurait été drôle, songea Daniel, s'il n'avait été au bord de l'explosion.

— Je suis désolée.

— Arrêtez de dire cela !

Il était exaspéré. Et désespéré. Elle dut s'en rendre compte, car elle n'insista pas. Déglutissant nerveusement, elle le regarda enfiler sa chemise.

— De toute façon, je dois partir pour Londres.

Non que cette obligation l'aurait arrêté si Anne n'avait pas mis un terme aussi brutal à leurs ébats.

Elle hocha la tête.

— Nous discuterons de tout cela plus tard, déclarat-il avec autorité.

Il n'avait pas la moindre idée de ce qu'il dirait, mais ils discuteraient ! Pour l'heure c'était impossible, car toute la maisonnée se réveillait.

Toute la maisonnée. Grands dieux, il avait vraiment perdu l'esprit. La veille, dans sa détermination à offrir à Anne honneur et respect, il avait ordonné qu'on l'installe dans la plus belle des chambres d'invités, au même étage que le reste de la famille. N'importe qui aurait pu entrer. Sa *mère* aurait pu les voir ! Pire, l'une de ses jeunes cousines. Qu'auraient-elles cru ? Qu'il brutalisait leur gouvernante ? Il préférait ne pas l'imaginer. Sa mère, au moins, aurait immédiatement compris de quoi il retournait.

Anne hocha de nouveau la tête, quoique sans le regarder vraiment. Ce qu'il trouva curieux, sans pour autant s'attarder sur la question. Il était encore trop secoué par ce désir inassouvi qui le rongeait.

— Je viendrai vous voir lorsque vous serez de retour dans la capitale.

Elle murmura une réponse qui lui échappa.

— Pardon ? fit-il.

Elle s'éclaircit la voix.

— J'ai dit que ce ne serait pas raisonnable.

— Vous préféreriez que je prétende encore venir rendre visite à mes cousines ?

— Non. Je...

Elle se détourna, mais pas avant qu'il ait perçu dans son regard une lueur d'inquiétude, et peut-être de colère, qui céda la place à la résignation.

Quand elle le regarda de nouveau, droit dans les yeux cette fois, l'étincelle qui donnait à son expression un éclat si particulier – éclat qui l'avait tellement séduit – avait disparu.

— Je préférerais que vous ne veniez pas me voir, déclara-t-elle d'un ton si neutre qu'il en était presque monocorde.

Il croisa les bras sur sa poitrine.

— C'est ainsi ?

— Oui.

Il lutta pour ne pas répliquer vertement, et perdit le combat.

— À cause de ce qui vient de se passer ?

Le drap dans lequel elle s'était enveloppée avait glissé, révélant un bout d'épaule nacrée. Un tout petit morceau de peau, dont la vision le bouleversa violemment.

Il voulait cette femme. De tout son corps, de toute son âme.

Elle vit son regard fixé sur son épaule, se rendit compte que le drap ne la couvrait plus et le remonta vivement.

— Je... je mentirais en vous disant que je ne voulais pas cela.

— Moi. Vous me vouliez *moi*.

Elle ferma les paupières, puis reconnut :

— Oui. Je vous voulais.

Il brûlait de lui rétorquer qu'il n'était pas dupe, qu'elle le voulait encore, que ce désir ne se conjuguerait jamais au passé.

— Mais je ne peux pas vous avoir, reprit-elle calmement. Et pour cette raison, vous ne pouvez pas m'avoir non plus.

C'est alors qu'à sa grande stupéfaction il lâcha :

— Et si je vous épousais ?

Anne était sous le choc. Puis elle se rendit compte avec effroi que Daniel semblait aussi effaré qu'elle. Nul doute que s'il avait pu ravaler les mots qu'il venait de prononcer, il l'aurait fait dans la seconde.

Sa question, car elle ne pouvait considérer qu'il s'agissait d'une demande en mariage en bonne et due forme, demeurait entre eux, comme figée dans l'air.

Comme elle, lord Winstead était pétrifié. Elle songea brièvement que leur attitude avait quelque chose de comique, avant de se lever d'un bond et de se réfugier derrière le fauteuil pour qu'il fasse rempart entre eux.

— Vous ne le pouvez pas, souffla-t-elle.

— Et pourquoi cela ? rétorqua-t-il du ton de l'homme vexé d'être contredit.

— Vous ne le pouvez pas, c'est tout. Vous devriez le savoir. Pour l'amour du ciel, vous êtes comte. Un comte ne peut épouser une femme qui n'est rien.

Et surtout pas une femme qui portait un faux nom.

— Je peux épouser qui bon me semble, bon sang !

Seigneur ! Maintenant, il avait l'air d'un gamin de trois ans à qui on a volé son jouet préféré. Comment pouvait-il ne pas comprendre qu'une union entre eux était impossible ? Peut-être se berçait-il d'illusions, mais elle ne serait jamais aussi naïve. Surtout après sa conversation de la veille avec lady Pleinsworth.

— Vous êtes insensé, dit-elle en rajustant le drap.

Mon Dieu, était-ce trop demander que de vouloir simplement être libre ?

— D'autant que vous ne voulez pas réellement m'épouser. Vous voulez juste me mettre dans votre lit.

Il fit un pas en arrière, visiblement en colère, mais ne nia pas.

Anne exhala un soupir agacé. Elle n'avait pas cherché à l'insulter et il aurait dû s'en rendre compte.

— Je ne pense pas que votre but était de me séduire puis de m'abandonner, reprit-elle.

Elle était peut-être furieuse, toutefois elle ne désirait à aucun prix qu'il pense qu'elle le prenait pour un scélérat.

— Je connais ce genre d'homme, et vous n'êtes pas l'un d'eux. Vous n'aviez cependant pas vraiment l'intention de me proposer le mariage et je suis certaine que vous ne vous accrocherez pas à cette idée.

Il étrécit les yeux et une lueur inquiétante s'alluma dans son regard.

— Et depuis quand savez-vous mieux que moi ce que je pense ?

— Depuis que vous avez cessé de réfléchir.

Elle tira de nouveau sur le drap, qui s'était accroché au fauteuil, mais avec tant de vigueur que ce dernier faillit tomber. Et elle fut à deux doigts de se retrouver nue.

Elle laissa échapper un cri de colère. Elle était si furieuse qu'elle avait envie de cogner sur quelque chose. Ou sur quelqu'un.

Sur lord Winstead. Sur George Chervil. Ou de déchiqueter ce fichu drap qui l'entravait.

— Pourriez-vous sortir ? lança-t-elle sèchement. Tout de suite ? Avant que quelqu'un arrive ?

Il sourit – un sourire moqueur et froid qui lui brisa le cœur.

— Que se passerait-il alors, Anne ? Vous, à peine couverte d'un drap, moi, la mise en désordre.

— Personne n'insisterait pour que ce mariage ait lieu, croyez-moi. Vous retourneriez à votre joyeuse existence, et moi, je serais renvoyée sans références.

— Et je suppose que vous me soupçonnez d'avoir forgé ce plan, à savoir vous acculer à la ruine afin que vous n'ayez d'autre choix que de devenir ma maîtresse ?

— Non, répondit Anne avec sincérité. Jamais je ne vous soupçonnerais d'une chose pareille.

Il demeura silencieux, se contenant de la fixer intensément. Il était blessé, elle le voyait bien. S'il ne l'avait pas vraiment demandée en mariage, elle l'avait néanmoins rejeté. Et elle détestait qu'il ait de la peine. Elle détestait son expression, elle détestait sa posture, les bras raides le long du corps, et plus que tout, elle détestait cette idée que rien ne serait plus jamais pareil entre eux. Il n'y aurait plus de discussions. Plus de rires.

Plus de baisers.

Mais pourquoi diable l'avait-elle arrêté ? Elle était dans ses bras, peau contre peau, et elle l'avait désiré avec une ardeur qu'elle ignorait avoir en elle.

Elle avait eu envie qu'il la possède, qu'il prenne son corps comme il avait déjà pris son cœur.

Car elle l'aimait.

Elle ne pouvait plus le nier.

— Anne ?

Elle ne répondit pas.

— Anne, tout va bien ? Vous êtes toute pâle.

Non, cela n'allait pas bien, et elle doutait d'aller de nouveau bien un jour.

— Si, si, je vais bien.

— Anne...

Il semblait inquiet, à présent. Et il s'avançait vers elle. S'il la touchait, sa détermination volerait en éclats, elle le savait.

— Non ! cria-t-elle d'un ton destiné à blesser, qui obtint le résultat escompté. Non, répéta-t-elle moins violemment. Il faut que vous me laissiez. Ceci... ceci...

Elle ne savait comment appeler ce qui se passait entre eux.

— Ce... sentiment... Rien de bon ne peut en sortir. Si vous avez quelque affection pour moi, je vous en prie, laissez-moi.

Il ne bougea pas.

— Tout de suite !

Elle avait eu l'impression d'entendre le cri d'agonie d'un animal blessé. Et c'était sans doute ce qu'elle était.

Durant quelques secondes, Daniel demeura immobile, comme pétrifié, puis il déclara d'une voix basse et déterminée :

— Je vous laisse, et pas pour les raisons que vous avez invoquées. Je me rends à Londres pour régler mes comptes avec Ramsgate et ensuite... *ensuite*, nous discuterons !

Elle secoua la tête. Il n'allait pas recommencer. C'était trop douloureux de l'écouter inventer des histoires qui ne connaîtraient pas de fin heureuse.

— Nous discuterons, répéta-t-il en gagnant la porte.

Ce ne fut qu'après son départ qu'Anne murmura :

— Non, nous ne discuterons pas.

16

Londres, une semaine plus tard

Elle était de retour.

Daniel le savait par sa sœur, qui l'avait elle-même appris de leur mère, laquelle tenait l'information de leur tante.

Un réseau de renseignement parfaitement au point.

Il ne s'était pas attendu que les Pleinsworth s'attardent à Whipple Hill après son départ. Qu'elles y soient finalement restées encore quelques jours lui avait convenu. Il avait été très occupé toute la semaine, et la présence à Londres de Mlle Wynter aurait été une distraction qu'il ne pouvait se permettre.

Il avait parlé à Hugh. Une fois de plus. Et Hugh avait parlé à son père, à la suite de quoi Hugh avait assuré à Daniel que son père n'était pas à l'origine du sabotage du cabriolet. Puis Hugh avait fait ce qu'espérait Daniel : il l'avait emmené chez lord Ramsgate pour qu'il s'entretienne avec lui.

Et maintenant Daniel était en pleine confusion : il ne croyait plus que lord Ramsgate avait tout manigancé. Peut-être était-ce de la folie de le croire, peut-être ne désirait-il que clore un sinistre chapitre de sa vie, mais il n'avait pas discerné dans le regard de lord Ramsgate la fureur qui s'y trouvait juste après le duel.

Hugh avait exercé son chantage sur son père : s'il arrivait malheur à Daniel, il se suiciderait, avait-il juré. Était-il un brillant stratège ou un fou, Daniel n'en avait aucune idée. Quoi qu'il en soit, les menaces de son ami lui avaient fait froid dans le dos. Lord Ramsgate aussi avait été ébranlé.

L'expression glaciale de Hugh n'avait laissé aucun doute : il était sincère. Et c'était terrifiant.

Quand lord Ramsgate avait quasiment crié à Daniel qu'il ne lui ferait jamais de mal, Daniel l'avait cru.

Cela s'était passé deux jours plus tôt, deux jours au cours desquels Daniel n'avait fait que réfléchir : qui, à part lord Ramsgate, désirait qu'il meure ? Et qu'avait voulu dire Anne lorsqu'elle lui avait déclaré qu'il lui était impossible de veiller sur lui aussi ? Et qu'il ne possédait pas tous les tenants et aboutissants ?

Bon sang, qu'est-ce que cela signifiait ?

Que l'agression aurait pu être dirigée contre *elle* ? Il n'était pas impossible que quelqu'un ait deviné qu'elle allait rentrer à Whipple Hill avec lui, dans son cabriolet. Ils étaient restés assez longtemps à l'auberge pour qu'une personne mal intentionnée ait eu le temps de sectionner le harnais.

Une fois de plus, Daniel se remémora le jour où Anne avait déboulé dans la boutique de Hoby, les yeux agrandis d'effroi, et expliqué qu'il y avait dans la rue une personne qu'elle ne voulait pas voir.

Qui était-ce ?

Elle n'avait donc pas songé qu'il pourrait l'aider ? Peut-être n'était-il rentré d'exil que récemment, mais de par sa position, il jouissait d'un grand pouvoir. Un pouvoir suffisant pour la protéger.

Il était le comte de Winstead ; bien peu d'hommes possédaient un titre supérieur au sien. Quelques ducs, une poignée de marquis, et les membres de la famille royale. Anne ne s'était certainement pas fait d'ennemi parmi cette élite.

Lorsqu'il s'était rendu à Pleinsworth House, il lui avait été répondu qu'Anne Wynter n'était pas à la maison. Il avait eu droit à la même réponse le lendemain matin, et maintenant, quelques heures plus tard, il était de nouveau là. Cette fois, cependant, c'était sa tante en personne qui était venue lui expliquer :

— Tu dois laisser cette jeune fille tranquille, Daniel.

Il n'était pas d'humeur à recevoir des leçons de quiconque.

— Il faut que je lui parle.

— Eh bien, elle n'est pas à la maison.

— Oh, pour l'amour du ciel, ma tante, je sais qu'elle...

— Lors de ta visite ce matin, je reconnais qu'elle était là. Dieu merci, Mlle Wynter a assez de bon sens pour mettre un terme à ce flirt, si toi tu ne l'as pas. Pour l'heure, toutefois, elle n'est pas là.

— Tante Charlotte...

— Elle n'est pas là ! C'est son après-midi de congé. Ce jour-là, elle sort. Elle va faire des courses ou... ou je ne sais quoi d'autre.

Je ne sais quoi d'autre.

— Très bien. Je vais l'attendre.

— Oh, non, certainement pas !

— Vous m'interdisez l'accès à votre salon ? s'écriat-il, incrédule.

— S'il le faut, je le ferai.

— Je suis votre neveu !

— Et je suis surprise, vu ce lien de parenté, que tu n'aies pas davantage de bon sens.

Il la fixa sans ciller et elle ajouta :

— C'était bel et bien une insulte, au cas où tu ne t'en serais pas rendu compte.

Seigneur...

— Si tu as la moindre considération pour Mlle Wynter, poursuivit lady Pleinsworth, tu la laisseras en paix. C'est une jeune personne raisonnable et je la garde à mon service parce que je suis certaine que c'est toi qui la poursuis de tes assiduités et non le contraire.

— Avez-vous parlé de moi avec elle ? L'avez-vous menacée ?

— Bien sûr que non ! s'exclama lady Pleinsworth.

Elle détourna les yeux une fraction de seconde, et Daniel sut qu'elle mentait.

— Et elle sait comment le monde fonctionne, poursuivit-elle. Contrairement à toi, apparemment. Ce qui s'est passé à Whipple Hill doit être...

— Que s'est-il passé ? la coupa Daniel.

La panique l'avait gagné. À quoi sa tante faisait-elle référence ? Quelqu'un avait-il eu vent de sa visite dans la chambre d'Anne ? Non, impossible. Anne aurait été immédiatement chassée de la maison.

— Tout ce temps où tu es resté en tête à tête avec elle, Daniel. Ne va pas imaginer que je ne m'en suis pas aperçu. J'aimerais croire que tu t'es pris d'une soudaine affection pour tes cousines, mais je ne suis ni aveugle ni stupide. Mes filles n'étaient qu'un prétexte pour coller aux basques de Mlle Wynter tel un chiot.

— Voilà une nouvelle insulte, si je ne m'abuse.

Elle se contenta de pincer les lèvres avant de poursuivre :

— Je ne souhaite pas être obligée de renvoyer Mlle Wynter, toutefois, si tu persistes à la pourchasser, je n'aurai pas d'autre choix. Et sois certain que plus aucune famille respectable n'engagera une gouvernante qui s'est compromise avec un comte.

— Compromise ? répéta Daniel d'un ton à mi-chemin entre incrédulité et écœurement. Cette fois, c'est elle que vous insultez, ma tante.

Lady Pleinsworth eut un léger mouvement de recul et le considéra avec pitié.

— Ce n'est pas moi qui insulte Mlle Wynter, Daniel. En fait, je la félicite d'avoir un bon jugement quand toi, tu en es dépourvu. On m'avait prévenue de ne pas engager une jeune personne aussi séduisante. Il se trouve juste qu'elle est extrêmement intelligente. Et que les filles l'adorent. Suis-je censée la punir d'être belle ?

— Non, admit Daniel, navré et frustré. Mais quel rapport avec ma visite ? Je veux simplement discuter avec elle.

Il se rendit compte que sa voix s'était muée en grondement.

Lady Pleinsworth le regarda longuement, puis :

— Non.

Daniel dut quasiment se mordre la langue pour s'empêcher de riposter vertement.

Le seul moyen d'infléchir la décision de sa tante aurait été de lui expliquer qu'il soupçonnait Anne d'être la cible de l'attaque à Whipple Hill. Mais ce faisant, il risquait de mettre en lumière un incident scandaleux du passé de Mlle Wynter, qui lui vaudrait un renvoi immédiat. Et il n'était pas question qu'il soit responsable de la perte de son travail.

À bout de patience, il laissa échapper un long soupir entre ses dents serrées et répéta :

— Il faut que je parle à Mlle Wynter. Une seule fois. Dans votre salon, porte entrouverte. Et j'insiste pour ne pas être dérangé.

— Une seule fois ? répéta lady Pleinsworth, méfiante.

— Oui.

C'était la vérité. Il nourrissait bien d'autres espérances, mais une unique entrevue, c'était tout ce qu'il sollicitait.

— Je vais y réfléchir.

— Tante Charlotte !

— Oh, très bien ! Une seule entrevue. Et uniquement parce que je pense que ta mère a élevé un fils qui a la notion du bien et du mal.

— Pour l'amour de...

— Ne blasphème pas ! Cela m'obligerait à reconsidérer ma décision.

Daniel serra les mâchoires avec force.

— Tu peux venir voir Mlle Wynter demain matin. À 11 heures. Les filles ont projeté d'aller faire les boutiques avec Sarah et Honoria. Je préfère qu'elles ne soient pas dans la maison pendant que vous...

À court de mots, elle se contenta d'un geste de la main. Daniel hocha la tête, la salua, puis se retira.

Pas plus que lady Pleinsworth, il n'avait remarqué que la porte de la pièce adjacente était entrebâillée. Pas un mot de son échange avec sa tante n'avait échappé à Anne.

Anne attendit que Daniel ait claqué la porte derrière lui pour baisser les yeux sur la lettre serrée dans sa main. Lady Pleinsworth n'avait pas menti, elle était bien allée faire des courses, mais elle était rentrée par la porte de service, comme toujours lorsqu'elle n'était pas avec les filles. Elle s'apprêtait à monter dans sa chambre quand elle avait entendu Daniel. Elle n'aurait pas dû écouter aux portes, mais elle n'avait pu s'en empêcher. À vrai dire, elle voulait simplement entendre sa voix.

Car ce serait la dernière fois.

La lettre de Charlotte l'attendait au bureau postal où elle préférait recevoir son courrier, un choix fait bien avant de partir pour Whipple Hill. Elle n'y était pas retournée depuis cet après-midi où elle s'était ruée, affolée, dans la boutique du bottier parce qu'elle avait cru voir George Chervil. La lettre était arrivée bien avant ce jour-là. Si elle l'avait eue plus tôt, elle n'aurait pas été seulement effrayée.

Elle aurait été carrément terrifiée.

D'après Charlotte, George était revenu à la maison, profitant de l'absence de leurs parents. Dans un premier temps, il avait enjôlé Charlotte afin qu'elle lui révèle l'adresse d'Anne, puis, face à son mutisme, il s'était mis dans une rage noire, si bien que les serviteurs étaient accourus, inquiets pour la jeune fille. Il avait fini par partir, non sans clamer qu'il savait qu'Anne occupait un poste de gouvernante chez une famille d'aristocrates et qu'au printemps elle serait à Londres. Charlotte ne pensait pas qu'il connaisse le nom de la famille, sinon pourquoi déployer tant d'énergie pour lui soutirer l'information ? Toutefois, Charlotte s'inquiétait et priait Anne de se montrer très prudente.

Anne froissa les feuillets, puis tourna les yeux vers la cheminée. Elle brûlait toujours les lettres de sa sœur. Cela lui brisait le cœur car ces lettres étaient ses seuls liens avec son ancienne vie. Plus d'une fois elle s'était assise à son écritoire, les yeux noyés de larmes, pour suivre du doigt les volutes caractéristiques de la calligraphie de Charlotte. Mais elle ne se leurrait pas : son intimité en tant qu'employée n'était qu'illusoire. Les lettres, si elle les avait conservées, auraient pu être découvertes aisément, et elle ne savait comment elle en aurait justifié ou expliqué le contenu.

Cette fois, elle jeta la lettre au feu sans regret. Pas avec joie toutefois. Elle doutait de jamais retrouver la joie de vivre. Cela dit, détruire cette lettre-là lui apportait du plaisir. Un méchant plaisir.

Elle ferma les yeux pour retenir ses larmes. Elle allait certainement devoir quitter Pleinsworth House, et cela la mettait en colère. Jamais elle n'avait eu de meilleur poste. Elle ne mourait pas d'ennui à petit feu, piégée sur une île avec une vieille dame. Elle n'était pas contrainte de se barricader la nuit dans sa chambre pour échapper aux assauts d'un barbon qui semblait persuadé qu'il était de son devoir de l'éduquer pendant que les enfants dormaient.

Elle aimait vivre avec les Pleinsworth. Avec eux, elle avait l'impression d'avoir retrouvé une famille, ce qui n'était pas arrivé depuis...

Depuis l'époque où elle avait un foyer.

Elle essuya ses larmes d'un revers de main et s'apprêtait à quitter le salon pour regagner sa chambre lorsque le heurtoir de la porte principale brisa le silence. Daniel ? Il avait dû oublier quelque chose.

Elle recula dans la pièce et repoussa la porte, la laissant entrebâillée. Elle vit le majordome traverser le hall pour aller répondre. Ce n'était pas Daniel mais un inconnu qui se tenait sur le seuil.

Un homme à l'apparence ordinaire, vêtu comme quelqu'un qui travaillait pour gagner sa vie. Pas un ouvrier cependant. Il était trop propre, trop net. Il y avait toutefois en lui quelque chose de fruste.

— Les livraisons, c'est par la porte de service, à l'arrière, dit Granby d'emblée.

— Je suis pas là pour une livraison.

S'il avait un fort accent de l'East London, il était poli, si bien que Granby ne lui ferma pas la porte au nez.

— Dans ce cas, que voulez-vous ?

— Je cherche une femme qui habite peut-être ici. Mlle Annelise Shawcross.

Anne retint son souffle.

— Il n'y a personne de ce nom ici. Si vous voulez bien m'excuser...

— Elle s'appelle peut-être autrement, insista l'homme. Je sais pas quel nom elle a pris, mais elle a des cheveux noirs et les yeux bleus. Et d'après ce qu'on m'a dit, elle est belle. Moi, je l'ai jamais vue. Possible qu'elle travaille comme domestique. Mais elle est de la noblesse, attention.

Anne se raidit comme pour fuir. Il était impossible que Granby n'ait pas compris qu'il s'agissait d'elle.

Pourtant, il répondit :

— Je ne vois aucune dame qui ressemble à celle dont vous parlez. Bonne journée, monsieur.

Les traits de l'homme se crispèrent. Il glissa le pied entre l'huisserie et le battant de façon à empêcher Granby de le refermer.

— Si vous changez d'avis, monsieur, voilà ma carte.

Granby ne fit pas un geste pour la prendre.

— Je ne vois pas comment je pourrais changer d'avis.

— C'est ce que vous prétendez, répliqua l'homme en glissant la carte dans la poche de poitrine du majordome.

Sur ce, il tourna les talons.

Anne plaqua la main sur son cœur et s'efforça de respirer profondément sans faire de bruit. Si elle avait eu le moindre doute quant à la responsabilité de George Chervil lors du sabotage à Whipple Hill, ils étaient levés.

S'il était prêt à mettre la vie de lord Winstead en danger pour se venger d'elle, il n'y réfléchirait pas non plus à deux fois avant d'attenter à celle des demoiselles Pleinsworth.

Elle avait saccagé son existence en se laissant séduire quand elle avait seize ans, mais elle l'empêcherait de saccager d'autres vies. Il fallait qu'elle disparaisse. Immédiatement. George savait où elle vivait, et ce qu'elle faisait.

Le problème, c'était qu'elle ne pouvait sortir du salon tant que Granby se tenait dans le grand hall. Or il était toujours là, immobile, la main sur la poignée de la porte.

Enfin, il se retourna... et Anne se rappela que Granby remarquait absolument tout. Daniel n'aurait pas noté que la porte était entrouverte. Granby, si. Et cela équivalait pour lui à agiter une cape rouge devant un taureau. Cette porte était toujours soit fermée, soit grande ouverte.

Évidemment, il vit Anne.

Elle ne chercha pas à se dissimuler. Elle se devait d'être honnête avec le majordome après ce qu'il venait de faire pour elle.

Elle s'avança dans le hall.

Leurs regards se croisèrent et elle attendit, le souffle court. Granby se borna à la saluer d'un hochement de tête.

— Mademoiselle Wynter.

Elle le salua en retour d'une petite révérence.

— Monsieur Granby.

— Belle journée, n'est-ce pas ?

— Très belle.

— C'est votre après-midi de congé si je ne m'abuse ?

— En effet, monsieur.

Il hocha de nouveau la tête et, comme s'il ne s'était rien passé de particulier, il conclut :

— Bien. Continuez donc.

Continuer. Mais n'était-ce pas ce qu'elle faisait toujours ? Pendant trois ans, sur l'île de Man, où elle n'avait vu personne de son âge, à part le neveu de Mme Summerlin, dont le sport favori consistait à la poursuivre autour de la table de la salle à manger. Puis neuf mois près de Birmingham, d'où elle avait été renvoyée sans références parce que Mme Barraclough avait surpris M. Barraclough en train de tambouriner à sa porte en pleine nuit. Ensuite, elle avait passé trois ans dans le Shropshire. Trois années relativement agréables auprès d'une veuve dont les fils étaient la plupart du temps à l'université. Et puis les filles dont elle avait la charge avaient grandi et on n'avait plus eu besoin de ses services.

Elle avait pourtant continué. Elle avait, cette fois, eu droit à une seconde lettre de références, qui lui avait permis d'obtenir le poste chez les Pleinsworth.

Elle allait partir, et continuer son chemin. Pour aller où, elle n'en avait aucune idée.

17

Le lendemain, Daniel se présenta à Pleinsworth House cinq minutes avant 11 heures. Il avait préparé mentalement toute une liste de questions à poser à Anne, mais lorsque le majordome lui ouvrit la porte, il fut accueilli par un étonnant brouhaha. Harriet et Elizabeth se disputaient dans le hall, leur mère leur criait d'arrêter et trois bonnes sanglotaient sur un banc près de la porte du salon.

— Que se passe-t-il ? demanda-t-il à Sarah, qui s'efforçait d'entraîner une Frances visiblement très perturbée dans le salon.

— C'est Mlle Wynter. Elle a disparu !

Daniel eut la sensation que son cœur s'arrêtait de battre.

— Quoi ? Quand ? Que s'est-il passé ? s'écria-t-il.

— Je ne sais pas, riposta Sarah. Elle ne m'a pas mise au courant de ses intentions !

Elle lui décocha un regard noir avant de revenir à Frances qui pleurait à chaudes larmes.

— Elle... est... partie... avant les leçons du matin, bredouilla Frances entre deux sanglots.

Ses yeux étaient gonflés, et son petit corps tremblait irrépressiblement. Il se sentait aussi mal qu'elle, réalisa-t-il.

Ravalant sa peur, il s'accroupit devant elle.

— À quelle heure étaient censées commencer les leçons ?

— 9 h 30, répondit Frances en aspirant une longue goulée d'air.

Daniel se releva.

— Sarah, cela fait quasiment deux heures qu'elle a disparu et personne ne m'a prévenu ?

— S'il te plaît, Frances, fais un effort et essaie de cesser de pleurer, dit Sarah. Et non, enchaîna-t-elle en se tournant vers Daniel, l'air furibond, personne ne t'a prévenu. Pour quelle raison aurions-nous dû le faire ?

— Ne joue pas à ce petit jeu avec moi, Sarah, l'avertit-il.

— Est-ce que j'ai l'air de jouer ? répliqua-t-elle.

Daniel commençait à perdre patience. Ses cousines ignoraient qu'Anne avait des ennemis. Ou au moins un. Il avait besoin de réponses, pas d'être sermonné par Sarah.

— Cela fait au moins une heure trente qu'elle est partie, reprit-il. Vous auriez dû...

— Quoi ? l'interrompit sa cousine. Perdre un temps précieux pour *te* prévenir ? Et à quel titre ? Quel lien as-tu avec elle ? Toi dont les intentions...

— Je vais l'épouser, coupa Daniel d'un ton sans appel.

Frances cessa aussitôt de pleurer, les bonnes également. Tous les visages affichaient la même expression stupéfaite.

— Qu'as-tu dit ? murmura Sarah.

— Je l'aime, avoua-t-il, le découvrant en même temps qu'il l'énonçait. Je l'aime et je veux l'épouser.

— Oh, Daniel ! s'écria Frances en l'entourant de ses bras. Tu dois la retrouver. Il le faut !

— Que s'est-il passé ? demanda Daniel à Sarah, encore éberluée. Raconte-moi. A-t-elle laissé une lettre ?

— Oui. C'est mère qui l'a. Je l'ai lue, elle ne dit pas grand-chose, sinon qu'elle regrette, mais qu'elle est obligée de partir.

— Et elle m'embrasse, ajouta Frances en reniflant.

Daniel lui tapota le dos tout en continuant à interroger Sarah.

— Laisse-t-elle entendre qu'elle n'est pas partie de son plein gré ?

— Tu ne penses tout de même pas qu'elle a été enlevée ?

— Je ne sais que penser.

— Rien n'a été dérangé dans sa chambre. Elle a juste pris ses affaires. Le lit était soigneusement fait.

— Elle fait toujours son lit, remarqua Frances.

— Quelqu'un sait-il à quelle heure elle est partie exactement ?

— Elle n'a pas pris son petit déjeuner, dit Sarah. Donc elle a dû s'en aller tôt.

Daniel jura à mi-voix, puis se libéra doucement de l'étreinte de Frances. Où chercher Anne ? Par où commencer ? Elle lui en avait dit si peu sur son passé. Ç'aurait été risible s'il n'avait été aussi terrifié. Il connaissait... quoi ? La couleur des yeux de ses parents et... absolument rien d'autre.

Il n'avait rien.

— Milord ?

C'était Granby, le majordome, et il semblait anormalement affolé.

— Puis-je m'entretenir avec vous, milord ?

— Bien sûr.

Daniel s'éloigna de Sarah, qui était manifestement très intriguée, et fit signe au majordome de le suivre dans le salon.

— Je vous ai entendu parler avec lady Sarah, milord. Bien involontairement, je le précise.

— Naturellement, fit Daniel avec brusquerie. Continuez.

— Vous... vous souciez de Mlle Wynter, n'est-ce pas ?

Daniel opina.

— Alors sachez qu'un homme s'est présenté à la porte hier. J'aurais dû en informer lady Pleinsworth, mais je n'en étais pas sûr, et je ne voulais pas raconter des histoires sur Mlle Wynter s'il s'avérait que ce n'était pas important. Toutefois, maintenant qu'il semble certain qu'elle soit partie...

— Racontez-moi, Granby.

— Cet homme a demandé à voir une certaine Annelise Shawcross. Je lui ai répondu qu'il n'y avait personne de ce nom ici et j'ai voulu refermer la porte, mais il a insisté. Il a expliqué que Mlle Shawcross utilisait peut-être un autre nom. Il m'a déplu, cet homme, milord. Il m'a vraiment déplu.

— Qu'a-t-il dit d'autre ?

— Il a décrit cette Mlle Shawcross : brune, les yeux bleus, et très belle.

— Mlle Wynter, murmura Daniel.

Ou plutôt Annelise Shawcross. Pourquoi Anne avait-elle changé de nom ?

— Qu'avez-vous répondu à cet homme, Granby ?

Daniel se rendait bien compte que le majordome était rongé par la culpabilité. Il se reprochait de n'être pas venu plus tôt rapporter l'incident.

— Qu'aucune dame de la maison ne ressemblait à cette description. Comme je vous l'ai dit, milord, cet homme me déplaisait fortement et je ne voulais pas créer d'ennuis à Mlle Wynter.

Une pause, puis :

— J'aime notre Mlle Wynter.

— Moi aussi.

— C'est pour cette raison que je vous ai raconté cela. Milord, vous devez la retrouver !

Daniel prit une profonde inspiration et baissa les yeux sur ses mains. Elles tremblaient. Cela lui était déjà arrivé. Plusieurs fois, en Italie, lorsque les hommes de Ramsgate se trouvaient dans les parages. Un flot de terreur l'avait submergé et il avait mis des heures à s'en remettre. Sauf que cette fois, c'était pire. Il avait l'impression qu'un étau lui serrait la poitrine et il avait la nausée.

Il savait ce qu'était la peur. Ce qu'il ressentait allait au-delà de la peur.

— Granby, pensez-vous que cet homme l'ait enlevée ?

— Je ne sais pas. Mais après qu'il est parti, j'ai vu Mlle Wynter… Elle se trouvait dans le salon et la porte en était entrouverte. Elle a tout entendu.

— En êtes-vous sûr ?

— Oui. Cela se lisait dans ses yeux. C'est bien elle, la femme qu'il cherchait. Et elle savait que je savais.

— Que lui avez-vous dit ?

— J'ai fait une remarque à propos du temps qu'il faisait, ou quelque chose d'aussi anodin, et je crois qu'elle a compris que je n'avais pas l'intention de la mettre dans l'embarras.

— Je n'en doute pas. Mais elle n'en a pas moins pensé qu'il fallait qu'elle parte.

Que savait Granby de l'accident de cabriolet à Whipple Hill ? Comme tout le monde, il devait croire que Ramsgate en était à l'origine. Manifestement, Anne ne partageait pas cet avis, et il était clair que l'auteur du sabotage, qui la visait elle, se moquait que d'autres personnes soient blessées.

Jamais Anne ne permettrait que la vie des petites Pleinsworth soit mise en danger. Ou...

Ou la sienne, à lui.

Elle était partie pour le protéger. Sauf que s'il lui arrivait malheur... il serait anéanti.

— Je la retrouverai, Granby. Soyez-en sûr.

Anne s'était déjà sentie solitaire. En fait, la solitude avait été son lot ces huit dernières années. Cependant, lorsqu'elle s'assit sur le lit dur de la pension de famille, après avoir enfilé son manteau sur sa chemise de nuit pour se protéger du froid glacial, elle se rendit compte qu'elle n'avait jamais vraiment connu la souffrance. Pas ce genre de souffrance, du moins.

Peut-être aurait-elle dû partir à la campagne. C'était plus propre. Et probablement moins dangereux. Mais à Londres, elle pouvait se fondre dans les rues grouillantes de monde, demeurer invisible.

Le problème, c'était que dans la capitale il n'y avait pas de travail pour une femme comme elle. Celles qui s'exprimaient trop bien ne devenaient pas couturières ou vendeuses. Elle avait arpenté les rues de son nouveau voisinage, un quartier relativement respectable, qui se faufilait entre les rues commerçantes de la classe moyenne et les taudis. Elle était entrée dans tous les commerces affichant « Offre d'emploi », ainsi que dans quelques autres qui ne recherchaient pas de personnel, et on lui avait répondu qu'elle ne tiendrait pas le coup, avec ses mains trop fines et trop douces, ses dents trop saines. Plus d'un homme l'avait lorgnée et lui avait offert en riant un autre genre d'activités rémunérées.

Sans lettre de références, elle ne pouvait prétendre à un poste de gouvernante ou de dame de compagnie. Hélas, les deux précieuses lettres de recommandation qu'elle possédait concernaient Anne Wynter, or elle n'était plus Anne Wynter.

Elle ramena les jambes contre son buste et appuya le menton sur ses genoux. Puis elle ferma les yeux. Elle ne voulait pas voir cette chambre, ne voulait pas voir ses possessions qui semblaient bien maigres, même dans une si petite pièce. Elle ne voulait pas voir la nuit par la fenêtre, et surtout, elle ne voulait pas se voir.

De nouveau, elle n'avait pas de nom, et c'était douloureux. C'était comme si elle n'existait pas. Chaque matin, elle avait toutes les peines du monde à s'arracher à son lit, à poser les pieds par terre pour commencer une nouvelle journée.

Ce qu'elle vivait maintenant n'était en rien comparable à ce qu'elle avait connu lorsque ses parents l'avaient jetée dehors. À cette époque-là, au moins, elle avait un endroit où aller, un projet. Non qu'elle ait choisi l'un ou l'autre, mais au moins, elle savait ce qu'elle était censée faire, et quand le faire. Aujourd'hui, elle possédait deux robes, un manteau, onze livres sterling et aucune perspective à part se prostituer.

Ce dont elle était incapable. Seigneur, jamais elle ne ferait cela ! Elle s'était donnée une fois à un homme. Une erreur qu'elle s'était juré de ne pas commettre deux fois. De surcroît, ça aurait été trop cruel : si elle avait repoussé Daniel, ce n'était pas pour se soumettre au désir d'un inconnu.

Elle avait rejeté Daniel parce que... à vrai dire, elle n'était pas sûre de connaître les raisons qui l'y avaient poussée. L'habitude. La peur. Elle ne voulait pas porter un enfant illégitime, ni contraindre un homme à l'épouser parce qu'elle était enceinte.

Plus que tout, elle avait besoin de demeurer elle-même. Ce n'était pas de l'orgueil, non. Elle voulait n'avoir qu'un maître.

Son cœur.

S'il était quelque chose d'encore pur en elle, et qui n'appartenait qu'à elle, c'était son cœur. Elle avait offert son corps à George mais, contrairement à ce qu'elle avait cru à l'époque, pas son cœur. Et lorsque Daniel avait commencé à déboutonner son pantalon pour lui faire l'amour, elle avait su que, si elle cédait, elle lui donnerait son cœur à jamais.

Allons, quelle absurdité : Daniel avait déjà son cœur. Elle était tombée amoureuse d'un homme qu'elle ne pourrait jamais avoir.

Daniel Smythe-Smith, comte de Winstead, vicomte Streathermore, baron Touchton de Stoke. Elle ne voulait plus penser à lui, mais elle en était incapable. Dès qu'elle fermait les yeux, elle voyait son sourire, son regard ardent, entendait son rire.

Elle ne pensait pas qu'il l'aimait, toutefois ce qu'il ressentait était assez proche. Au moins s'était-il soucié d'elle. Et peut-être que si elle avait été une autre, si elle avait eu une position dans la haute société, si elle n'avait pas été traquée par un fou déterminé à la tuer... peut-être que, lorsqu'il avait déclaré sans réfléchir : « Et si je vous épousais ? », elle se serait jetée dans ses bras en criant : « Oui ! Oui ! Oui ! »

Hélas, sa vie recelait bien peu de « oui ». Elle devait constamment dire « non ». Et c'était à cause de cette vie-là qu'elle s'était retrouvée ici, le cœur et le corps dévastés par la solitude.

Elle soupira et se rendit compte qu'elle avait faim. Elle n'avait pas dîné avant de regagner sa chambre dans la pension de famille. C'était probablement mieux ainsi ; elle avait tout intérêt à économiser le moindre sou.

L'ennui, c'était que son estomac n'était pas d'accord.

— Non ! s'écria-t-elle en se levant.

Mais ce qu'elle pensait vraiment, c'était « oui ». Elle était affamée, et elle allait trouver quelque chose à manger. Pour une fois dans son existence, elle allait dire « oui », même si ce n'était qu'à un pâté de viande arrosé d'une pinte de cidre.

Elle regarda sa robe étalée sur le lit. Elle n'avait guère envie de l'enfiler de nouveau. Son manteau la couvrait du cou aux pieds. Des bas, des souliers, quelques épingles pour retenir ses cheveux et le tour serait joué : personne ne s'apercevrait qu'elle était en chemise de nuit.

Elle rit, pour la première fois depuis des jours. Ce qu'elle s'apprêtait à faire était très choquant.

Quelques minutes plus tard, elle était dans la rue et se dirigeait vers une petite épicerie devant laquelle elle passait tous les jours. Les arômes qui s'échappaient par la porte ouverte la grisaient invariablement.

Pâtisseries, pains de viande et Dieu seul savait quoi d'autre.

Une fois qu'elle eut son repas entre les mains, elle se sentit presque heureuse. Le commerçant l'avait enveloppé dans du papier afin qu'elle puisse l'emporter dans sa chambre. Certaines habitudes avaient la vie dure : une dame ne mangeait pas dans la rue, même si c'était ce que semblait faire le reste de l'humanité.

Elle marchait d'un bon pas quand soudain...

— Vous !

Elle ne ralentit pas. Il y avait tant de monde dans ces rues que cette interjection pouvait s'adresser à n'importe qui.

— Vous ! répéta la voix, toute proche à présent. Annelise Shawcross.

Elle ne se retourna pas. Cette voix, elle ne la connaissait que trop.

Elle se mit à courir.

Son précieux dîner glissa et lui échappa des mains. Elle courut comme jamais elle n'aurait imaginé être capable. Elle se faufilait entre les piétons sans demander pardon. Elle courut jusqu'à ce que ses poumons soient en feu et que sa chemise de nuit humide de sueur lui colle à la peau. Mais au bout du compte, George eut raison d'elle en criant :

— Attrapez-la, s'il vous plaît ! C'est ma femme !

Un homme la ceintura, sans doute parce que l'intonation de George était tellement suppliante.

— Oh, merci ! fit-il en les rejoignant. Elle ne va pas très bien.

— Je ne suis pas votre femme ! cria Anne en luttant contre l'homme qui la retenait.

Elle s'agitait furieusement, se tortillait, cognait contre sa cuisse à coups de hanche, en vain. Il ne desserrait pas son emprise.

— Je ne suis pas sa femme, répéta-t-elle en s'efforçant d'adopter un ton posé et raisonnable. Il est fou. Cela fait des années qu'il me traque. Je ne suis pas sa femme, je vous le jure.

— Allons, venez Annelise, dit George d'une voix mielleuse. Vous savez bien que ce n'est pas vrai.

— Non ! Je ne suis pas sa femme ! Il va me tuer ! hurla Anne en se cabrant.

Tout à coup, l'homme qui la tenait parut dubitatif.

— Elle dit qu'elle est pas votre femme, monsieur.

— Cela fait des années qu'elle est ainsi, répondit George dans un soupir. Nous avions un bébé et...

— Quoi ? rugit Anne.

— Mort-né. Jamais elle n'a pu surmonter cette perte.

— Il ment !

George soupira de nouveau.

— Il m'a fallu me résigner : plus jamais elle ne sera la femme que j'ai épousée.

Le regard de l'homme passa du beau visage patricien de George à celui d'Anne, déformé par la rage. Puis il décida manifestement que le plus sain d'esprit des deux était George car il lui remit Anne.

— Bonne chance, monsieur.

George le remercia chaleureusement, puis lui emprunta son mouchoir, qu'il attacha au sien pour entraver les poignets d'Anne. Cela fait, il lui décocha un coup vicieux dans les reins. Elle chancela et se retrouva plaquée contre lui.

— Oh, Annelise, c'est si bon de vous revoir !

— Vous avez tailladé le harnais, souffla-t-elle.

— Oui, reconnut-il, l'air très fier de lui.

Il fronça les sourcils et ajouta :

— Logiquement, vous auriez dû être sérieusement blessée.

— Vous auriez pu tuer lord Winstead.

George haussa les épaules, et Anne vit dans ce geste la confirmation de ses soupçons. Il était fou, complètement fou. Aucun individu normal n'aurait pris le risque de tuer un pair du royaume pour atteindre l'insignifiante Annelise Shawcross.

— Et l'agression ? demanda-t-elle. Nous avons cru que les auteurs étaient de simples voleurs.

George la regarda comme si elle parlait une langue étrangère.

— De quoi parlez-vous ?

— Je parle de l'agression dont a été victime lord Winstead ! Pourquoi avoir manigancé cela ?

George la considéra avec mépris.

— Je ne sais pas à quoi vous faites référence. Votre précieux lord Winstead a ses propres ennemis. Mais peut-être n'êtes-vous pas au courant de sa sordide histoire de duel.

— Je ne vous permets pas de prononcer son nom.

George éclata de rire.

— Savez-vous depuis combien de temps j'attends ce moment ?

Depuis aussi longtemps qu'elle vivait en marge de la société.

— Alors ? gronda-t-il tout en tordant les mouchoirs qui liaient les poignets d'Anne. Le savez-vous ?

Elle lui cracha au visage.

De fureur, George vira au rouge écarlate.

— Vous venez de commettre une erreur, siffla-t-il en la poussant vers une ruelle. C'est très pratique

que vous ayez choisi un quartier si peu reluisant. Personne ne lèvera le petit doigt lorsque je...

Anne se mit à hurler.

Hélas, George avait raison : personne ne se manifesta. De toute façon, elle ne pourrait pas s'égosiller longtemps. Le souffle lui manquait déjà et, de surcroît, George la priva du peu qui lui restait en la frappant au plexus. Elle vacilla, s'appuya contre un mur en haletant.

— J'ai eu huit années pour imaginer ce moment, murmura George. Huit années pour me souvenir de vous chaque fois que je voyais mon reflet dans un miroir.

Il rapprocha son visage de celui d'Anne, les yeux luisants de haine.

— Regardez bien mon visage, Annelise ! J'ai eu huit années pour guérir, mais regardez ! *Regardez !*

Anne essaya de lui échapper, mais elle était plaquée contre le mur et George lui avait attrapé le menton pour la forcer à le regarder. La cicatrice était moins vilaine qu'elle ne s'y attendait. Blanche et non plus rouge, elle demeurait boursouflée par endroits, creuse à d'autres, et lui barrait bizarrement la joue.

— J'avais songé à m'amuser un peu avec vous d'abord, dit-il avec une moue de dégoût, mais pas dans une ruelle crasseuse. Je n'imaginais pas que vous étiez tombée si bas.

— Qu'entendez-vous par « d'abord » ?

Pourquoi avoir demandé ? Elle savait. Elle avait su dès le début, et lorsqu'il sortit un couteau, aucun des deux n'ignorait ce qu'il comptait faire.

Anne ne cria pas, ne pensa pas. Elle réagit promptement, instinctivement, et dix secondes plus tard,

George gisait sur le pavé, recroquevillé, la bouche ouverte, incapable d'émettre un son.

Elle s'immobilisa devant lui le temps de reprendre son souffle, lui décocha un coup de pied à l'endroit où elle lui avait donné un coup de genou un instant plus tôt, puis partit en courant.

Et cette fois, elle savait exactement où aller.

18

À 22 heures ce soir-là, après une nouvelle journée de recherches infructueuses, Daniel rentrait chez lui. Les yeux rivés sur le sol, il comptait ses pas comme si cela pouvait l'aider à mettre un pied devant l'autre.

Il avait engagé des détectives privés, avait lui-même écumé les rues, s'était arrêté dans chaque bureau de poste, où il avait décrit Anne et donné ses deux patronymes. Deux hommes s'étaient souvenus d'une femme ressemblant à la description. Oui, elle avait posté des lettres, mais ils ne se rappelaient pas le nom du destinataire.

Finalement, il avait rencontré quelqu'un à qui sa description évoquait une dénommée Mary Philpott. Une charmante personne qui venait retirer du courrier une fois par semaine. Jusqu'à maintenant, elle s'était présentée avec une régularité d'horloge mais cela faisait maintenant… voyons… deux semaines qu'elle ne s'était pas montrée. En outre, aucune lettre pour elle n'était arrivée alors qu'il ne se passait jamais plus de quinze jours sans qu'il y en ait.

Deux semaines. Ce qui correspondait au jour où Anne était entrée en trombe dans la boutique de Hoby, l'air aussi affolé que si elle avait vu un fantôme. Se rendait-elle au bureau de poste quand elle avait croisé cette mystérieuse personne qu'elle ne tenait pas à voir ? Daniel l'avait conduite à un bureau de poste pour qu'elle fasse affranchir la lettre qu'elle avait dans son réticule, mais ce n'était pas celui où « Mary Philpott » venait chercher son courrier.

Après réflexion, le postier déclara être certain qu'elle venait le mardi. Toujours le mardi.

Daniel fronça les sourcils. Le mardi ? Elle avait disparu un mercredi.

Il laissa ses coordonnés dans les trois bureaux de poste, ainsi que la promesse d'une récompense à qui lui signalerait le passage d'Anne. Mais en dehors de cela, il ne savait que faire. Comment était-il censé retrouver une femme dans Londres ?

Alors il sillonnait la capitale, scrutant les visages dans la foule. Cela revenait à chercher une aiguille dans une botte de foin. Sauf que c'était pire que dans le dicton où, au moins, il y avait une botte de foin. Pour ce qu'il en savait, Anne avait aussi bien pu quitter la ville.

Il faisait nuit, il était fatigué et avait besoin de dormir. Il regagna Mayfair, espérant que sa sœur et sa mère ne seraient pas là. Elles ne lui avaient pas demandé ce qu'il faisait chaque jour de l'aube au crépuscule, et il ne leur avait rien dit. Mais elles savaient. Il le lisait sur leurs mines navrées.

Il bifurqua enfin dans sa rue. Tout était calme, il n'y avait pas un bruit hormis celui de ses pas. Il commençait à gravir le perron de sa maison lorsque soudain...

— Daniel ?

— Anne ? dit-il en se figeant.

Une silhouette sortit de l'ombre.

— Daniel.

Il redescendit les marches du perron et en un instant, Anne fut dans ses bras. Pour la première fois depuis des jours, il eut la sensation que le monde tournait rond.

— Anne... Anne... Anne... répéta-t-il en déposant une pluie de baisers sur son visage. Où étiez-vous...

Il s'interrompit en se rendant compte qu'elle avait les poignets ligotés. Une rage sans nom s'empara de lui. Avec précaution, pour ne pas l'effrayer, il s'attaqua aux nœuds des mouchoirs qui l'entravaient.

— Qui vous a fait cela ?

Elle déglutit avec peine et se contenta de tendre les mains.

— Anne...

— Quelqu'un que je connaissais, souffla-t-elle. Je... je vous raconterai tout plus tard. Pas maintenant. Je ne peux pas... J'ai besoin de...

— Ne vous inquiétez pas, dit-il d'une voix apaisante.

Il s'escrimait à dénouer les mouchoirs. Les nœuds étaient très serrés.

— Je vais y arriver, assura-t-il.

— Je n'avais nulle part où aller, murmura-t-elle.

— Vous avez bien fait de venir ici, Anne.

Enfin, les nœuds cédèrent. Elle secoua les mains pour rétablir la circulation, mais elle tremblait de tout son corps.

— Je suis désolée. Je ne peux pas me dominer.

— Cela va passer, fit-il en lui couvrant les mains des siennes. C'est nerveux. Cela m'est déjà arrivé.

Elle leva vers lui un regard interrogateur.

— Lorsque Ramsgate me pourchassait en Europe. Une fois que j'ai été sûr d'être en sécurité, quelque chose en moi a lâché et je me suis mis à trembler.

— Alors cela va s'arrêter ?

— Je vous le promets, dit-il avec un sourire rassurant.

Elle lui paraissait si fragile, si vulnérable. Il avait toutes les peines du monde à se retenir de l'enlacer pour la protéger. Il ne s'autorisa qu'à lui entourer les épaules du bras pour la guider jusqu'en haut du perron.

Une rage folle grondait en lui mais il n'avait qu'une idée en tête : mettre Anne à l'abri. Elle avait besoin de soins, de nourriture, de réconfort.

— Ne pourrions-nous entrer par l'arrière ? demanda-t-elle d'une toute petite voix. Je ne suis pas... Je ne peux...

— Vous emprunterez toujours l'entrée principale, décréta-t-il.

— Non, ce n'est pas cela... Je suis dans un tel état... Je ne veux pas que l'on me voie...

— Moi, je vous vois.

Elle avait le regard un peu plus vif, à présent, nota-t-il.

— Je sais ce que vous ressentez, Anne.

Il lui prit la main et la porta à ses lèvres.

— J'étais terrifié, avoua-t-il. J'ignorais où aller vous chercher et...

— Je suis désolée. Je ne recommencerai pas. Pardonnez-moi.

Il y avait quelque chose dans ses excuses qui le mettait mal à l'aise. Une faiblesse, une nervosité qui sonnaient faux.

— Il faut que je vous demande quelque chose, souffla-t-elle.

— Tout à l'heure.

Il l'aida à gravir les marches, ouvrit la porte et jeta un coup d'œil dans le hall. Il n'y avait personne. Parfait.

— Par ici, Anne, chuchota-t-il.

Ils gravirent l'escalier, puis gagnèrent sa chambre.

Il voulait tout savoir. Ce qui lui était arrivé. Pourquoi elle avait dû fuir. Et qui elle était réellement. Il voulait des réponses. Tout de suite. Personne n'avait le droit de la maltraiter. Tant qu'il y aurait un souffle de vie en lui, il ne le tolérerait pas.

Mais dans l'immédiat, elle avait besoin de se réchauffer, de s'autoriser à respirer de nouveau, de comprendre qu'elle était en sécurité. Lui aussi avait été traqué. Il savait ce que l'on ressentait lorsque l'on n'était plus qu'une cible mouvante.

Il alluma plusieurs lampes. De la clarté serait la bienvenue.

Anne se tenait près d'une fenêtre. Elle massait ses poignets endoloris, et pour la première fois depuis qu'il l'avait retrouvée, il la regarda vraiment. Grands dieux, il ne s'était pas rendu compte à quel point elle était en piteux état. Ses cheveux étaient attachés d'un côté de la tête et coulaient en cascade de l'autre. Il manquait un bouton à son manteau, et elle avait sur la joue une trace de coup qui le glaça d'horreur.

— Anne, commença-t-il, s'efforçant de trouver les mots pour poser la question qui devait l'être, ce soir... celui qui vous a fait cela... a-t-il... ?

— Non, répondit-elle, le dos droit, l'allure digne. Il l'aurait fait, mais j'étais dans la rue lorsqu'il m'a trouvée... Il m'a dit qu'il allait... qu'il allait me...

— Je vous en prie, n'allez pas plus loin, Anne.

Pas maintenant, alors qu'elle était tellement bouleversée.

Elle secoua la tête, et il lut dans son regard une détermination qui ne souffrait pas la contradiction.

— Je veux tout vous dire.

— Plus tard, proposa-t-il. Après que vous aurez pris un bain.

— Non. Il faut que vous me laissiez parler. J'ai attendu des heures dehors et le courage commence à me manquer.

— Anne, vous n'avez pas besoin de courage avec...

— Je m'appelle Annelise Shawcross, le coupa-t-elle. Et j'aimerais devenir votre maîtresse.

Et tandis qu'il la fixait, incrédule, elle ajouta :

— Si vous voulez bien de moi.

Presque une heure plus tard, Daniel se tenait devant sa fenêtre, attendant qu'Anne ait fini de prendre son bain. Elle avait demandé à ce que personne dans la maison ne soit au courant de sa présence, aussi Daniel lui avait-il suggéré de se cacher dans son dressing-room pendant que les valets remplissaient le tub d'eau chaude.

Elle avait tenté de parler à nouveau de sa proposition, insistant sur le fait qu'il s'agissait pour elle du seul choix possible, mais il avait été incapable de l'écouter. Qu'elle s'offre ainsi à lui impliquait un désespoir absolu.

Et cela lui était insupportable de l'imaginer.

Il entendit la porte de la salle de bains s'ouvrir. Il se retourna. Anne était là, toute fraîche et propre, ses cheveux mouillés plaqués en arrière et ramenés sur son épaule droite en une épaisse torsade.

— Daniel ? murmura-t-elle en balayant la pièce du regard.

Ses pieds nus humides laissaient une empreinte tandis qu'elle s'avançait sur l'épais tapis. Elle portait le peignoir de Daniel, d'un bleu outremer aussi sombre que celui de ses yeux. Il lui arrivait aux chevilles et elle le maintenait en serrant les bras autour de la taille.

Il ne se rappelait pas l'avoir trouvée aussi belle.

— Je suis là, dit-il quand il se rendit compte qu'elle ne le voyait pas de là où elle se trouvait.

Pendant qu'elle prenait son bain, il avait ôté sa veste, son foulard et ses bottes. Il avait renvoyé son valet, et avait déposé ses bottes sur le palier afin que ce dernier les emporte à l'office pour les cirer.

Cette nuit, il n'était pas question qu'on le dérange.

— J'espère que cela ne vous ennuie pas que j'aie emprunté votre peignoir, dit Anne en resserrant les bras autour de son buste. Il n'y avait rien d'autre et…

— Bien sûr que non. Vous pouvez emprunter tout ce que bon vous semble.

Elle hocha la tête. Elle était encore à plusieurs mètres de lui, pourtant il vit qu'elle déglutissait nerveusement.

— Il m'est apparu que vous connaissiez probablement déjà mon véritable nom.

Il arqua les sourcils.

— Granby vous l'a dit, n'est-ce pas ?

— Oui. Il m'a parlé de l'homme qui vous cherchait. C'était mon seul indice pour vous retrouver.

— J'imagine que cela n'a pas été très utile.

— Non, reconnut Daniel avec un petit sourire. Il m'a fallu trouver Mary Philpott.

— C'était le nom dont je me servais pour écrire à ma sœur Charlotte afin que mes parents ne sachent pas que nous correspondions. C'est grâce à ses lettres que j'ai su que George était toujours...

Elle s'arrêta.

Daniel serra les poings. Quel qu'il soit, ce George avait essayé de la tuer. Une furieuse envie de cogner sur ce sale type le submergea. Il voulait le retrouver et lui faire rentrer dans le crâne que s'il tentait de nouveau de s'en prendre à Anne, il le réduirait en charpie.

Et pourtant, jamais il ne s'était considéré comme violent.

Il regarda Anne. Elle était toujours immobile au milieu de la pièce, les bras noués autour de son buste.

— Mon nom est... était Annelise Shawcross, reprit Anne. Et j'ai commis une terrible erreur quand j'avais seize ans. Une erreur que je paie depuis.

— Quoi que vous ayez fait...

Anne leva la main pour le faire taire.

— Je ne suis plus vierge.

Les mots restèrent comme suspendus entre eux, puis Daniel déclara :

— Cela m'est égal.

Et il s'aperçut que c'était la vérité.

— Cela ne devrait pas l'être, lui opposa Anne.

— Pourtant, c'est le cas.

Elle lui adressa un pauvre sourire, comme si elle se préparait à l'entendre se raviser, s'y résignait déjà, puis expliqua :

— Il s'appelle George Chervil. Sir George Chervil maintenant que son père est mort. J'ai grandi dans une petite ville du Northumberland. Mon père est un gentilhomme campagnard. Nous avons vécu dans l'aisance mais nous n'étions pas fortunés. Nous étions une famille respectée, invitée partout, et on s'attendait que mes sœurs et moi fassions de beaux mariages.

Il hocha la tête. Se représenter la situation était simple.

— Les Chervil étaient riches, reprit Anne, du moins comparés aux autres. Lorsque je regarde cette chambre...

Elle parcourut la pièce du regard et Daniel songea qu'il n'avait pas, loin s'en fallait, joui de pareil confort en Europe, aussi l'appréciait-il maintenant à sa juste valeur.

— Les Chervil ne vivaient pas sur un tel pied, mais par rapport à ma famille et à toutes celles du comté, ils étaient incontestablement la famille la plus puissante. George était leur fils unique. Il était séduisant, beau parleur et jamais avare de compliments, et je croyais l'aimer.

Elle haussa les épaules, puis leva les yeux au plafond comme si elle espérait quelque pardon divin pour l'inconséquence due à son extrême jeunesse.

— Il a dit qu'il m'aimait.

Ému, Daniel songea soudain à la difficulté que représentait le fait d'être le père d'une fille. Un jour, la sienne se tiendrait devant lui, elle aurait tout d'une femme mais n'en serait pas encore une. Elle le regarderait avec la même expression désorientée et murmurerait : « Il a dit qu'il m'aimait. »

La seule réponse acceptable serait d'assassiner le prétendant.

— Je pensais qu'il allait m'épouser, reprit Anne.

Elle s'était ressaisie et sa voix était plus ferme.

— En vérité, jamais il ne m'avait dit qu'il le ferait. Je suppose donc que, d'une certaine façon, je suis autant à blâmer que...

— Non, coupa Daniel.

Il ne devinait que trop ce qui s'était passé. Le bel homme riche, la jeune fille impressionnable... Le tableau était terrible, et terriblement banal.

Anne lui adressa un sourire reconnaissant.

— Je ne peux pas dire que je me fais des reproches, car ce n'est pas le cas. Enfin, plus maintenant. Il n'empêche que j'aurais dû être moins naïve.

— Anne...

— J'aurais dû être moins naïve, répéta-t-elle avec véhémence. Bien qu'il n'ait pas parlé de mariage, j'ai supposé qu'il ferait sa demande. Parce que... parce que j'étais issue d'une bonne famille. Pas un instant il ne m'est venu à l'esprit qu'il pourrait ne pas envisager de m'épouser. Aujourd'hui, tout cela semble horrible, mais j'étais jeune. Et jolie – on ne me l'avait que trop dit. Mon Dieu, comme tout cela paraît stupide !

— Non, Anne. Nous avons tous été jeunes.

— Je l'ai laissé m'embrasser. Et je lui ai accordé bien d'autres privautés.

Daniel attendait, attentif à la vague de jalousie censée le submerger. Et qui ne vint pas. Il était fou de rage contre l'homme qui avait abusé de l'innocence d'Anne, mais il ne ressentait pas de jalousie. Il n'avait nul besoin d'être son premier amant, se rendit-il compte. Il voulait simplement être le dernier. Le seul.

— Vous n'avez pas besoin de vous justifier, Anne.

— Si. À cause de ce qui s'est passé ensuite.

Elle agrippa le dossier d'un fauteuil tout proche. Ses ongles s'enfoncèrent dans le rembourrage.

— Je me dois d'être honnête. J'ai aimé ce qu'il m'a fait, jusqu'à un certain point, et ensuite, eh bien, cela n'a pas été épouvantable. Juste maladroit et un peu embarrassant. En revanche, j'ai vraiment aimé ce que, me semblait-il, il éprouvait grâce à moi. J'étais soudain dotée d'un pouvoir grisant. Et la fois suivante, j'étais toute disposée à lui permettre de recommencer.

Elle ferma les yeux. Daniel comprit à son expression que des souvenirs lui revenaient en mémoire.

— C'était une nuit si exquise, murmura-t-elle. Une nuit d'été. On pouvait compter les étoiles.

— Que s'est-il passé ?

Elle tressaillit comme si elle se réveillait d'un rêve. Lorsqu'elle reprit la parole, elle afficha une désinvolture déconcertante.

— J'ai appris qu'il avait demandé la main d'une autre. Le lendemain du jour où je m'étais donnée à lui.

Le mur que Daniel avait dressé pour contenir sa fureur commença à se lézarder. Jamais de sa vie il n'avait autant haï un être humain. Était-ce donc cela aimer ? Que la douleur de l'être chéri fasse plus mal que la sienne propre ?

— Il a quand même essayé de m'enjôler. Il m'a dit... Je ne me rappelle pas les termes exacts, mais ils m'ont donné l'impression d'être une catin. Et peut-être était-ce ce que j'étais, après tout...

— Non !

Si Daniel admettait qu'elle avait été naïve, qu'elle aurait dû faire preuve de davantage de jugeote, jamais il ne lui permettrait de penser qu'elle s'était comportée comme une catin.

Il s'avança vers elle et posa les mains sur ses épaules. Elle leva ses grands yeux bleus vers lui et il n'eut qu'une envie : se perdre dans leur eau.

— Il a abusé de vous, Anne. Pour ce qu'il a fait, il mériterait d'être dépecé, noyé…

Un rire amer jaillit de la gorge d'Anne.

— Oh, attendez donc d'avoir entendu la fin de l'histoire !

Il haussa les sourcils.

— Je lui ai tailladé le visage. Il s'est approché de moi pour m'enlacer et j'ai voulu lui échapper. J'ai saisi le premier objet qui me tombait sous la main. Un coupe-papier.

Grands dieux !

— Je ne cherchais qu'à me défendre. J'ai agité le bras devant sa figure, mais il s'est jeté sur moi.

Elle se mit à trembler, soudain livide.

— La lame lui a coupé la joue, de la tempe à la mâchoire. C'était horrible. Bien entendu, il n'y avait aucun moyen de cacher ce qui venait d'arriver. Ma vie a été détruite en une fraction de seconde. J'ai été envoyée au loin, on a exigé que je change de nom et coupe tout lien avec ma famille.

— Vos parents ont permis cela ?

— C'était le seul moyen de protéger mes sœurs. Si l'on avait appris que j'avais couché avec George Chervil, elles n'auraient plus eu aucune chance de se marier. Vous imaginez ? Non seulement j'avais couché avec lui, mais je lui avais tailladé la joue.

— Ce que je ne peux imaginer, c'est que votre famille vous tourne le dos.

— J'ai toujours correspondu avec ma sœur Charlotte, je n'étais donc pas complètement seule.

— Les bureaux de poste.

— J'ai toujours veillé à savoir où ils se trouvaient. Cela me paraissait plus prudent d'expédier et de recevoir mon courrier dans des endroits anonymes.

— Et qu'est-il arrivé la semaine dernière ? Pourquoi vous êtes-vous enfuie ?

Les yeux rivés sur une tache invisible sur le parquet, elle reprit le fil de son récit.

— Lorsque je suis partie il y a huit ans, j'étais aux abois. George Chervil était fou de rage. Il voulait m'emmener devant un juge, que je sois condamnée à la pendaison ou aux travaux forcés, ou jetée dans un cachot. Son père n'était pas d'accord. Il craignait, si George révélait ce qui s'était passé avec moi, que sa fiancée, Mlle Beckwith, ne rompe. Or c'était la fille d'un vicomte.

— Le mariage a-t-il eu lieu ?

— Oui, mais George n'a jamais renoncé à se venger. La blessure a mieux cicatrisé que je ne l'aurais cru, néanmoins elle demeure visible. Or il était si séduisant autrefois...

Une pause, puis :

— J'ai toujours pensé qu'il n'aspirait qu'à me tuer, mais ce qu'il veut, c'est me lacérer le visage. Œil pour œil...

Daniel lâcha un juron. Et peu importait qu'il se trouve en présence d'une dame.

— Je le tuerai, gronda-t-il.

— Certainement pas. Après ce qui s'est passé avec Hugh Prentice...

— Cela ne dérangerait personne que George Chervil disparaisse de la surface de la terre, coupa Daniel. J'en suis certain.

— Vous ne le tuerez pas. Je l'ai déjà cruellement blessé.

— Vous n'imaginez quand même pas que cela excuse son attitude ?

— Bien sûr que non. Mais je pense qu'il a payé pour ce qu'il m'a fait. Son châtiment est permanent. Et je veux que tout cela s'arrête. Je veux vivre sans regarder sans cesse par-dessus mon épaule. Je ne veux pas de vengeance. Je n'en ai pas besoin.

Il se pourrait que lui en ait besoin, songea Daniel. Toutefois, il savait que c'était à Anne de prendre la décision.

S'efforçant de ravaler sa colère, il demanda :

— Comment a-t-il expliqué sa blessure ?

Anne parut soulagée qu'il change de sujet.

— Un accident de cheval. Charlotte m'a dit que personne ne l'avait cru. Il a prétendu que sa monture l'avait désarçonné et qu'une branche lui avait entaillé le visage. Je ne crois pas que quiconque ait soupçonné la vérité. Les gens ont dû penser pis que pendre de moi lorsque j'ai disparu si soudainement, mais à mon avis, personne ne s'est douté que c'était moi qui l'avais blessé.

— Je suis heureux que vous l'ayez fait, dit Daniel, se surprenant à sourire.

Anne le regarda avec étonnement.

— Vous auriez pu lui couper autre chose que la joue, précisa-t-il.

Elle arrondit les yeux, puis laissa échapper un gloussement.

— Traitez-moi de sanguinaire, reprit-il.

— Mmm, vous serez ravi d'apprendre que tout à l'heure, alors que je m'enfuyais...

— Oh, je vous en prie, dites-moi que vous l'avez frappé dans les parties ! Dites-le-moi !

Anne réprima à grand-peine son hilarité.

— Eh bien, il se peut que je l'aie fait...

— Violemment ?

— Pas autant qu'une fois qu'il a été à terre.

Daniel s'empara de ses mains et les embrassa l'une après l'autre.

— Puis-je dire que je suis très fier de vous connaître ?

Elle rougit de plaisir.

— Et je suis très fier de vous considérer comme mienne.

Il déposa un léger baiser sur ses lèvres et ajouta :

— Mais vous ne serez jamais ma maîtresse.

— Daniel...

Il la fit taire en posant l'index sur ses lèvres.

— J'ai déjà annoncé que je comptais vous épouser. Souhaiteriez-vous me faire passer pour un menteur ?

— Daniel, vous ne pouvez pas faire cela !

— Je le peux, et je le ferai.

— Mon Dieu, George continue à me chercher et s'il vous fait du mal...

— Je peux m'occuper de tous les George Chervil du monde tant que vous vous occupez de moi.

— Mais...

— Je vous aime, déclara-t-il, et il eut le sentiment que le monde entier s'organisait enfin. Je vous aime et je ne supporte pas l'idée de passer un seul instant sans vous. Je vous veux auprès de moi, je vous veux dans mon lit, je veux que vous portiez mes enfants et je veux que nul n'ignore que vous êtes mienne.

— Daniel...

Protestait-elle ou abandonnait-elle enfin la lutte ? Il la scruta. Ses yeux étaient brillants de larmes et il sut que la victoire était proche.

— J'ai bien peur que vous ne soyez obligée de m'épouser, Anne.

Son menton trembla. Peut-être était-ce l'esquisse d'un hochement de tête.

— Je vous aime, souffla-t-elle. Je vous aime aussi.

— Et... ? insista-t-il.

— Et, oui. Si vous êtes assez courageux pour vouloir de moi, je vous épouserai.

Il l'attira contre lui et l'embrassa avec toute la passion – décuplée par la peur et l'émotion – accumulée en lui depuis une semaine.

— Il ne s'agit pas de courage, Anne. Il s'agit d'instinct de conservation. Sans vous, je crois que je mourrais...

Il l'embrassa de nouveau, et lorsque leurs bouches se séparèrent, Anne murmura d'une voix haletante :

— Je pense que... que ce qui s'est passé avec George... ne compte pas.

Le regard empli d'amour et de promesses, elle ajouta :

— Ce soir, ce sera ma première fois.

Anne ne prononça que trois mots :

— S'il vous plaît.

Elle ignorait pourquoi elle avait dit cela. Il ne s'agissait certainement pas du résultat d'une réflexion rationnelle. Mais elle avait passé les cinq dernières années à enseigner les bonnes manières et à dire « s'il vous plaît » lorsque l'on voulait quelque chose.

— Dans ce cas, tout ce que je puis vous répondre, c'est « merci », repartit Daniel en inclinant courtoisement la tête.

Elle lui sourit, mais son sourire n'exprimait ni gaieté ni amusement. C'était un sourire ému, qui venait des tréfonds de son être. Un sourire de bonheur à l'état pur.

Une larme roula sur sa joue. Elle s'apprêtait à l'écraser, mais Daniel fut plus rapide.

— Une larme de joie, j'espère, murmura-t-il.

Elle opina.

Il caressa la petite marque près de sa tempe.

— Il vous a fait mal.

Anne avait remarqué le bleu un peu plus tôt, en se regardant dans le miroir de la salle de bains. Ce n'était pas douloureux. Elle ne se rappelait pas avoir reçu un coup, mais l'altercation avec George demeurait floue dans son esprit – et mieux valait qu'elle le reste, décida-t-elle.

— Il est dans un état bien pire, souffla-t-elle.

Daniel ne comprit pas tout de suite, puis il sourit.

— Vraiment ?

— Oh, oui !

Il l'embrassa sous l'oreille.

— Eh bien, c'est très important.

— Mmm...

Elle inclina la tête en arrière tandis que les lèvres de Daniel descendaient le long de son cou.

— On m'a dit que le plus important à l'issue d'une bagarre, c'était que l'adversaire soit plus mal en point que vous, remarqua-t-elle.

— Vous avez des conseillers fort sages.

Anne retint son souffle : la main de Daniel s'était aventurée jusqu'à la ceinture de soie du peignoir. Elle sentit celle-ci se détendre quand il la dénoua.

— Je n'en ai qu'un.

Elle eut toutes les peines du monde à ne pas perdre pied lorsque les grandes mains chaudes glissèrent sur ses hanches nues, puis s'immobilisèrent au creux de ses reins.

— Un seul ? s'étonna Daniel en refermant les mains sur ses fesses.

Elle voulut répondre, mais en fut incapable. À l'aide d'un seul doigt, il la caressa en un endroit qui lui fit monter le rouge aux joues. Le manège audacieux de ce doigt lui arracha un petit cri de plaisir mêlé de surprise.

Daniel se pencha et lui chuchota à l'oreille :

— Avant que la nuit soit finie, je vous ferai crier.

— Non, protesta Anne, encore en possession de quelque bon sens.

Il la plaqua contre lui et la souleva. Elle n'eut d'autre choix que de nouer les jambes autour de ses hanches.

Et le doigt si délicieusement indiscret poursuivit son manège.

— Personne ne sait que je suis ici, souffla Anne en se cramponnant à ses épaules, le corps en émoi. Si nous réveillons quelqu'un...

— Oh, vous avez raison, répliqua Daniel d'un ton amusé, je suppose que je dois être prudent et garder quelques petites choses pour le mariage !

Anne ignorait de quoi il parlait, mais ses paroles avaient presque autant d'effet que ses mains, qui faisaient naître en elle un tourbillon de sensations.

Et ce doigt qui allait plus loin, qui s'insinuait en elle...

— Pour ce soir, continua-t-il en la portant jusqu'au bord du lit, il faut simplement que je m'assure que vous êtes vraiment une brave petite.

— Une brave petite ?

Anne était à demi allongée sur le lit, vêtue d'un peignoir béant qui révélait ses seins... et le propriétaire dudit peignoir fouillait avec impudeur dans son intimité d'un index impérieux.

Elle avait tort de s'abandonner à la volupté. Mais c'était tellement bon.

— Pensez-vous pouvoir garder le silence ? murmura Daniel en semant des baisers sur sa gorge.

— Je ne sais pas.

— Et si je fais ceci ?

Un second doigt se joignit au premier.

Un petit cri lui échappa et Daniel eut un sourire sardonique.

— Bien. Et ceci ?

Du bout du nez, il écarta les pans du peignoir, qui glissa le long des épaules d'Anne, révélant ses seins. Elle voulut de nouveau crier. Il l'en empêcha en lui scellant la bouche d'un baiser.

— Vous êtes vilain, chuchota-t-elle quand il s'écarta.

À peine eut-elle proféré cette accusation qu'il aspirait la pointe d'un sein entre ses lèvres. Il la lécha, la mordilla, puis releva la tête.

— Je n'ai jamais prétendu le contraire.

Il passa à l'autre sein et Anne ne se rendit même pas compte que les pans du peignoir étaient retombés, dévoilant son corps nu.

— Attendez donc de découvrir ce que je peux faire d'autre, continua-t-il.

— Mon Dieu...

Elle avait du mal à imaginer ce qu'il pourrait inventer de plus ensorcelant.

Mais déjà sa bouche poursuivait son chemin de ses seins vers son ventre, s'arrêtait brièvement sur son nombril, avant de continuer son chemin vers... vers l'endroit où s'activaient ses doigts... Et ce qu'il lui fit alors avec sa langue...

Seigneur, elle allait mourir de plaisir !

Elle enfouit les doigts dans ses cheveux, le retint là où il était de peur qu'il ne renonce... ce qui était superflu : il n'avait de toute évidence aucune intention d'abandonner le terrain conquis. Et sa langue redoublait de virtuosité. Jamais Anne n'avait éprouvé pareilles sensations. Elle exhala un long gémissement, puis se laissa aller en arrière sur le matelas, jambes pendant au bord du lit.

Daniel releva la tête. Il paraissait très content de lui.

Anne le regarda se relever et murmura :

— Que me faites-vous ?

Il n'avait pas fini, ce n'était pas possible. Il n'allait pas l'abandonner là, à mi-chemin de la jouissance. Elle voulait qu'il aille plus loin, qu'il la conduise au paradis, un paradis qu'elle pressentait extraordinaire.

— Lorsque vous atteindrez le sommet du plaisir, Anne, ce sera parce que je serai en vous.

Il déboutonna son pantalon et en un clin d'œil, il fut nu. Anne détailla son corps d'athlète, émerveillée. Sa virilité était... impressionnante, et il n'allait sûrement pas...

Lui écartant les cuisses largement, il se positionna entre ses jambes.

Une fois de plus, elle invoqua silencieusement le Seigneur.

Il frôla son intimité, sans pour autant essayer de la pénétrer. Il se contentait de la caresser lascivement, et elle crut défaillir tant ce contact était grisant. Elle se sentait s'ouvrir davantage à chaque effleurement. Et soudain, sans exercer la moindre pression, lui sembla-t-il, il commença à entrer en elle.

À peine capable d'analyser ce qu'elle éprouvait, elle agrippa la courtepointe. Elle avait l'impression qu'il allait la fendre en deux s'il s'enfonçait davantage, et dans le même temps, elle n'aspirait qu'à une chose : qu'il continue. Elle ne pouvait s'empêcher de soulever les hanches pour se presser contre lui.

— Je vous veux, chuchota-t-elle. Tout de suite.

Il prit une brève inspiration et son regard se voila de désir. Il prononça son nom dans un grondement et donna un coup de reins plus puissant que les précédents. Elle eut la sensation de l'accueillir plus complètement en elle, et c'était à la fois étrange et merveilleux. Il la possédait et elle s'enivrait de cette possession.

— Encore, gémit-elle.

Elle ne mendiait pas. Elle ordonnait.

— Non, répondit-il en se retirant un peu avant de revenir à l'assaut. Vous n'êtes pas prête.

— Cela m'est égal.

Et c'était la vérité. Quelque chose grandissait en elle, une impatience qui la rendait avide. Elle le voulait tout entier, jusqu'à la garde, elle voulait que la pulsation de son sexe en elle fasse écho à la sienne.

Elle plaqua les mains sur ses fesses musclées, appuya très fort pour le forcer à s'enfoncer plus encore, mais il résista, visiblement déterminé à imposer son rythme.

Son expression était concentrée, son visage, torturé par un désir qu'il tenait difficilement en bride. S'il voulait la même chose qu'elle, il se contenait parce qu'il pensait que c'était mieux pour elle.

Il se trompait.

Il avait dû réveiller en elle la dévergondée qui sommeillait, la part la plus féminine de son être. Elle savait quoi faire, mais elle ignorait qu'elle le savait avant cet instant. Elle attrapa ses seins à deux mains, les pressa l'un contre l'autre et les caressa sous le regard de Daniel, qui lui demanda d'une voix rauque lorsqu'elle cessa son manège :

— Recommencez...

Elle ne se fit pas prier. Les globes pâles de ses seins aux pointes durcies semblaient jaillir d'un corset serré invisible. Elle les présentait à son amant telles des offrandes.

— Vous aimez cela ? s'enquit-elle dans un souffle.

Il hocha la tête. Son souffle était rapide, ses mouvements avaient perdu de leur fluidité, il s'efforçait d'aller et venir lentement, mais Anne se rendait bien compte que sa résistance était sur le point de céder. Il ne cessait de regarder ses seins et elle éprouvait l'enivrante sensation d'être une déesse puissante, capable de faire ployer la volonté d'un simple mortel.

Elle s'humecta les lèvres et entreprit de se pincer délicatement la pointe des seins, avant de suivre de l'index les contours de l'aréole. Ce qu'elle ressentait était exquis. Presque aussi exquis que lorsque Daniel s'était servi de sa langue pour la stimuler. Elle avait ressenti un spasme de plaisir entre les cuisses, et elle comprit, stupéfaite, que ses propres caresses en étaient à l'origine. La tête renversée en arrière, elle laissa échapper un gémissement.

— Vous referez cela, souffla Daniel. Tous les soirs, je veux vous voir vous donner du plaisir.

Anne sourit, comblée d'avoir découvert son nouveau pouvoir et se demanda ce qu'elle pourrait faire d'autre pour rendre Daniel aussi pantelant de désir.

— En cet instant, vous êtes si belle, Anne...

Lui agrippant la main, il entremêla ses doigts aux siens.

— Je t'aime, articula-t-il. *Je t'aime.*

Il le lui répéta encore et encore, avec sa bouche, avec son corps en mouvement. C'était bouleversant et stupéfiant, cette union si totale avec un autre être.

— Je t'aime aussi, souffla-t-elle en lui pressant la main. De toute mon âme. Tu es le premier... le premier homme que j'aie...

Elle ne trouvait plus les mots. Elle aspirait à ce qu'il sût tout d'elle, de sa vie. Qu'il n'ignore rien de ses succès ni de ses échecs. Qu'il ait la certitude d'être le premier homme auquel elle ait jamais accordé une confiance aussi totale. Le seul à avoir gagné son cœur.

Et là, au beau milieu de cette fête de tous les sens, de ces ébats on ne peut plus charnels, il porta sa main à ses lèvres tel un chevalier des temps anciens.

— Ne pleure pas, Anne.

Elle ne s'était pas rendu compte qu'elle pleurait. Daniel sécha ses larmes avec force baisers, et la friction due au simple fait de se pencher ranima le feu en elle. Elle exhala un long soupir, puis se tortilla sous lui afin qu'il comprenne qu'il devait continuer à bouger.

Il comprit.

Et continua.

Ils ondulèrent de concert, et ses muscles intimes se contractèrent en rythme… jusqu'à l'insupportable.

Elle eut beau faire, elle ne put retenir un cri lorsque le monde vola en éclats en elle et autour d'elle. Elle agrippa les épaules de Daniel, s'arrachant presque au matelas.

Haletant, il accéléra le rythme jusqu'à la frénésie. Et jouit dans un long grondement, le corps agité de soubresauts.

Voilà, songea Anne, rêveuse. Ils avaient fait l'amour. C'était fini, et pourtant sa vie commençait enfin.

Plus tard, cette nuit-là, Daniel était allongé sur le flanc, la tête appuyée sur la main, ses doigts jouant paresseusement avec les cheveux d'Anne. Elle dormait, du moins le supposait-il. Émerveillé, il contemplait les lueurs presque bleues que la flamme vacillante de la chandelle accrochait sur ses boucles en liberté.

Il ne s'attendait pas que ses cheveux soient si longs. Lorsqu'elle les ramenait en un chignon bien arrimé avec force épingles, ils étaient comme ceux de toutes les autres femmes. Enfin, pas exactement : peu de femmes coiffées d'un chignon étaient aussi belles qu'Anne.

Détachée, en revanche, sa chevelure était somptueuse. Elle se déployait sur ses épaules telle une étole sombre et, de là, en douces vagues qui roulaient jusqu'à sa poitrine.

Il sentit un sourire coquin lui incurver les lèvres. Il aimait que ses cheveux ne couvrent pas totalement ses seins.

— Pourquoi souris-tu ? demanda Anne d'une voix ensommeillée.

— Tu es réveillée.

Elle s'étira, et le drap glissa le long de son buste. Elle le remonta à la hâte, mais Daniel s'empressa de le rabattre.

— Je te préfère ainsi.

Elle s'empourpra. Il faisait trop sombre pour qu'il voie ses joues en feu, mais elle allait baisser les yeux dans un instant, comme chaque fois qu'elle était embarrassée. Il sourit de nouveau, parce qu'il ignorait qu'il connaissait ce détail.

Il aimait savoir des choses sur elle.

— Tu ne m'as pas dit pourquoi tu souriais, remarqua Anne en remontant le drap avec entêtement.

— Je me faisais la réflexion que j'étais heureux que tes cheveux ne soient pas assez longs pour cacher tes seins.

Cette fois, il vit bel et bien ses joues virer à l'écarlate.

— Il ne fallait pas demander, ajouta-t-il en riant.

Un silence confortable tomba entre eux, puis Daniel remarqua les sourcils froncés de la jeune femme et ne s'étonna pas lorsqu'elle demanda dans un murmure :

— Que va-t-il se passer, à présent ?

Il comprenait sa question, mais n'avait pas envie d'y répondre. Blottis dans les bras l'un de l'autre, sous le baldaquin dont ils avaient tiré les rideaux, il était facile de prétendre que le reste du monde n'existait pas. Sauf que le jour se lèverait bientôt, et avec lui son cortège de dangers qui avait mené Anne là où elle en était.

— Je vais aller voir George Chervil, déclara finalement Daniel. Trouver son adresse ne devrait pas être difficile.

— Et où irai-je pendant ce temps ?

— Tu resteras ici, bien sûr.

Comment pouvait-elle seulement envisager qu'il la renvoie ?

— Et que diras-tu à ta famille ?

— La vérité.

Voyant ses yeux s'agrandir d'effroi, il précisa :

— Partiellement, du moins. Inutile de clamer que tu as passé la nuit dans ma chambre ; je vais cependant devoir expliquer à ma mère et à ma sœur comment tu as abouti ici sans linge ni vêtements de rechange. Tu as une idée de l'histoire que je pourrais raconter ?

— Non.

— Honoria pourra te prêter des effets et, avec ma mère dans le rôle du chaperon, il n'y aura rien de choquant au fait que tu sois installée dans une chambre d'amis.

Un instant, elle parut sur le point de protester, ou peut-être de proposer un autre plan. Mais elle finit par approuver d'un hochement de tête.

— Je me procurerai une dispense de bans tout de suite après avoir rencontré Chervil.

— Une dispense de bans ? N'est-ce pas terriblement extravagant ?

— Tu crois vraiment que je vais être capable d'endurer de longues fiançailles uniquement pour me soumettre aux convenances ?

Elle se contenta d'esquisser un sourire.

— Tu crois que *tu* peux attendre, Anne ? ajouta-t-il d'une voix enrouée.

— Tu as fait de moi une dévergondée, constata-t-elle.

Il l'attira plus étroitement contre lui.

— Je ne vais certainement pas m'en plaindre.

Alors qu'il s'apprêtait à l'embrasser, elle chuchota :

— Moi non plus.

Désormais, songea Daniel, le monde allait de nouveau tourner rond. Avec une femme pareille dans ses bras, comment aurait-il pu en être autrement ?

20

Le lendemain, après avoir veillé à ce qu'Anne soit convenablement installée sous son toit, Daniel s'en alla rendre visite à sir George Chervil.

Comme prévu, trouver son adresse avait été facile. Il habitait Marylebone, pas très loin de chez ses beaux-parents, lesquels résidaient à Portman Square. Daniel connaissait le vicomte Hanley. Il avait fréquenté Eton en même temps que deux de ses fils. Nul doute que les Hanley savaient aussi qui il était, même si le lien entre leurs enfants et lord Winstead était ténu. Si Chervil ne comprenait pas très vite sa manière de voir, il irait rendre visite à son beau-père – qui, à coup sûr, tenait les cordons de la bourse et était propriétaire de la petite maison de Marylebone dont, en cet instant, Daniel gravissait les marches du perron.

Après avoir frappé à la porte, il fut invité à entrer et à s'installer dans un salon aux tons sourds de mordoré et de vert. Quelques minutes plus tard, une femme arriva. De par son âge et sa mise, Daniel déduisit qu'il s'agissait de lady Chervil, la fille du vicomte que George avait préféré épouser plutôt qu'Anne.

— Milord, le salua-t-elle en s'inclinant avec grâce.

Elle était plutôt jolie, avec ses boucles châtain clair et son teint de pêche. Sa beauté ne pouvait certes en rien rivaliser avec celle d'Anne, mais qui le pouvait ?

— Lady Chervil.

Elle semblait étonnée de le voir, et plus que curieuse. Son père étant vicomte, elle devait avoir l'habitude de visiteurs de haut rang, mais, soupçonnait-il, cela faisait sans doute belle lurette qu'un comte avait franchi le seuil de sa demeure, d'autant que son époux n'était baronnet que depuis peu.

— Je suis venu voir votre mari, madame.

— J'ai bien peur qu'il ne soit pas à la maison. Puis-je vous aider en quoi que ce soit ? Je suis surprise qu'il n'ait jamais dit qu'il vous connaissait.

— Nous n'avons pas été officiellement présentés.

Inutile de prétendre le contraire ; dès son retour, lord Chervil dirait à son épouse qu'il n'avait jamais rencontré le comte de Winstead.

— Oh, je suis désolée ! fit-elle alors qu'elle n'avait aucune raison de l'être.

C'était sans doute une formule qu'elle utilisait lorsqu'elle ne savait que dire d'autre.

— Voulez-vous vous asseoir ? Je vais sonner pour que l'on nous apporte du thé.

— Non, merci.

Il avait un mal fou à rester poli, mais la pauvre femme n'était en rien responsable de ce qui était arrivé à Anne. Elle n'avait même probablement jamais entendu parler d'elle.

— Savez-vous quand votre mari doit rentrer ?

— Il ne devrait plus tarder, je pense. Souhaitez-vous l'attendre ?

Non, Daniel n'en avait pas la moindre envie. Il ne voyait toutefois pas d'alternative. Il la remercia donc et s'assit. Le thé fut apporté et il entreprit de débiter banalité sur banalité à lady Chervil, dont les réponses étaient au diapason, une conversation entrecoupée de longues pauses et de discrets coups d'œil à la pendule sur le manteau de la cheminée.

Il pianota impatiemment du bout des doigts sur son genou en songeant à Anne. Il l'imaginait à la table de la salle à manger face à sa mère qui, et il en était très fier et soulagé, n'avait pas cillé lorsqu'il lui avait appris qu'il entendait épouser Mlle Wynter, et qu'en attendant celle-ci séjournerait à Winstead House car, bien entendu, elle ne pouvait continuer à assurer ses fonctions de gouvernante chez les Pleinsworth.

— Lord Winstead ?

Daniel leva les yeux.

La tête inclinée de côté, lady Chervil le fixait en battant des paupières. Elle attendait manifestement une réponse à une question qu'elle lui avait posée. Par chance, on lui avait inculqué les bonnes manières dès son plus jeune âge et c'était devenu une seconde nature chez elle. Elle feignit donc de n'avoir pas remarqué le moment d'absence de Daniel et répéta :

— Vous devez être très excité par le prochain mariage de votre sœur.

Daniel affichant une mine perplexe, elle précisa :

— J'ai lu l'annonce dans le journal. Et, bien sûr, j'ai assisté aux délicieux concerts donnés par votre famille lorsque j'ai fait mes débuts.

Daniel se demanda si cela signifiait qu'elle ne recevait plus d'invitations. Il espérait que c'était le cas. La seule idée de George Chervil assis dans sa maison lui flanquait la chair de poule.

Il se racla la gorge et s'efforça d'arborer une expression aimable.

— Oui, je suis ravi. Lord Chatteris est un ami d'enfance.

— C'est merveilleux. Ainsi, il va devenir votre frère.

Elle lui sourit et Daniel éprouva un léger malaise. Lady Chervil paraissait tout à fait plaisante, une femme avec qui sa sœur ou Anne auraient pu se lier si elle n'avait pas été la femme de Chervil. Elle n'était coupable de rien, sauf peut-être d'avoir eu le mauvais goût d'épouser un scélérat. Et ce dernier était sur le point de ruiner son existence.

— En effet. D'ailleurs, lord Chatteris est chez moi. Je crois qu'il s'est fait embrigader pour aider à l'organisation des noces, expliqua Daniel, désireux d'ajouter une note légère à la conversation.

— Comme c'est charmant.

Il approuva d'un hochement de tête tout en continuant à se demander ce que faisait Anne. Il espérait qu'elle était avec le reste de la famille et donnait son avis sur le choix d'une robe bleu lavande ou lavande bleue, des fleurs et des dentelles et de tout ce qui était en jeu dans une fête familiale.

Anne méritait d'avoir une famille. Après huit années de solitude, elle méritait de se sentir enfin chez elle quelque part.

Il consulta de nouveau la pendule. Cela faisait une heure trente qu'il était là et lady Chervil devait commencer à s'impatienter. Personne ne restait aussi longtemps dans un salon. Lady Chervil savait aussi bien que lui que la bienséance exigeait qu'il laisse sa carte et s'en aille.

Pourtant, Daniel ne bougea pas.

Lady Chervil lui adressa un sourire gêné.

— Vraiment, je ne pensais pas que George s'absenterait aussi longtemps. Je ne sais pas ce qui le retient.

— Où est-il allé ?

La question était impolie, cependant, après quatre-vingt-dix minutes de bavardages inutiles, plus rien ne semblait déplacé.

— Je crois qu'il s'est rendu chez le médecin. Pour sa cicatrice. Oh, mais vous m'avez dit ne pas lui avoir été présenté ! George a...

Elle s'interrompit, l'air triste, et désigna son propre visage avant de reprendre :

— George a une cicatrice sur la joue. Un accident de cheval, juste avant notre mariage. Je trouve que cela lui donne un petit quelque chose de fringant, mais il essaie toujours de minimiser la chose.

Daniel se sentit tout à coup très mal à l'aise.

— Il est allé consulter un médecin ?

— Je pense, oui. En partant ce matin, il m'a dit qu'il allait voir quelqu'un pour sa cicatrice. J'ai supposé qu'il s'agissait d'un médecin. Qui d'autre, sinon ?

Anne.

Daniel se leva si vivement qu'il bouscula la théière. Du thé se répandit sur la table.

— Lord Winstead ? dit lady Chervil d'un ton inquiet.

Elle s'était levée à son tour et suivit Daniel qui se dirigeait à grands pas vers la porte.

— Quelque chose ne va pas ?

— Pardonnez-moi.

Il n'avait pas le temps pour les politesses de rigueur. Il était resté dans cette maison pendant une heure trente alors que Dieu seul savait ce que Chervil avait en tête.

Ou avait déjà fait.

— Lord Winstead, voulez-vous que je transmette un message à mon mari ?

Daniel était à la porte. Il se retourna.

— Oui, lâcha-t-il d'une voix déformée par la peur et la colère. Dites-lui que s'il touche à un seul cheveu de la tête de ma fiancée, je l'étranglerai de mes propres mains.

Lady Chervil blêmit.

— C'est compris, madame ?

Elle opina.

Daniel la fixait d'un regard qu'il savait effrayant, et elle était terrifiée. Mais ce n'était rien comparé à ce qu'Anne devait éprouver si elle était maintenant entre les griffes de Chervil.

— Une dernière chose, dit-il avant de sortir. S'il rentre ici ce soir, ce qui implique qu'il soit bien vivant, je vous suggère de lui parler de votre avenir aléatoire en Angleterre. Vous mèneriez peut-être une existence plus agréable sur le continent. Bonne journée, lady Chervil.

— Bonne journée, milord, bredouilla la jeune femme, éperdue.

— Anne ! hurla Daniel en déboulant dans le hall de Winstead House. Anne !

Poole, le vieux majordome, surgit comme par enchantement.

— Où est Mlle Wynter, Poole ?

Daniel était hors d'haleine. Son landau avait été pris dans des embouteillages et il avait fini par rentrer en courant, fonçant à travers les rues tel un fou échappé d'un asile. Qu'aucun attelage ne l'ait écrasé relevait du miracle.

Sa mère apparut à la porte du salon, flanquée de Honoria et de Marcus.

— Que diable se passe-t-il ? Daniel...

— Où est Mlle Wynter ? coupa Daniel, le souffle court.

— Elle est sortie.

— Sortie ? Elle est *sortie* ?

Grands dieux, pourquoi avait-elle fait cela ? Elle était censée rester à Winstead House jusqu'à son retour.

— Eh bien, c'est ce que j'ai cru comprendre, répondit lady Winstead en interrogeant le majordome du regard. Je n'étais pas là.

— Mlle Wynter a eu un visiteur, expliqua Poole. Sir George Chervil. Elle est partie avec lui il y a une heure, peut-être deux.

Daniel était épouvanté.

— Quoi ?

— Elle ne paraissait pas enchantée de le voir, continua Poole.

— Alors pourquoi est-elle partie avec lui ?

— Il était avec lady Frances.

Daniel cessa de respirer.

— Daniel ? intervint sa mère, alarmée. Que se passe-t-il ?

— Lady Frances ? répéta Daniel sans quitter le majordome des yeux.

— Qui est sir George Chervil ? s'enquit Honoria en se tournant vers Marcus.

— Aucune idée, répondit ce dernier.

— Lady Frances était dans sa voiture, poursuivit Poole. C'est ce que sir Chervil a dit à Mlle Wynter.

— Et elle l'a cru sur parole ?

— Je l'ignore, milord. Elle ne s'est pas confiée à moi. Mais elle l'a suivi dehors et est montée dans la voiture. Apparemment de son plein gré.

— Nom de Dieu ! tonna Daniel.

— Daniel, que se passe-t-il ? dit Marcus d'un ton
à la fois ferme et calme.

Plus tôt ce matin-là, Daniel avait révélé à sa mère
quelques pans du passé d'Anne. Il était temps de
raconter toute l'histoire, à présent, et à tout le monde.

Ce qu'il fit.

Lady Winstead devint livide. Elle prit la main
de son fils, qui eut l'impression que des serres lui
broyaient les doigts.

— Nous devons prévenir Charlotte, souffla-t-elle.

Daniel hocha lentement la tête. Il s'efforçait tant
bien que mal de réfléchir. Comment Chervil avait-il
fait pour arriver jusqu'à Frances ? Et où...

— Daniel ! cria lady Winstead, qui avait retrouvé
son énergie. Je te le répète, il faut avertir Charlotte !
Ce fou a sa fille !

— Oui, dit-il. Oui. Tout de suite.

— Je viens avec toi, décréta Marcus. Honoria, cela
vous ennuie de rester ici ? Il faut que quelqu'un soit
présent à la maison si Mlle Wynter revient.

— Bien sûr.

— Allons-y, dit Daniel.

Ils quittèrent la maison au pas de course. Lady
Winstead n'avait même pas pris la peine d'enfiler un
manteau. La voiture que Daniel avait abandonnée
un peu plus tôt était arrivée. Marcus grimpa dedans
avec lady Winstead, tandis que Daniel se dirigeait en
courant vers Pleinsworth House. La maison n'était
qu'à quatre cents mètres et les rues étaient toujours
encombrées. Il serait chez sa tante avant la voiture.

Haletant, il posait quelques instants plus tard le
pied sur le perron de Pleinsworth House. Il actionna
le heurtoir vigoureusement, à trois reprises, et

s'apprêtait à recommencer quand Granby ouvrit. Il eut à peine le temps de reculer pour éviter que Daniel ne le heurte de plein fouet en se précipitant dans le hall.

— Frances ! appela-t-il à tue-tête.

— Elle n'est pas là, milord, le prévint Granby.

— Je sais. Mais où...

— Charlotte ! cria la mère de Daniel en gravissant les marches, tenant ses jupes à deux mains. Granby, où est Charlotte ?

— Je pense qu'elle lit sa correspondance dans le...

Le majordome n'eut pas le temps d'achever : lady Pleinsworth venait de surgir dans le hall.

— Mon Dieu, mais que se passe-t-il, Virginia ? s'exclama-t-elle.

— C'est Frances, répondit Daniel. Nous craignons qu'elle n'ait été enlevée.

— Quoi ? Non, ce n'est pas possible. Elle est juste... Elle se tourna vers le majordome.

— N'est-elle pas sortie faire une promenade avec Nanny Flanders, Granby ?

— Il me semble, milady, et elles ne sont pas encore rentrées.

— Elles ne sont pas parties depuis assez longtemps pour que nous nous inquiétions. Nanny Flanders ne marche plus très vite. Faire le tour du parc prend du temps.

Daniel échangea un coup d'œil avec Marcus, puis dit à Granby :

— Il faut que quelqu'un aille chercher Nanny Flanders.

— Tout de suite, milord.

— Tante Charlotte... commença Daniel.

Et il raconta par le menu les événements de l'après-midi, sans toutefois s'étendre sur le passé d'Anne – il le ferait plus tard. Il en raconta néanmoins suffisamment pour que le teint de lady Pleinsworth vire au gris.

— Cet homme... Ce fou, tu crois qu'il a Frances ?

— Oui. Sinon, jamais Anne ne l'aurait suivi.

— Oh, mon Dieu !

Elle vacillait sur ses jambes. Daniel l'emmena s'asseoir.

— Qu'allons-nous faire ? demanda-t-elle d'une voix blanche. Comment les retrouver ?

— Je retourne à Chervil House. C'est le seul moyen de...

— Frances ! hurla soudain lady Pleinsworth.

Daniel fit volte-face. Frances traversait le hall en courant. Elle se jeta dans les bras de sa mère. Elle était couverte de poussière, sa robe était maculée de terre et déchirée, toutefois elle ne semblait pas blessée.

— Ma chérie ! Oh, ma chérie... est-ce que l'on t'a fait du mal ?

Lady Pleinsworth palpait sa fille, puis elle lui couvrit le visage de baisers.

— Tante Charlotte, intervint Daniel, je suis désolé, mais je dois interroger Frances.

Sa tante darda sur lui un regard noir, protégeant sa fille de son corps.

— Pas maintenant. Elle a eu peur. Elle a besoin d'un bain, d'un thé et...

— Ma tante, Frances est mon seul espoir...

— Frances est une enfant !

— Et Anne va peut-être mourir !

Un silence de plomb s'abattit sur le hall. Il s'étira, puis la petite voix de Frances s'éleva :

— Il a Mlle Wynter.

Daniel se précipita vers elle, lui prit les mains et la guida vers une banquette.

— Je t'en prie, dis-moi tout. Que s'est-il passé ?

Frances prit une profonde inspiration, puis quêta du regard la permission de sa mère, qui opina.

— Eh bien... j'étais dans le parc et Nanny s'était endormie sur un banc. Cela lui arrive presque tous les jours. Maman, je suis désolée, j'aurais dû vous en parler. Nanny vieillit et elle est fatiguée l'après-midi. Le parc est loin et...

— Ne t'inquiète pas, Frances, coupa Daniel. Raconte-moi simplement ce qui s'est passé ensuite.

— Je ne faisais pas attention. Je jouais à la licorne... Je m'étais éloignée de l'endroit où était Nanny, mais je vous assure, maman, que j'étais à portée de vue ! Si Nanny avait été éveillée, bien sûr.

— Et ensuite ? la pressa Daniel.

— Je ne sais pas. Je me suis retournée et elle n'était plus là. Je l'ai appelée plusieurs fois, puis je suis allée à l'étang : elle aime nourrir les canards. Elle n'était pas là non plus.

L'adolescente commença à trembler.

— C'est assez ! intervint lady Pleinsworth.

Daniel lui adressa regard suppliant. Il savait que Frances était bouleversée, mais il n'avait pas le choix. Sa tante devait se douter que sa fille serait bien plus perturbée si Anne était tuée.

— Ensuite, Frances ?

Elle serra ses bras fins autour de son torse menu.

— Quelqu'un m'a attrapée, il a enfoncé quelque chose qui avait un goût horrible dans ma bouche... et je me suis retrouvée dans une voiture.

Des larmes roulaient sur les joues de lady Pleinsworth.

— C'était sans doute du laudanum, expliqua-t-il à Frances. C'est une drogue puissante mais, rassure-toi, tu ne souffriras d'aucun effet secondaire.

— Je me suis sentie toute drôle.

— Quand as-tu vu Mlle Wynter pour la première fois ?

— Nous sommes allés chez toi, cousin Daniel. J'ai essayé de m'échapper, mais l'homme... il avait une cicatrice... Une grande. En travers de la figure.

— Je sais, ma chérie.

Si Frances le considéra avec curiosité, elle ne posa pas de question.

— Je n'ai pas pu sortir de la voiture. Il a dit que, si j'essayais, il ferait du mal à Mlle Wynter. Et il a demandé au cocher, qui n'avait pas l'air commode, de me surveiller.

Daniel contint à grand-peine sa fureur. Ceux qui s'en prenaient aux enfants méritaient d'aller en enfer.

— Mlle Wynter est alors sortie de la maison ?

— Oui. Elle était très en colère.

— Je n'en doute pas.

— Elle lui a crié des tas de choses et lui, pareillement. Je n'ai pas compris tout ce qu'ils se disaient, mais Mlle Wynter était vraiment furieuse qu'il m'ait obligée à monter dans la voiture.

— Elle essayait de te protéger.

— Je sais. Et je pense que... que c'est peut-être elle qui lui a fait cette cicatrice.

Frances jeta à sa mère un regard désolé, puis reprit :

— Je ne crois pas que Mlle Wynter ferait une chose pareille, mais il n'arrêtait pas de parler de cette cicatrice, et il était tellement en colère contre elle.

— C'est arrivé il y a longtemps, dit Daniel.
Mlle Wynter n'a fait que se défendre.

— Pourquoi ?

— C'est sans importance, Frances. Ce qui compte,
c'est ce qui s'est passé aujourd'hui. Il faut que nous
sauvions Mlle Wynter. Tu as été très courageuse.
Comment t'es-tu échappée de la voiture ?

— Mlle Wynter m'a poussée dehors.

— Quoi ? s'exclama lady Pleinsworth. Ma petite…

Lady Winstead dut l'empêcher de se précipiter vers
sa fille.

— La voiture ne roulait pas très vite, précisa
Frances. Je me suis juste fait un peu mal quand je
suis tombée par terre. Mlle Wynter m'a crié de me
mettre en boule avant de heurter le sol.

— Oh, Seigneur ! Oh, mon bébé ! gémit lady
Pleinsworth.

— Je vais bien, maman, dit Frances, et Daniel fut
émerveillé par sa sérénité.

Elle avait été enlevée, jetée d'une voiture en marche,
et voilà que c'était elle qui consolait sa mère.

— Je crois, reprit Frances, que Mlle Wynter a
choisi l'endroit où je devais m'enfuir parce qu'il était
proche de la maison.

— Où était-ce ? s'enquit Daniel, fébrile.

— À Park Crescent, à l'extrémité.

— Quoi ? Ma chérie, tu es revenue toute seule à
pied de si loin ? s'affola lady Pleinsworth.

— Ce n'est pas si loin que cela, maman.

— Mais il faut traverser tout Marylebone ! Tu n'es
qu'une enfant !

— Frances, as-tu une idée de l'endroit où cet
homme comptait emmener Mlle Wynter ? demanda
Daniel.

— Non, avoua Frances, les lèvres tremblantes. Je ne faisais pas attention. J'avais tellement peur, et puis, Mlle Wynter et lui se disputaient. Et tout à coup, il a frappé Mlle Wynter. J'ai eu encore plus peur et... il a dit quelque chose. Attends... Voilà ! Je me rappelle : il a parlé de la lande.

— Hampstead ? suggéra Daniel.

— Oui, je crois. Il ne l'a pas précisé, mais on allait dans cette direction, non ?

— Si vous étiez à Park Crescent, oui, en effet.

— Il a aussi dit quelque chose à propos d'une chambre...

— Une chambre ?

— Oui.

— Il l'a peut-être emmenée dans une auberge, suggéra Marcus.

Daniel approuva d'un signe de tête.

— Frances, est-ce que tu reconnaîtrais la voiture ?

— Oui ! J'en suis certaine.

— Non ! tonna lady Pleinsworth. Elle n'ira pas à la recherche de ce dément avec vous ! Pas question.

— Ma tante, je n'ai pas d'autre choix.

— Maman, je veux aider, plaida Frances. Je vous en prie. J'aime Mlle Wynter.

— Moi aussi, souffla Daniel.

— Je vous accompagne, déclara Marcus.

Daniel lui adressa un regard empreint de gratitude.

Mais lady Pleinsworth protesta :

— C'est de la folie ! Que comptez-vous faire ? Arracher Mlle Wynter à une maison de tolérance et la ramener sur votre dos ? Je suis désolée, mais je ne permettrai pas que...

— Daniel peut emmener des renforts, coupa lady Winstead.

Choquée, lady Pleinsworth se tourna vers sa belle-sœur.

— Virginia ?

— Je suis aussi une mère. Si un malheur arrivait à Mlle Wynter... mon fils serait anéanti.

— Vous voulez que j'échange mon enfant contre le vôtre, Virginia ?

— Non ! Jamais, assura lady Winstead en prenant les mains de lady Pleinsworth, et vous le savez fort bien, Charlotte. Si nous agissons intelligemment, il n'arrivera rien à Frances.

— Non. Donner mon accord, ce serait mettre la vie de Frances en danger.

— Elle ne sortira pas de la voiture, argua Daniel. Ma tante, vous pouvez venir aussi.

L'expression de lady Pleinsworth se transforma... s'adoucit. Elle se résignait – lentement, mais elle rendait les armes.

Elle réprima un petit sanglot, puis hocha la tête.

Daniel en vacilla presque de soulagement. Frances était son unique espoir. Si sa tante avait refusé qu'elle l'accompagne à Hampstead, tout aurait été perdu.

— Bien. Il y a de la place pour quatre dans mon landau. Combien de temps vous faut-il pour faire amener une autre voiture devant la porte, prête à nous suivre, tante Charlotte ? Nous aurons besoin d'un véhicule à cinq places pour le retour.

— Non, pas de landau, Daniel. Notre voiture. Elle peut accueillir six passagers et est assez solide pour supporter le poids d'hommes en renfort à l'arrière et à l'avant. Je ne t'autoriserai pas à emmener ma fille où que ce soit sans une escorte armée.

— À votre guise, ma tante.

S'il avait une fille, il se montrerait aussi férocement protecteur, devait-il admettre.

Lady Pleinsworth se tourna vers deux valets qui avaient assisté à toute la scène.

— Faites amener la voiture de lord Winstead devant le perron.

— Oui, madame.

— Il y a donc de la place pour moi, remarqua lady Winstead.

— Quoi ? Vous venez aussi, mère ?

Daniel était éberlué.

— Ma future belle-fille est en danger, et tu voudrais que je reste en arrière ?

— Très bien, concéda Daniel, conscient de manquer d'arguments pour s'opposer à la volonté de sa mère.

Si l'expédition était assez sûre pour Frances, alors elle l'était également pour sa mère. Néanmoins…

— Vous resterez en retrait, mère.

— Cela va de soi. Je suis douée dans certains domaines, mais certainement pas face à des hommes armés. Je ne ferais que vous gêner.

Ils sortaient de l'hôtel particulier pour attendre la voiture quand un phaéton déboula, les chevaux lancés au galop, et s'il ne chavira pas ce ne fut que grâce à l'habileté de l'homme qui tenait les rênes.

Hugh Prentice !

— Que diable faites-vous là ? lança Daniel.

Il s'en approcha pour récupérer les rênes tandis que Hugh descendait gauchement de la voiture.

— Votre majordome vient de me dire que vous étiez ici. Je vous ai cherché toute la journée.

— Il est passé à Winstead House un peu plus tôt, expliqua lady Winstead à son fils. Avant le départ de Mlle Wynter, à qui il a parlé. Elle lui a dit qu'elle ignorait où vous étiez allé.

— Je ne comprends pas, fit Daniel.

Le visage d'ordinaire impavide de son ami affichait une indubitable inquiétude.

Il tendit à Daniel un feuillet.

— J'ai reçu ceci.

Daniel déplia le feuillet et lut le message. L'écriture masculine était nette et précise.

Nous avons un ennemi commun, lut-il. Suivaient des instructions pour laisser une réponse dans un pub de Marylebone.

— Chervil, marmonna Daniel.

— Vous savez qui a écrit ceci ? s'étonna Hugh.

Daniel acquiesça. Chervil ignorait que Hugh et lui n'avaient jamais été ennemis, mais les ragots qui avaient couru à l'époque du duel avaient dû l'amener à croire le contraire.

Hugh jeta un coup d'œil à leur voiture qui venait d'arriver.

— Vous avez de la place pour une autre personne.

— Ce ne sera pas nécessaire.

— Je viens, insista Hugh. Je ne suis peut-être pas capable de courir, mais je tire sacrément bien.

Daniel et Marcus le considérèrent avec incrédulité.

— Quand je suis sobre, précisa-t-il. Ce que je suis dans le cas présent.

— Très bien. Montez. Au retour, lady Frances s'assiéra sur les genoux de sa mère afin de libérer une place pour Mlle Wynter.

— Allons-y, dit Marcus.

Les dames étaient déjà dans la voiture et il s'apprêtait à y grimper.

« Quelle étrange bande de sauveteurs », songea Daniel alors que la voiture s'ébranlait avec ses quatre valets armés perchés à l'extérieur. Ils formaient la plus merveilleuse des familles. Ne manquait qu'Anne à ses côtés. Anne redevenue Annelise.

Il ne lui restait plus qu'à prier pour qu'ils arrivent à Hampstead à temps.

<h1 style="text-align:center">21</h1>

Anne avait connu des moments de terreur dans sa vie. Lorsqu'elle avait frappé George et compris ce qu'elle venait de faire. Lorsque le cabriolet de Daniel avait dévalé la pente et qu'elle avait été projetée dans les airs. Mais rien de tout cela n'était comparable à ce qu'elle avait ressenti lorsque la voiture de George Chervil avait ralenti et qu'elle s'était penchée vers Frances pour lui chuchoter :

— Courez jusque chez vous.

Elle avait ouvert la portière et poussé l'adolescente dehors en lui criant de se mettre en boule pour amortir le choc. Elle n'avait disposé que de quelques secondes pour s'assurer que Frances se relevait avant que George la projette contre la banquette et la gifle.

— N'imaginez pas que vous pouvez me doubler !

— Vous êtes en guerre contre moi, pas contre cette enfant !

— Je ne lui aurais fait aucun mal.

Anne n'était pas sûre de le croire. Pour l'heure, George était concentré sur elle, sur sa colère contre elle. Mais une fois celle-ci apaisée, son sang-froid recouvré, il se rendrait compte que Frances était capable de l'identifier. Et quand bien même il pensait pouvoir s'en sortir s'il blessait une humble gouvernante, voire s'il la tuait, il comprendrait que l'enlèvement de la fille d'un comte ne se réglerait pas aussi facilement.

— Où m'emmenez-vous ? lui demanda Anne.

— Quelle importance ?

— Vous ne vous en tirerez pas comme cela, vous savez. Lord Winstead aura votre tête.

— Votre nouveau protecteur ? ricana-t-il. Il sera bien incapable de prouver quoi que ce soit.

— Eh bien, il y a...

Elle s'interrompit. Elle avait failli lui dire que grâce à la cicatrice, Frances serait en mesure de le décrire et de le reconnaître.

— Continuez, fit-il, aussitôt soupçonneux. Il y a... ?

— Moi.

Ses lèvres se tordirent en un sourire aussi cruel que railleur.

— Vous ? Vraiment ? D'accord, il y a vous... Et ensuite, il n'y aura plus personne.

Donc, il projetait de la tuer. Elle n'aurait pas dû être surprise, au fond.

— Mais ne vous inquiétez pas, Annelise, je prendrai mon temps, ajouta-t-il d'un ton presque désinvolte.

— Vous êtes fou, souffla-t-elle.

Il l'attrapa par son corsage et l'attira brutalement à lui, visage contre visage.

— Si je le suis, siffla-t-il, c'est à cause de vous !

— Tout est votre faute.

— Oh, vraiment ? cracha-t-il en la projetant contre la paroi de la voiture. C'est moi qui me suis tailladé le visage ? Qui ai pris un couteau pour faire de moi un monstre ?

— Oui ! Vous étiez un monstre bien avant que je vous défigure ! Je voulais juste me défendre.

— Vous aviez déjà écarté les cuisses pour moi, rétorqua-t-il avec mépris. Vous n'aviez pas à dire non après avoir dit oui.

— Vous croyez vraiment cela ?

— Vous aviez apprécié la première fois.

— Je croyais que vous m'aimiez !

Il haussa les épaules.

— Le résultat de votre stupidité. Je n'y suis pour rien.

Il tourna brusquement la tête et la scruta avec une expression proche de la jubilation.

— Mon Dieu, reprit-il en affichant un sourire malsain. Vous avez recommencé, pas vrai ? Vous avez laissé Winstead vous pilonner ! Tss, tss, Annelise, vous n'avez donc rien appris ?

— Il m'a demandée en mariage.

Chervil éclata d'un rire mauvais.

— Et vous l'avez cru ?

— J'ai accepté.

— Oh, je n'en doute pas !

Anne serrait les mâchoires à en avoir mal. Elle était furieuse. Non. Davantage que cela. Folle de rage. Envolées la terreur, la honte. Ne restait qu'une colère aveugle. Cet homme lui avait volé huit années de sa vie, qu'elle avait passées dans la peur et la solitude. Il lui avait pris son innocence, aussi bien physique que mentale.

Mais cette fois, elle ne le laisserait pas gagner !

Et elle était heureuse, finalement. Elle aimait Daniel et, par Dieu seul savait quel miracle, il l'aimait aussi. Son avenir s'annonçait soudain radieux auprès de Daniel. Elle imaginait déjà des enfants, nombreux, et des rires à foison. Elle n'était pas prête à renoncer à cela. Quels qu'aient été ses péchés, elle avait payé depuis longtemps.

— George Chervil, dit-elle d'une voix étonnamment calme, vous êtes un fléau pour l'humanité.

Il la regarda avec curiosité, puis haussa les épaules et se tourna vers la fenêtre.

— Où allons-nous ? demanda de nouveau Anne.

— Pas loin.

Elle aussi regarda par la fenêtre.

La voiture allait plus vite, à présent. Ils avaient pris la direction du nord, lui semblait-il. Ils avaient longé voilà un moment Regent's Park, dont elle savait qu'il se trouvait au nord de Marylebone.

La voiture maintenait un bon train, ne ralentissant qu'aux croisements, suffisamment pour qu'Anne ait le temps de lire quelques panneaux. Kentish Town. Elle connaissait ce nom. C'était celui d'un village des faubourgs de Londres. George avait dit qu'ils n'allaient pas loin et peut-être était-ce vrai. Mais cela ne changeait rien au fait que personne ne la retrouverait avant qu'il ait mené son projet à bien. Elle ne se rappelait pas qu'il ait dit quoi que ce soit devant Frances susceptible de fournir une indication quant à leur destination. Et l'aurait-il fait que la pauvre petite devait être en trop piteux état pour se souvenir de quoi que ce soit.

Si Anne devait être sauvée, ce serait par elle-même.

— Le moment est venu d'être ta propre héroïne, murmura-t-elle.

— Qu'avez-vous dit ?

— Rien.

Les rouages de son cerveau tournaient à toute vitesse. Comment procéder ? S'organiser ou attendre le moment propice en fonction des événements ?

— Vous m'avez l'air bien concentrée, commenta
Chervil, la mine suspicieuse.

Elle l'ignora.

Quels étaient les points faibles de George ? Il était
vaniteux. Comment utiliser cela à son avantage ?

— À quoi réfléchissez-vous ? insista-t-il.

Elle ébaucha un sourire. Il détestait qu'on l'ignore,
et cela aussi pouvait se révéler utile.

— Pourquoi souriez-vous ? cria-t-il.

Elle se tourna vers lui en feignant de ne l'avoir
entendu qu'à l'instant.

— Excusez-moi, vous disiez ?

Il étrécit les yeux.

— Qu'est-ce que vous mijotez, bon sang ?

— Ce que je mijote ? répéta-t-elle. Je suis assise
dans une voiture après avoir été enlevée. Qu'est-ce
que *vous* mijotez ?

Elle vit tressauter un muscle de sa mâchoire.

— Ne me parlez pas sur ce ton !

Elle haussa les épaules et leva les yeux au ciel.
Il allait détester cela.

— Vous manigancez quelque chose.

Elle haussa de nouveau les épaules – ce qui avait
marché une première fois devrait logiquement marcher encore mieux une seconde.

Et ce fut le cas. Son visage s'empourpra de colère,
sa cicatrice blanche contrastant horriblement avec
son teint rouge brique. Le spectacle était tout à la
fois affreux et fascinant.

— Que manigancez-vous ? répéta-t-il, un index
tremblant pointé sur elle.

— Rien.

Du moins, rien de précis pour l'instant. À part
s'efforcer de maintenir les nerfs de George à vif. Et

en l'occurrence, elle y réussissait à la perfection. Il n'avait pas l'habitude que des femmes lui tiennent la dragée haute. Lorsqu'elle avait fait sa connaissance, toutes les jeunes filles, béates d'admiration, étaient pendues à ses lèvres dès qu'il prononçait un mot. Il était charmant, à l'époque. Et aujourd'hui encore, même avec cette balafre, lorsqu'il n'était pas écarlate de colère, il demeurait séduisant. Certaines femmes le prendraient sans doute en pitié, mais la majorité d'entre elles lui trouveraient fière allure, mystérieuse même, avec cette cicatrice qui évoquait une blessure de guerre.

Mais combien le traiteraient de haut ? Il haïssait cela, surtout venant d'elle.

— Vous recommencez à sourire !

— Non, mentit-elle.

— N'essayez pas de me jouer un sale tour, parce que vous ne gagnerez pas, articula-t-il en lui enfonçant l'index dans le bras.

De nouveau, elle haussa les épaules.

— Mais qu'est-ce qui ne tourne pas rond chez vous ? cria-t-il.

— Rien.

Elle venait de se rendre compte que ce qui le mettait hors de lui, c'était qu'elle garde son calme. Il la voulait blême de peur, tremblante, suppliante.

Elle se tourna donc vers la fenêtre, impassible.

— Regardez-moi.

Elle attendit quelques instants avant de répondre :

— Non.

— Regardez-moi !

— Non.

— Regardez-moi !

Cette fois, elle obéit car il commençait manifestement à perdre son sang-froid. Elle s'était crispée, dans l'attente d'un coup.

— Vous ne l'emporterez pas, gronda-t-il.

— Je peux néanmoins essayer.

Elle n'allait pas perdre le combat sans lutter. S'il cherchait à la détruire, Dieu lui en soit témoin, elle l'entraînerait dans sa chute.

La voiture des Pleinsworth filait le long de Hampstead Road, l'attelage de six chevaux fonçant à une allure rarement vue sur cette voie. Cette imposante et luxueuse voiture avec ses gardes armés devait paraître complètement déplacée dans ce quartier, mais Daniel n'en avait cure. S'ils attiraient peut-être l'attention des passants, Chervil n'en faisait pas partie. Il avait une heure d'avance sur eux. À condition que sa destination soit bien une auberge de Hampstead, il était déjà à l'intérieur, donc incapable de voir la voiture.

À moins qu'il n'ait pris une chambre donnant sur la route...

Daniel laissa échapper un soupir tremblant. Il aviserait le moment venu. Il arracherait Anne aux griffes de son ravisseur promptement ou en jouant de ruse, selon la situation. Mais compte tenu de ce qu'Anne lui avait dit de Chervil, il lui faudrait agir vite.

— Nous la retrouverons, Daniel, assura Marcus.

Daniel leva les yeux. Son ami n'apparaissait pas puissant ou fanfaron, mais il en avait toujours été ainsi. Marcus était fiable et calme. La détermination et l'assurance qu'il lisait dans son regard réconfortèrent Daniel.

Assise à côté de lui, tante Charlotte ne cessait de parler à Frances, dont elle tenait la main. Frances qui répétait qu'elle ne voyait pas la voiture de Chervil, bien que Daniel lui ait expliqué qu'ils n'étaient pas encore arrivés à Hampstead.

— Frances, es-tu sûre de reconnaître la voiture ? demanda lady Pleinsworth, dubitative. À mes yeux, elles se ressemblent toutes.

— Elle a un drôle d'ornement avec des motifs dorés, répondit sa fille. Oui, je la reconnaîtrai. Parce que cela m'a fait penser à une corne de licorne.

Le sourire aux lèvres, Daniel se tourna vers sa tante.

— Elle reconnaîtra la voiture, déclara-t-il.

Ils atteignirent enfin Hampstead. Daniel apercevait au loin la célèbre lande sauvage, si vaste qu'en comparaison les parcs de Londres apparaissaient ridiculement mesquins.

— Daniel, comment comptez-vous procéder ? s'enquit Hugh. Selon moi, il serait plus judicieux d'aller à pied.

— Non, trancha lady Pleinsworth. Frances ne sortira pas de cette voiture !

— Nous remonterons la rue principale, expliqua Daniel, et tout le monde cherchera les auberges et les pubs. Là où Chervil est susceptible d'avoir pris une chambre. Frances, tu seras chargée de repérer la voiture. Si nous faisons chou blanc, nous irons voir dans les ruelles.

Hampstead semblait posséder un nombre d'auberges remarquable. Ils passèrent devant le King William IV, sur leur gauche, la Thatched House sur la droite, puis, de nouveau à gauche, le Holly Bush. Mais la voiture à la licorne, comme décrite par Frances, demeurait invisible. Pour ne rien laisser au hasard, Daniel et Hugh entrèrent dans toutes les auberges et décrivirent Anne et Chervil, mais personne ne les avait vus. Ce qui devait être la vérité, car la cicatrice de Chervil aurait marqué les esprits.

Daniel retourna à la voiture, qui attendait dans la rue principale et avait attiré l'attention des passants.

Marcus était déjà de retour et discutait avec Hugh.

— Alors ? Rien ? demanda Marcus.

— Rien.

— Il y a une autre auberge, en pleine campagne, dit Hugh. Sur Spaniards Road. J'y suis allé il y a longtemps. Elle est très à l'écart.

— Direction Spaniards Road, alors.

L'attelage s'ébranla. Cinq minutes plus tard, il s'arrêtait devant Spaniards Inn, un bâtiment de brique peint en blanc très élégant, dont les fenêtres étaient encadrées de volets noirs.

Frances poussa un cri aigu et tendit le bras.

Anne comprit bien vite pourquoi George avait choisi cette auberge. Elle se trouvait sur une route qui traversait Hampstead Heath, et même si elle n'était pas le seul bâtiment du secteur, elle était beaucoup plus isolée que les établissements au centre du village. Ce qui signifiait que, s'il avait bien calculé le déroulement des opérations – et c'était manifestement le cas –, il pourrait la tirer hors de la voiture, la faire entrer par une porte de service, et l'emmener jusqu'à une chambre sans que personne les remarque. Il avait de l'aide, bien sûr. Le cocher, qui l'avait surveillée pendant que George allait chercher la clé.

— Je ne vous fais pas confiance, avait-il déclaré en la bâillonnant, avant de lui lier les mains dans le dos. J'ai loué cette chambre pour une semaine, expliqua-t-il. Je n'étais pas censé vous trouver dans la rue alors que je n'avais pas ma voiture à disposition.

Seigneur, c'était tout juste s'il ne lui reprochait pas d'avoir contrecarré ses plans !

— Enfin, peu importe, enchaîna-t-il. Finalement, tout s'est déroulé à la perfection. Vous étiez chez votre amant, comme prévu.

Anne s'aperçut qu'il regardait autour de lui, sans doute en quête de quelque meuble ou objet pour bloquer la porte. À part déplacer le lit, il n'y avait pas grand-chose à disposition.

— Combien en avez-vous eu depuis que je vous connais ? reprit-il en pivotant sur place.

Anne secoua la tête. De quoi diable parlait-il ?

— Oh, vous allez me le dire ! Combien d'amants ? aboya-t-il en lui arrachant le bâillon.

Anne envisagea brièvement de hurler, mais George avait un couteau à la main. Il avait en outre verrouillé la porte et calé une chaise sous la poignée. Si quelqu'un se trouvait à proximité – et se souciait de voler à son secours –, George aurait le temps de la découper en morceaux avant que le quelqu'un en question intervienne.

— Combien ? répéta-t-il.

— Aucun, répondit Anne automatiquement.

Quelle ironie ! Face à la menace, elle oubliait la nuit avec Daniel et ne se rappelait que ses années de solitude.

— Oh, il me semble que lord Winstead ne serait pas du même avis ! ricana George. Sauf si...

Il s'interrompit, un sourire mauvais aux lèvres.

— ... sauf s'il n'a pas pu vous honorer.

Bien que tentée de dresser la liste de toutes les façons dont Daniel l'avait honorée, Anne jugea plus sage de s'abstenir.

— C'est mon fiancé, se contenta-t-elle de lui rappeler.

George éclata de rire.

— Que vous croyez ! Seigneur, cet homme mérite mon admiration. C'est un sacré malin. Il vous a bien dupée. Vous pouvez prétendre être sa fiancée, votre parole contre la sienne ne vaudra rien. Ce doit être pratique d'être comte. Il suffit de demander. Cela dit, je n'ai même pas eu à demander. Il m'a suffi de vous dire « Je vous aime » pour que vous tombiez dans mes bras et pensiez que j'allais vous épouser. Pauvre gourde.

— Sur ce point, je suis d'accord avec vous.

— Ma parole, vous avez gagné en sagesse avec l'âge.

Anne s'était rendu compte que pousser George à parler était un atout. Cela différait l'attaque, et lui laissait un peu de temps pour échafauder un plan. D'autant que lorsqu'il parlait, il se vantait, et que cela l'empêchait de se concentrer.

— J'ai eu le temps de réfléchir à mes erreurs, reprit Anne en regardant par la fenêtre alors qu'il se dirigeait vers la penderie.

À quelle hauteur se trouvait cette fenêtre ? s'interrogea-t-elle. Si elle sautait, survivrait-elle ?

Il se tourna vers elle. Apparemment, il n'avait pas trouvé ce qu'il cherchait dans la penderie.

— Voilà qui est agréable à entendre.

Anne était étonnée. Il venait de s'adresser à elle sur un ton presque paternel.

— Vous avez des enfants ? lui demanda-t-elle.

Il se figea, le regard soudain glacial.

— Non.

Et tout à coup, elle comprit. Il n'avait pas consommé son mariage. Était-il devenu impuissant ? Et si tel était le cas, lui en faisait-il porter la responsabilité ?

Évidemment qu'il lui en faisait porter la responsabilité. Dieu du ciel, voilà qui expliquait cette rage qui semblait le consumer. Il lui reprochait de l'avoir non seulement défiguré, mais émasculé.

Elle secoua la tête et George prit la mouche.

— Pourquoi faites-vous cela ?

— C'est juste un réflexe quand je pense.

— Ah bon ? Et à quoi pensez-vous ?

— À vous.

La réponse était honnête.

— Vraiment ?

Un instant, il parut satisfait, puis son expression se fit méfiante.

— Pourquoi ?

— Eh bien, vous êtes la seule autre personne dans cette pièce. Il est donc logique que ce soit à vous que je pense.

Il fit un pas vers elle.

— Et que pensiez-vous ?

Mais comment diable avait-elle pu ne pas se rendre compte à quel point il était imbu de sa personne ? D'accord, elle n'avait que seize ans, mais elle n'était pas à ce point dépourvue de bon sens.

Comment lui répondre sans qu'il sorte de ses gonds ? Elle ne pouvait certes pas lui dire qu'elle s'interrogeait sur une éventuelle impuissance.

— Votre cicatrice n'est pas aussi vilaine que vous l'imaginez.

Il ricana et pivota pour s'affairer de nouveau dans la penderie.

— Vous dites cela pour gagner mes bonnes grâces.

— Je pourrais effectivement dire cela pour gagner vos bonnes grâces, mais il se trouve que c'est la vérité. Vous n'êtes pas aussi joli que lorsque vous étiez jeune, je vous l'accorde, mais un homme ne tient pas à être joli, n'est-ce pas ?

— Possible, mais je ne connais pas un seul homme qui ait envie de *ceci*, répliqua-t-il d'un ton sarcastique en indiquant son visage,

— Je suis désolée de vous avoir blessé, je veux que vous le sachiez.

Elle se rendit compte avec stupéfaction qu'elle ne mentait pas.

— Je ne cherchais qu'à me défendre, poursuivit-elle, mais je suis navrée que, ce faisant, je vous aie blessé. Si vous m'aviez lâchée quand je vous l'ai demandé, rien ne serait arrivé.

— Oh, parce que maintenant, c'est ma faute ?

Elle garda le silence. Elle aurait dû s'abstenir de prononcer la dernière phrase, mais il était hors de question qu'elle rectifie son erreur ni, pire, lui dise ce qu'elle voulait lui dire, à savoir : « Eh bien, oui. »

Il attendait une réponse et, n'en obtenant pas, il marmonna :

— Il va falloir que nous déplacions ce lit.

Seigneur ! Mais il était énorme et lourd. George serait incapable de le pousser seul. Il essaya néanmoins et après avoir ahané et juré, il se tourna vers Anne.

— Aidez-moi, pour l'amour du ciel !

— J'ai les mains attachées, lui rappela-t-elle.

Il jura de nouveau, puis la rejoignit en deux enjambées.

— Vous n'avez pas besoin de vos mains. Appuyez-vous contre le bord et poussez.

Anne n'en crut pas ses oreilles.

— Comme cela, lui montra-t-il en pressant le dos contre le lit.

Les pieds bien calés sur le plancher, il se servit du poids de son corps pour pousser le meuble imposant, qui ne glissa que de quelques centimètres.

— Vous pensez vraiment que je vais faire cela ? demanda Anne.

— Ce que je pense, c'est que j'ai toujours le couteau !

Anne se résigna, non sans remarquer :

— Je doute d'y parvenir. Mes mains sont attachées dans le dos, elles vont me gêner.

— Oh, bon sang ! grommela-t-il. Venez ici. Et pas de coup en douce !

Elle sentit la lame cisailler le lien, et la base de son pouce dans la foulée.

— Aïe !

Elle porta immédiatement sa main libérée à sa bouche pour sucer le sang qui coulait de l'entaille.

— C'est douloureux ? fit George, une lueur mauvaise dans le regard.

— Non, c'est fini, répondit-elle en hâte. Bien, nous le déplaçons, ce lit ?

Il se remit en position et, à l'instant où Anne se préparait à feindre d'user de toutes ses forces pour faire glisser le lit, George se redressa soudain.

— Je m'interroge : je vous taillade d'abord ou est-ce que je m'offre un peu de bon temps ?

Anne ne put s'empêcher de jeter un coup d'œil à son pantalon. Aucun signe d'érection. Était-il bel et bien impuissant ?

— Oh, c'est donc cela que vous voulez ? demanda-t-il en lui attrapant la main pour la plaquer sur son sexe. Certaines choses ne changent jamais, pas vrai ?

Anne réprima un haut-le-cœur quand il la força à frotter sa virilité. George avait beau être habillé, le toucher lui donnait la nausée, mais mieux valait cela que des coups de couteau au visage.

George commença à grogner de plaisir, et à sa grande horreur, Anne le sentit... durcir.

— Oh, Dieu, que c'est bon !... Cela fait si longtemps... Sacrément longtemps...

Anne retint son souffle et le regarda. Il avait les yeux clos et paraissait presque en transe. Puis elle regarda la main qui tenait le couteau. Si elle s'en emparait... Si elle parvenait à le lui arracher...

Elle se prépara, dents serrées, muscles du bras bandés, et au moment où George exhalait un long gémissement, elle tenta sa chance.

— Là ! cria Frances en agitant follement le bras. C'est la voiture ! J'en suis sûre.

Daniel suivit des yeux la direction qu'indiquait sa cousine. Une petite voiture de bonne facture était garée à côté de l'auberge. Elle était noire, ornée d'un étrange élément doré au niveau du toit qui évoquait effectivement, comme l'avait dit Frances, une corne de licorne. Si l'extrémité avait été effilée, elle aurait fait un superbe accessoire de déguisement.

— Nous resterons dans la voiture, décréta lady Winstead.

Daniel approuva d'un hochement de tête.

— Vous restez là pour garder la voiture et ses passagères, ordonna-t-il aux domestiques armés.

Puis, Marcus sur ses talons, il entra dans l'auberge. Hugh les rejoignit alors qu'il interrogeait l'aubergiste.

Oui, admit celui-ci, un homme balafré avait loué une chambre pour la semaine, mais ne l'occupait pas tous les soirs. Cela dit, il était passé à la réception voilà une heure pour récupérer sa clé. Non, aucune femme ne l'accompagnait.

— Numéro de la chambre ? demanda Daniel en plaquant une couronne sur le comptoir.

— Quatre, milord.

Effaré par la somme, l'aubergiste rafla la pièce avant de préciser :

— J'ai peut-être un double de la clé.

— Peut-être ?

— Peut-être.

Daniel posa une seconde couronne. L'aubergiste lui remit une clé en échange.

— Y a-t-il une autre entrée ? s'enquit Hugh.

— Non, milord. Juste une fenêtre.

— À quelle hauteur se trouve-t-elle ?

— Trop haut pour passer par là, sauf si vous escaladez le chêne.

Hugh se tourna vers Daniel et Marcus.

— J'y vais, lâcha Marcus, et il se dirigea sans attendre vers la porte.

— Je ne serai probablement pas d'une grande utilité, dit Hugh à Daniel, mais mieux vaut être prudent.

Daniel n'objecta pas.

Dès qu'il vit la porte marquée *4* au fond du couloir, il s'en approcha au pas de charge et se prépara à insérer la clé dans la serrure. Hugh le retint d'une main sur l'épaule.

— Écoutons d'abord à travers le battant, conseilla-t-il.

— Vous n'avez jamais été amoureux, n'est-ce pas ?

Et avant que Hugh ait le temps de répondre, il tourna la clé et ouvrit le battant à la volée, projetant une chaise au milieu de la pièce.

— Anne ! cria-t-il.

Un cri noyé dans celui d'Anne, qui avait reçu la chaise dans les jambes. Elle perdit l'équilibre et battit désespérément l'air du bras, cherchant à rattraper un objet qui lui avait échappé.

Un couteau.

Anne plongea pour le récupérer, Daniel plongea aussi et... George Chervil les imita.

En fait, tous fondirent sur le couteau, excepté Hugh, qui n'avait pas bougé du seuil, et brandissait un pistolet, canon braqué sur Chervil.

— À votre place, je ne ferais pas cela, dit-il calmement.

Mais George attrapa le couteau et bondit sur Anne, qui rampait encore sur le parquet, en quête de la précieuse arme. Elle ne l'avait manquée que de quelques millimètres.

George la ceintura et lui pressa la lame sur la gorge.

— Tirez et elle est morte ! lança Chervil.

Daniel s'immobilisa.

— Reculez ! ordonna Chervil.

Daniel obéit. Anne était à plat ventre sur le sol. George, à califourchon sur elle, lui avait agrippé les cheveux.

— Ne lui faites pas de mal, Chervil, l'avertit Daniel. Ce n'est pas ce que vous voulez, n'est-ce pas ?

— Vous vous trompez, rétorqua Chervil. C'est exactement ce que je veux.

Il tapota la joue d'Anne du fil de la lame, et Daniel sentit ses entrailles se nouer.

Le sang ne coula pas, mais Chervil semblait prendre un grand plaisir à exercer son pouvoir. Il tira sur les cheveux d'Anne, lui inclinant la tête en arrière, ce qui devait être très douloureux.

— Vous mourrez, lui promit Daniel.

— Elle aussi, répliqua Chervil avec un haussement d'épaules.

— Et votre épouse ?

Chervil lui décocha un regard aigu.

— Je lui ai parlé ce matin, poursuivit Daniel.

Il s'obligeait à garder les yeux rivés sur Chervil alors qu'il brûlait d'envie de chercher ceux d'Anne pour qu'elle sache, sans qu'un mot soit prononcé, combien il l'aimait.

Il s'en abstint. Tant qu'il retenait l'attention de Chervil, ce dernier ne regardait ni Anne ni le couteau.

— Qu'avez-vous dit à mon épouse ? demanda Chervil, l'air soudain mal à l'aise.

— C'est une femme charmante, m'a-t-il semblé. Si vous mourez ici, dans une auberge, de la main de deux comtes et du fils d'un marquis, qu'adviendra-t-il d'elle ?

George tourna vivement la tête vers Hugh, ne comprenant qu'à l'instant qui il était.

Il apostropha Hugh.

— Mais vous le haïssez ! Il vous a tiré dessus !

Hugh haussa les épaules.

George pâlit. Il s'apprêtait à dire quelque chose quand un déclic se fit manifestement dans son esprit.

— Deux comtes ?

— Oui, confirma Daniel. Il y en a un autre. Juste au cas où.

George se mit à respirer très fort. Ses yeux allaient de Daniel à Hugh, puis fugacement à Anne. Il transpirait. Cet homme, comprit Daniel, était en train de perdre son sang-froid, et c'était très dangereux.

— La vie de lady Chervil sera ruinée, poursuivit-il néanmoins. Elle sera bannie de la bonne société. Même son père ne pourra pas la sauver.

George commença à trembler. Daniel s'autorisa enfin à regarder brièvement Anne. Elle aussi respirait trop vite. Elle avait peur, mais ce que Daniel lut dans son regard, ce fut une déclaration d'amour aussi claire que si elle s'était exprimée à haute voix.

— Le monde n'est pas clément avec les femmes qui ont été contraintes de quitter leur foyer, reprit Daniel. Demandez à Anne.

La détermination de George vacillait visiblement.

— Si vous la libérez, promit-il, vous vivrez.

Oui, il vivrait, mais certainement pas dans les îles britanniques, il y veillerait.

— Et mon épouse ?

— Je vous laisserai le soin de tout lui expliquer.

George bougea la tête comme si son col de chemise était trop serré tout à coup. Il battait furieusement des paupières. Puis il les ferma quelques secondes et...

Il hurla quasiment en même temps qu'une détonation déchirait l'air :

— Il m'a tiré dessus ! Seigneur, il m'a tiré dessus !

Daniel fit volte-face, réalisant, stupéfait, que Hugh avait fait feu.

— Vous avez perdu la tête ? cria-t-il en se précipitant pour éloigner Anne de George, qui se roulait par terre et hurlait de douleur en serrant sa main ensanglantée.

Hugh claudiqua jusqu'à lui.

— Ce n'est qu'une petite entaille, commenta-t-il avec indifférence.

— Anne, Anne, souffla Daniel en étreignant la jeune femme.

Durant tout le temps où George l'avait retenue prisonnière, il avait réussi à dominer sa peur. Il était resté parfaitement maître de lui. Mais maintenant qu'elle était sauvée...

— J'ai cru te perdre, Anne.

Il enfouit le visage au creux de son cou et, à sa grande honte, s'aperçut qu'il mouillait l'étoffe de sa robe de ses larmes.

— Je ne savais pas, Anne… Je ne pense pas que je savais… balbutia-t-il.

— Soit dit en passant, Daniel, aucune balle perdue n'aurait touché Mlle Wynter, déclara Hugh en s'approchant de la fenêtre.

George hurla lorsqu'il marcha « accidentellement » sur sa main blessée.

— Vous êtes cinglé, Hugh, déclara Daniel.

— Ou alors, je n'ai jamais été amoureux, rétorqua Hugh d'un ton posé.

Il considéra Anne, puis ajouta :

— Une chance, car j'avais les idées claires. Et de ce fait, je vise mieux que certains.

Il agita son pistolet.

— De quoi parle-t-il ? murmura Anne.

— Je le sais rarement, avoua Daniel.

— Je fais entrer Chatteris, déclara Hugh en ouvrant la fenêtre.

Il siffla.

— Il est fou, répéta Daniel.

S'écartant légèrement d'Anne, il encadra son visage entre ses mains. Elle était belle. Elle lui était si précieuse. Et elle était vivante.

— Complètement fou.

— Mais efficace, remarqua Anne dans un petit sourire tremblé.

Daniel sentit un rire monter dans sa gorge. Dieu du ciel, peut-être étaient-ils tous fous.

— Besoin d'un coup de main ? cria Hugh en se penchant par-dessus l'appui.

Daniel et Anne se tournèrent vers la fenêtre.

— Lord Chatteris est dans un arbre ? demanda la jeune femme.

— Bon sang, mais que se passe-t-il ? lança Marcus en sautant dans la chambre. J'ai entendu un coup de feu.

— Hugh a tiré sur lui alors qu'il tenait Anne, expliqua Daniel en indiquant Chervil, qui rampait sur le sol en direction de la porte.

Marcus lui barra immédiatement le passage.

— Je ne vous ai pas encore entendus me remercier, observa Hugh.

Il regardait toujours par la fenêtre, sans raison apparente.

— Merci, dit Anne.

Hugh se tourna vers elle, et elle lui adressa un sourire si lumineux qu'il en tressaillit.

— Qu'allons-nous faire de lui ? s'enquit Marcus, le premier, comme toujours, à s'occuper des questions pratiques.

Il se pencha, ramassa un objet sur le sol, l'examina, puis s'accroupit à côté de Chervil. Il s'affaira quelques instants et Chervil protesta.

— Bien, le voilà attaché, annonça Marcus. Mademoiselle Wynter, je présume qu'il s'est servi de cette corde pour vous lier les mains ?

— En effet.

— Cela fait mal ! brailla Chervil.

Visiblement, cela laissa Marcus de glace.

— Il ne fallait pas vous faire tirer dessus, riposta Marcus. Daniel, enchaîna-t-il, nous devons décider de ce que nous allons faire de lui.

— Vous avez promis de ne pas me tuer, geignit Chervil.

— Je vous ai promis de ne pas vous tuer si vous libériez Mlle Wynter, corrigea Daniel.

— C'est ce que j'ai fait !

— Après que je vous ai tiré dessus, lui rappela Hugh.

— Il ne vaut pas la peine qu'on le tue, déclara Marcus en serrant davantage le lien. Cela susciterait trop de questions.

Daniel approuva. Quelle chance d'avoir un ami capable de garder la tête froide en toutes circonstances. Il n'était cependant pas prêt à rassurer George Chervil.

Il déposa un baiser sur le crâne d'Anne et se redressa.

— Puis-je ? demanda-t-il à Hugh en tendant la main.

— Je l'ai rechargé, l'avertit ce dernier en lui remettant le pistolet.

— Je m'en doutais.

L'arme à la main, il se dirigea vers George qui glapit :

— Vous avez dit que vous ne me tueriez pas !

— Et je ne le ferai pas. Du moins pas aujourd'hui. Mais si jamais vous vous approchez de nouveau de Whipple Hill, je vous tuerai. Quoique, tout bien réfléchi, si vous vous approchez de Londres, je vous tuerai aussi.

— Mais je vis à Londres !

— Plus maintenant.

— Je ne veux pas de lui dans le Cambridgeshire, prévint Marcus.

— D'accord avec mon ami, dit Daniel. Si vous pointez votre nez n'importe où dans le Cambridgeshire, il vous tuera.

— Si je puis me permettre une suggestion, intervint Hugh, ce serait plus simple pour tous d'élargir le périmètre du bannissement à l'intégralité des îles britanniques.

— Quoi ? s'écria George. Vous n'avez pas le droit de…

— Sinon, nous vous tuons, coupa Hugh, ignorant ses protestations. Daniel, peut-être pourriez-vous lui donner quelques conseils quant à une installation en Italie ?

— Je ne parle pas italien, gémit George.

— Vous apprendrez.

Daniel baissa les yeux sur le couteau qu'il tenait toujours à la main. La lame en était dangereusement aiguisée et elle s'était trouvée à quelques millimètres de la gorge d'Anne.

— Australie, déclara-t-il d'un ton sans appel.

— Parfait, dit Marcus en relevant George. Nous nous occupons de lui ?

Ce fut Hugh qui répondit, affichant l'un de ses rares sourires :

— Nous allons prendre sa voiture, celle avec la corne de licorne.

— La corne de licorne, répéta Anne, incrédule. Frances ? ajouta-t-elle en se tournant vers Daniel.

— Elle a sauvé la journée.

— Alors elle n'a rien ? Je l'avais jetée hors de la voiture et je...

— Elle va bien, lui assura Daniel.

Il marqua une pause tandis que Hugh et Marcus traînaient George hors de la chambre.

— Elle était couverte de poussière et le choc a été tel que ma tante a dû perdre cinq années de sa vie, mais elle va bien. Et dès qu'elle te verra...

Daniel s'interrompit de nouveau, cette fois parce que Anne s'était mise à pleurer. Se laissant tomber à genoux, il la reprit dans ses bras.

— Tout va bien, murmura-t-il. Tout ira très bien, Anne.

Elle leva vers lui des yeux noyés de larmes.

— Tout ira tellement mieux que bien, souffla-t-elle.

Et dans son regard, il lut un amour infini.

— Je t'aime, chuchota-t-il.

Il pressentait qu'il le lui dirait souvent. Jusqu'à la fin de ses jours.

— Je t'aime aussi.

Portant la main de la jeune femme à ses lèvres, il demanda :

— Veux-tu m'épouser ?

— Je t'ai déjà dit oui.

— Je sais, mais j'avais envie de renouveler ma demande.

— Et j'accepte de nouveau.

Il l'étreignit longuement, puis :

— Nous devrions descendre. Tout le monde doit s'inquiéter. Ma mère est dans la voiture et tante...

— Ta mère ? s'écria Anne en s'écartant. Mon Dieu, que va-t-elle penser de moi ?

— Que tu es merveilleuse, adorable, et que si elle est très, très gentille avec toi, tu lui donneras toute une brassée de petits-enfants.

Anne le gratifia d'un sourire narquois.

— Si *elle* est gentille avec moi ?

— Eh bien, il va sans dire que moi, je serai très gentil avec toi.

— Et qu'entends-tu par « une brassée » ?

— Une quantité non négligeable, j'imagine.

— Nous allons devoir nous montrer zélés.

Qu'il réussisse à conserver une expression sérieuse le stupéfiait lui-même.

— Je suis un travailleur acharné, mon ange.

— C'est l'une des raisons pour lesquelles je t'aime. L'une des nombreuses raisons.

Elle lui caressa la joue.

— Il y en a donc tant que cela ? Des centaines ?

À présent, il souriait.

— Des milliers, assura Anne.

— J'aimerais bien les connaître en détail.

— Maintenant ?

Et qui prétendait que seules les femmes quêtaient les compliments ? Il était assis là et aux anges à l'idée d'entendre des louanges sur sa personne.

— Peut-être uniquement les cinq premières, alors, concéda-t-il.

— Voyons voir…

Un silence. Qu'il rompit, impatient :

— Est-ce si difficile que cela d'en trouver cinq ?

Elle lui opposa un regard d'une si parfaite candeur qu'il faillit la croire lorsqu'elle déclara :

— Oh, non ! C'est juste qu'il m'est difficile de choisir.

— Au hasard, dans ce cas, suggéra-t-il.

— Très bien. Donc… il y a ton sourire. Je l'adore.

— J'adore également le tien, Anne.

— Tu as un délicieux sens de l'humour.

— Toi aussi.

Elle lui adressa un regard sévère.

— Je n'y peux rien si tu possèdes toutes mes bonnes raisons, se défendit Daniel.

— Tu ne joues *pas* d'un instrument de musique, continua-t-elle.

— Pardon ? fit-il sans comprendre.

— Contrairement aux autres membres de ta famille. Je ne crois pas que j'aurais supporté de t'entendre faire tes exercices et répéter.

Il se pencha vers elle, l'air espiègle.

— Qu'est-ce qui te fait croire que je ne joue pas d'un instrument ?

— Oh, non ! gémit-elle, et il se demanda presque si elle n'allait pas rompre son engagement. Dis-moi que tu ne joues pas !

— C'est le cas. Ce qui ne veut pas dire que je n'ai pas pris de leçons.

Anne haussa les sourcils.

— Les garçons de la famille ne sont pas obligés de continuer les leçons une fois qu'ils vont à l'école. Sauf s'ils ont fait montre d'un talent exceptionnel.

— Tu n'avais pas un talent exceptionnel ?

— Pas le moindre, répondit gaiement Daniel.

Il se redressa et tendit la main à Anne.

— Il est temps de rentrer à la maison.

Elle se leva à son tour.

— Ne devais-je pas te donner deux autres raisons ?

— Oh, tu pourras me les donner plus tard. Nous avons tout notre temps désormais.

— Mais je venais juste de penser à une en particulier.

— À t'entendre, on dirait que cela t'a coûté un grand effort.

— En effet, cela a exigé un long moment de réflexion.

Ils franchirent le seuil et s'engagèrent dans le corridor.

— Lors de notre première rencontre, reprit Anne, j'ai failli t'abandonner dans le couloir, tu sais.

— Blessé et en sang ?

Il avait essayé d'apparaître outré, mais son sourire avait ruiné ses effets.

— Si nous avions été pris sur le fait, j'aurais perdu mon poste. Je n'étais restée que trop longtemps coincée dans cette remise. Je n'avais vraiment pas le temps de m'occuper de toi.

— Et pourtant, tu l'as fait.

— Indéniablement.

— À cause de mon charmant sourire et mon délicieux sens de l'humour ?

— Non. À cause de ta sœur.

— Quoi ? Honoria ?

— Tu avais défendu son honneur. Comment
aurais-je pu abandonner un homme qui avait défendu
sa sœur ?

Gêné au plus haut point, Daniel se sentit rougir.

— N'importe quel homme aurait agi comme moi,
marmonna-t-il.

À mi-chemin de l'escalier, Anne s'exclama :

— Je pense à une autre raison ! Lorsque nous répé-
tions la pièce de Harriet, si elle t'avait demandé de
jouer le sanglier, tu l'aurais fait.

— Certainement pas.

— Mais si, assura-t-elle alors qu'il sortait de l'auberge.

— Très bien, je l'aurais fait, mentit-il.

— Tu penses que tu dis cela pour me faire taire,
mais je suis sûre que tu aurais été bon joueur.

Seigneur, voilà qu'ils se chamaillaient comme un
vieux couple !

— Oh, j'ai trouvé une autre raison ! s'écria Anne.

Alors qu'il croisait son merveilleux regard rempli
d'amour, d'espoir et de merveilleuses promesses, elle
ajouta :

— Deux, en fait.

Il sourit. En ce qui le concernait, il aurait pu en
trouver des milliers.

Épilogue

*Un an plus tard,
un autre concert Smythe-Smith...*

— Capucine a bien fait de s'écarter, murmura Daniel à l'oreille de sa femme. Sarah semble sur le point de lui arracher la tête.

Anne coula un regard nerveux à Sarah qui, ayant utilisé la seule excuse possible l'année précédente, était de nouveau au piano...

Et massacrait les touches.

Anne en déduisit qu'elle avait décidé que la fureur était préférable au désespoir, mais il n'était pas sûr que le piano survive à cette rencontre.

Pire, Harriet avait pris la place de Honoria qui, étant désormais lady Chatteris, n'était plus obligée de faire partie de l'orchestre.

Le mariage ou la mort. C'étaient là les seules échappatoires possibles, avait expliqué Sarah sombrement lorsque Anne était passée voir comment les répétitions avançaient, la veille.

Quel genre de mort, Anne l'ignorait. À son arrivée ce jour-là, Sarah brandissait l'archet du violon de Harriet comme une épée. Capucine criait, Iris gémissait et Harriet se délectait de la scène tout en prenant des notes pour sa prochaine pièce.

— Pourquoi Harriet se parle-t-elle à elle-même ? demanda Daniel.

— Elle ne sait pas lire la musique.

— *Quoi ?*

Plusieurs membres de l'assistance se tournèrent vers eux, et Capucine elle-même leur décocha un regard assassin.

— Ce n'est pas possible, murmura Daniel.

— Si. Elle m'a avoué qu'elle n'a jamais été capable de déchiffrer une partition. Honoria lui faisait mémoriser les notes en les écrivant en toutes lettres. Et maintenant, elle les récite.

Effectivement, Harriet ânonnait les notes de façon si peu discrète que l'on devait l'entendre jusqu'au dernier rang. Elle venait d'énoncer un si bémol et avait essayé sans succès de le jouer.

— Pourquoi ne se contente-t-elle pas de lire ce qu'a écrit Honoria ?

— Je ne sais pas, avoua Anne, avant de sourire à Harriet pour l'encourager.

Celle-ci lui rendit son sourire.

Harriet ! Impossible de ne pas l'aimer. Et Anne l'aimait de tout son cœur – encore davantage, maintenant qu'elle-même faisait partie de la famille. Elle adorait être une Smythe-Smith. Elle adorait le brouhaha et le flot constant de cousines dans son salon. Elles avaient été adorables avec sa sœur Charlotte lorsque cette dernière était venue en visite, au printemps.

Mais plus que tout, Anne adorait être une Smythe-Smith qui n'était pas obligée de jouer dans l'orchestre. Parce que, à la différence du public, qui grommelait et soupirait, elle connaissait la vérité : le supplice était bien pire sur l'estrade que dans la salle.

— Je ne peux m'empêcher d'aimer le concert, souffla-t-elle à Daniel.

— Et moi, je ne peux m'empêcher d'aimer mes oreilles... et de les plaindre.

— Sans le concert, nous ne nous serions pas rencontrés, lui rappela-t-elle.

— Je t'aurais trouvée de toute façon.

— Certainement pas lors d'une soirée comme celle-ci.

— Non, reconnut Daniel en s'emparant de sa main.

Un geste inconvenant que les couples mariés n'étaient pas censés s'autoriser en public, mais Anne s'en moquait. Entremêlant ses doigts à ceux de son mari, elle sourit. Que Sarah frappe sur les touches aussi délicatement qu'avec une masse ou que Harriet ait repris sa récitation des notes pour le plus grand bénéfice de l'auditoire n'avait aucune importance.

Daniel était près d'elle et il lui tenait la main.

Rien d'autre ne comptait.

Composition
FACOMPO

*Achevé d'imprimer en Italie
par* GRAFICA VENETA
le 2 septembre 2024

Dépôt légal : octobre 2024
EAN 9782290412022
OTP L21EDDN001326-640803

ÉDITIONS J'AI LU
82, rue Saint-Lazare, 75009 Paris

Diffusion France et étranger : Flammarion